KB113700

Ermita

에르미따

Ermita
by F. Sionil José

Original copyright © 1988 by Francisco Sionil José
Manila, Philippines

Korean translation copyright © 2006 by Asia Publishers
This Korean edition is published by arrangement with Solidaridad Publishing
House, Philippines

이 책의 한국어판 저작권은 필리핀 Solidaridad Publishing House와의
독점계약으로 도서출판 아시아가 소유합니다.
저작권법에 의하여 한국 내에서 보호를 받는 저작물이므로 무단 전재와 복제를 금합니다.

Ermita

에르미따

필리핀 국민작가 프란시스코 시오닐 호세 장편소설

옮긴이 부희령

한국과의 인연으로부터 제 글을 풀까 합니다.

50년 전 저는 처음으로 한국을 방문했습니다. 한국전쟁 직후였습니다. 김포공항에는 양철지붕 건물들이 모여 있었으며, 볏짚으로 지붕을 인 농가와 들판이 그 주위를 둘러싸고 있었습니다. 한강철교는 폭격을 당해 휘어진 고철덩이가 되어 있었습니다. 거리를 지나다니는 것들은 대부분 군용차량들과 난방용 조개탄을 실은, 말이나 노새가 끄는 달구지였습니다. 저는 서울 도심의 반도호텔에서 묵으며 전후 폐허가 된 한국을 목격했습니다.

그 이후로 한국을 몇 차례 더 방문했고 한국의 여러 작가와 지식인들을 만났습니다. 막사이사이상을 수상한 바 있는 장준하, 역사학자 김준엽, 언론인 김용구, 소설가 한무숙 선생과 같은 분들이 그들입니다. 리처드 김(김은국) 선생도 만났는데, 그 인연으로 한국전쟁을 다룬 그의 대표작 『순교자』를 제가 운영하던 잡지 《솔리다리다드(연대)》에 연재하기도 했지요. 그로부터 반세기가 흐른 지금, 한국은 '경제적 괴물'이 되어 있습니다. 이제 한국과 저의 관계는 가족적 유대로도 단단히 묶였습니다. 미국에서 요리사로 일하는 제 아들 알레요가 '이배형'이라는 한국인 학자와 결혼했습니다. 우리는 그녀를 "리 (Lee)"라고 부릅니다.

때로 나는 왜 문학가가 되었는가, 자문하곤 합니다. 문학은 한 국가에 정체성과 기억을 부여합니다. 호메로스가 없는 그리스, 셰익스피어가 없는 영국, 세르반테스가 없는 스페인, 우리 민족의 영웅인 리살이 없는 필리핀이 가능할까요? 저는 일찍이 필리핀이 근대화되어야 할 필요성을 깨달았습니다. 따라서 제가 엔지니어나 과학자, 아니면 정치가를 직업으로 선택했다면 더 의미가 있었을지 모릅니다. 그러나 저는 문학의 기능을 신뢰했습니다.

그보다도 문학의 더 중요한 기능은 아마도 도덕적 딜레마에 대한 묘사일 것입니다. 문학은 도덕적 딜레마를 제시함으로써 독자들로 하여금 옳고 그름을 구분할 수 있게 해주며, 신이 부여한 도덕적 선택에 대한 자유를 구가하게 해줍니다. 어떠한 종교도, 정부도, 정치적 운동도 이런 일을 할 수 없습니다.

작가들이 항상 고귀한 품위를 지녔다고 할 수는 없습니다. 가까운 과거에 우리들 중 어떤 이들은 독재자 마르코스를 선동하고 찬양했습니다. 우리는 사악할 수도 있고 부패할 수도 있습니다. 작가들을 그들이 내뱉는 경건한 말들이 아니라 어떻게 사느냐에 따라 판단해야 한다고 제가 줄곧 주장한 이유가 바로 여기에 있습니다. 필리핀은 1950년대와 60년대에 동남아시아에서 초일류 국가였습니다. 그런 우리가 왜 낙오한 것일까요? 왜 우리 이웃들이 우리를 앞지르게 된 것일까요? 우리는 우리 자신의 가난에 대해 잘 알고 있습니다. 수천 명의 필리핀인들이 더 나은 삶을 위해 국외로 이주하고 있습니다. 그들이 꿈을 이루지 못하는 곳이 있다면, 추측컨대 아마도 미국의 호화 도시와 중동의 가혹한 사막, 일본의 야쿠자 소굴 같은 곳일 겁니다. 그러나 더 큰 가난은 정신의 가난입니다. 십여 년 전 미국의 작가 제임스 팰로즈는 오늘의 필리핀을 낳은 원인은 '손상된 문화'라고 주장했습니다. 과거에 식민주의와 싸우도록 독려한 민족의식과 민족지도자들의 선의(善意)를 우리가 되찾을 수 있을까요?

우리는 한국인들처럼 하나의 언어를 지닌 단일민족이 아닙니다. 우리는 여덟 개의 주요 언어와 마흔 개의 소수 언어를 갖고 있습니다. 저는 북쪽 섬 일로카노 출신으로 전적으로 영어로만 글을 쓰고 있습니다. 우리는 수백 년 동안 영어를 써왔고, 영어를 우리 자신의 것으로 만들었습니다. 오십여 년 전쯤, 이푸갈로에 있는 어느 산촌을 찾은 적이 있습니다. 몇몇 관광객들이 우리와 동행했습니다. 우리가 그 마을에 도착한 것은 이른 저녁 즈음이었습니다. 한 집에서 장례식을 하루 앞두고 불을 밝히고 있었는데, 이미 사망한 늙은 가장을 집 아래쪽 의자에 앉혀 떠받치고 있었습니다. 관광객들은 그 시신의 사진을 찍겠다며 소란을 피웠습니다. 이에 그 망자의 장녀—젖가슴을 드러내고 팔에 문신을 한—가 완벽한 영어로 대답했습니다. "시신을 찍어도 좋습니다. 하지만 우리에게 사본을 보내주세요."

우리가 스페인의 식민지였던 삼백 년 동안, 우리는 스페인어를 그다지 잘 알지 못했습니다. 필리핀의 문학적 이정표인 리살의 『놀리 메 탕헤레(Noli Me Tangere, 나에게 손대지 말라)』와 『엘 필리부스테리스모(El Filibusterismo, 식민지 독립 운동)』는 대중이 아닌 스페인 지배계층과 스페인어를 아는 극소수의 일루스트라도*들에게만 읽혔습니다.

1898년 필리핀에 들어온 미국인들은 공립학교를 세우고 영어를 가르쳤습니다. 이 정책은 그토록 많은 언어를 지닌 필리핀을 통합하는 데 기여했습니다. 그러므로 저희 세대, 심지어는 제 앞 세대까지도 영어 교육을 피할 수 없었습니다. 우리는 학창시절 마크 트웨인, 허먼 멜빌, 헤밍웨이, 스타인벡과 같은 미국 문학의 진정한 아이콘들, 영국 문학 쪽에서는 셰익스피어, 조지프 콘래드, 디킨스, 그리고 호메로스의 서사시, 플로베르, 빅토르 위고와 같은 서양 고전문학의 영역본들을 읽었습니다. 1930년대에 이미 우리는 알차고 읽을 만한 영문학 총서를 보유하게 되었습니다.

1960년대 후반에 저는 옥스퍼드대학교를 방문했습니다. 우리는 보들리 도서관으로 안내를 받았는데, 그 도서관 사서가 말하기를 보들리 도서관은 문학에 관한 한 가장 훌륭한 장서 목록을 갖고 있다고 했습니다. 저는 우리 필리핀 문학서가 어디 있느냐고 물었지만 찾을 수가 없었습니다. 사서는 우리가 어떤 언어로 글을 쓰는지 물었습니다. 저는 영어로 쓴다고 말했습니다. 그는 우리를 영문 서고로 데려갔고 짐작한 대로 그곳에 우리 책들이 있었습니다. 제임스 조이스와 헨리 제임스의 소설들과 나란히 말입니다. 이것은 매우 의미심장한 일화입니다. 왜냐하면 그것은 우리 모두가 베오울프에서 시작해 셰익스피어, 에머슨, 헤밍웨이, 라빈드라나트 타고르에 이르는 영문학 전통의 일부임을 뜻하기 때문입니다.

한 젊은 작가가 제게 타갈로그, 일로카노, 비사야 말로 글을 쓰는 작가들과 한무리로 평가받는 것에 대해 모욕감을 느끼지 않느냐고 물었습니다. 영어로

---

* 19세기 말 교육받은 필리핀 민족주의자들로서 '계몽된 자들' 이란 뜻.

글을 쓰는, 예술가인 체하는 일단의 작가들, 그중의 일부는 대학에 몸담고 해외의 최신 문학 흐름에 영향을 받았는데, 제가 그들 중에 속한 사람이었다면 그러했을 거라고 대답했습니다. 그들과 우리 토착 작가들 사이에 커다란 간극이 실재하는 것은 글 쓰는 기술에만 관심을 갖고 매달리는 그들의 집착이 그들 자신을 사회로부터 격리시켰기 때문입니다. 토착 작가들은 땅에 아주 근접해 있습니다. 때문에 그들은 대중을 향한 사회비평가를 겸하기를 마다하지 않습니다. 저는 그들과 함께하게 되어 아주 행복하고 자랑스럽습니다.

해외에서 영어로 쓰이는 현대 작품들 중 많은 것들에 대해 저는 냉담한 편입니다. 존 업다이크와 존 치버 같은 미국 작가들이 생산해낸 작품들은 교외 생활의 잡동사니에 불과합니다. 심지어 영어로 글을 쓰는 베드 메흐타나 비크람 세트와 같은 인도 작가들 역시 그들의 대륙을 괴롭히는 중대한 사회 문제에 대해서는 거의 손을 대지 않고 있습니다. 줄리안 반즈 같은 몇몇 현대 영국 작가들에 대해서도 똑같은 말을 할 수 있습니다. 저는 『영국인 환자(The English Patient)』를 다 읽을 수 없었습니다. 이 뛰어난 산문의 이면을 들여다보았으나 진정 음미할 만한 것을 하나도 찾지 못했습니다. 사실 제게 크고도 또렷한 목소리로 전해오는 작가들은 한 세대 이전의 작가들로서 D. H. 로렌스와, 더 거슬러 올라가자면 찰스 디킨스와 조지프 콘래드가 있습니다.

이제 저는 제가 해야 할 말을 할까 합니다. 우리 작가들에 대한 경고인데, 그들이 필리핀인들이라면 언제나 자기 민족을 위해 글을 써야 한다는 점을 염두에 두어야 합니다. 미국과 영국, 혹은 한국이나 일본에서는 사회 비판을 수행하는 소설들을 한물간 것으로 여긴다는 사실을 알고 있습니다. 언어의 폭죽이 오늘날 아주 많은 독자들을 사로잡고 있습니다. 예를 들면 가브리엘 가르시아 마르케스와 같은 작가들이 그렇습니다. 제가 『백 년 동안의 고독』이나 『영국인 환자』 같은 소설을 다 읽지 못한 것은 바로 이 때문입니다

디킨스와 포크너는, 영어로 글을 쓰는 작가인 제가 속한 전통의 일부가 되었습니다. 그러나 저에게 더 큰 전통은 제가 태어나고 자란 마을입니다. 제 뿌리는 제 불행한 나라의 흙 속에, 제 민족의 고통 속에, 그들의 빛나는 열망 속에 있습니다. 저는 먼 곳을 여행했고, 역사의 이면과 다양한 거리의 지리를 깊이 들여다보았습니다. 하지만 저는 이렇게 말할 수밖에 없습니다. "나는 결코 고향을 떠나본 적이 없다"라고 말입니다.

제 소설이 한국 독자들에게 필리핀을 이해하고 서로 연대하는 데 작은 밑거름이 되었으면 합니다. 제 소설과 더불어 조금이나마 즐거움을 얻게 된다면 더 바랄 게 없겠습니다.

F. 시오닐 호세

차례

프롤로그

"이 나라를 똥구덩이 같은 역사에서 건져올리고자 하는 사람들에게 문제가 되는 것은 지나버린 과거가 아니다. 오로지 우리를 짓누르는 죽음과도 같은 부패를 인식하고, 그것을 반드시 척결해야 하는 현재뿐이다."

1941년에 인문교양과정 이학년 학생이었던 롤란도 크루즈는 대학 신문인 《필리핀 칼리지언》에 당당하게 이러한 논조의 기사를 썼다. 그는 열아홉 살이었고 고결한 이상을 지녔다. 그러나 그가 필리핀국립대에 진학할 수 있었던 것은 순전히, 병든 아버지가 팡가시난에 있는 칠 헥타르의 농장을 팔아 그를 마닐라에 사는 이모집으로 등 떠밀다시피 보낸 덕분이었다.

이모의 가족은 인트라무로스[1] 안쪽에 살았다. 성벽이 둘러쳐진 왕도였던 이 지역은 퇴락하여 무심한 세월에 자리를 내주었다. 한때는 위용을 자랑했을 석조 저택들의 내부에 칸칸이 작은 방들을 만들어 관청 사

---

1. 파시그 강 남쪽 언덕에 건설된 마닐라의 원형에 해당하는 작은 시가지. '성곽 안'이라는 뜻의 스페인어.

무원들에게 세를 주고 있었다. 주위에는 호화로웠던 옛날을 말해주는 풍경이 남아 있었다. 몇몇 수도회가 관할하는 바로크식 성당들, 물이 말라버린 대리석 분수, 오만한 메스티소[2]나 수도사들이 메리엔다[3] 또는 아니사도[4]를 즐기던 한적한 정원 같은 것들이었다. 세기가 바뀌어, 스페인의 힘이 황혼기에 접어들 즈음 상류층의 생활 구역이 윌리스 필드라는 녹지로까지 뻗어 나갔는데, 그 녹지를 이 지역에서는 '에르미따'라고 불렀다. 수십 년 전 한 노수사는 인트라무로스 안에서 벌어지는 광란의 생활상에 신물이 나 평화와 고독을 찾아 성벽 너머의 이 습지대까지 오게 되었다. 그가 이곳에 은둔처를 정하자, 곧 그와 같은 갈망을 지닌 사람들이 모여들었다. 그러나 1930년대에 이르자 에르미따는 은자들의 피난처가 아니라 마닐라 교외의 환락가로 변했다. 그 뒤에 미국 사람들이 에르미따에 국립대학을 세웠다. 그들은 미국식 대학 체제를 본떠 필리핀에서 가장 훌륭한 대학을 만들고자 했다.

롤란도 크루즈는 대학 생활이 즐거웠다. 그는 여러 지역에서 모여든 가장 총명한 학생들과 함께 공부할 수 있었다. 장학생도 많았고 모두들 국립대학에 입학할 자격이 충분한 선택받은 젊은이들이었다.

그러나 이학년이 되었을 때, 그는 변호사가 되려고 했던 장래 희망을 바꾸었다. 열정적으로 역사학 강의를 하던 알바레스 교수는, 필리핀 사람으로서의 자존심을 갖도록 독려하면서 다른 무엇보다도 민족주의와 나라의 독립에 헌신하도록 강조했다. 교수는 키가 작았다. 152센티미터

---

2. 원주민과 스페인 사람 사이의 혼혈 남성. 여성은 '메스티사'라고 함.
3. 필리핀에서는 오후에 먹는 간식을 뜻한다.
4. 아니스 향이 나며 아니스 열매, 레몬 껍질 등의 향미를 첨가한 술이다. 식전 혹은 식후에 소화를 돕는 것으로 잘 알려져 있다.

를 넘지 않았다. 하얀 능직 무명옷을 입은 학생들 사이에서 역시 흰색 알파카 정장을 차려 입은 그의 모습은 미국의 컬럼비아대학교에서 학위를 받은 존경할 만한 박사가 아니라 갓 입학한 신입생처럼 보였다. 수업 시간에는 겁먹은 사람처럼 행동했다. 학생들 앞에 서 있는 게 당황스러운 듯 그는 물기 어린 두 눈으로 늘 아래를 내려다보고 있었다. 강의 카드를 끊임없이 뒤섞었고, 그 때문에 학생들이 주의가 산만해지기도 했다. 하지만 한번 신들린 듯 강의에 빠져들면 불안한 눈길이나 소심함은 사라졌다. 그는 허수아비처럼 손을 휘저으면서 강단을 걸어다니기 시작했다. 가늘고 작은 목소리는 사라지고 명료하면서 논리정연한 말들이 우렁차게 술술 흘러나왔다.

그런 순간이 오면, 롤란도 크루즈는 못 박힌 듯 꼼짝도 할 수 없었다. 다른 많은 학생들처럼 그도 알바레스 교수의 마법에 걸린 것 같았다. 생쥐처럼 왜소해 보이던 그가 필리핀의 위대한 지식인으로 우러러보였고, 그의 강의를 듣게 된 것이 대단한 행운이라는 생각이 들었다. 롤란도 크루즈는 아버지의 염원조차 잊었다. 중국계 젊은이들이 흔히 그렇듯 아버지는 그가 법관이 되기를 바랐다. 또 정치에 뛰어들기보다는 차라리 지방 관청에서 근무하는 공무원이 되라고 했다.

알바레스 교수는 젊은이들이 조국을 더 많이 알아야 한다고 부추겼다. 복잡하게 얽힌 비극적인 역사를 제대로 알고 지배계층이 일삼는 착취를 인식해야 한다는 것이었다. 결국 롤란도 크루즈는 법관의 꿈을 포기했다. 그는 교수가 되기로 결심했다. 그래서 편안한 족쇄와도 같은 미국의 지배와, 지배계층이 채워놓은 냉담한 굴레로부터 해방되려면 조국애와 민족의 유산을 되찾아야 한다는 사실을 다음 세대에게 가르치겠다고 생각했다.

롤란도 크루즈는 여러 권의 공책에 기록을 남겼다. 1941년 3월 1일에 그는 이렇게 썼다.

"알바레스 교수가 나를 좋아하는 것 같다. 강의가 끝나고 루네타 공원[5]까지 산책을 하자고 두 번이나 청했기 때문이다. 교수님이 성가셔할지도 모른다는 쓸데없는 걱정을 하면서도 나는 질문을 해댔다. 성가셔하기는커녕 그는 '혁명'[6]에 대해 쓴 내 과제물에 최고 점수를 주었다. 그리고 나에게 역사학자가 될 잠재력이 엿보인다는 말도 했다. 교수님이 바닷바람을 쐬자고 해서 함께 바다를 향해 가는 동안에는 줄곧 에르미따와 말라테[7]에 관해 말해주셨다. 대로가 나 있는 바닷가를 향해 걷다가, 교수님은 길가에 있는 저택들을 손가락으로 가리켰다. 그리고 바로 여기가 필리핀에서 가장 부유한 사람들이 사는 동네라고 말했다. 로호가의 저택 앞에서 걸음을 멈추고 로호 가문에 대해 일고 있냐고 물었다. 나는 그 가문의 원조인 호세 로호에 대해 조금 알고 있다고 대답했다. 호세 로호는 혁명에 가담한 일루스트라도 지도자[8]였다. 그러나 미국인들이 아기날도[9] 장군의 오합지졸 군대를 무너뜨렸을 때, 연방주의자 정당을 설립하는 데 참여한 메스티소 지도자 가운데 한 사람이었다. 그들의 목적은 필리핀을 미국 연방의 하나로 만드는 것이었다. 교수님은 내 설명이 옳지만, 로호처럼 스페인에 뿌리를 두고자 했

5. 필리핀 마닐라 만에 면한 아름다운 공원. 리살 공원이라고도 한다.
6. 1896년에 있었던 스페인으로부터의 독립을 위한 혁명.
7. 마닐라의 대표적인 중심가.

던 메스티소들의 진정한 모습에 대해서는 잘 알지 못할 것이라고 했다. 혁명으로 스페인 사람들을 몰아낼 수 있는 절호의 기회가 왔을 때, 그들은 재빨리 스페인 사람으로서의 정체성을 버리고 본격적으로 혁명에 동참했다. 호세 로호가 혁명정부의 지도자급이었던 가엾은 마비니[10]를 축출한 일루스트라도 주동자이며, 동료 메스티소들과 함께 혁명 자금을 뒤로 빼돌려 땅을 샀다. 로호는 그렇게 누에바 에시하에 있는 대농장과 마닐라에 있는 다른 재산들을 축적했다고 알바레스 교수님은 말했다. 전쟁이나 혁명에서는 교활하고 탐욕스러운 자들이 언제나 마지막에 승리를 얻는 게 진실인 것 같다…….

우리는 대로 가까이에 서 있었다. 로호의 저택 앞에 멈춰 섰을 때, 오후의 햇살이 저택 지붕 기와에 부딪혀 반짝이는 것을 볼 수 있었다. 집으로 가는 길에 나는 그 앞을 수없이 지나갔다. 오후 수업이 끝나면 파드레 파우라를 거쳐 대로를 따라 걸었다. 루네타 공원을 지나 후안 루나로 건너가면 마침내 카빌도에 도착할 수 있었다. 이모네 식구들이 사는 덥고 답답한 방들이 있는 곳이었다.

필리핀의 상류층은 스페인이든 미국이든 언제나 침략자들과 결탁하는 길을 선택했다는 알바레스 교수의 말은 얼마나 옳은 것인가. 만약 일본 사람들이 지금 우리를 지배하고 있다면, 상류층은 그들과도 손을 잡을 것인가?"

---

8. 대부분 마닐라와 유럽 대학에서 교육 받은 부르주아 출신의 남성들로 이루어졌다. 그들은 1880년대부터 1890년대 중반에 이르기까지 필리핀 경제, 정치, 교육 조건의 개혁을 주창하는 운동에 참여했다.

9. Emilio Aguinaldo(1869~1964) 스페인으로부터 독립을 선언하고 필리핀 제1공화국 초대 대통령으로 취임했으나 1901년 체포되고 필리핀은 미국 식민지가 되었다.

10. 아폴리나리오 마비니(Apolinario Mabini, 1864~1903) 아기날도와 함께 혁명정부를 구상했으며 아기날도 정부의 국무총리, 외무부장관, 대법원장을 지냈다. 1899년 12월 미 당국에 의해 체포, 투옥되었고 1900년 10월 3일 풀려났다. 그 후 작은 오두막에서 정치 기사를 쓰며 근근이 생계를 유지하였으나 미국에 협조하지 않는다는 이유로 1901년 괌으로 유배되었다.

시간이 흐르면서 그 질문의 해답을 저절로 찾을 수 있었다. 1941년 8월, 학기가 시작된 지 얼마 되지 않아 롤란도 크루즈는 징집 명령을 받아 타를락에 있는 캠프 오도넬에 배치되었고, 12월 8일에 전쟁이 일어났다.

전쟁이 끝난 후에, 그는 폐허가 된 에르미따와 로호 저택에 대해 그가 알고 있는 사실을 떠올리곤 했다. 대문 쇠창살 사이로 보이던 잘 손질된 정원, 저녁 만찬이나 연회가 있을 때마다 파드레 파우라에 늘어서 있던 자동차들의 긴 행렬, 아카시아 나무들과 커다란 차양에 매달려 있던 색색가지 전구들, 한데 어울리던 필리핀 사람과 백인들, 턱시도 차림의 번드르르한 남자들과 길게 늘어진 드레스를 입은 여자들.

롤란도 크루즈는 이러한 장면들과 에르미 로호에 대한 낡은 기억의 조각들을 떠올리곤 했다. 그는 그녀의 아버지뻘 되는 나이였으나, 그에게 지옥 같은 존재였던 그녀를 깊이 사랑했다. 로호 가문의 사람으로 태어났지만, 에르미 로호는 창녀였다.

$$\bullet$$

1

$$\bullet$$

1945년 1월.

콘시타 로호는 가정부 알레한드라가 아침 식사와 메리엔다를 먹을 때 만들어주던 크림이 많이 들어간 진한 초콜릿이 먹고 싶었다. 1월의 마지막 주로 접어든 때였다.

크리스마스와 에르미따의 수호성인인 누에스트라 세뇨라 데 귀아[11]를 기리는 성대한 축일인 12월의 마지막 일요일과 새해 첫날이 모두 흘러갔다. 명절과 휴일이 다 지나가버리자, 이제 그런 날들은 다시 오지 않는다는 듯 미국 전투기들은 하루도 빠짐없이 도시의 하늘 위를 날아다녔다. 날개에 두 줄의 선과 흰 별이 그려진 짧고 뭉툭한 잿빛 전투기들이었다. 몸체가 두 개인 은빛 쌍동기들은 먹이를 찾는 독수리처럼 아주 높이 날았다.

마닐라 전체에 식량은 이미 바닥이 났다. 시내에 남아 있는 사람들 대

11. 길의 인도자이신 성모 마리아.

부분이 굶주리고 있었으며 쌀죽이나 카모테[12], 선인장 열매로 겨우 연명하는 처지였다.

차갑고 신선한 아침 공기 속에서 콘시타는 정원의 잔디밭을 서성이다가 바람이 휘몰아치는 맑은 하늘을 바라보았다. 윙윙거리는 소리와 함께 전투기들이 다가왔고, 소리가 점점 커지더니 모습을 분명하게 드러냈다. 스무 대 가량의 전투기들이 지붕 위를 스치듯 날아갔다. 작년 9월에 하늘을 온통 뒤덮으며 높이 비행하던 전투기들과 사뭇 다른 양상이었다. 이제는 더 이상 대공포를 쏘지 않기 때문인 것 같았다. 잿빛 전투기나 쌍동기들 대신 매끈한 은빛 전투기들이 아무런 제재도 받지 않고 마닐라 상공을 맴돌았다. 전투기 날개에 반사된 햇빛이 이따금 날카롭게 번뜩였다.

첫 번째 공습이 시작된 9월 이후로, 두 자매는 이층에 있던 각자의 방에서 아래층에 있는 침실로 거처를 옮겼다. 혹시라도 착오로 에르미따에 폭격이 가해지거나 폭탄이 투하될 경우 아래층이 더 안전할 것이라고 믿었기 때문이다. 미군 조종사들 모두가 특능 저격수라는 보장은 없었다. 부두에 정박해 있는 일본 함대를 격침시키려다가 그곳에서 이 킬로미터나 떨어져 있는 비논도 성당을 폭파시킨 적도 있었다.

필리핀의 다른 부유층과 마찬가지로, 일본군이 마닐라를 끈질기게 점령했던 삼 년 동안 콘시타와 언니 펠리시타스는 많은 괴로움을 겪었다. 당연하기만 했던 편안함과 쾌락을 더 이상 누릴 수 없었다. 전쟁이 일어났을 때만 해도 물자가 풍족한 편이었다. 돈 마누엘 로호는 음식 통

12. 당근처럼 생긴 고구마 종류의 채소.

조림이나 식용유, 세탁비누 같은 생필품, 심지어는 스페인산 포도주까지도 창고에 쌓아두었다. 이십 년 동안 전쟁이 이어진다고 해도 로호가의 사람들이 입을 옷과 옷감은 충분할 정도였다. 돈 마누엘의 오랜 친구인 총사령관은 이 불안정한 시기에 일어날지도 모르는 응급 상황에 대비해두는 게 좋을 것이라고 충고를 했다. 그러나 돈 마누엘은 그런 충고의 덕을 볼 정도로 오래 살지 못했다. 일본이 진주만을 폭격하기 직전 심장마비로 세상을 떠났다.

누에바 에시하의 농장에서 쌀을 가져올 수 없게 되었으나, 먹을 쌀은 아직 충분했다. 다락방에는 아직 쌀 열 자루가 남아 있었다. 농장 관리자는 몇 주일 전부터 발길을 끊었다. 전쟁이 오래 지속될 것이라고 예상했기 때문에, 난생처음으로 콘시타와 펠리시타스는 굶주림의 공포를 느껴야 했다. 쌀뿐만 아니라 돈 마누엘이 비축해두었던 비누나 식용유 같은 것들도 모두 바닥이 났다. 이제 누가 두 자매를 돌봐줄 것인가? 펠리시타스의 동생이자 콘시타의 오빠인 호셀리토는 진주만이 공격당했을 때 미국의 스탠퍼드대학에서 경영학 공부를 하고 있었다. 그날 이후로 아무런 소식이 없었지만, 그는 아무 일 없이 잘 지내고 있을 게 틀림없었다. 두 자매는 지금 호셀리토가 마닐라에 있으면 좋겠다고 생각했다.

가족과 함께 차고—지금은 링컨 제퍼와 닷지, 패커드밖에 남지 않아서 텅 비어 있지만—에서 사는 운전기사 아르투로가 어디선가 말린 물소 고기를 구해온 적이 있었다. 알레한드라가 그것을 요리했다. 아르투로는 이따금 두 자매와 그 부모가 입던 헌 옷가지들을 디비소리아에 서는 장에다가 내다팔았다. 자신의 고향이면서 로호 가문의 농장이 있는 누에바 에시하로 낡은 옷들을 가져가서 말린 물고기나 쇠고기, 설탕 같은 것들과 바꿔오기도 했다. 아르투로는 그곳 사람들이 벌써 거친 삼베 옷을 입는다고 했다.

전투기들은 요란한 소리를 내면서 붉은 기와 위를 지나 마닐라 만을 향해 돌진했고, 곧 폭발음으로 온 동네가 들썩였다. 폭탄이 또다시 부두에 떨어진 것이 틀림없다고 콘시타는 생각했다. 공습이 있을 때 집 밖에 나와 있는 것은 위험한 일이었다. 폭탄의 파편에 맞아 목숨을 잃은 사람들도 있었다. 콘시타는 넓은 정원이 보이는 응접실로 뛰어 들어왔다. 로호 저택은 넓이가 거의 육백 평에 달했다. 울타리를 이루던 산탄과 구마메르 같은 관상용 식물들은 뽑아버린 지 오래였고 이제는 가지나 토마토, 선인장 열매나 카모테 같이 두 자매와 하인들에게 식량이 될 만한 채소를 재배하고 있었다. 청경채는 수확할 때가 되었다. 밭을 만들 수 있는 땅은 얼마든지 있었다.

어디선가 갑자기 나타난 전투기들이 굉음을 내면서 아카시아 나무 위를 날아갔다. 그들의 은빛 몸체가 아침 햇살에 반짝였다. 비행기 엔진 소리가 사라졌을 때, 천둥 같은 폭발음이 다시 들려왔다. 이번에는 아주 가까운 곳에 포탄이 떨어진 듯, 유리창과 바닥이 심하게 흔들렸으며 나무에 달린 죽은 잎사귀들이 땅으로 떨어졌다. 콘시타는 지옥에서 나는 것 같은 그 소리에 결코 익숙해질 것 같지 않았다. 그녀는 몸을 잔뜩 움츠린 채 집게손가락으로 귀를 틀어막았다. 연이어 울려 퍼질지도 모를 폭발음에 대비한 것이었다. 하지만 소리는 더 이상 들리지 않았다.

그때 막 저택으로 들어선 아르투로가 숨 가쁘게 말했다. "미군이 링가옌[13]에 상륙했답니다, 아가씨. 며칠만 있으면 이곳에 들어온다는 얘기지요."

그녀는 힘없이 고개를 끄덕였다. '좋은' 소식은 예전에도 수없이 많았다. 무기와 식량을 실은 잠수함이 수 킬로미터를 늘어선 배들의 호위를 받으며 도착했다는 소문뿐 아니라, 농장 관리자가 "나는 반드시 돌아갈 것이다"라는 표어가 적힌 성냥갑을 가져온 적도 있었다. 그 며칠 동안 로호 저택은 기쁨에 들떠 술렁였다. 1941년, 미국 사람들에 대해 누구보다도 잘 알던 돈 마누엘 로호가 세상을 떠났을 때 사람들은 얼마나 슬퍼했던가. 얼마 안 있어 그의 아내 도나 이사벨 또한 죽음을 맞이했다. 돈 마누엘이 살아 있었더라면 미군이 링가옌에 상륙했다는 소식을 듣고 가장 기뻐했을 것이다. 그에 못지않게 기뻐할 사람은 그의 맏딸 펠리시타스였다. 돈 마누엘의 절친한 친구 총사령관은 파드레 파우라를 자주 방문했다. 펠리시타스가 1938년 윈터 가든에서 처음으로 사교계에 모습을 드러냈을 때, 처음으로 그녀와 춤을 춘 사람도 총사령관인 장군이었다. 펠리시타스는 장군이 머무는 마닐라 호텔에 자주 드나들었다. 그곳에서 친구들과 메리엔다를 즐기기 위해서는 아니었을 것이라고 콘시타는 짐작하고 있었다. 1939년에 결혼한 뒤에도 펠리시타스는 계속 그곳에 드나들었다. 성대한 결혼식을 올린 지 한 달도 지나지 않아 그녀의 남편이 죽었기 때문이다.

열두 명의 고용인들 중 서른 살의 아르투로와 그의 아내 오랑, 그리고 알레한드라만 남고 다른 이들은 모두 누에바 에시하로 돌아갔다. 화려

---

13. 필리핀 루손 섬에 있는 만.

한 파티도 열리지 않고 산더미 같은 세탁물도 없는 커다란 저택에는 할 일이 별로 없었다. 휘발유가 없었으므로 링컨 제퍼, 닷지, 패커드는 움직일 수 없었다. 따라서 두 자매는 바탕가스 조랑말이 끄는 도카르[14]를 타고 다녔다. 예전에 산타 안나의 경주마였던 그 말은 이제 이륜마차나 끄는 신세가 되었다. 어제 아르투로가 도카르를 타고 나간 적이 없어서 콘시타는 그가 어디에서 그 소식을 들었는지 궁금했다.

"저 아래 길을 한 바퀴 돌다가 들었어요, 아가씨." 아르투로는 대답했다. 그는 카모테 뿌리와 청경채 몇 포기를 들고 있었다. 오늘 점심 식사로 먹을 것들이었다. 아르투로는 그새 부쩍 여윈 모습이었다. "오늘 밤 날씨가 맑으면 북쪽에서 불빛들을 볼 수 있을 거예요. 1942년에 일본군이 코레히도르와 바탄[15]을 공격했을 때처럼요. 전투가 시작되었다네요, 아가씨."

크리스마스 전부터 아르투로는 두 자매에게 농장으로 피난을 가는 게 최선의 방법이라고 말했다. 하지만 에르미따와 뉴 마닐라에 있는 친구들은 그 의견에 빈대했다. 말라카냥의 일본군 본부에서 일하던 돈 마누엘의 친구들조차 펠리시타스에게 일본 사람들은 전혀 위험하지 않다고 장담하기까지 했다. 1942년에 일본군이 들어왔을 때처럼, 마닐라는 개방 도시[16]가 될 것이라고 안심시켰다.

티통 벨라스케스 또한 같은 이야기를 한 적이 있었다. 그는 라살대학교 졸업반일 때 징집되었다. 그는 바탄 전투에 참가했으며 '죽음의 행

---

14. 필리핀의 이륜마차.
15. 필리핀 마닐라 만 어귀의 섬.
16. 군사상의 방비가 없는 도시. 국제법상, 전시에도 공격이 금지되어 있음. 무방비 도시, 비무장 도시라고도 함.

군[17]에서 살아남았다. 그리고 일본군이 무엇을 바라고 있는지를 깨달았다. 마닐라는 전략적으로 중요한 도시가 아니어서 전쟁터가 되지 않으리라는 것을 알고 있었다. 콘시타는 지난 오 년 동안 티통과 사귀었다. 그는 대지주의 아들치고는 피부색이 검은 편이었다. 하지만 메스티소다운 단정한 용모를 지니고 있었다. 높고 쭉 뻗은 코에 갸름한 얼굴, 감각적인 입술, 부드러운 고수머리 같은 것들이었다. 지주의 자녀들을 모아놓은 자리에서 그는 항상 눈에 띄었다. 누구보다도 키가 크고 잘생겼기 때문이었다. 라살대학 근처에 있는 벨라스케스 저택에서 열린 파티에서 콘시타는 그를 처음 만났다. 그의 여동생이 콘시타가 다니는 어섬션 여학교[18]의 동급생이었다. 그가 콘시타에게 구애를 하자 그녀의 부모는 둘의 교제를 반겼다. 그리고 그녀가 열여덟 살이 되기도 전에 단둘이 만나는 것을 허락했다. 그녀가 처음 사교계 파티에 선을 보인 날, 티통은 포드 승용차에 그녀를 태우고 바닷가의 대로로 바람을 쐬러 갔다. 그들은 루네타의 막다른 곳에 자리 잡은 미 해군 클럽 근처에 차를 세웠다. 한적하고 어둡고 로맨틱한 장소였다. 눈앞에서는 파도가 속살거리면서 바위에 부딪치고 있었다.

이번에도 그들은 입을 맞추었다. 하지만 티통의 손길은 보통 때와는 달리 집요했다. 열여덟 살이 되면서부터 콘시타가 은근히 기다려왔던 일이기도 했다. 쓸데없는 밀고 당김으로 성가시게 굴고 싶지 않았다. 두

---

17. 필리핀 전투(1941~42)의 일부였던 3개월간의 바탄 전투 후 자행된 일본군의 전쟁 범죄를 이르는 말로서, 미군과 필리핀군 포로들을 강제로 장거리 이송하는 과정에서 상당수가 죽고 광범위한 만행이 저질러졌다.
18. 필리핀의 명문 여학교로 초·중·고·대학교까지 있다.

사람은 옷을 벗지 않았다. 그녀는 흰색 태피터[19] 드레스의 치맛자락을 걸어 올렸다. 유명 디자이너 라몬 발레라가 만든 옷이었다. 그리고 뒷좌석으로 가서, 불편한 자세로 그녀는 기꺼이 그에게 자신을 내주었다.

한 시간도 지나지 않아 그들은 파드레 파우라로 돌아왔다. 두 사람이 서둘러 돌아온 것을 보고 콘시타의 부모는 놀라는 눈치였다. 이른 귀가였다. 젊은 미망인 펠라이[20]는 그때까지 집에 돌아오지 않았다. 상기된 얼굴로 콘시타는 이층에 있는 자기 방으로 뛰어 올라갔다. 행복하기도 했지만 한편으로는 실망스럽기도 했다. 반 친구들이 했던 말과는 반대로, 그 일은 그다지 즐겁지 않았다. 흔히 말하는 절정의 느낌을 경험하지 못했다. 오히려 아팠다. 많이 아프지는 않았지만 두 다리 사이로 막대기를 억지로 밀어 넣는 것 같아 불편했다. 그녀는 아주 적은 양의 피를 흘렸다. 속옷에 붉은 반점 몇 개가 남았을 뿐이었다. 첫 생리 때와 비슷했다. 티통은 결혼할 생각을 하고 있을까? 당연히 그래야 했다! 어쩌면 임신을 할 수도 있었고, 게다가 이제는 다른 남자의 신부가 될 수는 없었다. 티통은 라살대학의 다른 남학생들처럼 매우 현실적이었다. 그에게는 열 명의 형제자매가 있었다. 그의 아버지에게는 숨겨둔 여자들이 여럿 있었으므로, 합법적이지 않은 자식들도 많을 게 틀림없었다. 하지만 콘시타의 경우는 달랐다. 누에바 에시하 농장과 산타크루즈와 삼팔록에 있는 아파트들, 뉴 마닐라와 산타 메사의 부동산을 물려받을 사람은 그녀와 호셀리토, 펠리시타스뿐이었다. 만약 그녀와 결혼하지 않

---

19. 광택이 있는 얇은 평직 견직물.
20. 펠리시타스의 애칭.

는다면 그는 대단히 어리석은 사람일 게 틀림없었다.

그날 아침 콘시타는 티통을 기다리고 있었다. 덜 익은 코코넛 몇 개를 가져오겠다던 그는 벌써 이틀째 모습을 보이지 않았다. 마닐라에 머물고 있던 티통의 가족들은 이제 네그로스 섬의 농장에서 아무것도 가져올 수 없었다. 하지만 수완이 좋은 티통은 어려움을 잘 헤쳐나가고 있었다. 카파스에 있는 수용소에서 풀려난 뒤 그는 에스콜타의 암시장에서 물건을 사고파는 일을 했다. 그의 입으로 직접 말한 적은 없었지만, 이따금씩 종적을 감추는 것으로 보아 게릴라에 가담한 게 아닌가 하는 의심이 들었다.

전화는 불통이었고, 1942년에 일본군이 들어왔을 때와 마찬가지로 모든 것이 또다시 무너지는 것은 시간 문제일 것 같았다. 어쨌든 이제는 약탈당할 가게도 귀중품도 남아 있지 않았다. 아르투로의 말처럼, 모두들 시골로 떠나버렸다. 콘시타로서는 납득하기 힘들었지만, 아르투로는 자신의 부모들도 섬겼던 가문에 대한 충성심 때문에 저택에 남아 있는 것이라고 했다.

머리를 풀어서 늘어뜨린 펠라이가 다가왔다. 그녀도 많이 여위었으나 덕분에 더 아름다워 보였다. 콘시타는 그녀가 부러웠다. 펠라이는 재계와 정계의 중요한 인사들을 두루 알고 지냈으며, 중요 자선단체 중에 그녀가 이사나 그 비슷한 직책으로 관계를 맺지 않은 곳은 하나도 없었다. 펠리시타스는 열심히 일했다. 마닐라 호텔에서 열리는 자선 무도회를 주도하거나, 《트리뷴》이나 《헤럴드》 지(誌) 그리고 《라 방과르디아》

나 《엘 데바테》 같은 스페인어 일간지에 기사가 꼬박꼬박 실리는 저녁 다과회를 열었다. 펠라이의 눈매는 중국 사람들과 비슷했다. 중국 사람의 피가 섞인 어머니에게 물려받은 것이었다. 집요하게 사회 활동에 매진하는 그녀의 성향도 따지고 보면 중국인의 사업가적인 기질에서 비롯했다. 그녀에게 막대한 재산을 물려준 남편은 홍콩에서 신혼여행을 마치고 돌아온 지 일주일도 지나지 않아 자살했다. 남편의 가족이나 펠라이는 그의 죽음을 결코 자살로 인정하지 않았다. 그것은 '사고'였다. 펠라이의 남편은 사냥을 즐기는 사람이었다. 그는 12구경 윈체스터 소총을 손질하다가 오발 사고로 인해 목숨을 잃은 것으로 알려졌다. 물론 펠라이는 남편이 죽은 진짜 이유를 알고 있었다. 그녀는 여러 날 동안 병적인 흥분 상태에 빠져 울음을 터뜨리고 거의 주체할 수 없이 흐느끼다가도 갑자기, 건드릴 수 없는 침묵 속으로 빠져들곤 했다. 그녀는 남편이 죽은 진짜 이유를 누구에게도 말하지 않았다. 사소한 일이나 은밀한 이야기조차 서로 숨기지 않고 주고받는 상대였던 콘시타에게조차 말하지 않았다. 펠라이는 산 마르셀리노의 파울레스 성당에서 호화로운 결혼식을 올렸다. 그녀의 대부인 케손[21] 대통령을 포함하여 마닐라의 주요 인사들이 모두 예식에 참석했다. 콘시타는 시골 출신인 펠라이의 신랑이 매우 보수적이라는 사실을 알고 있었다. 그는 순결하지 않은 아내를 받아들일 수 없었을 것이다. 펠라이는 요리 솜씨가 좋았고 뛰어난 피아니스트이자 훌륭한 안주인 역할을 할 수 있는 여자였다. 그러나 처녀가 아니었다. 1938년 마닐라 호텔에서 사교계에 처음 등장하기 전

---

21. 1935년부터 1942년 일본군이 침략할 때까지 필리핀 자치정부를 이끌었던 대통령.

에도 그녀는 이미 고등 판무관 사무소에서 일하는 훤칠한 미국 청년들과 어울렸다. 스페인에 대항하는 혁명에 참여했던 할아버지의 행적을 고려할 때, 이해할 수 있는 일이었다. 할아버지는 일찌감치 미국 사람들과 손을 잡고 혼란한 혁명의 와중에 재산을 한몫 단단히 챙겼다. 펠라이의 삶에 장군이 나타나기 전에도 그녀는 미국 청년들과 깊은 관계를 맺었다. 한 사무관과 열정적인 사랑에 빠졌고, 그 결과 그녀는 미국으로 건너가 사내아이를 출산해야 했다. 그 아이가 지금 어디에 있는지 아는 사람은 아이 아버지와 펠라이 자신뿐이었다. 그녀의 남편은 네그로스 섬 출신이었으며, 마닐라의 온갖 적나라한 소문을 들을 수 있는 경로가 없었다. 왜냐하면 영국에서 교육을 받았고, 마닐라의 현란함보다 네그로스 섬의 넉넉한 시골 인심을 더 좋아했기 때문이다.

펠라이의 피부는 희고 매끄러웠다. 콘시타는 언니가 부러웠다. 특히 그녀의 알몸을 볼 때마다 콘시타는 먹음직스럽게 잘 익은 마코파[22]를 떠올렸다. 에르미따에 활기를 불어넣어 주던 음식들—대륙에서 건너온 스위스 초콜릿, 캘리포니아 포도, 여러 종류의 치즈와 소시지—을 이미 오래전부터 구경조차 할 수 없었다. 그럼에도 펠라이의 아름다움은 그 빛을 잃지 않았다. 펠라이는 거의 바깥출입을 하지 않은 채 지루한 일상을 이어가고 있었다. 친구들도 에르미따에 남아 있는 몇 안 되는 사람들뿐이었다. 콘시타는 그녀가 정서적인 결핍감을 어떻게 견디는지 궁금했다. 만약 지금 미군이 링가옌에 와 있다면 빠른 시일 안에 장군에

22. 작은 배 모양의 필리핀 과일.

게서 소식이 올 것이다. 하지만 《트리뷴》지는 미군이 필리핀에 상륙했다는 사실을 부인했다. 남태평양에서 미군이 올라오는 데 그런 느린 속도로라면, 필리핀에 닿기까지 백 년은 걸릴 것 같았다.

펠리시타스는 정교하게 세공된 철제 의자를 가져와 콘시타 옆에 앉았다. 그녀의 화장품은 아직도 많이 남아 있었다. 진한 화장을 한 우울한 얼굴에는 스물다섯 해의 세월이 스며들어 있는 듯했다.

"오크라[23]하고 토마토, 가지는 이제 너무 지겹지 않니?"

대답을 바라고 한 말은 아니었다. 펠라이의 눈길은 저 멀리 채소를 심어놓은 밭 끄트머리를 헤매고 있었다. 작년 한 해 동안은 이 밭에서 채소를 많이도 뽑아 먹었다. 아르투로는 그 일부를 장에 내다 팔기까지 했다.

"난 스테이크가 먹고 싶어." 펠라이는 말을 이었다. "그리고 우리 농장에서 나는 수만[24]과 망고도 먹고 싶어. 소작인들은 우리보다 더 잘먹고 잘살고 있을 게 틀림없어. 그자들은 모두 거짓말쟁이고 좀도둑들이야."

"시골로 갈 생각이야?" 콘시타가 물었다.

"아니. 여기가 더 안전해. 게릴라들이 어떤 짓을 하는지 너는 상상도 못할 거야……."

콘시타는 소름이 끼쳤다. 오래된 원한 앞에서 사람 목숨은 파리 목숨처럼 가벼웠다. 콘시타는 고등학교 때의 단짝친구 길다 산토스를 떠올렸다. 길다의 가족은 마닐라에서 굶어 죽지 않으려고 타야바스로 갔다가 살해당했다. 어느 날 저녁 무장한 필리핀 사람들이 들이닥쳐 어머니,

23. 작은 배 모양의 필리핀 과일.
24. 찹쌀로 만든 필리핀 음식. 우리나라 약식과 비슷함.

아버지, 오빠를 데려갔는데 끝내 돌아오지 않았다고 길다가 눈물을 흘리며 말했다. 길다는 침대 밑에 숨어 그들에게 들키지 않았다. 그러지 않았다면 강간당한 다음 살해되었을 것이다.

"게다가 우리가 그렇게 먼 길을 걸어갈 수 있을 것 같니?" 펠라이는 말했다.

콘시타는 누에바 에시하까지 걸어가야 한다는 생각은 전혀 하지 못했다. 하지만 떠나기로 결정하게 되면, 다른 방법은 없었다. 늙은 말이 끄는 도카르를 타고 가는 것은 위험천만한 일이었다. 아르투로는 고속도로에 자동차가 한 대도 다니지 않는다고 말했다. 낮 시간에는 고속도로 위로 미군 비행기들이 떠서 움직거리는 것은 모조리 기총 소사를 가했다. 밤이면 후퇴하는 일본군들의 행렬이 도로를 가득 메웠다. 고속도로 주변의 집들은 전부 폐허가 되어버렸다.

"여기서 떠나지 않을 거야." 콘시타는 단호하게 말했다.

"나도 떠날 생각 없어, 콘칭[25]. 네가 가지 않겠다면 말이야." 펠라이가 말했다. 그 문제에 대해 의견 일치를 보았으므로, 그녀는 의자에서 일어나 천천히 집 안으로 걸어 들어갔다.

뒷계단으로 내려온 알레한드라가 정원 가장자리에 있는 구덩이 안으로 쓰레기를 던져 넣었다. 그 옆에는 물 빠진 수영장이 있었다. 1942년에는 수영장에 틸라피아[26]를 놓아길렀다. 하지만 그 물고기들은 모두 식탁에 오르는 신세가 되었다. 이제 수영장은 텅 비어 있었다. 아르투로

25. 콘시타의 애칭.
26. 아프리카산 온대 담수어.

가 수영장을 쓰레기장으로 썼으면 좋겠다고 했으나 펠라이는 허락하지 않았다. 전쟁 전에는 그곳에서 밤에 야외 파티를 열곤 했다. 머리 위에서 반짝이던 색색의 전구 불빛이 수영장 물에 어려 아롱거렸다. 펠라이는 장군과 함께 그곳에서 수영을 했던 황홀한 추억을 가지고 있었다. 그런 곳에 쓰레기를 버리는 것은 용납할 수 없었다. 아르투로는 수영장 옆에 구덩이를 파야 했다.

그때 다시 북쪽을 향해 날아가는 전투기들의 굉음이 들려왔다. 콘시타가 막 몸을 피하려 했을 때 머리 위의 전투기 두 대가 콩 볶듯이 총격을 가하기 시작했다.

항구에 여전히 일본군 함대가 남아 있는 게 틀림없다고 콘시타는 생각했다. 그리고 얼마 안 있어 항구 쪽에서 커다란 폭발음이 들려왔다.

사람들은 일찍 잠자리에 들었다. 그 즈음에는 불을 켜기 위해 코코넛 기름을 사용하고 있었다. 마닐라는 어둠에 잠겼으며, 알레한드라가 성자들의 축일 때마다 몇 개씩 따로 남겨두었던 양초조차 모두 써버렸다. 코코넛 기름은 쓸모가 많았다. 요리할 때도 사용할 수 있었다. 하지만 알레한드라는 그 냄새를 무척 싫어했다.

2월이 되었다. 해는 일찍 졌고, 바다에서 시원한 바람이 불어와 모든 것을 말끔히 씻어냈다. 흙먼지가 이는 텅 빈 길에는 떠돌이 개나 고양이들조차 찾아볼 수 없었다. 모두 잡아먹거나 죽었을 것이다. 콘시타는 심지어 들쥐를 잡아먹는다는 소문도 들었다.

며칠 전부터 로호 저택의 사람들은 코코넛 밀크로 요리한 채소로 끼니를 이어가고 있었다. 그들은 에르미따에서 떠날 수 없었다. 말 그대로 갇혀버린 것이었다. 농장으로 갈 수 있다고 하더라도, 후크[27] 게릴라단에 동조하는 적대적인 소작인들의 손에서 살아남을 수 있을지 장담할 수 없었다.

유난히 날씨가 궂었던 2월 어느 밤 콘시타는 창문 너머로 북쪽 밤하늘 여기저기서 터지는 붉은 섬광들을 바라보고 있었다. 전에 아르투로가 설명한 그런 불빛들은 아니었다. 미군이 마닐라의 경계까지 와 있었으나, 그래도 일본군은 전혀 동요하지 않는 것처럼 보였다. 그들은 여전히 아침마다 행군을 했고, 밤에 아무도 없는 도로에서도 그들의 소리가 들려왔다. 때때로 불안할 만큼 가까운 곳에서 총소리가 들렸고 곧 다시 정적이 찾아왔다.

두 자매가 세상과 접하는 유일한 통로는 세 명의 하인들이었다. 그들이 없었다면 어떻게 견딜 수 있었을까? 펠리시타스는 마음속에 분명히 새겨두고 있었다. 이 모든 일이 끝나고 나면 그들에게 보답을 하겠다고.

때로는 좋은 소식이 들려오기도 했다. 미군들이 더 가까이 왔다는 것이다. 이제 대낮에는 일본군들이 시내를 돌아다니지 않았다. 하지만 밤이 되면 그들은 다시 행군했고, 불길한 어둠 속에서 탱크가 삐걱거리며 움직였다. 때때로 콘시타는 잔디밭으로 내려가 오랑을 찾았다. 처음 에르미따에 하녀로 들어왔을 때 오랑은 매우 억센 사람이었다. 그녀가 아르투로를 만난 것은 그 무렵이었다. 아르투로와 마찬가지로 그녀도 누

---

27. 제2차 세계대전중 필리핀의 진보 인사들과 공산당원이 결성한 항일 게릴라 조직. 1963년 친미 보수주의 정권의 탄압으로 신인민군으로 탈바꿈함.

에바 에시하 출신이었다. 콘시타를 대할 때면 그녀는 언제나 시골 사람다운 겸손한 태도를 보였다. 오늘 아침에 아르투로가 일본의 전쟁 채권을 가지고 무엇을 살 수 있는지 알아보러 나간 사이, 그녀는 집안일을 했다. 알레한드라와 요리를 하고 빨래를 해치웠다.

"점심때는 뭘 먹을 거지?" 콘시타가 물었다.

"아르투로가 돌아와야 알 수 있어요, 아가씨." 오랑은 말했다. "운이 좋으면 쇠고기를 구해올 수 있을 거예요. 저는 미군이 돌아올 때까지 기다릴 수가 없네요."

"미군은 반드시 돌아올 거야, 오랑." 콘시타가 그늘 속 차가운 대리석 벤치에 앉으면서 말했다.

이따금 오랑이 부엌에서 일하는 모습을 지켜보면서, 콘시타는 그녀에게 더 높은 신분이 되고자 하는 야심이 있는 것 같다는 생각을 했다. 오랑은 콘시타에게 자기 가족 이야기를 해주었는데, 아버지는 로호 가문에 속한 삼백 명이 넘는 소작인들 가운데 한 명이었다. 펠라이는 하녀들을 제대로 가르칠 줄 알았다. 침대를 정리하는 법, 구두를 닦는 법, 그리고 식사 시간에 시중드는 법 같은 것들이었다. 이따금 성대하고 품위 있는 파티가 열릴 때면 마닐라 호텔에 일손을 청하기도 했지만 말이다. 하인들의 충성심 덕분에 살아가고 있는 지금과 같은 때, 그들과 거리를 유지하는 것은 힘든 일이었다. 그들은 달랐다. 행동방식도 몸가짐도. 언젠가 어머니가 했던 말을 그녀는 뚜렷하게 기억하고 있었다. 개 짖는 소리로 집 안이 시끄럽고 뒤뜰에 있는 개 사육장이 가득 차 있던 때였다. 어머니는 개가 사람보다 더 충성스럽기 때문에 집에는 하인보다 개가 더 많아야 한다고 했다.

하지만 지난해에 아르투로는 개들을 모두 처치해버렸다. 사람보다 음식을 더 많이 축내기 때문이었다. 콘시타는 가장 좋아하던 하얀 푸들을 내놓을 수 없었다. 하지만 언니는 이케라고 부르던 독일산 셰퍼드를 기꺼이 내보냈다. 집에서는 물론 자선 행사장에서까지 언니 뒤를 그림자처럼 따라다니던 순수하고 좋은 혈통을 가진 개였다.

"나는 이케와 헤어졌어, 콘칭. 너도 애완견을 포기해야만 해. 이런 시기에는 자제하는 수밖에 없어. 사랑하는 것들을 잃는 법을 배워야 한단다……" 펠라이는 말을 얼마나 잘하는지 몰랐다.

정오가 되자 아르투로가 돌아왔다. 그는 뒤뜰을 거쳐 콘시타와 펠라이가 점심을 먹고 있는 식당으로 들어왔다. 빳빳하게 풀을 먹인 제복을 입은 알레한드라가 여느 때나 다름없이 시중을 들고 있었다. 식탁은 크리스털 유리잔과 은식기들로 우아하게 차려져 있었고, 메뉴는 늘 먹는 음식인 작은 조개를 넣고 끓인 수프, 야채 스튜와 쌀밥이었다. 디저트는 누런 설탕에 넣고 익힌 다음 코코넛 밀크로 향을 낸, 젤라틴처럼 된 쌀 요리였다. 우유와 흰 설탕은 이제 구할 수 없었다. 아르투로는 식당 문 앞에 서서 들어오라는 신호를 기다리고 있었다.

펠라이가 고개를 들었다. 그녀의 몸에는 한동안 군살이 올랐었다. 두터워진 눈두덩이 눈을 더 작아 보이게 했고, 엉덩이 둘레도 늘어나 있었다. 하지만 이제 그녀는 날씬해져서 더 젊어 보였다. 콘시타는 장군이 언니의 달라진 모습을 보고 기뻐할 것이라고 넌지시 놀려대기도 했다.

"새로운 소식이 있나, 아르투로?" 펠라이가 물었다.

운전기사의 얼굴은 땀으로 뒤범벅이었다. 파시그 강[28]을 건너 에르미따까지 보통 사람으로서는 엄두가 나지 않을 먼 거리를 힘겹게 걸어온 게 틀림없었다. 그는 자루를 열고 안에 든 것을 꺼내 보여주었다. 카모테와 카사바[29] 뿌리였다.

"아주 좋은데, 아르투로. 이제 오랑이 뭔가 색다른 요리를 할 수 있겠네. 새로운 소식은 없어?"

"미군이 더 가까이 왔대요, 아가씨. 이번 주 안에 마닐라로 들어올지도 모른답니다."

그 일주일 동안 그들은 긴장 속에서 기다렸다. 이따금 닫힌 덧문 틈새로 밖을 엿보곤 했지만, 안에서 굳게 걸어 잠근 육중한 철대문을 열고 밖으로 나가는 위험한 짓은 하지 않았다. 이제 콘시타는 밤에 기름 램프를 켜지 않았다. 두 자매는 어둠 속에 나란히 앉아 다락방에서 쥐가 바스락거리는 소리나 어쩌다 가끔 울려 퍼지는 총소리, 포격 소리에 귀를 기울일 뿐이었다. 그 소리들은 위험을 느낄 정도로 아주 가까운 곳에서 들려왔다.

처음에 그들은 아주 가까운 곳에서 들려오는 총소리에 겁을 집어먹었으나, 조금씩 다가오는 폭발 소리에 점점 익숙해졌다.

아침이 되자 아르투로가 새로운 소식을 전해주었다. 미군이 이미 강

---

28. 마닐라를 남북으로 가르는 강.
29. 열대지방 식물로 뿌리와 열매를 먹음.

을 건넜으며, 밤사이에 일본군이 파시그 강의 다리들을 폭파했다는 것이었다. 1942년과 마찬가지로 마닐라는 다시 개방 도시가 될 것이고, 마침내 구원을 받게 될 것이다.

두 자매는 기뻐했다. 마음씨 고운 아르투로는 반가운 소식을 들려주어 자매들이 위안을 받을 수 있도록 늘 마음을 썼다. 가엾은 자매들이었다. 부모가 죽은 후에 소작인들은 수확이 끝나도 마땅히 내야 할 도조를 올려 보내지 않았다. 소작인들은 모두 후크 게릴라단이 되었는지도 모르는 일이었다. 이런 상황에서는 마닐라에 있는 재산도 두 자매의 안락한 삶을 보장하지 못했다. 그들의 운명이 이렇게 순식간에 바뀔 줄 어떻게 알았으랴!

그러나 마닐라는 개방 도시로 선포되지 않았다. 콘시타가 이 사실을 안 것은 이른 아침에 포격이 시작되었을 때였다. 처음에는 기관차가 기적을 울리는 듯한 휘파람 소리가 들리다가 곧이어 가까운 곳에서 폭발음이 터졌다. 인트라무로스 근처인 것 같았다. 집 전체가 흔들렸고 창문이 덜컹거렸다. 그리고 총격 소리가 길을 따라 가까워지고 사람들의 비명 소리가 들려오기 시작했다.

어둠은 그들을 보호해줄 장막이기도 했다. 낮에는 불을 피워 쌀이나 채소로 음식을 만들 수 있었다. 하지만 밤에 가느다란 불빛 한 줄기라도 새어나간다면, 일본군뿐만 아니라 먹을 수 있는 것이면 무엇이든지 손에 넣고자 거리를 헤매는 굶주린 폭도들을 불러들일 게 틀림없었다. 높은 쇠대문을 굳게 잠갔다. 그러나 쇠망에 고정시킨 사왈리[30] 울타리가 군데군데 썩어 문드러져, 밖에서 안을 들여다볼 수 있는 곳들이 있었다.

육중한 저택이 가로막고 있는 뒤뜰만은 밖에서도 보이지 않았다. 바로 그곳에 아르투로는 가지와 토마토, 오크라를 심었다. 말린 카사바 줄기의 고갱이로 심지를 만든 기름 램프 하나가 방에 있었지만 콘시타는 켜지 않았다. 창가에 앉아 저 멀리 지붕들 너머를 바라보았다. 도시의 북쪽은 밝게 빛나고 있었다.

총격이 시작된 지 사흘째 되는 밤이었다. 저택에 있어도 이제는 안전하다는 느낌이 들지 않았다. 유산탄이 지붕으로 쏟아져 내렸다. 기와는 이미 금이 가고 깨졌을 것이다. 마치 전쟁에 대비해서 만든 것처럼 시멘트 벽만은 견고했다. 그러나 난공불락이라고 할 수는 없었다. 코레히도르 섬조차도 함락을 당했던 것이다.[31] 어둠 속에서 콘시타는 티통이 곁에서 꼭 안아주어 숨 막히는 죽음의 공포를 몰아내 주었으면 좋겠다고 생각했다. 펠라이 또한 두려웠다. 하지만 자신의 공포를 다스릴 수 있었다. 일주일 전에 그녀는 높은 지위에 있는 친구들을 가까스로 만날 수 있었다. 그들은 여전히 사치품을 가지고 있었다. 심지어 사탕과 초콜릿까지 있었다. 그런 물건들은 '잘못 전해진' 적십자 구호물품임에 틀림없었다. 콘시타가 느끼는 비참함을 그때 그녀도 똑같이 맛보았다.

이미 강을 건넜다면 미군들은 왜 꾸물거리는 걸까? 한밤중에 마치 바로 길 건너에서 나는 듯한 몇 번의 폭발음이 저택을 뒤흔들 때 콘시타는 어둠 속을 바라보았다. 도시는 파시그 강 쪽으로 붉은빛에 잠겨 있었다. 그리고 이따금 하늘을 태워버릴 듯한 불꽃이 치솟아오를 때 지평선은

---

30. 지붕이나 담을 만드는 데 쓰이는 대나무 또는 갈대 비슷한 식물.
31. 필리핀 마닐라 만 어귀의 섬으로서, 1942년 섬에 주둔하던 미군과 필리핀 연합군이 일본군에 패배함으로써 함락된 '코레히도르 전투'를 말함.

훨씬 더 밝게 빛났다. 저 멀리 길 아래 태프트 가 쪽에서는 포격 소리가 들려왔고, 어둠 속에서 사람들이 아우성치면서 거리로 쏟아져 나오는 소리도 들렸다. 콘시타는 철대문의 빗장과 집 안의 자물쇠들이 굳건히 버텨주기를 기도했다. 그녀는 아르투로와 오랑, 알레한드라 곁에 있고 싶었다. 하지만 그들은 하인 숙소에 모여 운명이 다가오는 소리에 귀를 곤두세우고 있을 것이다.

마침내 아침이 왔다. 콘시타는 거의 밤을 꼬박 새웠다. 점점 커지는 포격 소리에 귀가 먹을 것만 같았다. 잠을 자려고 애를 썼지만 잠들 수 없었다. 사람들이 거리에서 몰려다니고 있었다. 그들의 목소리는 절박했고, 공포로 가득 차 있었다. 어머니 아버지를 찾는 어린아이들의 울음소리와 어린 자식들을 재촉하는 부모들의 소리가 들려왔다. 콘시타는 물을 마시기 위해 지친 몸을 이끌고 부엌으로 갔다. 알레한드라가 시중을 들기 위해 기다리고 있었다.

"지금 아침 식사를 하시겠어요, 아가씨?" 콘시타는 지금 전혀 배고프지 않다고 짜증스럽게 대답했다.

아르투로는 하얗게 질린 얼굴로 문 옆에 서 있었고, 오랑도 긴장된 모습으로 곁에 서 있었다. 펠리시타스는 겁을 먹고 방에 틀어박혀 있는 것 같았다.

"알레한드라, 가서 언니를 좀 찾아봐." 가정부는 허둥지둥 거실 쪽으로 사라졌다.

정말로 큰 집이었다. 그녀는 하인들과 함께 있기를 바랐지만 그것은 생각조차 할 수 없는 일이었다. 이제까지 늘 그랬듯이 하인들은 차고 위의 숙소에 기거해야만 했다.

화장도 하지 않고 머리도 빗지 않은 모습으로 펠라이가 걸어 들어왔다.

"우리 여기에 그냥 있을 거야?" 콘시타가 울부짖었다.

"난 밤새 한잠도 못 잤어. 사람들은 비명을 질러대고, 여기저기서 폭발 소리가 들려오고."

"그럼 어디로 가야 좋을까?" 식탁에 앉으면서 펠라이가 말했다.

"여기 그냥 있으면, 우리는 죽을 거야……."

콘시타는 단호하게 말했다.

"가려면 몇 달 전에 가야 했어. 그랬으면 지금은 안전할지도 모르지." 펠라이는 운전기사를 바라보았다.

아르투로는 단호하게 말했다. "지금은 정말로 갈 곳이 없습니다. 하지만 제가 방공호를 파놓았어요. 그곳에서 상황이 끝나기를 기다릴 수 있습니다. 폭탄이 떨어진다고 해도—물론 바로 그 위에 떨어지지만 않는다면—안전할 거예요. 집 안에서는, 벽이 아무리 단단하나고 해도 안전하지 않습니다……."

"그럼, 방공호로 가자, 콘시타." 조금 안심한 듯한 목소리로 펠라이가 말했다. "아침 식사부터 할까."

다시 폭발 소리가 들려왔다. 집이 흔들리면서 천장에서 석회 가루가 우수수 쏟아졌다. 거리에는 사람들이 여전히 몰려다니고 있었다. 미군들은 왜 이렇게 지체하는 것일까? 맙소사, 미군은 벌써 이곳에 들어와 있어야만 했다. 그랬어야만 했다. 서쪽에서 거대한 연기의 소용돌이가 마치 폭풍을 몰고 오는 구름처럼 피어올라 하늘을 검게 물들였다. 반대 방향에 있는 태프트 가 쪽에서도 화재가 났으나 크게 번지지 않았고 연기는 아직 그 지역을 덮칠 정도는 아니었다.

이제 총소리나 대포 소리에 놀라는 일은 없었다. 해가 지는 것이나, 어쩔 수 없는 운명을 받아들이는 일처럼 체념할 뿐이었다. 낮이 길어지면서 끔찍한 소리들도 점점 더 커져갔다. 전투가 그들을 점점 죄어오는 것 같았다. 때때로 엄청난 굉음이 하늘을 베고 지나가고 나면 말라테 너머 혹은 파사이 시[32]일지도 모르는 곳에서 폭발 소리가 들려왔다. 거리를 내달리는 사람도 이제는 없었다. 모두들 어디로 사라진 것일까?

알레한드라는 뒤뜰에서 불을 피워 요리를 했다. 그리고 두 자매가 웅크리고 앉아 있는 아래층 욕실로 냄비에 담긴 음식을 가져왔다.

"이웃 사람들은 모두 어디로 가버린 거지, 콘시타?"

펠라이가 물었다.

"아르투로가 그러는데, 리살 경기장으로 갔대. 그곳에 있으면 공습을 피할 수 있다는 소문이 돌았다는 거야."

콘시타는 한숨을 쉬었다. 그녀의 머리카락은 먼지투성이였으며, 알레한드라 또한 머리가 헝클어져 있었다. 아주 가까운 곳에서 또 한 번의 폭발이 일어났다. 알레한드라가 냄비를 떨어뜨려 카모테 줄기와 코코넛 밀크로 만든 수프가 바닥에 쏟아졌다.

"아가씨, 무서워요." 알레한드라는 슬픈 눈으로 흰 타일 위에 엎질러진 음식을 바라보면서 말했다.

---

32. 마닐라 남쪽에 있는 도시. 지금의 필리핀 수도 메트로 마닐라는 마닐라, 칼로오칸, 케손, 파사이 네 도시로 이루어져 있다.

전투는 이제 바로 옆 동네에서 벌어지고 있는 게 틀림없었다. 천둥 같은 대포 소리가 집을 흔들었고, 폭발이 일어날 때마다 유리창이 떨렸다. 거실 천장에 매달린 샹들리에가 목재로 된 거실 바닥으로 떨어졌다.

날카로운 기관총 소리가 울려 퍼졌다. 펠라이가 콘시타에게 욕실에서 나가 방공호로 가자고 했으나 말을 듣지 않았다. 콘시타는 아르투로가 만든 방공호보다는 저택이 더 안전하고 튼튼할 것이라고 믿었다. 방공호에 있다가는 생매장 당할 가능성이 높지만 저택은 아버지가 조치를 취해놓았기 때문에 견고할 것이라고 생각했다.

시끄러운 소음 사이로 자동차들이 삐걱거리면서 태프트 가로 올라오는 소리가 들렸다. 미군이 밀고 올라오는 것 같았다. "쿠라! 쿠라!" 일본 사람들이 쉰 목소리로 외쳤다. 두려움에 가득 찬 날카로운 외침이었다. 콘시타의 머릿속에 티통 벨라스케스가 실감나게 이야기해주었던 일본군의 잔인함과 폭력적인 모습이 떠올랐다. 일본군들이 거리에서 총을 쏘아대고 있었다. 이건 무슨 소리지? 비명? 일본군들은 에르미따의 무력한 민간인들에게 총을 쏘아대고 있었다. 비명 소리와 폭발 소리, 총구에서 나는 날카로운 소리가 들려왔다.

콘시타는 하루 종일 아무것도 먹지 않았는데도 배가 고프지 않았다. 음식을 만들어줄 사람이 없었으므로 오히려 다행한 일이었다. 아르투로, 펠라이, 오랑 그리고 알레한드라는 방공호 속에 함께 숨어 있을 것이다. 콘시타는 커다란 저택에 혼자 남았으나, 이상하게도 그들보다는 자신이 더 안전할 것 같았다. 기관총이 불을 뿜어대는 소리와 함께 이층에 있는 유리창이 산산조각이 났다. 바깥 울타리가 폭발하면서 부서진 돌과 나무 조각들이 튀어 올랐다. 그 요란한 소리를 들으면서, 콘시타는 다른 사람들과 함께 방공호에 들어가지 않은 것을 후회했다. 방공호에 있었다면 적어도 혼자는 아니었을 것이다. 그녀는 집 밖으로 뛰쳐나가 달려가고 싶었으나 그러기에는 방공호까지의 거리가 너무 멀어보였다. 게다가 밖에 나가도 안전할 것인가? 총알이 벽 바깥쪽을 강타했고 유리 창을 모두 박살냈다. 마당 쪽으로 난 높다란 창문을 바라보았을 때, 그녀는 깜짝 놀랐다. 담쟁이덩굴로 뒤덮인 높은 벽 너머로 이웃집이 불타는 게 보였다. 불꽃이 이 집으로 옮겨 붙으면 그녀는 꼼짝없이 불에 타 죽고 말 것이다. 하지만 시멘트 벽이나 기와지붕은 열기를 견뎌낼 것 같았다. 나무 창틀이나 커튼 말고는 불꽃이 옮겨 붙을 만한 것은 없었다. 그녀는 다시 한 번 견고하게 집을 지은 아버지에게 감사했다.

잠시 정적이 흘렀다. 이제 더 큰 외침 소리가 거리에서 들려왔다. 누군가 대문을 내려치는 듯한 큰 충돌음이 들렸다. 대문 쪽이 맞을까? 그러더니 창문 바로 밑에서 거친 목소리가 들려왔다. 맙소사, 일본군들이 집 안으로 들어왔다!

그들은 정원을 울타리를 부수고 안으로 들어왔다. 발로 문을 차면서 소리치고 있었다. 도대체 무엇을 찾는 거지? 적군? 무장도 하지 않은 다섯 명의 나약한 사람들? 콘시타는 이제 펠라이와 함께 있게 해달라고 하느님에게 기도했다. 죽더라도 함께 죽게 되기를 빌었다. 뒤뜰에서 기관총 소리가 울려 퍼졌다. 모두들 그곳에 있었다. 펠라이, 아르투로, 오랑 그리고 알레한드라. 모두 죽었을 것이다. 이제 남은 것은 콘시타뿐이었다. 또다시 문을 발로 차는 소리가 들렸다. 목소리들은 천천히 뒤뜰로 사라졌다. 모두 가버렸다. 콘시타는 안도하면서 혼잣말을 했다. 난 살았어! 오, 하느님, 저는 살아남았어요!

그 순간 욕실 문이 벌컥 열렸다. 한 남자가 문 앞에 서 있었다. 몸집이 크고, 머리는 헝클어져 있었으며, 수염이 덥수룩했다. 눈은 광기로 붉게 충혈되었고 한 손에는 권총을, 다른 손에는 칼을 들고 있었다. 미치광이 같은 두 눈은 짐승 같은 허기와 의혹으로 번득였다. 그는 콘시타를 향해 다가와 벽 쪽으로 밀어붙였다. 그는 삽시간에 그녀의 옷을 찢어 가슴을 드러나게 했다. 그녀는 팔을 모아 가슴을 가렸다. 그녀는 속으로 생각했다. 이제 곧 나는 강간을 당하게 될 거야.

믿을 수 없는 일이었다. 병사가 주먹을 휘둘렀고, 그녀는 넘어지면서 벽에 머리를 찧었다. 어지러웠다. 이제 나는 죽게 될 거야. 그녀는 확신했다. 그녀는 오직 그 생각밖에 할 수 없었다.

안 돼! 두려움과 분노와 무력감이 담긴 엄청난 외마디 소리가 튀어나왔다. 사람의 소리로 들리지 않는 끔찍한 비명이었다. 그녀는 자기 목소리를 들었다. 나중에 이 일을 떠올릴 때도, 자신이 지른 소리가 어찌나 큰지 전투의 소음을 뚫고 바깥에까지 들릴 정도였다는 것을 그녀는 알지 못했다. 얼마 지나지 않아, 아무런 무기도 없는 아르투로가 막대기 하나만을 든 채 문 앞에 섰다. 그 짐승 같은 녀석은 그녀를 와락 안고는 몸을 빙글 돌리면서 아르투로를 향해 총을 쏘았다. 아르투로는 이마에 피를 흘리면서 쓰러졌다. 그는 몸을 부르르 떨더니 곧 움직이지 않았다. 마침내 야수는 콘시타를 향해 몸을 굽혔다. 남아 있는 그녀의 치맛자락을 찢어버렸다. 이제 그녀는 실크 팬티 하나만을 걸친 알몸이 되었고 그

마저도 한순간에 찢어지고 말았다.

오, 티통, 내 사랑, 지금 당신은 어디에 있나요! 당신이 나에게 무슨 일이 일어나고 있는지를 알 수 있다면. 티통, 나의 연인, 이런 일이 일어나는 것을 원하지 않지만, 저항하면 나는 죽을 거예요. 어쨌든 이 일이 다 끝나면 이 야수는 나를 죽일 테지만. 하느님, 제발 아프지 않게 해주세요. 쉬 끝나게 해주세요.

그녀는 피에스타 파빌리온에서 처음 사교계에 발을 내딛을 준비를 하면서 친구들과 나누었던 농담을 떠올렸다. 강간당하는 것을 피할 수 없다면 긴장을 풀고 그것을 즐기자는 것이었다. 나중에 이 모든 일들이 지워버리고 싶은 끔찍한 기억으로 남게 될 때, 그녀는 하필이면 목숨을 잃을지도 모르는 순간에 어떻게 그 농담이 생각났는지 의아해할 것이다. 그리고 가엾은 아르투로, 그는 죽었기에 그녀가 당하는 야만적인 행위를 목격하지 않을 수 있었다.

달궈진 쇠막대기가 두 다리 사이로 뚫고 들어오는 아픔을 느끼면서, 콘시타는 눈을 감았다. 티통과 할 때처럼 받아들일 준비가 되어 있었다면 느낌이 달랐을 것이다. 그녀는 감히 몸을 움직일 수 없었다. 야수의 쾌락을 방해하게 될까 봐 두려웠다. 오직 모든 일이 빨리 끝나 고통이 쉽게 지나가도록 해야겠다는 생각뿐이었다. 그녀는 아랫입술을 깨물고 쾌감을 느끼는 듯한 신음소리를 내기 시작했다. 병사는 잠시 동작을 멈추었다가, 더욱 힘차게 몸을 움직이기 시작했다.

그녀는 눈을 떴다. 수염이 달린 둥근 머리와 누런 이빨이 희미하게 보였다. 병사의 몸은 구역질이 날 정도로 더러웠고 잿빛이 도는 황록색 군복은 땀에 절어 있었다. 이제 병사는 미친 듯이 몸을 앞뒤로 움직였고, 그녀는 고통을 참기 위해 손을 움츠렸다 뻗었다 하고 있었다. 그녀의 손끝에 어떤 물체가 만져졌다. 손가락으로 더듬어보니 병사가 내려놓은 총검이었다.

그녀는 살그머니 총검의 손잡이를 잡았다. 그리고 몸 위에 있는 야수를 지켜보았다. 헉헉거리는 숨소리를 들으면서, 그녀는 절정의 순간이 다가왔음을 알아차렸다. 현실조차 잠시 잊어버릴 수 있는 환희의 순간이 야수에게 다가오고 있었다. 서서히 그녀는 칼을 잡은 손에 힘을 주었다. 마침내 그 순간에 도달했을 때, 콘시타는 총검을 그의 옆구리에 꽂았다. 칼자루가 살에 닿을 만큼 깊숙이 꽂혔음을 그녀는 느낄 수 있었다. 재빨리 칼을 뺐다가 다시 한 번 더 강하게 찔렀다.

고통과 경악으로 얼굴을 일그러뜨리면서 병사는 몸을 일으키려 했다. 콘시타는 그에게 여유를 주지 않았다. 다시 칼을 들어 상체를 찌르자 마침내 쓰러졌다.

그러나 그는 쉽게 죽지 않았다. 악취가 나는 무거운 몸을 밀어젖히면서, 콘시타는 무릎으로 기어 그의 몸에서 떨어져 나왔다. 그는 증오심으로 가득 차 그녀를 움켜잡으려 했으나 헛되이 헐떡이면서 그르렁거릴 뿐이었다.

문 앞에 서서 그녀는 죽어가는 병사를 돌아보았다. 그는 고통과 슬픔 속에서 서서히 죽어가고 있었다. 황록색 군복 위로 붉은 얼룩이 번져갔다. 콘시타는 자기 몸속으로 들어왔던 그의 몸 한 부위로 눈을 돌렸다. 그것은 이제 축 늘어져 있었다.

그녀는 큰 소리로 몇 마디 욕설을 내질렀다. 그러자 온 세상이 무너져 내리면서 커다란 구멍으로 빠져 들어가는 것 같았다. 바닥에 쓰러지기 직전, 그녀는 아르투로가 천천히 꿈틀거리는 것을 보았다.

•

2

•

　콘시타는 추위에 몸을 떨면서 나락의 늪에서 깨어났다. 그녀는 유리 파편과 벽에서 떨어진 석회 가루로 난장판이 된 좁은 공간에 누워 있었다. 빛이 어둠을 서서히 몰아내면서, 낯익은 흰색과 분홍색 타일 벽이 눈에 들어왔다. 그녀는 여전히 욕실 안에 있었다. 온몸에 감각이 없었고, 모든 것이 비현실적으로 느껴졌다. 주위는 조용했다. 이따금 총격 소리가 어렴풋이 멀리서 들려왔다. 탱크가 움직이는 소리도, 폭발을 예고하는 증기기관차 소리 같은 것도 들리지 않았다. 공기는 먼지와 숨이 막힐 듯한 연기로 가득 차 있었다. 기름 타는 냄새, 화학약품 냄새 같은 지옥의 냄새가 영원히 지워지지 않을 듯 그녀 몸에 배어 있었다. 문득 자신이 알몸이라는 사실을 깨닫고 공포에 사로잡혔다. 끔찍한 악몽의 기억이 다시 그녀를 짓눌렀다.

　그녀는 간신히 몸을 일으켜 방으로 갔다. 옷장이 열려 있었다. 그녀는 서둘러 무늬가 있는 파란색 무명 원피스를 걸쳐 입었다. 몸이 고통으로 떨렸다. 그녀는 자신이 피를 흘렸을지도 모른다고 생각했다. 팬티는 찢어진 채 다리에 걸려 있었다. 그것으로 허벅지에 조금씩 흘러내리는 액체를 닦아냈다. 끈적한 액체가 무엇인지 알게 되자, 그녀는 자신의 질속으로 손가락을 집어넣어 보았다. 야수가 그녀의 몸 안에 사정을 했다. 피는 보이지 않았다. 티통에게 여러 번 자기 몸을 주었던 것이 다행이라 생각했다. 그렇지 않았다면 지금보다 더 깊은 상처를 받았을 것이다. 야수가 자기 몸을 덮칠 때 비명을 질렀던 일이 떠올랐다. 그때 아르투로가 달려왔다가 총에 맞았다. 정신을 잃기 직전, 아르투로가 바닥에 쓰러져 있는 것을 보았다. 하지만 깨어나 보니, 욕실에도 방 안 어디에도 그의 시체는 보이지 않았다. 그렇다면 하인들과 펠라이가 아직 살아 있을지도 몰랐다.

마닐라 시 전체가 파괴된 것 같았다. 창 너머로 검은 연기가 피어오르는 것이 보였다. 옆집은 맹렬히 불타고 있었다. 불꽃이 바람을 타고 정원뿐 아니라 지붕의 기와로 번질 것 같았다. 거대한 파도 같은 열기가 다시 그녀에게 밀려왔다. 아버지가 다른 집들과 넉넉히 거리를 두고 집을 지은 것에 대해 또 한 번 감사했다. "그래야 너희 어머니가 나에게 소리 지르는 것을 이웃들이 듣지 못할 테니까."

그녀는 야자수 너머 뒤뜰을 살펴보았다. 아르투로와 누에바 에시하에서 온 일꾼들이 만든 방공호가 보였다. 사람이 움직이는 기척은 보이지 않았고, 나무로 만든 방공호 덮개도 닫혀 있었다. 일본군들이 펠라이와 하인들을 찾아냈을 수도 있었다.

거리에서 다시 총소리가 들려왔다. 하지만 온갖 일을 다 겪은 콘시타는 겁을 먹지 않았다. 멍한 상태로 어설프게 몸을 움직였다. 일본 병사에게 유린당했던 욕실에 돌아가 보니, 바닥에는 여전히 피가 고여 있었으나 시체는 온데간데없었다. 붉은 핏자국이 곡선을 그리면서 욕실 밖으로 이어져 있었다. 마치 거실 바닥에 거대한 붓 자국을 남긴 것처럼 보였다. 핏자국이 끝나는 곳에 시체가 뒤틀린 채 놓여 있었고, 그 옆 계단에 아르투로가 고개를 숙인 채 서 있었다.

"투링[33]," 콘시타는 소리쳤다. "모두 다 죽은 거지, 모두들!" 아르투로가 고개를 들어 그녀를 바라보았다. 그의 얼굴은 피투성이였다. "아무도 죽지 않았어요, 아가씨." 그는 힘없이 말했다. "모두들 방공호에 있어요. 그런데 제가 이걸 멀리 끌고 갈 힘이 없네요." 그는 시체를 바라보았다. "쌀자루보다 더 무겁군요. 놈은 집에 불을 지르려 했어요." 아르투로는 젖어 있는 페르시아 산 깔개들을 손가락으로 가리켰다. 집 안은 휘발유 냄새로 가득 차 있었다. "깔개들을 멀리 바깥뜰로 옮기려고요." 아르투로가 젖은 깔개들을 넓디넓은 거실 바깥으로 끌고 나가면서 말했다.

또 한 차례의 굉음이 집 전체를 흔들었다. 이번에는 뒤뜰에 포탄이 떨어졌는지도 몰랐다. 거실에 매달려 있던 또 다른 샹들리에가 바닥으로 떨어져 크리스틸들이 깨지는 요란한 소리가 났다. 천장에서 쏟아진 석회 가루가 온 집 안을 허옇게 뒤덮었다. 폭발 소리에 귀가 멍해진 콘시타는 한동안 아무 소리도 들을 수 없었다. 포탄은 뒤뜰이 아니라 길 건너편 집에 떨어진 것 같았다. 그곳이 희뿌연 연기에 휩싸여 있었다.

---

33. 아르투로를 줄여서 부르는 이름.

그녀는 용기를 내어 창문으로 다가갔다. 유리창은 산산이 부서져 있었다. 집 안은 온통 아수라장이었다. 거대한 가위로 싹둑 잘라버린 듯, 길 한편에 서 있던 아카시아 나무의 무성한 가지들이 온데간데없었다. 거실 뒤쪽으로 달려가 부엌 창문으로 뒤뜰을 내다보았다. 방공호가 보였다. 덮개가 열릴 듯 말 듯 움직였다가 조금 열리더니, 다시 닫혔다. 펠라이가 밖을 내다본 것일까? 아니면 오랑? 어쨌든 그들은 모두 아직 살아 있다!

밤이 될 때까지 포격은 계속되었다. 인적 없는 거리 너머에서 기관총이 요란하게 발사되는 소리와 이따금 탱크가 땅을 울리며 움직이는 소리가 들려왔다. 주위가 조용해지자, 아르투로는 일본군 병사의 시체를 길모퉁이에 쌓인 시체 더미로 끌고 갔다. 썩는 냄새가 진동했다.

다음 날 오랑은 마룻바닥과 욕실 타일에 묻은 피를 씻어냈다. 아르투로의 왼쪽 눈 위의 상처도 소독해주었다. 일본군 병사에게 맞아 부풀어 올랐던 콘시타의 이마는 가라앉았으나 검게 멍이 들었다. 펠라이는 눈물을 흘려서 충혈된 눈으로 걱정스럽게 말했다. "가엾은 우리 콘칭, 가엾기도 해라. 우리가 이런 꼴이 되다니."

이틀이 지나고, 사흘이 지나고, 나흘이 지나면, 이 지옥이 끝날 것인가? 전투 소음은 아주 서서히 잦아들고 있었다. 하지만 콘시타는 마음을 놓을 수 없었다. 분노가 일어나는 것도 아니었다. 다만 둔감한 고통과 지난 일에 대한 짙은 혐오만이 남아 있을 뿐이었다. 어쨌든 나는 살아 있지 않은가. 그녀는 스스로를 달래곤 했다. 그러나 그런 생각을 해도 삶의 의욕을 되찾을 수는 없었다.

마침내 정적이 찾아왔다. 숨 막힐 듯 답답하면서도 부서지기 쉬운, 언제든지 폭력에 의해 깨질 것만 같은 정적이었다. 모두들 마지막으로 몸을 씻은 때가 언제였는지? 아르투로가 비축해둔 마실 물이 있는 것만으로도 다행이었다. 콘시타는 비틀거리면서 거리로 나가, 눈에 익은 이웃집들을 둘러보았다. 눈앞에 끔찍한 광경이 펼쳐졌다. 한때는 왕의 도읍이었던 이 도시가 회색 연기와 꺼져가는 불꽃으로 뒤덮여 있었다. 나무줄기에는 총알구멍이 나 있고, 전봇대는 휘어졌으며, 함석판들은 불에 그을려 뒤틀려 있었다. 에르미따는 폐허로 변했다. 육중한 담장들은 자갈과 벽돌 더미로 변했고 호화로운 저택들은 앙상한 뼈대만 남았다. 모든 곳에서 죽음과 부패의 냄새가 풍기고 있었다.

사람들은 엉망이 되어버린 동네를 가로질러, 태프트 가를 따라 파시그 강이 있는 북쪽으로 몰려가고 있었다. 벌써 그곳에 갔다 온 아르투로는 사람들에게 음식과 물을 나눠주고 있다고 전했다. 미군이 왔다는 것이다! 하지만 이제 그쪽으로 가기에는 너무 늦었다. 차라리 에르미따에서 기다리는 게 나았다. 적어도 여기에는 집이 있고 먹을 것이 있었다. 멀리 로하스 대로 쪽에 필리핀 사람들과 미군 병사들이 보였다. 그들은 마치 달빛 속에서 산책을 하듯 움직이고 있었다. 근처 모퉁이에 버려진 일본군 병사의 시체는 필리핀 사람들의 시체와 마찬가지로 부풀어올랐다. 헝겊으로 코를 감싼 병사들과 시민들이 황록색 트럭에 시체들을 실었다. 콘시타는 충동적으로 미군들에게 달려가고 싶었으나 망설이다가 집으로 뛰어 들어왔다. 자신의 보기 흉한 모습에 갑자기 신경이 쓰였다. 그녀는 먼지투성이였고, 머리카락은 헝클어져 있었으며, 연지도 바르지 않은 창백한 얼굴이었다.

  티통 벨라스케스는 끝내 나타나지 않았다. 콘시타는 며칠 동안 기다리다가 라살대학 근처에 있는 벨라스케스의 집으로 찾아갔다. 그 동네에 있는 다른 집들과 마찬가지로 그 집 역시 완전히 부서졌고, 주위는 비정하게 황량함만 감돌았다. 피난처를 찾던 많은 사람들이 동네와 가까운 리살 기념 경기장으로 갔고 그곳에서 모두 학살당했다는 사실을 알게 되었다. 비토 크루즈에 설치된 적십자 구호소에도 벨라스케스가 사람들의 이름은 등록되어 있지 않았다. 만약 티통이 아직 살아 있다면, …… 단지 부상을 당한 것이라면?

  일주일이 지나고 한 달이 지나도 여전히 그의 소식은 들을 수 없었다. 점차 그녀는 그의 죽음을 사실로 받아들이게 되었다. 그를 깊이 사랑했으나, 이제 그의 손길과 체취 그리고 영원을 약속하던 부드러운 속삭임은 기억으로만 남았다.

  다행스럽게도 슬픔을 위로하려는 듯, 그 무렵 미군 병사 하나가 그녀의 삶에 나타났다. 운명이라고 해야 할지도 모른다. 자신이 겪은 일을 티통에게 어떻게 말해야 할까? 아르투로가 목격한 이상 그 일은 이미 비밀이 아니었다. 그가 아무리 충직한 사람이라고 해도 오랑과 알레한드라에게 모두 말할 것이다. 아니 이미 말했을 것이다. 한번 알려진 사실은 돌고 돌아 온 세상에 퍼지게 마련이었다……

  파시그 강가에서 돌아오면서 아르투로는 갈색 종이 상자에 들어 있는 스팸 햄, 정어리, 가공한 돼지고기, 미군들의 군용 음식이 들어 있는 황록색 깡통들을 가져왔다. 콘시타는 정어리가 그토록 맛있는지 예전에는 미처 몰랐다. 아르투로가 사람들이 계속 북쪽으로 탈출하고 있다고 말했지만 펠라이는 완고했다. "장군이 곧 여기로 올 거야." 확신에 찬 어조로 그녀는 말했다.

마침내 누에바 에시하에서 관리인이 일꾼 몇 명을 데리고 도착했다. 펠라이는 그들에게 집 안팎에 있는 전쟁의 잔해들을 깨끗이 치우도록 했다. 시체들은 모두 실려 갔으나 악취는 여전히 남았다. "오히려 다행스러운 일일지도 몰라." 다시 아름답게 단장하기 시작한 펠라이가 말했다. "우리가 어떤 일을 겪었는지 장군이 알게 될 테니까."

펠라이의 예측이 맞았다. 일주일쯤 시간이 흐른 뒤, 젊고 잘생긴 미군 중위가 필리핀 육군 대위와 함께 저택에 나타났다. 장군의 보좌관인 존 콜리어 중위는 에르미따 지역에 있는 로호 저택, 특히 펠라이의 안위를 살펴보고 필요한 물건이나 도울 일이 있는지 알아오라는 특별지시를 받았다.

맑은 날씨가 지속되는 3월 초, 아침 공기는 서늘하고 상쾌했다. 황금빛 햇살이 온누리에, 폭격으로 엉망이 된 나무들 위에도 뿌려지고 있었다. 지프가 저택으로 들어설 때 콘시타는 대문 앞에 서 있었다. 존 콜리어는 언제나 첫 만남에서 그녀를 감싸고 있던 애수의 그림자를 떠올리곤 했다. 마치 마닐라가 아직도 포위되어 있고, 무엇으로도 대신할 수 없는 소중한 것을 잃은 사람처럼 보였다. 그는 내키지 않는 듯 내밀던 그녀의 손에서 느꼈던 떨림과 무뚝뚝했던 응대도 기억하고 있었다.

"무사하신 것을 보니 정말 기쁩니다." 젊은 중위가 아주 부드럽게 말했기 때문에, 콘시타는 그가 하는 말을 잘 알아듣지 못했다. 키가 큰 중위는 악수를 하고 난 뒤에도 여전히 소년 같은 미소를 지었다.

부서진 쇠대문을 통과하는 지프를 보고 펠라이가 아래층으로 달려 내려왔다. 그리고 두 장교를 안뜰로 데리고 가서 질문을 퍼부었다. 과연, 마닐라에서 일본군은 완전히 철수했다. 민간인 구호 센터에서 쌀과 의약품을 나누어주고 있고, 수도와 전기도 곧 복구될 것이다. 물론 장군이 그 문제에 신경을 무척 많이 썼다. 마닐라 시, 특히 강 남쪽 구역의 피해를 둘러보았다. 남동생인 호셀리토는 군에 입대해서 잘 지내고 있다. 아직 자세한 근황은 알 수 없지만, 곧 그에 관한 확실한 소식이 올 것이다.

두 자매는 얼굴을 마주보면서 의미 있는 미소를 나누었다. 호셀리토는 동성애자였다. 그가 어떻게 미국 군대에 들어갔는지 알 수 없었지만, 분명히 입대를 간절히 원했을 것이다.

콜리어 중위는 여러 가지 통조림 식품과 초콜릿이 가득 찬 군용 더플백을 놓고 갔다. 콘시타는 그의 뒷모습을 지켜보면서 〈스미스 씨 워싱턴에 가다〉라는 영화에서 본 제임스 스튜어트의 느긋하고 편안한 걸음걸이를 떠올렸다. 중위는 콘시타로서는 처음으로 만나보는 하급 미군이었다. 중위 같은 사람이 그녀가 겪은 지옥 같은 상황을 경험한 적이 있을지 의심스러웠다. 한 주일이 지난 일요일에 장군이 전화를 걸어왔다. 펠라이는 그가 준비할 시간을 준 것에 감사했다. 장군은 늘 신중했고, 배려와 예의를 잊지 않고 행동했다. 그는 마닐라에서 오래 살아서 필리핀 상류층의 위계질서와 예의범절, 그리고 고위 관료들을 존중하는 법을 알았다.

고인이 된 마누엘 로호는 친근하다 못해 비굴하기까지 한 친구였다. 독특하고 낭만적인 성향의 장군이 은밀한 고독 속에서 지내고 있다는 걸 잘 이해하고 있었을 뿐 아니라, 그의 영향력도 아주 잘 파악하고 있었다. 과부가 된 딸을 보내 장군을 기쁘게 해준 것을 보면, 돈 마누엘의 배려는 대단한 것이었다.

장군은 방문하기 사흘 전에 미리 존 콜리어를 보냈다. 그는 무기류 운송차에 중대 인원이 먹을 분량의 식료품을 싣고 왔다. 화장지 같은 생필품뿐만 아니라 정부 보급품인 분유, 달걀, 말린 감자, 과일, 캘리포니아 오렌지와 포도, 그리고 장군이 즐겨 마시는 잭 다니엘 두 병도 들어 있었다.

펠라이는 농장에서 십여 명의 소녀들을 불러 집 안을 치장했다. 카모테 뿌리나 선인장 열매 따위는 자취를 감추었다. 농부들이나 먹는 그런 음식을 이제 누가 먹겠는가? 낡은 방공호를 흙으로 메우고 수영장을 청소했다. 그리고 버뮤다 잔디를 새로 심었다.

아르투로는 오랫동안 그냥 세워져 있던 세 대의 자동차에 어떻게 손을 대야 할지 알 수 없었다. 삼 년 동안 움직이지 않았기 때문에 엔진에 녹이 슬어버렸다. 하지만 펠라이는 자동차들을 새 것으로 바꾸게 될 것이라고 했다.

장군은 황록색 시보레를 타고 저녁 여섯 시에 도착했다. 앞 범퍼에는 깃발이 휘날리고 있었다. 두 명의 중령이 탄 자동차와 콜리어 중위가 운전하는 지프가 장군의 차를 앞에서 호위했다. 뒤통수가 파르스름하게 머리를 깎은 건장한 병장이 운전석에서 내려 차문을 열자 장교들이 먼저 내려 차렷 자세로 섰다. 장군은 차에서 내려서서, 마치 앞으로 전장이 될 곳을 둘러보듯 주위를 훑어보았다. 그리고 펠라이가 기다리는 층계참으로 다가갔다. 군인다운 걸음걸이였다. 펠라이는 새끼 고양이처럼 행복한 얼굴이었다. 포근한 날씨 탓에 장군의 넓은 이마가 땀에 젖었다. 잿빛 머리카락은 숱이 적어진 것처럼 보였다. 그가 마지막으로 이 집을 방문한 것은 1941년 크리스마스 전이었다. 진주만이 공격을 당하고 전세가 불리해질 것 같은 때였다. 막중한 책임을 지고 있는 장군이 위기상황에서도 여전히 자신을 찾아주는 것에 대해 펠라이는 대단히 기뻐했었다.

그녀는 늘 흰색 장교복을 입은 장군의 모습만을 보았다. 하지만 지금 그는 잘 다려진 암녹색 군복을 입고 있었다. 층계참에 두 명의 부관들을 남겨둔 채, 그는 펠라이의 손을 잡고 성큼성큼 집 안으로 들어갔다. 아무 말도 하지 않았지만 그의 눈과 얼굴은 기쁨으로 환하게 빛나고 있었다. 레이테 섬[34] 상륙에 성공했을 때조차도 부관들은 그의 얼굴이 그렇게 밝아지는 것을 한 번도 보지 못했다.

펠라이는 연인의 친숙한 얼굴을, 서늘한 잿빛 눈을 찬찬히 들여다보았다. 전투에서의 패배와 오랜 비행시간, 그리고 남태평양을 가로지르는 길고 위험한 여정에도 장군은 전혀 늙지 않았다. 아주 친한 사람과 함께 있어도 그는 꾸민 듯 어색했다. 손을 번쩍 들어올리고, 고개를 한쪽으

---

34. 1944년 10월 미군은 필리핀 레이테 만 상륙작전에 성공함으로써, 일본군 함대를 격퇴하고 태평양전쟁 승리의 주도권을 잡았다.

로 갸웃하면서, 턱을 오만하게 내밀었다. 그녀는 그 모든 부자연스러운 행동에 익숙했다. 그게 바로 장군의 모습이라는 사실을 알고 있었다. 그녀는 그의 뺨에 입을 맞추었다. 예전 그대로의 화장수 향기를 맡을 수 있었다.

콘시타는 아래층으로 내려가 층계참에 서서 중령들과 이야기를 나누었다. 콜리어 중위는 지프 안에 앉아 있었다. 곧 어둠이 내리면 중령들은 돌아갈 것이다. 그리고 마침내 콜리어 중위는 콘시타와 단둘이 남겨질 것이다. 그는 그때를 기다리고 있었다.

거실에서 장군은 펠라이에게 오스트레일리아와 뉴기니, 그리고 레이테 섬에서의 전투에 대해 이야기했다. 마닐라에 대해서는 할 말이 더 많았다. 그는 운 좋게 폭격을 면한 근처 아파트로 이미 이사했다. 그는 그녀와 가까운 곳에 있고 싶다고 말했다. 그 아파트는 걸어서도 갈 수 있는 거리였다. 호셀리토에 대해서는 걱정할 필요가 없었다. 정보 장교로 복무중인데 곧 비사야 제도에서 철수해서 마닐라로 옮겨올 예정이었다.

창문을 모두 열어놓았는데도 식당이 더웠다. 펠라이는 황홀했던 추억을 되살리기 위해 예전에 장군이 무척 좋아했던 파란색 오건디 드레스를 입고 있었다. 마음속에 떠오르는 여러 추억들이 눈물을 자아냈다. 그녀는 식탁의 주빈 자리에 장군을 앉힌 다음 그의 오른쪽 옆에 자리를 잡았다. 그녀는 새로 윤을 낸 촛대와 은식기, 아직 남아 있는 크리스털과 고급 본차이나, 아마포로 만든 냅킨을 꺼내놓았다. 그리고 알레한드라가 준비한 소박한 저녁 식사를 장군이 꺼려하지 않기를 바랐다. 메뉴

58

는 콜리어 중위가 가져온 통조림들 중에 있던 아스파라거스 수프와 파사이의 임시 시장에서 알레한드라가 어렵게 찾아낸 팜파노[35] 구이, 필리핀산 쇠고기로 만든 스트로가노프[36]였다. 펠라이는 쇠고기가 너무 질기지 않기만을 간절히 바랄 뿐이었다. 하지만 장군이 저녁 식사를 하기 위해 이곳에 온 게 아니라는 사실은 그녀도 잘 알고 있었다.

시골에서 올라와 갓 훈련받은 하녀들이 나일론 제복을 입은 채 초조하게 움직였다. 어쨌든 장군은 식사 시중을 들기 위해 그들이 얼마나 여러 번 연습을 했는지 전혀 알지 못했다. 디저트로는 과일 칵테일이 준비되었다. 얇게 썬 망고와 바나나, 그리고 크림을 얹은 수박이었다. 크림 또한 콜리어 중위가 갖다준 다양한 보급품에 들어 있던 것이다. 마지막으로 장군이 쓴맛이 적고 독특한 향이 있다고 늘 감탄해 마지않던 바탕가스[37] 커피가 나왔다.

저녁 식사가 끝나고, 촛불 빛이 어른거리는 행복한 얼굴로 두 사람은 알레한드라와 그녀를 거드는 이들에게서 떠났다. 장군은 버번위스키가 담긴 술잔과 브라이어 파이프를 들고 있었고, 펠라이는 애틋한 기대를 가슴에 품고 있었다. 그들은 어둑해진 집 안을 지나, 가혹한 전쟁으로 인한 긴장을 풀기 위해 어두운 침실로 들어갔다.

콘시타는 처음으로 지붕이 없는 지프에 타보았다. 전쟁이 일어나기 전, 티통 벨라스케스는 이따금 아버지의 포드 컨버터블을 몰고 올 때가

---

35. 전갱이류의 필리핀산 물고기.
36. 양파와 버섯을 곁들인 쇠고기 요리.
37. 필리핀 루손 섬 남서부에 있는 도시.

있었다. 바로 오늘 같은 밤, 차의 덮개를 열고 로하스 대로를 달리면 바닷바람이 얼굴에 와서 부딪혔다. 말로 표현할 수 없을 만큼 즐거운 일이었다. 그 기억이 생생하게 떠오르자, 슬픔이 솟구쳐 그녀는 한동안 젊은 미국인이 하는 말에 귀를 기울일 수 없었다.

에르미따는 여전히 어둠에 잠겨 있었다. 부서진 집들은 도처에 유령처럼 검은 그림자로 서 있었다. 하지만 이제 거리에는 돌아다니는 사람들이 눈에 띄었다. 콜리어 중위가 하는 말이 서서히 콘시타의 귀에 들어왔다. 그가 살아온 이야기였다. 스탠퍼드대학에 다녔고, 법대 졸업반일 때 징집되었다. 오스트레일리아와 뉴기니에서 복무했으며, 이제 곧 진급할 예정이라고 했다. 그는 하사에 지나지 않았지만 장군의 추천으로 사관학교를 다니게 되었다. 아버지가 장군과 웨스트포인트 사관학교 동급생이었기 때문이다. 중위는 말을 술술 내뱉는 사람이 아니었으나 사교상 의무감으로 자신에 대한 이야기를 자진해서 늘어놓았다. 그는 담배를 많이 피웠다. 콘시타는 숨쉴 때마다 그의 입에서 나는 담배 냄새가 역겨웠다.

"당신은 제 첫 번째 데이트 상대예요. 그래서 우리 막사에 있는 친구에게 영화를 보여달라고 부탁했어요. 브로드웨이 뮤지컬이지요."

콘시타는 상념에서 깨어났다. "멋지네요." 그녀는 흥분한 목소리로 말했다. "오랫동안 영화를 보지 못했어요. 일본군의 선전 영화 말고는요. 그리고, 맞아요. 에스콜타 극장에서 타갈로그[38] 말로 하는 연극을 몇 편 보았어요."

38. 필리핀 루손 섬의 원주민.

그들은 폐허가 된 거리를 떠났다. 따뜻한 3월 저녁이었다. 군대의 기술자들은 일을 아주 신속하게 해냈다. 포탄을 맞아 파인 로하스 대로의 웅덩이들은 이미 모두 흙과 자갈로 메워졌다. 오른쪽으로는 만(灣)이 잿빛을 띠고 있었고, 격침된 일본 군함들의 선체가 그림자를 드리운 채 물 위로 삐죽이 솟아 있는 게 보였다. 방파제 쪽에서만 불빛이 반짝였다. 일본군을 결정적으로 밀어붙일 전투에 쓸 군수품을 싣고 있는 중이었다.

로하스 대로 너머, 파사이 방향으로 몇 채의 집들이 흩어져 있었다. 양초와 등유 램프로 불을 밝힌 선술집들은 어디나 병사들로 흥청거렸다. 이따금 술 취한 병사들을 통제하기 위해 헌병을 태운 지프들이 순찰을 돌았다. 술집마다 소리 높여 해방의 음악을 연주했다. 사람들은 음정이 맞지 않는 목소리로 〈당신은 나의 햇살(You Are My Sunshine)〉 그리고 〈종이 인형(Paper Doll)〉 같은 노래들을 불러댔다. 일자리를 잃었던 많은 연주자들이 다시 일을 할 수 있게 되었다.

여덟 시에 두 사람은 에르미따에 있는 장군 숙소로 돌아왔다. 호화로운 오층 아파트였다. 벽에 남아 있는 작은 총알구멍들이 보일 정도로 환하게 불이 밝혀져 있었다. 영화를 볼 곳은 아파트 안에 있는 넓은 홀이었다. 보통의 극장 스크린을 기대하던 콘시따에게는 뜻밖의 일이었다. 예전에 케손 대통령 딸의 초대를 받아 말라카냥 궁에 갔을 때, 몇 번 영화를 본 적이 있었다. 스크린은 침대보 크기였고 영사기도 작았다. 노래하는 군인들의 기개와 남태평양의 은빛 물결에 싫증이 났기에, 그녀는 콜리어 중위가 평소대로 말수가 적어진 게 반가웠다. 영화가 상영되는 도중에 그는 단 한 번 말을 했을 뿐이었다. 오스트레일리아에 머물 때 얼마나 실망스러웠는지, 그곳 여자들의 치아가 얼마나 못생겼는지에 대해 털어놓았다. 마찬가지로 뉴기니에서도 끔찍했다고 말했다. 정글, 오직 빌어먹을 정글뿐이었다. 그럼 필리핀은요? 그는 처음으로 그녀의 손을 꼭 잡았다. 그녀는 손을 빼지 않았다. "멋진 곳이에요, 정말." 그는 한숨을 내쉬었다.

두 사람은 여러 번 만남을 가졌으나 그는 손 잡는 것 이상의 일은 하지 않았다. 다시 말끔히 수리한 콘시타의 집 대문 앞에서 헤어지기 싫어 머뭇거릴 때도 작별의 입맞춤조차 하지 않았다. 필리핀 상류층 여자들에게는 신중하면서도 존중하는 태도를 보여야 한다고 장군이 단단히 일러두었기 때문이다. 비록 속으로는 장군도 스스로가 한 말에 어긋나게 행동하고 있다는 미심쩍은 생각이 들기도 했지만, 장군의 충고—명령이기도 했다—를 따랐다.

존 콜리어는 티통 벨라스케스와 전혀 달랐다. 콘시타는 콜리어의 품에 안겨 키스받기를 간절히 바랐다. 그리고 자신이 '부두의 여자들'로 낙인찍힐까 봐 질색했다. '부두의[39] 여자들'이란 연인인 미국 병사들이 다른 지역으로 보내진 후, 버림받고 잊혀진 채 부두를 헤매는 여자들을 가리키는 말이었다. 존 콜리어는 눈치 채지 못했지만, 콘시타는 그가 어서 행동을 취하기만 기다렸다. 낮고 조용하게 속삭이는 이 미국 청년에게 콘시타는 성적인 욕망을 품고 있었다. 그가 부드러운 유형의 클라크 게이블이나 혹은 로버트 테일러 같은 연인일 것이라는 달콤한 상상을

---

39. 직역하면 '부두까지'(hanggang pier). 'hanggang'은 타갈로그어로 '~까지', pier는 영어로 '부두', 결국 다른 곳으로 떠나게 되면 끝나버리고 마는 미군들과의 관계를 뜻하는 당시 유행어이다.

했다. 콜리어 중위가 시간을 끄는 사이 콘시타의 그런 상상은 헛된 물거품이 되어가고 있었다.

먹은 것을 다 게워냈을 때, 콘시타는 처음에 콜리어 중위가 가져다준 커다란 황금빛 사과 때문일 것이라고 생각했다. 그가 열두 개들이 사과 한 상자를 가져왔는데 한꺼번에 세 개나 꺼내 먹었다. 이렇게 식욕이 왕성한 적은 처음이었다. 오전까지만 해도 너무 많이 먹었기 때문에 속이 메슥거리는 것이라고 생각했다.

하지만 나중에 좀더 냉정하게 따져보니 임신일 수도 있다는 생각이 들었다. 생리를 한 번 건너뛰었지만, 이례적인 일은 아니었다. 하지만 임신했다면 어떡할 것인가? 야수 같은 일본군 병사가 그녀의 몸 안에 사정을 했다. 단 한 번으로 가능한 일일까? 티통 벨라스케스는 여러 번 그렇게 했다. 펠라이 말고 누구에게 상의할 수 있을까? 그녀는 경험이 아주 많을 테니 어떻게 해야 할지 알 것이다. 그즈음에는 아침 식사 시간 말고는 펠라이를 거의 만날 수 없었다. 그녀는 다시 부상자 간호와 재활, 그리고 젊은 부인들의 자선행사 같은 사회적 활동으로 분주했다. 그것이 그녀의 일이었다.

콘시타는 펠라이와 이야기할 기회를 기다렸다. 메스꺼운 증상이 세 번째로 나타난 날, 그녀는 펠라이에게 말하기로 결심했다. 아침 일찍 외출했던 펠라이는 정오 무렵에 돌아와 서둘러 점심을 먹고 있었다. 콘시타는 펠라이에게 갔다. 그녀는 산타 메사에 있는 삼촌 소유의 저택에서 젊은 미군 장교들을 위한 성대한 무도회를 열 계획이었다. 그녀는 콘시타에게 결혼 적령기 아가씨들의 명단이 필요하다고 했다. 1941년 12월 8일 아침에 팜팡 가에서 미군 비행기들이 모두 파괴된 사건[40]에는 그녀가 마지막으로 주선한 무도회 탓도 있었다. 공습이 있기 전날 저녁, 펠라이는 어섬선 여학교에 다니는 학생들을 모아서 마닐라 호텔로 데려갔다. 스토첸버그 진지에서 온 젊은 비행사들과 장교들이 춤출 상대가 필요했기 때문이었다. 그들은 그날 밤 새벽이 올 때까지 즐겁게 춤을 추었다. 그런 뒷이야기가 있었다고 해도 지금은 1945년이었고, 미군들은 필리핀의 해방자가 되어 돌아왔다.

콘시타의 도움은 성의 없는 것이었다. "명단 만드는 일은 메리 페르난데스에게 맡겨. 그 애가 노는 애이고 그게 큰 사람 좋아한다는 건 아무도 모를 거야."

"흐느적거려도 좋아하지." 펠라이는 웃으면서 말했다.

드디어 심각한 이야기를 할 순간이었다. 콘시타는 말이 목에 걸려 나오지 않았다. 가슴이 옥죄면서 눈물이 고였다. "오, 이런 빌어먹을, 어쩌면 좋을지." 콘시타는 조용히 말했다.

책상에 앉아 명단을 쓰던 펠라이가 고개를 들어 동생을 바라보았다. "왜, 무슨 일이야?"

"나 임신한 것 같아." 고개를 떨구면서 콘시타는 말했다. 눈물이 폭포수처럼 쏟아지면서 몸이 부들부들 떨렸다.

"그러니까 콜리어 중위가 너무 성급했군." 펠라이는 짓궂은 미소를 지으면서 말했다. "내가 장군에게 말해서 너희 두 사람을……."

40. 1941년 12월 8일 타이완에서 발진한 일본군 비행기들이 팜팡 가에 있는 미군의 클라크 비행장을 공습하여 파괴한 사건.

콘시타는 고개를 저어 펠라이의 말을 가로막았다. 그녀는 흐느끼면서 말했다. "아니야, 언니. 조니가 아니야. 그 사람은 아직 나에게 키스도 하지 않았어."

상황을 알아차리자 펠리시타스 로호는 숨이 막혔다. 그녀는 방문을 잠그고 동생을 껴안았다. "아무도 이 사실을 알게 해서는 안 돼." 엄격한 목소리였다. "하지만 확실한 거니? 내가 말했잖니, 완전히 씻어내야 한다고. 내가 그렇게 말했잖아!"

"그렇게 했어, 그렇게 했다고." 콘시타는 다시 울음을 터뜨리면서 말했다. 언니에게서는 새 향수 냄새가 났다. 콘시타의 후각은 매우 예민해져 있었다. 앞으로 있을 출산의 영향으로 냄새 맡는 능력이 좋아진다는 이야기를 들은 적이 있었다. 그것은 자신이 정말 임신했다는 확신을 더 북돋아주기만 할 뿐이었다. "틀림없어." 비탄에 찬 목소리로 말했다. "신 음식이 너무나 먹고 싶어. 구아버나 그린 망고 같은 것들. 그리고 조니가 가져온 사과들, 내가 그걸 얼마나 게걸스럽게 먹었는지 알아?"

펠라이는 생각에 잠겨, 거실 안을 서성였다. 정원의 새로 심은 잔디 위로, 담장 밖 황량한 폐허 위로 눈부신 햇살이 쏟아지고 있었다. 실내를 빙글빙글 돌던 펠라이는 차갑게 말했다. "낙태 수술을 받아야 해."

콘시타는 울음을 그치고 고개를 들었다. 그리고 숨을 깊이 들이쉬었다. "안 돼!" 그녀는 부르짖었다. "바케로 박사는 돌팔이에다 에르미따 전체에 소문을 퍼뜨리는 사람이야. 그가 어떤 사람인지 잘 알잖아……"

펠라이는 생각에 잠겼다. 동생 말이 옳았다. 낙태 수술을 할 수 있는 유일한 의사인 바케로 박사는 믿을 만한 사람이 아니었다. 티타 순디코에 대한 이야기를 누가 퍼뜨렸겠는가? 그녀는 고등 판무관 사무소의 미군 장교와 연애를 했다가 임신했다. 그리고 그 사실을 모두가 알게 되었다. 정말 모르는 사람이 없었다. 낙태 수술을 한 사람은 바케로 박사였다. 그는 많은 고위층 인사들을 배출해낸 에르미따의 구성원 가운데 한 사람이었다. 사탕수수 농장의 대지주들과 말라카냥 궁전을 둘러싸고 있는 권력층의 친구이기도 했다. 사람 자체는 믿을 수 있었다. 하지만 그가 궁전에서 벌어지는 포커 게임에 참여해 카를로스 프리메로[41] 한 병을 마시고 나면, 정보가 새기 마련이었다. 또 그는 직업상의 문제를 아내와 상의하는 버릇이 있었으므로, 식사할 때 시중을 드는 하녀들의 입을 통해 소문이 돌았을 것이 틀림없다. 그는 이제 육십대 후반이었다. 일본군 점령기에도 어떻게든 먹고 살아야 했으므로, 일본군 장교와 사귀다가 성병을 얻은 에르미따의 메스티사들을 치료해주는 일을 했다. 점령 기간 동안 그는 낙태 수술을 하지 않았다. 약품이 귀했던 때라 감염의 위험이 컸기 때문이다. 그는 자신의 개인 병원에서는 무슨 일이든 했다. 필리핀 종합 병원의 수술실만큼 위생적인 장소는 아니었지만, 그곳에서 받는 치료비는 온전히 자기 몫이기 때문이었다.

"바케로 박사 말고 다른 사람이 있을 거야." 펠라이는 신중하게 말했다. "어떻게 이럴 수가 있지? 나는 질 세척을 전혀 하지 않는데도 임신을 하지 않는데 말이야."

41. 스페인산 브랜디.

콘시타의 배는 점점 불러왔다. 임부복을 입지 않았으니 콜리어 중위가 쉽게 알아차릴까? 그녀는 그를 정말로 원했다! 만약 그가 청혼이라도 한다면 문제는 모두 해결되는 것이다. 그녀는 낙태 수술을 받지 않을 작정이었다. 그것은 확실했다. 자신의 몸속에 무엇인가를 집어넣어 긁어낸다는 생각만 해도 견딜 수 없었다. 그때 경험했던 고통스러운 폭력과 무엇이 다를 것인가? 바케로 박사를 믿을 수 있다고 하더라도 절대 있을 수 없는 일이었다! 그녀는 차라리 키아포 성당에 가서 9일 기도를 올릴 생각이었다. 세상은 기적을 박탈당하지는 않았다. 다른 집들이 모두 무너져버린 참혹한 전쟁의 소용돌이 속에서 여전히 굳게 버티고 서 있는 그녀의 집을 생각해보라. 많은 사람들이 에르미따에서 목숨을 잃었지만, 그녀와 펠라이는 살아남지 않았는가? 아마도 다음 기적은 존 콜리어일 것이다. 그가 만약 조금 더 적극적으로 나오기만 한다면.

6월의 어느 오후, 그가 또다시 지루한 드라이브를 하자고 했을 때 그녀는 그를 유혹하기로 마음먹었다. 어둠이 깔릴 무렵 집으로 돌아왔을 때, 그녀는 칼라만시[42] 주스를 마시고 가라고 그를 불러들였다. 마침내 냉장고가 가동되고 있었다. 근처에 장군 숙소가 있어서 에르미따에 가장 먼저 전기가 공급되었다. 콜리어 중위는 이번에는 주저하지 않았다. 이제 어두워지고 있었다. 콘시타는 그의 손을 꼭 잡았다. 그에게 보내는 신호였다. 어두워진 홀 가운데서 그는 갑자기 멈춰 섰다. 그리고 허리를 굽혀 그녀를 반쯤 들어 올리면서 키스했다. 그녀는 그의 키스를 받아들였고, 그는 다시 한 번 키스했다. 그리고 점점 더 열정적으로 입을 맞추

---

42. 레몬처럼 생긴 필리핀 과일.

었다. 그는 그녀의 가슴을 애무하기 시작했다. 그때 그녀가 몸을 살짝 빼면서 이층에 있는 자기 방으로 그를 이끌었다.

콘시타는 어섬션 여학교에서 연극 무대에 선 경험이 몇 번 있었다. 전쟁이 시작되던 해의 12월에 졸업 연극에서 조연을 맡았다. '인내'라는 이름의 우의적인 인물을 연기했다. 그녀는 타고난 배우였다. 아버지는 어쩔 수 없이 그녀의 말을 들어주곤 했다. 무엇보다도 그녀는 막내딸이었고, 쉽게 울 수 있었다. 이제 존 콜리어를 상대로 완벽한 연기를 펼쳐야 했다. 그녀는 앙탈을 부리고 저항했다. 남자를 포기시키려는 게 아니라 애태우기 위해서였다. 필리핀 여자와 사귀는 것은 처음이었으므로, 미국 젊은이는 장군이 내린 지시를 어떻게 받아들여야 할지 알지 못했다. 하지만 그게 뭐 어쨌다는 말인가—그녀가 저항하는 동안, 그는 당시 한창이던 이오지마 섬 전투에서 해병대원들이 보여주었던 것 못지않게 저돌적으로 그녀에게 달려들었다. 이런 일이 벌어졌다는 것이 알려지기만 해도 그는 군법회의에 회부된다는 사실을 알고 있었다. 장군이 있기에 그는 안전했다. 물론 장군 숙소가 가미카제에게 공격당하지만 않는다면 말이다. 그 또한 가미카제와도 같았다. 한 번 더 촉촉한 키스와 진한 애무를 한 다음에, 그는 뾰족한 팔꿈치와 무릎을 정복할 수 있었다. 콘시타는 심한 통증을 느끼는 것처럼 몸을 뒤틀었다. 처녀에게는 어떻게 대해야 하는 것인지 그는 알지 못했다. 순결은 그에게 아무런 의미도 없었다. 차라리 협조적인 여자가 더 좋았다. 하지만 그는 이제까지 만난 어떤 여자보다도 더 간절히 그녀를 원했다. 더욱이 마닐라 상류층 여자와의 경험은 신선했다. 그가 조금 더 주의 깊은 사람이었다면,

오전에 방문했을 때 콘시타가 두 번이나 토했던 것을 기억해냈을 것이다. 그리고 바로 절정의 순간에, 그의 눈길이 좀더 아래로 내려갔더라면, 그녀의 배가 비정상적으로 불룩하다는 것을 눈치 챌 수도 있었을 것이다. 이미 그녀의 자궁에서는 일본군 병사가 뿌린 생명의 씨앗이 석 달째 자라고 있었다.

얼마 지나지 않아 장군은 일본으로 떠났다. 마침내 일본 천황이 항복을 했다. 이별은 눈물겨웠다. 콘시타는 연인에게 임신했을지도 모른다고 말했다. 중위는 그 소식을 듣고 행복해했으며, 마닐라에 남아 그녀와 결혼하려 했다. 그러나 이동 명령은 거둬들여지지 않았다. "꼭 돌아올 거야." 그는 콘시타에게 말했다. 양심적인 사람이었기에, 그는 반드시 그렇게 할 생각이었다. 그는 에르미따 출신의 아름다운 메스티사와 사랑에 빠졌다.

"반드시 돌아올 거야. 그렇지 않으면 내가 그를 군법회의에 세울 거야." 펠라이는 말했다. 실제로 장군과 함께했던 밀월의 시간에 그녀는 콜리어 중위가 집에 자주 들른다는 말을 흘린 적이 있었다.

콘시타는 사람들에게 임신한 모습을 보일 수 없었다. 물론 숨길 수 있는 방법은 있었다. 펠라이는 아는 사람들이 많았는데 그 중에는 케손 시의 쉼터에서 일하는 수녀들도 있었다. 그들은 나쁜 길로 빠져 몸을 망친 마닐라의 숙녀들을 비밀리에 돌봐주는 일을 했다. 어섬션 여학교 시절에 펠라이와 가까운 친구였던 콘스탄시아 파즈가 그런 일을 하고 있었다. 그녀가 수녀가 되었다는 사실을 알고 동창생들은 모두 놀랐다. 그녀의 성격은 은거하면서 묵상하는 생활과는 거리가 멀었기 때문이다. 그녀는 네그로스 섬의 부유한 집안 출신이었으며 지극히 쾌활하고 외향적이었다. 해마다 마닐라 호텔에서 열리는 카이럽 무도회의 개최를 돕기도 했다. 시샘하는 친구들 몇 명은 그녀가 실연의 상처를 견디지 못해 수녀가 되었다는 소문을 퍼뜨리기도 했다. 그들은 콘스탄시아 파즈가 진심으로 가엾은 사람들을 돌본다는 사실을 몰랐다. 그리고 펠리시타스 로호처럼 신문의 사회면을 장식해서 자신의 부를 과시하려고 자선을 베푸는 사람들에게도 연민을 가지고 너그럽게 대한다는 사실도 알지 못했다.

수도원의 승인하에 새로운 이름을 얻는 다른 수녀들과 달리, 콘스탄시아 수녀는 원래 이름을 그대로 지녔다. 그녀는 케손 시에 있는 보육원의 원장이었다. 그곳은 마리키나로 가는 고속도로에서 조금 벗어난 외딴곳에 자리 잡고 있었다. 잡초로 뒤덮인 들판과 드문드문 서 있는 몇 그루의 나무, 벼가 자라는 논 가운데에 진흙 벽돌로 지은 건물이 있었다. 1920년대 초에 세워진 건물이었는데, 펠리시타스 로호 같은 사람들이 주선해서 모아주는 자선기금으로 운영되고 있었다.

임신 육 개월이 되어서야 콘시타는 그곳으로 갔다. 그 무렵 아르투로의 아내 오랑도 아이를 가져 몸이 무거웠다. 아르투로의 머리에 난 상처는 다 아물었고 머리카락이 자라서 흉터를 가렸다. 이따금 머리가 심하게 아프면서 현기증이 날 때가 있었지만 겉으로 보기에는 멀쩡했다. 두통이나 현기증이 운전하는 데 방해가 되지는 않았다.

케손 시의 보육원에서 콘시타는 방을 혼자 썼다. 펠라이가 자주 방문해서 마닐라 소식을 전해주었다. 다른 학교들과 마찬가지로 아테네오와 라살 대학도 다시 문을 열었으나, 아테네오대학은 건물이 부서져서 예전 모습을 찾을 수 없다고 했다. 또 장군의 도움으로 미국에서 새 자동차를 들여오기로 했다는 말도 전했다. 링컨 제퍼와 패커드, 닷지는 모두 폐차될 운명에 놓였는데, 1945년 이전에 만들어진 차들이 다 그렇듯이 차들은 운전석이 오른쪽에 있었기 때문에 오히려 잘 된 일이었다. 자동차들은 이제 모두 오른쪽 도로로 다녔다. 호셀리토는 제대했으며 펠라이와 함께 집안의 사업체를 운영하기로 했다. 예전에 그는 군대 진주(進駐)에 편승해 일본에 가고 싶어했다. 하지만 이제 불가능한 일이 되었으므로, 마닐라에 정착해서 자신이 전부터 하고 싶었던 대지주 노릇을 하는 편이 더 나을 것 같다고 했다. 그는 콘시타에게 무슨 일이 있었는지 알면서도 그다지 염려하지 않았다. 그는 존 콜리어를 만난 적이 있다고 했다.

콘시타는 무엇보다도 존 콜리어 생각을 많이 했다. 그에게 거짓말을 한 것을 후회했다.

"자기 자식이 아닌 아기를 그에게 안겨주게 되면, 나는 평생 비참하게 살아야 할 거야." 콘시타는 언니에게 말했다.

"내가 방법을 찾아볼게." 펠라이는 그녀를 안심시켰다.

아르투로와 오랑이 사는 차고도 근심에 잠겨 있었다. 오랑은 콘시타와 비슷한 시기에 임신을 했다. 오랑은 아르투로의 고향 출신이었고, 그곳에서는 아무도 병원에서 아기를 낳지 않았다. 모두 산파의 손을 빌어 집에서 아기를 낳았다. 일흔 살이 넘은 산파는 얼굴에 주름살이 가득했지만 손만큼은 힘세고 믿음직스러웠다. 그녀는 또한 마을 사람들의 병을 고쳐주는 힐로[43]이기도 했다.

하지만 에르미따에는 힐로가 없었다. 오랑의 바람과는 어긋나는 일이었지만, 진통이 시작되자 아르투로는 그녀를 필리핀 종합 병원으로 데려갔다. 병원은 세 블록 떨어진 곳에 있었다. 그는 한 번도 병원 안에 들어가 본 적이 없었다. 첫아기가 아들일 것이라고 확신하고 벌써 아들을 뭐라고 부를지 정해놓았다. 맥아더라는 이름이었다. 오랑의 임신 기간 동안, 그는 아내에게 되풀이해서 그 이름을 들려주었다. 장군의 잘생기고 귀족적인 용모를 비롯해 이 필리핀 해방자의 닮을 만한 가치가 있는 모든 것을 아내의 자궁 속 아기가 닮기를 바랐다. 그의 고향 여자들도 그렇게 행동했는데, 아기들이 그들이 꿈꾸는 대상을 실제로 닮는 경우도 가끔 있었다. 임신한 처음 몇 달 동안 싱카마스[44]만을 먹은 산모는 피부가 흰 아기를 낳기도 했다.

병원은 폭격을 당했으나 완전히 잿더미가 된 것은 아니었다. 미군의 필리핀 탈환이 이루어지는 동안 병원 어디에나 부상자와 죽어가는 사람들이 누워 있었으며, 복도에는 피가 넘쳐흘렀다. 이제 피비린내는 나지 않았고, 오랑은 복도에 있어야 했지만 간이침대를 얻을 수 있었다. 다른 환자들처럼 시멘트 바닥에 눕지 않아도 됐다. 아르투로는 분만실 밖에

---

43. 민간요법으로 병을 고치는 필리핀의 치료사.
44. 겉은 석류처럼 생겼으나 속살이 하얀 필리핀 과일.

서 초조하게 반 시간을 기다렸다. 마침내 분만실 문을 열고 나온 의사가 짧막하게 말했다. "아들입니다." 아르투로의 바람은 확인되었다. 그는 아들의 미래까지 확실히 알 수 있었다. 아버지와 할아버지가 그랬던 것처럼, 그의 아들도 로호 가문의 고용인으로 살게 될 것이다. 아들이 살 곳은 보장이 된 셈이었다. 신께서 그와 오랑에게 더 많은 자식을 주시기로 한다면, 다섯 명까지도 키울 수 있을 만큼 주차장은 공간이 충분했다.

오랑이 쉽게 아기를 낳은 반면에, 콘시타의 출산은 이틀에 걸친 고통스러운 과정이었다. 그녀는 자주 의식을 잃고 헤맸다. 고통과 환각이 엇갈리는 무감각한 상태에서 다시 그 욕실로 돌아가 있었다. 그리고 수염에 뒤덮인 탐욕에 찬 얼굴과 또 한번 마주섰다. 그러나 이번에는 용기와 힘을 내서 싸웠다! 그녀는 싸우고 또 싸웠다. 용기와 힘을 쥐어짰다. 그녀가 거의 무의식 상태가 되었을 때 마침내 아기가 태어났다. 마취에서 막 깨어나 정신이 없을 때, 누군가 그녀에게 아기를 보고 싶으냐고 물었다. 그녀는 거절했다. 콘스탄시아 수녀는 아기가 딸이라고 했다. 그녀를 닮은 흰 피부에 아주 예쁘고, 머리카락은 검은색이라고 했다. 존 콜리어는 금발이었다!

"아기 이름을 뭐라고 할까요?"

콘시타는 여전히 멍한 상태였다. 콘스탄시아 수녀가 그녀에게 어디에서 왔느냐고 묻고 있다고 착각했다. "에르미따, 에르미따." 그녀는 중얼거리고 나서 잠이 들었다. 아기의 출생증명서를 작성하던 수녀는 에르미따라는 이름 하나만 적혀 있는 것이 꺼림칙했다. 그래서 마리아라는 이름을 덧붙였다. 마리아 에르미따, 그것이 아기의 온전한 이름이었다. 그러나 아기는 처음부터 에르미 또는 에르미따라는 이름으로 불렸다. 일로카노족 마낭[45]들이 그 이름을 더 좋아했기 때문이다.

콘시타는 몇 주 후에 보육원을 떠났다. 그녀는 아기에게 젖을 먹이지 않았다. 가슴의 모양이 보기 흉해지는 것을 바라지 않았기 때문이다. 하지만 아기에게 먹이고 싶지 않은 모유로 가득 찬 젖 때문에 얼마나 심한 통증을 느꼈는지 모른다. 그때 그녀는 비록 자신의 몸속에서 자랐지만 받아들일 수 없는 그 아기에게서 도망치고 싶은 마음뿐이었다. 세월이 흐른 뒤 홀로 후회하는 순간들이 찾아올 때마다, 그녀는 아기를 돌보고 사랑해주지 않은 것을 자책하곤 했다. 존 콜리어와의 사이에서 자식을 낳지 못한 채, 그녀가 떠나온 고향처럼 폐허 같은 시간을 맞이한 뒤에는 더욱 그러했다.

존 콜리어는 약속대로 돌아왔다. 특별한 위치에 있는 그에게 어렵지 않은 일이었다. 그는 장군이 펠리시타스에게 보내는 화려한 진주 목걸이를 직접 들고 왔다.

성당에서 행해지는 우아한 결혼식 같은 것은 없었다. 단지 펠라이와 호셀리토, 산타 메사에서 온 삼촌이 참석했을 뿐이었다. 신문의 사회면에 떠들썩하게 기사가 나지도 않았으며, 콘시타로서는 전혀 기쁘지도 않았다. 이 결혼은 한마디로 말해서 도피였다. 이 외국인이 아니면 누가 그녀를 받아줄 것인가. 그녀는 존 콜리어에게 그가 돌아오지 않을지도 모른다는 불안감 때문에 아기를 지웠다고 말했다. 그녀의 거짓말에 더

---

45. 필리핀 타갈로그어로 아주머니라는 뜻. 일하는 아주머니들을 가리키는 말.

큰 양심의 가책을 느낀 그는 그녀를 더욱 헌신적으로 대했다.

결혼식을 올리고 며칠 후에 그는 신부를 군용기에 태워 도쿄로 데려갔다. 콘시타는 온갖 끔찍한 기억들을 떠오르게 하는 마닐라에서 멀리 떠나고 싶었다. 하지만 일본은 그녀가 원하는 곳이 아니었다. 그래도 마닐라보다는 나았다.

"걱정하지 마." 펠라이는 동생을 안심시켰다. 콘시타는 보육원에 있는 아기에 대해 아무 소식도 듣고 싶지 않았다. 하지만 펠라이는 같은 말을 되풀이했다. "내가 아기를 돌봐줄게."

호셀리토도 약속했다.

"오스메냐 대통령[46]은 어울리기 힘든 사람이야." 그는 그녀에게 말했다. "하지만 애써봐야지. 무엇보다도 장군이 큰 도움이 될 거다. 전쟁으로 인한 손해 보상금도 받을 거고, 부동산도 개발할 거야. 누에바 에시하에 있는 농장에 대한 계획이 있거든. 귀여운 콘칭, 네가 어디에 있든 늘 지금까지 살아온 것처럼 걱정 없이 살게 해주마……."

---

46. Sergio Osmena(1878~1961) 필리핀의 정치가. 필리핀 국민의회 의장직을 지냈으며 필리핀이 공화국이 되자 부통령을 역임한 후, 1944년 케손 대통령의 사망으로 대통령직을 승계하였다.

3

몇 년이 흐른 후에, 콘시타는 그다지 아는 것도 없는 언니에게 케손
시의 보육원에 남겨두고 온 딸에 대해 자세히 물었다. 콘시타는 일본에
머무는 동안 정서적 장애를 느낄 정도로 마음이 불편했다. 이제 대위가
된 존 콜리어는 이것을 필리핀 사람이 일본인에 대해 갖는 불타는 증오
심 탓이라고 여길 뿐이었다. 콘시타는, 이제 귀여운 소녀로 자라나 마
낭과 수녀들, 특히 콘스탄시아 수녀의 관심을 한몸에 받고 있는 그 아
이에 관해서는 콜리어에게 결코 얘기하지 않았다. 에르미는 참으로 사
랑스러운 아이였다. 아름다운 동양적인 눈매에 윤기 흐르고 갈색기가
감도는 머릿결은 어머니보다 더 뛰어난 미모를 보여주었다.

호셀리토와 펠라이가 일본을 방문했을 때, 콘시타는 그들에게 은밀
히 에르미따에 대해 물었다. 그러나 그들에게 들은 이야기는 거의 없었
다. 솔직히 두 사람은 조카딸에 대해 관심이 없었다. 그 애는 잊어버리
고 싶은 가문의 오점이었다. 기독교인의 의무를 다하기 위해 그 애의 생

활과 교육만 뒷받침해주면 된다고 생각했다. 거기까지가 그들의 책임이었다.

필리핀의 상류층 사람들에게는 좋은 징조가 많은 시대였다. 나라 전체로 볼 때는 경제적 자립이 불가능했고, 도덕적 가치도 완전히 땅에 떨어진 암울한 시기였다. 하지만 미국의 원조 덕분에 외국인과 거래하는 매판 자본가들과 대지주들은 다시 재기할 수 있었다. 일 달러에 이 페소의 환율은 일본군 점령 기간 동안 금지되었던 싸구려 미제 물건에 대한 갈망을 부추겼다. 퇴폐적인 쾌락을 찾는 부유한 필리핀 사람들은 국내 도시들을 외면하고, 뉴욕 같은 북미 대륙의 도시나 '색다른' 섹스를 싼 값에 맛볼 수 있는 도쿄를 배회했다.

엄격한 일본인들은 섹스의 중심가로 이름난 요시와라를 아직까지는 폐쇄하지 않고 있었다. 그들 대부분은 하룻밤 화대가 미국 담배 한 갑 가격보다 못하다는 것을 쓰디쓴 굴욕으로 여겼다. 전쟁의 막바지에 일본은 초토화되었고 사람들은 굶어 죽을 위기에 처해 있었다. 도쿄 사람들은 종이 몇 장이나 노끈 몇 가닥 같은 폐품까지 아껴 썼다. 도시는 비참한 폐허 그 자체였으며, 검은 벽돌 파편들이 땅 위에 딱지가 앉은 것처럼 군데군데 흩어져 있었다. 버드나무가 늘어져 있는 긴자 거리에는 낡은 전차들이 딜컹거리면서 달렸다. 오후가 되면 호기심에 가득 찬 사람들이 미국인 정복자 맥아더 장군을 구경하기 위해 몰려들었다. 일왕의 궁전 가까이에 있는 그의 사무실에서 참모들을 이끌고 퇴근하는 모습을 보려는 것이었다. 그 중에는 존 콜리어도 끼어 있었다.

스탠퍼드대학에서 교육을 받을 때 호셀리토는 필리핀 엘리트들의 우수성과 조국 필리핀의 뛰어난 면을 확신했다. 가장 훌륭한 학교, 가장 훌륭한 병원, 유행의 첨단을 걷는 상점들이 마닐라에 있으면 안 될 이유가 있는가? 어쨌든 일본 사람들은 패배했다. 그것은 당연한 일이었다. 전쟁 전 일본의 제조업은 뒤처져 있었고 모방하는 기술뿐이었다. 정보장교 입장에서 볼 때, 그는 일본이 어떻게 그토록 오래 전쟁을 할 수 있었는지, 그리고 제로 전투기[47]나 세계 최고의 해군과 같이 깜짝 놀랄 일들을 이루어낼 수 있었는지 궁금했다.

처음으로 일본을 방문했을 때, 그는 허름한 오두막에서 아름다운 라이터가 만들어지는 것을 목격했다. 그는 일본 장인들의 정교한 공예 솜씨를 알아보았다. 재벌들은 해체되었지만, 그는 일본 사람들이 곧 다시 재기해서 부유한 나라가 될 것이라고 확신했다. 그들은 그럴 능력이 있었다.

한쪽 눈이 사시였지만, 사업상의 기회를 포착하는 호셀리토의 안목은 정확했다. 그는 콘시타가 일본 사람들을 혐오한다는 사실을 알고 있었다. 그러나 사업상의 미래를 위해 일본 사람들과의 관계를 긴밀히 해야 했다. 스탠퍼드대학에서 교육을 받을 때 그는 필리핀을 현대화할 수 있는 여러 방법을 생각해냈다. 예를 들어, 필리핀의 농업과 착취에 값싼 노동력이야말로 해외시장을 개척하는 데 최대한 이용해야 할 자산이라고 믿었다. 설탕 산업에 몸담고 있는 친구들과 라살대학의 동급생들은 모두 그의 의견에 동의했다. 그는 일찍 제대를 해서 전쟁 기간 동안 파괴된 재산에 대한 손해 보상금—추정 및 실제 손해 모두—을 청

---

47. 2차 대전에서 활약한 일본 해군의 함상 전투기.

구했다. 또한 일본군 점령 기간 동안 급격히 숫자가 늘어난 후크 반군의 위험성도 인식하고, 로호 농장 내부의 농업 개혁에 관하여 자유주의적인 의견을 냈다. 물론 그것은 쇼에 불과했다. 그는 결코 농민들에게 스스로 살아나갈 능력이 있다고 믿지 않았다. 그의 아버지가 경험한 일들이나 그가 소작인들에 대해 알고 있는 얼마 안 되는 사실로 미루어볼 때, 그들에게는 자립하려는 의지가 없고, 일반 필리핀 사람들처럼 그들을 돌봐주고 이끌어줄 엘리트가 항상 필요했다.

호셀리토는 아버지가 살아 있을 때 케손 대통령과 사귀지 못한 것을 늘 후회했다. 그랬더라면 케손 대통령의 메스티소 친구들 사이에 마닐라 교외의 넓은 땅이 배분될 때 아버지가 가진 땅보다 더 넓은 케손 시땅을 얻을 수 있었을 것이다. 시의 경계선이 날로 확장되는 것을 보고, 그는 케손 시와 마카티 주위의 땅을 많이 사놓았다. 아무도 그 지역에 주의를 기울이지 않을 때였으므로 아주 싼값에 사들일 수 있었다. 호셀리토는 위계질서를 중시하도록 교육을 받고 자랐으므로 언제나 펠라이를 존중했다. 사교 활동에 전력을 다하는 그녀의 경박한 태도 뒤에는 사업가로서의 뛰어난 감각이 숨겨져 있었다. 그녀는 일본을 바라보는 남동생의 긴 안목에 감탄했다. 게다가 콜리어 대위는 미로처럼 얽힌 일본 사람들의 인맥을 소개시켜줄 수 있는 위치에 있었다.

도쿄에서의 고통스러운 시간을 뒤로하고 마침내 콘시타는 미국으로 떠날 수 있게 되었다. 그녀는 샌프란시스코에 집을 샀다. 그리고 그곳에서 몇 년 동안 존 콜리어를 기다렸다. 대위에서 마침내 대령으로 진급한 그는 일본에 머물다가 한국전쟁이 터진 뒤에는 한국으로 발령을 받았다. 이제 그녀는 키가 큰 금발의 그 미국인을 정말로 사랑하게 되었다. 하지만 그녀의 딸 에르미따 이야기를 할 수는 없었다. 진실을 밝힐 때 닥칠 위험을 무릅쓰느니, 거짓 속에서 살아가는 편이 나았다. 집으로 휴가를 오게 되면 존 콜리어는 굶주린 듯 그녀를 안았다. 그럴 때마다 그녀는 더욱 복잡한 죄책감을 느꼈다. 콘시타는 티통 벨라스케스와 관계할 때 절정의 환희를 맛볼 수 있었으나, 이제는 그렇지 못했다. 첫사랑의 연인에 대해 품었던 가장 끔찍한 두려움이 현실로 확인되었다. 티통 벨라스케스와 그의 부모는 에르미따가 대혼란에 휩싸였을 때 학살되었다. 그녀가 아무리 남편의 포옹에 열정적으로 반응한다고 해도, 환희의 신음소리나 절정은 모두 연기에 지나지 않았다. 정상을 향한 긴 과정 속에서 아무리 간절히 원하고 아무리 애를 써도, 절정에 도달하지 못했다. 콘시타는 이 모든 것을 끔찍했던 공포의 순간 탓으로 돌렸으며, 자신이 놓치고 있는 그 모든 쾌락을 생각할 때마다 자신의 딸을 거부하는 감정이 다시 솟구쳤다.

에르미따는 보육원에서 에르미로 불리며 다른 아이들과 마찬가지로 출생의 어두운 비밀에 대해서는 알지 못한 채 행복하게 지냈다. 보육원은 바깥세상과 동떨어진 복된 장소였다. 일본군이 점령하고 있던 가장 어려운 시기에도 수녀들은 일본 사람들의 간섭을 받지 않았다. 잘 손질된 운동장에 일본인들이 무단으로 침입하거나 학교와 보육원 건물을 징발하는 일은 없었다. 보육원은 콘시타와 같은 부유층의 도피처로 이용되었다. 그러나 수녀들은 보육원을, 상류층만 받아들이는 피정집, 다시 말해 경건함으로 포장되어 있지만 사치스러운 곳으로 보이게 하지는 않았다. 그보다는 외관을 익명으로 유지하는 것이 중요했다. 831이라고 자그맣게 씌어 있는 번지수 말고는 대문 간판도 걸지 않았다. 그 숫자는 상류층 자제들이 다니는 학교의 여학생들에게 낙태도 결혼도 불가능한 경우에 찾을 수 있는 최후의 의지처로 알려져 있었다.

아스팔트가 깔린 고속도로에서 갈라져 나온 좁고 먼지나는 길로 이백 미터쯤 들어가면 그 막다른 끝에 보육원이 자리 잡고 있었다. 전체 건물 동은 고르지 않게 드문드문 담쟁이가 덮인 벽돌담에 가려 보이지 않았다. 대문은 언제나 닫혀 있었으나 잠겨 있지는 않았다. 어둠이 내리면 이곳에서 일하는 나이 지긋한 세 명의 남자들 가운데 한 명이 문을 걸어 잠갔다. 그들은 정원에 물을 주거나 무기 수송차를 개조한 버스나 지프를 운전하는 사람들이었다. 지프는 펠라이가 원장 수녀를 위해 기증한 것이었으며 특별한 경우에 콘스탄시아가 사용할 때도 있었다. 담장 가까이에는 구아버, 산톨, 두핫 같은 과일나무들이 자라고 있었다. 땅의 경계선을 표시하기 위해 심어놓은 나무들이었다. 보육원 땅은 콘시타와 마찬가지로 수녀들의 세심한 보살핌을 받던 부유한 선주의 딸이 기증한 것이었다.

보육원에는 아이들의 출입이 엄격히 금지된 구역이 있었다. 정원과 육아 시설이 따로 갖춰져 있는 건물의 한쪽 날개 부분이었다. 때때로 아이들은 아기 울음소리를 들었다. 가끔 커튼이 내려진 창가에 여자들이 나타나 넓은 운동장을 내다볼 때 말고는, 운동장에서는 아무것도 보이지 않았다. 건물의 한쪽 구석에 별도의 출입문이 있었고 그 문은 늘 잠겨 있었다.

어렸을 때 에르미는 잠긴 문 저쪽에 무엇이 있는지 늘 궁금했다. 사람들이 안으로 들어갔고 때로는 승용차들도 오고 갔다. 훨씬 나중에야 그녀는 그 보호 구역이 어떤 곳인지 알게 되었다. 원하지 않는 아기를 임신한 미혼 여성들이 출산을 기다리는 곳이었다. 그녀는 어머니 콘시타에게 그 기다림은 어떠한 것이었는지, 그곳에서 어떤 나날들을 보냈는지 알고 싶었다. 그리고 왜 어떤 어머니들은 자기가 낳은 아기를 그토록 혐오하는지 곰곰이 생각해보았다.

에르미는 건기 때 구아버와 산톨이 가득 열린 나무에 올라가 열매를 따던 일을 기억하고 있었다. 아이들을 밖에 데리고 나가는 일이 거의 없었기에 그녀는 나무 위에 올라가 눈길이 닿는 먼 곳을 둘러보곤 했다. 보이는 것은 잡초로 뒤덮인 메마른 들판, 형체가 분명하지 않은 관목 덤불, 건축물 폐자재로 지은 허름한 무허가 오두막이 전부였다. 케손 시가 아직 개발이 덜 되었을 무렵이었다.

십 년쯤 지난 뒤에 보육원 주위의 황무지는 값비싼 택지로 분할되어 팔렸고, 부유한 필리핀 사람들의 거주지로 탈바꿈했다. 그들은 방패처럼 빽빽이 둘러싼 나무에 가려진 채, 이따금 들려오는 아이들의 노랫소리 말고는 어떤 생명체도 숨쉬지 않는 듯한 그 넓은 단지가 도대체 무엇 하는 곳인가 궁금해했다.

산톨나무 꼭대기에 올라가 먼 곳을 바라보면서 에르미는 이런저런 상상을 했다. 잡초가 자라는 황무지 너머의 도시에 대한 것이었다. 그녀에게도 친척이 있을지 알 수 없었다. 무엇보다도 만약 어머니가 살아 있다면 왜 보육원에 놓아두었는지 궁금했다. 물론 서러움이나 부족함을 느꼈던 것은 아니었다. 배를 곯은 적도 없었고, 함께 놀 친구들도 많았다. 하지만 가끔 그녀의 귀에 얼핏 들리는 말들이 있었다. "정말 예쁜 아이구나. 당연한 일이야. 어머니가 참 예뻤으니까……."

어떤 수녀님이 한 말이었을까? 혹시 콘스탄시아 수녀님이? 언젠가는 콘스탄시아 수녀님에게 물어보리라. 오, 그 수녀님은 정말 뚱뚱한 데다 걸음걸이가 얼마나 우스운지! 콘스탄시아 수녀님은 언젠가 어머니가 누군지 말해주시리라. 이런 말을 들은 적도 있었다.

"네 어머니는 너를 원하지 않아서 버린 거야. 이렇게 예쁜 아이를 어떻게 버릴 수 있지? 가엾은 것." 콘스탄시아 수녀님도 그렇게 말할까? 아니, 그런 말을 한 사람은 식탁에서 시중을 드는 일로카노 사람인 마낭 타바였다.

몇 년이 흐른 뒤에, 에르미는 분노를 달래기 위해서 또는 자신의 존재 이유를 생각하기 위해서 과거를 돌아보곤 했다. 그럴 때마다 보육원에서 얼마나 행복하게 지냈는지를 깨달았다. 그녀는 스스로를 그저 평범한 고아로 여겼고, 어머니와 아버지를 둔다는 것이 어떤 것인지 궁금했다. 그녀에게 명백해진 것은, 모든 수녀들과 방을 청소해주는 일로카노 마낭들이나 심지어는 잔디를 깎는 노인들에게도 사랑을 받아야 한다는 것이었다.

일요일은 입양을 원하는 부부들이 보육원에 들르는 특별한 날이었다. 사람들은 그녀를 감탄의 눈길로 바라보았으나 입양이 성사되지는 않았다. 너무 예쁘기 때문일까? 이곳에 오는 사람들은 보통 필리핀 사람들처럼 피부 빛이 검은 편이었다. 그녀는 뭔가 달라 보였고, 가끔은 그녀를 바라보는 수녀들의 눈빛에서조차 그것을 의식할 수 있었다. 그들은 그녀에게 직접 말하지 않았을 뿐이었다.

그녀는 늘 명랑한 눈빛을 반짝이는 콘스탄시아 수녀를 잘 따랐다. 짙은 갈색 수도복은 움직이기 불편할 때가 있었기 때문에 콘스탄시아 수녀는 치맛자락을 허리 위로 끌어올려 동여매고 굵은 다리가 드러나게 하고 다녔다. 그녀는 이제 삼십대였으나, 에르미는 그녀를 현명하고, 자신을 감싸주며, 늙지 않는, 요정과 같은 대모로 여겼다. 한번은 쉬는 시간에 에르미가 그녀를 따라 성당에 들어갔다. 그리고 뒤에 바짝 붙어 서서 수도복의 치맛자락을 잡아당겼다. 깜짝 놀라 뒤를 돌아본 콘스탄시아 수녀는 키가 작은 에르미에게 걸려 넘어질 뻔했다.

"그래, 에르미구나." 그녀는 물었다. "왜 그러니?"

"왜 아무도 저를 입양하지 않는 거예요? 저를 보고 모두들 좋아했는데요. 서에에 모자란 짐이 있나요, 수녀님?"

콘스탄시아 수녀는 무릎을 꿇고 어린 소녀를 끌어안았다.

"이 세상에 너를 보고 모자란 부분이 있다고 말할 사람이 누가 있겠니?"

이 어린 소녀에게 로호 가문의 사람이라서 결코 어느 집에도 입양될 수 없다는 사실을 말해줄 수는 없었다. 펠리시타스와 콘스탄시아 수녀 사이에 합의된 일이었다.

"마낭들도 저를 보기를 …음…음… 뭔가 다른 사람 보듯 해요."

수녀는 고개를 저었다. "너는 정말 상상력이 풍부하구나." 그녀는 말을 이었다. "내 생각에 너는 작가가 되어 아주 아름다운 이야기를 쓰게 될 것 같구나. 아니면 여러 가지 역할을 할 수 있는 배우가 되거나 말이야. 그것도 꿈꿔볼 만한 일이지, 안 그래?"

"저는 배우가 되고 싶지 않아요." 어린 소녀는 또박또박 말했다. "그냥, 엄마 아빠가 있으면 좋겠어요."

콘스탄시아 수녀는 할 말을 잃었다.

"저는 바깥세상을 보고 싶어요. 보육원 밖에서 살고 싶어요……"

"하지만 우리도 밖에 나가잖니, 얘야. 휘발유 살 돈이 있으면 소풍을 가고……"

수녀는 에르미를 데리고 제단 앞으로 가서 함께 무릎을 꿇었다. "하느님 아버지." 수녀는 나지막하게 읊조렸다. "모든 아이들의 아버지인 하느님, 우리 모두를 굽어 살피시어……"

에르미는 평생을 이곳에서 살아야 할지도 모른다는 사실을 알지 못했다. 교육이나 생계에 대해 걱정하지 않아도 된다는 것도 전혀 몰랐다. 그녀는 로호 가문의 사람이지만 펠라이나 콘시타가 마음을 바꾸지 않는 한 친척들과 마주칠 일은 거의 없었다.

똑같은 대우를 받으며 살았지만, 그녀는 정말 예쁘고 똑똑했기 때문에 다른 고아들 사이에서 확연히 눈에 띄었다. 수업 시간에 그녀는 알면서 일부러 틀리게 대답하기도 했다. 다른 아이들과 다르게 보이고 싶지 않아서였다.

그녀는 침울해질 때도 있었고 화가 나면 흥분해서 기절하기도 했다.

복수심이나 폭력적인 성향이 결점이긴 했지만 보통 때는 밝은 성격이었다. 어느 점심시간에, 그녀는 옆자리에 앉은 친구를 식사용 나이프로 찔렀다. 한 달 동안 화가 나서 괴로워하다가 복수를 한 것이었다. 에르미가 아껴두고 먹지 않았던 초콜릿 바를 그 친구가 먹어버렸기 때문이었다.

그녀는 언어에 뛰어난 재능을 보였다. 수녀들, 특히 콘스탄시아 수녀가 능숙하게 잘하는 불어와 스페인어를 듣고 쉽게 기억했다. 한 과를 두 번 되풀이할 필요도 없었다. 일로코스 출신 마낭들에게서는 일로카노 말을 배웠는데, 그 속도가 불어나 스페인어 배우는 것보다 훨씬 더 빨랐다. 심지어는 일로카노족 아이들보다 더 빨리 배웠다. 에르미가 가장 소중하게 생각하는 추억은 대부분 보육원에서 있었던 일들이었다.

비가 내리는 저녁에는 언제나 일찌감치 잠이 쏟아졌다. 그러다가 눈을 뜨면 젖은 풀잎들이 햇살에 반짝이는 눈부신 아침을 볼 수 있었다. 가지가 휘도록 열매가 주렁주렁 열리던 구아버 나무들, 크리스마스캐럴과 마낭들이 포장한 선물 꾸러미를 열어보던 일들. 그 안에는 보통 사과 한 알이나 선키스트 오렌지 하나가 들어 있었다. 그리고 무엇보다도 그녀가 마음껏 책을 읽을 수 있었던 도서실도 떠올랐다. 보육원 벽돌담 너머에 무엇이 있는지 그녀는 알지 못했다. 하지만 도서실에서 흥미로운 바깥세상을 발견할 수 있었다. 어디에 무엇이 있는지 눈을 감고도 알 수 있는 지루한 보육원의 좁은 공간을 벗어날 수 있었다. 그녀는 바깥세상에서 숨겨진 비밀을 찾고 싶은 게 아니었다. 그저 자기 자신이 누구인지 알고 싶을 뿐이었다.

오학년이 되었을 때, 수녀들의 보호 속에서 살고 있는 어린 소녀에게 은밀한 변화가 찾아왔다. 언제나 활기찼고 누구도 대답하기 힘든 질문들을 쉬지 않고 쏟아내던 그녀는 내향적이 되고 말수가 줄었다.

착하기만 한 콘스탄시아 수녀는 사춘기가 온 거라고 믿고 싶어했으나 수학을 가르치던 디비나 수녀는 그렇지 않았다. 콘스탄시아 수녀와는 달리 디비나 수녀는 침울해 보이는 사람이었다. 조각같이 단아한 이목구비를 보면 한때는 매우 아름다웠을 얼굴이었다. 그녀는 늘 진지했고 신앙심이 두터웠다. 또한 콘스탄시아 수녀보다 나이가 많았다. 아마도 수녀원에서 지낸 세월이 그녀의 성품을 망가뜨렸는지도 몰랐다. 에르미는 그녀를 따뜻함이 없고 오만한 사람으로 기억했다. 그녀가 가르치는 차갑고 정확한 숫자들과 비슷했다. 하지만 이 침울한 수녀 또한 다른 사람들과 마찬가지로 에르미를 좋아했다. 이 어린 소녀를 이곳에 가둬버린 어두운 배경에 대해서도 잘 알고 있었다.

"에르미, 무슨 생각을 하고 있니?"

디비나 수녀는 수업을 듣지 않고 딴 생각에 잠겨 있는 소녀에게 물었다. 학생은 열다섯 명뿐이었고 에르미는 다른 애들보다 훨씬 앞서 있었다. 하지만 지난 몇 주 동안 그녀는 뒤처졌다. 간단한 질문을 던져도 에르미는 들은 척도 하지 않았다.

"에르미따, 지금 내가 너에게 질문을 하고 있잖아!"

에르미는 고개를 들지 않았다. 디비나 수녀는 학생들을 엄격하게 다루었다. 자신의 의무라고 여기는 일에 태만하고 싶지 않았다. 수녀는 에르미에게 다가가 단호하게 말했다.

"너에게 말하고 있는 거야. 자리에서 일어나!"

교실 창문으로 들어온 한줄기 햇살에 그녀의 머리가 갈색으로 빛났다. 에르미는 일어나는 대신 엎드렸다. 그리고 대나무 회초리가 두 번이나 호되게 등을 내리쳤는데도 꼼짝도 하지 않았다.

"교실에서 나가, 에르미따!" 수녀는 소리쳤다. 흐느낌을 참으면서 자리에서 일어난 소녀는 복도로 나가 운동장으로 달려갔다.

늘 발랄하고 귀여웠던 소녀에게 왜 이런 불쾌한 변화가 일어났을까? 고민에 빠진 디비나 수녀는 갈색 수녀복을 사각거리면서 한층 침울해진 얼굴로 콘스탄시아 수녀의 사무실을 찾아갔다. 콘스탄시아 수녀는 보육원의 후원자들에게 보내는 연하장에 써넣을 감사의 글귀를 생각하고 있었다.

"오늘 에르미가 처음으로 반항을 했어요. 그 애에게 무슨 일이 생긴 게 틀림없어요." 디비나 수녀는 격한 어조로 말했다.

"수녀님은 어떻게 하셨어요?"

"그 애에게 매를 들었어요. 저는 반항하는 아이들에게는 늘 그렇게 해요."

콘스탄시아 수녀는 아랫입술을 깨물었다. "그 애는 지금 어디에 있나요?"

디비나 수녀는 손가락을 들어 창문 너머 운동장을 가리켰다. 아침 햇살 아래 홀로 이리저리 걷고 있는 어린 소녀가 보였다.

"제가 그 애와 이야기해볼게요." 콘스탄시아 수녀가 말했다.

하지만 그녀에게도 에르미는 입을 꼭 다물고 아무 말도 하지 않았다.

저녁 예배가 끝나고, 에르미를 성당으로 데려간 콘스탄시아 수녀는 어린 소녀의 머리를 쓰다듬으면서 안아주었다. 에르미는 풀 먹인 수녀복을 통해 그녀의 체취를 맡을 수 있었다. 이렇게 품에 안겨 있는 것은 얼마나 행복한 일인지 몰랐다. 그제야 에르미는 콘스탄시아 수녀에게 하고 싶은 말을 할 수 있을 것 같았다. 수녀는 에르미를 달래주면서 속삭였다.

"오, 에르미, 왜 디비나 수녀님에게 무례하게 굴었니? 무슨 걱정거리라도 있니, 얘야?"

에르미는 또렷하지만 애달픈 목소리로 대답했다. "저는 여기에 있고 싶지 않아요, 수녀님. 밖에는 제 어머니가 있다는 것을 저도 알아요. 그리고 어머니가 저를 원하지 않는다는 것도 알아요. 정말로 저를 원하는 사람은 아무도 없어요." 콘스탄시아 수녀는 충격을 받았다.

"하지만 나는 너를 원한단다. 너를 원해!" 수녀는 소녀를 더 힘껏 끌어안았다.

"누군가 저를 입양해주기를 바랐어요." 에르미는 절망적으로 말했다. "하지만 아무도 그렇게 하지 않았어요. 어머니가 있으면 좋겠어요. 저에게 어머니가 있다는 걸 알고 있어요. 어머니가 저를 원하지 않더라도, 어머니가 보고 싶어요. 저는 달아날 거예요. 정말이에요." 그리고 에르미는 울음을 터뜨렸다. 소리 없이 흐느낄 때마다 소녀의 작은 몸이 들썩였다.

"가엾은 내 아가, 가엾은 내 아가." 콘스탄시아 수녀는 속삭였다. 에르미가 정말로 달아날까 봐 놀란 그녀는 즉시 펠리시타스 로호를 만나러 갔다.

펠라이는 항상 있는 저녁 식사 모임에서 막 돌아오는 길이었다. 그리고 다시 서둘러 마카티 교외에 새로 짓고 있는 집을 보러 갈 계획이었다. 한밤중이 다 된 시각이었고, 콘스탄시아 수녀는 이미 오랫동안 기다리고 있었다. 그녀는 펠라이에게 찾아온 이유를 말해야 할지 주저했다. 그녀는 방으로 따라 들어가 옛 친구가 은빛 새틴 드레스를 흰 바지와 블라우스로 갈아입는 모습을 지켜보았다. 펠라이는 좀더 통통해지고 검어졌으며 눈 밑에는 푸른 그림자가 생겼다. 그녀의 다이아몬드 목걸이와 귀고리가 흔들리면서 불빛에 반짝였다.

"새로 짓는 집에 한번 놀러와. 난 이 낡은 집이 정말 지긋지긋해……."

그녀는 도도하게 말하면서 방을 나섰다. 열린 문을 지나자 휘황찬란한 넓은 홀이 나타났다. 로호 저택은 옛날의 호화로움을 그대로 간직하고 있었다.

두 사람은 서둘러 대리석 계단을 내려갔다. 층계 밑에서는 아르투로가 검은색 캐딜락인 엘도라도를 세워놓고 기다렸다. 한쪽 옆에는 뷰익과 윌리 스테이션 왜건이 세워져 있었다. 이제는 아르투로 외에 다른 운전기사도 있었다.

"우리는 한 달 안에 포브스 파크로 이사 갈 거야. 게으른 일꾼들이 내 감독 없이도 모든 일을 잘해낸다면 말이지……." 펠라이는 한숨을 내쉬었다. "공사가 끝나지 않더라도 이사 갈 거야. 난 정말 이곳에 질렸어."

콘스탄시아 수녀는 냉방이 되는 차를 처음 타보았다. "이런 끔찍한 더위에 에어컨이 있어서 정말 살 것 같아."

펠라이는 말했다. "다음 주에는 새 메르세데스가 도착할 거야. 그 차는 에어컨 성능이 썩 좋다고 하더라."

길에는 바퀴 자국이 나 있었다. 로호 저택 주위의 집들은 여전히 비어 있는 곳들이 많아 잡초와 폐허로 둘러싸여 있었다. 콘스탄시아 수녀는 근처에 있는 아칸소에 살았었다. 하지만 가족들이 더 큰 집으로 이사하면서 1941년 12월 이전에 뉴 마닐라로 터전을 옮겼다. 덕분에 에르미따에 덮친 재앙을 피할 수 있었다. 그때 그녀는 이미 종신서원을 하고 난 뒤였다. 그녀는 강박적으로 집을 옮기려는 사람들의 마음을 이해할 것 같았다. 그것이 세상이 돌아가는 이치이기도 했다.

사람들은 뿌리가 뽑혀 이리저리 옮겨 다니고 더 푸른 초원을 찾아다니다가 뿔뿔이 흩어진다. 하지만 콘스탄시아 수녀는 스스로 선택한 신성한 감옥을 떠나지 않을 것이다. 만약 여유가 있다면, 보육원을 더 크게 지어서 도시를 떠돌아다니는 부랑아들을 더 많이 데려오고 싶었다. 하지만 그녀는 부모가 남긴 유산을 수도회에 기꺼이 바쳤다. 이제 펠리시타스 로호 같은 부유한 사람들이 내놓는 기부금 외에는 돈이 생길 데가 없었다. 만약 에르미가 달아난다면 펠라이는 더 이상 보육원을 후원하지 않을 것이다. 하지만 그런 생각을 해서는 안 되는 일이었다. 그녀는 에르미의 행복과 미래만을 염려해야 했다. 자신이 떠올렸던 생각을 돌아보면서 그녀는 소름이 돋았다. 하지만 에르미와 같은 아이에게 도대체 어떤 미래가 있을 것인가?

그들은 자동차를 타고 넓은 들판을 달리고 있었다. 아무것도 보이지 않는 위협적인 어둠에 휩싸인 밤이었다. 여기저기서 위험한 일들이 벌어지던 때였다. 후크 단원들이 도시에 출몰했고 톤도에서는 총격전이 벌어졌다. 명석함과 지도력을 겸비한 라몬 막사이사이라는 사람이 갑자기 나타났다. 그는 군대가 기지와 용기를 가지고 반군에 맞서 싸우도록 힘을 실어주었다. 후크 단원들은 마닐라 바로 옆에 위치한 시에라 마드레 산기슭에 진을 치고 도시를 위협하고 있었다. 하지만 펠리시타스 로호는 마닐라 교외의 소란스러움에 아랑곳하지 않았다. 그녀는 날마다 성대한 무도회에 참석하면서 호화로운 삶을 이어갔다. 아르투로의 고향 마을 젊은이들 몇 명은 반군에 가담했다. 그들과 뜻을 같이하는 것은 아니었지만 아르투로는 그들을 이해할 수 있었다. 하지만 그에게는 안정된 일자리가 있었고 능력이 있는 한 일을 계속할 수 있었다. 펠리시타스 로호에게는 이따금 현기증에 시달리는 것을 숨기고 있었지만, 그 증상은 사라지지 않았다. 더 심해지지 않기만을 바랄 뿐이었다. 게다가 그에게는 이제 자식이 두 명 있었다. 에르미처럼 오학년이 된 맥아더와 이제 이학년인 나넷이었다.

그들은 1945년에 미군이 마닐라 시를 우회하려고 만든 54번 고속도로를 지나가고 있었다. 새로운 도로가 건설되면서 길가에 아카시아 묘목을 심었다. 가로등이 환하게 켜진 넓은 포장도로를 지나자 양쪽으로 새 건물들과 담장이 나타났다. 마침내 펠라이의 새 집이 보였다. 파드레 파우라만큼 터가 넓지는 않았으나 건물은 덩치가 더 크고 넓었다. 펠라이가 정해놓은 기한에 맞춰 집을 완공하기 위해, 차양을 씌운 현관 베란다에서 목수 몇 명이 불을 밝힌 채 일을 하고 있었다. 펠라이는 진입로에 쌓인 나무 상자들을 손가락으로 가리키며 말했다.

"저건 스웨덴에서 들여온 가구들이야. 실내 장식가들이 이번 주에 작업을 할 거야. 그럼 집들이를 해야지. 너도 수녀들을 모두 데리고 오렴."

"실은 에르미 때문에 할 말이 있어서 왔어." 마침내 콘스탄시아 수녀는 말문을 열었다. 누군가 스위치를 켜자 거실에 매달린 커다란 지구본에 불이 들어왔다. 베이지색 대리석 바닥으로 환한 빛이 쏟아졌다. 펠라이는 옛 친구를 향해 몸을 획 돌리면서 물었다. "그만하면 기부금은 충분하잖아, 그렇지 않니?"

콘스탄시아 수녀는 미소를 지었다. "너에게 돈 얘기를 하려고 두 시간이나 기다린 것은 아니야." 그녀는 담담하게 말을 이었다. "솔직히 이 말을 해야 할지 망설였어. 에르미가 달아날 생각을 하고 있어, 펠라이. 자기에게 어머니가 있다는 걸 알게 되었어. 아니, 우리가 그 애에게 말해준 것은 아니야, 그건 분명해. 내가 다른 수녀들에게 주의를 주었으니까. 콘시타에 대해서는 절대로 아무 말도 하지 않았어. 네가 알다시피, 에르미는 영리해. 어쨌든 그 애는 로호 가문의 사람이니까. 그 애도 모든 것을 알아야 할 때가 왔어. 그리고 그것은 내가 아니라, 펠라이, 네가 알려주어야 할 일이야……."

아르투로는 콘스탄시아 수녀를 보육원까지 태워다주었다. 어둠에 잠긴 케손 시와 그 근교에는 정적이 감돌았다. 쿠바오 거리에 도착할 때까지 두 사람은 아무 말도 하지 않았다. 팔기통 엔진의 낮은 소음 속에서 그녀는 물었다. "로호 댁에서 운전한 지 얼마나 되었나요?"

아르투로는 백미러를 흘깃 쳐다보았으나 어둠에 가려 수녀의 얼굴은 보이지 않았다. "전쟁이 일어나기 전부터입니다, 수녀님." 그는 말했다. "돈 마누엘께서 1939년에 저를 데려다가 운전을 가르치셨어요."

"그럼 당신은 그 댁 식구들과 전쟁을 함께 겪었겠군요? 미군의 필리핀 탈환 때도?"

"그렇습니다. 그 댁을 떠난 적이 없어요."

"그럼, 당신도 알겠군요."

"무슨 말씀이신가요, 수녀님?"

"펠라이의 조카요. 우리와 함께 있는 아이 말이에요."

"예, 알아요. 하지만 한 번도 보지는 못했어요. 이제 많이 컸을 테지요. 열 살 정도 됐을 거라고 알고 있어요. 제 아들과 비슷한 나이예요. 거의 같은 때에 태어났으니까요……."

콘스탄시아 수녀는 부드럽게 웃었다. "맞아요. 애가 많이 컸어요. 아주 예쁘고 영리해요."

"어머니를 닮아서 예쁠 거라고 생각했어요. 그런데 수녀님, 그 아이의 눈은 로호 집안 사람들과 다르게 생겼나요?"

콘스탄시아 수녀는 그 질문에 대답하지 않았다. 그 대신 아르투로에게 되물었다. "왜 그 애의 눈이 어떻게 생겼는지 묻는 거죠? 뭘 알고 있는 거죠?"

긴 침묵이 흘렀다.

"말해주세요. 무슨 일이 있었는지 알고 있죠?" 수녀가 다그쳤다. 하지만 운전기사는 아무 말도 하지 않았다.

"저도 알 것 같아요." 운전기사에게서 아무 말도 들을 수 없었던 수녀는 조용히 말했다. "하지만 우리는 그 애에게 비밀을 지켜야 해요. 그 애를 보호해야 해요."

"알겠습니다, 수녀님." 아르투로는 즉시 대답했다. "절대 아무 말도 하지 않을 거예요."

4

다음 날 에르미따 로호는 이모인 펠라이를 만났다. 그날 아침 그녀는 깨끗이 목욕을 하고 일요일에만 입는 남색 스커트에 남색 나비 타이가 달린 흰 블라우스를 입으라는 지시를 받았다.

콘스탄시아 수녀는 그녀에게 접견실에서 기다리라고 했다. 언제나 말끔히 청소가 되어 있고 바닥에서는 왁스 냄새가 나는 이 넓은 방에 그녀는 거의 들어와 본 적이 없었다. 이 방에서 미래의 부모가 될 사람들이 수녀들과 이야기를 나누면서 입양할 아이를 마지막으로 살펴본다는 것을 아이들도 알고 있었다. 그때까지 에르미는 자기가 입양되리라고 생각지 않았다. 이 년 전 도서실에 가는 길에 두 명의 일로카노 마냥들이 복도에서 잡담하는 것을 우연히 듣게 되었다. 한 사람이 에르미처럼 예쁜 아이가 그 애의 친척이 허락하지 않는다는 이유로 입양이 안 되는 것은 정말 안타까운 일이라고 말했다. 자기 이름을 듣자마자 에르미는 난간 뒤로 몸을 숨겼다. "그 애는 로호 집안 사람이래. 로호는 엄청난 부자야. 다른 사람들이 그 애에 대해 알게 될까 봐 두려운 거야……." 아직 어린 나이였음에도, 에르미는 달려나가 궁금한 것을 물어봐서는 안 된다는 사실을 눈치 챘다. 그녀는 뒷걸음질 쳤다. 마낭들은 교육을 잘 받았고 수녀들의 지시를 잘 따랐다. 마낭들 또한 수녀들과 다름없는 사람들이었다.

아이들로 북적거리던 일요일과 달리 평일의 접견실은 텅 비어 있었다. 그녀는 방 안을 샅샅이 둘러보았다. 등나무 의자가 네 개씩 짝을 이루어 가지런히 배열되어 있었고 구석에는 야자수 화분이 놓여 있었다. 방 한가운데 탁자에는 종교적 내용이 담긴 책자들이 놓여 있었다. 그 가운데《라이프》라는 잡지 한 권이 눈에 띄었다. 누가 사진 잡지를 갖다놓았을까? 에르미는 그런 잡지를 처음 보았다. 그 책에 실린 다양한 사진들은 그녀를 단숨에 더 넓은 세상에 눈뜨게 만들었다.

그녀는 잡지를 무릎에 올려놓고 꾸벅꾸벅 졸기 시작했다. 아무도 에르미가 점심을 먹지 않았다는 사실을 알지 못했다. 오후가 다 되어서야 마낭 하나가 들어와 깨우는 바람에 눈을 떴다. 마낭은 부엌으로 가서 밥을 먹으라고 말했으나 에르미는 거절했다. 누군가 자기를 입양하기 위해 보러 올지도 모른다고 생각했기 때문이다.

접견실에 혼자 남아 있던 에르미는 디비나 수녀가 문을 열고 들어오자 놀라서 소리를 질렀다. 디비나 수녀와 함께 화려한 옷을 차려입고 모자를 쓴 숙녀가 들어왔다. 마치《라이프》에서 걸어 나온 것 같은 모습이었다. 에르미는 한동안 눈물을 흘렸다. 이제 에르미가 마음을 차분히 가라앉히면, 숙녀는 머리끝에서 발끝까지 에르미를 주의 깊게 훑어볼 것이다.

그녀는 에르미를 향해 몸을 굽히고 우아한 미소를 지었다. 오, 천사 같은 웃음이었다! 그녀는 에르미의 손을 잡았다. "에르미, 괜찮니?" 그녀는 이미 에르미의 이름까지 알고 있었다. 그녀의 손을 뿌리쳐야 할까? 그렇게 하다가 옷과 머리가 엉망이 될지도 모른다. 에르미는 어색한 태도로 서서 기다리고 있었다.

디비나 수녀가 웃으며 말했다. "이제 어머니와 함께 살게 되었구나."

"어머니라고요?" 에르미가 물었다. 수녀는 고개를 끄덕였다.

"넌 고아가 아니란다, 애야. 네 안전을 위해 이곳에서 살게 했던 거야. 내가 너를 데리러 올 때까지 말이다."

"저에게도 어머니가 있었군요!" 에르미는 울음을 터뜨렸다. 뜨거운 눈물이 에르미의 눈에 흘러 넘쳤다.

바로 그 순간 에르미는 잠에서 깨어났다. 그녀가 오랫동안 견뎌왔던 현실로 다시 돌아왔다. 늘 꾸던 꿈이었다. 아름다운 어머니가 그녀를 데리러 오는 꿈.

콘스탄시아 수녀가 접견실로 들어왔다. "여기 있었구나, 에르미따. 네 짐을 싸야 한단다. 너는 이제 이곳을 떠나서 친척집으로 가게 되었어."

"저는 입양되는 게 아닌가요, 수녀님?"

수녀는 인자한 미소를 지으면서 고개를 저었다.

콘스탄시아 수녀가 건네준 빳빳한 천으로 만든 낡은 가방 속에 그녀는 무엇을 챙겨 넣었을까? 입던 옷가지들과 슬리퍼, 닳아빠진 검은색 가죽 구두 한 켤레, 성적표와 다 해진 헝겊 인형이었다. 예닐곱 살 무렵 콘스탄시아 수녀에게 받은 그 인형은 에르미가 처음으로 갖게 된 장난감이었다. 물론 콘스탄시아 수녀는 기억하지 못하겠지만 에르미에게는 결코 잊을 수 없는 일이었다.

현관 앞에는 세워둔 검은색 캐딜락 옆에서 흰 제복을 입은 아르투로가 초조하게 기다리고 있었다. 그는 에르미의 모습이 궁금했다. 일본으로 떠난 콘시타는 미국으로 간 뒤에도 한 번도 필리핀을 방문하지 않았다.

그녀가 문에서 나왔다. 햇빛에 눈을 찡그리는 모습은 그 나이에 어울리는 아이다운 행동이었으며, 제복을 입은 모습은 예뻤다. 열 살이라는 나이에 비해 큰 키였으며, 곧게 뻗은 다리로 우아하게 걷는 모습은 그 애가 앞으로 기품 있는 여성이 되리라는 것을 보여주었다. 콘스탄시아 수녀가 그녀를 자동차까지 데리고 오자 아르투로는 얼른 갈색 천 가방을 받아들었다.

이 하얀 옷을 입은 사람이 아버지인가? 하지만 에르미는 묻지 않았다. 그러면 어머니는 어디에 있지? 어머니는 왜 나를 데리러 오지 않았을까?

"에르미, 이분은 네 이모의 운전기사란다." 콘스탄시아 수녀가 말했다. 아르투로는 활짝 웃으면서 자동차 뒷문을 열어주었다. 에르미가 주저하자 수녀가 안심시켰다.

"어서 타라, 에르미. 앞으로 모든 일이 다 잘될 거야. 봐라, 벌써 이렇게 큰 차를 타잖아. 우리들 중에 이런 차를 가진 사람은 없단다……." 그녀는 허리를 굽혀 어린 소녀를 힘껏 안아주었다. "잊지 말고 우리를 보러 오렴." 헤어지면서 그녀는 다짐했다. "너는 여기서 태어나서 십 년 동안 자랐어. 여기에는 친구들도 많잖아."

하지만 에르미를 배웅하는 사람은 아무도 없었다. 그녀를 귀여워하던 마낭들도, 디비나 수녀를 비롯한 수녀들도 나와 보지 않았다. 그 사람들은 아마도 점심 식사 준비에 바쁠 것이다. 아이들은 기숙사에서 식당으로 줄을 지어 들어가 정해진 자리에 앉고 있을 것이다. 그녀는 잠시 아이들이 점심 식사로 무엇을 먹게 될지 궁금했다.

자동차는 운동장을 빠져나와 대문을 통과했다. 흙먼지가 이는 오솔길을 지나 아스팔트가 깔린 고속도로로 들어섰다.

"배가 고프지 않으면 좋겠구나." 백미러를 통해 소녀를 바라보면서 아르투로가 말했다. "펠라이 이모님께서 집에 와서 점심을 먹으라고 말씀하셨거든."

에르미는 건성으로 듣고 있었다. 보육원에서는 자주 차를 타고 밖으로 나오지는 못했다. 어쩌다 한 번씩 일요일에 그들은 커다란 버스를 타고 루네타 공원까지 갔다. 혹은 수도원에서 단체로 푸르게 빛나는 호수를 내려다볼 수 있는 타가이타이[48]로 소풍을 간 적도 있었다. 나들이를 할 때마다 그녀는 모든 풍경을 뚫어져라 바라보았다. 마치 지나치는 모든 것에서 눈을 뗄 수 없는 지금과 마찬가지였다. 넓은 길 양쪽에는 새 건물들이 서 있었고, 지프니[49]들은 서로를 밀어젖히듯 지나갔다. 붉은 버스들은 검은 연기를 내뿜으면서 공기를 오염시키고 있었다.

---

48. 필리핀 루손 섬 남쪽에 있는 관광지. 평균 해발고도가 칠백 미터에 이르며, 해발고도 삼백 미터인 활화산 타알 산이 솟아 있다.
49. 지프를 개조한 필리핀 버스

"지금 어디로 가고 있는 거예요?" 그녀는 수도원에서 배운 대로 낯선 사람이나 어른들에게 쓰는 존댓말로 물었다.

"이모님 댁이야. 아주 큰 집이고 방도 많지……." 아마도 그녀는 자기 혼자 쓰는 방을 갖게 될 것이다. 하지만 보육원에서는 수녀들도, 콘스탄시아 수녀조차 자기 방을 갖지 못했다. 별다른 특징 없는 풍경들이 지나갔다. 쓰러질 것 같은 건물들, 거리를 오고 가는 사람들, 차는 계속 앞으로 나아갔다. 그녀는 쿠바오 교차로를 알아볼 수 있었다. 나무로 지은 집들과 강이 보였다. 그리고 한참을 더 달렸다.

"다 왔단다." 아르투로가 말했다.

톱니 모양의 높은 담장이 있는 커다란 석조 저택 앞에서 멈췄다. 주위는 빈터와 무너진 집들뿐이었다. 아르투로가 경적을 두 번 울리자 한 소년이 대문을 열어주었다. 눈앞에 서 있는 저택은 정말 컸다. 거의 성당과 비슷한 크기였다. 붉은 기와지붕에 창문에는 유리가 끼워져 있었다. 집을 둘러싼 정원은 손질이 잘 되어 있어서 비가 오지 않는 4월인데도 식물들이 푸르게 우거져 있었다. 담쟁이덩굴 밑에는 난초가 활짝 피어 있었고, 진입로와 산책로에는 장미 덩굴이 뻗어 있었다. 아르투로는 층계참에 차를 세우고 문을 열어주었다. 그리고 에르미의 가방을 받았다. 정오가 지났으므로 그녀는 정말 배가 고팠다. 대리석 계단을 올라가 거실로 들어서자, 그 안에 있는 모든 것들의 형태가 그녀의 마음속에 뚜렷하게 새겨지면서 다가왔다. 호화로운 장식품들, 가죽을 씌운 소파, 아름답게 장식된 난간이 있는 계단. 그 위로 올라가니 윤기 흐르는 바닥으로 한낮의 햇살이 쏟아지는 식당이었다. 긴 식탁 끝에는 하얀 피부의 아름다운 여자가 앉아서 식사를 하고 있었다. 그 옆에는 검은 피부에 몸집이 큰 중년 여자가 하얀 제복을 입고 서 있었다. 여주인의 식사 시중을 드는 것 같았다.

펠라이는 젊어 보이지는 않았으나 짙은 화장 덕분에 나이를 알아볼 수 없었다. 눈썹을 모두 뽑은 자리에 검은 선을 그려넣었으며 웃을 때 드러나는 치아는 완벽하게 가지런했다. 한참 지난 뒤에야 에르미는 그녀의 치아가 모두 가짜라는 것을 알게 되었다. 나는 커서 저 사람처럼 되고 싶어, 에르미는 속으로 그렇게 생각했다.

펠라이는 접시에서 고개를 들더니 테 없는 안경을 벗었다. 그러자 그녀는 더 젊어 보였다. "정말 많이 컸구나." 그녀는 에르미에게 말했다. "너를 이곳으로 데려온 것은 너에게 행동거지를 가르치기 위해서야. 가장 중요한 것은 하지 말아야 할 일이 무엇인지를 아는 거지. 내 말 알아듣겠니?"

에르미는 수줍어하며 고개를 끄덕였다.

"너는 혀가 없니? 말하는 법도 배우지 못했니?"

"아닙니다, 마님." 에르미는 대답했다.

펠라이는 식사를 계속했다. 식탁 위에는 황금빛으로 잘 구워진 레촌[50]과 국수, 채소들이 놓여 있었다. "오, 콘시타가 있어야 했는데! 그 애는 이곳을 정말 싫어해. 이제 미국 시민이 되었으니 이 나라로 다시는 돌아오지 않을 거야. 그렇다고 해서 그 애를 나무랄 수도 없지……."

에르미는 펠라이가 무슨 말을 하는지 알 수 없었다.

50. 돼지고기에 양념을 발라 구운 것.

102

"운명이야." 펠라이는 혼자 중얼거렸다.

"설명할 수 없어." 그녀는 소녀를 흘깃 바라보았다.

"오, 아니, 너는 너무 어려서 이해할 수 없을 거야." 그녀는 다시 말을 멈추더니, 아무 말도 해서는 안 된다는 것을 기억해낸 것 같았다.

"어쨌든 우리는 의무를 다해야 하니까……. 그런데 사람들이 너를 뭐라고 부르지?"

"에르미라고 합니다, 마님."

"괜찮은 이름이구나. 에르미, 네가 이 집에서 해서는 안 되는 일들이 있다. 우선 이곳에 들어와서는 안 돼. 이 집의 다른 곳에도 들어오면 안 돼. 들어오라고 부를 때가 아니면 말이야. 알겠니?"

"예, 마님." 오, 에르미는 정말 배가 고팠다! 눈앞에 보이는 레촌을 접시째 삼켜버릴 수도 있을 것 같았다.

"나를 티타[51]라고 부르면 좋겠지만, 절대로 그렇게 불러서는 안 돼. 알았니?"

"예, 마님." 과일 접시에 놓인 포도가 눈에 들어왔다. 에르미는 그림에서 포도를 본 적이 있었다. 저 포도를 한 알이라도 먹을 수 있으면 좋겠다고 에르미는 생각했다.

"너는 내 친척이 아닌 걸로 되어 있는 거야, 알아들었지? 아무에게도 우리가 친척이라는 말을 해서는 안 돼. 네 이름이 로호라는 말도 해서는 안 되고."

"예, 마님."

---

51. 숙모, 이모를 이르는 말. 친구의 어머니나 어머니의 친구도 티타(tita)라고 부른다.

갑자기 이상한 일이 벌어졌다. 펠라이가 울기 시작했고 얼굴이 슬픔으로 일그러졌다. 동양 사람처럼 생긴 그녀의 눈이 순식간에 눈물로 흐려졌다. 그녀는 자리에서 일어나 소녀를 안았다. 에르미는 펠라이의 몸에서 풍기는 향기로운 냄새를 맡을 수 있었다. 처음으로 샤넬 No.5 의 냄새를 맡은 것이었다. 그 향기는 언제나 그녀의 기억 속에 남아 있게 되었다. 세월이 흐른 뒤 향수를 쓸 수 있게 되자 에르미는 언제나 그것만을 뿌렸다.

"내가 왜 이러지?" 펠라이는 옷매무새를 고치면서 일어섰다. 그녀의 목소리는 다시 단호해졌다. "너는 로호 가문의 사람이야. 하지만 사람들이 네가 이곳에 있는 것을 알면 안 된다. 무슨 뜻인지 알겠지?" 에르미는 펠라이의 목소리에 엄격함과 차가움이 깃들어 있는 것을 알아차렸다. 수녀들이 피곤할 때나 기분이 좋지 않을 때, 화가 났을 때의 목소리였다.

"그리고 이 집에 손님들이 오면 너는 이 근처에서 얼씬도 하면 안 돼. 학교에서도 우리가 친척이라는 말을 해서는 안 된다. 학교는 가까이 있으니까 걸어 다녀라. 하지만 친구들을 여기 데려와서는 안 된다."

에르미는 입을 다물고, 시키는 대로 하지 않았을 때 어떤 벌을 내릴지 설명해주길 기다렸다. 수녀들도 마찬가지였다. 어리석게 굴거나 고집을 부리면, 저녁을 주지 않고 재우거나 하루 동안 운동장에서 놀지 못하게 했다.

기다리던 말이 곧이어 나왔다. "시키는 대로 하지 않으면 다시 보육원으로 돌려보낼 거야. 알아들었니, 에르미따?"

"예, 마님."

"네 교육비나 필요한 물건들, 음식, 이런 것은 모두 도와주겠다……." 그러고 나서 다시 충동적으로 펠라이는 허리를 굽혀 에르미의 뺨에 입을 맞추었다. 어머니의 따스한 애정이 깃든 입맞춤이었다. 그것은 펠라이가 처음이자 마지막으로 에르미에게 보여준 애정의 표현이었다. 하지만 바로 그 순간에도 어린 소녀는 배가 몹시 고플 뿐이었다. 그리고 더 이상 참을 수가 없었다.

"마님, 저 음식을 먹어도 되나요?"

펠라이는 머리를 흔들더니 옆에 서 있는 여자에게 말했다.

"오랑, 이 애를 방으로 데려가. 그리고 먹을 것을 주도록 해."

에르미는 식탁에 앉아 먹을 수 있기를 기대하고 있었다. 어쨌든 자신도 로호 가문의 사람이었으니까. 그녀는 두 번째로 실망했다. 처음에 실망한 것은 결코 이 집에서 살 수 없다는 말을 들었을 때였다.

오랑은 소녀의 손을 잡고 벽과 바닥에 하얀 타일이 깔린 부엌으로 데려갔다. 화덕과 냉장고 앞을 지나, 차고로 통하는 뒷문으로 나갔다.

차고 한편에 있는 계단으로 이층에 올라갈 수 있었다. 에르미의 방은 좁았지만 공기가 잘 통했고 화장실과 욕실이 붙어 있었다. 방에는 어린이용 철제 침대가 놓여 있었다. 대문을 열어준 소년이 얼굴에 미소를 띠고 문 옆에 서 있었다. 에르미도 마주 보고 웃어주었다.

"앤 맥아더야." 오랑이 말했다. 그리고 소년을 보고 이야기했다. "이제부터 조심해. 둘 다 너무 장난을 쳐서는 안 돼, 알겠니?"

오랑은 에르미를 데리고 다른 통로의 끝으로 갔다. 좁은 부엌에서 아르투로와 에르미보다 어린 소녀가 밥을 먹고 있었다. 그녀는 그들과 함께 파드레 파우라에서의 첫 식사를 했다.

5

보육원에서도 늘 에르미는 '상황'이 어떻게 돌아가는지에 대해 알고 싶어했다. 수녀들이 늙으면 어떻게 되는지? 누가 그들을 돌봐줄 것인지? 가족을 잃은 마냥들처럼 되는 것인지? 고아들은 원래 어떤 아이들이었는지? 자신의 부모에 대해서도 여러 가지 상상을 했다. 교통사고로 부모가 한꺼번에 목숨을 잃었는데 자신은 홀로 살아남았는지도 모른다든가, 어머니가 임신을 했지만 연인이 가난하거나 장애인이기 때문에 결혼 승낙을 얻지 못했고, 그래서 자기가 보육원에 보내졌을 것이라는 상상들이었다. 그래도 언젠가는 부모가 데리러 와 다시 만나게 될 것이라고 생각했다.

이제 모든 상상들은 쓸모없는 것들이 되어버렸다. 그럼에도 그녀는 자랄 때의 태도를 내면에 간직하고 있었다. 예를 들어, 그녀는 누군가에게 고의로 상처를 입히는 것을 견디지 못했다. 비록 나중에는 많은 사람들에게, 특히 그녀가 '처벌'—그녀 스스로 이 단어를 즐겨 사용했다—

하고자 한 사람들에게 많은 상처를 주었지만 말이다. 언젠가는 정원에 피어 있는 장미꽃을 잘라서 방이나 제단을 장식하는 것은 잔인한 일이라고 생각한 적도 있었다. 시들 때까지 피어 있다가 마지막 꽃잎이 떨어질 때까지 그대로 놓아두는 것이 훨씬 보기 좋았다. 어릴 때부터 넓은 방에서 다른 아이들과 함께 잤기 때문에, 그녀는 시끄러운 곳에 있을 때도 홀로 시간을 보내는 법을 알고 있었다. 자기 방 덧문을 활짝 열고 창밖을 내다보았다. 넓은 마당의 풀은 건기의 혹독한 햇살에 갈색으로 말라 있었다. 하지만 자세히 들여다보면, 5월의 첫 비를 맞은 땅은 서서히 푸른빛이 되살아나고 있었다. 모든 사람이 잠들어 있는 새벽이면, 동쪽을 바라보면서 어둠이 걷히기를 기다렸다. 햇빛이 처마 밑으로 비껴들 즈음이면 힌두교도들의 합창 소리가 들려왔다.

보육원보다 훨씬 더 좁고 폐쇄적인 공간이었지만, 차고는 세상의 끝이 아니었다. 그녀는 달아나겠다고 말했던 것을 후회했다. 어디로 달아날 수 있었을까? 겨우 이 차고로?

그러나 눈에 띄지 않게 뒤뜰에 숨겨져 있고 출입구는 비밀스럽게 자물쇠로 채워진 새장 같은 이곳은 몇 년 동안 그녀의 집이 돼주었다. 예전에는 살 만한 곳이었지만 이제는 낡아서 쓰러질 지경이었다. 하지만 로호 저택을 다시 수리할 때도 차고에는 손을 대지 않고 페인트칠만 다시 했을 뿐이었다. 지붕의 기와는 이미 다 부서진 상태였다. 이층에 있는 방에는 아르투로의 가족들이 살았다. 네 식구가 방 하나를 썼다. 그 옆방에는 다른 하녀들이 있었고, 잔심부름을 하는 소년 세 명은 세탁실 옆에 붙어 있는 숙소에서 살았다. 에르미의 방이 가장 넓었기 때문에 그녀는 늘 미안한 마음을 가졌다. 그녀는 아르투로의 딸 나넷에게 방을 같이 쓰자고 말했다.

이층은 시멘트로 지어져서 우기에는 곰팡이가 피었다. 부엌으로 통하는 좁은 복도에는 뒷골목으로 창문이 나 있었다. 이 창문과 작은 옆문을 통해 에르미는 파드레 파우라 뒤편에서 무슨 일이 일어나는지 알게 되었다.

처음에는 보육원과 그곳에 있는 수녀들, 마낭들이 얼마나 그리웠는지 모른다. 하지만 점차로 같은 또래인 맥 그리고 나넷과 친구가 되었다. 뒤뜰 전체가 그들의 놀이터였다. 펠라이의 명령이 무서워 감히 집 앞 정원으로는 나가볼 생각도 하지 않았다.

하지만 곧 커다란 저택과 정원 전체가 그들의 놀이터가 되었다. 펠라이가 포브스 파크의 새 집으로 이사를 갔기 때문이다. 이틀 동안 트럭이 펠라이의 물건들과 오래된 가구들을 실어갔다. 나라 나무를 통째로 세공해서 만든 긴 식탁, 닫집이 달려 있는 놋쇠 침대 같은 것들이었다. 많은 추억이 깃들어 있기에 펠라이가 애착을 갖는 물건들이었다. 떠나기 전, 아마도 모성 본능 때문이었는지 그녀는 에르미를 집으로 불러들였다.

에르미는 집 안이 텅 비었을 것이라고 예상했지만 여전히 가구들이 남아 있었다. 부엌에는 오랑과 알레한드라가 쓰던 냉장고와 도자기들이 그대로 있었다.

펠라이는 번쩍이는 푸른색 칵테일 드레스를 입고 있었다. 오후 다섯 시였고 무더웠기 때문에 서른이 넘은 나이에도 주름 하나 없는 그녀의 이마에는 땀이 송송 맺혀 있었다. 그녀는 사교계 명사들의 메리엔다 모임에 참석하기 위해 나가려는 참이었다. 아르투로는 이미 며칠 전에 세관을 통과해 들어온 새 메르세데스 220SE를 대기시켜놓은 채 기다리고 있었다. 그녀가 계단을 내려와 현관에 서서 마지막으로 저택을 둘러보고 있을 때 에르미가 나타났다. 마누엘 로호가 이 집을 처음 지었을 무렵, 이 동네는 마닐라에서 가장 쾌적한 주거지였다. 지금은 아름드리 나무인 아카시아 가로수들이 그때는 덜 자란 묘목이었다. 에르미는 이제는 너무 작아져서 무릎이 드러나는 낡은 옷을 입고 있었다.

"이리 오렴." 펠라이는 말했다. "내 손에 입을 맞춰야지."

에르미는 그녀가 내민 손을 잡으면서 손가락에 낀 다이아몬드 반지에 눈길을 주었다. 에르미는 그 보석에 대한 이야기를 읽은 적이 있었다. 햇빛이 없는 곳에서도 빛이 난다는 돌이었다. 그녀는 향수 냄새가 풍기는 펠라이의 손을 잡고 이마에 갖다대었다.

"개학을 하면 어섬션 여학교에 다니도록 조치해두었다." 펠라이가 말했다. "너는 여기 계속 머물러 있도록 해라. 어려운 일은 없을 거야. 그리고 대학에 진학하도록 해. …… 콘스탄시아 수녀가 너에게 프랑스 말과 스페인 말을 좀 가르쳤다고 들었는데?" 콘스탄시아 수녀는 친구가 부탁한 대로 한 것이었다.

에르미는 고개를 끄덕였다.

펠라이가 프랑스 말로 물었다. "말 잘 듣는 착한 애가 될 거지, 그렇지?"

에르미는 무슨 말인지 정확하게 알아들었다. "예."

펠라이는 싱긋 웃더니 고개를 저었다. "아니, 프랑스 말로 대답해야지. 내가 말하는 대로 따라 해보렴."

어렵지 않은 일이었다. 에르미는 언어에 뛰어난 재능이 있었다. 그 무렵에는 짐작조차 할 수 없는 일이었지만, 프랑스 말과 스페인 말을 더 잘하게 되었을 때 그녀가 만난 남자들은 놀라워하면서 매우 반겼다. 에르미를 가볍게 한 번 안아주고서 펠라이는 그곳을 떠났다.

그 뒤로 몇 년 동안 에르미는 이모를 만나지 못했다. 하지만 차고에서는 펠라이에 대한 이야기가 많이 오고 갔다. 나중에 학교에 다니게 되었을 때 그녀는 도서관에 있는 신문에서 발레 공연이나 갈라 콘서트, 수많은 저녁 모임과 연회에 참석한 이모의 모습을 볼 수 있었다. 펠라이는 어섬션 여학교의 뛰어난 졸업생으로 뽑혀 상을 받기도 했다. 그때 에르미는 고등학교 이학년이었고, 청중들 사이에 앉아서 필리핀 여성의 자긍심과 미덕을 환기시키는 펠리시타스 로호의 연설을 무덤덤하게 듣고 있었다. 그리고 강연이 끝났을 때 에르미 또한 다른 학생들처럼 박수를 쳤다. 그녀는 아주 긴급할 때가 아니면 펠라이를 만날 수 없었다.

이제는 아르투로네 식구들과 에르미가 차고 전체를 썼다. 맥아더는 자기 방을 갖게 되었으며 아르투로와 그의 아내도 따로 방을 쓸 수 있었다. 저택에 살았던 알레한드라와 다른 하인들은 포브스 파크로 옮겨갔다. 아르투로 또한 갔어야 했지만, 펠라이는 그가 파드레 파우라에 남아 집을 지켜주기를 바랐다.

6월 초에 알레한드라가 파드레 파우라로 찾아왔다. 어섬션 여학교에 에르미를 등록시키기 위해서였다. 학교는 한 블록 너머 헤란에 자리 잡고 있었다. 비가 억수같이 쏟아지는 날이었다. 구름이 잔뜩 덮인 무거운 하늘은 오후가 될수록 점점 더 우중충해졌다. 알레한드라는 에르미를 자주 보지 못했다. 그녀는 저택에서 사는 유일한 가정부였기 때문에 하루 종일 그곳에 머물러야 했다. 그녀는 부엌 옆에 딸린 작은 방에서 살았다. 그녀는 집사나 마찬가지였다. 주방일을 하면서 한편으로는 집안 살림이 제대로 돌아가는지 점검했다. 가전제품들이 잘 가동되고 있는지, 에어컨은 깨끗한지, 공과금은 빠짐없이 냈는지를 확인했으며, 하인들이 하는 일을 감독했다. 이제 그녀는 펠라이가 모든 것을 믿고 맡기는 사람이 되었다. 그녀는 의식적으로 콘시타에 대한 일을 화제에 올리지 않았다. 친척들에게조차 아무 말도 하지 않았다. 그녀는 마르고 금욕적인 얼굴에 맑고 감상적인 눈매를 지니고 있었다. 어두운 색을 좋아했고, 펠라이가 아무리 값비싼 옷감을 사다주어도 수수한 모양의 옷을 손수 바느질해서 입었다.

그녀는 새 운전기사가 모는 옛날 캐딜락을 타고 왔다. 그래서 에르미는 다시 한 번 그 차를 타게 되기를 기대했지만 알레한드라는 학교까지 걷자고 했다. 에르미에게 해줄 말이 많았기 때문이다.

"난 네가 부럽다." 그녀는 마치 친어머니처럼 에르미의 팔짱을 끼면서 말했다. "넌 우리나라에서 제일 특별한 여자애들이 가는 학교에 다니게 되는 거란다. 엄청난 부자의 딸들만 가는 곳이지. 메스티사 소녀들이 대부분이야. 아, 너도 그렇지."

이제까지 에르미는 스스로를 메스티사라고 생각해본 적이 없었다. 메스티사는 부부 중에 한 사람이 스페인 사람이나 백인일 때 그 사이에서 태어난 딸을 가리키는 말로 알고 있었다. 어머니가 로호 가문의 사람이고 그래서 에르미는 어섬션 여학교에 진학할 수 있는 것이다…… 하지만 아버지는…… "제 아버지가 스페인 사람이나 미국 사람인가요?" 에르미가 물었다.

알레한드라는 침묵하며 쓸데없는 말을 한 것을 후회했다. 더 이상 물어보지는 않았지만, 소녀는 확실한 것을 알게 될 때까지 파고들 것이다. 그리고 그럴 때가 됐다. 어떻게 영원히 그 사실을 숨길 수 있겠는가?

"내가 말해줄 일은 아니야." 보통 때의 높고 새된 목소리와는 달리 그녀는 나지막하게 말했다. "네가 로호 가문의 사람이라는 것을 알게 된 것만으로 충분하잖아, 지금은……." 그녀는 걸음을 멈추더니 소녀를 내려다보면서 말했다. "펠라이 아씨가 했던 말을 기억하지? 학교에서 어떻게 행동해야 하는지 알고 있지?"

에르미는 이모가 한 말을 결코 잊지 않았다. 소녀는 고개를 끄덕이면서 얼굴을 돌렸다. 보육원에 있을 때처럼 마음대로 친구를 사귈 수 없는 게 서글펐다.

해마다 그 무렵에는 늘 그렇듯이, 거리에 늘어선 나무에 꽃이 활짝 피었다. 보도 위는 노란색 꽃과 향기로 뒤덮였다. 줄기에 구멍이 뚫려서 가지와 잎사귀들이 별로 없는 나무들도 여기저기 눈에 띄었다. "저 나무들은 왜 저렇게 되었어요?" 소녀가 물었다.

에르미의 갑작스런 물음에 놀라 알레한드라는 다시 걸음을 멈추었다. 신의 은총으로 그녀는 화염으로 뒤덮인 에르미따에서 살아남았다. 한때는 평화롭고 쾌적하기만 한 동네였다. 지금은 성장을 멈춘 나무들과 아무도 돌아보지 않는 폐허, 상자와 녹슨 깡통으로 지은 무허가 오두막만이 남아 있었다. 펠라이처럼 권력과 부를 가진 사람들은 모두 에르미따를 떠났다.

"필리핀 탈환 전쟁 때 이곳은 아주 끔찍했어."

알레한드라는 턱으로 왼쪽에 있는 아테네오대학을 가리키면서 말했다. 무너진 벽돌 더미가 이제 막 푸르러지기 시작하는 잡초 사이로 반쯤 드러나 있었다. 모퉁이를 왼쪽으로 돌자 어섬션 여학교의 이끼 낀 담장이 나타났다. 그 너머로 키 큰 아카시아 나무들이 분홍색 학교 건물을 둘러싸고 있었다.

그들은 혜란 거리로 나 있는 교문으로 들어섰다. 알레한드라는 전에 이 학교에 와본 적이 있었기 때문에 어디로 가야 할지 잘 알았다. 곧바로 연꽃 연못 앞에 있는 건물의 사무실로 향했다. 운동장은 소녀들로 가득했다. 몇몇은 격자무늬 교복을 입고 있었고 하녀와 함께 온 아이들도 있었다. 접수를 맡은 짙은 자주색 수녀복을 입은 수녀는 필리핀 사람이 아니었다. 프랑스 사람이었는데, 뚱뚱하고 주먹코에 붉은 장밋빛 뺨을 지니고 있었다. "얘가 에르미따입니다." 알레한드라가 에르미를 소개했다. 비빙카[52]처럼 둥근 얼굴의 수녀가 빙그레 웃자 눈매가 가늘어졌다. "이 학교에 대해서, 그리고 이곳 규칙에 대해서 모두 알려주셨죠?" 에르미를 굽어보면서 수녀가 물었다.

알레한드라는 그렇다고 대답했다.

에르미는 홀로 차고로 돌아왔다. 알레한드라는 학교에서 처리해야

---

52. 필리핀식 팬케이크.

할 일들이 있었고 에르미가 그 일에 대해 알지 못하기를 바랐다. "잘 들어둬. 너는 교복 여섯 벌과 교과서가 필요해. 버니스 수녀님을 찾아가서 그것을 받도록 해라." 그녀는 교문까지 에르미를 바래다주었다.

"알레한드라 아줌마." 하소연하듯 에르미가 말했다.

"저는 돈이 없어요."

알레한드라는 눈살을 찌푸리면서 고개를 저었다. "그렇지 않아도 펠라이 아가씨에게 너에게 용돈이 필요할 것이라고 말씀을 드렸단다. 하지만 아가씨는 네가 학교에 걸어다니면 되고 집에 음식과 모든 게 다 있다고 하시잖니……"

에르미는 아무 말도 하지 않았다. 알레한드라가 핸드백을 열었다. 마침 잔돈이 없었다. 십 페소와 오 페소짜리 지폐 두 장이 있을 뿐이었다. "오, 그럼." 그녀는 한숨을 쉬면서 오 페소를 에르미에게 내밀었다. "헤프게 쓰지 말아라."

"이건 어느 정도 되는 돈이지요? 뭘 얼마나 살 수 있어요?"

"회사나 공장에 다니는 사람들이 하루 동안 일해서 벌 수 있는 돈이란다." 알레한드라는 웃었다. 재밌는 일이었다. 오 페소짜리 지폐를 한 번도 보지 못한 로호 가문의 사람이 있다니.

"기억해두렴." 헤어지면서 그녀는 말했다. "그건 내 돈이야. 펠라이 아가씨가 주신 게 아니란다."

에르미는 이 일을 잊지 않았다. 알레한드라는 늘 에르미에게 친절했다. 고기나 사과, 초콜릿 같은 것들을 따로 남겨놓기도 했고 자기가 입으려고 지은 옷을 주기도 했다. 에르미에게는 너무 큰 옷이었지만 수선

하지 않고 그냥 입었다. 그녀는 알레한드라가 했던 말을 잊을 수 없었다. 에르미따에 새로 지은 집들에서 유령이 나온다는 것이었다. 땅 밑에 유골들이 묻혀 있고 많은 사람들이 피를 흘린 자리이기 때문이라고 했다. "파드레 파우라에 있는 저택에서도 유령이 나온단다." 알레한드라는 회상하듯 말했다.

펠리시타스 로호가 포브스 파크로 이사한 뒤, 파드레 파우라의 저택은 황량하고 쓸쓸한 곳이 되었다. 하지만 에르미는 아카시아 나무와 수영장 위 정자에 불이 환하게 켜지고, 번쩍이는 자동차들이 진입로와 길 양쪽에 빽빽이 늘어서고, 새벽이 될 때까지 안뜰에서 무도회가 계속되었던 광경이 그립지는 않았다. 때로는 맥 남매와 함께 어두운 창고에 숨어 그 모습들을 구경하기도 했지만, 에르미가 정작 그리워한 것은 알레한드라와 오랑이 가져다주던 남은 음식들과 저녁시간 동안 사중주 악단이 연주하던 실연의 아픔을 노래한 스페인 음악들이었다.

펠라이가 파드레 파우라를 떠난 다음 날, 에르미와 다른 아이들은 처음으로 수영장에서 놀았다. 그때까지는 금지된 일이었다. 하지만 수영장은 곧 비워졌고, 아르투로는 늘 바닥을 깨끗이 청소하곤 했다.

이제 에르미는 뒷문이 아니라 정문 현관을 통해서 창고로 드나들 수 있었다. 마음이 내키면 저택 안에서 뛰어놀 수도 있었다. 처음으로 맥과 함께 저택 안에 들어갔을 때, 그녀는 모든 방들을 샅샅이 둘러보았다. 그들은 먼지투성이인 다락방까지 올라가보았는데 그곳은 깜짝 놀랄 정도로 시원했다. 기와지붕 바로 밑이기 때문인 듯했다. 에르미는 펠라이가 이렇게 쓸모없는 공간이 많은 곳에서 혼자 살았다는 사실이 놀라울 따름이었다. 펠라이는 수많은 하인들이 쓸고 닦아서 늘 말끔하게 해놓은 그 모든 방들에, 그럴 필요가 없어서 또는 귀찮아서 들어가 보지도 않았을 게 틀림없었다.

펠라이는 아르투로와 그의 가족들에게 에르미의 시중을 들어주라고 지시했다. 하지만 보육원에서 자라면서 에르미는 자기 일은 스스로 하도록 배웠다. 그녀는 차고에서 허드렛일을 거들었다. 될 수 있으면 스스로 옷을 빨아 입었고 저택을 청소하는 맥과 나넷을 도왔다. 그녀는 맥보다 훨씬 빨리 자랐으며 지나치게 조숙했다. 그녀의 미모와 재능은 같은 반 학생들 사이에서도 당연하게 받아들여졌다. 때때로 그녀는 평화로운 보육원 생활을 간절히 그리워하곤 했다. 그곳에서는 모든 아이들이 고아였지만 평등했다. 다른 사람의 새 장신구나 구두, 사치스러운 소지품들이나 해외여행에서 사가지고 온 자질구레한 기념품 같은 것들을 부러워하면서 바라볼 일도 없었다. 게다가 콘스탄시아 수녀가 얼마나 보고 싶은지! 우연히 학교에서 두 번이나 콘스탄시아 수녀를 보았다. 한 번은 성당에서 미사를 드릴 때였는데, 다른 수녀들 사이에 그녀가 가장 사랑하는 콘스탄시아 수녀가 서 있는 것을 발견했다. 그 앞으로 달려가고 싶었지만 경건함에 깊이 빠져 있는 콘스탄시아 수녀를 방해할까 봐 그렇게 할 수 없었다. 또 한 번은 어섬션 여학교 정문 앞에서 콘스탄시아 수녀가 뚱뚱한 프랑스 사람인 버니스 수녀와 이야기를 나누는 모습을 보았다. 이때 에르미는 그녀를 향해 정신없이 달려갔으나, 아카시아 나무 그늘이 드리워진 운동장을 반쯤 가로질렀을 때 그녀는 보육원의 낡은 스테이션 왜건에 올라타고 떠나버렸다.

맥아더 또한 말라테 근처의 가톨릭 학교에 갔다가 오후에 집으로 돌아왔다. 그때쯤이면 오랑은 펠라이의 저녁 식사 준비를 하거나 거의 매일 있는 손님 접대를 돕기 위해 포브스 파크로 떠났다. 학교에 갔다가 일찍 집에 돌아온 나넷은 이따금 오랑을 따라가기도 했다. 그러면 에르미와 맥은 차고에 남아 집안일을 했다. 그들은 저택의 뒷문으로 들어가 가구의 먼지를 털어내고 바닥을 닦았다. 덧문이 늘 닫혀 있었기 때문에 먼지는 그다지 많지 않았다.

에르미는 문학과 작문에서 뛰어난 실력을 보였고 맥은 수학을 잘했다. 그래서 둘은 서로의 숙제를 도왔다. 쌍둥이처럼 비슷한 시기에 태어난 두 사람은 친한 친구가 되었다. 그들은 심장이 굳어지는 것 같은 공포를 함께 경험하기도 했다. 아르투로는 그 일을 어린아이들의 지나친 상상이 만든 것으로 치부해버렸지만.

태풍이 지나간 8월의 일이었다. 파드레 파우라는 오래된 아카시아 나무 한 그루가 길에 쓰러지는 피해를 입었다. 비가 그치자 뜨거운 햇볕이 기승을 부렸고, 곧이어 또 다른 폭풍이 불어닥칠 듯했다. 두 아이는 점심을 먹고 숙제를 마쳤다. 그리고 보통 때처럼 저택에 들어가 먼지를 털고 있었다. 집에 사람이 살지 않으면 자주 손봐야 한다고 오랑은 입버릇처럼 말했다. 그렇게 하지 않으면 집도 사람이나 마찬가지로 소외되어 죽고 만다는 것이었다. 거실에 있는 커다란 괘종시계가 여섯 시를 알리는 종을 울릴 때까지 두 사람은 시간이 얼마나 흘렀는지 알지 못했다. 어슴푸레한 아래층에서 그들은 바닥을 닦고 있었다. 아직은 해가 지지 않을 시간이었으나 먹구름이 가득한 하늘은 이미 어두워지고 있었다. 에르미는 비질을 끝냈고 맥은 욕실의 타일을 닦고 있었다.

"이곳은 콘시타 아가씨 방이래." 맥이 말했다. 느닷없이 문이 쾅 닫혔다. 마치 권총이 발사되는 소리 같았다. 맥과 그 뒤에 서 있던 에르미가 문을 향해 돌아섰을 때, 허깨비가 아닌 진짜 사람이 문 앞에 서 있었다. 괴상하게 생긴 모자를 쓰고 진한 황록색 군복을 입은 병사였다. 몰려든 어둠 때문에 얼굴 전체가 수염으로 뒤덮여 있다는 것 말고는 생김새를 알아볼 수 없었다. 나타났을 때와 마찬가지로 병사는 순식간에 사라졌다. 본능적으로, 그 유령의 모습은 에르미의 마음속에 깊이 새겨졌다. 두려움으로 숨이 막히는 것 같아 에르미는 맥에게 매달렸다. 심장이 쿵쿵거리며 뛰었다. 발작적인 떨림이 가라앉을 때까지 그녀는 맥을 꽉 붙잡았다. 그러자 맥은 떨리는 목소리로 빨리 이곳에서 나가야 한다고 말했다. 그들은 양탄자가 깔려 있는 넓은 거실을 지나 부엌으로 갔다. 그리고 뒤뜰로 달려 나갔다. 병사의 모습을 다시 보게 될까 봐 감히 뒤돌아볼 엄두를 내지 못했다. 차고에 도착해서 에르미의 방까지 뛰어 올라가서야 비로소 숨을 돌릴 수 있었다.

정원에서 가져온 낡은 쇠의자에 걸터앉은 뒤에도, 놀라움과 두려움으로 두 사람은 아무 말도 할 수 없었다.

"수염이 덥수룩했어." 에르미는 단지 그 말밖에 할 수 없었다.

그날 오후의 일을 회상하면, 그때가 맥과 포옹했던 유일한 순간이었다는 사실이 떠올랐다. 그 기억에 시달릴 때마다 한편으로 그녀는 예기치 못했던 따스한 은총을 맛본 것 같은 기분이 들었다.

"그건 너희들의 상상일 뿐이야. 어린애들은 어른보다 상상력이 풍부해. 지나칠 정도로." 아르투로가 제복을 갈아입기도 전에 두 아이들이 달려와 그날 있었던 일에 대해 자세히 이야기하자, 그가 말했다. 그들은 함께 앉아 맥이 지은 쌀밥과 오랑이 포브스 파크로 가기 전에 준비해놓은 생선과 채소로 저녁을 먹었다.

거의 여덟 시가 다 된 시각이었다. 열려진 창문으로 저택이 희미하게 보였다. 현관과 부엌으로 통하는 뒷문 위, 거리에 면해 있는 수영장 옆에 외등이 켜져 있었다. 에르미는 알레한드라가 했던 말을 기억해냈다. "투링 아저씨, 만약 진짜 저 집에 유령이 나온다면요, 전쟁중에 군인들이 여기에서 죽었기 때문일 거예요. 아저씨는 아세요?"

아르투로는 고개를 저었다. 그리고 조용히 밥을 먹었다. 언젠가, 어느 날인가, 이 아이들이 그 사실을 알게 될 것이고, 그렇게 되면 어찌해야 좋을 것인가? 펠라이의 경고를 무시하고 에르미에게 모든 사실을 알려야 할까?

그닐 밤 맥은 잠들지 못하고 있었다. 낮에 본 장면이 그를 깊은 혼란에 빠지게 했다. 그것은 착각이거나 지나친 상상력에서 비롯된 환상이 아니었다. 그것은 현실이었다. 바람이 불지도 않았는데 문이 꽝 닫혔고, 갑작스럽게 사람이 나타났다. 맥은 일본군 병사들이 전투하는 장면을 찍은 영상물을 본 적이 있었다. 그들은 다리에 각반을 차고 우스꽝스럽게 생긴 납작한 모자를 쓰고 있었다. 그렇다. 콘시타의 방에 나타난 유령은 일본군 병사였다. 이제 그는 확신할 수 있었다. 내일 아침에 에르미에게 알려주어야 할 것이다.

한밤중이 다 되었을 때, 나무 칸막이 너머로 그의 부모가 소곤거리는 소리가 들려왔다. 전에는 어머니 아버지의 말소리를 엿들을 수 없었다. 세월이 흐르면서 나무판자가 휘어지는 바람에 언제부터인가 그들의 이야기 소리가 모두 들렸다. 어머니가 하는 말이 그의 주의를 끌었다. 그는 신경을 곤두세운 채 한 마디도 놓치지 않고 귀를 기울였다.

"아이들이 본 건 그냥 헛것이 아니에요."

"나도 알아." 아르투로가 말했다.

"그럼 에르미에게 말하세요. 그 애도 언젠가는 사실을 알게 될 거예요. 너무 많은 사람들이 알고 있는 일이라 숨길 수가 없어요. 당신과 나뿐만이 아니에요. 펠라이 아가씨와 도련님도……."

"수녀님들도 아는 것 같아." 아르투로가 말했다.

"그리고 알레한드라도." 오랑이 맞장구를 쳤다. "그 많은 사람들 입을 어떻게 막으려고요?"

긴 침묵이 이어졌다.

오랑이 다시 말했다. "에르미는 정말 반듯한 아이예요. 그 애는 도대체 어떻게 될까요? 그 애도 자기가 로호 가문의 사람이라는 걸 알고 있어요. 비록 사생아이긴 하지만……."

또다시 침묵이 찾아왔다.

"당신이 그 애에게 말해야 해요." 이번에는 더 낮은 목소리로 오랑이 말했다.

"그 짐승 같은 놈이 콘시타 아가씨에게 한 짓을 알려줘야 해요. 하마터면 당신도 그놈에게 죽을 뻔했다는 것도요. 운이 좋았기에 망정이지.

당신이 그놈의 시체를 길거리로 끌어다 놓았다고 말해주세요. 그 애에게……."

"오랑!" 아르투로는 걱정하는 목소리로 말했다. "당신이 알다시피, 지금 그 모든 이야기를 하기는 어려워. 어떻게 그 어린아이에게 네 아버지가 짐승 같은 일본군이었다고 말할 수 있겠어?"

"신께서 길을 찾아주시겠죠." 오랑은 한숨을 쉬었다.

어머니와 아버지가 조용해진 뒤 맥은 어렵사리 잠들 수 있었다.

6

호셀리토는 소년들을 좋아했다. 그러나 그의 성적인 취향을 아는 사람들은 많지 않았다. 그는 마닐라의 미녀들에게 인기가 있는 유명한 독신자 클럽의 회원이었다. 중년의 나이에 가까워지고 사업에 성공하면서, 그는 한동안 자기 자식을 낳아줄 신붓감을 찾아다녔다. 그러나 막상 결혼하려고 할 때마다 강한 회의가 내면을 휘저었다. 심지어 마닐라에서 손꼽히는 미녀들도 그를 자극하지 못했다.

그는 쾌락을 즐기기 위해 종종 마비니로 갔다. 그곳에는 하룻밤 상대를 구할 수 있는 값싼 술집들이 오래전부터 번창하고 있었다. 상대를 고르면 그는 서둘러 파드레 파우라로 데리고 갔다. 산타 메사 교외에 있는 자기 집까지 가느라고 시간을 낭비하는 게 싫었기 때문이다. 산타 메사에 있는 집은 1930년대 후반에 그의 아버지가 투자를 목적으로 지어놓은 것이었다.

호셀리토는 맥을 좋아했다. 만약 그에게 자제력이 없었다면 그 애를 쾌락의 대상으로 삼았을 것이다. 하지만 그는 사회적인 위치가 있는 사업가였다. 보통 사람과 다른 욕구를 가졌다는 것만으로도 문제가 된다는 것을 그는 알고 있었다. 게다가 자기 가족의 고용인인 운전기사의 아들과 관계를 갖는 것은 용인될 수 없는 일이었다.

어느 날 그는 늦은 오후에 파드레 파우라에 왔다. 펠라이의 침실을 사용하려는 목적이 아니라 저택을 둘러본 다음 수리해서 세를 놓을지 아니면 팔아버리는 게 나을지 따져보기 위해서였다. 그는 부모가 물려준 재산을 성공적으로 처분해서 전망이 밝은 다른 부동산들을 사들였다. 쇠락해가는 에르미따에 위치한 탓에 쓸데없이 돈을 쏟아붓게 만드는 저택에 대해 그는 펠라이와 오랜 시간 의논했다. 펠라이는 저택에 얽힌 추억들, 특히 장군과 함께했던 시간 때문에 그곳에 감상적인 애착을 갖고 있었다.

그날 오후, 대문을 열어주는 소년을 보면서 호셀리토는 원초적인 충동이 솟구치는 것을 느꼈다. 그는 맥에게 펠라이의 침실로 따라오라고 했다. 포브스 파크의 집은 중앙냉방장치가 되어 있어서 펠라이는 자기가 쓰던 방에 에어컨을 남겨두고 갔다. 그가 성적인 충동을 가라앉히기 위해 애쓰는 동안 맥은 의자에 앉아 기다리고 있었다. 절대로 해서는 안 되는 행동이었기에 그는 자제해야만 했다. 때때로 양성애적인 기질이 나타나서, 그는 여성에게 매혹되는 경우도 있었다. 그러나 그가 정말로 좋아하는 것은 소년이나 젊은 청년이었다. 그가 여성에게 관심을 보일 때는 그 여자들이 충분히 성숙하지 않은, 아직 엉덩이가 동그랗지 않고 가슴은 소년처럼 납작한 몸을 지녀서인 경우가 많았다. 그는 전에 조카인 에르미를 얼핏 본 적이 있었다. 지금이라도 그녀를 불러올 수도 있었다. 그는 샤워를 하러 갔다. 차가운 물로 본능적인 욕구를 가라앉히기 위해서였다. 그는 오랜 시간 쏟아지는 차가운 물줄기 속에 서 있었다. 하지만 욕구는 가라앉지 않았다. 그는 맥에게 에르미를 방으로 보내라고 말했다.

그녀가 방에 들어왔을 때 호셀리토는 여전히 샤워를 하고 있었다. 12월 오후인데도 에어컨이 켜져 있었다. 에르미는 한기를 느꼈다. 욕실 문은 열려 있었다. "저 왔어요." 에르미는 큰 소리로 말했다.

"기다려, 거기서 기다려라." 호셀리토가 대답했다.

에르미는 조금 전에 맥이 앉아 있던 의자에 앉았다. 맥이 내일 해야 할 일이 더 늘어날 것 같았다. 욕실도 청소해야 할 테니까. 아래층에서 가장 넓은 이 방에는 여전히 가구가 많았다. 위층에서 가져온 침대와 나라 나무로 만든 서랍장, 그리고 펠라이가 필리핀의 고가구에 관심을 가졌을 때 그것과 짝을 맞춰 갖다놓은 거울 달린 옷장이 있었다. 그 속에는 아직도 펠라이의 옷이 남아 있었다. 벽에는 곡물 자루를 들고 있는 시골 소녀의 모습을 그린 아모르솔로[53]의 애잔한 그림이 걸려 있었다. 그 그림 또한 그녀의 친구들이 필리핀 예술품을 사 모으기 시작할 때 헐값으로 구입한 것이었다.

마침내 호셀리토가 수건으로 몸을 닦으면서 욕실에서 나왔다. 그의 몸은 말끔히 씻어놓은 무처럼 창백했다.

그때 처음으로 에르미는 벌거벗은 남자 어른의 몸을 보았다. 처음에

53. Fernando Amorsolo(1892~1972) 필리핀의 화가.

는 충격을 받았으나 혐오감을 느끼지는 않았다. 그가 아무런 부끄러움 없이 알몸으로 나타나서 놀랐을 뿐이었다. 그녀는 무성한 음모 사이의 굵은 물체를 알아보았으나, 수치심으로 인해 그의 두 다리 사이에서 건들거리는 것을 오랫동안 바라볼 수 없었다.

그는 책상 앞에 놓인 철제 회전의자에 앉더니 자신의 조카를 잘 볼 수 있도록 돌아앉았다. 소녀는 당혹스러운 기색을 전혀 보이지 않았다. 그저 무감각하고 우울한 표정으로 바라볼 뿐이었다.

"그러고 보니 너는 정말로 예쁘구나." 마침내 호셀리토가 입을 열었다. 사시인 눈은 더욱 가늘어졌다. "펠라이 말이 맞군. 삼 년만 지나면, 네 '푸시[54]'를 밑천으로 큰돈을 벌게 될 거야." 그는 자신의 성기를 어루만지기 시작했다. "이게 뭔지 아니?"

그것은 이제 살아 있는 물체처럼 솟아올랐다. 그녀는 겁을 집어먹었다. "예." 그녀는 기어들어가는 목소리로 대답했다.

호셀리토는 미소를 지으면서 계속 자신의 성기를 어루만졌다. 그리고 말했다. "옷을 벗어."

에르미는 본능적으로 그 말에 따르면 안 된다는 것을 알았다. 한번은 쏟아지는 빗속에서 옷을 벗고 나넷과 물장난을 한 적이 있었다. 그때 나넷은 에르미의 젖가슴이 커지기 시작했으니 곧 브래지어를 해야 한다고 말했다.

그녀는 꼼짝 않고 가만히 있었다. 호셀리토가 호통을 쳤다. "옷을 벗으라니까!" 그는 직접 그녀의 옷을 벗기겠다는 듯 몸을 앞으로 기울여

---

54. Pussy. 영어에서 여성의 성기를 가리키는 은어.

일어날 태세였다.

그녀는 꼼지락거리면서 천천히 옷을 벗었다. 그녀가 입고 있는 옷은 알레한드라가 기워 준 여러 벌 가운데 하나로, 너무 여러 번 세탁을 해서 탁한 노란색으로 빛이 바랬다. 그녀는 당황했을 뿐 아니라 무서웠다. 이 사악한 남자는 무엇을 하려는 것일까? 그녀는 강간당한 어린 소녀들에 대한 이야기를 들은 적이 있었다. 지금 그의 다리 사이에 있는 끔찍한 물건이 그 폭력적인 도구일 게 틀림없었다. 그녀는 몸을 떨었다.

호셀리토는 소녀가 겁을 먹었다는 사실을 알았다. 그는 무릎 위에 수건을 덮어 발기된 성기를 가렸다. "걱정할 것 없어, 귀여운 것." 그는 달래는 듯한 부드러운 목소리로 말했다. "나는 너를 강간하지 않을 거야. 나는 네가 옷을 벗은 모습이 보고 싶을 뿐이야. 게다가 나는 남자애들을 좋아해. 알겠니? 그냥 거기 있어. 내 옆으로 올 필요도 없다. 그래, 그래." 그는 속삭이면서 에르미를 지그시 바라보았다. "네가 팬티를 벗는 동안은 보지 않겠다. 아직 털은 나지 않았을 테니. 지금 네가 몇 살이지?"

"열두 살입니다." 여전히 몸을 떨면서 에르미가 대답했다.

"좋아, 에르미. 넌 아직 진짜 여자가 아니구나. 그러니까 부끄러워할 것 없다. 나는 추악한 늙은이는 아니야. 좀 …… 추잡하긴 해도 말야." 그리고 호셀리토는 웃음을 터뜨렸다. 그는 계속 낄낄거렸다.

그 웃음소리가 에르미를 조금 안심시켰다. 천천히 그녀는 팬티를 벗었다. 호셀리토가 자리에서 일어서면서 수건이 바닥으로 떨어졌을 때, 그녀는 몸을 움츠렸다. 하지만 호셀리토는 그녀에게 다가오지 않았다.

그는 욕실로 가더니 욕실 벽장에서 병 하나를 가지고 돌아왔다. 그 속에 든 걸쭉한 우윳빛 액체를 손에 쏟더니 그는 그녀를 바라보지도 않은 채 수음을 시작했다.

변태적인 행위에 대한 첫 경험은 에르미에게 충격을 주었으나, 나중에 그 행위에 대해 호기심을 갖는 계기가 되었다. 그녀는 더러워진 바닥을 닦아야만 했다. 한편으로 그녀는 운이 좋았다고 생각했다. 어쨌든 호셀리토는 그녀에게 손을 대지 않았다. 더욱이 너그러운 보상을 받았다. "곧 크리스마스가 다가오는구나." 그녀가 옷을 다시 입은 후에 호셀리토는 말했다. 그리고 그녀에게 자기 뺨에 입을 맞추라고 했다. 그녀는 혐오감을 느끼면서도 시키는 대로 했다. "받아라." 그는 지갑을 꺼내더니 깜짝 놀라 서 있는 그녀에게 지폐 한 다발을 건네주었다. 그가 가고 난 다음에 돈을 세어보니 사백오 페소였다. 이제까지 그녀는 그렇게 큰 돈을 본 적이 없었다. 만약 호셀리토가 그녀에게 또다시 옷을 벗으라고 하면 어떻게 해야 할지 그녀는 망설였다. 그러나 그 뒤에도 그는 여러 차례 저택에 들락거렸지만 다시 그녀를 부르지 않았다.

2월에 열세 번째 생일이 지나고 나서 에르미는 생리를 시작했다. 학교에서 수업을 받을 때였다. 학교 매점에서 생리대를 팔았지만 그녀는 돈을 쓰고 싶지 않았다. 그래서 손수건을 사용했다.
생리가 시작되었을 때 그녀는 놀라지 않았다. 그러나 어쩐지 두려운 생각이 들었다. 나넷과 맥에게 이야기해야 할지 망설였으나 아무에게도 말하지 않았다. 그녀의 마음속에는 말 못할 괴로움이 있었다. 그녀는 잘 자라 고등학교 일학년이 되었으며, 펠라이가 그녀에게 베푼 특혜를 누리고 있었다. 프랑스어와 스페인어 교습을 미리 받았고, 학교 정규수업 외에 타자와 속기도 배우고 있었다. 그러나 그녀는 지루함과 동시에 말할 수 없는 절망감을 느꼈다. 삶은 그녀가 생각했던 것과 너무나 달랐다.

처음 식당에서 펠라이를 만났을 때, 고통스러울 정도로 배가 고팠다. 그러나 음식을 먹으라는 말 대신 저택에 발을 들여놓을 수 없다는 말을 들었다. 게다가 '로호'라는 이름을 구걸하는 사람 취급을 받았다. 그 일을 회상할 때마다 에르미는 사람들이 그녀에게 잠자리와 먹을 것을 주는 대신 출생에 얽힌 일들을 속이고 있다는 생각이 들어 슬프고 화가 났다. 투링 아저씨의 가족들도 마찬가지였다. 모두들 그녀의 뒤에서 수군대거나 침묵을 지켰다. 때때로 그녀는 아무 걱정 없던 보육원 시절로 되돌아가고 싶었다. 그곳에서는 이런 비참함이 하느님만큼이나 멀리 떨어져 있었다.

친구를 무척 사귀고 싶은데도 그녀는 자신의 형벌 같은 운명을 의식해서 학교에서 거의 말을 하지 않았다. 게다가 언제나 로호 가문에 속하지 않는다고 부인해야 했다. 그녀는 적절하게 말을 바꾸면서 설명하곤 했다. "그 사람들은 부유한 로호이고, 우리는 가난해." 또는 "로호라는 재벌이 있는 줄 나는 몰랐어. 로호라는 이름을 가진 사람들은 우리 집처럼 모두 가난한 줄 알았지." 친구들은 그녀의 말을 믿었다. 왜냐하면 그녀는 돈이 없었고 장신구를 하고 다니지도 않았으며 유명 상표의 구두도 신지 않았기 때문이다. 또 큰소리를 치면서 젠체하는 일도 없었다. 친구들은 그녀가 영리하나 괴짜라고 생각했다. 그녀는 보육원 시절이 정말로 그리웠다. 그렇다고 다시 돌아갈 수는 없었다. 어쨌든 에르미따는 보육원보다는 자유로운 곳이기도 했다. 그녀는 친구가 아쉬울 뿐이었다.

그녀는 맥과 함께 점심을 먹고 있었다. 유난히 말이 없는 그녀 때문에 맥은 불편했다.

"학교에서 무슨 골치 아픈 일이 있니? 어디가 아픈 거야? 머리를 다치기라도 했어?"

"헛소리 그만해." 그녀는 우울한 목소리로 말했다. "아무하고도 말하고 싶지 않아. 너하고도."

그녀는 자리에서 일어났다. 오늘 설거지는 그녀 차례였으므로 에르미는 좁은 식탁을 닦기 시작했다. 보육원에서 음식을 버려서는 안 된다고 교육을 받은 터라 그녀는 자기 몫으로 받은 밥알 한 톨, 먹기 싫은 채소 한 조각, 생선 부스러기 한 점도 접시에 남기는 법이 없었다.

"오늘은 기분이 나쁘구나." 맥이 명랑하게 말했다. 그가 접시에 남긴 밥을 보고 에르미는 화를 냈다.

"이것 다 먹어." 그녀는 날카롭게 말했다.

"어? 이제는 험악해지기 시작하는데? 아무래도 아버지 성질을 물려받은 게 틀림없어."

에르미는 돌아서서 소년을 노려보았다. "맥, 도대체 무슨 말이야? 내

아버지가 누군지 알고 있구나?"

맥은 자신이 한 말을 주워 담기에는 너무 늦었다는 사실을 깨달았다. "내가 그걸 어떻게 알겠어? 그냥 농담으로 한 말이지……."

"알고 있잖아, 너는 알고 있잖아!" 에르미는 울부짖었다. "그런데 나에게는 한마디도 하지 않았어. 너희 가족들 모두, 모두들 알고 있으면서!" 얼굴이 창백해진 그녀는 눈을 감았다. 그리고 텅 빈 자루처럼 앞으로 고꾸라졌다.

맥은 쓰러진 그녀 앞으로 달려갔다. 숨을 쉬지 않는 것 같았다. 그는 얼음처럼 차가운 에르미의 손목을 잡았다. 맥은 그녀의 얼굴을 쓰다듬으며 흐느꼈다. "에르미, 제발." 그녀는 눈을 뜨지 않았다. 몸은 뻣뻣했고 상아처럼 희고 매끄러운 얼굴이 잿빛으로 변했다.

맥은 무서웠다. 그는 훌쩍훌쩍 울면서 그녀의 팔과 머리를 흔들었다. "에르미, 에르미." 그는 반응을 보기 위해서 그녀의 엄지손가락을 깨물었다. 마침내 그녀는 눈을 떴다.

맥은 다시는 발작을 일으킬 정도로 그녀를 화나게 해서는 안 된다는 사실을 깨달았다.

그녀가 물을 달라고 하자 맥이 서둘러 갖다 주었다. 마음을 가라앉히고 평온한 상태가 되자 에르미가 다시 물었다.

"맥, 너는 뭘 알고 있지? 제발 나에게 말해줘……."

더 이상 대답을 회피할 수 없었다. 그녀의 얼굴을 외면하면서, 그는 창문 쪽으로 걸어갔다. 그 뒤를 에르미가 따랐다. 오후의 따가운 햇살 아래, 항상 그랬듯이 저택은 크고 당당한 모습으로 서 있었다.

"네 아버지에 대한 이야기를 들었어." 속삭이듯 작은 목소리였다. 그는 여전히 고개를 돌린 채였으나 목덜미 근처에서 그녀의 숨결을 느꼈다. "청소를 하다가 욕실에서 병사의 유령을 본 날이었어……." 그는 고개를 돌려 그녀를 보았다. 그의 눈은 흐려져 있었고 곧 울음이라도 터뜨릴 듯이 목소리가 떨렸다.

"에르미, 내가 너에게 말해줄 수는 없어. 내가 말해서는 안 돼. 나는 잘 몰라. 그저 끔찍한 일이 일어났다는 것을 알 뿐이야. 아버지에게 물어보았지만, 화를 내시면서 그런 일은 생각도 하지 말라고 했어. 그날 밤 나는 어머니와 아버지가 네 부모에 대해 이야기하는 것을 들었어. 아버지에게 여쭤봐, 에르미. 아버지는 모든 것을 알고 계셔……."

저녁 열 시가 다 되어갈 무렵이었다. 오랑과 아르투로는 늦은 저녁 식사를 하고 있었다. 나넷이 설거지를 할 차례였으나, 오랑과 아르투로가 에르미에게 하는 말을 듣지 못하도록 나넷과 맥은 뒤뜰에 나가 있었다.

"우리는 한가족이잖아요, 투링 아저씨." 에르미는 말했다. "어쩌면 맥과 나넷도 알고 있을 거예요. 하지만 걔네들이 아직 모른다고 해도, 아저씨 말고 누가 저에게 말해주겠어요? 아저씨는 저에게 아버지 같은 분이잖아요……."

짙은 갈색 눈은 애원의 빛으로 가득 차 있었다. 그것은 '고아' 소녀에 대한 연민을 느끼게 했다. 에르미는 그에게 딸과 같은 존재였다. 딸이라고? 그녀는 그보다 훨씬 높은 곳에 있었다. 교육을 잘 받았을 뿐 아니라 혈통도 달랐다. 비록 버림받고 무시당하고 내쳐졌다고 해도 그녀의 성은 변함없이 로호였다.

오랑은 일어서서 탁자를 닦았다. 열린 창 너머로 어둠이 내린 뒤뜰이 넓게 펼쳐져 있었다. 1942년에 아르투로는 구마멜라[55] 울타리와 야자수를 잘라내고 채소를 심을 수 있는 밭을 만들었다. 그것으로 펠라이와 콘시타, 그리고 아내를 먹여 살렸다. 그리고 그 모든 일들이 사악한 느낌이 들 만큼 선명하게 다시 돌아왔다. 그 당시 2월은 지옥과도 같은 날들이었다. 끊임없이 이어지던 총소리, 일본군의 거친 외침들, 거리 저편의 집들에서 들려오던 죽어가는 사람들의 비명소리를 그는 다시 들을 수 있었다. 그리고 피어오르던 연기와, 그렇다, 구역질나는 시체 썩는 냄새를……

"아래층 방에서 일어난 일이었어." 그는 말문을 열었다. "맞아, 네가 병사의 유령을 보았다는 바로 그곳이었지……. 콘시타 아가씨는 그 방 욕실에 숨어 있었어……." 그는 일어서서 에르미의 얼굴을 바라보았다. "너는 어머니의 눈을 닮았어. 즐거워 보이는 눈이야. 성질도 어머니와 같고. 한번은 펠라이 아가씨가 비명을 질러서 우리 모두가 저택으로 달려간 적이 있었어. 가보니까 콘시타 아가씨가 바닥에 쓰러져 있었어. 기절한 것이었지. 자매 사이에 말다툼이 있었던 모양인데 콘시타 아가씨가 화를 참을 수 없었던 거야."

에르미는 부끄러움에 고개를 숙였다. 맥이 놀랐을 것을 생각하니 미안하기만 했다. 만약 스스로의 감정을 조절할 수 있다면 갑작스런 분노에 사로잡히지 않을 수 있을 텐데. 보육원에서도 다른 친구들은 그녀를 심하게 괴롭히거나 놀려서는 안 된다는 것을 알고 있었다. 스스로 통제

---

55. 필리핀에서 자생하는 붉은 꽃.

가 안 될 것 같으면 그녀는 친구들에게 경고했다. 친구들은 그녀를 피하거나 혼자 놔두곤 했다.

아르투로는 말을 이었다. "우리는 방공호에 있었지. 콘시타 아가씨는 고집이 셌어. 아가씨는 저택 안이 더 안전할 거라고 믿었어. 우리는 일본군 병사들을 보지 못했어. 그들이 대문을 부수고 들어왔어. 그리고 한 명을 들여보내 집 안을 둘러보게 했어. 우리는 총소리를 들었단다. 아마도 그 병사가 동료들에게 아무 이상 없다는 신호를 보낸 걸 거야. 그리고 우리는 그들이 떠났다고 생각했어. 한동안 아무 소리도 들리지 않았으니까. 그런데 얼마 있다가 비명이 들려왔어. 나는 그게 콘시타 아가씨의 목소리라는 걸 알았지. 정말 어리석게도, 나는 겨우 나무막대기 하나만 들고 집 안으로 뛰어들었지 뭐냐. 그러자 일본군 병사가 나를 총으로 쐈고 나는 의식을 잃었다. 정신을 차리고 보니 그 병사는 죽어 있었고, 네 어머니는 벌거벗은 채 바닥에 누워 있었어. 손에는 피 묻은 총검을 들고 있었지…… 그날 밤 나는 그 시체를 집 밖으로 끌고 나가 길모퉁이에 버렸다. 시체는 며칠 동안이나 거기에 있었어. 미군들이 들어왔을 때, 시체들을 모두 싣고 가버렸지. 콘시타 아가씨가 조니라고 부르던 콜리어 중위는 나중에 왔어…… 배가 눈에 띄게 불러오기 시작했을 때 우리는 아가씨를 보육원에 데려다 주었지. 그리고 알다시피, 맥이 태어나고 며칠 뒤에 네가 태어났단다."

"태어나지 않았더라면 좋았을 거라고 생각할 때가 있어요." 에르미는 말했다.

아르투로는 고개를 저었다. "하지만 너는 지금 여기에 있잖니. 사는 게 힘들어도 우리는 늘 희망을 가질 수밖에 없단다."

침묵이 찾아왔다. 창밖에서 발룻[56]을 파는 행상인의 목소리와 풀숲에서 길을 잃은 귀뚜라미의 울음소리가 들려왔다. 저 멀리, 거리를 오고가는 자동차들의 소리가 점점 잦아들고 있었다.

"투링 아저씨, 말해주세요." 에르미는 물었다. "우리 아버지는 어떻게 생겼나요?"

운전기사는 진지하게 고개를 숙였다. "그는 아주 몸집이 컸어. 그리고 무거웠지. 생김새는 잘 못 봤지만 수염이 있었어. 지독한 냄새가 났던 것은 기억해. 아마도 아주 오랫동안 몸을 씻지 않았던 것 같아. 군복은 흙투성이였고 다 해져 있었어. 이제 기억이 나는군. 옆구리에 깊숙이 칼자국이 나 있었어. 그리고 피부는 아주 희었지. 그는 바지를 입고 있지 않았어."

호기심에서, 에르미는 일본어를 공부하기로 마음먹었다. 프랑스어와 스페인어를 능숙하게 할 수 있었기에 일본어를 배우기도 어렵지 않을 것 같았다.

---

56. 수정은 되었지만 부화하지 않은 오리알을 십칠 일간 인큐베이터에 두었다가 삶은 것. 필리핀 사람들이 많이 먹는 야식.

7

아르투로는 에르미가 대학교 이학년이 되었을 때 운전을 그만두어야
했다. 현기증 발작 때문이었다. 다행히도 펠라이를 태우지 않았을 때 그
는 새 메르세데스 300SE의 핸들을 놓쳤다. 자동차는 도로에서 튀어올
라 전봇대를 들이받았다. 케손 시내였기에 차의 속도는 빠르지 않았다.
다친 사람은 아무도 없었지만 범퍼와 그릴이 찌그러졌고 라디에이터를
교체해야 했다. 그는 정상적인 생활을 하려고 애를 썼으나 두통이 점점
심해졌다. 병원에서 검사를 받았을 때 의사는 그에게 곧 왼쪽 시력을 잃
게 될 것이라고 말했다. 병의 원인에 대한 설명은 단 한 가지뿐이었다.
일본군 병사의 총에 맞은 상처가 치명적인 부위까지 확대된 것이다. 그
는 절망했다. 펠라이는 그의 월급을 깎았고, 맥은 전기공학 공부를 그만
두었다. 나넷은 학교에 계속 다닐 수 있었다. 고등학교는 학비가 많이
들지 않기 때문이다.

하지만 아르투로 가족들은 차고에서 계속 살 수 있었다. 아르투로는

파드레 파우라에서 정원과 저택을 돌보았다. 고가구가 유행하기 시작해서 저택의 오래된 가구들은 모두 포브스 파크로 옮겨졌으므로 집은 텅 비어 있었다. 그는 나무에 물을 주고 잔디를 깎았으며 집 안 여기저기에 쌓이는 먼지와 검댕을 털어내고 청소했다.

에르미는 맥이 공부를 그만둔 것에 대해 실망이 컸다. 머리가 좋은 그는 가족들의 희망이었다. 그녀는 로호 가문 사람들이나 자신의 과거에 더 이상 관심을 갖지 않았다. 공부를 열심히 해서 언젠가는 자립할 수 있기만을 바랐다. 굶주리지는 않았으나 그녀는 늘 궁핍했다. 알레한드라가 베푸는 은밀한 친절 없이는 적은 용돈도 쓸 수 없었다. 그녀는 장신구나 향수, 심지어는 로션을 써본 적도 없었다. 목욕할 때도 빨래비누를 사용했다. 교재나 학용품이 모자란 적은 없었다. 그런 것들은 펠라이가 도와주었다.

집으로 돌아오는 길에—그녀는 가는 길이 비슷한 다른 친구들과 어울리게 될까 봐 언제나 서둘러 학교를 나섰다—그녀는 하고 싶은 일을 상상하곤 했다. 새 옷을 사고 가보고 싶은 나라로 여행을 가는 일이었다. 하지만 돈이 문제였다. 그럴 때마다 호셀리토가 했던 말, 그녀의 마음속에 강한 인상을 남겼던 그 말이 떠올랐다. "네 푸시를 밑천으로 큰돈을 벌게 될 거야." 대학생이 되기 전까지 그녀는 삼촌이 했던 말의 의미를 제대로 이해하지 못했다.

문학을 가르치는 심플리시아 호노라토 교수가 그 모든 것을 설명해주었다. 에르미는 교수들 중에 호노라토를 가장 좋아했으며, 그녀가 가르치는 '영문학'이라는 과목은 인상적이고 감동적이기까지 했다. 삼십대 초반인 호노라토 교수는 필리핀 문학에 대한 책 두 권을 출간했고 미국의 앤아버[57]에서 박사학위를 받았다. 그녀는 어두운 피부색에 막대기처럼 깡마른 체구였으며 머리를 소년처럼 짧게 자르고 다녔다. 그녀는 세련되어 보이지 않았다. 비싼 아마포로 만들어졌음에도 모양이 형편없는 옷 때문인지도 몰랐다. 그녀가 레즈비언이라는 소문이 돌았다. 하지만 에르미 옆자리에 앉는 앨리스 감보아는, 호노라토 교수가 품위 있는 중년의 남자와 에스콜타 극장의 특별석에 다정하게 앉아 있는 것을 보았다고 했다. 사람들이 교수에 대해 하는 말에 에르미는 별로 상관하지 않았다. 그저 교수의 강의를 듣는 것만으로 감사했다.

호노라토 교수는 장황하고 화려한 미사여구 뒤에 숨은 문학적인 의미에 대해 설명했다. 그러한 미사여구들은 실제 성교에 앞선 전희 같은 것들이라고 했다. 문학을 육체적인 감각의 차원에서 해석하는 것은 '뉴크리티시즘[58]의 무지한 비평가'들은 거의 언급조차 하지 않는 일이었다. D. H. 로렌스의 『채털리 부인의 사랑』에 내포된 상징에 대해 결론을 내릴 때, 그녀는 의욕에 가득 찬 열정적인 얼굴로 오르가슴의 승화된 상태를 설명하는 일에 완전히 몰두해 있었다. 에르미는 책을 통해서 오르가슴이 무슨 뜻인지는 알고 있었다. 하지만 '푸시'는? 갑자기 호셀리토가 했던 말이 떠올랐다.

어렴풋하게 알 것 같던 의미를 에르미는 더 확실히 알고 싶었다. 교수가 말을 잠시 멈추었을 때 그녀는 손을 들었다. "교수님, '푸시'가 무슨

57. 미시간 주립대학이 있는 도시.
58. 신비평(新批評). 1950~60년대 영미 문학 비평의 주류. 작가 개인이나 사회적 배경 등보다 작품 자체의 분석에 집중함. I. A. 리처즈, 르네 웰렉 등이 대표적인 인물.

뜻이죠?"

킥킥거리는 웃음소리가 강의실 안에 울려 퍼졌다.

에르미의 반 친구들 중에는 고상한 체하는 학생들이 몇 명 있었는데 모두 부유한 집의 딸들도 아니었다. 그녀들은 결혼을 잘해서 대지주가 되거나 상류층이 사는 마카티에 거주하기 위해 대학에 진학한 것도 아니었다. 물론 학생들은 그렇게 되기를 가장 바라기는 했다.

호노라토 교수는 에르미가 강의에 열중하는 학생이며 아무런 악의 없이 질문했다는 것을 알고 있었다. 무엇보다도 그녀는 A학점을 받을 만한 통찰력 있는 보고서를 성실히 제출하고 있었다. 교수는 고개를 저으면서 웃음을 참았다. 에르미 옆에 앉은 앨리스가 교수의 대답을 앞질러 말했다. "푸시는 여자의 그걸 말하는 거야." 앨리스는 히죽거리면서 말했다. 또 한번 웃음이 터져 나왔다.

수업이 끝나고 돌아가는 길에 앨리스는 에르미를 놀려댔다. 앨리스는 네그로스 섬 출신이었고 부유한 사탕수수 농장주의 딸이었다. 그녀는 거의 모든 손가락에 다이아몬드 반지를 끼고 있었다. 아침에는 메르세데스 220SE를 타고 학교에 왔다가 오후에는 캐딜락을 타고 돌아갔다. 그녀는 키가 작고 오동통한 편이나 반에서 가장 인기 있는 학생이었다. 최근에 유행하는 외설적인 농담을 가장 많이 알고 있는 데다가 가짜 표지를 씌운 음란한 책들을 학생들 사이에 퍼뜨리는 장본인이기 때문이었다. 그녀는 에르미따의 홍등가에 대해 잘 알고 있었고, 그것은 반 친구들 모두에게 공공연한 비밀이었다. 매춘부들의 집합소이기도 한 호화로운 레스토랑을 경영하는 언니 디디의 영향도 있어 보였다. 레즈비언인 디디 또한 어섬선 여학교를 졸업했다.

그 주의 문학 수업은 에르미에게 가장 인상적인 것이었다. 호노라토 교수가, 문학은 언제나 중요한 것이지만 특히 그 내용이 사람의 마음을 움직일 때 더욱 의미 있는 거라고 설명했을 때, 그녀는 큰 깨달음을 얻었다.

교수는 외설적인 내용의 책들을 읽어보라고 권했다. 프랑스 고전인 『나나』[59]나 모라비아[60]의 『로마의 여인』은 교수가 대학에 다닐 때 학생들이 많이 읽던 책들이었다.

도서관의 책들은 모두 대출되었고, 에르미는 교과서 외에는 책을 살 돈이 없어서 차고 근처에 있는 작은 서점에 들러 책을 읽었다. 점원 아가씨가 전혀 방해가 되지 않으니 걱정 말고 읽고 싶은 책들을 마음껏 읽으라고 했을 때 그녀는 정말 기뻤다. 다른 서점에서는 책을 사지 않고 읽기만 하는 것을 금지하고 있었기 때문이다. 그녀는 또한 『카마수트라』의 일부분과 섹스에 대해 설명한 다른 책들도 읽었다. 그녀는 호노라토 교수의 강의를 열심히 집중하면서 들었다. 외설이란 무엇인가? 포르노그라피란 무엇인가? 호노라토 교수는 언제나 명료한 용어를 사용해서 설명했고, 학생들도 그렇게 하기를 바랐다. 에르미는 앨리스가 주관이 뚜렷한 의견을 말할 수 있을 것이라고 생각했다. 어쨌든 그녀의 언니는 많은 이야기를 해주었고, 그녀는 성인 영화나 잡지에서 본 내용들을 호들갑을 떨면서 친구들에게 들려주곤 했으니까. 하지만 앨리스는

59. 프랑스 작가 에밀 졸라(1840~1902)의 장편소설.
60. Moravia Alberto(1907~1990) 이탈리아 소설가.

진짜 포르노그라피에 대해서는 알지 못했다. 그녀는 그저 남녀가 여러 가지 체위로 정사를 벌이는 영화의 한 장면을 묘사하거나 곡예 같은 성행위를 암시하는 사진들로 가득한 싸구려 책을 빌려줄 뿐이었다.

모두가 여학생이었기에, 금기시하는 주제에 대해 솔직하게 개방적인 태도로 토론하는 경우도 가끔 있었다. 어머니들 세대와 비교할 때, 현재 어섬션 여학교를 다니는 학생들의 태도나 지도 교수와의 관계는 많이 달라졌다. 이제 무릎까지 올라오는 두꺼운 면양말을 신는 학생은 아무도 없었다. 미사에 참석하기를 강요하던 엄격한 규율도 많이 느슨해졌다. 수녀들조차 이제는 발목까지 내려오는 수녀복을 입지 않았다. 수업 시간에도 섹스나 오르가슴 같은 단어들이 평상시에 쓰는 단어처럼 아무렇지도 않게 언급되었다.

"하지만 그런 말들이 외설적인 것도 아니고, 문학작품에서 그 말들이 쓰인다고 해서 그것이 곧 포르노그라피를 뜻하는 것도 아니에요." 호노라토 교수는 말했다. "그렇다면 구약성서도 음란물이라고 해야 할 거예요. 열왕기에는 그 모든 것들이 다 들어 있어요. 폭력, 섹스, 근친상간, 불륜. 하지만 그것들이 어떤 방식으로 기록되었지요? 그 말들은 어떻게 쓰였나요?"

에르미의 생각은 좀 달랐다. 하지만 그것들은 모두 완곡어법에 지나지 않는 게 아닐까?

"예술가들이 시적(詩的)으로 아름답게 재창조하지 못하는 것들은 이 세상에 없어요. 왜 우리는 문학작품을 읽죠? 문학은 사실도 아니고 돈 버는 능력이나 상품을 만드는 기술, 살림 솜씨를 키워주는 것도 아니에요. 어쨌든 앞으로 여러분이 해야 할 일은 그런 것들이잖아요. 우리가 문학작품을 읽는 것은 사람들에 대해 배우기 위해서예요. 문학과 문학의 문제들 속에서 우리 자신을 볼 수 있기 때문이지요. 그 속에서 자신의 모습을 보고 우리는 스스로를 명료하게 알 수 있어요. 자기 자신을 스스로에게 설명할 수 있어요. 그래서 자기 자신으로 살아갈 수 있게 하는 거지요."

에르미는 '자기 자신으로 살아갈 수 있다'는 말을 새겨두었다.

호노라토 교수는 지루하기만 한 강의실을 전혀 다른 곳으로 바꿔놓았다. 뚜렷한 의식을 지닌 그녀 자신만의 영역, 지성이 창조한 진실의 영역으로 승화시킨 것이다. 비쩍 말라서 금욕적으로 보이는 교수는 모든 여학생들의 어머니라도 된 양, 교단 앞으로 몸을 기울이면서 말했다. "그러면 외설적인 것은 무엇인가요? 내가 알려주지요. 차별이 바로 외설이에요. 나는 이렇게 말하겠어요. 여기, 부유하고 이기적인 사람들이 모여 있는 이 학교 안에서 무책임한 부를 자랑하는 것, 그게 바로 외설이지요!"

당황해서 고개를 숙이는 학생들도 있었고 어색한 미소를 짓는 학생들도 있었다. 단순하지만 명백한 진리가 갑자기 그들을 내려친 것이다. 에르미는 교수의 말을 한 마디도 놓치지 않고 듣고 있었다. 그것이 바로 그녀가 느꼈던 모욕감과 비참함의 정체였다. 그녀는 처음으로 자기 연민이 무엇인지 이해했다.

하지만 그녀는 자기 연민에 빠져 허우적대지는 않을 것이다. 그녀는 스스로를 위해 상황을 변화시키는 방법을 잘 알고 있었다. 보육원에서도 그녀는 수녀들과 하녀들이 자신을 좋아하게 만들지 않았는가. 어린 아이에게도 살아남고자 하는 본능은 내재되어 있었다. 운명은 어쩌면 영원한 형벌이 아닐 수도 있었다. 의지만 있다면, 사람들은 자기 자신으로부터 빠져나올 수 있을지도 모른다.

"성격은 운명이에요." 호노라토 교수는 강조했다.

이러한 선언은 마치 이따금 찾아오는 편두통처럼 그녀를 비웃고 채찍질했으며 괴롭혔다.

모라비아의 『로마의 여인』을 읽고 제출해야 할 감상문을 쓰면서 그녀는 호노라토 교수의 말을 이해하게 되었다. 그 소설은 도서관에서도 서점에서도 찾을 수 없었으므로, 에르미는 교수에게 책을 빌려달라고 부탁했고 그 대신 감상문을 써오겠다고 했다. 교수는 모라비아의 소설 주인공은 창녀라고 말했다. 그렇다. 이제 타락한 여자의 성격이나 그 여자가 어떻게 타락하게 되었는지에 대해서라면 얼마든지 쓸 수 있을 것 같았다. 성격이 운명이 된다는 것은 절대적인 진실일까?

"앨리스, 부탁인데." 그녀는 옆자리에 앉은 친구에게 간청했다. "네 언니를 만나게 해줘. 몇 가지 물어볼 게 있어. 너희 언니는 문학에 취미가 있어서 책을 많이 읽는다고 했잖아. 내가 언니에게 도움을 받을 수 있을 거 같아서 그래."

앨리스는 웃음을 터뜨렸다. "호노라토 교수가 읽으라는 그런 소설들이 아니야. 디디는 문학적 가치라고는 전혀 없는 음란물을 좋아해. 평범하고 단순한 포르노들이야. 마치 그런 짓을 한 번도 해보지 않았다는 듯이 말이지."

"카마린 레스토랑이 어디에 있는지 알려줘."

"찾기 쉬워. M. H. 델 피랄 거리야. 문 앞에 번쩍이는 놋쇠 간판이 걸려 있어. 웨이터들은 정장을 입고 있고."

"같이 한번 가보자." 에르미는 졸라댔다.

앨리스는 코를 찡그렸다. "우리 언니는 나를 그 근처에 얼씬도 못 하게 해. 내가 그 집에 가면 나를 가만두지 않을걸. 나에게 이런저런 이야기를 해주는 것도 큰 맘 먹고 하는 일이야."

하지만 에르미는 카마린에 가지 않았다. 그녀는 도서관에서 매춘부의 심리에 관한 책을 찾았다. 그리고 상상력을 덧붙여 숙제를 끝마쳤다.

또 다른 수업 시간에 호노라토 교수는 문학에 묘사되어 있는 사람의 딜레마에 대해 설명했다. 매춘은 단지 사회적 사건을 설명하는 말일 뿐만 아니라, 더 깊은 의미로는 사람들 사이에 널리 퍼져 있는 위선인 사회의 병적 징후를 상징하는 것이라고 했다. 위대한 서양의 작가들, 그리고 나가이 가후[61] 같은 일본 작가들도 이런 주제를 깊이 다루었다. 또한 매춘을 미화시킨 이야기들, 냉혹하고 사악한 매춘부가 사실은 아름다운 마음씨를 지닌 여자로 그려진 이야기들은 나중에 영화로 만들어지기도 했다. 〈수지 웡의 세계〉를 예로 들 수 있었다. 프랑스 왕들의 궁정에 살았던 애첩들처럼, 매춘부들이 특권층에 속했던 시대도 있었다. 엄밀히 말하면 매춘부라고 할 수 없는 게이샤들은 일본의 봉건제에서는 아주 높은 지위에 올랐다. 매춘은 종교만큼이나 역사가 오랜 것이었다. 고대의 힌두 사원은 매춘굴이기도 했다.

61. 永井荷風(1879~1959) 일본의 소설가, 희곡작가.

에르미 또한 그런 내용들을 책에서 읽었다. 호노라토 교수는 에르미가 쓰고자 했던 글의 근거가 되는 이야기들을 하고 있었다. 여자들이 몸을 팔아야 할 타당한 이유가 있으면 매춘은 불명예가 아니라는 것, 여자들은 분명히 스스로 그렇게 할 수 있는 도덕적 권리를 가지고 있다는 것이었다. 『로마의 여인』의 작가는 근본적인 도덕과 사회에서 보편적으로 받아들이는 가치 사이에서 일어나는 갈등은 단지 한 사람의 내면에서 일어나는 일이 아니라고 했다. 그것은 가치관들 사이의 갈등, 현실적인 것과 비현실적인 것의 갈등, 진실과 거짓 사이의 갈등이기도 했다.

"다시 말해서," 에르미는 명료하게 해두고 싶었다. "매춘을 정의하자면, 양심의 가책이나 신념 없이 어떤 일을 하고 대가를 받는 행위가 아닐까요?"

호노라토 교수는 미소를 지었다. 생각이 깊은 학생이었다. "하지만 섹스가 따뜻한 감정을 표현하는 행동이고 배우자에 대한 사랑이 있어야 가능한 일이라고 믿는다면, 출산을 위해서가 아닌 어떤 섹스나 성매매도 하지 말아야 하고 섹스를 통해서 금전적인 대가를 받거나 심지어는 순수한 쾌락을 추구해서도 안 된다고 믿는다면?"

계속해서 그녀는 매춘을 사회와 성이 상호 관련된 맥락에서 정의했다. 남자들도 매춘부가 될 수 있다고 했다. "나는 성적인 능력을 섹스에 굶주린 여성들에게 파는 지골로들 얘기를 하는 게 아니에요. 물론 그런 사람들은 많아요. 로하스 대로에 있는 나이트클럽에 가보세요. 젊은 남자들이 폐경기를 맞이한 중년 부인들과 춤추는 모습을 볼 수 있을 거예요."

호노라토 교수 같은 사람이 그런 일들에 대해 어떻게 그렇게 잘 알고 있는지 에르미는 놀라웠다. 그녀가 받은 박사학위는 삶과 동떨어진 차가운 학문적 성과가 아니었다.

"만약 매춘을 양심의 가책이나 도덕적 신념 없이, 생존 때문이 아니라 오직 돈을 벌기 위해 —그것도 아주 엄청난 돈이겠죠— 하는 행위라고 가정하면, 누가 진짜 매춘부일까요? 주위를 돌아보세요." 단호하지만 감정이 절제된 목소리로 그녀는 말했다. "그런 사람들을 쉽게 볼 수 있어요. 가면을 쓰고 인격자 노릇을 하는 사람들이지요. 정치가, 제복을 입은 사람들(아마 수녀들조차도, 라고 에르미는 생각했다), 기업가, 작가들 그리고 언론인들도 아주 많지요. 그래요. 교수들도 예외는 아닐 거예요."

재잘거리는 여학생들과 멀어져, 에르미는 엄숙한 침묵이 감도는 교직원 휴게실로 호노라토 교수를 찾아갔다. 교직원 휴게실은 성당 근처의 별관에 있었고 수업이 끝난 직후인 그 무렵이면 거의 텅 비어 있었다. 호노라토 교수는 홀의 맨 안쪽에서 학생들이 낸 리포트를 읽고 있었다.

오른쪽 옆에 열려 있는 창문으로 햇살이 스며들어 수수한 중년 여인의 모습이 선명하게 부각되었다. 에르미의 그림자가 책상 위에 드리워질 때까지 교수는 그녀가 다가오는 것을 눈치 채지 못했다.

교수는 고개를 들고 미소를 지었다. 굳어 있던 표정이 금세 부드러워졌다. 에르미따 로호와 같은 학생과 이야기를 나누는 일은 언제나 즐거웠다. 이 분별력 있는 제자는 하찮은 일로 성가시게 구는 짓은 하지 않았다.

"무슨 일이지, 에르미따?"

교수는 펜을 손에 든 채 학생들의 리포트를 한옆으로 밀어두었다.

에르미는 머뭇거렸다.

"무슨 문제인지 앉아서 말해보렴." 교수는 그녀에게 의자를 권했다.

에르미는 의자에 앉았다. "특별히 문제가 있는 것은 아니에요. 그냥 몇 가지 질문이 있어서요……."

교수는 의자에 등을 기대면서 물었다.

"무엇에 대해서?"

"매춘에 대해서요."

한순간 놀라움이 교수의 얼굴을 스쳐 지나가는 듯했으나 곧 그녀는 싱긋 웃었다. "오늘 아침 수업 내용이구나. 무엇을 잘 모르겠지?"

"사람들이 매춘을 하게 되는 이유가 무엇이죠? 고결하지 못해서인가요? 성격 탓인가요? 어느 책에선가 매춘부들은 나약한 성격을 가지고 있다고 읽었어요. 그래서 쉬운 방법을 택하는 거라고요. 언젠가 교수님이 말씀하신 것처럼, 성격이 운명이기 때문인가요?"

교수는 의자에 등을 기대면서 두 손을 잡았다. 딱딱하기만 한 수업 내용을 기억해주는 학생이 있다는 게 얼마나 행복한 일인가.

"어느 사회나 스트레스가 있어. 그리고 스트레스 아래서 살아가기를 원하지 않는 사람들도 있지. 그런 사람들은 회피해. 개인적인 결핍이 그 원인일 수 있어. 결핍은 심리적인 차원일 수도 있고, 금전적인 문제일 수도 있지."

147

교수는 잠깐 고개를 떨구고 자기 자신에 대해 생각해보았다. 지금은 스스로의 이상에 얼마나 진실했던가? 함께 미국 유학을 갔다 온 동창생들 가운데 용기와 순수함을 지닌 채 나라를 위해 일하겠다는 꿈을 그대로 간직한 사람이 얼마나 있을까? 게다가 그녀는 체제 안으로 들어와 체제 유지를 위한 생산자가 되었으며, 특권층의 딸들을 가르치고 있었다. 이상을 따르려면 그녀는 민중과 가난한 사람을 위해 봉사해야 했고, 공립학교나 누구에게든 학위를 주는 아즈카라 가에 있는 학교 같은 곳에서 가르쳐야 했다.

"에르미따, 왜 그런 질문을 하는 거지?" 그녀는 몸을 앞으로 기울였다. 섬광 같은 지혜를 기대하면서 심각하게 자신을 바라보는 갈색 눈동자를 들여다보았다.

"왜냐하면 가난한 사람들에게는 선택의 여지가 별로 없으니까요."

"하지만 에르미따, 너는 매춘을 해야 할 만큼 가난하지는 않을 텐데." 교수는 말을 이었다. "이미 설명했지. 아무 부족함 없이 안락하고 부유하게 사는 사람들이 정말 매춘부일 수 있다고. 내가 수업시간에 인용한 버지니아 울프의 글을 기억하니?"

에르미는 재빨리 그 문장을 떠올렸다. 어떻게 잊을 수 있겠는가? "독립적인 사람들만이 독립적인 견해를 가질 능력이 있다."

"바로 그거야." 호노라토 교수는 환하게 미소 지었다. "부자들은 양심적으로 살 수 있는 물질적 조건을 갖추고 있어. 하지만 그렇게 사는 사람들은 거의 없지……."

에르미는 조용한 말투로 망설이면서 물었지만 질문의 내용은 급작스러웠다. "교수님을 모욕하려는 의도는 없어요. 하지만 말씀해주시겠어요? 교수님은 스스로 창녀가 될 수도 있다고 생각하시나요? 제 말은, 선택의 여지가 전혀 없다면요?"

호노라토 교수는 숨을 깊이 들이쉬었다. 대답하기 위해서는 자신의 존재 깊은 곳을 후벼파고 쥐어짜야 했다. 마침내 그녀는 담담한 어조로 천천히 말했다. "그래. 창녀가 될 생각을 할 수 있을 것 같아. 하지만," 그녀는 밝게 웃었다. "나같이 말라비틀어진 늙은 여자와 잠자리를 하고 싶어하는 사람이 있겠니?"

에르미따 로호는 의자에서 벌떡 일어났다. 그녀의 얼굴은 환하게 빛나고 있었다. 그녀가 가고 난 뒤에도, 호노라토 교수는 왜 그녀가 그런 질문을 했는지 알 수 없었다. 게다가 교수의 대답을 듣고 마치 궁극적 진리를 찾아낸 사람처럼 기뻐하는 이유도 짐작할 수 없었다.

·

8

·

　대학을 졸업할 즈음인 스무 살이 되었어도, 에르미는 데이트를 하거나 파티에 가거나 남자에게 구애를 받을 일은 없어 보였다. 이제까지 한 번도 그런 일은 없었다. 그녀는 남자들의 주목을 받았다. 곁눈질을 하는 사람, 보호해주려는 사람, 찬탄과 갈망이 뒤섞인 시선을 던지는 사람들이 있었다. 하지만 그녀는 남자들을 멀리했다. 무엇보다 남들에게 알리고 싶지 않은 과거가 드러날까 봐 무서웠다. 또 숨 막히는 창고를 벗어나기 위해 성공을 앞당기려는 그녀의 계획이 어긋날까 봐 두렵기도 했다. 그녀는 끝까지 잘해내리라고 믿었다. 남자친구와 유행하는 옷, 새 차, 그리고 해외여행에 대해 떠들어대는 동급생들 가운데 그녀는 가장 영리했다. 그녀는 그 사실에 큰 자부심을 가졌으나 자랑스럽게 내세우지는 않았다. 고등학교와 대학교를 다니면서 그녀는 반 친구들 사이에서 늘 겉돌았다. 친구들의 초대를 받을 때마다 그녀는 솔직하게 가난한 처지를 고백했다. 우정에서 우러나온 진지하고 온화한 거절이었다. "못

가서 정말 미안해. 내가 장학금을 받으면서 학교에 다니고 있다는 걸 알 잖아. 나는 그런 곳에 갈 여유가 없어."

크리스마스 시즌이 끝나갈 무렵이었다. 아르투로의 수입이 반으로 줄어서 예전과 비교하면 초라한 크리스마스였다. 그나마 맥이 로하스 대로의 허름한 레스토랑에서 웨이터 일을 하는 것이 생활에 도움이 되었다. 포브스 파크에서 일을 마치고 돌아온 오랑이 몇 가지 명절 음식을 가지고 왔다. 몇 조각의 햄과 약간의 소시지와 치즈, 펠라이가 싫증을 낸 소 혓바닥 요리와 썩기 직전의 사과 몇 알이었다. 이런 음식들도 에르미에게는 진수성찬이었다. 에르미는 먹다 남은 고기와 채소를 먹으면서 자랐고, 그것으로 충분했다. 그녀의 피부는 맑고 투명했다. 더 좋은 음식을 먹는 학교 친구들보다 훨씬 고왔다.

알레한드라는 밤 한 봉지와 직접 지은 초록색 새 옷을 가지고 에르미를 보러 왔다. 펠라이와 호셀리토에게서는 크리스마스 선물을 받아본 적이 없었다. 여러 해 전에 호셀리토가 혐오스러운 일을 시킨 뒤 선물이라며 건넨 돈이 전부였다. 달갑지 않은 조카에게 살 집을 마련해주고 이 나라에서 등록금이 가장 비싼 여자대학에 다니게 해주는 것만으로 충분하다고 생각하는 모양이었다. 맥은 얼마 안 되는 돈을 모아 에르미에게 야들리라는 이름의 향수와 비누를 사주었다. 그것은 그녀가 처음으로 써보는 향수였다. 하지만 향수와 비누 둘 다 남성용이라는 사실을 맥은 알지 못했다. 에르미 또한 남성용과 여성용이 다르다는 것을 몰랐다.

1월은 한 달 내내 발렌타인데이 무도회 준비로 들떠 있었고, 그 다음 3월 말에는 졸업무도회가 있었다.

대학에서의 마지막 일 년을 함께 즐기기 위해 친구들은 앨리스를 앞세워 에르미를 설득했다. 앨리스는 에르미를 매점으로 데려가 샌드위치를 권했으나 에르미는 극구 사양할 수밖에 없었다. 친구의 호의를 되갚을 수 없어서였다. 앨리스의 성화에 못 이겨 결국 그녀는 코카콜라를 마셨다. 그들은 정원으로 나가서 아카시아 나무 아래 돌 벤치에 앉았다. 닻줄처럼 굵은 덩굴이 나무줄기를 휘감고 있었다. 한낮의 햇살이 얼굴로 쏟아졌다.

보통 때처럼 재잘거리던 앨리스는 감탄 어린 눈길로 에르미의 얼굴을 바라보았다.

"에르미, 너 정말 피부가 곱구나! 정말 매력적이야. 디디가 너를 보면…… 우리 언니는 진짜 레즈비언이거든! 미인을 알아보는 눈이 있어. 너를 보면 우리 언니는 정신을 못 차릴 거야……."

에르미는 카마린의 여주인 디디를 들먹이는 친구의 얘기가 별로 귀에 거슬리지 않았다. 앨리스는 아무 생각 없이 입에서 나오는 대로 말하는 친구였다. "그러니까 말이야." 앨리스는 쉴 새 없이 재잘거렸다. "너는 반드시 발렌타인데이 무도회에 참석해야 해. 남자애들을 만나는 거야! 에르미, 실컷 놀아보자!"

에르미는 고개를 숙였다. 그녀의 교복은 적어도 세 번은 새로 사 입어야 했을 만큼 낡았다. 구두도 곧 해질 것 같았지만, 펠라이가 새 구두를 사줄 리 없었다. "앨리스, 나도 무척 가고 싶어." 에르미는 조용히 말했다. "하지만 이미 여러 번 말했잖아. 나는 그런 곳에 갈 여유가 없어."

학교 근처에 있는 옷가게의 진열대 앞을 지날 때마다 마네킹이 걸친 옷을 입은 자신의 모습을 얼마나 많이 상상했는지 모른다. 값비싼 파티 드레스, 평상복으로 입는 흰 바지에 블라우스, 긴 레이스가 달린 반짝이는 화려한 웨딩드레스, 얼굴을 가리는 얇은 망사 베일 따위들이었다. 테두리를 금도금으로 정교하게 세공한 저택의 큰 거울 앞에 서서, 환한 햇빛도 아랑곳없이 그녀는 얼마나 여러 번 황홀한 상상 속으로 빠져들었는지 모른다. 거울 속에 선 조각 같은 얼굴을 보면서 그녀의 운명에 대해 얼마나 자주 생각해보았는지 모른다.

그녀는 친구를 향해 말했다. "앨리스, 나는 너와 다른 친구들이 나를 까다로운 사람이라고 생각하거나 너희들과 어울리기 싫어한다고 생각하지 않았으면 좋겠어. 난 정말 파티에 가고 싶어."

앨리스는 이해할 수 있다는 듯 통통한 손을 그녀의 어깨 위에 올려놓았다.

"그리고 난 춤도 출 줄 몰라. 한 번도 춤을 춰본 적이 없어서……."

맥이 고등학교 졸업반이었을 때 그의 학교에서 댄스파티가 열렸다. 그는 에르미를 데려가고 싶어했다. 그녀를 사람들에게 보여주면서 자랑하고 싶다고 말했다. 그는 부기우기[62]와 즉흥적으로 스텝을 밟는 마스키 팝스를 그녀에게 가르쳐주었다.

"리듬을 타야 해!"

맥은 소리치면서, 비어 있는 차고와 그들이 어렸을 때 숨바꼭질하던 녹슨 기름통 사이를 뛰어다녔다. 하지만 에르미에게는 파티 드레스가 없었다. 실밥이 보일 정도로 다 해진 옷과 교복뿐이었다.

---

62. 블루스를 타악기 풍으로 연주하여 흥겹고 분주하게 들리도록 연주하는 곡, 또는 그 곡에 맞춰 추는 춤.

"친구들과 상의해봤어." 앨리스는 어렵게 말을 꺼냈다. "내가 드레스를 사주고 싶은데 싫으니? 네가 돈을 갚을 수 있을 때 갚으면 돼. 그러면 졸업무도회에도 그 옷을 입고 올 수 있잖아. 졸업앨범에 들어갈 사진을 찍을 수도 있고……."

지난해에 에르미는 반 친구들과 사진을 찍었다. 그녀는 학창시절의 사진을 갖게 될 것이다. 그 한 장의 사진이 졸업무도회보다 그녀에게는 더 소중했다. 앨리스처럼 특별히 좋아하는 친구와 다른 친구들을 기억하기 위해서였다.

에르미는 미소를 지었다. "네가 돈을 돌려받으려면 평생을 기다려야 할지도 몰라."

"에르미, 친구들이 이번만은 꼭 너와 함께하고 싶어해. 부탁이야."

빈 코카콜라 병을 갖다 주기 위해 그들은 매점으로 돌아갔다. 헤어지면서 에르미는 말했다. "생각해볼게."

집으로 돌아오는 길에 교문 근처에서 호노라토 교수가 포드 자동차를 몰고 에르미 옆을 지나갔다. 에르미는 교수에게 다가가 이럴 수도 저럴 수도 없는 자신의 처지를 의논하면 어떨까 생각했으나 곧 스스로 해결해야겠다고 마음먹었다.

파드레 파우라로 돌아오니, 아르투로가 넓은 밭 가장자리에서 자라는 청경채를 솎고 있었다. 추운 계절에 가장 잘 자라는 채소여서 그들은 요즘 끼니때마다 청경채를 먹었다. 에르미는 그 채소가 지겨웠다. 그녀는 아르투로에게 다가가 물었다. "투링 아저씨, 펠라이 이모는 아침 몇 시에 일어나지요?"

아르투로는 오후의 햇살을 피해 눈을 게슴츠레 떴다. "펠라이 아씨를 왜 만나려고 하지? 너를 만나고 싶어하지 않는 걸 잘 알잖아."

"이제 저는 스무 살이에요. 맥과 같은 나이잖아요?"

"그래." 셔츠 소맷자락으로 이마를 닦으면서 아르투로가 대답했다. 늘 햇볕 아래서 일해서 그의 피부색은 점점 더 검어졌다. 머리카락은 군데군데 회색으로 물들었고 얼굴은 벌써 주름투성이였다.

"보통은 열 시에 일어나셔. 하지만 에르미, 펠라이 아씨를 꼭 만나야겠니? 무슨 문제 있어? 그렇게 중요한 일이니?"

에르미는 알레한드라가 크리스마스 선물로 준 연두색 망고 빛깔 옷을 입고 포브스 파크로 갔다. 그 옷은 그녀의 청순함을 돋보이게 해주었다. 그녀는 화장을 전혀 하지 않았고 입술연지조차 바르지 않았다. 그녀도 포브스 파크의 거주자가 될 자격이 있었다. 아무 걱정 없는 메스티사로서 당당하게 살고 싶었다. 이제까지는 외로움과 불안을 숨기면서 그렇게 처신하려고 노력해왔다.

오랑은 에르미가 펠라이를 만나는 것을 만류했다. 그녀가 금지된 방문을 고집할 때, 불행한 일이 일어날 것을 예상한 것 같았다. 하지만 에르미의 뜻을 꺾을 수 없었다. 오랑은 요즘 펠라이의 집에서 하루 종일 일했다.

에르미는 새벽 여섯 시에 그녀와 함께 일어났다. 물론 에르미 혼자서도 그 집에 찾아갈 수 있었다. 주소를 알고 있었다.

두 사람은 일곱 시에 포브스 파크의 정문 앞에 도착했고 경비초소 앞을 걸어서 지나갔다. 경비원들은 에르미를 의아한 눈길로 바라보았다. 운전기사가 모는 자동차를 타지 않았고, 파크에 사는 몇몇 젊은이들처럼 자전거를 타고 지나가는 것도 아니었기 때문이다.

포브스 파크에는 걸어 다니는 사람들을 위한 보도가 없었다. 고용인들 외에는 걸어 다니는 사람이 없는 탓이었다. 거주자들은 모두 차를 타고 다녔다. 자동차 다섯 대를 소유한들 무슨 문제가 될 것인가? 에르미의 학교 친구들 몇 명도 이곳에서 살고 있었다. 그리고 그들은 냉방이 잘 되는 자동차의 창문을 통해 세상을 보았다.

로호 저택은 오스트레일리아 벽오동 나무가 한 줄로 심어진 길가에 있었다. 몇 주만 지나면 그 나무들에 타오르는 불꽃처럼 꽃이 필 것이다. 예전 에르미따의 저택들이 그러했듯이 우아한 석조 건물로 둘러싸인 앞뜰에는 잔디가 깔려 있었으며 창문에는 안에서 자고 있는 사람들의 안전을 위해 쇠망을 설치한 집들이 늘어서 있었다.

마침내 로호 저택에 도착했다. 담쟁이덩굴로 뒤덮인 담장 안쪽, 잔디밭과 덤불 너머로 베이지색 대리석 벽이 햇빛에 빛나고 있었다. 넓은 마당에서는 소년 두 명이 산탄나무 울타리와 붉은색과 노란색으로 흐드러지게 피어 있는 장미꽃 화분에 물을 주고 있었다. 현관의 격자지붕 위에는 온통 보라색 꽃들로 뒤덮인 덩굴이 베일처럼 늘어져 있었다.

파드레 파우라처럼 저택의 가장 구석에 위치한 차고 이층에는 고용인들이 살고 있었다. 오랑은 에르미를 뒷문으로 데리고 가서 알레한드라가 아침 커피를 마시고 있는 부엌으로 들여보냈다.

에르미를 보자 알레한드라는 아침 식사를 같이 하자고 권했다. 흰색으로 꾸며진 청결한 부엌이었다. 스테인리스 싱크대가 길게 놓여 있고 찬장은 모두 흰색이었다.

"제가 로호 아씨를 뵐 수 있을까요, 알레한드라 아주머니?" 에르미는 물었다.

예순이 지난 알레한드라는 머리가 하얗게 세었고 등도 조금 굽었다. 하지만 창백한 초콜릿색인 그녀의 얼굴에는 주름이 전혀 없었다. 살이 쪄서 갈색의 공처럼 보이는 오랑과는 달리, 그녀는 아무리 먹어도 몸무게가 전혀 늘지 않았다. 그녀는 맛있지만 몸에 해로운 음식들이나 담배 같은 것을 멀리했으며, 고기도 많이 먹지 않았다. 그 나이가 되면 사람들이 잃어버리기 시작하는 정신과 육체의 민첩성도 여전히 간직하고 있었다. 그녀는 에르미의 갑작스런 방문이 어떤 결과를 가져올지 그 자리에서 알아차렸다.

"펠라이 아씨를 꼭 만나야겠니? 그렇게 중요한 일이니?"

"이제 곧 졸업이에요." 에르미는 애처롭게 말했다. "졸업식 때 입을 드레스와 그 밖에 다른 것들도 필요해요. 더 이상 견딜 수가 없어요."

"더 잘해주지 못해서 미안하구나." 알레한드라가 말했다. 에르미는 자리에서 일어나 그녀를 포옹했다. "저는 아주머니에게 어떻게 감사를 드려야 할지 모르겠어요." 울음 섞인 목소리로 그녀는 말했다. "보세요." 에르미는 알레한드라가 그녀의 모습을 잘 볼 수 있도록 몇 걸음 뒤로 물러섰다. "제가 가진 가장 좋은 옷이에요. 저는 이 색깔이 맘에 들어요."

알레한드라는 말했다. "펠라이 아씨는 어젯밤에 연회에 참석했어. 아마 열 시쯤 일어나서 방에서 아침을 드실 거야. 아침 식사를 가져갈 때

네가 여기에 와 있다고 말씀드릴게."

아직 여덟 시도 안 된 시각이었다. 에르미는 거의 세 시간을 기다려야 했다. 그래도 집 안에서 돌아다니면 안 된다는 걸 그녀는 잘 알고 있었다.

"내 방에서 기다려라." 알레한드라는 그녀를 자기 방으로 데려갔다. 부엌 바깥쪽에 붙은 수수하지만 널찍한 방이었다. 방 안에는 책상과 재봉틀, 그리고 흑백텔레비전이 놓여 있었다. "잡지가 몇 권 있기는 한데 모두 타갈로그 말로 쓰인 거야. 텔레비전을 봐도 돼."

알레한드라의 말대로 펠리시타스 로호는 열 시에 잠자리에서 일어났다. 곧 알레한드라가 아침 식사를 방으로 가져갔다. 그 시간에는 날마다 그 전날 일어난 일들을 보고하고 그날 해야 할 일의 지시를 받았다. 알레한드라는 고개를 흔들면서 방으로 돌아왔다. 그리고 에르미에게 말했다. "이제 아씨를 만나러 가렴. 이야기가 잘되기를 바란다. 그렇게 되기를 기도하마."

에르미는 부엌을 통해 식당으로 들어갔다. 그곳은 서늘했다. 열두 개의 의자와 손으로 정교하게 세공한 식탁이 놓여 있었다. 중국식 장식장을 포함해서 모두 에르미따의 저택에서 가져온 가구들이었다. 식당을 지나자 동굴 같은 느낌이 드는 거실이 나타났다. 몇 개의 벽감들이 테라스를 향해 열려 있었고 테라스 밖으로는 아침 햇살을 받아 파란색으로 빛나는 수영장이 보였다. 집 안 전체의 공기가 서늘했다. 1월인데도 중앙냉방장치가 가동되고 있었다.

에르미는 오른쪽 맨 끝 방문을 겁먹은 듯 조그맣게 두드렸다. 들어오라는 말소리가 들리는 것 같았다. 에르미가 처음 이모를 만났을 때는 자신이 누구인지 알지 못했지만 이제는 적어도 그러한 불확실함은 사라졌다. 지금 이 순간 그녀는 자신의 행동이 옳다고 확신했다. 그녀는 방 안으로 들어갔다. 거실만큼 널찍한 방 한가운데에 커다란 놋쇠 침대가 아침 햇살을 받아 황금빛으로 번쩍였다. 바닥에는 거실과 마찬가지로 담녹색 양탄자가 빈틈없이 깔려 있었다. 펠리시타스 로호는 수영장이 내려다보이는 붙박이창 옆 작은 중국식 탁자 앞에 앉아 있었다. 그녀는 삶은 달걀의 껍질을 까고 있었다.

"안녕하셨어요?" 에르미는 낮은 목소리로 신중하게 말했다. 아무런 대답도 돌아오지 않았다. 펠라이는 커피를 마시면서 머리를 조금 흔들었다. 그리고 에르미 쪽으로 고개를 돌리지도 않은 채 영어로 물었다. "영광스럽게도 나를 찾아주신 이유를 물어도 될까?"

에르미는 그녀의 빈정대는 말투를 금세 알아차렸다.

"아침 식사를 방해하려는 것은 아니었어요." 자신감을 잃은 목소리였다. "하지만 제 얘기를 들어주셨으면 해서요."

펠리시타스 로호는 놀랄 만큼 젊어 보였다. 그녀가 입은 헐렁한 분홍빛 네글리제는 배꼽 있는 데까지 열려 있어서 풍만한 가슴이 훤히 들여다보였다. 목과 얼굴에는 거의 주름을 찾아볼 수 없었다. 아직 세수를 하지 않은 얼굴에는 기름기가 겉돌았고 립스틱을 바르지 않은 입술은 여전히 도톰하고 팽팽했다. 그녀는 마침내 고개를 들어 에르미의 얼굴을 바라보았다.

"아!" 생색을 내는 듯한 목소리였다. "내 돈이 제대로 잘 쓰였군. 넌 아주 건강한 데다 말도 똑똑하게 하는구나. 물론 이제 더 바랄 게 없을 거야."

에르미는 잠시 대답을 미루었다. 이모를 처음 만났을 때도 지금처럼 그녀는 식사를 하고 있었다. 어쨌든 같이 식사를 하지 않겠느냐고 청하는 게 예의였다. 아주 가난한 사람들도 당연히 그렇게 했을 것이다. 적어도 아침 식사를 했느냐고 묻기라도 해야 마땅했다. 하지만 펠라이는 의자에 앉으라는 권유조차 하지 않았다. 그녀는 에르미의 이모였다. 그 비대한 몸에 흐르는 피가 그녀의 몸에도 흐르고 있었다. 하지만 아무 의미도 없는 관계였다. 지난 세월 동안 억눌러왔던 분노가 서서히 치밀어 올라 에르미의 결심을 더 굳게 만들었다.

이 탐욕스럽고 어리석은 여자는 세월이 흘러도 어떻게 전혀 달라지지 않았을까? 온갖 모욕적인 행동으로 그녀는 에르미를 무시하고 있었다. 주름살이 하나도 없고 여전히 젊어 보이는, 비빙카처럼 둥근 얼굴을 보면서, 그녀는 호노라토 교수가 읽으라고 권했던 오스카 와일드[63]의 소설을 떠올렸다. 세월이 흘러도 도리언 그레이는 젊음과 미모를 잃지 않았으나 반면에 그녀의 초상화는 늙고 쇠락해갔다. 펠라이 로호는 젊음의 샘이라도 발견한 것일까? 바로 그때 에르미는 펠라이의 손을 보았다. 손은 그녀의 나이를 그대로 드러내듯 늙고 시들어가고 있었다. 돈의 힘을 빌어 펠라이 로호는 온갖 방법을 동원해 얼굴 피부가 늘어지는 것을 막았던 것이다! 이 사실을 깨닫자 에르미는 속으로 미소를 지었다.

---

63. Oscar Wilde(1854~1900) 영국 시인, 소설가, 극작가. 아일랜드 더블린 출생. 장편소설이자 그의 대표작인 『도리언 그레이의 초상』을 씀.

그녀는 거의 앙갚음하는 심정으로 말문을 열었다.

"저는 이제 스무 살이에요. 3월이면 대학을 졸업할 거예요……."

펠라이는 에르미를 발끝에서부터 머리끝까지 찬찬히 뜯어보기 시작했다. 그러더니 억지웃음을 지었다. 팽팽한 얼굴의 입 주위에 주름이 새겨졌다. "네가 배울 만큼 배웠기를 바랄 뿐이야."

"많이 배웠어요." 에르미는 담담하게 말했다. "이제는 제 친어머니가 누구인지도 알게 되었어요. 당신의 여동생이지요. 그리고 제 아버지는……."

펠라이의 얼굴이 어두워졌다. 입 주위의 주름이 더 깊게 패이면서 이마에도 주름이 나타났다. 과거를 샅샅이 들춰내어 잔인하게 밝은 현재로 끌어내야만 하는 걸까? 그녀는 모든 것들을, 장군이 자기를 놔두고 떠났던 참혹한 전쟁의 기억들까지 오래전에 땅 속에 묻어버렸다. 그리고 방공호 속에 숨어 지내던 그날 그녀는 세상이 끝날 것이라고 생각했다. 심장이 오그라들게 하면서 영혼으로 파고드는 끔찍한 공포를 그날 처음 맛보았다. 하지만 지금은 두려워할 게 전혀 없었다. 오직 과거와 그 과거로부터 되살아나 그녀의 눈앞에 서 있는 이 아이가 있을 뿐이었다. 이 아이는 얼마나 오만하고 침착한 모습으로 서 있는가. 순간 펠라이는 그녀를 질투하고 미워했다. 그녀의 존재 안에 있는 단단한 중심과 젊음, 그리고 그 나이 무렵의 콘시타보다 더 빛나는 미모가 펠라이를 자극했다. 하지만 그러한 미움은 오래 가지 않았다. 단지 경멸만이 남았다. 로호라는 이름을 더럽히지 않기 위해서 어떻게 처신해야 할까? 많은 사람들이 아직 이 아이의 존재를 알지 못하는 지금의 상황에서?

161

그녀는 차갑게 말했다.

"나는 호의를 베풀어 너를 보육원에서 데려왔어. 오, 그 정신 나간 수녀 콘스탄시아가 네가 달아날 거라고 말했기 때문이지. 그렇게 되도록 내버려두었어야 했는데. 너는 사라져버리는 게 더 나을 뻔했어. 누가 관심이나 가졌겠어? 하지만 나는 양심이 있는 사람이야. 로호가의 사람이니까. 너도 명심해라. 우리는 양심이 있는 사람들이야."

"저도 감사하게 생각해요." 에르미는 자세를 흐트리지 않은 채 말했다. "하지만 이제는 제 스스로 살아야 할 때가 되었어요. 사람들은 어른이 되면 자기 의지대로 살기 위해 독립할 길을 찾잖아요."

"이제 로호 가문으로부터 독립하기를 바란다는 거니?"

"저에게 베풀어주신 은혜는 정말 크지요. 저는 언제나 감사하고 있어요. 믿어주세요. 하지만 사생아라고 해도 어느 정도 권리를 갖고 있다는 것을 알고 있어요."

"권리? 무슨 권리?" 펠라이는 목소리를 높였다.

"제 어머니가 당신의 동생이니까요."

"누가 너에게 그런 말을 했지?" 이제 펠라이는 정말 화가 났다. 중국인처럼 가느다란 눈을 크게 뜨고 에르미를 노려보았다. "그래, 뻔하지, 뻔해. 아르투로야. 할 일 없이 헛소리만 지껄이고 있는 인간이지." 그녀는 방문 앞으로 달려가 문을 열더니 소리를 질렀다. "오랑, 오랑, 이 개 같은 년아! 오랑, 이 갈보 같은 년! 이리 와, 당장!"

에르미는 자신의 이모가 그런 단어들을 쓰리라고는 상상도 하지 못했다. 차고에 사는 아르투로의 식구들조차 입에 담지 않는 막말이었다.

부엌에까지 이 소동이 전해지자, 양탄자 위를 걷는 발소리가 나더니 오랑이 방으로 들어왔다. 하얗게 질려서 두려움에 떠는 얼굴이었다.

"너! 너!" 펠라이는 손가락으로 삿대질을 해댔다. 곁에 서 있던 에르미는 그녀가 손가락으로 오랑의 눈을 찌를지도 모른다는 생각이 들었다. "콘시타가 애 엄마라고 네가 말했어? 그 일본놈에 대해서도 말한 거야? 모두? 그건 사실이 아니야. 모두 다 거짓말이야. 애 엄마는 미군 병사한테 버림받았어. 그래서 얘를 두고 떠난 거야. 그게 맞는 얘기지. 어디 가서 딴소리를 떠들면 안 돼. 이제 돌아가, 이 갈보야. 그리고 네 남편과 네 입에서 더 이상 거짓말이 나오지 않도록 조심해. 오늘부터 넌 내 눈앞에 나타나지 마!"

펠라이는 전화기로 달려가 급하게 다이얼을 돌렸다. 에르미가 뭐라고 말하려 하자 쏘아보면서 말했다. "나중에, 네 얘기는 나중에 해." 그녀는 명령했다. 그리고 전화기에 대고 말했다. "오, 호셀링[64]……." 남동생과의 통화였다. 그녀는 스페인어로 말하기 시작했다. "에르미따에 있는 집을 팔아줘. 살 사람만 있으면 지금 당장이라도 좋아. 네가 잘 아는 부동산업자들한테 알아봐. 아무 문제도 없어. 아니, 난 이제 더 이상 그 집에 미련이 없어. 거기 사는 사람들은 자기네들이 알아서 하겠지. 그 사람들을 내보낼 거야. 지옥으로 가든 어디로 가든 내 알 바 아니야. 알아듣겠니? 그 사람들을 내쫓고, 그 집을 팔아달라는 말이야. 난처하더라도 그렇게 해줘. 난 이제 그 집과 거기에 사는 떨거지들이 지긋지긋해."

에르미는 공포와 초조함에 사로잡혀 귀를 기울이고 있었다. 알레한

---

64. 호셀리토의 애칭.

드라와 아르투로가 경고했음에도, 그녀가 저지른 일이었다. 펠라이는 처음부터 그녀에게 아무에게도 그들의 관계를 알게 해서는 안 된다고 하지 않았던가? 이제 가느다란 연결 고리마저도 끊겼다.

"미스 로호." 에르미는 애원하듯 말했다. "저 때문에 그분들을 내보내지 말아주세요. 그분들 잘못이 아니에요. 제가 말해달라고 졸랐어요. 아르투로 아저씨는 아시다시피, 곧 앞을 볼 수 없게 돼요. 이마에 있는 상처 때문이지요. 평생 당신을 위해 일한 사람들이에요. 당신의 양심은 어디로 간 거죠? 저는 떠날 테니까 그들을 그곳에 살게 해주세요……."

"배은망덕한 것! 배은망덕한 것 같으니라고!" 펠라이는 그녀를 노려보면서 말했다. "아마도 네 아버지에게 물려받은 성질이겠지. 너는 '기리[65]'를 모르는 사람이야, 아니 '온[66]'이던가? 어쨌든 일본말로 뭐라 하더군. 너는 무엇보다도 내가 베푼 은혜를 저버렸어."

"'기리'가 아니라 '온'이지요." 에르미는 정정했다. "어머니를 강간해서 저를 태어나게 한 그 남자에게 저는 은혜를 입었어요. 아무리 저를 버렸다고 해도 어머니에게도, 저는 은혜를 입었고요. 하지만 합법적으로 태어나지 않았어도 저는 로호 가문의 사람이에요. 저에게도 권리가 있다고 생각해요."

펠라이는 의자에 앉았다. 그리고 탁자 위에 놓인 커피를 한 모금 마셨다. 그러더니 갑자기 큰 소리로 웃음을 터뜨렸다. 즐거운 감정이라곤 전혀 배어 있지 않은, 차가운 조롱으로 가득 찬 웃음이었다.

---

65. 의리(義理)를 뜻하는 일본어.
66. 온(恩), 은혜를 뜻하는 일본어.

"네 어머니에게 말해보지 그러니? 아마도 네 입을 막는 대가로 너에게 얼마쯤 쥐어주겠지. 하지만 나한테서는 한 푼도 뜯어내지 못할 거야. 네가 온 세상에 대고 네 상속권을 떠들어댄다고 해도, 저명한 변호사들에게서 수천 장의 진술서를 받아온다고 해도 말이야. 어디 네가 로호 가문의 사람들, 아니 바로 이 자리에 있는 로호와 싸울 수 있는지 한번 보자꾸나." 그녀는 엄지손가락으로 불룩한 자신의 가슴을 가리켰다.

"저는 제 어머니의 딸이에요. 미스 로호, 당신의 조카고요."

"그래! 그래!" 펠라이는 소리쳤다. "난 네가 태어났던 바로 그날을 저주해. 네 어머니와 내가 뭘 바랐는지 아니? 우리 둘 다? 네가 이 세상에 태어나지 않기를 바랐어. 네가 그냥 보육원에서 썩게 내버려뒀어야 했는데……."

"콘스탄시아 수녀님은 알고 계셨을 텐데요."

"전부 아는 것은 아니었지! 우리가 네 아버지 이야기를 했을 거라고 생각하니? 천만에! 그러니까 네가 들은 이야기는 알레한드라, 오랑 그리고 아르투로의 입에서 나온 게 뻔해……."

"제발, 알레한드라 아주머니를 이 일에 끌어들이지 마세요. 아주머니는 아무 말도 하지 않았어요."

"물론 그 정도의 분별심은 있었겠지." 펠라이는 탁자를 내리쳤다. 손도 대지 않은 볶음밥이 담긴 접시와 컵이 흔들렸다. "그럼 이제 네 갈 길을 가라. 내 양심은 깨끗해. 나는 너에게 좋은 교육을 받게 해주었어. 넌 스무 살이니까 이제 어른이고, 네 말대로 독립할 수 있는 나이야. 그러니 이제 나가라." 펠라이는 뭉툭한 턱으로 문을 가리켰다. "다시는 내 앞에 나타나지 마."

에르미는 그 말대로 했다. 다시는 이모를 만나지 않았다. 그리고 바로 그날, 양 어깨에 무거운 짐을 짊어지고 그녀는 카마린 레스토랑을 찾았다.

9

저장창고라는 뜻인 카마린은 차고에서 다섯 블록 떨어진 곳에 있었다. 다른 동네와 뚝 떨어져 북쪽 끝에 자리 잡고 있었으며, 술집과 초라한 투로투로[67]가 줄지어 서 있는 지저분한 유흥가와 아주 가까웠다. 사람들은 그곳을 M. H. 델 피랄 거리라고 불렀다. 스페인으로부터 독립혁명을 일으키기 전에 이미 조직적 선전운동을 이끌었던 지도자 M. H. 델 피랄의 이름을 딴 것이었다. 그는 필리핀 개혁 운동을 알리기 위해 바르셀로나에서 《라 솔리다리다드》라는 신문을 창간했다. 그리고 그곳에서 말 그대로 굶어 죽었다. 그 경건하고 영웅적인 사람이 오늘날 살아 있어서 그 거리의 모습을 본다면, 그는 그곳에서 벌어지는 매춘보다는 —매춘은 문명의 역사만큼 오래된 일이다—물건과 여자들이 엄청난 헐값에 팔린다는 사실에 분노할지도 모른다. 마닐라는 전 세계에서 화대가 가장 싼 곳이었다.

67. 필리핀식 뷔페 음식점.

하지만 카마린은 그렇지 않았다. 눈에 띄게 물가가 비쌌다. 루네타 쪽에 자리 잡은 술집에서는 맥주 한 병에 이 페소를 받았지만 카마린에서는 십 페소였다. 로하스 대로의 나이트클럽에서 받는 가격보다 이 페소나 더 비쌌다. 카마린은 그 동네의 싸구려 술집들과는 종류가 달랐고, 그런 식으로 영업을 하는 곳도 아니었다. 처음에 카마린은 스페인식 정통 레스토랑으로 개업했다. 사무실이 모여 있는 팔층 빌딩의 맨 아래층에 자리 잡은 곳이었다. 근방에서 가장 높은 그 빌딩은 전쟁이 끝나자 에르미따가 우선적으로 복원될 거라고 예상한 몇몇 사람들이 지었다. 행정 관료들에게 안목이 있었다면 마닐라가 심하게 파괴된 후 아름다운 신도시를 건설할 계획을 세웠을 것이다. 역사가들 가운데는 2차 대전 때 바르샤바 다음으로 마닐라가 가장 심하게 파괴된 도시라고 말하는 사람들도 있었다.

카마린에는 손님을 끌기 위한 번쩍이는 네온등 같은 것은 없었다. 그저 옛날 글씨체로 새겨진 놋쇠 간판이 문 옆에 걸려 있을 뿐이었다. 섬세한 세공으로 치장한 쇠문에는 밤에만 켜는 램프 두 개가 양쪽에 매달려 있었다. 뿌연 유리가 끼워진 거리 쪽 창문은 이른 아침에 청소를 하면서 환기시킬 때만 잠깐 열렸고 늘 닫혀 있었다. 열한 시가 되면 에어컨이 켜지고 흰 재킷을 입은 웨이터들이 각자의 위치에서 대기했다. 그리고 여주인 디디가 이층에 있는 숙소에서 내려왔다. 그녀는 계산대 옆부엌과 홀이 한눈에 들어오는 자신의 아늑한 자리에 하루 종일 앉아 있었다.

돌이켜보면, 카마린을 찾아가기 전에도 에르미는 가끔 매춘에 대해 깊이 생각해보곤 했다. 사춘기가 되면서 그녀는 자신이 아름답다는 걸 깨달았다. 그것은 기분 좋은 일이기도 했으나 한편으로는 슬픔을 불러 일으켰다. 미모를 이용해서 돈을 벌 수도 있다는 사실을 알게 되었기 때문이다. 아름다움은 그녀에게 저주일 수도 있었다. 아버지에 대해 알게 되었을 때 그녀는 자기가 존재하는 이유를 곰곰이 생각해보았다. 보육원에서 배운 교리문답, 금욕적인 대학 생활을 떠올려 보았다. 그녀가 급격한 신념의 변화를 일으킨 사실을 신은 알고 있을 것이다. 하지만 자신을 자궁에 품어 생명을 나누어준 사람인 콘시타에게 버림받았다는 생각을 하면 견딜 수 없었다. 혐오스럽고 끔찍한 사건에서 비롯된 출생이라고 하더라도, 어머니의 피와 살을 나누어 가졌다. 그녀는 자신이 강간으로 어머니가 되었다면 어땠을지 상상해보았다. 물론 가정해본 상황이기는 했지만 아이를 사랑하면서 키웠을 게 틀림없었다. 아이를 어리석은 두려움의 희생양으로 만들고 싶지 않았을 것이다. 그녀는 관습의 속박과 자신을 억누르고 있는 과거로부터 자유롭기를 갈망했다. 여성들에게 자유는 허락되지 않는 것일까?

도서관에서 졸라의 『나나』나 플로베르의 『보바리 부인』을 읽으면서 그녀는 생각을 더 깊이 발전시켰다. 그리고 『거부된 에로스』[68]를 읽게 되었다. 매춘에 대한 글을 쓸 때 참고삼아 펴들었다가 사로잡힌 책이었다. 자기가 젊고 아름답다는 사실을 자각만 하면 여성은 얼마든지 '돈방석'에 올라앉을 수 있다는 걸 강조하는 내용이었다.

아, 처녀성! 수많은 남자들이 사내다움을 증명하기 위해 그 얇은 막

68. 영국의 작가이자 정치가인 웨일런드 영(1924~)의 저서.

을 뚫고 들어가기를 갈망한다. 왜냐하면 처녀막은, 순결한 여자를 첫 번째로 얻은 특별한 남자라는 명예를 확고히 하는 증거이기 때문이다. 에르미는 그런 사실을 알고 있었다. 그리고 만약 학생들 사이에 떠돌던 소문이 믿을 만하다면—에르미가 로호 가문의 사람들과 친척이 아니라고 밝히면 여학생들은 그 사람들의 추문을 이야기해주었다—펠라이 로호는 결혼했을 때 이미 정숙한 여자가 아니었다. 일주일 남짓 지속된 그녀의 결혼생활은 전쟁 전 《헤럴드》나 《트리뷴》 같은 신문에 대서특필되었던 이야기였다. 그녀가 로호 가문 사람인 데다가 갓 사교계에 나온 여자들 가운데 여왕 같은 걸출한 미모를 지녔기 때문이다. 하지만 그녀의 남편은 죽었고 자살일 것이라는 소문이 돌았다. 그녀의 복잡한 남자관계가 이유일 거라는 추측이 난무했다. 사냥을 즐겼던 그녀의 남편은 엽총을 청소하다가 오발사고로 목숨을 잃었다고 전해졌으나 떠도는 소문은 더욱 흥미로웠다. 그는 자살했고, 그 이유는 첫날밤에 신부인 펠라이가 순결하지 않다는 사실을 알게 된 탓이라는 것이다.

명예로운 결혼을 목표로 삼지 않는다면 여자의 처녀성은 엄청난 가치를 지닌 상품이 될 수 있었다. 하지만 슬픔이 아니라 수치심 때문에 마닐라를 떠난 에르미의 어머니는 존 콜리어를 유혹할 때 이미 처녀가 아니었다.

다른 친구들이나 앨리스가 말하기를, 남자들은 사랑에 빠지면 처녀가 아닌 여자와도 결혼할 수 있다고 했다. 그러나 집요한 의혹을 뿌리치기 힘들다는 말도 했다. 큰돈을 벌기 위해 그 대단한 막을 포기할 것인가, 결혼을 위해 보존해야 할 것인가? 사춘기를 지나면서 그녀는 이러한 불안함으로부터 해방되기를 바랐다. 만약 처녀막을 포기한 뒤에 그 남자가 결혼을 거부하면 어떻게 해야 하는가? 이런 걱정들은 이제 모두 바람 속으로 던져버려도 되었다. 그녀는 이미 결단을 내린 뒤, 검은 글씨로 '관계자 외 출입금지'라고 써 붙인 문을 두드렸다.

손잡이가 돌아가더니 문이 열렸다. 삼십대 초반이면서 놀랄 만큼 이목구비가 또렷한 여자가 문 앞에 서 있었다. 곱게 빗은 머리카락에 공들여 화장한 얼굴이었다. 그 여자는 에르미보다 조금 키가 컸으며 솔직하고 단호해 보였다. 그녀는 에르미에게 안으로 들어오라는 말도 하지 않았다. "무슨 일이지요?" 사무적인 목소리였다. 그러나 에르미는 디디 감보아의 눈빛 속에서 매혹까지는 몰라도 자신에 대한 관심을 읽을 수는 있었다.

"저는 앨리스의 학교 친구예요." 그녀의 조각 같은 얼굴에서 눈길을 떼지 않은 채 에르미는 말했다. "그리고 저는……." 초조한 듯 머뭇거리다가 말을 이었다. "저는 당신 밑에서 일하고 싶어요."

그 순간 사무적이던 그녀의 태도가 돌변했다. 디디 감보아는 손을 내밀어 에르미를 방 안으로 끌어들인 다음 문을 닫고 빗장을 질렀다. "방해받고 싶지 않아서야." 그녀는 서둘러 자신의 행동을 설명했다. 그리고 햇빛이 들어오는 아름다운 격자창 옆의 책상으로 걸어갔다. 그녀는 에르미를 보면서 책상 맞은편에 있는 편안해 보이는 소파를 손가락으로 가리켰다. 등받이를 눕히면 일인용 침대가 되는 소파였다. 그녀의 사무실은 주거공간이기도 했다. 벽에는 세계 여러 나라의 아가씨들이 벌거벗은 채 갖가지 요염한 포즈를 취한《플레이보이》의 핀업 사진들이 가득 붙어 있었다. 책상 위에는 여자의 생식기 모양인 분홍빛 재떨이가 놓여 있고 꽁초 몇 개가 들어 있었다. 디디 감보아는 책상 위에 놓인 카멜 담뱃갑에서 한 개비를 꺼내어 상아로 만든 물부리에 끼워 넣었다. 담배에 불을 붙이고, 그녀는 깊이 한 모금 빨아들여서 코로 연기를 내뿜었다. 그제야 비로소 그녀는 예의를 갖춰야 한다는 생각이 든 모양이었다. "담배?" 에르미는 고개를 저었다. "그럼, 커피?" 디디는 열려 있는 욕실 문 옆 선반 위에 놓인 커피 추출기를 손가락으로 가리켰다. 방 안은 진한 커피 냄새와 담배 연기, 달콤한 향내로 가득 차 있었다. 에르미는 나중에 그 향내가 마리화나 냄새라는 사실을 알게 되었다.

디디는 단도직입적으로 물었다. "내 밑에서 일하게 되면 당연히 별별 사람들하고 그 짓을 해야 해. 그건 알고 있겠지?"

에르미는 그녀의 노골적인 말에 놀라면서 고개를 끄덕였다.

"그럼, 멍청한 내 동생이 친구들에게 할 소리 안 할 소리를 다 한다는 말이네. 그럼 내 취향에 대해서도 말했겠군?"

다시 한 번 에르미는 고개를 끄덕였다.

"이런 젠장." 디디는 투덜거리면서 재떨이에 담배를 내려놓았다. "네가 알아야 할 것은, 나는 일과 개인적인 쾌락을 혼동하지 않는다는 거야. 넌 이미 남자경험이 많을 것 같은데?" 디디는 한쪽 다리를 들어서 다른 쪽 다리 위에 올려놓았다. 매끈한 허벅지가 드러났다.

"아니요, 저는 처녀예요." 에르미는 약간의 자부심을 가지고 차갑게 말했다. 그녀는 디디의 말투에 쉽게 익숙해질 수 없었다.

디디는 그녀의 말을 잘랐다. "세상에! 얘, 넌 머리가 어떻게 됐니? 처녀라면서 이따위 일을 하고 싶다고? 연습을 하고 싶으면 우선 라살대학에 다니는 어린놈들 몇을 눕혀놓으면 되잖아? 그러고 나서 마카티 빌리지 같은 곳에서 애새끼들을 키우면서 살면 돼. 도대체 너 같은 애가 여기에 왜 온 거야? 내가 너에게 일을 시키지 말란 법은 없지만, 처녀라니, 세상에!"

"저는 급히 돈이 필요해요." 에르미는 간단하게 말했다.

"이름이 뭐지? 명심해. 이제부터는 거짓말을 해서는 안 돼."

"에르미따 로호. 사람들은 에르미라고 불러요."

"이런! 로호 가문의 사람이 내 밑에서 일을 한다고! 오늘은 기념할 만한 날인데!"

"저는 로호 가문에 입양되었을 뿐이에요. 그 사실을 잊지 말아주세요." 에르미는 말했다.

"그럼 어디서 살지?"

에르미는 저택의 위치를 알려주었다.

"유령이 나온다는 그 커다란 집에서? 그 소문은 나도 들었어. 어쨌든 그리 멀지 않으니 걸어 다녀도 힘들지는 않겠군."

"우리 식구들은 차고에서 살고 있어요. 그리고 곧 쫓겨날 처지예요. 그 집이 팔릴 거래요." 에르미는 말했다.

디디는 천천히 고개를 저었다. 에르미는 그녀의 커다란 눈 속에서 연민의 빛을 엿볼 수 있었다. "그리고 넌 한 번도 그 짓을 해본 적이 없다고!" 그러고 나서 디디는 다시 사무적인 태도로 돌아왔다. "옷을 벗어봐." 그녀는 명령했다.

그녀는 벽으로 다가가 소파 위의 전등을 켰다. 에르미는 주저하지 않았다. 그녀는 재빨리 옷을 벗었고 눈부신 노란 불빛이 그녀의 몸 위로 쏟아졌다.

"남자 앞에서 옷 벗는 법부터 배워야겠군." 디디가 말했다. "될 수 있으면 천천히 해야 해. 지금 네가 한 것처럼 빨리 벗어버리면 안 돼. 남자에게 등을 돌린 채 느긋하게 네 피부를 드러내야 하는 법이야. 그리고 돌아서서 깜짝 놀라게 만드는 거지. 애를 태우면서……."

에르미는 옷을 벗어 앞에 놓았다. 누군가 지켜보는 앞에서 옷을 벗는 일은 두 번째였다. 그녀의 몸은 풍만했으며 균형이 잡혀 있었다. 다행히도 어머니의 유전인자가 일본 병사의 것보다 더 우세했다. 일본 여자들의 일반적인 특징인 작은 키, 짧은 팔, 휜 다리, 납작한 가슴은 그녀에게서 찾아볼 수 없었다. 스무 살이 되자 그녀는 34사이즈의 브래지어를 입어야 했다. 그녀는 자신의 가슴이 지나치게 큰 것은 아닌지 걱정했으나 그렇지 않았다. 이제 밝은 불빛 아래서 그녀의 가슴은 빛나기 시작했다. 분홍빛 젖꼭지는 간절히 애무를 바라는 듯 보였다. 그녀는 디디가 그녀의 몸을 그저 바라보기만 할 것이라고 생각했다. 하지만 디디는 벌거벗은 에르미에게 다가와 몸을 구부리더니 혀로 가슴을 애무했다. 그리고 한 손으로는 그녀의 음모를 마사지하듯 쓰다듬으면서 젖꼭지를 빨기 시작했다. 에르미의 몸이 굳어지면서 가늘게 떨렸다. 온몸에 소름이 돋았다. 디디는 애무를 멈추고 에르미 주위를 천천히 돌기 시작했다. "한 번 시험해본 거야." 그녀는 쉰 목소리로 신음하듯 말했다. "에르미, 넌 여러 남자를 미치게 만들겠구나. 네 몸은 정말 아름다워. 다리에 약간 얼룩이 있지만 눈에 잘 띄지 않아. 음모는 딱 좋아. 어떤 메스티사들은 너무 숱이 많거든. 그리고 네 머리카락은……."

그녀는 의자로 돌아가서 에르미를 지그시 바라보았다. 얼마 후에 그녀는 에르미에게 옷을 입으라고 말했다.

"미용실에 데려가야겠어. 멜로이가 너를 더 예뻐 보이게 할 수 있을지 모르겠어. 연지나 립스틱을 바르지 않았는데도 이렇게 아름다우니 말이야. 하지만 처음 일을 시작할 때는 가장 좋은 옷을 입어라. 그리고 하이힐도 신어야 해……."

"이게 단 하나밖에 없는 좋은 옷이에요. 그리고 저는 하이힐을 신어본 적도 없어요." 에르미는 닳아빠진 검은 학생용 구두를 내려다보았다.

다시 한 번 디디는 한숨을 쉬었다.

"하이힐도 없고 파티 드레스도 없다고 해도," 디디는 잠시 멈추었다가 말을 이었다. "내 생각에 너는 첫 손님에게서 만 페소쯤은 받아낼 수 있을 거야. 오, 조니 리가 지금 여기 있다면 좋을 텐데. 하지만 그는 한 달 예정으로 미국에 갔어. 처녀라면 사족을 못 쓰는 사람이지. 처녀들이 자기를 회춘하게 한다는 거야. 그는 예순 살이거든. 중국 사람들이 믿는 이야기지. 앨리스가 이익을 어떻게 나눈다는 말은 했나?"

"당신이 오십 퍼센트를 갖는다고 했어요." 에르미가 말했다.

"과연 내 동생이군. 엄청난 수다쟁이야. 그렇게 나누는 것에 동의해?"

"오늘 밤에 제가 돈을 벌 수 있을까요? 부탁이에요. 돈이 급해요. 지금 당장이라도 차고에서 나가야 할지도 몰라요. 그리고 우리는 갈 곳이 없어요. 저를 돌봐주는 아저씨 아주머니가 있는데, 오랑 아주머니는 일 자리를 잃었어요. 그리고 투링 아저씨는 이제 운전을 할 수 없어요……."

"가엾은 것." 디디는 말했다. "그래, 우선 내가 지금 돈을 주마."

그녀는 서랍에서 쇠로 만든 금고를 꺼냈다. 그리고 그것을 열어 오백 페소짜리 지폐들을 꺼내 세기 시작했다. "여기 오천 페소야." 그녀가 에르미에게 돈을 건넸다. 에르미는 싸구려 비닐 가방에 황급히 돈을 집어 넣었다. 그렇게 많은 돈을 가져본 적이 없는 그녀는 갑자기 불안해졌다. 근처를 돌아다니던 도둑이 가방을 날치기해갈 것만 같았다. 하지만 그녀가 그렇게 큰돈을 갖고 있을지 누가 알겠는가?

그날 아침 카마린에서 나오면서 에르미는 마지막으로 물었다.

"앨리스에게 제 이야기를 할 건가요?" 그것은 질문이라기보다는 간청에 가까웠다.

디디는 에르미를 끌어안고 볼에 입을 맞추었다. 그것은 성적인 욕구의 표현은 아니었다. 에르미에 대한 연민과 애정으로부터 솟아난 행동이었다. 오랜 시간 동안 디디 감보아가 잊고 있던 감정이었다. 그녀가 꾸려가는 사업이 그녀를 차가운 피가 흐르는 냉소적인 인간으로 변화시켰던 것이다.

"아니야, 에르미." 팔을 뻗어 에르미의 어깨를 잡은 채 불안을 달래주었다. "포주들은 자기만 아는 비밀이 있는 법이야. 하지만 그보다도, 난 정말 네가 좋구나."

에르미는 디디를 만난 첫날 밤부터 일할 필요는 없었다. 그날 오후에 디디는 에르미를 데리고 파코 근처에 있는 옷가게로 갔다. 크리스천이라는 이름을 가진 젊은 디자이너가 운영하는 곳이었다. 그는 에르미에게 잘 맞을 만한 기성복을 여섯 벌 정도 보여주었다. 몸 치수를 재는 동안 그는 에르미를 다음 패션쇼에 모델로 세우고 싶다고 연신 떠들어댔다. 디디는 그의 제안을 받아들였다. 에르미는 이탈리아제 실크 옷감을 골랐다. 그녀가 입고 있는 드레스와 같은 연두색 풋망고 빛깔이었다. 그 옷감의 가격이 얼마나 비싼지 알게 되자 그녀는 망설였다. 디디는 큰 소리로 웃었다. "그건 내가 졸업선물로 사줄게……."

옷가게에서 나와 두 사람은 멜로이의 미용실로 갔다. 디디의 말대로 그곳의 메이크업 아티스트나 헤어 드레서들은 이미 완벽한 에르미의 미모를 더 돋보이게 하지는 못했다. 마지막으로 그들은 마카티에 있는 구둣가게로 향했다. 에르미는 이탈리아제와 미제 구두 네 켤레를 샀다. 그리고 난생처음 하이힐을 신고 걸어 나왔다.

에르미는 어섬션 학교에 다시는 가지 않았다. 예전 학교 친구들을 길에서 우연히 만나면 자리를 피하거나 겉치레로 인사를 나누었다. 하지만 옆자리에 앉았던 앨리스 감보아를 만났을 때는 정말로 반가웠다. 앨리스 언니네 가게에서 일하기 시작한 지 삼 년째 되던 해였다. 에르미는 마카티에 있는 서점에서 책을 구경하는 중이었다. 어디선가 앨리스가 갑자기 나타나 호들갑스럽게 인사해서 그녀를 놀라게 했다. 그녀는 앨리스에게 이끌려 근처의 커피숍으로 갔다. 앨리스는 네그로스 섬 출신의 남자와 결혼했다. 임신한 지 여섯 달째에 접어들어 배가 불렀고 초췌한 모습이었다.

"에르미, 무슨 일이 있었는지 말해봐. 갑자기 사라진 이유도 말이야."

에르미는 옛 친구를 보면서 싱긋 웃었다. "나는 돈 많은 늙은 남자를 만났어." 에르미는 말했다. "사무실에서 일하는 대단한 사람이지."

앨리스는 웃음을 터뜨렸다. "참 너답게 말한다."

"난 결혼했어." 에르미는 더 자세하게 설명하고 싶지 않았다. 마음 한 구석으로 디디 감보아가 동생에게 아무 말도 하지 않은 것에 대해 안도했다. "부자 남편을 얻는 일은 그다지 어렵지 않더라. 네 남편도 굉장한 부자일 것 같은데?"

"그래." 앨리스는 선뜻 대답하면서 쓴웃음을 지었다. "하지만 그이는 나보다 열 살이나 나이가 많고 지칠 줄 몰라. 매일 밤! 게다가 지금 내 몸 상태가 이런데도 말이야……." 그녀는 다시 웃음을 터뜨렸다. "첫애를 가졌어. 넌 애들이 있니?"

"나도 곧 이이를 갖고 싶어." 에르미는 말했다. 결코 가능한 것 같지 않은 일이었지만 그녀는 진심으로 아기를 낳아 기르고 싶었다.

10

에르미가 카마린에서 일을 시작한 날, 호셀리토가 파드레 파우라로 들이닥쳤다. 그리고 차고에서 사는 사람들에게 즉시 집을 비우라고 명령했다. 그는 에르미가 자신의 누나에게 한 언행에 대해서는 별로 분개하지 않았다. 그동안 그는 아르투로와 그의 식구들을 귀찮지만 어쩔 수 없는 존재로 여겨왔다. 하지만 펠라이가 옳았다. 골칫거리들은 일찌감치 내보내야 했다. 로호 가문에 아무 쓸모도 없는, 돈만 많이 드는 기생충에 불과했다. 이제는 저택을 수리해서 가격을 올리거나 지체 없이 팔 수 있게 될 것이다.

마침내 에르미는 레메디오스 거리에 있는 작은 아파트를 얻었다. 쿠바오 거리로 이사하기 전까지 여섯 달 동안 그들은 그곳에서 살았다. 일년이 지난 뒤에 오랑은 독일대사관에 요리사로 취직했다. 포브스 파크와 바로 그 옆에 인접한 빌리지의 고용인들은 서로 알음알음으로 연결되어 있었다. 오랑은 알레한드라의 소개로 일자리를 얻었고 그것은 나중에 큰 도움이 되었다.

카마린에서 에르미가 상대할 첫 '고객'은 디디 감보아가 손수 골랐다. 그녀는 신참인 에르미가 별다른 충격 없이 편안하게 일을 시작하도록 배려했다. 그녀는 에르미에게 자신의 오랜 친구이며 전직 역사교수인 롤란도 크루즈를 접대하게 했다.

처음으로 에르미는 돈만 지불하면 그녀를 소유할 수 있는 고객과 대화를 나누게 되었다.

에르미는 이른 저녁 여섯 시에 카마린에서 롤란도 크루즈를 만났다. 그들은 약간은 불편하고 어색한 분위기에서 식사를 했다. 롤란도 크루즈는 이마가 넓고 친절해 보이는 사람이었다. 그는 그녀의 몸짓 하나하나를 놓치지 않으면서 그녀의 마음속 균열들을 조심스럽게 탐색하고 있었다. 미소를 지으면서 그는 말했다.

"내 직업에 대해 디디가 미리 말했지?"

에르미는 고개를 끄덕였다.

"디디는 첫 손님으로는 당신이 최고라고 했어요. 칭찬이 틀림없지요?"

"오, 디디." 롤란도 크루즈는 한숨을 쉬면서 몸을 뒤로 젖혀 마호가니 천장에 매달린 수레바퀴 모양의 램프를 바라보았다. 그는 다시 에르미에게 눈길을 돌렸다. "적어도 이름 정도는 물어봐도 되겠지?"

"에르미예요." 에르미는 미소를 지으면서 말했다.

"하지만 제 성이나 주소, 전화번호는 알려드릴 수 없어요. 저를 만나고 싶으시면 디디에게 말씀하세요."

"아주 사무적인 말투군." 롤란도가 말했다. "당신이 신출내기라는 걸 보여주는 거야. 그런 식으로 말하면 상대가 당신에게 흥미를 잃게 될 수도 있어. 흥정하는 것을 좋아하는 사람은 없으니까. 누구라도 그럴 거야."

에르미는 턱을 끌어당기면서 입술을 삐죽 내밀었다. "당신 말이 맞는 것 같아요. 제 태도가 너무 직설적이었나 봐요. 지적해줘서 고마워요."

"훨씬 낫군. 나를, 우리 남자들을 대할 때 적대적인 태도를 보여서는 안 돼. 점점 그렇게 되겠지만 말이야. 하지만 어떤 남자들은 당신 같은 아가씨들과 사랑에 빠지기도 해."

"예?"

"사랑은 맹목적이니까. 그런 말을 처음 들어봤나?"

"저는 바보가 아니에요." 그녀는 재빨리 응수했다. "적어도 생각할 줄은 알지요."

"미래의 어느 날에는 당신도 함정에 빠질 수 있어. 바로 여기 카마린에서 일하는 아가씨들도 고생해서 번 돈을 남자친구에게 갖다바치는 걸 봤어. 자기는 지프니를 타고 다니면서 남자친구에게는 자동차를 사주기도 하지."

"저한테 그런 일은 결코 일어나지 않을 거예요." 에르미는 웃었다. "제가 번 돈은 모두 저를 위해 쓸 거예요. 오로지 저만을 위해서요."

"처음에 벌게 될 십만 페소도?"

에르미는 낮게 웃었고 롤란도 크루즈는 그녀를 유심히 바라보았다.

"사실은 오만 페소예요. 오십 퍼센트는 디디에게 돌아가지요."

"대단한 액수로군. 웬만한 회사 간부의 연봉과 맞먹는걸." 롤란도는 말했다. "그만한 돈을 내고 당신의 순결을 가지려면 슈퍼마켓 주인인 부유한 중국인 정도는 되어야 해. 상상해봐. 단 한 번 그 짓을 하려고 그렇게 많은 돈을 쏟아붓다니……."

'그 짓을 한다'는 표현에 에르미는 불쾌감을 느꼈다. 하지만 세상물정에 밝은 마흔세 살의 롤란도 크루즈는 그 단어를 일상에서 늘 쓰는 말처럼 아무렇지도 않게 사용했다. 어쨌든 에르미는 고상한 체할 생각은 없었다. 지금 같은 상황에서는 더욱 그러했다.

"그만한 돈을 낼 사람을 아세요?" 롤란도 크루즈는 고개를 저었다. "물론 당신은 한 번도 맛보지 못한 하룻밤의 쾌락을 위해 십만 페소를 쓸 생각은 없으시겠지요?" 에르미는 애교 섞인 말투로 말했다. "저는 『카마수트라』를 포함해서 몇 권의 섹스북을 읽었어요."

"하지만 첫날밤에는 소용없을걸." 그가 말했다. "너무 고통스러워서 생각대로 되지 않을 거야."

"하지만 저에게는 첫날밤뿐이에요." 그녀가 대답했다. "저에게 두 번째 밤은 없어요."

"나는 십대 소년이 아니야."

"다시 그렇게 느끼게 해드릴 수 있어요."

"십만 페소를 한꺼번에 내는 게 아니라 할부로 지불할 수 있으면 가능하겠지." 에르미는 다시 뽀로통해졌다.

"내가 하는 일은 내가 가진 지식과 정보를 미국이나 일본 같은 외국 투자자들에게 제공하는 거야. 여러 다국적 기업들이 이 나라에 흥미를 보이고 있어. 나는 그들에게 세금을 피하는 법과 뇌물을 줘야 할 사람을 알려주는 일을 해. 알다시피 그런 정보는 누구나 알 수 있는 게 아니니까. 솔직히 말하면 나 또한 아가씨를 소개해주는 일을 하지. 나도 디디에게 소개료를 받아야 마땅하지만 다른 방식으로 보상을 받아. 이를테면 당신 같은 사람과 이야기할 기회를 얻는 거지. 사업을 하는 데 도움을 받기 위해 전 세계의 돈줄들이 나를 찾아와. 뉴욕이나 도쿄, 프랑크푸르트, 취리히 같은 데서 말이야. 그리고 나는 고객들의 성적인 욕구도 알아서 채워줘야 하지……."

"저에게 그런 고객을 소개해줄 수 있으세요?" 그녀는 초조했다.

"어쩌면 내가 아는 외국인 친구가 곧 이곳에 올 거야. 거의 확실해."

헤어지기 전에 롤란도 크루즈는 처녀성에 대한 신화는 사라져가고 있다고 말했다. 필리핀국립대학교와 다른 유수한 대학들에서 행해진 사회학적인 조사를 봐도 알 수 있는 일이라고 했다. 처녀였던 아내가 더 정숙할 것이라는 믿음은 보수적인 남자들이 스스로의 이기심을 만족시키려는 것에 지나지 않는다고 말이다.

"결혼할 때 부인은 처녀였나요?" 에르미가 당돌하게 물었다.

"물론이지." 그는 대답했다. "리디아와 나는 결혼 전에도 관계를 가졌지만 처음 관계를 맺을 때는 처녀였어."

"만약 부인이 처녀가 아니었다면요?" 가정에 지나지 않았지만 그래도 그에게는 불편한 질문이었던 모양이다.

"아무튼," 롤란도 크루즈가 말했다. "당신이 운이 좋다면 곧 가능할 거야. 그러나 그가 정말 올지 확실치는 않아. 그쪽 대사관에서 나에게 언질을 주기는 했지만."

매우 중요한 인물의 방문은 실제로 이루어졌다. 1964년 2월, 동남아시아의 지도자급 '거물'이 고령의 몸을 이끌고 신분을 감춘 채 마닐라에 왔다.

고위 관료와 비밀 경호를 담당하는 사람들 외에는 아무도 그가 필리핀에 머문다는 사실을 알지 못했다. 그의 전용 비행기는 공항에 착륙하자마자 격납고로 들어갔으며, 필리핀의 고위 관료와 대사관 직원들이 그곳에서 그를 맞이했다. 그는 마닐라에 일주일 동안 머물면서 유명한 심령 요법가한테 치료를 받을 목적이었다.

며칠 후에 그는 건강을 회복했으며 유머 감각을 되찾았다. 셋째 날, 그는 남성으로서의 욕구가 다시 살아나는 것을 느꼈다. 그날 저녁 그는 여자를 데리고 바기오[69]로 가서 주말을 보내고 싶은 생각이 들었다. 한밤중에 그는 잠자는 대사를 깨웠다.

그가 다른 나라를 방문할 때면 그 나라에서 근무하는 외교관들은 모두 이런 종류의 비공식적인 임무에 대비해야 했다. 주필리핀 대사인 하비브도 마찬가지였다. 대사는 여러 긴급 상황에서 적절한 상담 역할을 해준 믿을 만한 필리핀 사람을 통해 알맞은 여자를 미리 구해놓았다. 대부분의 관료들처럼 대사는 소극적이고 상상력이 빈약한 사람이었다. 동시대의 사람들과 마찬가지로 혁명의 소용돌이 속에서 두각을 나타내기도 했지만, 대사의 나이는 이미 예순을 넘었다. 젊었을 때처럼 쾌락을

69. 필리핀 루손 섬 북부 벵겟 군의 도시.

추구할 힘도 의욕도 없었다. 게다가 대사의 아내가 마닐라에 머물고 있었다. 그녀는 무더운 날에는 냄비 하나도 들 수 없을 것처럼 연약해 보였으나 실제로는 눈치 빠르고 입이 험한 독설가였다.

대사는 '거물'이 머무는 영빈관으로 달려갔다. 그때가 새벽 두 시였다. 날이 밝기 전에는 거물에게 어울릴 만한 여자를 데려오는 게 불가능한 시각이었다.

에르미는 한밤중에 디디의 호출을 받고 그때까지 영업중인 카마린으로 갔다. 그리고 그곳에서 그녀를 태우고 갈 대사의 차를 기다렸다. 세 시 삼십 분에 또 한 번의 다급한 전화벨이 울렸다. 에르미는 바기오로 가야 했고, 그 전에 대사가 먼저 그녀를 보겠다고 했다.

나중에 에르미는 대사관에서의 만남을 돌이켜보았다. 대사관의 홍보 담당자가 카마린에서 초조하게 기다리고 있었고, 그는 그녀를 데리고 대사의 집무실로 갔다. 대사는 그만한 값을 지불할 가치가 있는 상품인지 평가하고 싶었다. 대사는 매우 흡족해하면서 아가씨를 직접 바기오로 데려가기로 결정했다. 그것은 홍보담당자의 일이었으나 거물에게 좀더 잘 보이고 싶었다. 대사가 만난 여자 가운데 에르미는 가장 아름답고 품위 있는 여자였다. 그는 그녀에게 이런저런 주의 사항을 일러주는 게 즐거웠다.

"주의할 점은," 하비브 대사는 진지하게 말했다. "그분의 연세를 염두에 두지 말아야 해. 그러니까 그분을 젊은 사람이라고 생각해야 한다는 말이야. 네 나이 또래라고 생각해. 절대로 그분의 대머리나 주름살, 입냄새 같은 걸 농담의 소재로 삼아서는 안 돼……."

에르미는 모든 말을 잘 새겨들었다.

"그리고 항상 그분을 '각하'라고 불러야 해. 명심하겠지?"

에르미는 고개를 끄덕였다. 그녀는 침실에서 일어날 일을 상상해보았다. 각하, 다리를 더 많이 벌릴까요? 각하, 너무 천천히 움직이시는 것 같군요……

침대에서 정사를 벌이는 두 사람이 어떻게 그 모든 격식을 차릴 수 있을까? 하지만 정신 차려, 에르미, 네 첫 고객은 아시아의 부호로 손꼽히는 사람이야. 그 대단한 인물에 대해 들은 이야기들을 기억해봐. 너를 그와 연결시켜준 사람 말에 따르면, 거물은 자신의 부를 이용해 세계를 돌아다니면서 쾌락을 맛보았다고 했어. 침착해야 해. 마침내 돈방석에 올라앉는 게 무엇인지 알게 될 거야.

에르미는 바기오에 처음 가보는 것이었으며, 북쪽으로 여행을 하는 것도 처음이었다. 대사의 차 메르세데스 220SE는 에어컨이 잘 갖춰져 있고 쾌적했으며 속도도 빨랐다. 자동차는 작은 마을들과 추수가 끝나 그루터기만 남은 중앙 평원을 가로질러 달렸다. 에르미 옆에 앉은 대사는, 아마도 거물이 누릴 행운이 부러웠을 것이다. 디디는 그녀에게 스웨터와 캐시미어 재킷을 빌려주었다. 그녀는 그런 옷들을 살 시간이 없었다. 하지만 2월의 바기오는 밤이 되기 전까지는 전혀 춥지 않았다.

거물이 머무는 집은 시내에서 좀 떨어진 곳에 자리 잡고 있었다. 커다란 소나무들로 둘러싸여 있어서 어스름할 무렵에는 수염이 난 파수꾼들이 보초를 서고 있는 것처럼 보였다. 거실로 들어설 때 하비브 대사는 초조해 보였다. 벽난로에는 불이 지펴져 있었다. 대사는 서둘러 방으로 들어갔다. 얼마 지나지 않아 방에서 나온 그는 에르미에게 미소를 지으면서 작별인사를 하고 떠났다.

그녀는 한기를 느꼈다. 벽난로로 다가가 등을 돌리고 섰다. 그리고 몸이 따뜻해질 때까지 불을 쬐었다. 집 전체에 연보랏빛 양탄자가 깔려 있고 벽에는 아주 진한 자줏빛 커튼이 드리워져 있었다. 베이지색 가죽 소파가 놓여 있고 거실은 온통 꽃으로 장식되어 있었다. 방문이 열리고 거물이 나왔다. 그는 온화하고 친절했다. 에르미는 그가 발을 전다는 사실을 곧 알아차렸다. 그는 키가 컸다. 사진에서 본 모습 그대로, 그리고 하비브 대사의 말처럼 머리카락이 거의 없었다. 관자놀이 근처에 잿빛 머리털이 조금 남아 있을 뿐이었다. 벽난로의 흐릿한 불빛에 둥글고 매끄러운 머리통이 빛났다. 그를 맞이하기 위해 에르미는 몇 발짝 앞으로 걸어갔다.

"여기까지 편안하게 잘 왔는지 모르겠군." 에르미의 손을 잡으면서 그는 말했다. 느슨하고 차가운 악수였다. 그는 짙은 색 바지에, 배를 두드러져 보이게 하는 파란색 터틀넥 스웨터를 입고 있었다. 배가 많이 나온 것은 아니었지만 불룩해 보였다. 거침없는 눈길에서는 유쾌하고 솔직한 기질이 엿보였다. 그 순간 에르미는 그와 함께하는 시간이 편할 것 같다고 느꼈다.

그는 에르미에게 음료수를 마셨는지 물었다. 그리고 다시 무엇을 마시고 싶은지 묻더니, 곁에 선 흰 제복을 입은 웨이터에게 오렌지 주스와 뜨거운 차를 가져오라고 말했다.

마침내 거실에 두 사람만 남았다. 벽난로의 불꽃이 방 안 공기를 따뜻하게 덮혀놓아 하품이 나올 정도였다. 에르미 앞에는 한때 수많은 사람들에게 존경받던 인물이 서 있다. 그러나 중년을 훌쩍 넘은 노쇠한 모습은 마치 인자한 아버지처럼 보였다. 에르미는 잠시 그의 화려한 정사에 대한 소문의 진위를 의심하지 않을 수 없었다. 위대한 사람들의 행적이 그렇듯 부풀려진 신화일 수도 있다는 생각이 들었다.

"이름이 뭐지?" 그녀 옆에 앉으면서 그가 물었다. 낮고 부드러운 목소리였다. 대중을 자기편으로 끌어들이고, 감동시켜서 눈물짓게 하고, 증오하게 하고, 사랑하게 하던 목소리였다……

"에르미 로호입니다, 각하." 그녀는 대답했다. 그리고 진짜 이름을 알려주었다는 사실에 스스로 깜짝 놀랐다.

그는 웃음을 터뜨렸다. "철저히 교육을 받은 모양이구나. '각하'라고 불러야 한다고 단단히 주의를 받았겠지? 참 어색한 말 아닌가? 봐라, 난 네 아버지뻘 되는 나이야. 나를 그냥 바팍[70]이라고 불러라. 우리나라 말로 '아버지'라는 뜻이지."

"잘 알겠습니다, 각하." 에르미는 말했다. "각하의 뜻이 그러시다면요."

"이 밤이 지나기 전에 내가 근친상간을 범하게 되지 않기를 바랄 뿐이지만." 그는 웃으며 말했다.

웨이터가 식당으로 통하는 육중한 마호가니 문을 열고 식사 준비가 되었다고 알렸다. 그녀가 앉은 자리에서 음식이 차려진 식탁이 보였다. 반짝이는 은식기와 도자기들이 늘어서 있고 가운데에는 카라 꽃이 꽂

---

70. 인도네시아어로 아버지 또는 후견인을 뜻함.

힌 크리스털 꽃병이 놓여 있었다. 식탁 옆 와인 카트 위에는 샴페인 병이 얼음통에 담겨 있었다.

"에르미, 나는 배가 고프구나." 그는 말했다. "너도 배가 고팠으면 좋겠다. 오늘 식사는 우리나라 음식으로 준비했는데, 주방장에게 너무 맵지 않게 하라고 말해두었다. 필리핀 사람들은 매운 음식을 잘 못 먹잖아."

"바꽉, 배려해주셔서 감사합니다." 에르미는 대답했다. 그는 에르미를 식당으로 데려가 자리에 앉게 했다. 시중을 드는 사람들이 한 줄로 서서 대기하고 있었다.

"제가 비콜 출신이라면 좋았을 텐데요. 비콜은 루손 섬 남쪽에 있는 곳이에요. 그 지방 사람들은 매운 음식을 좋아하지요." 비콜 지방 여자들은 매운 음식을 좋아하는 식성 때문에 매우 열정적이라고 알려졌다는 말을 덧붙이려 했으나 적절하지 못한 이야기라는 생각이 들어 그만두었다.

영화에서나 볼 수 있을 섬세하고 우아한 상차림이었다. 책에서 읽거나 펠라이의 만찬을 준비한 오랑에게서 전해들은 이야기로 상상만 했던 모습이기도 했다. 에르미는 식사 예절을 어린 시절 보육원에서 배웠다. 앞으로 그녀는 싸구려 사기그릇이나 녹슨 숟가락이 아닌 아름다운 식기를 사용하게 될 것이다. 여러 번 사용해서 색이 바랜 비닐 식탁보가 아닌 레이스가 달리고 머리글자가 새겨진 냅킨을 쓰게 될 것이다. 그녀는 차려진 음식으로 눈을 돌렸다. 황금빛 사과와 포도, 오렌지 그리고 필리핀산 망고가 접시에 담겨 있었다.

수프는 그다지 맵지 않았다. 하지만 그는 원래대로 만들면 눈물이 날 정도로 매운 음식이라고 설명했다. 아욱과 새우는 오랑의 요리법과 전혀 달랐다.

그의 앞에는 작은 크리스털 그릇이 놓여 있었고 그 속에 잘 익은 파파야 씨앗 같은 것들이 가득 들어 있었다. 크리스털 그릇은 잘게 부순 얼음으로 채운 받침대 위에 놓여 있었다. 무엇인지 물어보기 전에 그녀의 눈길을 알아차리고 그가 설명했다. "이것을 최음제라고 하기도 해." 그는 미소를 지으며 말을 이었다. "그래서 사람들은 내가 잠자리에 들기 전에 이것을 갖다 주는 배려를 하지. 캐비어를 좋아하나?"

바로 그 유명한 음식이었다. 그다지 특별한 맛이 나지는 않았다. 비린 맛이 나는 소금에 절인 생선알일 뿐이었다. 하지만 그녀는 처음 먹어보는 것이었기에 입 안에서 한참 동안 그 맛을 음미했다. 이제 그녀도 쾌락을 누리는 것이 무엇인지 알기 시작했다.

그녀는 식사가 짧고 형식적인 절차일 것이라고 생각했다. 하지만 식사는 두 시간이나 지속되었다. 그 시간 내내 그녀는 무엇인가 문제가 있는 것은 아닌지, 그가 자신을 마음에 들어하지 않는 것인지 불안했다. 왜 서둘러 침실로 가지 않는 것일까? 하지만 그가 자기 나라와 혁명의 추억 그리고 국민들에게 거는 기대와 깊은 사랑에 대해 이야기할 때 흥미롭게 귀를 기울였다. 그 이야기 속에는 역사와 영웅적 행동 그리고 고뇌가 들어 있었다. 그녀는 높은 지위라는 포장을 떼어내고 바라본 이 뛰어난 사람에 대해 처음으로 애정과 존경이 뒤섞인 감정을 느낄 수 있었다.

넓은 침실로 들어서면서 에르미는 첫 경험이 고통스럽지 않기를 기도 했다. "그냥 벌에 쏘이는 것 같아. 주사 맞을 때를 생각하면 돼." 카마린의 아가씨들이 해준 이야기였다. 심한 아픔이 아니라고 해도 여전히 그녀는 걱정스러웠다.

그는 스웨터를 벗지 않은 채 침대에 누워 있었다. 침실 옆에 붙은 작은 방에서 그녀가 옷을 갈아입고 나오자 그가 말했다. "그 자리에 서 있어."

그녀는 시키는 대로 했다.

"한 바퀴 돌아보려무나." 그는 말했다. 노란색 네글리제를 걸친 채 에르미는 천천히 한 번 그리고 두 번, 그만하라고 말할 때까지 계속 돌았다. "사랑스럽구나. 이제 옷을 벗지 않겠니?"

에르미는 그를 바라보면서 고개를 끄덕였다. 그리고 디디가 가르쳐준 대로 그에게 등을 보이고 서서 천천히 네글리제를 벗었다. 샴페인 기운이 온몸에 퍼지는 것을 느낄 수 있었다. 샴페인도 처음 마셔보는 것이었으나 그다지 맛있지는 않았다. 그녀는 활짝 핀 꽃처럼 싱싱해 보였고 조금 들떠 있었다. 노란 불빛 아래 부드러운 허리 곡선이 매끄럽게 빛났다. 살짝 분홍빛을 띤 가슴은 터질 듯이 팽팽했으며, 납작한 배 아래로는 황갈색 음모가 반짝이고 있었다.

그는 간절히 갈망하는 눈길로 그녀를 바라보았다. 그리고 그녀에게 한 바퀴 더 돌아보라고 말했다. 몸 구석구석을 지그시 바라보던 그는 이제 그만 멈추고 폐렴에 걸리기 전에 어서 네글리제를 입으라고 말했다.

그는 그녀를 침대로 불렀다. 그녀가 이불 속으로 들어가려고 하자 그는 그녀의 손을 잡으면서 말했다. "아니, 그냥 내 옆에 앉아 있어. 에르미, 나는 이제 늙은이야." 슬픔이 깃든 낮은 목소리였다. "나에 대한 온 갖 이야기들을 들었을 거야. 이십 년 전에는 모두 진실이었지. 지금은 그렇지 않아. 나와 한침대에서 자지 않아도 돼. 옆방에 침대가 하나 더 있어. 게다가 나는 코를 곤단 말이야……."

"바팍을 행복하게 해드리는 게 저의 기쁨인데요." 에르미는 진심으로 말했다.

"입에서는 역겨운 냄새도 나. 특히 아침에는 말이야."

에르미는 몸을 구부려 그에게 부드럽게 입을 맞추었다. 그리고 그의 입 냄새를 맡았다. "마늘 냄새가 나요." 그녀는 웃으면서 말했다.

"오늘 밤에는 향수로 양치질을 할 걸 그랬군." 그는 말했다. 그의 부드 러운 손길이 미끄러지듯 그녀의 몸을 쓰다듬었다. 거실에서 처음 만났 을 때와는 달리 따뜻한 손이었다. 에르미는 몸을 움직이지 않고 그대로 누워 있었다. 홑이불을 끌어 덮으면서 보니 그는 잠옷을 입고 있었다.

"불을 꺼줄까?" 그가 물었다.

그에게 바싹 몸을 붙이면서 그녀는 고개를 끄덕였다. 그의 피부는 어 린아이처럼 매끄러웠다.

그는 침대 옆 탁자로 손을 뻗어 불을 껐다. 욕실 전등만 켜진 채 남아 있었다. 어슴푸레한 속에서 그녀는 무엇인가를 기다리는 듯한 그의 고 요한 얼굴을 볼 수 있었다.

"이제는 이 물건이 반응을 보이지 않아." 그는 조용히 말했다. "너같 이 젊은 여자와 침대에 함께 누워 있는 순간이 소위 사람들이 말하는 내 모습에 더 어울리지. 나는 명성에 어울리는 삶을 살아야만 했어. 국민들이 바라는 방식대로 말이야."

에르미는 그의 말을 이해할 수 있을 것 같았다.

"너에게 많은 이야기를 하는구나. 대부분의 사람들이 알지 못하는 것들이지. 에르미, 그런데 그건 진짜 이름인가?"

"예, 바꽉. 제 정식 이름은 마리아 에르미따예요. 출생증명서에 적혀 있는 이름이지요." 그 이름을 얻게 되기까지의 복잡하고 어려웠던 과정에 대해서는 말하지 않았다. 그녀는 시청 공무원에게 뇌물까지 주어야만 했다. "제가 일하는 곳에서는 다른 이름을 써요. 에르 - 메 - 니 - 질 - 다." 그녀는 한 음절씩 끊어서 발음했다. "레이에스, 아니면 간단히 에르미라고 해요. 레이에스는 흔한 이름이잖아요. 크루즈나 로페즈, 또는 스미스나 존스처럼……."

그는 웃었다. 이제 그의 손길은 아래로 미끄러져 갔다. 그는 그녀의 가슴을 애무했다. 처음에는 간지러웠으나 그녀는 점점 달아오르기 시작했다. 그의 손길은 그곳에서 멈추지 않았다. 그녀의 매끈하고 납작한 배를 지나 그 밑에 있는 언덕을 쓰다듬기 시작했다. 하지만 곧 주체할 수 없는 평화가 밀려오는 듯, 그는 동작을 멈추고 바로 누웠다. 그리고 혼잣말에 가깝게 중얼거렸다. "아, 내가 다시 스무 살이 되면 좋으련만. 하지만 그렇다면 나는 여기에 있지 않을 거야. 밖으로 나가 온갖 위험을 무릅쓰면서 싸우겠지. 이제 나는 늙고 지쳤어……. 너무나 지쳐버렸어. 너는 젊어. 세상이 네 앞에 펼쳐져 있어. 네 젊음을 낭비하지 마라."

에르미는 말하고 싶었다. 온갖 어려움을 이겨내고 지도자가 된, 현명하고 이해심 많은 사람에게 다 털어놓고 싶었다.

"제 출생증명서에는 아버지 이름이 적혀 있지 않아요. 아직 한 번도 본 적이 없지만, 어머니가 누구인지는 알아요. 최근에 아버지에 대해 알게 되었어요. 일본군 병사였다고 하더군요. 아버지는 전쟁중에 어머니를 강간했어요. 그래서 저는 보육원에 버려졌고, 친척들은 저를 받아들이지 않았어요."

그는 반쯤 몸을 일으킨 채 그녀의 얼굴을 지그시 바라보았다. "전쟁중에는 정말 많은 일들이 일어났지. 하지만 얘야, 고맙게도 너는 살아 있잖니."

왜 그녀는 과거를 알아내려 했고, 왜 그 망령에서 벗어나려 했을까? 그녀는 진흙을 뚫고 싹을 틔웠으나 운명은 그녀 앞에 남루한 현실을 던져주었을 뿐이다.

"일본 여자를 사랑한 적이 있었지." 그는 말했다. "일본인들은 좋은 성품을 많이 갖고 있어. 강하고 근면하고 집중력이 있지……. 그런 면이 네 안에 있기를 바란다."

"어머니의 나라로부터는 게으름과 닝아스 코곤[71]을 물려받았을 거예요."

"닝아스 코곤이 무슨 뜻이지?"

"열의가 쉽게 식어버리는 성품을 가리키는 말이에요……."

"우리나라 사람들에게도 그런 면이 있지." 그가 말했다.

"또 일본 사람들은 실패에서 교훈을 얻어내는 능력이 있다고 하더군요." 호노라토 교수에게 들은 말이었다. 왜 일본의 가미카제나 하라기

---

71. 코곤이라는 풀에 불이 확 붙었다가 곧 꺼지는 모습을 가리키는 말로, 용두사미격인 필리핀인의 심성을 빗대어 하는 말.

리[72]가 아니라 그 말이 떠올랐을까? 그녀는 실패했다. 그렇지 않다면 오늘 밤 이 방에 있지도 않을 것이다. 이 모든 일에서 어떤 교훈을 찾을 수 있을까?

"바꾸, 저는 아주 불행해요." 그녀는 나지막하게 말했다. 마침내 더 이상 참을 수 없게 되자 그녀는 울음을 터뜨렸다. 그녀의 몸은 슬픔으로 인해 떨렸다. 그는 팔을 뻗어 그녀를 감싸 안았다. "내 아기, 내 아기." 그는 더 이상 아무 말도 하지 않았으나 에르미는 그가 자기편이 되었다는 걸 알았다. 그날 처음으로 그녀는 여자의 눈물이 어떤 힘을 발휘하는지 확실히 알게 되었다.

그는 보기 드물게 섬세한 사람이었다. 또 상냥했다. 마침내 그는 잠이 들었고 에르미는 그의 곁에 누워 잠깐 눈을 붙였다. 에르미는 밤의 쾌락을 기꺼이 보류할 수 있는 그의 친절함에 감동을 받았다. 다시 눈을 떴을 때 그녀는 그를 껴안고 애무하기 시작했다.

에르미는 첫 고객과 성공적으로 일을 치렀다. 그녀는 책에서 여러 기교들을 습득했고, 그녀의 능숙한 솜씨에 마침내 그가 반응을 보였다. 에르미가 아직 처녀라고 하비브 대사가 미리 귀띔했을 때 그는 정복의 기쁨을 맛보고 싶은 의욕을 느꼈다. 몇 달, 아니 몇 년인지도 모르는 그의 오랜 금욕 상태를 깨고 관계를 가질 수 있었던 것에는 에르미가 처녀라는 사실도 무시 못 할 영향을 주었을 것이다.

아침이 되자 그는 행복해하면서 말했다. "오일 같은 것도 쓰지 않고 너는 해냈잖아. 그리고 생각해봐. 나는 캐비어를 입에 대지도 않았거든.

---

72. 할복 자살.

많이 아팠나?"

"조금요." 그녀는 대답했다. "하지만 육체적인 아픔일 뿐이었어요. 당연한 일이잖아요." 그녀는 디디 감보아에게 빚을 모두 갚을 수 있었다.

다시 관계를 가지지는 못했지만, 거물은 바기오에 이틀 더 머물렀다. 에르미는 잠시도 그의 곁을 떠날 수 없었다. 거물의 나라에서 다급한 전갈이 빗발쳤다. 그 이틀 동안 하비브 대사는 자기 나라의 지도자가 더 부드러워졌고 참을성이 늘었음을 느낄 수 있었다.

거물이 자기 나라로 돌아간 뒤 에르미는 일을 쉴 수 있었다. 일주일 뒤에 그녀는 포브스 파크에 있는 집 한 채와 한동안 캐비어를 실컷 먹을 수 있을 만큼 거액이 든 예금통장을 받았다. 만약 그럴 마음만 있다면 그녀는 거물과의 관계를 이용해서 필리핀 사업가들에게 더 많은 것들을 얻어낼 수도 있었다. 그녀는 포브스 파크로 이사 가지 않았다. 그곳에서 지내는 게 편하지 않기 때문이었다. 그녀는 그 집을 미국인 외교관에게 세주고 상업중심지로 개발될 예정인 쿠바오에 땅을 사서 집을 한 채 지었다.

그녀는 카마린에서 계속 일했다. 디디 감보아에 대한 의리 때문이기도 했다. 그녀의 몸값은 치솟았고 그녀는 디디에게 자기가 선택한 남자하고만 나가겠다고 선언했다. 그녀에게 어울리면서 배려할 줄 아는 고객만 상대했다.

거물이 죽기 이 년 전부터 에르미는 그 나라의 수도를 여러 번 방문했으며 한 번은 홍콩에서 만남을 가졌다. 두 사람은 딸과 아버지처럼 대화를 나누면서 시간을 보냈다.

9월의 어느 날 아침, 하비브 대사가 쿠바오로 그녀를 찾아왔다. 공항에 특별기가 대기하고 있으니 지금 당장 떠나야 한다는 것이었다. 에르미는 준비가 되어 있었다. 만일의 경우를 대비해서 여행 준비를 미리 해두었다. 공항에 내리자 병원까지 쏜살같이 달려갔다. 그녀가 도착했을 때 병실에는 아무도 없었다.

그의 뺨은 부풀어 올랐고 피부는 누렇고 창백했다. 하지만 눈은 여전히 장난꾸러기처럼 반짝였다. 그를 보자마자 에르미는 울음을 터뜨렸다. "바팍, 바팍……, 어떻게 된 거예요?" 그녀는 흐느끼면서 말했다. 그리고 눈물 젖은 눈으로 그를 둘러싸고 있는 의료 장비들을 불안하게 바라보았다. 그의 머리 위에는 포도당 링거 병이 매달려 있었다.

"에르미……." 들릴 듯 말 듯한 그의 목소리는 다른 어느 때보다 따뜻했다. "너를 보게 돼서 행복하구나." 그녀는 그를 껴안았다. 그의 옷과 숨결에는 병원 냄새가 배어 있었다. 그는 슬픔으로 들먹이는 그녀의 등을 가만히 두드려주었다. "나의 에르미." 그는 중얼거리면서 눈물에 젖은 얼굴을 더 잘 보려는 듯 슬며시 그녀를 밀어냈다.

거물이 세상을 떠난 뒤, 그녀는 곧 포브스 파크에 있는 집을 팔았다. 그 집은 이제 필요 없었다. 혹시라도 그가 필리핀을 방문하게 되면 보여주려고 이제껏 팔지 않고 놔둔 것이었다. 그녀는 근처에 개발중인 다스마리냐스 빌리지에 다섯 필지의 땅을 샀다. 그리고 훌륭한 집들을 지은 뒤 세를 주었다. 그녀는 쿠바오의 집이 가장 마음에 들었다. 거물이 그녀에게 남긴 주식들을 해외 금융시장에 투자했고 얼마 지나지 않아 수익이 크게 불어났다. 그녀는 그의 장례식에 참석하지 않았다. 아무리 잊을 수 없는 추억이라 해도 그녀는 모든 정사의 흔적을 빨리 지우고 자유로워지고 싶었다. 그런 일들이 그녀에게 아무 영향을 미치지 않기를 바랐다. 그 무렵 그녀 앞에 나타난 새롭고 흥미로운 남자 안드레스 브라보의 경우도 마찬가지였다. 그는 2차 대전에 참전해서 훈장을 받은 퇴역 군인이자 정치가였다.

11

에르미는 카마린에서 테이블에 앉아 손님을 맞는 일은 거의 없었다. 실제로 카마린에 나가는 날은 디디가 미리 조정해둔 약속이 있을 때뿐이었다. 디디 밑에서 일하는 아가씨들은 기다리는 동안 먹고 싶은 음식을 마음껏 먹을 수 있었다. 하지만 독한 술은 금지였다. 디디는 아가씨들이 일할 때는 술을 마시지 못하게 했다. 그리고 밖에서 고객들과 아가씨들이 만날 수 없다는 게 카마린의 원칙이었다. 하지만 단골손님이고 디디의 신뢰를 얻은 경우에는 아가씨들을 밖으로 데리고 나갈 수 있었다. 고객에게 돈을 떼이는 아가씨들은 없었다. 사례비는 디디에게 지불했다. 특별히 기분이 좋거나 아가씨에게 반했을 경우라도 손님이 아가씨에게 팁을 따로 줄 필요는 없었다. 아가씨가 먹은 음식과 술값만 계산하면 그만이었다.

오늘 밤, 에르미는 롤란도 크루즈를 만나기로 되어 있었다. 그녀는 자신을 하비브 대사에게 소개해준 것에 대해 그에게 감사하고 있었다.

"나는 롤란도가 좋아." 디디가 말했다. 그녀는 에르미의 테이블에 와서 앉더니 감바스[73]를 주문했다. "그 사람이 너를 데리고 나갈 것 같지는 않아. 그만한 돈은 없거든. 그러니까 독한 술을 마셔도 돼."

"저는 럼[74]과 맥주밖에 마셔본 적이 없어요. 아, 샴페인도 마셨네요." 에르미는 거물과 함께했던 저녁 식사를 떠올렸다. 예전에 맥이 학교 친구 세 명을 창고로 데려온 적이 있었다. 그들은 에르미에게 밑으로 내려와 함께 어울리자고 했고, 그때 그녀는 치차론[75]을 나눠 먹으면서 처음으로 술을 마셔보았다. 그것은 럼이었다. "그냥 소다수를 섞은 칼라만시 주스를 마실래요." 그녀는 말했다. "샴페인은 별로 맛있는 줄 모르겠던데요."

토요일 밤 여덟 시였으므로 빈자리가 거의 없었다. 롤란도 크루즈는 아홉 시에 오기로 했지만 에르미는 디디와 이야기도 하고 맛있는 저녁도 먹을 겸 일찍 카마린에 왔다. 롤란도 크루즈에게 신세를 졌으므로 그녀가 먹은 음식 값을 치르게 하고 싶지 않았다. 카마린은 음식만 훌륭한 것이 아니었다. 음악도 좋았다. 피아노 연주자인 랄프 알폰소는 2차 대전이 일어나기 전에는 꽤 인기 있는 밴드의 리더였다. 예순이 된 지금도 건반을 다루는 솜씨는 녹슬지 않았지만 밴드는 흩어진 지 오래였으므로 혼자서 연주했다. 그는 카마린을 찾는 돈과 욕망을 지닌 남자들이 어떤 음악을 좋아하는지 잘 파악하고 있었다. 따라서 카마린에서 그는 없어서는 안 될 존재였다. 랄프는 이따금 세부 섬 출신인 젊은 가수와 함

---

73. 새우와 야채를 볶은 후 토마토소스를 얹은 필리핀 요리.
74. 사탕수수나 당밀을 발효, 증류, 숙성시켜 만든 증류주.
75. 돼지껍질을 튀긴 필리핀 음식.

께 연주했다. 마이크 없이도 홀 전체에 노랫소리가 울려 퍼질 정도로 성량이 풍부한 가수였다. 지금 랄프는 〈난 그럭저럭 지낼 거예요(I'll Get By)〉라는 노래를 연주하고 있었다. 롤란도 크루즈는 이 노래가 필리핀 탈환 전쟁 때 크게 유행했다고 말한 적이 있었다. "바로 내가 하고 싶은 말이지." 시간이 한참 흐른 뒤에 그가 에르미에게 한 말이기도 했다. "힘들겠지만 당신 없이도 난 그럭저럭 지낼 거야."

"난 몇 년 전부터 롤란도와 알고 지냈어." 디디가 말했다. "그 사람은 역사학 박사야. 알고 있었니?"

"그래서 그렇게 말을 잘하는군요?" 주문한 음료수가 나오자 에르미는 그것을 조금씩 마시면서 말했다. 중년의 사업가 두서너 명이 지나가다가 디디와 인사를 나누었다. 하지만 그들의 눈길은 내내 에르미에게 머물러 있었다. "저 사람들은 너를 소개받고 싶어하는군." 그들이 가버리자 디디가 말했다. "너도 잘 알겠지만 내 허락을 받지 않고서는 여기에 있는 어떤 아가씨도 데리고 나갈 수 없어. 게다가 누가 내 밑에서 일하는 아가씨인지 확실히 모르거든. 하지만 저 사람들은 좋은 고객이야. 조금 있으면 나를 따로 부를 거야. 장담해."

"디디, 오늘 밤은 일하고 싶지 않아요." 에르미가 말했다. "허락해주신다면요."

처음으로 디디는 사업가의 본능을 드러냈다. "에르미, 너에게 일을 시키는 사람은 나야. 내가 펄쩍 뛰라고 하면 너는 그냥 뛰면 돼." 하지만 곧 누그러진 태도를 보였다. "좋아. 알았어. 오늘은 롤란도 크루즈와 시간을 보내. 비록 내가 손해를 보겠지만 말이야." 그리고 그녀는 남자처럼 호탕하게 웃었다. 겉보기에는 도저히 그런 웃음을 쏟아낼 사람처럼 보이지 않았다. 그녀는 입구로 들어서는 손님 둘을 흘낏 보았다. 그 중에 한 명은 제복을 입고 있었다. 수석 웨이터인 피터가 그들을 안내했다.

"마닐라 시장과 경찰청장이야." 손님을 맞이하기 위해 일어서면서 그녀는 말했다. 그들은 디디와 친한 사이처럼 보였다. 그녀는 두 사람에게 입을 맞춘 다음, 커다란 램프 아래 '예약석'이라는 팻말이 놓인 테이블로 이끌었다.

"저 사람들이 당신 사업에 대해 알고 있어요?" 디디가 돌아오자 에르미가 물었다.

다시 한 번 디디는 그 독특한 웃음을 터뜨렸다. 그리고 몸을 앞으로 기울이면서 은밀한 목소리로 말했다. "물론이지. 그래서 우리 집이 안전한 거야. 내 밑에서 일하는 아가씨들은 보호를 받게 되어 있어." 그녀의 목소리가 단호해졌다. "그리고 내 일을 방해하는 것들은 사정없이 박살내줄 수 있지."

멀리 M. H. 델 피랄 거리의 싸구려 술집이나 노점상에 비하면, 카마린은 견고한 성처럼 안전한 곳이었다. 델 피랄 거리의 여자들과 포주들은 그다지 큰 도움이 되지도 않는 경찰 끄나풀들에게 끊임없이 시달렸다. 카마린에서 일하는 아가씨들은 순찰차에 실려 유엔 가에 있는 경찰서로 끌려갈 걱정은 할 필요가 없었다. 델 피랄 거리의 여자들은 벌거숭이인 채로 끌려가 수건이나 양손으로 몸을 가린 채 악덕 기자들의 카메라 세례를 받기 일쑤였다.

처음부터 안전이 보장되어 있었기에 에르미는 곧 신뢰와 영향력을 쌓아갈 수 있었다. 그녀는 스스로의 몸을 완전히 소유할 수 있었고 자기가 원하는 사람에게만 팔 수 있었다. 시간과 장소, 가격까지 마음대로 정할 수 있었다. 그리고 모든 남자들이 원하는 것—지배욕구, 쾌락 그리고 칭찬—을 충족시켜주었다. 누구의 소유도 아니라는 사실은 그녀에게 활기찬 자유를 만끽할 수 있게 했다. 그뿐 아니라 그녀는 본능적으로 남자들을 교묘하게 조종할 수 있었다. 거칠고 자기중심적이며 무감각한 남자들은 그런 사실을 눈치 채지도 못했다. 카마린에서 일하는 아가씨들이 알고 있는 것들을 세상의 모든 여자들이 알게 된다면, 아마 여자들이 남자들에게 복종하면서 살지만은 않을지도 모른다. 여자들은 완전히 깨어나 전통과 관습, 남자들의 기득권을 위해 무시되어온 그들의 권리를 되찾을 것이다.

롤란도 크루즈는 아홉 시가 지나서 도착했고 약속 시간에 늦은 것을 미안해했다. 그는 짙은 잿빛 정장을 입고 있었다. 그와 세 번째 만남이었다. 두 번째 만날 때까지 에르미는 아직 디디가 그녀의 몸값으로 정한 만 페소를 지불할 수 있는 사람을 만나지 못했다. 머리숱이 적고 배가 조금 나왔으며 마흔을 넘긴 그는 성공한 사업가처럼 보였다. 전직 역사학 교수라고 생각하기에는 지나치게 사교적인 사람이었다.

"미국에서 함께 공부한 친구들과의 모임이 길어져서 말이야." 에르미와 디디 사이에 놓인 의자에 앉으면서 그가 말했다.

마침내 에르미의 상대가 온 것을 보고, 디디는 다른 사람들을 접대하기 위해 일어섰다. 창가 쪽 넓은 자리에 토론에 열중인 세 남자가 앉은 것이 보였다.

"잠깐 브라보 상원의원과 에디 단테스에게 인사를 하고 올게." 디디가 말했다.

에르미는 브라보 상원의원이 누구인지 알고 있었다. 사람들은 그가 언젠가는 대통령이 될 것이라고 했다. 나이가 지긋한 언론인인 에두아르도 단테스는 언젠가 에르미가 다니던 학교에서 언론의 자유에 대해 강연한 적이 있었다. 에르미는 가즈파초[76]와 바칼라오[77]로 식사를 마치고 이제 마늘빵을 먹으면서 두 잔째 커피를 마시고 있었다.

"당신 참 아름다운데." 이제는 롤란도 크루즈가 에르미에게 건네는 인사말처럼 되어버렸으나, 경외심에 가득 찬 말투였다. 웨이터가 다가와 그의 주문을 받았다. 그는 시저샐러드[78]와 카푸치노만 주문했다. "디디 말로는 당신이 잭팟을 터뜨렸다던데. 그 얘기를 듣고 싶어 참을 수가 없군." 그가 말했다.

에르미의 얼굴에 엷은 미소가 스쳐갔다. 롤란도 크루즈는 곧 그 웃음을 이해했다. "결과가 그다지 마음에 드는 건 아닌 모양이야?" 그는 몸을 앞으로 기울여, 말 못 할 슬픔에 차 있는 두 눈을 짓궂게 들여다보았다.

에르미는 커피 잔을 만지작거렸다. 홀 건너편에 서 있던 랄프가 연주를 멈추었다. 그는 롤란도 크루즈가 온 것을 보고 〈라모나〉를 연주하기 시작했다. 마침내 롤란도와 눈이 마주치자 그는 오른손을 번쩍 들어올려 인사를 했다.

76. 프랑스식 야채 수프.
77. 소금에 절인 스페인식 대구 요리.
78. 치즈와 닭고기 등이 들어간 이탈리아식 샐러드

"내가 좋아하는 노래야." 롤란도가 말했다.

"지난번에 말씀하셨어요." 에르미가 대답했다.

"옛날 노래지만, 난 정말 좋아해. 과거로 돌아가는 것 같거든. 내가 옛날에는 대학에서 역사를 가르쳤다는 말을 했던가?"

에르미는 고개를 끄덕였다. "하셨어요."

"그곳에서 디디를 만났지." 그는 옛날이야기를 시작했다. "디디는 역사를 전공하는 학생이었어. 졸업 논문을 쓸 때, 내 전공이던 경제 엘리트를 주제로 선택하겠다고 하더군. 그래서 내가 디디를 도와주었지. 짐작이 가겠지만, 디디는 굉장히 게으른 학생이었어. 난 그녀에게 호감을 느꼈지. 알고 보니 남자들을 좋아하지 않더군. 엄청나게 돈이 많은 남자도, 나처럼 잘생긴 남자도 모두 거들떠보지 않았어."

에르미는 웃었다.

"뭐가 당신을 슬프게 하지? 처녀성을 잃은 것? 이제는 이 수렁에서 당신 스스로 벗어나지 못하리라는 것?"

얼마나 정확한 지적이었는지 모른다! 하지만 그런 상실감만이 그녀의 마음을 불편하게 하는 것은 아니었다. 예상하지 못했던 큰 괴로움이 기다리고 있었다. 그녀는 맥을 떠올렸다. 새 옷과 구두, 그리고 가까운 곳에 아르투로의 식구들이 살 새집을 구했다는 소식을 가지고 집으로 돌아갔을 때, 그녀가 아무 설명도 하지 않았음에도 맥은 상황을 알아차렸다.

"우리 식구가 여기에서 쫓겨나게 된 일에 책임을 느끼고 보상을 하고 싶다고 해도, 에르미, 이건 너무 큰 희생이야. 나는 받아들일 수 없어.

거리로 나가게 되어도, 내 월급으로 하루에 한 끼 정도는 먹고 살 수 있어. 나넷이 반드시 학교에 다녀야 하는 것도 아니야. 그 애도 취직을 하면 돼. 그 애가 할 수 있는 일을 쉽게 구할 수 있을 거야……."

두 사람은 끝없이 말다툼을 했으나 맥은 뜻을 굽히지 않았다. 하지만 막상 차고에서 쫓겨나게 되자, 그들은 에르미가 레메디오스 거리에 얻어놓은 아파트로 갈 수밖에 없었다.

"제가 이런 일을 하는 것을 식구들이 싫어해요." 그의 눈길을 피하면서 서글픈 목소리로 말했다. 이제 레스토랑 안은 반쯤 비었고 웨이터들이 테이블을 닦고 정리하느라 바쁘게 돌아다녔다. 랄프는 2차 대전 때 유행하던 노래인 〈나 혼자 걸었네(I Walk Alone)〉를 연주하고 있었다.

"어쩔 수 없는 일이야. 식구들도 익숙해질 테지. 에르미, 식구들에게 시간을 줘." 테이블 건너편으로 손을 뻗어 그녀의 손을 잡으면서 말했다.

"시간이 흐르면 사람들은 추잡한 일에도 익숙해지기 마련이고, 나중에는 신경 쓰지 않게 된다는 말인가요?" 에르미는 진지하게 되물었다. 그녀보다 세상일을 훨씬 잘 아는 롤란도 크루즈는 그녀를 위로해주고 싶었다.

"스스로에게 너무 가혹하게 굴지 마. 내가 여기에 오는 이유를 생각해봐. 어쩌면 지금 당신의 모습은 환상일지도 몰라. 이 장소 전체가 환상일 수도 있고, 여기 있는 사람들, 여기에 들렀던 사람들, 모두가 환상일지도 모르지. 저기에 있는 브라보 상원의원조차도……."

롤란도 크루즈는 몸을 옆으로 틀어서 상원의원이 앉아 있는 자리를 바라보았다. 강하고 사악해 보이는 사람이었다. 그는 어두운 색 정장을 입은 두 사람과 이야기를 나누고 있었다.

"장담하건대, 당신은 언젠가 저 사람을 만나게 될 거야. 여기에 오는 사람들 모두 환상의 한 부분을 담당하고 있지. 이곳은 성공과 격조 있는 삶, 즐거운 대화를 누릴 수 있는 장소라는 환상을 제공하고 있어."

"지금 우리가 나누는 대화처럼 말이지요?" 유머 감각을 되찾은 에르미가 말했다.

"내가 여기에 오는 이유는, 단 몇 시간 동안만이라도 아름다운 아가씨가 나를 좋아해줄지도 모른다는 환상 때문이지. 하지만 언젠가는 텅 빈 아파트로 돌아가야 하고, 먹고살기 위해 위선적인 일들을 해야 해."

"저도 그 현실을 알아요." 에르미는 말했다. "저는 현실이 싫어요. 몸서리칠 정도로요." 그녀의 마음속에는 언젠가 자신을 창녀의 길로 몰아넣은 사람들, 펠라이와 호셀리토 그리고 어머니에게 복수를 하고야 말겠다는 생각이 굳게 자리 잡고 있었다.

롤란도 크루즈는 에르미를 집까지 배웅하고 싶었다. 벌써 열한 시가 다 된 시각이었다. "시간을 뺏어서 미안해. 당신을 집까지 바래다주고 싶어. 알다시피 난 능력이 없어. 아가씨들을 카마린 밖으로 데리고 나갈 정도로 부자가 아니거든."

그녀는 어떤 남자든지 가리지 않기로 작정하고 있었다. 단, 반드시 후한 값을 지불해야 했다. 롤란도 크루즈가 그녀에게 큰 호의를 베풀었다는 것은 알고 있지만, 스스로에게 한 약속에 예외를 두고 싶지는 않았다.

"규칙을 아시잖아요. 제가 사는 곳을 알려드릴 수는 없어요."

"그럼, 당신 진짜 이름이라도 알고 싶어."

"에르미가 제 진짜 이름인걸요." 그녀는 웃었다.

그녀는 혼자 밖으로 나왔다. 늘 그렇듯이 문 앞에는 택시가 기다리고 있었다. 차에 올라타려는 순간, 그녀는 길 건너편에 한 남자가 서 있는 것을 보았다. 그는 갑자기 몸을 돌려 어둠 속으로 사라져버렸다.

12

에르미가 카마린에서 일하기 시작한 첫 주부터 맥은 그 사실을 알고 있었다. 그는 아타미라는 일식 레스토랑에서 웨이터로 계속 일했다. 그러지 않았다면 차고에서 내쫓긴 날 식구들과 함께 레메디오스 거리의 새집으로 들어가야 했을 것이다. 직장을 쉬는 날 그는 몰래 에르미의 뒤를 밟았다. 그녀는 그날따라 택시를 타지 않고 카마린까지 걸어갔다.

에르미따는 그렇게 넓은 지역이 아니었다. 따라서 평범하든 호화롭든 그곳의 술집과 식당에서 일하는 직원들은 복잡한 미로를 배회하는 사람들이 누구인지 알아볼 수 있는 특별한 능력을 갖게 되었다. 맥은 마닐라에 온 지 얼마 안 되는 여자들을 쉽게 알아볼 수 있었다. 윤기 나는 구릿빛 피부와 허풍을 떠는 듯한 태도, 촌스러운 옷차림 때문이었다. 그들은 모두 어수룩하고 순진해 보였고, 큰돈을 벌 만큼 능란하지도 못했다. 그는 가끔 그 여자들이 어디에서 왔을지 헤아려보기도 했다. 아마도 비사야 제도의 촌구석에서 왔거나, 아니면 근처의 빈민가 출신으로 굶주림과 궁핍에 시달리다가 마침내 에르미처럼 무너져버린 여자일 수도 있었다. 에르미도 가난하지 않았다면 카마린에 나가지 않았을 것이다. 돈만 있으면 카마린 같은 곳에서 쉽게 쾌락을 살 수 있는 현실에 그는 분노했다. 일본인 관광객들이 떼 지어 몰려들기 시작하자 여행사는 그들에게 여자를 공급했다. 그런 여자들은 빨리 늙었다. 그런 종류의 일은 정신과 육체를 쉽게 망가뜨렸다.

나는 노력할 것이고, 모든 상황을 받아들일 것이다. 절망과 슬픔 속에서 맥은 스스로에게 다짐했다. 여동생처럼 또는 그 이상의 감정으로 아꼈던 여자가 어떤 일을 하고 있는지 알게 된 날 저녁의 일이었다. 나는 그럴 거야, 반드시 그렇게 할 거야. 그는 스스로에게 약속했다. 이 일은 나에게 상처로 남겠지만 그렇다고 죽지는 않아. 내 무능력을 깨닫게 되어서 슬플 뿐이야. 내가 어떻게 에르미에게 화를 낼 수 있을까? 어둡고 무자비한 분노에 사로잡혀 그는 몇 번이나 곱씹었다. 그는 세상에 대해, 특히 혈육인 에르미에게 치욕을 안겨준 로호 가문의 사람들에 대해 격렬한 증오를 느꼈다.

그는 지금 일하는 일식 레스토랑을 그만두고 싶지 않았다. 어렵게 얻은 일자리였고, 레메디오스 거리의 아파트로 들어가고 싶지 않았기 때문이다. 그곳에 있으면 하루 종일 에르미가 무슨 일을 하는지만 생각날 것 같았다. 사랑하는 에르미.

지금은 상황을 받아들일 수밖에 없다고 아버지가 그를 설득했다. 아르투로는 에르미를 오해해서는 안 된다고 했다. 식구들이 노숙자가 되거나 루네타에 있는 구호소로 가게 될까 봐 스스로를 희생한 그녀에게 진심으로 고마워해야 한다고 했다.

맥은 다음 해에 학업을 계속하기 위해 돈을 모으고 있었다. 사정이 여의치 않으면 야간 과정을 다닐 생각이었다. 그런데 이제는 그럴 필요가 없어졌다. 에르미가 아버지에게 그의 등록금을 주었다. 언젠가 그가 엔지니어로 성공해서 식구들 모두가 의지할 수 있는 기둥이 되게 하기 위해서였다.

아르투로는 아침에 맥이 일하는 레스토랑으로 찾아갔다. 집이 비좁다는 핑계를 대면서 맥은 레메디오스의 새집으로 들어오지 않았다. 지배인의 허락을 받아 그는 다른 웨이터와 함께 레스토랑에서 숙식을 해결했다.

새 옷에 새 구두를 신은 아르투로는 전혀 다른 사람처럼 보였다. 회색 머리카락은 단정히 빗어 넘겼고, 말끔하게 씻은 얼굴에서는 윤기가 흘렀다. 주기적으로 나타나던 두통과 현기증은 사라졌지만 그 대가는 치명적이었다! 이제 그는 한쪽 눈의 시력을 완전히 잃었다. 그는 갈라진 시멘트 보도 위에 서서 레스토랑의 유리창 안을 들여다보면서 기다렸다. 레스토랑은 열한 시에 문을 열었다. 이제 아홉 시밖에 안 된 시각이었다. 안쪽에 있는 테이블들에는 아직 식탁보도 씌우지 않았다.

잠시 후에 맥이 나오더니 바닥을 대걸레로 닦기 시작했다. 다른 웨이터는 테이블을 정리했다. 이제는 볼 수 없게 된 아르투로의 왼쪽 눈은 흰 막으로 덮이기 시작했다. 그는 독립심이 강한 아들이 누구의 신세도 지지 않으려고 하는 것을 대견하게 생각했다. 그는 입구로 다가가 문을 두드렸다. 맥이 나와 아버지를 반갑게 맞이했다. 그리고 두 사람은 무더위와 함께 출근 시간의 자동차 소음이 시작되는 로하스 대로를 건넜다. 그들은 묵묵히 방파제로 걸어가 거기 앉아 유리처럼 매끄럽고 고요한 바다를 바라보았다. 카비테 시와 바탄 산맥의 희끄무레한 윤곽이 아침 햇살에 빛나는 맑고 푸른 물 위에 펼쳐졌다. 불어오는 산들바람 속에는 기름 냄새와 시궁창 냄새가 섞여 있었다.

"일을 그만둘 수는 없어요." 마침내 맥이 말문을 열었다. "아버지, 그건 에르미에게 너무나 큰 빚을 지는 거예요."

아르투로는 묵묵히 듣고 있었다. 그는 자존심이 무엇인지 전혀 알지 못했다. 그는 늘 사실만을 보았을 뿐이고, 이제 그에게 볼 수 있는 눈은 하나뿐이었다. 오랜 세월 동안 그는 주어진 운명을 넘어서려고 시도해본 적이 한 번도 없었다. 그의 아버지도 마찬가지였다. 그런데 아들은 대학에 들어갔다. 아르투로는 고등학교 교문 안으로 들어가 본 적도 없었다. 초등학교를 겨우 마쳤고, 교통신호를 읽을 줄 알고, 서툴게 자동차 엔진을 만질 수 있을 뿐이었다. 맥과 마찬가지로, 그 또한 에르미가 무슨 일을 해서 돈을 버는지 짐작하고 있었다. "이것은 운명일지도 몰라." 그의 목소리에는 아무런 감정도 담겨 있지 않았다. "에르미에게는 우리밖에 의지할 사람이 없어. 너는 머리가 좋으니까 시간을 낭비하지 마라. 학교로 돌아가."

"그게 에르미가 바라는 일인가요?"

"나와 네 어머니가 바라는 일이기도 해." 아르투로는 재빨리 덧붙였다. "너도 알다시피 그 애에게 진 빚을 다 갚을 수는 없을 거야. 하지만 적어도 우리가 그 애의 도움을 받을 만한 사람들이었다는 것을 보여줄 수는 있어. 그 애의 희생을 헛되게 해서는 안 돼. 그리고 그런 일이 쉽사리 일어나지 않겠지만, 언젠가 그 애에게 도움이 필요할 때 조금이라도 도와줄 수 있어야 하지 않겠니?"

"에르미의 돈으로는 절대로 학교에 갈 수 없어요." 아버지의 새 옷과 새 구두를 흘낏 바라보면서 맥은 말했다.

아르투로는 아무 말도 하지 않았다. 다시 입을 열었을 때 그의 목소리는 슬픔에 잠겨 있었다. 언제나 가슴 깊이 품고 있었던, 이제껏 간신히 아픔을 억눌러왔던 상처를 드러내는 듯한 모습이었다.

"나는 아무렇지도 않을 것 같니? 하지만 가난한 사람에게 자존심은 없는 법이라고 내가 얼마나 여러 번 이야기했니? 내가 호셀리토 도련님에게 일주일만이라도 말미를 달라고 매달리는 것 못 봤니? 그 사람이 우리를 내쫓는 것을 똑똑히 보았잖아? 이곳으로 오는 길에 나는 그 집 앞을 지나왔다. 문이 잠겨 있고 안에는 아무도 없더라. 어쩌면 경비원이 있을지도 모르지. 에르미가 그 아파트를 구하지 못했다면 우리는 어떻게 됐을까? 좋아, 너는 물론 있을 곳이 있지만 네 어머니와 동생, 우리는 길에 나앉았을 거야. 시골로 간다고? 우리는 손바닥만한 땅 한 조각도 없어. 이것이 운명이라는 거야. 이렇게 되어버린 것을 에르미는 좋아할까? 집에 가봐라. 그 애의 얼굴을 보렴. 그 애의 눈 속에, 그 애의 웃음 뒤에는 슬픔과 분노가 깃들어 있어."

또 한 차례 침묵이 이어진 뒤, 아르투로는 다시 물었다.

"이제 학교로 돌아갈 테냐?"

두 사람은 함께 레메디오스 거리의 집으로 돌아왔다. 광장 근처에 자리 잡은 아파트는 1950년대에 시멘트 블록과 나무로 지은 건물이었다. 창문에는 정교하게 세공한 격자창이 달려 있었다. 맥은 얼마 안 되는 이삿짐을 나르기 위해 이곳에 왔었다. 깨진 사기그릇과 철제 간이침대, 오랑과 아르투로가 잠자리로 사용하는 멍석이 이삿짐의 전부였다. 호셀리토는 그들이 저택의 물건에 손을 댈까 봐 이삿짐 싸는 것을 감시하러 왔었다. 그들의 살림살이는 지프니 한 대에 꼭 들어맞는 분량이었다.

오래 방치되어 있던 아파트는 지저분했다. 울퉁불퉁한 시멘트 바닥은 먼지가 더께로 쌓였고, 부엌은 기름 튄 자국 투성이였다. 오랜 세월 동안 쌓인 가난의 냄새가 곳곳에 배어 있었다. 이제 깨끗이 청소를 해놓으니 왁스와 소독약 냄새가 났다. 학교에서 돌아온 나넷은 거실에 놓인 새 등나무 가구에서 먼지를 털어내고 있었다. 나넷은 예쁘지는 않았지만 인상이 좋았다. 아직 십대였고 어머니를 닮아 몸집이 오동통했다. 오랑은 부엌에서 점심 준비를 하고 있었다. 새로 페인트칠을 한 부엌 벽에 기름얼룩은 보이지 않았고, 새 매직쉐프 레인지 옆에는 냉장고가 하얗게 빛나고 있었다. "에르미는 이층에서 쉬고 있어." 오랑이 맥에게 말했다. "너와 이야기하고 싶어해. 올라가서 그 애를 만나보렴."

이층에는 방이 세 개 있었다. 작은 방 둘은 나넷과 그의 부모가 쓰고, 에르미는 뒤쪽에 있는 가장 큰 방을 썼다. 만약 그가 이 집에서 살게 되면 아래층 거실에서 지내야 했다. 혼자만의 공간이 아니니 불편할 수밖에 없을 것이다.

그는 열려 있는 방문을 두드렸다. 노크를 할 필요가 없었다는 생각이

들었다. 만약 에르미가 혼자 있고 싶었으면 문을 잠갔을 테니까.

"들어와." 에르미가 말했다.

그는 오랫동안 듣지 못했던 목소리를 다시 듣게 되어 기뻤다. 그를 속속들이 모두 아는 그녀를 그가 얼마나 진심으로 그리워하고 있었는지 비로소 깨달았다. 넝마 같은 옷과 교복밖에 없어서 함께 파티에 갈 수 없었던 날, 그는 그녀에게 말했었다.

"기다려, 에르미. 내가 대학을 졸업하고 취직을 하면 제일 먼저 너에게 예쁜 드레스를 사줄 거야. 꼭 기억해야 해."

그 일이 생각날 때마다 그는 가슴이 찢어지는 듯했다. 문을 열고 들어서면서 방 한구석에 걸린 에르미의 새 옷들을 보았을 때, 그리고 방바닥에 낡은 학생용 구두와 함께 놓여 있는 하이힐 몇 켤레를 보았을 때, 그 아픔은 더 깊어졌다.

에르미는 벽에 붙여놓은 커다란 침대에 누워 있었다. 침대 위, 뒤뜰을 향해 나 있는 창문에는 흰 레이스 커튼이 달려 있었다. 3월의 뜨거운 오후 햇살 속에, 그녀는 몸에 달라붙는 분홍색 속치마 차림으로 누워 있었다. 그녀는 이불을 덮거나 옷을 입어서 몸을 가리려고 하지 않았다. 그렇게 할 필요가 없을 정도로 그들은 친밀했다. 그는 분홍빛 젖꼭지가 드러난 그녀의 가슴을 본 적도 있었다. 그녀를 진심으로 사랑하지 않는 남자들의 품에 안겨 있을 그녀의 아름다운 몸에 대한 기억들은 그에게 가혹한 고통을 줄 뿐이었다.

"와줘서 고마워." 그녀는 말했다. 아버지의 말이 옳았다. 목소리는 변하지 않았지만, 맥은 그 속에 말 못 할 슬픔이 담겼음을 느낄 수 있었다.

하지만 그녀에게 그의 생각을 분명히 말해주어야만 했다.

"너는 내가 다시 학교에 다니기를 바란다고 아버지가 그러시더구나. 나도 그럴 생각이고, 그래서 돈을 모으는 중이야. 어쨌든 내 일은 내가 알아서 할게."

그녀는 몸을 반쯤 일으키더니 침대 머리맡에 베개를 몇 개 괴었다. 그리고 편하게 몸을 기댔다.

"이리 와서 옆에 앉아봐."

맥은 그녀 곁으로 다가갔다. 매트리스는 생각보다 딱딱했다. 그는 그녀에게 등을 돌리고 침대에 걸터앉았다.

에르미는 그의 어깨에 손을 얹었다. "맥, 넌 학교에 다시 다녀야 해. 지금 당장. 너나 네 부모님뿐만 아니라 나를 위해서 말이야. 언젠가…… 언젠가는 나에게 네가 필요할지도 몰라. 난 혼자야, 맥. 잘 알잖아. 친척도 친구도 없어. 너와 네 동생과 네 부모님뿐이야. 학교로 돌아가서 성공해야 해. 난 네가 언젠가는 그렇게 될 거라고 생각해."

"그렇게 할 거야. 아버지에게도 말했어. 하지만 네 돈으로 학교에 가고 싶지는 않아."

"떳떳하게 버는 돈이 아니라서?" 그녀는 그의 어깨에서 손을 뗐다. 그리고 침대에서 일어나 그의 곁에 나란히 앉아 고개를 돌려 그의 표정을 살폈다.

길고 불편한 침묵이 흘렀다.

"맥, 더러운 돈이라는 건 없어. 우리가 옛날에 했던 이야기들 기억해?"

오래전에 여러 종류의 사람들이 보육원으로 돈을 보낸다는 이야기를 한 적이 있었다. 그 중에는 가난한 이들을 착취해서 부자가 된 로호 가문의 사람들 같은 저명인사들도 있었다. 자선을 베풀어서 그들이 얻고자 하는 것은 무엇일까? 양심을 회복하고 속죄를 한 뒤 마침내 환영을 받으면서 천국의 문으로 들어서려는 것일까?

에르미의 목소리는 단호했다. "내가 너를 그렇게 생각한 적이 없듯이, 너도 나를 자랑스러워해야 할 필요는 없어. 하지만 자긍심을 가져야 해. 다른 방식으로 말이야. 너를 뒷받침해주고 싶기 때문에 나는 이렇게 살고 있어. 나에게는 너밖에 없어. 아니면 나는 보육원으로 돌아가야 해. 누가 나를 받아주겠어? 만약 지금 네가 나를 거절한다면……." 울음이 나올 것 같아 그녀는 말을 잇지 못했다.

맥은 예전처럼 그녀가 슬픔과 분노 때문에 쓰러지는 일이 또 일어나지 않기를 바랐다. "아니야, 에르미." 그는 그녀의 손을 잡고 슬픔 때문에 창백해진 얼굴을 들여다보면서 말했다. "아니, 아니야. 내 말은 그런 뜻이 아니었어. 에르미, 나는 너를 사랑해." 자신이 내뱉은 말에 놀라면서 그는 애원하듯 말했다. "제발 울지 마. 제발……." 그는 그녀의 어깨에 팔을 둘러 자기 쪽으로 끌어당겼다. 그리고 그녀가 진정할 때까지 뺨을 맞대고 등을 가만히 두드려주었다. 그녀의 몸이 들썩이지 않게 되자, 그는 바로 앉아 그녀를 바라보았다. 사랑스러운 에르미의 얼굴은 눈물로 얼룩져 있었다.

"이해하지?" 그녀는 다시 물었다. "난 아무것도 설명하지 않을 거야. 이미 일어난 일은 어쩔 수 없어. 다시는 가난하게 살지 않겠다고 나 자신에게 맹세했어. 그리고 너와 네 가족이 가난하게 사는 것도 그냥 보고 있지 않을 거야. 그러니 학교에 다시 다녀, 응?"

여전히 그녀의 손을 잡은 채 그는 고개를 끄덕였다.

그러자 그녀의 눈 속에 기쁨의 빛이 반짝였다. 그녀는 그를 꼭 끌어안고 뺨에 입을 맞추었다. 그녀의 입술은 한참 동안 그 자리에 머물러 있었다.

나중에 그 일을 돌이켜보면서, 맥은 그 화해와 애정의 몸짓에 고마움을 느꼈다. 물어보고 싶은 생각도 없었고, 앞으로도 그렇겠지만 무엇보다도 그가 진정으로 염려한 것은 그녀의 안전이었다. 그녀가 눈치채지 못하게 그는 이따금 그녀의 뒤를 밟았고, 그녀를 기다리면서 지켜보았다.

라살대학이 개강하기까지 한 달 동안 맥은 책을 사 보면서 잊어버린 것들을 복습했다. 그는 일 년 동안 휴학을 했으므로 뒤떨어진 부분을 따라잡아야 했다. 그리고 에르미가 맡긴 일도 있었다. 그는 그녀가 사들인 쿠바오의 땅에 집 짓는 일을 감독해야 했다.

그 집은 에르미의 마지막 성역과도 같았다. 그녀의 고객들은 아무도 그 집을 알지 못했다. 시간이 흐른 뒤에 롤란도 크루즈만이 예외적으로 그 집을 방문했다.

잡초가 무성한 들판이었던 쿠바오는 상업과 유흥의 중심가로 빠르게 변했다. 고속도로 옆에는 싱싱한 생선이나 채소, 닭과 쇠고기를 쉽게 살 수 있는 농수산물 시장이 있어서 생활하는 데도 편리했다.

218

하지만 그녀가 쿠바오에 집착하는 더 중요한 이유는 보육원이 가까이 있기 때문이었다. 보육원은 이제 황량한 들판과 허름한 판잣집 대신 멋진 집들에 둘러싸여 있었다.

때때로 그녀는 차를 몰고 보육원까지 가보곤 했다. 어느 일요일에, 그녀는 열려 있는 문 안으로 들어가 여기저기를 둘러보았다. 잘 손질된 운동장과 건물 높이만큼 솟아오른 산톨 나무, 9월의 햇살 속에서 푸르게 빛나는 관목 울타리를 한참 동안 바라보았다. 그녀는 갑자기 이제는 페인트칠이 다 벗겨져 허름해진 기숙사 건물 안으로 들어가 보고픈 충동을 느꼈다. 하지만 뒤로 물러섰다. 아직도 그곳에 있을, 여전히 뚱뚱하고 우아한 모습일 것 같은 콘스탄시아 수녀와 마주할 자신이 없었다. 이제는 디비나 수녀도 마냥들도 만날 수 없을 것 같았다. 그녀는 서둘러 건물 밖으로 나왔다. 바로 그날 그녀는 자신의 계좌에서 보육원으로 이만 페소를 송금했다. 그곳에서 보낸 자유롭고 행복한 시간에 대한 감사의 표시였다. 어쩌면 보육원은 점점 경계선을 좁히며 들어오는 존경받는 중산층의 거주지로 인해 그 자리를 잃게 될지도 모른다는 생각이 들었다.

쿠바오는 카마린에서 아주 멀었다. 그녀의 집은 그다지 크지 않았지만 따로 떨어진 세 건물이 서로 연결되어 있는 형태였다. 땅은 거의 이천 제곱미터나 되었으나, 중산층인 이웃들과 비슷해 보였다. 명도가 낮은 흰색으로 칠한 이 미터 높이의 담이 집을 빙 둘러싸고 있었다. 담쟁이덩굴이 곧 담을 뒤덮었다. 늘 잠겨 있는 검은색 대문 위로는 부겐빌레아 덩굴이 늘어져 있었다. 시멘트로 포장된 진입로는 셋으로 갈라져 각

각 세 개의 문으로 이어졌다. 먼 훗날 진입로에는 세 대의 차가 세워졌다. 녹색과 검은색의 메르세데스 두 대와 파란색 도요타 스테이션 왜건이었다. 나넷과 그녀의 남편, 그리고 에르미의 차였다. 에르미의 차는 아니타가 운전했다. 그녀는 에르미의 도움을 받아 지옥 같은 삶에서 빠져나온 여자였다. 거리로 향한 첫 번째 건물이 에르미의 집이었으며, 두 번째와 세 번째 집에는 에르미가 가족으로 맞아들인 아르투로의 식구들이 살았다.

에르미가 사는 집은 부분적으로 쪽모이 마루를 깔았다. 방은 두 개였는데 둘 다 에어컨이 설치되어 있었다. 하나는 침실로 썼고 다른 하나는 서재였다. 정원을 향한 널찍한 거실에는 나라 나무를 정교하게 가공한 다음 가죽을 씌운 소파가 놓여 있었다. 둥근 자개들이 달린 등이 천장 한가운데에 늘어져 있었고 창문에는 하늘색 린넨 커튼이 달려 있었다. 그녀는 일본 사람들처럼 신발을 문 앞에 벗어놓고 들어오는 것을 좋아했다. 처음 일본을 방문한 뒤부터 그렇게 하기 시작했다. 문 앞에 있는 신발장에 집에서 신는 슬리퍼가 있었지만 그녀는 맨발로 집 안을 돌아다니곤 했다. 식당과 부엌은 아르투로와 오랑이 사는 옆집과 연결되었다. 필요할 때면 언제든지 그 집으로 갈 수 있도록 식당 문은 늘 열려 있었다. 그녀가 먹을 음식은 오랑이나 나넷의 부엌에서 만들었기 때문에 자신의 부엌은 거의 사용하지 않았다. 나넷은 어머니만큼이나 솜씨 좋은 요리사가 되어 있었다.

에르미가 나중에 사들인 다른 부동산들은 그녀에게 아무런 기쁨도 주지 못했다. 다시는 궁핍하게 살지 않아도 된다는 보장이 되었을 뿐이었다. 하지만 깨어 있는 시간 동안 그녀를 괴롭히는 권태와 불안은 어찌할 것인가? 카마린은 탈출구가 아니었다. 처음에는 그렇게 보였지만.

맥은 쿠바오에서 오래 살지 않았다. 혼잡한 도시를 가로질러 라살대학까지 통학하는 일이 고되기 때문만은 아니었다. 장학금을 받는 우수한 성적을 유지하려면, 차를 타고 다니는 데 걸리는 지루한 시간을 차라리 공부하는 데 쓰는 게 나았기 때문이다. 뛰어난 수학적 재능은 그의 가장 큰 자산이었다. 에르미의 도움을 받아 엘리트들이 다니는 학교에서 공부했으므로 그의 미래는 보장된 것이나 마찬가지였다.

에르미는 그가 쿠바오의 집에서 나간 것도, 나간 이후 집에 자주 들르지 않는 것도 이해했으나, 그가 말라테에 있는 답답하고 좁은 방에서 사는 것이 못마땅했다. 그는 로하스 대로에 사무실이 있는 미국의 다국적 기업 베델렘에 취직한 뒤에도 계속 그곳에 살았다. 그 회사는 클라크와 수빅에 있는 미군 기지에서 건설과 관리를 담당한다는 내용의 굵직한 장기 계약을 맺은 곳이었다. 미국인들은 이 젊은 엔지니어의 독창성과 재능에 깊은 인상을 받았다. 맥은 아시아경영연구소에서 일 년 동안 공부를 했으며, 독일과 중동에서 진행중인 프로젝트를 둘러보기 위해 석 달 동안 연수를 다녀오기도 했다. 그에게는 미국인 같은 버릇이 한 가지 생겼다. 대화중에 말끝마다 "이런, 젠장"을 연발하는 것이었다.

미국 기업에 취직한 것은 행운이었다. 기회가 많을 뿐 아니라 보수도 좋았다. 그는 월급의 대부분을 어머니에게 보냈다. 그의 가족이 에르미에게 모든 것을 의존하도록 내버려두지는 않겠다는 것이다. 이렇게 그는 스스로의 자존심을 달랬다.

쿠바오에서 나와 말라테로 이사한 뒤 며칠 동안, 맥은 소음에 적응하기가 힘들었다. 말라테는 한때 고풍스럽고 조용한 곳이었으나 이제는 지프니와 밤늦도록 배회하는 술꾼들 때문에 소란스러운 거리로 변했다. 그는 가족들의 익숙한 목소리와 얼굴이 그리웠다. 아침이면 환하게 빛나던 에르미의 얼굴, 그녀의 두 눈은 늘 별처럼 반짝였다. 말이 별로 없던 아버지와 늘 엄격했던 어머니는 이제 머리카락이 회색으로 변했다.

그는 발길 닿는 대로 마비니를 돌아다녔다. 진열장에 내놓은 조야한 물건들, 울퉁불퉁한 도로, 쓰레기가 쌓여 있는 보도, 깡마르고 더러운 아이들이 보였다. 그 아이들은 천막 안이나 비바람을 막을 수도 없는 좁은 뒷골목에서 자는 게 분명했다. 몇 년 전만 해도 이곳에서 볼 수 없는 풍경들이었으나, 매우 빠른 속도로 모든 것이 달라졌다. 도시에서 일어나는 변화와 폭력은 당연한 일이 되어버렸다.

아직 차고에서 살고 있을 때, 자신에게 다른 삶은 없을 것이라고 스스로에게 되뇌곤 했다. 그는 아버지가 살아온 것처럼 로호 가문의 비참한 노예로 살아야 할 것이라고 생각했다. 그렇다면 그는 에르미를 위해 살아야 마땅했다. 그녀 또한 로호 가문의 사람이니까. 그럴 수만 있다면 얼마나 기뻤을까! 어쨌든 그는 이제 편안하게 살고 배를 굶지도 않았다. 그의 자존심이 명령하는 대로 따랐다면 그렇게 살지 못했을 것이다. 또다시 시간이 흘러 에르미가 그 일을 그만둔다면, 올바른 길로 돌아와 주기만 한다면, 그의 마음을 갈기갈기 찢어놓았던 일들을 모두 잊을 수 있을 것이라고 생각했다. 그녀가 진정 원하기만 하면 그 일을 그만둘 수도 있을 텐데.

그가 다시 학교에 다니겠다고 약속했던 날, 그녀는 담담하게 그에게 말했다 "죽을 때까지 이렇게 살고 싶지는 않아. 전성기가 지나가고 나면, 아름다운 외모도 돈도 남지 않을 거야. 그러면 어떻게 되는지 알아? 델 피랄 거리의 늙은 여자들처럼 되는 거지. 술에 잔뜩 취해서, 화장을 떡칠한 할망구라도 개의치 않는 남자들을 기다리는 여자들 말이야. 하지만 나는 그렇게 되고 싶지는 않아. 거리를 헤매고 싶지도 않고. 나는 즐겁게 살 수 있는 곳으로 가고 싶어. 나에게 어떤 것도 요구하지 않는 곳으로……. 그렇다고 약물이 주는 황홀한 무감각의 세계로 도망가고 싶지도 않아……."

그는 에르미따를 떠올리는 모든 것들로부터 멀어질 수 있는 곳으로 떠날 준비를 하고 있었다. 시간이 흐르면, 그는 자신을 속이면서 편안하게 살 수 있을 것이다. 그 기억들은 더 이상 괴물처럼 부풀어 오르지 않을 것이고, 무너진 환상의 하찮은 유물로 남게 될 것이다. 양심이 있다면 비겁함을 이겨낼 수 있듯이 말이다. 여러 번, 그는 에르미가 여전히 용감하고 순결한 여자이며 의무를 다하기 위해 어쩔 수 없이 그 일을 한다고 애써 변명하려 했다. 하지만 그것은 진실이 아니었다. 그녀는 지금 탐욕에 사로잡혀 오래 지속되지 않을 자기 합리화에 빠져들고 있었다. 그 또한 스스로를 변명하면서 에르미가 베푸는 자선을 받아들였다. 당시 그에게 변변한 일자리도 없었고, 에르미도 바라는 일이었기 때문이다. 하지만 이제 그가 쿠바오에 머무는 진짜 이유는 그곳에 에르미가 있어서였다. 날마다 그녀를 보고, 목소리와 웃음소리를 듣고, 항상 곁에 있는 기쁨을 누리고 싶었다.

에르미의 진실과 마주할 때도, 그는 그녀가 혐오스럽다는 생각을 할 수 없었다. 무엇보다도 그는 그녀의 존재를 갈구했으며 그녀의 모습을 놓치고 싶지 않았다. 그는 스스로에게 정직해질 수 없었다.

저녁이 되면 그는 만(灣) 근처를 산책했다. 톡 쏘는 짠 바다 냄새, 기름 타는 냄새와 시궁창 냄새가 주위를 떠돌았다. 이른 아침에는 사람들이 루네타에 운동을 하러 나왔고, 오후에는 저녁놀을 보러 왔다. 근처의 모텔에서 은밀한 시간을 즐길 여유가 없는 연인들은 방파제 그늘 밑의 바위에 몸을 숨겼다. 그는 언제나 카마린까지 걸었고, 주위를 빙빙 돌면서 안을 훔쳐보았다. 혹시나 누군가와 함께 앉아 있는 에르미를 볼 수 있을까 하는 바람에서였다. 그녀가 보이지 않으면, 그는 길 건너편에서 담배를 파는 노점상과 이야기를 나누면서 그녀를 기다렸다.

어느 일요일 오후에 쿠바오의 집에 들렀다가 그는 정원에서 에르미와 우연히 마주쳤다. 그녀는 카키색 반바지를 입고 덩굴을 올린 정자 밑에서 책을 읽고 있었다. 그녀는 가까이 오라고 그를 불렀다. "맥, 저녁때는 뭐하고 지내?" 그가 곁에 앉을 수 있도록 옆으로 자리를 옮기면서 물었다. 늦은 오후의 햇살이 비껴드는 옅은 초록색 정원에는 글라디올러스가 활짝 피었고, 담벼락에는 부겐빌레아 덩굴이 분홍빛 폭포처럼 늘어져 있었다. 그녀는 식물을 잘 키웠다. 불가사의한 힘이라도 가진 듯, 아무리 넓은 땅도 그녀가 잡초를 한번 뽑아주면 잔디가 파릇하게 번졌다.

"오래도록 산책을 하지." 그는 대답했다.

"혼자?"

그는 어깨를 으쓱했다.

"함께 이야기할 여자 친구라도 사귀지 그래?"

"어려운 일이야. 돈이 없잖아. 여자들은 돈을 원해. 자가용을 타고 멋진 식당에 가기를 바라잖아. 나는 그저 루네타의 공원 벤치에서 아이스크림 같은 걸 먹을 수 있을 뿐이야. 어쩌면 예전에 너한테 했듯이, 마미[79]나 시오파오[80] 정도는 사줄 수 있겠지."

에르미는 그가 비꼬고 있다는 것을 금방 눈치 챘다. 하지만 아무 말도 하지 않았다. 그가 무엇을 어떻게 할 수 있겠는가? 공원 근처의 중국 음식점에서 마미와 시오파오을 사먹었던 기억이 정말로 가물가물했다.

"맥, 우리 루네타에 가자." 그녀가 벌떡 일어서면서 말했다. "이번에는 사랑에 굶주린 남자처럼 혼자 그곳에서 헤매지 않아도 될 거야."

맑게 갠 10월의 밤이었다. 하늘에는 수많은 별이 빛나고 있었다. 곧 우기가 끝나고 시원한 계절이 축복처럼 대지 위에 내릴 시기였다. 두 사람은 마닐라 호텔이 보이는 방파제에 나란히 앉았다. 발룻을 파는 행상인이 여기저기 돌아다녔고 야구를 하는 젊은이들의 소리가 시끄럽게 들렸다. 풀밭에 돗자리를 깔고 누워 있는 사람들도 있었다.

"카마린에 오지 말라고 전에 말했잖아. 가끔 유리창으로 안을 들여다보는 너를 봤어. 왜 자꾸 그런 짓을 하는 거야, 맥?" 마침내 그녀가 물었다. "그러려고 쿠바오에서 나와 이 동네에 사는 거야?"

79. 닭이나 쇠고기 육수에 국수를 넣은 음식.
80. 닭고기나 돼지고기 고물이 들어 있는 찐빵 같은 것.

그녀가 잡고 있는 그의 손은 차갑고 부드러웠다. 그동안 훔쳐보는 것을 그녀가 눈치 채지 않기를 바랐었다. "네가 걱정이 돼." 그가 말했다.

"그런 짓은 그만둬." 그녀는 그를 나무랐다. "시간 낭비야. 난 아주 안전해. 제발 믿어줘…… 게다가 난 나 자신을 지킬 수 있어."

"정말로 그렇게 생각해?" 그는 그녀의 손을 뿌리쳤다.

그녀는 아무 말도 하지 않았다. 발밑에서는 파도가 바위에 부딪히고 있었다. 항구에 정박한 배에서 흘러나오는 빛들이 한 줄로 길게 늘어섰다.

맥은 카마린을 찾아가는 이유를 말했다. "네가 걱정스럽기도 하고, 그보다 머지않아 이곳을 떠날 거니까."

그녀는 한숨을 쉬면서 고개를 저었다. "넌 정말로 달아나는구나. 내가 여기에 있기 때문에 이 도시에서 살 수 없는 거야. 맥, 네가 언제쯤이면 나를 미워하지 않을까?"

그는 결코 그녀에게 거짓말을 한 적이 없었고 지금도 마찬가지였다. "네가 아니라 나 사신을 미워해." 그는 말했다. "무능력하기만 한 내가 싫어. 나 혼자 있으면 달라지겠지. 중동이나 사우디아라비아에서 일자리를 얻게 될 거야. 조건이 아주 좋아."

슬픈 눈빛으로 그녀는 그를 바라보았다. "다 잘 될 거야." 그는 떨리는 목소리로 말했다. "난 언제나 너를 생각할 거야. 너를 위해 기도할게."

그녀가 만났던 많은 남자들을 생각하면 놀라운 일이었다. 비록 그 남자들이 결코 그녀를 소유하지 못했다고 하더라도, 어떻게 맥이 그들을 무시하고 그들을 증오하지 않을 수 있을까? 지금 그가 그녀를 갈망한다고 해도, 그녀의 육체를 독점할 수 있을 것인가? 모든 남자는 사랑하는 여자를 독점하려 하지만 에르미는 이제 평범한 여자가 아니었다. 그녀는 엄청난 부자였다. 하느님, 맙소사. 그녀는 이쯤에서 그 일을 그만두어야만 한다. 그리고 온갖 허물이 있음에도 여전히 그녀를 사랑하는 그를 기다려야 마땅했다.

"카마린에 안 갈 거야?" 그는 팔이 닿을 정도로 가까이 다가앉으며 물었다.

"안 가. 오늘 밤은 너와 함께 있을래."

그는 그녀를 안고 입 맞추고 싶었다. 하지만 그는 자신의 처지를 잘 알고 있었다.

"맥, 집으로 돌아가자."

로하스 대로에서 택시를 탔다. 길에는 차가 거의 없었다. 집으로 돌아오자 오랑이 식사 준비를 해놓았다고 말했다. 하지만 에르미는 배가 고프지 않았다. 그녀는 맥을 데리고 곧장 자기 방으로 올라갔다.

맥은 에르미의 방에 들어와 본 적이 거의 없었지만 어떤 곳인지는 잘 알고 있었다. 그는 그 방에 새 전구를 달고, 시험 삼아 에어컨을 가동시키고, 스위치가 잘 작동하는지 스피커에서 소리가 제대로 나오는지 점검한 사람이었다. 결국 그는 전기 기술자에 불과했다. 망가진 물건들을 고쳐서 제 역할을 하도록 돌려놓는 일을 했다. 이제 다시 그는 에르미의 변덕에 따르게 될 것이다. 양탄자를 깔지 않은 마룻바닥이 형광등 빛을 반사하고 있었다. 나넷이 농수산물 시장에서 사다 꽂아놓은 꽃이 싱싱하게 보였다. 붉은색과 흰색의 앤슈리엄[81]과 백합, 타가이타이 산 데이지 그리고 삼파기타[82] 한 다발이 방 안에 향기를 내뿜고 있었다.

옷을 입은 채 에르미는 침대에 누워 맥을 옆으로 끌어당겼다. 그는 그녀 곁에 눕지 않고 침대 모서리에 걸터앉았다. 예전에 차고의 좁은 방에서 에르미가 그와 이야기하고 싶어할 때마다 그렇게 했었다. 그녀는 그를 잡아당겼다. "내 옆에 누워." 그가 망설이자 그녀는 재촉했다. 그의 목에 그녀의 숨결이 와 닿았다. 그는 얼룩 하나 없는 크림색 천장을 바라보았다. 말라테에 있는 그의 방 천장은 곰팡이와 얼룩 투성이였고 모서리에는 거미줄이 늘어져 있었다. 방에 들어오자마자 그녀가 에어컨을 켠 덕분에 방 안은 시원해지기 시작했다.

옷을 벗지도 않고 신발까지 신은 채, 남자와 여자가 침대에 누워 있을 수 있을까? 두 사람은 남편과 아내처럼 몸을 밀착시키고 있었지만, 그는 섹스를 하고 싶지 않았다.

"이제 우리는 정말 솔직하게 이야기할 수 있을 거야. 편안하게." 그녀는 희미하게 웃으면서 말했다. 얼굴을 마주볼 수 있도록 그녀는 손을 뻗어 그를 돌아눕게 했다. "나에 대한 네 감정은 정말 어떤 거야? 남자가 여자를 사랑하듯이 나를 사랑할 수 있어?"

그는 빨려들어 갈 듯한 그녀의 눈동자를 바라보았다. 그는 미소를 지었다. "에르미, 그 답은 네가 잘 알고 있을 텐데. 물론이야. 나는 그럴 수 있어. 하지만 그런 일은 절대로 일어나지 않을 거야. 너도 잘 알잖아."

---

81. 중남미 아메리카가 원산지인 식물. 자연 상태에서는 나무 등에 붙어서 자라는 착생식물이다.
82. 필리핀산 국화.

뾰로통해진 그녀는 돌아누웠다. 그러더니 다시 똑바로 누워 그의 손을 잡았다. 그녀의 체온이 그의 몸 전체로 퍼져나가는 것 같았다.

"나 같은 창녀하고 거리를 함께 걸을 수 있어?"

갑작스런 그녀의 말에 깜짝 놀라서 그는 한동안 아무 대답도 할 수 없었다. 마침내 그가 말문을 열었다. "어디를 가도 너와 함께 있으면 자랑스러울 거야. 너에게 감사하기 때문도 아니고, 너와 함께 있는 것을 과시하고 싶은 것도 아니야. 에르미, 그건 네가 내 일부이기 때문이야. 그 사실을 잊으면 안 돼. 우리가 함께 보낸 그 세월들을 떨쳐버리거나 잊어버릴 수는 없어. 가난했지만 우리는 그때 행복했어. 그렇지 않아?"

"알아." 그녀는 말했다. 그리고 그의 손을 꽉 쥐었다. "그렇게 말해줘서 고마워. 나도 너에게 할 이야기가 있어. 난 혼자서 여행을 갈 거야. 얼마나 오래 걸릴지는 모르겠어. 맥, 어머니를 만나러 갈 거야. 난 어머니를 증오해."

"네가 어떻게 생각하든 그분은 네 어머니야. 중요한 것은 네가 스스로를 통제해야 한다는 거야. 넌 가질 만큼 가졌잖아. 이제 그만해."

"아니!" 그녀는 날카롭게 소리쳤다. "여기서 그만둘 수는 없어. 우린 언제나 서로에게 여러 가지 충고를 했지만, 네가 지금 나에게 할 수 없는 말이 있어. 내가 가르쳐줄게." 그녀는 격노한 목소리로 말했다. "난 그 사람들 전부를 증오해. 복수할 거야. 맹세할 수 있어. 그들이 한 짓의 대가를 치르게 할 거야. 대가를 치르게 할 거라고⋯⋯."

"어떻게?"

그녀는 대답하지 않았다. 한참 뒤에 그녀는 조용해졌다. 그러나 다시 말하기 시작했을 때, 그녀의 목소리는 여전히 분노에 차 있었다. "맥, 난 아직 복수할 수 있을 만큼 강하지 않아. 시간과 돈이 더 필요해. 나를 도와줄 사람들도 필요하고. 너도 나를 도와주었으면 좋겠어."

"하지만 에르미, 내가 무엇을 할 수 있지?"

그녀는 그의 질문을 피했다. "난 이미 그 사람들에게 어떻게 복수할지 생각해두었어. 펠리시타스 로호, 호셀리토 로호, 그리고 내 사랑하는 어머니. 아마도 어머니가 첫 번째 목표가 될 거야. 하지만 그 일을 하기 전에 나는 확신을 갖고 싶었어. 맥, 너에게 처음으로 말하는 거야. 나는 어머니를 보러 미국에 갈 거야. 브라보 상원의원과 다른 사람들이 나를 돕겠지."

맥이 천천히 몸을 일으켰으나 에르미가 그를 다시 눕혔다. "아직 이야기가 끝나지 않았어." 그녀는 속삭였다. "중동에는 여자들이 없다더라. 술도, 돼지고기도. 넌 아마 굉장히 외로울 거야……."

그는 고개를 저으면서 일어났다. 이번에는 그녀의 손길을 뿌리치면서 그녀를 침대에서 일으켜 세웠다. "난 유혹에 강한 사람이야." 그는 말했다. 하이힐을 벗은 에르미보다 그는 훨씬 키가 컸다. 그는 그녀를 힘껏 끌어안았다. 그녀의 따뜻한 체온을 느낄 수 있었다. 하지만 욕망은 느껴지지 않았다. 그가 보호하고, 편안하게 해주고, 그녀 자신으로부터도 지켜주어야 할 여자에 대한 애틋한 감정이 점점 커지는 것만을 느낄 수 있었다.

13

에르미는 남자들이 지닌 환상, 즉 벼락부자가 되려는 야심과 권력을 움켜쥐려는 욕망을 부추겼다. 안드레스 브라보에게도 마찬가지였다. 일단 그녀가 규칙을 정하고 나자, 그와 아무런 문제도 일어나지 않았다. 그는 궤변과 술수에 능했지만 실제로는 단순한 사람이었다. 에르미는 시골 출신인 그를 꿰뚫어보았으며 그의 반응을 정확하게 예측할 수 있었다.

디디는 안드레스 브라보와 그녀의 첫 만남을 주선했다. 그는 카마린에서 에르미가 자기 테이블에 와서 앉기를 바랐다. 그녀는 응하지 않았다. 아무리 상원의원이라고 해도 모든 일이 가능하지는 않다는 사실을 보여주었다. 그는 이제 막 하원에서 상원으로 진출한 터라 자신의 영향력과 힘에 대한 증거를 눈으로 확인하기 위해 새로운 정복욕에 불타고 있었다. 그 어리석은 인물은 자신이 가졌던 여자들의 목록에다가 그 중 가장 빛나는 보석이 될 뛰어난 미모의 여자를 집어넣고 싶었다.

그는 에르미따 로호를 또 한 번 과소평가했다. 그는 인터내셔널 호텔에 있는 시엘리토 레스토랑 앞에서 한 시간이나 그녀를 기다렸다. 그를 그렇게 오랫동안 기다리게 한 여자는 이제까지 아무도 없었다. 멀리서 지켜보던 경호원 두 사람은 그가 얼마나 더 기다리려는지 의아했다. 그는 문고판 책을 읽고 있었다. 이런 만남이 있을 때마다 그가 들고 다니는 손가방에서 꺼낸 것이었다. 여덟 시가 다 되어가고 있었다. 레스토랑 안에서 지나다니던 사람들은 틀림없이 그를 알아보았을 것이다. 멀리 오른쪽으로 양탄자가 깔린 로비 건너편에는 붉은 램프가 켜져 있고, 대나무로 둘러싸인 바가 있었다. 그곳에서 음악이 흘러나오고 있었다. 여가수가 따뜻한 목소리로, 유행하고 있는 발라드를 부르고 있었다.

그가 거의 포기하려는 참에 마침내 그녀가 왔다. 그가 늘 그려보던 아름다운 모습이었다. 그는 서둘러 일어나 그녀를 맞이했다.

"오지 않는 줄 알았소." 악수를 하면서 그는 손을 꽉 잡았다.

"낮잠을 좀 오래 잤어요." 그녀는 짧게 말했다.

그는 레스토랑 안으로 그녀를 안내했다. 그가 예약한 테이블은 좁은 댄스 플로어 바로 옆이었다. 레스토랑에 있는 사람들 대부분이 두 사람을 볼 수 있는 자리였다.

안드레스 브라보는 매우 기뻐했다. 그는 쉰에 가까운 나이였으며, 여느 때처럼 어두운 색 린넨 정장을 입고 있었다. 그런 차림이 그를 암흑가의 마피아처럼 보이게 했다. 그는 아주 잘생겼으나 북부 사람들 특유의 약간 원숭이 같은 용모를 갖고 있었다. 감각적인 입술에, 넓은 이마는 늘 앞머리가 살짝 내려와 있었다. 그는 조끼 주머니에 항상 넣고 다니는 빗으로 자주 앞머리를 세심하게 가다듬었다. 그는 물론 유부남이었으나 정치가여서 여러 여자를 만나는 것이 전혀 문제가 되지 않았다. 또한 매우 솔직한 사람이었다.

"당신이 내 정부가 되어주기를 바라고 있소." 에르미가 자리에 앉자마자 그는 곧장 말했다.

에르미는 이런 식의 단도직입적인 접근 방식에 익숙했다. 그러나 그녀는 충격을 받아 불쾌한 체했다. 몸을 뒤로 젖히고 눈썹을 찡그리면서 경멸하듯 입술을 일그러뜨렸다.

안드레스 브라보는 미소를 지었다. 어쩐지 소년 같은 모습이었다. "내 솔직함이 무례했다면 용서해요." 그는 말했다. "하지만 내 나이와 당신의 이력을 생각하면 시간을 낭비하고 싶지 않소. 처음 당신을 보았을 때 나는 즉시 제안을 하려고 했지. 내가 얼마나 진지하게 구애를 하고 있는지 헤아려준다면 내 진심을 받아들일 수 있을 것이오. 당신을 위해 내가 가진 모든 것을⋯⋯."

"가지고 있는 게 많은가요?" 에르미가 물었다. "제 뒷조사를 했다면 돈으로는 저를 살 수 없다는 것쯤은 아셨을 텐데요."

"모든 것에는 걸맞는 가치가 있는 법이오." 안드레스 브라보는 말했다. "그게 꼭 돈일 필요는 없지."

그의 솔직담백한 면은 그녀에게 불쾌감을 주었지만 동시에 그녀를 매혹시키기도 했다. 물론 그녀도 미리 조사를 했다. 그녀가 만났던 남자나 만나기를 원하는 남자들에 대해 언제나 뒷조사를 잊지 않았다.

안드레스 브라보는 그녀를 뚫어지게 바라보면서 말했다. "배가 몹시

고픈데 지금 식사를 하지 않겠소? 주문을 할까 아니면……." 그는 레스토랑 한가운데를 바라보았다. 밝은 불빛 아래 뷔페가 차려져 있고 테이블 뒤에서 요리사가 구운 쇠고기와 칠면조 자를 준비를 하고 있었다.

"저녁 식사를 하고 나서," 브라보는 유쾌하게 말을 이었다. "당신과 사랑을 나누고 싶소. 당신은 내 솜씨에 반할 거야……."

그는 그녀를 뷔페 테이블로 데려갔다. 그녀는 얇게 저민 차가운 고기와 치즈 몇 조각만을 접시에 담아 돌아왔다. "저는 배고프지 않아요." 그녀는 말했다.

댄스 플로어에는 작은 재즈 악단이 자리하고 있었다. 그들은 춤을 출 수 있는 음악을 연주하기 시작했다. 안드레스 브라보는 일주일쯤 굶은 사람처럼 구운 쇠고기와 샐러드를 먹어치웠다. "나는 먹는 속도가 아주 빨라요." 아첨하는 듯한 미소를 띠고 에르미를 바라보면서 말했다. "난 모든 것을 아주 빨리 먹는다오. 오직 한 가지만 빼놓고……."

차가운 햄에서 이상한 맛이 났다. 에르미는 구역질이 나면서 속이 뒤집히는 것 같았다.

"속이 좋지 않군요." 무엇 때문에 속이 불편한지 생각해보면서 그녀는 말했다.

"저런, 음식이 상한 게 아니었으면 좋겠는데." 안드레스 브라보는 말했다. "만약 그렇다면 주방 직원들을 몽땅 해고시키겠소. 내가 이 호텔의 대주주라는 걸 알고 있소?"

에르미는 웃었다. 이마에 식은땀이 나면서 현기증이 밀려왔다. "토할 것 같아요." 그녀가 말했다. 안드레스 브라보는 황급히 자리에서 일어나 그녀의 팔을 부축하고 밖으로 나왔다. "아무래도 좀 쉬어야 할 것 같소." 그가 걱정스레 말했다. "이곳에 내 방이 있소……."

그 뒤에 어떻게 되었는지 그녀는 확실히 기억나지 않았다. 모든 것이 흐릿했고 정신을 차려보니 커다란 침대에 누워 있었다. 새벽의 희미한 빛이 방 안으로 스며들고 있었다. 머리는 텅 빈 것 같았고 팔다리는 아주 가볍게 느껴졌다. 마치 공중에 떠다니는 것 같았다. 이불을 덮은 그녀의 몸은 발가벗겨져 있었다.

안드레스 브라보는 붉은색 속옷을 입은 채 웃음을 머금고 그녀 옆에 서 있었다.

"나에게 약을 먹이고 강간했군요." 그녀는 차갑게 말했다.

"당신에게 약을 먹인 건 사실이야." 그는 여전히 웃는 얼굴로 말했다. "하지만 강간한 건 아니었어. 당신은 내내 의식이 또렷했잖아? 심지어는 어떻게 해달라는 말까지 했어."

"거짓말하지 말아요." 그녀는 쏘아붙였다.

그는 고개를 젓더니 침대 모서리에 앉았다. 그리고 그녀의 손을 꽉 잡았다. "내 밑에 무릎을 꿇고 입속에 사정하라고 했잖아!"

"아니야! 그럴 리가 없어." 그녀는 숨을 헐떡이면서 말했다. "내가 그런 짓을 했을 리가 없어."

"분명히 그랬어." 안드레스 브라보가 말했다. 그녀는 눈을 감고 무슨 일이 있었는지 기억해내려고 애썼다. 걷지도 못하는 상태로 이 방으로 끌려왔다. 안드레스 브라보가 천천히 주의 깊게 그녀의 옷을 벗겼던 기억이 희미하게 떠올랐다. 그는 그녀의 몸 전체를 쓰다듬었고 젖꼭지를 빨았고 목과 배에 입을 맞추었다. 그리고 소름끼칠 정도로 충격적인 장면이 떠올랐다. 정말로 그녀는 그의 발밑에 무릎을 꿇었다……

"당신은 나에게 오랫동안 해달라고 했어. 그래서 내가 아주 오래오래 해주겠다고 했지. 또 쾌감이 줄어드니까 콘돔을 사용하지 말라고도 했고……"

모두 그녀가 했던 생각이기는 했다. 하지만 정말로 그 생각을 입 밖으로 내뱉었을까? 그녀는 당황했고 수치심을 느꼈다. 어떻게 그런 말을 할 수 있었을까? 그 모든 일을 제정신으로 했을까? 아니면 약물 탓이었을까? 그녀의 내면에는 겉으로 드러나지 않는 음란함이 숨어 있는 것일까?

안드레스 브라보는 그녀의 엄지손가락을 꽉 잡았다. "당신이 얼마나 잘 움직이는지 놀랄 정도였어." 그는 의기양양해서 말을 이었다. "아주 잘하더라고, 이렇게 말이야." 그는 손바닥으로 그녀의 엄지손가락을 감싸 쥐더니 조이고 풀기를 반복했다. "나는 연달아서 세 번이나 사정을 했어. 당신은 정말 최고야!"

그는 일어서더니 탁자 위에서 작은 보랏빛 상자를 가지고 왔다. 그리고 주위가 더 밝아지도록 침대 옆에 있는 램프를 켰다. 그는 그녀에게 다이아몬드 반지를 보여주었다. "이건 완벽한 일 캐럿 다이아야. 아주 비싼 거지. 미화로 오천 달러가 넘어. 보석상에 가서 확인해봐. 내 평생 가장 멋진 섹스를 한 데 대한 감사의 표시로 이걸 주겠어……"

그리고 그는 이불을 홱 젖히더니 다시 그녀의 몸 위에 올라탔다.

조금 전까지만 해도 그녀는 기운이 없고 나른한 상태였으나 갑자기 힘이 솟구쳤다. 그녀는 팔로 그를 밀쳐내면서 힘껏 따귀를 때렸다.

안드레스 브라보는 얼빠진 표정으로 그녀를 빤히 바라보았다. 평생 그가 본 가장 아름다운 얼굴이 분노와 멸시로 일그러져 있었다.

"안 돼요. 더 이상은 안 돼요." 그녀는 그를 쏘아보았다. "하고 싶으면 먼저 나를 기절시킨 다음에 강간해요."

안드레스 브라보는 주춤했으나 웃음 띤 얼굴로 달래듯이 말했다. "그럴 수야 없지. 하지만 난 정말로 당신과 섹스하고 싶어."

그녀가 이겼다. 아주 쉽게, 이 남자를 길들여 결국 그녀의 말을 따르게 만들었다.

"얼마든지 할 수 있어요. 하지만 내 허락이 있을 때만 가능해요. 그게 첫 번째 규칙이에요."

그는 고개를 끄덕였다. "원하지 않는 여자와 하는 것처럼 재미없는 섹스는 없어." 철학적인 말투로 그는 말했다.

"한 번에 얼마씩 줄 수 있어요? 당신이 알다시피 아주 비싸요." 그녀는 말했다.

"에르미, 당신이 원하는 건 뭐든지 주겠어. 이 세상에 있는 건 무엇이든 당신에게 줄 거야……." 누워 있는 그녀를 향해 몸을 굽히면서 그가 말했다.

"그럼 내가 해달라는 대로 해줘요. 난 당신의 재산도 아니고 정부도 되고 싶지 않아요. 하지만 내가 원하는 시간과 장소에서 당신의 연인이 될 수는 있어요."

그는 고개를 끄덕이면서 기꺼이 받아들였다. "이제 알아들었어." 그는 말했다. "다시 한 번 해도 되겠어?"

그녀는 잠시 동안 아무 말도 하지 않았다. 완전히 맑은 의식으로 모든 감각이 깨어나 쾌락을 기대하는 상태에서 다시 그와 섹스를 하면 어떤 느낌일지 알고 싶었다. 미국의 섹스 안내 책자와 카마린의 아가씨들에게서 배운 기교들을 그녀는 아직 정말로 사용해본 적이 없었다. 그녀가 기교를 제대로 쓴다면 안드레스 브라보는 아직 그녀가 맛보지 못한 최고의 쾌락을 선물할지도 모른다.

3월의 마지막 주에 에르미는 하네다 공항에 도착했다. 강철처럼 차가운 바람이 휘몰아치는 오후였다. 설득력 있는 웅변가로 알려진 잉게이 대사가 마중 나와 있으리라고는 예상하지 못했다. 그는 두 명의 직원과 입국자용 출입구 앞에 나와 있었다. 활주로를 가로질러온 공항버스에서 내리자마자 그녀는 그를 알아보았다. 어두운 색 정장에 중절모를 쓰고 작은 키에 눈빛이 반짝이는 사람이었다.

그는 아버지같이 자상하게 그녀를 맞이했다. "도쿄에 온 것을 환영해요, 아가씨." 오래전부터 알고 지내던 사람처럼 다정한 태도였다. "늙고 지친 내 눈을 번쩍 뜨이게 하는 아가씨군요." 그는 정확하기로 유명한 일본의 기차 시각에 차질이 생길 정도로, 일주일 내내 심한 눈보라가 불었다고 덧붙였다.

브라보 상원의원이 공항으로 마중 나오는 사람이 있을 것이라고 미리 일러주었다. 겨울이 있는 곳으로는 여행을 해본 적이 없었으므로 그는 그녀에게 따뜻한 옷이 없을 거라고 예상했다. 에르미에게는 지금 입고 있는 캐시미어 스웨터가 가장 두꺼운 옷이었다. "니타, 에르미 아가씨가 춥지 않도록 코트를 건네줘요." 눈이 큰 검은 피부의 아가씨가 발목까지 오는 긴 털 코트의 포장을 풀었다. 에르미는 그것을 보자마자 은빛 밍크코트라는 것을 알아차렸다. 늘 뒤적이던 《하퍼스바자》[83]에서 사진으로만 보던 것이었다. "브라보 상원의원께서 아가씨에게 이런 옷이 필요할 거라고 하시더군요." 귀빈용 입구로 안내하면서 대사가 말했다.

그녀의 본능적인 감각이 옳았다. 그녀는 상원의원에게 한 푼도 요구하지 않았다. 그러자 그가 미끼를 덥석 문 것이다. 실제적으로 그녀는 그가 상당한 돈을 쓰게 만들었다. 그러나 인도네시아의 거물이 첫 번째 홍콩 여행에서 그녀에게 건넨 러시아의 세이블 코트에 비하면 절반도 안 되는 가격이었다. 그 코트는 러시아 사람들이 거물에게 선물로 준 옷으로 그녀는 그것이 얼마나 비싼 물건인지 알지 못했다. 거물이 죽은 뒤 홍콩의 영화배우에게 코트를 팔면서 비로소 그 사실을 알게 되었다. 하지만 털 코트는 그냥 털 코트일 뿐이었다. 그보다 더 많은 것을 얻어내야 했다.

대사는 에르미에게 직원들을 소개시켜주었다. 홍보담당인 니타는 그녀가 여행하는 동안 안내와 통역을 맡아줄 사람이었다. 중년의 알렉스는 여러 가지 전반적인 일을 도와줄 것이라고 했다. "나에게도 아무 때나 전화해도 괜찮아요." 대사는 말했다. "물론 대사관 차는 하루 이십사 시간 마음대로 써요."

그녀는 브라보 상원의원의 권한으로 외교관 여권을 얻을 수 있었다.

83. 미국의 패션잡지.

따라서 입국 신고와 세관 수속이 빨리 끝났다. 밖으로 나오니 회청색 하늘 아래 차가운 바람이 매섭게 불어왔다. 그녀의 뺨은 순식간에 장밋빛으로 변했다. 밍크코트는 따뜻했고 대사의 검은색 메르세데스 뒷좌석에는 히터가 잘 가동되었다.

차는 낮은 건물들이 양쪽으로 늘어서 있는 넓은 도로를 따라 혼잡한 공항을 천천히 빠져나왔다. "브라보 의원께서는 이틀 뒤에 도착하실 겁니다. 더 일찍 오지 못해서 미안하다고 하시더군요. 참석해야 할 행사들이 많으시답니다. 당신도 그분이 매우 중요한 사람이라는 것을 이해해야 해요." 잉게이 대사는 말을 이었다. "두 번이나 전화를 하셨어요. 대사관에 도착하면 제가 그분께 직접 전화를 드리기로 했어요."

혼잡한 거리에 줄지어 서 있는 전광판들은 일본의 혁신적인 첨단기술을 보여주고 있었다. 소니, 히타치, 나쇼날 등은 필리핀 사람들에게 친숙한 브랜드들이었다. 그녀가 접대했던 유일한 일본인의 모습이 잠깐 머리에 떠올랐다. 금니를 한 예순 살의 노인으로 가슴에 털이 잔뜩 나 있었다. 그는 마닐라에 트랜지스터리디오를 피는 회사를 세웠다. 예순이나 된 사람이었지만 그는 관계를 할 때 시간을 끌지 않았다. 그래서 에르미나 카마린의 아가씨들은 그를 좋아했다. 대체로 아가씨들은 일본인 고객을 선호했다. 아가씨들은 일본인들이 깨끗하다는 데 모두들 동의했다. 그들은 언제나 콘돔을 사용했으며 관계를 빨리 끝냈다.

아버지의 나라에 와서 그 나라 사람들을 보면서 어떤 반응을 보여야 할 것인가. 환호? 홍콩을 처음 방문했을 때 아주 많은 중국인들을 보았던 것처럼, 이제 그녀는 일본인들을 보고 있었다. 어둠이 내리고 사무실들이 문을 닫는 시각이었다. 거리의 사람들은 잿빛 물결로 소용돌이치며 흘러갔다.

잉게이 대사가 슬그머니 그녀의 무릎에 손을 얹었다. 아버지다운 몸짓이 아니라 호색한의 손길이었다. 하지만 그녀는 가만 내버려두었다. 그는 그녀를 정중하게 대사관까지 안내했다가 오쿠라 호텔로 데려다주었다. "나는 오쿠라가 도쿄에서 가장 좋은 호텔이라고 생각해요." 그녀의 무릎에 손을 올려놓은 채 그는 말했다. "임페리얼 호텔이 긴자 가까이에 있어서 편하긴 하지요. 그렇지만 언제든지 필요할 때 이 차를 쓰세요. 피곤하게 걸어 다니지 말고." 그는 그녀의 무릎에 올려놓은 손에 힘을 주었다. 이번에는 그녀가 다리를 치웠다. 대화를 할 때 그런 식으로 강조할 필요가 없음을 보여주어야 했다. 통역이자 안내 역할을 할 니타는 다른 차에 여행 가방 두 개를 싣고 따라왔다. 두 사람이 접수를 위해 호텔 로비를 가로질러 갈 때 그녀가 도착했다. 아래로 움푹 파인 라운지는 넓은 공간에 소파가 군데군데 놓여 있었고, 라운지를 지나면 큰 현수막이 걸려 있었다. 일본식 지등(紙燈)이 줄에 매달린 채 금빛 천장을 수놓고 있었다. 라운지 한쪽 구석에는 라일락 가지로 만든 커다란 꽃꽂이 장식이 서 있었다. 앙증맞은 하얀 꽃들이 활짝 피어 선명한 초록색 잎사귀들과 대조를 이루었다.

그녀는 일본식으로 꾸민 특실에 투숙했다. 소나무 판자로 막아놓은 반침(半寢)이 달린 방이었다. 미닫이문을 여니 넓은 다다미방이 나타났다. 방 한쪽에 언제든지 잠자리에 들 수 있도록 이부자리가 깔려 있고 그 옆에는 노란색 실크 겉옷이 놓여 있었다. 이부자리 위쪽에는 래커 칠을 한 작은 탁자에 라일락과 밝은 노란색 국화, 초록색 잔가지로 만든 꽃꽂이가 놓여 있었다. 일본 풍습대로 그녀는 신발을 벗고 방으로 들어가 창가로 걸어갔다. 미닫이로 된 창문을 여니 유리문 너머로 발코니가 보였다. 그 뒤로는 어둠에 덮인 정원이었다. 키 작은 석등이 연못과 진달래 덤불과 벚나무에 불빛을 비추고 있었다. 벚꽃은 다음 주쯤에나 핀다고 했다.

"저녁 식사를 함께 못 해서 미안해요." 방을 나가면서 웃음 띤 얼굴로 대사가 말했다. 악수할 때 그는 그녀의 손을 꽉 잡았다. "하지만 앤디가 오면 내가 가장 좋아하는 일본식당으로 안내하죠."

니타도 그와 함께 방을 나갔다. 우선 에르미에게 짐을 정리하고 쉴 시간을 주기 위해서였다. 니타는 저녁 식사 시간에 맞춰 다시 에르미를 데리러 오겠다고 했다.

그녀는 도쿄에서 입을 옷들을 가방에서 모두 꺼냈다. 밍크코트를 입은 자신의 모습을 거울에 비춰 보았다. 거물의 나라 수도에서 호화롭게 격식을 차려 입은 사람들에게 둘러싸였던 때와 비슷해 보였다. 그녀는 도도한 웃음을 지어보았다. 밍크코트는 잘 어울렸으나 낮에 입고 다니기에는 지나치게 화려했다. 그녀는 가죽 코트로 갈아입었다.

니타는 일본어를 할 줄 알았다. 대사관에서 십 년 이상 일한 그녀는 정치가들에 대한 뒷얘기로 에르미를 즐겁게 했다. 하지만 브라보 상원의원에 대해서는 대화중에 언급하지 않으려고 극도로 조심했다. 니타는 정직하지 못한 사람이었다. 필리핀 관광객들이 많이 찾는 긴자의 레스토랑에 갔을 때였다. 에르미는 일본식당이 처음이었기 때문에 실내장식을 주의 깊게 둘러보았다. 나무 벽과 지등, 그리고 몸집이 큰 사람은 앉을 수 없을 것처럼 아주 작으나 편안한 의자 같은 것들을 살펴보았다. 식사를 마치고 나갈 때 니타는 대사의 지시를 따라야 한다면서 자기가 계산하겠다고 했다. 도쿄에 머무는 이 주일 동안 에르미는 한 푼도 써서는 안 된다는 것이었다. 하지만 에르미는 백만 엔이 넘는 현금과 여행자 수표를 갖고 있었으므로 직접 계산하겠다고 고집을 부렸다. 니타는 결국 응낙했다. 하지만 영수증을 꼼꼼하게 챙겼다. 자기가 계산을 한 것처럼 하여 대사에게 비용을 청구하려는 것 같았다. 그 뒤로 에르미는 다시는 니타와 함께 식사를 하지 않았다. 그녀는 호텔 식당에서 혼자 밥을 먹었으며 그런 경험이 나중에 그녀가 식당을 경영할 때 도움이 되었다.

브라보 의원은 다음 날 정오에 도착했다. 잉게이 대사가 함께 공항에 마중을 나가자고 했으나 에르미는 타카시마야 백화점으로 쇼핑을 갔다. 그녀는 고급 물건을 파는 상점에서 가장 질 좋은 영국제 사계절용 코트를 샀다. 밍크코트를 입지 않아도, 손가락에 일 캐럿짜리 다이아 반지를 끼지 않아도, 이탈리아제 악어가죽 구두를 신지 않아도, 그녀를 에르미따 출신의 싸구려 매춘부로 볼 사람은 없었다. 그녀가 핸드백을 열고 만 엔짜리 지폐 다발을 꺼냈을 때는 니타조차도 감탄의 눈길로 바라보았다.

"밍크는 너무 화려해요, 니타." 에르미는 그녀에게 말했다. 연신 허리를 굽혀 인사하는 백화점 점원들이 밍크코트를 정성껏 쇼핑백에 넣어주었다. 에르미가 새로 산 버버리 코트를 입고 가겠다고 했기 때문이다. 니타는 에르미가 브라보 의원의 소유물이 아님을 깨달았을 것이다. 두 사람이 니시게키로 스트립쇼를 보러 간 동안 상원의원은 몇 시간을 기다려야 했다.

호텔에 돌아온 것은 자정이 다 된 무렵이었다. 브라보 의원이 기다린다는 메시지가 있었다. 그는 같은 호텔에 묵고 있었다. 그녀는 그의 메시지를 무시하고 니타에게 방에 올라가 커피를 마시면서 잠깐 이야기나 나누자고 권했다.

전화벨이 울렸다. "저예요, 앤디." 그녀는 요염하게 대답했다. "오, 쇼핑하러 갔었어요. 그럼요, 니타가 전해주었어요. 하지만 당신이 전에 제게 말했던 스트립쇼가 정말 보고 싶었어요. 내일 아침에 보면 안 될까요? 아침 식사를 같이할까요? 아니, 점심이 낫겠어요. 지금 너무 피곤해서 내일 늦잠을 잘 것 같아요. 정오에 전화주세요." 그리고 그녀는 전화를 끊었다.

그녀는 열 시가 되어서야 잠에서 깨어났다. 그리고 열한 시에 자기 방에서 아침 식사를 했다. 메뉴는 쌀밥과 된장국, 소금에 절인 연어, 날달걀, 오이 절임과 해초, 단팥이었다. 식사를 끝낸 뒤 그녀는 이부자리에 누워 눈을 감고 마음을 비우려 노력했다. 하지만 생각은 자꾸 샌프란시스코의 어머니에게로 흘러갔다. 그곳에서 어머니를 만나면 어떤 기분일까? 어머니의 미모는 여전할 것이다. 딸에 대한 감정은 달라졌을까? 하지만 모든 것은 어머니의 반응에 달려 있고 그것은 에르미로서도 어쩔 수 없는 부분이었다. 에르미는 어머니를 그리워하지 않았다. 그녀가 그리워하는 사람은 콘스탄시아 수녀뿐이었다. 그녀는 콘스탄시아 수녀에 대해 따뜻한 마음을 품고 있었다. 하지만 콘시타 로호에 대해 느끼는 감정은 호기심에 불과했다.

브라보 상원의원 같은 남자들에 대한 감정은 무관심이었다. 첫 남자인 거물에 대해서는 무한한 애정을 갖고 있었다. 그는 그녀에게 마닐라의 은행에 돈을 넣어두어서는 안 된다고 가르쳤다. 정치적 상황이 불안정하고 정부의 부패가 심하기 때문에 안전하지 못하다는 이유였다. 스위스은행이 가장 좋고, 샌프란시스코의 뱅크오브아메리카나 뉴욕의 체이스맨해튼은행, 홍콩과 파리의 뱅크 나시오날이나 일본 은행도 괜찮다고 했다.

그녀는 안드레스 브라보와 바기오에서 다시 정사를 나누었다. 그리고 본능적인 직감에 따라 그에게 돈을 요구하지 않았다. 하지만 아마도 밍크코트가 그 두 번째 정사에 대한 대가일 것이다. 영향력 있는 정치가라는 신분에 비해 그는 연인으로서는 신통치 않았다. 아마도 정치가로서 대중 앞에 나설 때 가장 힘이 넘치는 것 같았다. 잠자리에서 그는 사춘기 소년처럼 서툴렀다. 그녀는 행위가 빨리 끝나기를 바랐으므로 스스로 모든 과정을 이끌어갔다. 하지만 그는 만족할 줄 모르는 사람이었다. 뒤늦게 그녀에게 밍크코트를 보냈고 앞으로도 더 많은 선물공세를 펼 게 틀림없었다.

그녀에게 정말로 소중한 남자가 있을까? 그녀를 흥분시킬 수 있고 또 그녀가 갈망하는 오르가슴을 맛보게 해줄 남자가 있을까? 그녀는 아직 롤란도 크루즈와는 잠자리를 같이하지 않았다. 그는 친절하고 교양 있는 사람이었으며 세상일에 대해서도 현명하게 대처했다. 그녀는 그의 품에 안기는 상상을 하면서 그가 어떻게 사랑을 할지 알고 싶었다. 그리고 물론 피를 나눈 사이는 아니지만 그녀에게는 혈육이나 마찬가지인 맥에 대해 성적인 상상을 하는 것은 근친상간에 가까운 느낌이 들었다. 그녀는 미소를 지으면서 재빨리 그런 생각들을 지워버렸다. 가끔 맥이 얼마나 많은 여자들을 침대로 끌어들였는지, 혹시 그녀와 사랑을 나누고 싶은 것은 아닐지 궁금했다.

섹스에 대한 그녀의 생각은 단순했다. 상대가 그녀의 요구에 잘 따라주기를 바랄 뿐이었다. 요구하는 대로 잘되면 그 남자 또한 그만큼 빨리 끝낼 수 있지 않은가? 그녀는 친밀한 대화를 나누면서 사생활을 드러내는 것을 좋아하지 않았다. 남자가 가족이나 부인 문제 같은 고민거리들을 털어놓는 것은 그런 대로 참을 만했다. 그녀의 관심은 오직 고객이 더 많은 선물과 더 특별한 제안을 가지고 다시 그녀를 찾을 것인지 여부였다. 물론 그 모든 것들을 그녀는 얼마든지 거절할 수도 있었다. 그녀가 이용할 수 있는 브라보 상원의원의 진짜 약점은 무엇인가? 이런 생각에 읽매여서 섹스를 할 때도 그녀의 정신과 육체는 분리되었다. 따라서 그녀는 상대가 언제 절정에 이를지 쉽게 예상할 수 있었다. 호흡이 가빠지면서 경련과 수축이 느껴지면 그녀도 절정에 오른 것처럼 반응했다. 상대에게 매달리면서 신음소리를 내고, 마치 세상이 연기를 내면서 불꽃으로 타오르다가 모든 것이 무너져 내리는 지진 같은 폭발이 일어나는 것처럼 연기했다. 예전에 카마린에서 일했던 아니타가 그녀에게 오르가슴이 어떤 것인지 이야기해주었다. 아니타는 오르가슴을 느끼지 못했어도 고객을 기쁘게 해주기 위해 그것을 꾸며야 한다고 말했다. "나는 그 폭발이 나를 산산조각내고, 내 머리를 비워버렸으면 했어. 그리고 황홀하고 평화롭고 행복한 상태가 되기를 바랐지……." 아니타는 시인이 아니었다. 자신의 쾌락을 소중히 여기는 보통 여자였다. 그녀는 때때로 자기에게 오르가슴을 맛보게 해준 남자가 못 생기거나 역겨운 냄새를 풍기는 사람이었다는 것을 아쉽게 생각했다. 그 남자가 자신의 취향에 맞는 사람이었다면 얼마나 멋졌을지를 생각하면 한숨이 나오곤 했다.

이것이 자연의 무자비함이었다. 사람의 얼굴을 바꿀 수는 있어도 이런 무자비함을 변화시킬 방법은 없었다. 따라서 사람은 지렁이나 마찬가지로 섹스라는 가혹한 기쁨과 자식을 낳는 고통을 겪으면서 종족을 보존할 운명이었다. 에르미는 대학에서 배운 생물학 교과서의 내용을 떠올렸다. 그녀는 스스로 어머니가 될 수 있을지 궁금했다. 그럴 기회는 몇 번 있었다. 흥분한 남자들이 쾌감을 높이기 위해 콘돔을 벗어버리고 그녀의 몸 안에 사정할 때가 있었다. 그녀는 정액을 세심하게 씻어냈지만 정자가 조금이라도 남아 있을 가능성은 있었다. 하지만 그녀는 한 번도 임신한 적이 없었으며, 더욱 다행스럽게도 성병에 걸린 적도 없었다. 카마린을 찾는 고객들의 장점은 깨끗하다는 것이었다.

깨끗하다고? 세상 사람들은 그 말을 도덕적인 의미로 쓰기도 하지만 그녀는 그런 뜻으로 사용하지 않았다. 위선자들과 회색분자들을 이용해서 돈을 버는 한, 앞으로도 그 말을 도덕적 의미로 사용하는 일은 없을 것이다.

문 두드리는 소리에 그녀는 공상에서 깨어났다. "잠깐만요." 그녀는 실크 겉옷을 걸치면서 일어섰다. 어두운 색 정장을 입은 브라보 의원이 문 앞에 서 있었다. 그는 그녀에게 달려들어 포옹하면서 입을 맞추었다. 그러는 동안 그의 손은 어느 새 아래로 내려가 그녀의 그곳을 더듬고 있었다. 그녀는 자신의 몸을 함부로 만지거나 거칠게 다루는 것을 아주 싫어했다. 당당히 그런 요구를 해도 되는 거물은 절대로 그런 짓을 하지 않았다. 그녀는 브라보의 손을 뿌리쳤다. "앤디, 제가 준비가 될 때까지 기다릴 수 없어요?" 그녀는 얼굴을 찡그리면서 날카롭게 말했다. "그리고 당신 입에서 냄새가 나요. 담배를 많이 피우시나 봐요."

브라보 의원의 입에서는 아무 냄새도 나지 않았다. "내가 담배를 피우지 않는다는 걸 당신도 알잖아." 그는 대답했다.

"그럼 생선회 냄새인가 봐요."

"난 아직 아무것도 먹지 않았어!"

"어쨌든, 좀 기다려요."

"난 밤새도록 기다렸고 아침 내내 기다렸어." 그는 장난감을 빼앗긴 어린아이처럼 칭얼댔다. "그리고 이침 아홉 시부터 당신에게 수도 없이 전화를 했어. 그런데 저걸 봐." 그는 선이 빠져 있는 전화기를 손가락으로 가리켰다.

에르미는 그를 돌려세우고 그의 뺨에 가볍게 입을 맞추었다. 형식적인 입맞춤이었으나 앞으로의 즐거움을 암시하는 듯했으므로 브라보 의원의 태도는 금세 누그러졌다. 망설이면서 그는 다시 에르미를 끌어안으려고 했으나 그녀는 그를 밀어냈다.

"제발, 에르미. 점심 먹으러 가기 전에 한 번 하자." 그는 애걸했다.

"오늘 밤에 해요." 그녀는 미소를 지으면서 말했다. "어두워져야 더 낭만적이잖아요. 그리고 경호원과 주위 사람들을 다 보내고 우리 둘이서만 멋진 저녁 식사를 하도록 해요."

브라보 의원의 얼굴이 밝아졌다. "당신이 새 코트를 샀다고 니타가 말하더군. 밍크코트가 마음에 들지 않았어? 엄청 비싼 거야." 그는 비싸다는 사실을 강조했다.

"알아요. 지나가는 여자들이 모두 내가 아니라 그 코트만 보더군요."

에르미가 예상했던 대로 그는 그런 방식으로 대가를 지불했다. 오후에는 와코 백화점에서 고급스러운 진주 장신구 세트를 사주었다. 아름다운 진주 귀고리와 목걸이, 반지 세트였다.

남자가 가장 나약해지고 상처받기 쉬운 순간은 섹스를 하고 난 직후다. 그때 남자들은 긴장이 풀려 무엇인가 먹고 싶어하거나 잠이 오지 않아 이야기를 하고 싶어한다. 에르미는 일찍부터 그 사실을 알아차렸다. 남자마다 달랐지만 경우에 따라 그녀는 일부러 그런 분위기를 부추길 때도 있었다. 브라보 의원의 경우에는 그럴 필요가 없었다. 그는 자기중심적인 사람이었으며 정치가로서 이룬 성취를 자랑스럽게 여겼다. 그는 아주 작은 일로카노족 마을에서 자라나 자신의 능력과 술수만으로 경력을 쌓아온 사람이었다. "언젠가," 그녀의 엉덩이를 쓰다듬으면서 그는 말했다. "당신은 나를 알게 된 것을 기쁘게 생각하게 될 거야."

"언젠가가 아니라 이미 저는 당신을 만난 게 기쁜데요." 에르미는 그의 비위를 맞추었다.

"당신도 알다시피 내가 가진 돈과 권력이면 마음에 드는 여자는 모두 가질 수 있어."

"그렇지요." 그녀는 이글거리는 눈빛으로 그를 쳐다보았다. "하지만 저를 살 수는 없어요."

브라보 의원은 미소를 지으면서 그녀를 끌어안았다. 금방 사정을 하고 난 다음이라 그에게서는 여전히 야릇한 냄새가 났다. "나도 알아." 웃음기 어린 얼굴로 그는 말했다. "그래서 내가 당신을 좋아하는 거야. 아니지." 그는 진지한 태도로 덧붙였다. "아니야. 에르미, 나는 당신을 좋아하는 게 아니라 당신을 사랑해. 당신이 원하는 것은 무엇이든 나에게 말해. 말해봐. 말하라고!"

에르미는 아무 말도 하지 않았다. 바로 그녀가 바라던 말이었다. 단순하지만 권력을 지닌 이 남자는 그녀의 명령을 따를 것이다. 그것은 대단히 도움이 될 것이다. 하지만 그녀는 우선 잠을 자야 했다. 안드레스 브라보와 관계를 가질 때마다 에르미는 호색한인 그를 위해 많은 노력을 해야 했다. 농부와도 같은 그의 체력은 도대체 어디에서 나오는 것인지? 그녀는 돌아누우면서 중얼거렸다. "고마워요, 앤디. 기억해둘게요. 우선 잠 좀 자야겠어요. 피곤해요……."

사흘 밤 동안 브라보 의원은 마음껏 도쿄 여행을 즐겼다. 그동안 에르미는 그를 협박할 수 있는 정보를 많이 얻게 되었다. 그는 훌륭한 배경과 명성을 지닌 잉게이 대사가 왜 쩔쩔 매면서 그의 모든 부탁을 들어주는지 그 이유를 자랑스럽게 털어놓았다. "내 덕분에 대사직을 얻었기 때문이지. 마닐라에 있을 때 그가 저지른 비리를 밝혀냈는데, 내가 그를 고발하는 대신 일본으로 보내주었거든. 그것뿐만이 아니야. 잉게이 같은 사람들은 어디에 있으나 똑같은 짓을 하지. 보나마나 이곳에서도 뒷구멍으로 수입을 올리고 있을 거야. 그는 필리핀에서 사업을 하고 싶어 하는 일본인에게서 뇌물을 받아 나에게 건네주는 역할을 하지."

며칠 동안 에르미는 브라보의 일본인 친구들을 몇 명 만났다. 모두 키가 작고 날렵한 몸매였으며, 어두운 색 정장에 하얀 셔츠, 하늘색 넥타이를 매고 양복 깃에는 은빛 핀을 꽂았다. 그들은 영어가 서툴렀으며 휘파람을 부는 듯 혀짤배기소리를 냈다. 또한 해결할 수 없는 문제는 세상에 없다는 듯 언제나 미소를 짓고 있었다. 하지만 긴자 거리 어디에서나 젊은 사람들이 떼 지어 시위를 하면서 "안전 보장 반대!⁸⁴"를 외쳤다.

그들은 저녁마다 운전기사가 모는 작은 깃발이 달린 검은색 승용차를 타고 아늑한 고급 레스토랑으로 갔다. 누가 음식과 술값을 지불하는지 알 수 없었다. 그녀는 일본 여자들을 보고 싶었다. 사업가들의 부인이라도 만날 수 있지 않을까 기대했지만 언제나 여자는 그녀 혼자였다. 안드레스 브라보는 세 번째 모임에서 만난 마루베니사와 미츠이사 관계자들 앞에서 그녀의 미모를 과시하고 싶어했지만 그녀는 새침하게 앉아 있었다.

마지막 날 밤, 안드레스 브라보는 너무 많이 취해서 섹스를 할 수 없었다. 그 대신 그는 말이 많았다. 그는 다다미방에 옷을 벗어 던졌다. 에르미는 그 옷들을 그대로 놓아두었다. 그는 호텔에서 주는 유카타도 입지 않은 채 이부자리에 널브러졌다. "난 아주 굉장한 부자가 될 거야." 그는 기뻐 날뛰면서 말했다. "필리핀에서 사업을 할 수 있도록 허가를

---

84. 1960년에 있었던 미일 안보조약 갱신 반대 운동 당시 유행했던 구호.

내주기만 하면 그들은 내가 원하는 모든 걸 주겠다고 했어. 내일 보석상에 가서 당신에게 가장 비싼 다이아몬드를 사주지!"

안드레스 브라보는 에르미를 시부야에 있는 전쟁 배상금 사무소 근처의 남페이다이라는 곳으로 데려갔다. 상류층이 모여 사는 동네인 것 같았다. 시멘트벽이나 회색 타일을 붙인 목재 건물 같은 것은 없었다. 넓은 땅에 나무가 우거진 정원이 딸린 조용한 집들과 도쿄 사람들이 맨션이라고 부르는 아파트들이 들어서 있었다. 그리고 진입로마다 덩치가 큰 미제 자동차들이 주차되어 있었다. 길 양쪽에는 진달래들이 활짝 피었고 라벤더 꽃들이 아침 햇살을 받아 화사하게 빛났다. 안드레스 브라보는 남페이데이에 집을 한 채 가지고 있었다. 마닐라의 기준으로 보면 호화롭지는 않았으나 상당한 규모였다. 현대식 가옥이었고 연못과 잘 손질된 수풀, 그리고 벚나무로 꾸민 일본식 정원이 딸려 있었다. 그리고 입구를 따로 쓰는 작은 아파트가 집 옆에 붙어 있었다. "일본인 관리인이 사는 데야." 안드레스 브라보는 설명했다. "관리비는 얼마 되지 않아. 하지만 아파트 세를 내지 않으니까 그에게는 이익이지."

진입로에는 메르세데스가 보란 듯이 세워져 있었다. 안드레스 브라보가 도쿄에 머무는 동안에는 가스와 난방이 들어왔다. 래커 칠을 한 꽃병에는 꽃이 꽂혀 있었고 냉장고에는 자몽과 사과가 들어 있었다.

그들은 침실에서 사랑을 나누었다. 에르미의 예상대로 안드레스 브라보는 오래된 일로카노 민요를 흥얼거리기 시작했다. 오르가슴에 도달했다는 신호였다.

일본군과 싸워서 수많은 훈장을 받은 사람이 이제는 어떻게 그들의 협력자가 될 수 있는 것일까?

"그러면 안 되나?" 상원의원은 되물었다. "영원히 과거에 얽매여서 살 수는 없어. 감상적으로 굴어서는 안 돼."

안드레스 브라보가 마닐라로 돌아가고 난 뒤 에르미는 혼자 곰곰이 생각해보았다. 아버지 나라의 사람들에 대한 그녀의 감정의 깊이를 헤아려보았다. 마침내 벚꽃이 활짝 피기 시작했으므로 니타는 벚꽃이 가장 아름답다는 우에노 공원에 가보자고 했다. 그들은 즉시 지하철을 탔고 붐비는 사람들 때문에 고생을 했다. 많은 사람들이 똑같은 생각을 한 것이다. 화사한 봄볕 속에서 그들은 투명한 분홍빛 그늘 아래 앉았다. 사람들이 웅성거리며 돌아다녔고 젊은이들은 먹고 마시고 노래했다. 며칠 지나지 않아 벚꽃은 떨어졌다. 이것이 바로 매혹적인 삶의 덧없는 한순간을 의미하는 '무사도'일 것이라고, 에르미는 언젠가 책에서 읽었던 내용을 떠올렸다. 활짝 피었다가 곧 지고 마는 사쿠라. 하지만 그녀는 일본인들의 기쁨에 동참할 수 없었다. 아무리 노력해도 그녀는 그 세계에 속하지 못하리라는 것을 깨달았다.

우에노 공원에 다녀온 뒤 그녀는 마닐라로 돌아가고 싶다는 생각을 했다. 콘시타를 만난들 무슨 소용이 있겠는가? 어머니를 한 번 보는 것으로 무엇이 달라질 것인가? 시간이 그 잔인한 덧없음으로 덮쳐오기 전에 그녀는 삶을 아름답게 활짝 꽃피워야 했다. 마닐라에서 벗어나, 로호 가문이 그녀에게 채워놓은 비열하고 거추장스러운 사슬을 끊어버려야 했다.

14

잉게이 대사는 하네다 공항까지 에르미를 배웅해주었다. 사교적인 성품인 그는 차 안에서 2차 대전 때 영웅적인 행동으로 일본인들에게 추방당했다가 레이테 섬의 승리를 계기로 귀환했다는 이야기를 장황하게 늘어놓았다. 그리고 현재 일본에서 '새로운 우정의 가교를 만들어가는' 자신의 특별한 역할을 강조했다.

에르미는 그 모든 것이 앞뒤가 맞지 않는 애매모호한 외교적 공치사로 여겨졌다. 그녀는 하비브 대사가 거물에게 얼마나 공손했던가를 회상했다. 잉게이 대사가 안드레스 브라보의 비자금 수수를 담당한다는 사실을 알게 된 뒤, 아무리 키높이구두를 신고 있어도 그는 그녀의 눈에 훨씬 더 왜소해 보였다. 마침내 노스웨스트 오리엔트 항공사의 비행기가 이륙하자 그녀는 완전히 긴장이 풀렸다. 잉게이 대사의 허튼소리와 에르미의 부유함과 너그러움을 이용하기 위해 애쓰는 니타의 집요한 관심으로부터 멀어졌기 때문이었다.

여행이 항상 즐거운 것은 아니었다. 비행기 안에서 그녀는 폐쇄공포증을 느꼈고 갑작스럽게 히스테리 발작이 일어날까 봐 걱정스러웠다. 하지만 일등석이 모두 차서 그녀 혼자 남겨질 일은 없었다. 옆자리에는 창백하고 야윈 얼굴에 눈 밑이 불룩한 노인이 앉았다. 그는 자리에 앉자마자 에두아르도 단테스라고 자신을 소개했다. 그는 신문사와 잡지, 라디오와 텔레비전 방송국을 소유한 언론 재벌이었다. 그녀는 그가 과거에 카마린에서 마주친 적이 있는 사실을 기억할지도 모른다고 생각했다.

"그런데 젊은 숙녀분께서는," 가느다란 손가락을 흔들면서 그는 아버지 같은 태도로 말했다. "샌프란시스코에 호텔 예약을 해놓으셨겠지요? 일 년 내내 회의와 행사가 열려서 일본인들이 북적대는 통에 좋은 호텔을 잡기가 힘들어요." 도쿄에서 출발할 때 보니 정말 일등석 승객 대부분이 일본인들이었다.

"여행사에서 실수하지 않았다면 페어몬트 호텔에 예약이 되어 있는 걸로 아는데요." 그녀가 말했다.

"페어몬트라! 음." 단테스는 의치를 드러내며 환하게 웃었다. "정말 잘됐군! 나도 그곳에서 사흘 동안 머물 거요. 이렇게 긴 여행은 나를 지치게 하거든. 그러고 나서 뉴욕에서 열리는 회의에 참석할 예정이오. 당신은 샌프란시스코에 얼마나 머물 생각이지요?"

"일주일이요. 상황에 따라 더 머물 수도 있어요. 친척을 만나러 가는데, 그분들은 제가 오는 것을 모르거든요." 에르미가 대답했다.

"나는 샌프란시스코를 잘 알아요. 사실은 구미가 당기는 부동산이 있어서 보러 가는 길이라오. 내 도움이 필요하면 연락해요. 물론 샌프란시스코가 처음은 아니겠지만."

에르미는 미소를 지었다. 그는 품위 있게 말하는 법을 아는 사람이었다. "아니요. 저는 미국이 처음이에요. 그래서 조금 겁이 나기도 해요."

"내가 도와주리다. 미국에서 아무 불편이 없도록 안내하지."

에두아르도 단테스는 혼자가 아니었다. 뒷좌석에 그의 일행이 앉아 있었다. 이름만 들어도 누구인지 알 수 있는 작가들이었다. 모두들 지혜롭고 명석하며, 투철한 민족주의자로 자처하는 사람들이었다. 일행 가운데 유일한 여자인 에탕 파펠은 몸집이 큰 메스티사로, 여행 내내 단테스의 비위를 맞추면서 스페인어로 대화를 나누었다. 아벨라르도 크루즈는 유행을 따르는 멋쟁이처럼 보였다. 그는 실크 넥타이를 연신 매만지고 포마드를 바른 머리카락을 손바닥으로 쓸어 올렸다. 민족주의 사학의 수장격인 아토 파우스티노는 행동주의적 역사학자로 알려져 있었고, 팔소 페레라는 칼럼니스트였다. 기묘하게도 서로 비슷한 점이 있는 사람들이었다. 에두아르도 단테스와 대화를 나눌 때는 모두들 굽실거리면서 아첨하는 분위기였다. 무엇보다도 단테스는 그들에게 안락한 생활을 제공해주는 사람이었다. 나중에 팔소 페레라가 에르미에게 한 말에 따르면, 그 대가로 그들은 비굴할 정도의 충성심을 보이면서 단테스를 위해 일한다고 했다.

아페리티프[85]가 나올 무렵, 비행기는 해 지는 태평양 하늘을 날고 있었다. 밤이 찾아오자 단테스는 익숙한 신호를 보내오기 시작했다. 사려

---

85. 식전에 마시는 술.

깊은 아버지 같은 태도는 어느새 사라지고 로맨틱한 접근과 호색가의 집적거림으로 변해갔다. 그는 자신이 매우 빈틈없는 사람이며, 안드레스 브라보 같은 정치가들과 유대 관계가 깊다는 이야기를 장황하게 늘어놓았다. 그는 브라보 상원의원의 막강한 돈줄 노릇을 하는 게 확실했다. 그녀가 하품을 하면서 관심을 보이지 않는데도 그는 여전히 자신의 성공담을 늘어놓았다. 그녀는 좌석을 최대한 뒤로 젖히면서 이제 잠을 자야겠다고 말했다.

호놀룰루에 다가갈 무렵 단테스는 그녀를 깨웠다. 아침 식사를 나눠주고 있었다. 그가 그녀 쪽으로 고개를 숙였을 때 노인 특유의 지독한 입 냄새 때문에 그녀는 불쾌감을 느꼈다. 아래를 내려다보니 푸른빛의 광활한 태평양이 새털구름 아래 펼쳐졌고 투명한 아침 햇살을 받아 빛나고 있었다. 단테스는 초록색 혹 같은 봉우리인 다이아몬드 헤드[86]와 와이키키 해변의 석조탑을 하나하나 손가락으로 가리키면서 알려주었다. 비스듬히 하강하면서 날아가는 비행기 밑으로 회색빛 진주만이 보였다. "당신은 너무 젊어서 전쟁이 어떤 것인지 모를 거요." 단테스는 그녀의 손을 꼭 잡으면서 말했다. "바로 저기서 전쟁이 시작되었지."

그는 자기 일행이 그녀의 짐을 들어주는 것을 허락하지 않았다. 도쿄에서 쇼핑한 물건들과 브라보 상원의원이 선물로 사준 옷들 때문에 짐은 불룩한 가방 세 개로 늘어나 있었다. 마르고 노쇠한 단테스는 숨을 헐떡이면서 가방을 날랐다. 불쌍한 노인네가 뇌일혈을 일으킬 지경에 이르렀으나 에르미는 그가 통속적인 남성다움을 과시하도록 내버려두

---

86. 하와이 오아후 섬 남동 연안의 전형적인 구상 화산.

었다. 입국과 세관을 통과하는 줄은 길고 느렸다. 하지만 필리핀 영사와 직원 두 명이 그들을 VIP라운지로 안내했다. 그곳에서 그들은 커피와 주스, 마카다미아넛을 먹으면서 입국 절차가 끝나기를 기다렸다.

하늘에는 무거운 회청색 구름이 드리워져 있었다. 비행기가 활주로에 착륙하기 전에 단테스는 눈에 띄는 건물들과 민둥산, 그리고 어둡고 불투명한 샌프란시스코 만을 일일이 손가락으로 가리키면서 알려주었다. 공항에 들어서자 그녀는 정신을 차릴 수 없었다. 필리핀의 어느 공항에 내린 듯한 기분이었다. 옷차림만 다를 뿐, 와글거리는 필리핀 사람들 속에 섞여 있는 착각에 빠졌다. 그때 영사관에서 나온 직원 몇 명의 모습이 보였다. 배경이 든든한 사람들은 여행할 때마다 시중들 사람이 나와 편의를 봐주는 모양이었다. 영사는 피부색이 검고 사무적인 태도에 말수가 적고 꼼꼼한 사람이었다. 그는 직업외교관으로서 이런 종류의 일을 하고 싶어하지 않는다는 게 명백히 눈에 보였다. 하지만 그에게 선택의 여지는 없었을 것이다. 리무진을 타고 시내로 들어가면서도 영사는 꼭 필요한 말 외에는 입을 열지 않았다.

차가 터널을 빠져나오자 어둠이 밀려왔다. 주위는 고요했고 공기는 차갑고 축축했다. 고속도로로 들어서자 차가 붐비기 시작했다. 바다에서 밀려온 안개가 모든 것을 덮어버려 번쩍이는 자동차의 전조등만이 보일 뿐이었다. 언덕 위에 군데군데 들어선 하얀 집들이 이제는 회색빛 얼룩으로 보였다. 잠시 후에는 안개가 갑자기 언덕 너머로 사라졌다. 멀리 샌프란시스코의 윤곽이 반짝이는 보석처럼 드러났다. 어두운 하늘에 솟아오른 높은 빌딩들은 축제처럼 환하게 불을 밝히고 있었다.

단테스는 페어몬트 호텔이 중심가 가까이 있는, 캘리포니아에서 손꼽히는 최고급 호텔이라고 설명했다. 그리고 호텔 선택을 잘했다고 덧붙였다.

영사는 그들을 호텔에 내려주고 서둘러 돌아갔다. 그는 에르미에게 집 전화번호가 적힌 명함을 건네주었다. 그리고 악수를 하면서 처음으로 활짝 웃었다. 그녀가 다른 요구사항들을 이것저것 늘어놓지 않았기 때문에 성가신 방문객이 아니라는 사실을 깨달은 것이다.

에르미가 아직 짐을 풀지도 않았을 때 전화벨이 울렸다. 저녁 식사를 같이하지 않겠느냐는 단테스의 전화였다. 잠시 동안 그녀는 지루한 저녁 식사를 해야 할 것인지 망설였다. 그녀는 이내 단테스가 안드레스 브라보와 마찬가지로 중요한 인물이므로 알아두면 이용가치가 있으리란 판단을 내렸다.

"예, 그렇게 하지요." 그녀는 명랑하게 대답했다.

잠자리에 들기 전에 그녀는 전화번호부를 뒤적거렸다. 존 콜리어는 둘뿐이었다. 한 사람은 워싱턴 가에 살았고 또 한 사람은 달리 시에 거주했다. 그녀는 두 사람의 전화번호를 적어두었다. 그녀에게는 시간과 돈이 충분했으며 단테스에게 부탁하면 정보를 캐줄 사람들도 찾을 수 있을 것이다. 그녀를 유혹하려고 마음먹은 이상 단테스는 어떤 부탁도 마다하지 않을 게 틀림없었다.

아침에 눈을 뜨자마자 에르미는 하루를 어떻게 보낼지 생각했다. 창문으로 봄 햇살이 쏟아져 들어왔다. 금박으로 테를 두른 천장에서 크리스틸 샹들리에가 빛을 반사하면서 반짝였다. 왜 필리핀인들은 평생 바라보며 살아야 하는 천장에는 신경을 쓰지 않는 것일까? 마닐라로 돌아가면 쿠바오의 집 천장을 바꿔봐야겠다고 생각했다. 벽화를 그리든가 장식을 붙여서 독특하게 만들 것이다.

그녀는 우선 쇼핑을 하러 갔다. 아직 짐을 다 풀지 않았으므로 청바지에 파란색 캐시미어 스웨터를 입었다. 어울리지는 않았으나 그녀는 그 위에 밍크코트를 걸쳤다.

잠깐 콘시타 로호가 머릿속에 떠올랐다. 에르미가 샌프란시스코에 온 것은 오직 그녀를 만나기 위해서였다. 그녀는 진실이 밝혀지는 순간을 잠시 미루고 있었다. 왠지 그녀를 빨리 만나야 한다는 마음이 사라졌다. 그 이유가 무엇인지 그녀는 자신의 감정을 깊이 들여다보았다. 지금 자신의 모습을 어머니에게 보여주고 싶지 않은 것일까?

그녀는 손목에 찬 다이아가 박힌 롤렉스를 들여다보았다. 시계 바늘은 여전히 도쿄의 시간을 가리키고 있었다. 마닐라보다 한 시간 앞선 시각이었다. 가마린은 아직 문을 닫지 않았을 테고 쿠바오의 식구들은 잠들었을 것이다. 그녀의 안전을 걱정하던 가엾은 맥이 떠올랐다. 가능하지 않은 일이었지만 그녀는 그가 곁에 있기를 바랐다. 증오하는 어머니와 마주해야 할 순간이 다가오자 그녀는 정말로 의지할 사람이 간절했다.

그녀는 배가 고팠다. 엘리베이터에 올라타자 시끄럽게 떠들던 네 명의 남자들이 말을 멈추었다. 그리고 무례하게도 그녀를 뚫어지게 바라보았다. 로비로 걸어 들어가면서도 그녀는 자신을 뒤쫓는 그들의 눈길을 느낄 수 있었다. 그녀는 늘 주목을 받아왔다. 남자들에게 영향력을 행사할 수 있다는 면에서 그녀는 언제나 그들의 눈길을 즐겁게 받아들였다. 커피숍에 들어서자 다시 그녀를 향해 시선이 쏟아졌다. 밍크코트가 아니라 그녀를 바라보는 눈길이었다. 미국 사람들은 왜 이럴까? 필리핀 메스티사와 일본인의 혼혈을 한 번도 본 적이 없나? 단지 그녀가 아름다워서 바라보는 것만은 아니었다. 그녀의 태도에는 백인 여성들에게서는 찾아볼 수 없는 여성적인 우아함이 깃들어 있었다. 그녀는 돈과 보석을 호텔 금고에 맡기고 쇼핑을 하러 나갔다. 그녀는 샌프란시스코 물가가 비싼 것에 놀랐다. 유니온 스퀘어의 메이시 백화점에는 도쿄에서 그녀가 즐겨 찾던 이세탄 백화점보다 물건이 많지 않았다. 진열된 옷의 디자인도 질이 떨어졌다. 그녀는 미국 백화점의 물건이 질과 양에서 일본보다 못한 것에 실망했다. 정오가 좀 지나서 호텔로 돌아왔을 때는 시차로 인한 피로가 몰려왔다. 졸려서 정신을 차릴 수 없을 정도였다. 그녀는 침대에 눕자마자 잠이 들었다.

깨어났을 때도 여전히 밖은 환했다. 그때 지금 당장 전화하지 않으면 영원히 할 수 없을 것 같은 생각이 들었다. 그녀가 여기에 온 것은 어머니를 만나기 위해서였다. 다른 이유는 없었다. 그녀에게는 의지할 사람이 아무도 없었다. 자신이 사라지면 로호가의 사람들은 누구보다도 기뻐할 게 틀림없었다.

벨이 울리자마자 누군가 전화를 받았다. 건조하고 성마른 미국인 목소리였다. 아르투로와 오랑이 설명해준 존 콜리어의 모습이 그녀의 머릿속을 스치고 지나갔다.

"콜리어 씨 댁인가요? 존 콜리어 씨?"

"그런데요. 뭘 도와드릴까요?" 그녀는 미국 사람들이 말하는 방식에 익숙해져야만 했다.

"콘시타 콜리어 부인과 통화하고 싶어요."

"지금 집에 없는데요. 전할 말씀이 있으신가요?"

이렇게 운이 좋을 수 있을까? 처음 전화를 건 집이 바로 그 집이었다. "다시 전화할게요." 그녀는 서둘러 대화를 끝맺으려 했으나 수화기를 내려놓기 직전에 존 콜리어가 말했다. "마닐라에서 오신 분입니까? 콘시타는 일곱 시 전에는 돌아올 텐데요……."

"다시 전화할게요." 존 콜리어가 다시 대답하기 전에 그녀는 얼른 전화를 끊었다.

그녀는 관광 안내서를 손에 들고 로비로 내려갔다. 호텔 직원에게 피셔맨즈 와프[87]로 가는 길을 물었다. 그녀는 책에서 유명한 샌프란시스코 사워도우[88]가 나오는 생선요리 전문 레스토랑에 대해 읽은 적이 있었다. 딘테스는 뉴욕으로 떠나기 전날 그곳에 그녀를 데려가주겠다고 약속했다. 레스토랑을 창업하려는 계획에 참고가 될 것 같았다. 바깥 공기는 차가웠다. 하지만 그녀의 생각대로 밍크코트는 너무 눈에 띄었다. 거리에 밍크를 입은 여자는 하나도 없었다. 그녀는 방으로 돌아가 영국제 버버리 외투로 갈아입었다.

모퉁이를 돌아서 그녀는 신호등 앞에 서 있는 전차에 올라탔다. 경사

---

87. 샌프란시스코 북쪽 끝에 있는 어항. 관광지.

88. 빵을 부풀리는 데 사용하는 누룩 반죽을 가리키는 말로, 빵을 만들 때 반죽의 일정한 양을 남겨서 다음 반죽에 쓴다. 골드러시 시절, 주로 북 캘리포니아에서 그런 방식으로 빵을 만들었으며 지금은 샌프란시스코의 전통적인 빵으로 남아 있다.

진 언덕을 내려가면서 낡은 전차는 부서질 듯 덜컹거렸고, 와프에 도착할 때까지 내내 요란한 소리를 냈다. 맑게 갠 오후를 즐기면서 거니는 사람들의 모습이 눈에 띄었다. 대부분 그녀와 같은 관광객들이었다. 떼를 쓰는 어린 소녀를 끌고 가는 여자를 보자 잊고 있던 어머니 생각이 났다. 어둠이 내렸다. 그녀는 택시를 타고 워싱턴 가까이 갔다. 그 동네는 잘 손질된 잔디밭과 꽃나무들이 보이는 깔끔한 주거지역이었다. 언덕 아래로는 저녁놀에 물든 탁한 회색빛 바다가 넘실대고 있었다. 그 위로는 마치 태풍이 불기 직전의 하늘처럼 두꺼운 안개가 도시를 향해 밀려왔다. 그녀는 택시에서 내렸다. 어머니가 사는 곳에서 한 블록 떨어진 곳이었다. 조용한 거리를 따라 걸으면서 외투 자락을 여몄다. 기온이 점점 떨어지고 있었다. 콜리어의 집은 고급 주택처럼 보였다. 벽은 크림색으로 칠해졌고 지붕은 슬레이트였다. 진입로에는 파란색 BMW와 검은색 메르세데스가 서 있었다. 에르미는 콜리어 부부에게 자식이 있는지 궁금했다. 그녀에게는 아버지가 다른 남동생이거나 여동생일 것이다. 하지만 정원에도 진입로에도 젊은 사람들이 쓰는 물건은 눈에 띄지 않았다. 자전거조차 보이지 않았다.

멀리서 무적(霧笛) 소리가 구슬프게 들려왔다. 짙어가는 어둠 속에서 그녀는 천천히 그 집 앞을 지나쳤다. 그 순간 거실에 불이 켜졌다. 그러나 집 안은 거의 보이지 않았다. 그녀는 호텔로 돌아가기 위해 길 건너편 블록 끝에 섰다. 얼마 후 그 집 앞에 택시가 멈춰 서고 중년의 여자가 내렸다. 콘시타는 어두운 색 코트를 단정하게 입고 머리에는 붉은 스카프를 두르고 있었다. 달걀형의 얼굴에 수수하게 화장을 했고 걸음걸이는 편안했다. 에르미는 콘시타를 소리쳐 부르고 싶은 충동을 억눌렀다. 그 대신 얼굴을 자세히 보려고 서둘러 자리를 옮겼다. 그러나 콘시타는 벌써 대문을 열고 집 안으로 들어서고 있었다. 한 남자가 현관에 서 있는데, 키가 크고 머리가 벗겨졌으며 배가 나왔다. 그는 콘시타가 들고 온 작은 꾸러미를 받아들면서 그녀의 뺨에 입을 맞추었다. 에르미는 언덕 아래로 내려가 택시를 잡았다.

그녀는 언제나 자신의 직관이 도움이 된다고 생각했다. 아마 어머니를 소리쳐 불렀다면 그 자리에서 재회가 이루어졌을지도 모른다. 하지만 콘시타가 그녀를 거부할 수도 있었다. 이렇듯 오랜 세월 동안 어머니는 한 번도 딸에게 관심을 보인 적이 없지 않았던가?

페어몬트 호텔로 돌아와서 에르미는 어떻게 해야 할지 생각했다. 시간과 돈은 충분했다. 존 콜리어는 낯선 여자가 전화를 했고 다시 전화한다고 했던 말을 이미 전했을 것이다.

단테스가 또다시 함께 저녁을 먹으러 가자고 제의했다. 그녀는 피곤하다는 이유로 거절했다. 그녀는 한밤중에 깨어나 다시 잠들지 못했다. 몸이 아직 시차에 적응하지 못하고 있었다. 그녀는 새벽 다섯 시까지 관광 안내서를 읽다가 겨우 잠이 들었다. 아침에 눈을 뜨자마자 그녀는 존 콜리어의 집으로 전화를 했다. 여자가 전화를 받았다.

"콜리어 부인인가요?"

"예."

"안녕하세요? 당신은 저를 모르실 거예요. 아니, 이미 저를 다 잊으셨겠지요."

"누구시죠? 무슨 말씀을 하시는 거죠?"

"콜리어 부인, 그저 한 번 만나 뵀으면 해서요." 태연하게 말하려고 애썼으나 긴장이 되는 것은 어쩔 수 없었다. "저는 당신 딸이에요."

긴 침묵이 이어졌다. 그러다 갑자기 콘시타가 사나운 목소리로 거칠게 되물었다. "도대체 누군데 지금 그런 말씀을 하는 거죠?"

이제 에르미는 진정이 되었다. "어머니." 그 단어는 쉽게 흘러나왔다. 얼마나 여러 차례 연습했던 말인가. "저예요, 에르미따. 어머니가 케손 시의 보육원에 버리고 간 딸이요."

또 한 번의 침묵이 이어졌다. 존 콜리어가 누구냐고 묻는 소리가 수화기를 통해 들려왔다. 콘시타는 마닐라에서 온 모르는 사람이라고 대답했다.

"어머니, 저는 지금 샌프란시스코에 있어요. 그리고 어머니를 만나고 싶어요."

"오늘은 만날 수 없어요." 콘시타의 목소리는 냉담했다. "출근해야 해요."

"알았어요." 에르미는 말했다. "바쁘시면 제가 오늘 저녁에 집으로 찾아가 뵙죠."

"아니, 안 돼요……. 그렇게 하지 말아요. 당신이 정말 그 사람이 맞아요?"

"저는 그냥 어머니를 만나고 싶을 뿐이에요. 아무것도 바라는 것은 없어요. 집으로 찾아가는 게 싫으시면 어머니가 원하는 곳에서 만나요. 어디에 사시는지는 알고 있어요. 한 번 가봤거든요." 그녀는 잠시 말을 멈추었다. 그리고 보통 때의 말투로 당당하게 다시 말을 이었다. "저는 페어몬트 호텔에 있어요. 물론 에르미따 로호라는 이름으로 투숙하고 있고요. 전화해서 메시지를 남겨주세요. 존 콜리어 씨가 저에 대해 아는 것을 원치 않으시는 것 같네요. 그러니까 편한 시간과 장소를 정해 주세요."

그녀는 하루 종일 호텔 밖에 있었다. 도시를 한 바퀴 도는 여행사의 관광 프로그램에 참여했다. 어머니는 분명히 그녀를 만나고 싶어하지 않았다. 자신의 뱃속에서 열 달 동안 자란 자식을 보고 싶어하지 않는 여자는 도대체 어떤 사람일까? 에르미는 아기를 갖게 되기를 바랐다. 비록 아기의 아버지가 누가 될지는 모르나 어쨌든 아기는 그녀의 자식이다. 그녀가 받지 못한 사랑까지 더해서 아기를 진심으로 사랑하겠다고 생각했다.

그녀는 야간 관광도 했는데 그저 풍경들을 건성으로 흘려보냈다. 생각하면 할수록 분노는 커져갔고 마음은 혼란스러웠다. 그녀는 혼자 여행중인 잘생긴 스페인 청년과 우연히 만났으나 그의 데이트 신청을 거절했다. 유창한 스페인어 실력을 시험해볼 수 있는 기회 말고는 그에게서 얻을 게 없어 보였다.

호텔로 돌아오자 에두아르도 단테스와 콘시타 로호로부터 메시지가 와 있었다. 단테스는 뉴욕으로 떠날 것이니 그녀가 그곳에 오게 되면 반드시 연락하라는 내용이었다. 어머니에게서 세 개의 메시지가 와 있었다. 열 시에 전달된 메시지는 점심때 만나고 싶다는 내용이었고, 두 번째 메시지는 정오에 확인차 온 전화였다. 저녁 여덟 시에 녹음된 전화는 다음 날 아침 일찍 그녀를 만나고 싶다는 내용이었다.

다음 날 콘시타의 전화가 그녀를 깨웠다.

"어머니, 올라오시겠어요?"

"아니." 콜리어 부인은 말했다. "로비에서 기다릴게. 나를 알아볼 수 있니?"

"물론이죠." 에르미는 웃었다. 그녀는 샤워를 하고 머리를 말렸다. 삼십 분이나 지난 뒤에 그녀는 밍크코트를 손에 들고 아래층으로 내려갔다. 갈색 악어가죽 구두에 어울리는 핸드백을 들고 미츠코시 백화점에서 산 아름다운 풋사과빛 리넨 드레스를 입었다. 알레한드라가 그녀에게 연두색 망고 빛깔 옷을 준 뒤로, 그리고 맥이 그 옷을 입은 모습이 가장 아름답다고 말해준 뒤로 그녀는 연두색을 가장 좋아하게 되었다. 로비의 회색 기둥 옆 진줏빛 소파에 앉아 있는 어머니를 그녀는 한눈에 알아보았다. 그 앞으로 달려가 미소를 짓고 입을 맞추고 싶었지만 에르미는 숙녀답게 행동하기로 마음먹었다. 콘시타는 그녀에게 악수를 청하지도 않은 채 자기 앞에 선 아름다운 아가씨를 훑어보았다. 자기와 마찬가지로 고운 살결에 완벽한 콧날을 지니고 있었다. 콘시타는 자리에서 일어나면서 말했다. "나는 아홉 시까지 사무실에 나가야 해. 커피숍으로 가자." 콘시타 역시 하이힐을 신고 있었는데 에르미가 훨씬 키가 컸다.

커피숍은 텅 비어 있었다. 그들은 진녹색 양치식물 화분으로 가려진 구석 자리로 갔다. 아침 햇살을 받아 석고 벽이 하얗게 빛나고 있었다. 그들은 얼굴을 마주보고 앉았다. 콘시타는 단정한 감색 슈트 차림이었다. 옷깃에는 다이아몬드가 촘촘히 박힌 꽃 모양의 금 브로치를 달고 있었다. 콘시타는 커피를 주문했으나 에르미는 음식을 시켰다. 추운 날씨 탓인지 부쩍 식욕이 당기는 것 같았다. 에르미는 아무 말도 하지 않고 한동안 콘시타를 바라보았다. 그리고 세월이 흐르면 나 역시 저렇게 변하겠지? 턱 선은 흐릿해질 것이고 눈가에는 주름이 잡힐 것이다. 그리고 손도—손이 늙는 것이야말로 막을 수 없는 일이었다. 미국에서 살기 때문에 일하는 사람을 쓰지 않은 콘시타는 손이 주름지고 거칠었다. 그녀는 잠시 어머니가 왜 펠리시타스 로호처럼 성형수술을 하지 않았는지 의아했다. 느닷없이 에르미는 물었다.

"그 긴 세월 동안 왜 한 번도 저를 보러오지 않으셨지요? 수치스러워할 이유가 없을 텐데요. 어머니 잘못이 아니니까요. 게다가 지금 제 모습을 보세요. 교육을 받았고 아름답고 부자예요." 그녀는 뻔뻔스럽게 굴 생각은 아니었다. 그러나 그렇게 되고 말았다.

"펠라이가 편지를 보냈는데 네가 에르미따에 있는 집에서 나갔다고 하더구나."

에르미는 그녀기 말을 마칠 때까지 기다리지 않았다.

"어머니, 제가 살던 곳은 집이 아니었어요. 저는 차고에서 살았고 이모가 우리를 내쫓았어요. 제 말은 보육원이나 차고로 왜 저를 보러 오지 않았냐는 뜻이었어요. 저는 차고에서 운전기사 식구들과 함께 살았어요. 어머니를 도왔던 운전사를 기억하세요? 총에 맞아 다친 사람 말이에요. 그분은 이제 한쪽 눈을 볼 수 없게 되었어요."

콘시타는 딸의 얼굴을 볼 수 없었다. 그녀는 손도 대지 않은 커피 잔을 내려다보았다. "나는 널 증오했어." 갑자기 그녀가 나지막하게 말했다. 절망이 담긴 목소리였다. "내가 당한 일을 증오했지. 네가 존재하지 않기를 바랐어……." 마침내 그녀는 에르미의 얼굴을 바라보았다. 그녀의 눈 속에는 분노가 담겨 있었고 손은 떨리고 있었다.

"알고 있었어요." 에르미가 말했다. 웨이터가 아침 식사를 가져왔다. 오믈렛과 베이컨, 프렌치 토스트였다. 에르미는 음식을 먹었다.

"낳자마자 제 목을 졸라서 죽이지 그러셨어요? 아니면 변기 속에 흘려보내던가."

콘시타는 눈살을 찡그렸다. "나는 살인자가 아니야." 그녀는 날카롭게 말했다. "게다가 너는 누가 봐도 잘살고 있잖아."

"어머니, 저를 보세요. 저는 최고급 옷을 입고 있어요. 그리고 이 반지는……." 그녀는 과시하듯 왼손을 들어 보였다. "보이죠? 삼 캐럿짜리 완벽한 푸른 다이아몬드지요. 저는 운전기사가 모는 캐딜락을 타고 다녀요."

"캐딜락?" 콘시타는 빈정대며 말했다. "네그로스 섬 사람들이 좋아하는 거로군."

"저는 지금 돈이 많다는 것을 자랑하고 있는 중이에요, 어머니." 에르미는 즐기고 있었다. "롤스로이스를 살 수도 있지만, 마닐라에서는 정비를 받을 수 없어서 그만두었어요." 베이컨은 오랑이 집에서 만들어주는 것처럼 바삭거렸다. "저는 메르세데스도 한 대 가지고 있어요. 돈만 있으면 사람들이 무엇을 탓하겠어요? 공갈 협박범이든 창녀든 돈만 있으면 존경을 받지요."

콘시타는 자신의 딸을 유심히 쳐다보았다. 유쾌해 보이는 입모양에 이글거리는 검은 눈, 그리고 세련된 콧날, 딸은 대단한 미인이었다. 아름답다는 말로는 모자랄 정도였다. 하지만 불현듯 그녀의 머릿속에 수염투성이에 빡빡 깎은 머리, 길게 찢어진 잔인한 눈매의 야수가 떠올랐다. 그녀는 그를 죽였으나 이제 되살아나 그녀 앞에 앉아 있는 것 같았다. 이 아이는 자신의 것이 아니라 그의 것이었다!

에르미는 오믈렛의 맛을 즐기면서 천천히 식사를 했다. 또한 자신의 말과 감정에 의해 어머니가 당황하고 혐오스러워하는 모습도 즐기고 있었다. 그녀는 얼마나 여러 번 이런 만남을 꿈꿔 왔던가!

"제가 어떻게 부자가 되었는지 궁금하지 않으세요? 법적인 상속은 단한 푼도 받지 않았는데도? 필리핀에서는 사생아라고 해도 상속받을 권리가 있어요. 어머니는 알고 계셨어요? 하지만 저는 로호 가문으로부터 한 푼도 받고 싶지 않아요. 저는 어머니가 앞으로 받을 몫보다 더 많은 재산을 가지고 있어요. 어머니가 저처럼 어렸을 때부터 제가 하는 일을 했어도 저보다 더 많이 벌지는 못했을 거예요. 저는 몸을 팔아요. 매춘부죠. 창녀 말예요. 갈보라고요!"

콘시타는 몸을 뒤로 젖혔다. "그래서 그게 자랑스럽다는 거니?" 그녀는 조롱하듯이 말했다.

"아니요, 어머니." 그녀는 로호 가문에 매인 마지막 족쇄를 끊어버리는 심정으로 격렬하게 말을 이었다. "저는 몸을 파는 순간이 혐오스러워요. 하지만 남자들은 그렇지 않을 테지요. 저는 그들이 기꺼이 돈을 주도록 만드니까요. 세상에, 그들이 돈을 내게 하려고 제가 어떤 짓을 하는지 알기나 하세요?"

270

"나한테 왜 이런 말을 하는 거지?"

"로호 가문 사람 중에 공식적인 매춘부가 있다는 것을 알아야 하니까요. 저와 똑같은 일을 하는 당신의 언니 펠라이는 자신을 사교계의 명사라고 생각하지만요." 에르미는 화를 내는 대신 웃음을 머금었다. 이제는 하고 싶은 말을 마음껏 할 수 있을 것 같았다. 콘시타는 아마도 그녀의 말을 영원히 잊지 못할 것이고 용서할 수도 없을 것이다. "그리고 저는 어머니도 대가를 치르게 하고 싶어요. 왜냐하면 어머니가 저를 이렇게 만들었으니까요."

에르미는 정말로 어머니를 증오한 것은 아니었다. 단지 어머니의 모습을 보고 싶었을 뿐이었다. 어쩌면 콘시타가 어머니다운 태도로 딸을 안아주거나 입을 맞춰주기를 어렴풋이 바랐는지도 모른다. 그랬다면 에르미는 의도적으로 거친 분노를 폭발시키지는 않았을 것이다.

"이제 너는 나를 보았고 나도 너를 보았어." 콘시타는 말했다. "나는 내 삶을 살 것이고 너는 네 삶을 살겠지. 원하지는 않았지만 나는 너에게 생명을 주었어. 너를 다시는 보고 싶지 않아. 물론 네가 이렇게 된 것이 안타깝다. 하지만 결국은 네가 나약해서 선택한 길이야……."

"나약했다고요?" 에르미는 되받아쳤다.

"누가 나약한지 두고 보고 싶군요. 제가 마지막으로 하고 싶은 말을 아직 다 못했다는 걸 알아두세요."

15

존 콜리어를 유혹하는 일은 아주 쉬웠다. 그는 군대에서 일찌감치 퇴역했다. 그리고 자신의 인맥을 활용해서 번듯한 법률회사를 차렸다. 콘시타가 이제까지 누려온 안락한 생활을 보장해주기 위해서였다. 그녀는 일할 필요가 없었으나 자존심과 미국의 풍습 때문에 어쩔 수 없이 직장에 다녔다. 그녀의 수입은 상당했다. 그녀는 이십 년 동안 고향을 떠나 있었고 다시 돌아갈 생각도 전혀 없었다. 마닐라에 있는 로호 가문 사람들은 공정하게 재산을 분배해주었다. 향수병이 그녀를 괴롭힐 때면 펠라이와 호셀리토가 샌프란시스코를 방문해서 그녀를 위로했다. 그리고 얼마 안 되는 옛 친구들이 마닐라의 최근 소식들을 전해주곤 했다.

존 콜리어는 아직 은퇴하지 않고 법률회사의 원로로 일하고 있었다. 그는 한가한 편이었고 취미인 요리에 빠져 집에서 지내는 시간이 많았다. 에르미는 집으로 전화를 걸어 그에게 만나고 싶다고 말했다.

"당신 부인에 대해 은밀히 드릴 말씀이 있어요. 당신도 알아야 한다고 생각해요. 저는 일주일 전부터 페어몬트 호텔에 머물고 있어요."

그는 샌프란시스코에서 가장 비싼 페어몬트 호텔에서 일주일 이상 머무는 젊은 필리핀 아가씨의 말이라면 그냥 흘려버릴 수는 없다고 생각했다. 존 콜리어는 점심시간에 만나기로 그녀와 약속했다. 정확히 정오에 그는 로비로 들어섰다. 시간을 정확하게 지키는 것은 군인시절부터 몸에 밴 습관이었다. 그는 마닐라에서 온 아가씨가 콘시타에 대해 무슨 이야기를 하려는지 몹시 궁금했다. 아마도 로호 가문 에 일어난 좋지 않은 일들이 콘시타에게도 영향을 미치는 것이라고 짐작했다.

그는 아내를 사랑했으며 한 치의 흠도 없는 그녀의 정절과 마닐라의 유력한 집안 출신인 그녀의 배경을 자랑스럽게 여겼다. 그는 특히 백인과 아시아인의 결혼에 대해 눈살을 찌푸리는 동료들에게 그 점을 강조했다. 알고 보면 캘리포니아 주 법이 국제결혼을 금지한 것은 그리 오래되지 않은 과거의 일이었다. 그는 중요한 행사에 초대받을 때마다 콘시타와 동행했다. 1950년대에 미군병사의 신부로 미국에 온 사람들은 부대 근처에서 일하던 필리핀 세탁부이거나 일본인 창녀들이 많았다.

그는 마닐라에 있을 때보다 배가 나왔고 금발이 회색으로 변하긴 했으나 여전히 키가 크고 잘생긴 사람이었다. 단추가 셋 달린 회색 플란넬 정장을 벗어버리고 집 안에서 어슬렁거릴 때나 샌프란시스코를 한가하게 돌아다닐 때 입곤 하는 황록색 군복 윗도리를 걸치고 있어도 마찬가지였다. 그는 '풋사과빛 드레스'를 금방 알아보고 엘리베이터 근처에 놓인 소파로 다가왔다.

"존 콜리어입니다."

에르미는 일어나 그에게 악수를 청했다. 그는 그저 예의바르게 행동할 생각이었다. 아내에 대해 악의적인 관심을 보이는 이방인에게 호의나 친밀감을 나타낼 생각은 조금도 없었다. 하지만 바로 눈앞에서 매력적인 미소를 띤 아가씨를 보는 순간 법정에서 갈고 닦은 신중함이나 엄격함은 어디론가 사라지고 이내 넋을 잃고 말았다. 마치 오래전부터 잘 알던 사람처럼 그녀에게 온전히 마음을 빼앗겼다. 그는 유니온 스퀘어 근처에 있는 클리프트 레스토랑으로 그녀를 데려갔다. 그곳의 로스트비프는 최고였다. 그가 굳이 그곳에서 점심 식사를 하는 이유는 음식 외에도 하나가 더 있었다. 그의 동료들 대부분이 그곳에서 점심 모임을 가졌다. 그는 그들에게 에르미를 과시하고 싶었다. 오랜 세월 동안 아시아, 특히 일본에서 복무한 뒤로 존 콜리어는 아시아 여자들에게 호감을 갖고 있었다.

그가 장담한 대로 로스트비프는 육즙이 많았다. 나파 밸리산[89] 붉은 포도주도 환상적이었다. 식사를 하는 동안 그들은 별로 연관성이 없는 이런저런 이야기들을 나누면서 가까워졌다. 이미 호텔을 나설 때부터 그는 경계심을 풀고 있었다. 그가 콘시타에 대해 무슨 이야기를 하고 싶으냐고 물었을 때 에르미는 미소를 지으며 얼버무렸다.

"그냥 당신을 불러내기 위해서 핑계를 댄 거예요. 먼 친척인 펠라이로호가 저에게 당신 이야기를 많이 했어요. 아주 잘생긴 분이라고 하던걸요. 이제 당신을 만났으니 꼭 부인을 만나 볼 필요는 없을 것 같네요……."

89. 캘리포니아의 포도주 생산지로 유명한 곳.

그리고 그녀는 샌프란시스코에서 보낸 시간이 아주 지루했다고 불평을 늘어놓았다. 뭔가 새롭고 재미있는 일이 일어나지 않으면 다음 날 뉴욕으로 떠날 예정이라고 말했다. 존 콜리어는 그녀의 암시를 알아차렸다. "나와 내일 일번 고속도로를 드라이브해요. 아주 멋진 도로예요. 산들을 끼고 한쪽에는 태평양이 펼쳐져 있어요."

일주일 뒤 그녀는 드디어 존 콜리어에게 모든 것을 털어놓았다. 뉴욕으로 떠나는 날 저녁이었다. 그는 그녀를 공항까지 데려다주었다.

"존, 콘시타가 낙태시켰다고 말한 그 아기는 당신 아기가 아니었어요." 출국 수속이 끝나고 두 사람이 탑승구 앞에서 막 헤어지려는 순간이었다. "콘시타는 다른 남자의 아기를 낳았고 그 아기는 이제 어른이 되었어요. 제가 바로 콘시타의 딸이에요. 당신은 절대로 제 아버지가 아니에요. 그러니까 근친상간을 범했을까 봐 걱정할 필요는 없어요. 제 아버지는 일본군 병사였어요. 전에 콘시타가 집에 없을 때 전화했던 사람이 바로 저랍니다. 당신이 그 전화를 받았지요. 저는 이미 어머니를 만났어요. 어머니는 제가 여기에 머문 것을 알고 있어요."

존 콜리어가 떠나자마자 에르미는 콘시타에게 전화를 걸었다. 그가 집으로 가서 아내를 만나기까지 한 시간 정도 걸릴 것이므로 그때는 콘시타도 진실을 알게 될 것이다.

콘시타는 활기찬 목소리로 전화를 받았다. 전화한 사람이 에르미라는 것을 알고 즉시 전화를 끊고 싶었으나 그녀는 아무 말 없이 그대로 듣는 걸 택했다.

에르미는 웃었다. "어머니, 제가 무슨 짓을 했는지 아세요? 당신의 남편을 유혹했어요. 그리고 그 사람은 저에게 돈을 주었어요. 삼천 페소보다 더 많이요. 물론 그 정도 되는 미국 달러를 주었지요. 마닐라에서 저는 보통 그만큼 받거든요. 그리고 보석함을 한번 들여다보세요. 지난번에 우리가 만났을 때 달고 나오셨던 다이아몬드 브로치 있잖아요? 아마 이제는 그 안에 없을걸요."

에르미는 콘시타가 울부짖는 소리를 들었다.

"그 사람이 돌아오면 물어보세요. 지금 막 공항에서 출발했으니까요. 제 비행기는 몇 분 뒤에 떠나요. 지난 일주일 동안 페어몬트 호텔에서 데이트를 즐긴 사람이 누구냐고 물어보세요. 아니면 호텔 문지기에게 물어보시던가요. 자세히 이야기해줄 거예요."

"이럴 수는 없어!" 콘시타는 소리쳤다. "넌 내 딸이 아니야. 넌 악마야!"

"하지만 저는 당신의 딸이에요, 어머니. 그리고 당신에게 받은 대로 돌려주겠다고 말했잖아요. 제가 그 사람에게 모든 것을 털어놓았어요."

콘시타는 눈을 감았다. 그리고 다가오는 암흑과도 같은 파국에 대비해 마음을 단단히 먹었다.

"저는 어머니를 닮았거든요." 에르미는 말을 이었다.

"히스테리 발작을 일으키지는 마세요. 저도 화가 심하게 나는 것을 억누르면 정신을 잃고 쓰러지곤 했어요. 하지만 스스로 통제를 해야지요. 기절하지는 마세요."

그렇다. 지금 콘시타를 고문하는 사람은 그녀의 딸이었다. 잃어버린 양심, 혹은 잊기로 작정한 과거가 되살아난 듯, 불쑥 나타난 딸이 그녀를 괴롭히고 있었다.

"어머니, 어차피 망쳐진 삶이었잖아요. 그리고 그것은 어머니의 잘못이고요. 스스로에게 정직했으면 좋았겠지요. 이젠 너무 늦었어요. 어머니에게 한 일에 대해서 저는 후회하지 않아요."

굉음을 내면서 비행기는 어둠 속을 날아올랐다. 저물어가는 산 너머로 항구는 모습을 감추었다. 바다에서 피어오른 안개가 시야를 흐릿하게 가리고 있었다. 그것은 마치 에르미를 다시 세상으로부터 차단시키는 듯했다.

내가 얻은 것은 무엇이지? 이렇게 살다가 나는 어떻게 될까? 오래전부터 그녀가 가져온 의문이었다. 스무 살이었을 때는 모든 것이 단순했다. 에르미따에 있는 저택의 차고와 펠라이 아씨의 엄격한 명령에서 해방되기만을 바랐다. 하지만 자유를 얻게 되자 그녀는 죄의식뿐만 아니라 스스로를 쓸모없는 인간으로 여기게 되었다. 다른 사람들을 도울 때조차 그녀는 그들의 사랑과 충성심을 돈으로 사려 했고, 맥의 말대로 언제나 "자기중심적이면서 감정적으로 미성숙한" 사람일 뿐이었다.

잠을 이루지 못하면서 자학에 빠져들어서는 안 된다는 것을 그녀는 알고 있었다. 그녀는 카마린의 아가씨들처럼 수면제를 먹으며 살아가고 싶지 않았다. 따라서 지금도 그녀는 이 달콤한 성공, 콘시타에게서 거둔 승리에 대한 생각조차 빨리 잊어야만 했다. 그녀는 자기가 옳다고 믿었다. 하지만 보육원에서 지낸 어린 시절처럼 영원히 계속될 것 같던 단순한 생활이 지금 이 순간 몹시 그리웠다. 그때 그녀에게 미래는 잘 정돈되어 고통이 끼어들 자리가 없는 것처럼 보였다. 만약 그녀가 상류층의 매춘부가 되지 않았다면 어떤 삶을 살았을까? 아마도 평범한 회사원과 결혼했을 것이다. 그래서 지금쯤 아이들을 키우면서 정신없이 가정주부의 고된 일상을 보내고 있을 것이다. 또는 수녀가 되었을지도 모른다. 정숙하고 언제나 기도하며 열심히 일하고, 평생 처녀인 채 하느님의 신부로 살았을지도 모른다.

그녀는 여전히 순결한 채로 아무런 의혹이나 원망 없이 그녀가 사랑할 운명인 남자에게 자신의 모든 것을 다 바치고 싶다는 생각을 했다. 그것은 어쩌면 그녀의 첫 남자이자 자신을 돌아보게 만든 사람인 거물일 수도 있었고, 사람 사이의 관계를 들려준 롤란도 크루즈일 수도 있었으며, 결코 자긍심을 버리지 않는 맥일 수도 있었다.

그 한 남자에게 그녀는 모든 의혹을 씻어버릴 수 있는 순수하고 뜨거운 사랑을 주고 싶었다. 하지만 그 남자가 그 사랑에 응답해줄 수 있을까? 수없이 많은 남자들이 그녀의 몸을 공유했다는 사실을 잊을 수 있을까?

그녀는 뉴욕을 거쳐 마닐라로 돌아왔다. 그녀는 어머니에 대한 호기심을 충족시켰고 복수는 통쾌했다. 덤으로 뉴욕에서는 에두아르도 단테스가 그녀에게 침을 질질 흘리도록 만드는 성과를 올렸다. 그 끈덕진 남자를 잔뜩 달궈놓았으므로 그는 이제 그녀의 꽁무니를 쫓아다니게 될 것이다.

한 가지 마음에 걸리는 일이 있었다. 콘시타에게 마지막으로 전화를 걸어 "어머니, 이제 작별 인사를 해야겠네요" 하고 말했을 때였다.

그녀는 태어나서 처음으로 저주하는 말을 들었다. "네가 죽어버렸으면 좋겠어." 어머니가 마지막으로 한 말이었다.

16

에르미는 뉴욕 5번가에 있는 피에르 호텔에서 5월이 다 갈 때까지 한 달 동안 머물렀다. 에두아르도 단테스가 추천한 곳이었다. 페어몬트와 마찬가지로 예로부터 이름난 품격 있는 호텔이었다. 단테스도 그 호텔에 머물렀다. 십육층에 있는 에르미의 방에서는 센트럴 파크가 내려다보였다. 호수와 나무들이 봄볕 속에서 푸르름을 뽐냈고, 공원 건너편에 있는 높은 빌딩과 아파트의 유리벽들은 아침 햇살을 받아 눈부시게 빛났다.

뉴욕에서 열린 회의가 끝나자 단테스는 그의 일행들을 마닐라로 돌려보냈다. 시종이자 광대 노릇을 하는 팔소 페레라만은 예외였다. 에르미에게도 팔소 페레라는 일종의 보너스였다. 그들은 죽이 잘 맞는 친구가 되었다. 그는 뚱뚱하고 옷차림에는 별로 신경을 쓰지 않았다. 아주 넓은 넥타이를 매고 있었는데 별로 품위가 없어 보였다. 에르미는 42번가에 있는 말보로 서점에서 우연히 그와 마주쳤다. 그는 농땡이를 부리며 돌아다니는 중이었다. 에르미는 책을 구경하다가 그가 계산대 직원에게 한 무더기의 책을 마닐라로 우송해달라고 부탁하는 모습을 발견했다.

"그 노인네는," 그는 무덤덤하게 말했다. "내가 책을 많이 읽는 것을 알고 있고 그것을 이용하지요. 그러니까 사고 싶은 책은 무조건 살 수 있는 특권을 준 거예요. 아무런 제한이 없어요. 내기를 해도 좋아요! 에르미, 마닐라에 있는 내 서가를 보여주고 싶어요. 굉장해요."

에르미는 그에게 점심 식사를 같이하겠느냐고 물었다. "나탄 식당이 근처에 있어요." 팔소 페레라는 입맛을 다시면서 말했다. "그 집 대합요리를 한번 먹어봐야 해요. 세상에서 가장 맛있을걸요. 하지만 당신 같은 상류층이 먹기에는 너무 서민적인 요리일지도 모르겠군요. 그러면 프레스 클럽으로 가죠. 거리도 가깝고, 내게 회원 카드가 있으니까요."

그들은 다음 블록을 향해 걸음을 재촉했다. 팔소 페레라는 고개를 빳빳이 세웠다. "지금 우리가 마닐라에 있는 것이라면 더 좋았을 텐데요." 그는 킬킬거렸다. 그녀를 이끌고 클럽에 들어설 때 그의 얼굴은 자랑스러움으로 가득 찼다. 사람들의 눈길이 일제히 그들에게 쏟아졌다. 팔소 페레라가 아니라 그녀를 바라보는 눈길이었다. 그는 환희에 차서 가슴을 쭉 폈다. "이 늙은 개가 당신 같은 미인과 데이트를 할 기회가 얼마나 있겠어요? 에르미, 마닐라에 돌아가면 한 번만 더 호의를 베풀어줘요. 부탁이오. 마카티에 있는 새 호텔 커피숍에 당신을 데려가면 그곳 늙은 염소들이 죄다 놀라 자빠질 거요."

"언제 갈 건지만 알려주세요." 에르미는 쾌활하게 대답했다. 팔소 페레라는 바람둥이가 아니었다.

그는 사람들에 대한 뒷소문을 많이 알고 있었다. 거물과 그녀의 관계도 이미 알고 있었다.

"나는 그 일에 대해 기사를 쓴 적도 있어요." 연어 스테이크를 게걸스럽게 먹으면서 그가 말했다. "하지만 저는 그분을 정말 좋아했어요. 그분은 신사예요."

에르미는 과거에 대해 이야기하고 싶지 않았다. "당신의 서가에 대해 이야기해주세요." 그녀는 화제를 돌렸다. 그의 칼럼을 몇 번 읽어봐서 어떤 질문을 해야 할지 알고 있었다. "르네상스에 대해 수집한 책들은 얼마나 되지요?"

팔소 페레라는 즉시 장황하게 말을 쏟아내기 시작했다. "필리핀에서, 아니 아시아에서 한 장소에 있는 장서로는 가장 많을 거요. 모두 내 책들이지요. 르네상스는 이삼백 년에 걸쳐서 일어난 사건이었어요. 당신도 알다시피 우리나라는 단지 몇십 년 동안, 심지어는 몇 년 동안에 억지로 르네상스를 이루어내려 하고 있어요. 유럽에서는 르네상스가 일어나는 동안 민주주의가 발달했지요. 필리핀은 이제 막 한 걸음을 내딛었을 뿐이에요……."

"확실히," 에르미는 그의 말에 흥미를 느꼈다. "뭔가 비슷한 점이 있어요. 필리핀과 중세 유럽의 봉건제도는 말이죠."

팔소 페레라는 먹는 일을 멈추었다. 그의 표정이 심각해졌다. "정확해요. 그리고 그게 바로 내가 늘 해왔던 이야기고요. 필리핀의 모든 약점, 정치가들의 책동이나 거물을 필요로 하는 것, 모두 과거에 벌어졌던 일들이지요. 마키아벨리[90]나 귀챠르디니[91]가 책을 쓸 무렵의 그들 사회는 지금 우리 사회와 아주 유사합니다." 그는 의자에 등을 기댔다. "에르미, 나는 이제 예순이오. 케손 시에 비명과 주먹이 난무하고 예쁜 여자들이 쫓겨 다니던 때부터 나는 기자였어요. 소위 지식인이라는 사람들이 말 뿐인 민족주의를 앞세워 역사를 이끌어간다는 꼴을 좀 봐요."

"당신의 동료들을 말하는 거군요? 에탕 파펠과 다른 사람들……."

팔소 페레라는 웃음을 터뜨렸다. 그리고 그것은 쓰디쓴 억지웃음으로 변해갔다. "나는 그들을 농담거리로 삼고 있지요. 국가가 연주될 때마다 나는 에탕 파펠과 아토 파우스티노에게 이렇게 말해요. 헤이, 두 연인들, 그대들을 위한 노래가 연주되고 있잖아. 에르미, 정말 수치스러운 일이오."

"함부로 말할 일이 아니에요." 에르미가 말했다. "당신과 당신의 직업을 수치스럽다고 말하는 것이나 마찬가지잖아요."

"하지만 사실이오." 팔소 페레라는 서슴없이 인정했다. "나? 나는 먹고 살기 위해서 하는 일이오. 펜이 칼보다 힘이 센 적이 있었나요? 한 번도 없었어요. 만약 사람들이 이따금 나를 두려워할 때가 있다면 그것은 내가 혁명적인 사상을 가지고 있어서가 아니라, 사람들을 선동하는 글재주가 있기 때문이오. 다 헛소리지. 옷장 속에 숨겨놓은 시체가 많은 사람들일수록 나를 무서워하지요. 그들의 속을 내가 훤히 꿰뚫어보고 있거든요. 나는 훔쳐보는 데 재능이 있어요. 당신은 로호 가문 의 사람

90. Machiavelli(1469~1527) 이탈리아 정치사상가.
91. Guiciardini(1483~1540) 이탈리아 정치가, 역사가.

이니까."

"난 그 집안사람이 아니에요." 에르미는 곧장 그의 말을 정정했다.

"로호는 오직 하나뿐이오." 팔소 페레라는 말했다. "부자들이지요. 온갖 구린 비밀들을 뒤에 감추고 있는 사람들이지요."

"말해주세요." 에르미가 말했다. "그들에 대해 알고 있는 것을 모두 가르쳐주세요."

그는 그녀가 예상했던 것보다 훨씬 많은 사실을 알고 있었다.

네 시가 다 되어서야 그들은 클럽에서 나왔다. 그들은 가까운 곳에 있는 공립도서관까지 걸어갔다. 팔소 페레라는 그녀에게 필리핀 혁명에 대해 기록한 책을 보여주고 싶어했다.

그녀는 팔소 페레라가 값싼 볼펜 세 자루를 손에 들고 다닌다는 사실을 알아차렸다.

"볼펜을 항상 잃어버리거든요." 그는 이유를 설명해주었다.

다음 날, 에르미는 그에게 금으로 만든 크로스 볼펜을 선물로 주었다. 아주 오랫동안 쓸 수 있도록 볼펜심도 많이 사서 넣어주었다. 그것을 받으면서 그는 눈물을 글썽였다.

"당신은 외모만 아름다운 게 아니군요, 에르미." 그는 말했다. "당신의 내면은 더욱 아름다워요. 노인네가 당신에게 홀딱 반한 게 놀라운 일도 아니군요."

"에탕 파펠은 그렇게 생각하지 않을걸요." 에르미는 대답했다.

"그럴지도 모르지요." 팔소 페레라는 눈을 끔벅이면서 말했다. "하지만 노인네가 나에게 뛰어내리라고 말하면 나는 뛰어내려야 해요. 그는 우리에게 복종을 요구하지요. 나는 이제껏 그렇게 살아왔어요. 내 장서를 위해서라면 이런 삶도 가치 있다고 생각해요. 말해봐요. 당신은 그에게 친절을 베풀 건가요?"

에르미는 수수께끼 같은 미소를 지었다. "당신에게," 꼬리를 흔드는 강아지처럼 그녀를 따라다니게 될 칼럼니스트에게 그녀는 말했다. "친절을 베풀고 싶어요."

칼럼니스트와 친해지기 이전에 그녀는 이미 에탕 파펠이 우월감에 가득 찬 사람이라는 인상을 받았다. 에탕 파펠은 그녀에게 한 번도 상냥하게 대한 적이 없었다. 에탕은 언제나 에두아르도 단테스와만 얘기했고 항상 스페인어를 사용했다. 물론 에르미는 그들의 모든 대화를 이해했다. 에르미는 조용히 듣기만 할 뿐 한 번도 대화에 참여하지 않았으나, 어쨌든 그녀는 분명히 소외되고 있었다. 단테스의 관심이 온통 에르미에게 쏠려 있는 것을 에탕이 질투하고 있을지도 모른다는 생각이 들었다. 어쩌면 몸집이 크고 거센 이 여자가 예전에는 날씬하고 아름다웠을지도 모른다. 그리고 단테스와 그녀가 연인 사이였을지도 모른다는 의심도 들었다. 아벨라르도 크루즈, 아토 파우스티노, 그리고 팔소 페레라는 모두 에르미에게 매우 우호적이었다. 아마도 그녀를 경쟁자로 여기지 않아서일 것이다.

에탕 파펠이 마닐라로 떠나는 날 아침의 일이었다. 에두아르도 단테스는 보통 에르미가 편한 시각에 함께 아침 식사를 했고 이따금 그의 일행이 합석했다.

식사를 하면서 에르미는 옆 테이블에 앉은 할머니가 프랑스어와 엉터리 영어로 웨이터에게 불평을 늘어놓는 것을 들었다. 자기는 버터를 바르지 않은 토스트를 주문하고 싶었다, 피에르 호텔에 온 이유는 프랑스어를 할 줄 아는 직원이 있을 거라 생각해서다, 그런데 자기 말을 아무도 알아듣지 못해서 지금 대단히 화가 난다, 제발 이 호텔에 프랑스어를 할 수 있는 사람이 있었으면 좋겠다, 그래서 자신의 콜레스테롤이 늘어나는 것을 막아주기 바란다는 말을 장황하게 늘어놓았다.

지배인에게 가서 의논하려는 웨이터를 에르미가 손짓해서 불렀다. "아주 간단해요." 에르미는 미소를 지었다. "저분에게 버터를 바르지 않은 토스트를 갖다드려요."

웨이터의 얼굴이 밝아졌다. 프랑스 할머니는 에르미에게 고마워하면서 또 프랑스어로 폭포수처럼 말을 쏟아냈다. 그녀에게 고맙다는 인사와 미국에 처음 온 입장에서 이 상황이 얼마나 비참했는지 모른다는 푸념이었다. 에르미는 자신도 미국 방문이 처음이며, 미국과 미국인들이 참으로 이상하게 생각된다고 프랑스어로 답했다.

그로 인해 단테스와 그의 고용인들, 누구보다도 에탕 파펠은 에르미가 부자일 뿐 아니라 교양 있는 아가씨라는 사실을 처음으로 깨달은 눈치였다. 단테스 또한 처음으로 에르미가 여러 언어에 능숙하다는 사실을 알게 되었다. 그는 매일 밤 그녀를 뉴욕에서 가장 훌륭한 프랑스 레스토랑이나 스페인 레스토랑에 데려갔다. 그는 자신의 진면목을 드러내면서 도박판과 창녀촌을 어떻게 운영해왔는지 고백했다. 에르미는 각자의 방으로 돌아가기 전에 뺨에 입맞춤을 하거나 망설이면서 손을 잡는 정도로 그와의 거리를 유지했다. 그때마다 그녀는 당신이 그 거리를 잘 지키기만 하면 언젠가는 천국의 문을 두드릴 수도 있다는 사실을 암시했다.

에두아르도 단테스는 희망에 가득 차서 뉴욕을 떠났다. 그가 호텔비를 대신 계산하려고 했으나 에르미는 거절했다. 만약 그가 돈을 낸다면 다시는 만나지 않겠다고 으름장을 놓았다. 그녀에게 사준 작별의 선물로도 충분하다고 그녀는 말했다. 단테스는 엄청나게 많은 돈으로 원하는 여자는 누구든지 얻을 수 있었다. 하지만 에르미와 함께한 시간은 돈으로 살 수 없는 것이었다. 그는 자신의 왕국이자 수족처럼 부리는 사람들이 있는 마닐라로 그녀가 돌아오길 기다렸다. 그러면 보석 같은 여인들과 나눈 그의 황홀한 추억 속에 그녀도 한몫을 담당할 수 있으리라고 확신했다.

마닐라로 돌아가는 길에 에르미는 프로스페로 봄빌라 대령을 만났다. 그는 필리핀 군대 총사령관의 대리인으로 워싱턴에 한 달 동안 머물면서 미국 정부에 군사적 지원 및 필리핀 정부가 보유할 수 있는 무기를 요청하는 임무를 수행했다. 대령은 대위 둘과 동행했으나 그들은 일반석에 타고 있었다. 마닐라에 도착해서 짐을 옮길 때 비로소 에르미는 그들과 대면했다.

에르미가 늘 정확한 판단을 내릴 수 있는 데에는 한 가지 커다란 이유가 있었다. 예전에 남자들이 그녀를 믿고 털어놓은 정보들을 그녀는 필요한 순간에 정확하게 떠올릴 수 있었다. 겉보기에는 연관성이 없어 보이는 정보들이었으나 에르미는 타고난 직관으로 그것들을 연결시켰다. 마치 미래에 캐닐 황금 덩어리를 미리 확보해놓는 작업과 같았다.

봄빌라 대령을 만났을 때 그녀는 거물이 바기오에서 했던 말을 떠올렸다. 거물이 자기 나라로 돌아가기 바로 전날의 일이었다. 그는 자신이 휘두르는 절대 권력이 다른 정치세력에 의해 조금씩 약화되는 것을 걱정하고 있었다. 그 나라 사람들은 그가 죽어가고 있다고 생각했지만 그는 병에 걸렸을 뿐 그다지 심각한 상태도 아니었다. 그때 그녀는 권력이 필요한 진짜 이유가 무엇인지 그에게 물었다. 그는 상냥하게 웃으면서 대답했다.

"너처럼 젊은 사람은 그런 골치 아픈 생각을 할 필요가 없어."

그녀는 그의 품으로 파고들어 노쇠해가는 몸이 발하는 온기에서 평안을 느꼈다. 바기오의 추위로 인해 바깥 나무들 사이로 안개가 내리고 있었다. 한쪽 구석에서 직원들이 낮은 목소리로 앞으로의 일정을 의논하는 것 외에는 대저택은 수도원처럼 적막했다. 거물은 온 힘을 다해 혁명을 일궈냈음에도 진정한 전사는 아니었다. 그는 꼼꼼한 행정가였고 교활함에 물들지 않은 전략가였으며 이기심 없는 정치가였다. 그러나 군인들의 생각이 어떻게 변할지 알아차리지 못했다. 그는 말했다.

"나는 군대에 더 많이 관심을 쏟아야 했는데 그렇게 하지 못했어. 정치적으로 불안정한 상태인 아시아에서는 군대만이 평화를 보장해줄 수 있어. 평화 없이는 나라가 발전할 수 없단 말이야."

호노라토 교수의 강의를 떠올리면서 에르미는 물었다. "하지만 바팍,

힘으로 이루어진 평화가 정의를 보장하지 못한다면요? 군대가 정의롭다는 것을 믿을 수 있나요?"

거물은 그녀와 얼굴을 마주했다. 그의 숨결에서 시큼한 타마린 냄새가 났으나 그녀는 외면하지 않았다.

"영리한 것." 거물은 감탄하면서 그녀의 코를 꼬집었다. 그의 눈이 기쁨으로 빛났다. "동기가 정당하다면 군대는 정의롭겠지. 중요한 것은 장교 집단의 구성원이 어떤 사람들이냐가 아니라 그들이 가진 생각이야. 그 나라의 전통이 무엇이든 문제가 되지 않아. 중요한 것은 정의로운 이상을 품고 있어야 한다는 것이지. 특히 장교들이 말이야."

그때 에르미는 십여 년 후 필리핀에서 일어날 일에 대해 아무것도 예상하지 못했다.

지금 에르미의 옆자리에는 갈색 피부에 머리를 짧게 깎은 마흔 살쯤 된 장교가 앉아 있었다. 그의 암녹색 군복 깃에 달린 놋쇠 장식이 반짝였다. 그들은 앞으로 열여섯 시간 정도 함께 여행하게 될 것이다. 대령이라면 곧 장군으로 승진이 될 게 확실했다. 어쩌면 그녀는 손가락 끝에서 놀아나는 충직한 하인을 또 한 명 거느리게 될지도 모른다. 카마린에서 처음 일하기 시작할 무렵 롤란도 크루즈는 그녀에게 남자를 어떻게 다루어야 하는지에 대해 처음이자 마지막 충고를 해준 적이 있었다. 맥을 제외하고는 그때까지 남자를 한 번도 만나본 적이 없는 그녀로서는 남자를 사로잡아 조종하는 방법을 전혀 몰랐다.

"우선 남자에게 집중해야 해." 롤란도 크루즈는 그녀에게 일러주었다. "이 넓은 세상에 오직 그 남자 하나밖에 없는 것처럼 말이야. 쓸데없는 헛소리라도, 그의 말 한마디 한마디를 귀 기울여 들어야 해. 그리고 적당한 순간에 육체적인 접촉을 시도하는 거야. 손을 스친다든지 가슴이나 어깨를 두드린다든지, 어쨌든 남자가 즐거워할 만한 행동을 해. 그러면 그 남자는 십중팔구 당신을 강아지처럼 쫓아다니게 될 거야."

롤란도의 말은 틀림없었다. 그녀가 아는 모든 남자들에게 효과를 본 이 낡은 수법을 그녀는 다시 한 번 시도해보기로 했다. 옆자리에 앉은 침착해 보이는 장교도 예외는 아닐 것이다.

처음에 그는 거의 말을 하지 않았다. 예전에 비행기나 기차 옆자리에 앉았던 다른 남자들과는 달랐다. 카마린에서 만난 사람들과 마찬가지로 대부분의 남자들은 앉자마자 그녀에게 어디에서 왔느냐, 어디로 가느냐를 묻는 것으로 대화를 시작하곤 했다. 그래서 이 상투적인 질문에 쉽게 대답해줄 말들이 늘 준비되어 있었다. 하지만 비행기가 이륙한 지 한 시간이나 지났는데도 장교는 들고 있는 서류철과 공책을 읽는 데 몰두했다. 승무원이 갖다 준 샌드위치와 토마토 주스는 손도 대지 않았다. 발밑으로 광활한 미국 대륙이 펼쳐졌다. 조각보처럼 보이는 농장과 마을 사이로 푸른 강물이 흐르고 있었다. 그녀는 먼저 말을 걸 생각은 없었다. 그래서 의자에 기대어 눈을 감고 잠든 체했다. 곧 그녀의 생각은 마음속에 새겨진 마닐라와 쿠바오의 낯익은 풍경 속을 헤맸다. 그뿐 아니라 지난 여섯 달 동안 돌아다닌 멋진 장소들도 떠올랐다. 능숙한 스페인어 덕분에 불편한 줄 몰랐지만 스페인은 그녀에게 친근감을 주는 곳은 아니었다. 아마도 그 나라나 사람들이 로호가를 떠올리게 했고, 가슴속 깊은 곳으로부터 그녀 스스로 메스티사이길 거부하는 마음에서였을 것이다. 그리고 파리. 그녀는 파리의 박물관과 레스토랑에서 즐거운 시간을 보냈다. 하지만 한 달이 지나자 프랑스 음식에 질렸고 박물관 순례도 피곤하기만 했다. 그리고 의기소침해져서 충동적으로 미국으로 돌아가고 싶어졌다. 얼마 안 있으면 필리핀 사람들에게 미국은 제2의 조국이 될 거라는 말을 롤란도 크루즈가 한 적이 있었다. 유럽에서 넉 달을 지낸 후 뉴욕으로 돌아왔을 때, 그녀는 얼마나 기뻤는지! 떠들썩하고 더럽고 무질서한 뉴욕은 마치 고향과도 같았다. 그리고 멕시코에서 지낸 몇 주 동안 그녀는 처음으로 공포와 긴장감이 넘치는 투우를 구경했다. 그리고 타갈로그어의 뿌리가 멕시코에 있음을 발견했다. 그녀는 타갈로그어와 같은 멕시코의 말들을 떠올려보다가 잠이 들었다.

봄빌라 대령이 그녀를 깨웠다. 창밖은 어두워졌고 멀리서 번개가 번쩍이고 있었다. "안전벨트를 매라고 하네요." 그의 목소리는 여자처럼 높고 가늘었다. "대기가 불안정한가 봅니다. 근처에서 토네이도가 발생한 것 같아요."

"토네이도?" 갈색 눈을 크게 뜨고 입을 벌리면서 에르미는 되물었다. "굉장하네요. 이렇게 높은 곳에서 토네이도를 볼 수 있을까요?"

봄빌라 대령은 미소를 지으면서 고개를 가로저었다. "아주 멀리서 발생한 것을 레이더가 잡았을 거예요. 조기 경보체제를 작동시키니까요."

그가 그녀 앞에서 유순한 한 마리 양으로 변하는 것도 시간 문제였다. 비행기가 로스앤젤레스 상공을 날 무렵 그녀는 레이다의 원리를 확실히 알게 되었다. 고등학교 과학시간에 배웠지만 이제는 머릿속에서 가물가물한 내용들이었다. 봄빌라 대령은 필리핀 사관학교를 졸업한 직업군인이었다. 그는 또한 C-47기의 조종사였으며 훈련을 더 받으면 지금 그들이 탄 대형 여객기도 조종할 수 있다고 했다. 비행기가 도쿄에 내리기 전 그는 가족사진을 보여주었다. 아름다운 부인과 아들 둘, 딸 하나인 단란한 가족이었다. 그는 정말로 집이 그리운 듯했다. 그는 두 달 동안 해외에 나가 있었다고 했다. 그 기간 동안 그가 다른 여자와 잠자리를 같이하지 않았으리라는 것을 그녀는 확신할 수 있었다. 그녀는 사진 속의 아름다운 부인에게 질투심을 느꼈다.

마닐라에 도착하기 전까지 그녀는 그가 살아온 이야기를 들었다. 롤란도 크루즈처럼, 그 또한 2차 대전중에 후크 단원으로 활동했으며 한국전쟁 때는 죽을 고비를 넘겼다고 했다. 그녀는 자신의 연락처를 알려주는 대신 그의 연락처를 물었다.

"지금 저는 레스토랑을 열 준비를 하고 있어요." 에르미는 말했다. "개업식 날 초대할게요. 가족과 함께 오세요." 그녀는 그의 명함을 잘 보관해두었다. 곧 그에게 연락을 취할 일이 생길 것 같았다.

카마린에서 벗어나 유럽의 화려함과 미국의 효율적인 서비스에 젖어 여섯 달을 보내고 에르미는 다시 마닐라로 돌아왔다. 지저분한 거리와 페인트칠을 하지 않은 시커먼 건물들, 거친 사람들이 북적대는 나라, 피할 수 없는 그녀의 현실로 돌아온 것이다.

여행을 떠나기 전 그녀는 디디 감보아에게 앞으로는 자주 일을 할 수 없다고 말했다. 한 달에 한 번 정도, 그만한 가치가 있는 고객만 받겠다고 통보했다. 디디는 이해해주었으며 에르미가 카마린을 아주 떠나지 않는 것을 고맙게 여겼다. 은혜와 의리를 저버리지 않은 것으로 생각했다. 마닐라에 돌아온 다음 날, 에르미는 점심 식사를 함께하자며 디디를 힐튼 호텔로 불러냈다.

뉴욕 블루밍데일 백화점에서 산 망고그린 빛깔의 드레스를 입은 아름다운 모습으로 그녀는 로비에서 디디를 기다렸다. 포르쉐를 몰고 온 디디가 호텔 입구에서 주차요원에게 차 열쇠를 건네는 모습이 에르미가 앉은 자리에서 보였다. 에르미와 디디는 포옹을 하고 삼층에 있는 레스토랑으로 자리를 옮겼다.

디디는 스테이크를 무척 좋아했지만, 에르미는 미국에서 너무 자주 먹은 음식이라 질려 있었다. 그들은 카마린에 대해 이야기를 나누었다.

"가게를 팔아치우고 그 일에서 손을 뗄까 생각하고 있어." 콧잔등을 찡그리고 고개를 설레설레 저으면서 디디가 말했다. "너 같은 애가 한 달에 한 번만 새로 들어와도 지루하지 않을 텐데 말이야."

"저도 당신이 그 일을 왜 계속하는지 궁금했어요. 돈이나 즐거움이 부족한 것은 아니잖아요."

디디는 접시에 놓인 붉은 고깃덩어리를 칼로 썰었다. 그녀는 거의 익히지 않은 스테이크를 좋아했다. 그녀는 포크로 빠르고 힘있게 고기 조각을 찍어서 의식을 치르듯 천천히 입에 넣었다. 그리고 고기를 소리 내어 씹으면서 육즙을 음미했다. "에르미, 너 다 잊었구나." 그녀가 다시 말을 이었다. "반항하기 위해서였어. 난 반항하고 싶었다고. 그게 가장 큰 이유였지. 하지만 이제는 지겨워졌어. 말 그대로 해볼 만큼 해본 거야. 내 말이 무슨 뜻인지 너는 알 거야. 그런데 너는 언제 일을 그만둘 거니?"

"저도 생각중이에요." 버터에 졸인 신선한 아스파라거스 접시를 바라보면서 에르미는 말했다. 캘리포니아에서 그녀는 거의 날마다 먹고 싶은 만큼 아스파라거스를 먹었다. 어느 날 아스파라거스를 지나치게 많이 먹어서 다음 날 그녀가 눈 소변에서는 역겨운 냄새가 풍겼다. 한동안 그녀는 아스파라거스를 볼 때마다 그 냄새가 나는 것 같아 포크로 조금 찍어서 맛만 보곤 했다. 여전히 코끝에서 소변 냄새가 나는 것 같았다.

"언제든지 그만둬도 돼. 너를 잡지 않을게. 너는 자유로워져도 될 만큼 벌었어. 이런 말을 해도 될지 모르지만."

"고마워요. 하지만 지금 당장 그만두고 싶지는 않아요. 안드레스 브라보 같은 군 장성급 인물들이 여전히 필요해요. 디디, 당신도 군인들 쪽으로 안면을 넓힐 때가 되었어요. 앞으로는 그들이 권력을 잡을 것 같아요."

"네 수정구슬이 그렇게 예언했니? 이제 내가 너에게 가르쳐줄 일은 거의 없을 것 같구나."

"비행기에서 어떤 대령을 하나 만났어요. 군인들이 그렇듯이 아주 반듯하고 교육을 잘 받은 사람이었어요. 가정에 충실한 남편이기도 하고요. 이제는 그런 사람들을 알아두어야 할 때인 것 같아요."

"그 사람을 가정이라는 울타리 밖으로 끌어내고 싶은 거군?"

에르미는 미소를 지었다. "필요하면 할 거예요. 그가 했던 이야기들을 내내 생각해보았어요. 지금의 정부에 대해 걱정해야 한다는 것은 아니에요. 하지만 롤란도 크루즈가 했던 말이 저는 맞는다고 생각해요.

이 사회가 변화해온 과정에 대한 설명이었어요."

디디는 웃었다. "그건 우리가 변화해온 과정이야!" 그녀는 큰 소리로 말한 다음, 고상한 분위기에서 식사하는 사람들을 방해했을까 봐 얼른 주위를 살펴보았다. "우리도 썩어가는 구덩이 속에서 함께 뒹굴고 있는 거야. 에르미, 그게 우리가 나아가는 방향이고 세상이 나아가는 방향이기도 해. 권력자와 부유층이 누구라고 생각해? 바로 카마린에 오는 사람들이야. 그리고 우리는 그들이 인격자가 아니라 사기꾼이라서 그들을 사랑하는 거야."

에르미는 아무 말도 하지 않았다. 그녀의 접시에 마지막 아스파라거스가 남아 있었다. 음식을 남김없이 먹어야 한다는 보육원에서 배운 원칙을 지키지 않게 된 지 이미 오래였다. 이제는 그렇지 않지만 처음 돈을 벌어들이기 시작했을 때 그녀는 게걸스럽게 먹어댔다. 레메디오스의 아파트에 냉장고를 들여놓았을 때는 집어넣을 데가 없을 정도로 닭튀김과 햄, 사과 그리고 포도 같은 것들을 마구 사들였다.

디디의 말이 옳았다. 에르미도 사회의 부정부패에 한몫을 하고 있었다. 비록 사회악 그 자체는 아닐지라도. "그 장교에게 제가 카마린에서 일한다는 말을 하지는 않았어요." 에르미는 담담하게 말했다. "만약 그 사실을 알았다면 그때 저에게 했던 말과 행동을 하지는 않았을 테지요."

"무슨 말을 했는데?"

"롤란도 크루즈가 했던 말에 더 구체적인 내용이 덧붙여진 것이었어요. 디디, 중요한 변화가 일어날 것 같아요. 봄빌라 대령은 많은 장교들과 관리들이 현재의 정부에 대해 불만이 많다고 했어요. 사회의 아주 근본적인 부분까지 부패했다고 생각하기 때문이래요."

"에르미, 그를 멀리해. 그는 우리에게 독약이야. 우리는 부패를 발판으로 돈을 버는 거야. 잊었어?"

에르미는 조용히 웃었다. 또다시 디디는 그녀에게 현실을 직시하게 했다. 이 레스토랑의 웨이터가 한 달 일해서 버는 돈을 그녀와 디디 두 사람은 점심 식사비로 쓰고 있었다. 이것은 어쩔 수 없는 현실이었다. 어쨌든 그녀는 디디의 사업이 번창할 수 있는 새로운 제안을 할 작정이었다. "당신에게 도움이 될 만한 생각이 떠올랐어요. 돈이 들겠지만 지금 저한테 여유가 좀 있어요. 제 제안이 엉뚱하지 않고 해볼 만한 가치가 있다고 생각하면 저에게 자유를 주는 대가라고 생각하고 그 돈을 받아주세요."

"말해봐, 도대체 어떤 재밌는 이야기지?"

디디는 몸을 앞으로 기울였다.

"디디, 카마린에 있는 아가씨들 말이에요. 손님과 함께 모텔이나 누군가의 집으로 갔다가 어떤 일이 일어날지 불안하지 않으세요?"

"하지만 아무 일도 일어나지 않을 거야. 내가 카마린을 경영한 지난 몇 년 동안 별일 없었어." 디디는 강하게 부인했다.

"운이 좋았던 거예요. 하지만 걱정하지 마세요. 저에게 생각이 있어요. 에르미따에 있는 로호 저택 있잖아요. 제가 그 집의 내부를 잘 알아요. 저는 그 집 차고에서 십 년 동안 살았어요……. 제가 그 집을 사서 수리할게요. 그래서 객실을 꾸밀게요. 방마다 욕실을 만들고 세련된 가구들을 들여놓고 바닥에는 양탄자를 깔겠어요. 카마린의 아가씨들이 그곳으로 손님을 데려가는 거예요. 모텔처럼 운영하지만 오직 카마린의 손님들만 받는 거지요. 만약 카마린의 손님이 아닌 사람이 들어오면 방이 다 찼다고 말하고 돌려보내면 돼요. 그리고 당신은 손님들에게 방값을 얹어서 더 받으면 되고요. 이렇게 하면 처음부터 끝까지 안전하고 깨끗하게 사업을 해나갈 수 있을 거예요." 에르미는 미소를 지었다.

그녀의 말을 들으면서 디디의 눈은 휘둥그레졌다. 매우 획기적인 제안이었으나 에르미가 디디의 '매음굴'을 위해 그 많은 자금을 기꺼이 내놓겠다는 게 믿어지지 않았다.

왜? 반드시 무슨 이유가 있을 것이다. 냉소적인 디디는 그 이유를 알고 싶었다. "선물이라고 생각하기에는 너무 부담스러운데." 그녀는 미심쩍은 눈길로 에르미를 바라보았다. "말해봐. 왜 그러겠다는 것인지."

에르미는 자신의 은인이자 교사이기도 한 디디에게 거짓말을 한 적이 없었다. 디디는 그녀에게 성병과 임신을 피하는 방법, 그리고 질 근육과 혀, 손가락을 움직여 남자를 기쁘게 하는 방법들을 가르쳐주었다. 접시에 하나 남은 아스파라거스를 이리저리 굴리면서 에르미는 자기 생각을 솔직하게 털어놓았다. "저는 로호 집안사람들을 뼛속 깊이 증오해요." 잘 들리지 않을 정도로 나지막한 목소리였다. "그 집을 볼 때마다 그 사람들이 생각나요."

디디는 테이블 위로 팔을 뻗어 에르미의 손을 꼭 잡았다.

"그래, 이해해." 그녀는 말했다.

"그래서 네가 행복해진다면 그 선물을 받을게." 그리고 반쯤 몸을 일으켜 그녀는 에르미의 이마에 다정하게 입을 맞추었다.

커피가 나왔다. "하지만 기억해. 진정한 행복은 돈으로 살 수 없어. 뻔한 애기지! 네가 행복해지기 위해서 무엇이 필요하지? 물론 돈은 아주 큰 도움이 돼. 그건 맞아."

에르미는 희미하게 웃었다. "여러 가지 면에서 당신이 부러워요. 디디." 그녀는 말했다. "당신은 카마린을 통해 삶의 재미를 얻지요. 저는……" 그녀는 잠시 망설이다가 물었다. "가르쳐주세요. 저는 왜 좋아하는 사람과 함께 있을 때도 오르가슴을 느끼지 못할까요?"

디디는 몸을 뒤로 젖히더니 커피 잔을 고쳐 들었다. 그리고 그것을 테이블 위에 내려놓았다. "세상에, 나는 너에게 부자이면서 정력이 넘치는 남자들을 소개시켜줬어. 그런데 그 남자들 가운데 그걸 느끼게 해준 사람이 없다는 말이니?"

에르미는 포크로 아스파라거스를 계속 이리저리 굴렸다. "가끔 저는 누워서 남자들의 움직임을 느껴요. 그들은 제가 젖었다고 말하고 그건 저도 느낄 수 있지요. 그러다가 쾌감을 느끼기도 해요. 하지만 그것은 헤밍웨이가 말한 '발밑에서 땅이 흔들리는' 폭발이 아니에요. 그런 느낌과는 전혀 달라요. 제가 불감증인가요? 하지만 저는 거물에게는 애틋함을 느꼈어요. 제 아버지 나이였음에도 저는 그분을 정말 좋아했어요."

"나이는 아무 문제도 되지 않아." 디디가 말했다.

"그럼, 제가 색정광일까요? 하지만 정말로 그렇게 닥치는 대로 하고 싶지는 않아요."

디디는 미소를 지었다. "만약 네가 색정광이라면 난 처음부터 알아차렸을 거야. 너는 손님을 가려서 받았잖아."

"그럼 뭐가 잘못된 거죠?" 그녀는 절망에 빠진 목소리로 물었다. "다른 여자들은 언제나 그걸 느끼나요?"

"언제나 느끼는 것은 아니야." 디디는 그녀를 위로했다. "하지만 초조하게 의식하지 않으면 반드시 느끼게 될 거야. 아마도 진정으로 사랑하는 사람을 만나면 네 심장이 알아서 움직여줄걸."

진정으로 사랑하는 사람? 에르미는 스스로에게 물었다. 나에게 사랑할 능력이 남아 있을까?

그리고 그녀는 디디에게 말했다. "저도 레스토랑을 개업하려고 해요. 아마도 마카티쯤에서 시작할 것 같아요."

"나와 경쟁을 하겠다는 거군?" 디디는 무서운 표정을 지어 보였다.

에르미는 폭소를 터뜨렸다. "당신의 사업을 따라갈 수 있을지 모르겠어요. 기분 전환을 위해 당신이 저를 위해 일해준다면 몰라도."

에르미가 택시를 타고 와서 디디는 그녀를 쿠바오까지 태워다주고 싶어했다. "파드레 파우라에 있는 서점에 가야만 해요." 그녀는 말했다. "요리책들을 좀 훑어보려고요."

서점에서 에르미는 우연히 롤란도 크루즈와 마주쳤다.

"롤라이, 정말 놀랍네요." 에르미는 반가워서 소리쳤다. "나는 토요일마다 이 서점에 와. 이 근처에 살거든." 롤란도 크루즈가 말했다. "그나저나 당신은 그동안 어디에 있다 온 거야? 몸이 많이 야위었어." 그는 기쁨과 원망이 가득한 표정으로 그녀를 바라보았다. 에르미는 얼른 대답을 못 하고 얼버무렸다. 그를 다시 보니 거물에 대한 추억들이 밀려왔다. 따지고 보면 그에게 에르미를 소개시켜준 사람은 롤란도 크루즈였고 현재의 풍족한 생활은 그 일로부터 이루어진 셈이었다. 그는 에르미를 집까지 바래다주겠다고 했다. "싫어요." 에르미가 고개를 저으며 말했다. "예전에도 말했지만 아무도 집으로 데려간 적이 없어요."

"나는 당신의 친구가 되고 싶을 뿐이야." 그는 예전에도 그 말을 한 적이 있었다. 그때 에르미는 자신과 같은 일을 하는 여자가 남자와 진정한 친구가 되는 것은 불가능한 일이고, 결국 그 우정은 침대 속에서 끝나게 될 거라고 대답했다. 많은 경험을 한 뒤에 그를 다시 보니 그녀를 바라보는 눈길이나 이야기하는 태도 또한 여느 남자들과 다를 바 없었다. 그도 그녀를 갖고 싶은 욕망을 품고 있음이 분명했다. 에르미는 미소를 지으면서 고개를 저었다.

"제발, 나는 당신을 다시 또 만나고 싶어." 롤란도 크루즈가 간청하다시피 말했다.

"카마린에 오면 저를 만날 수 있잖아요."

그 말을 듣고 롤란도 크루즈는 놀란 표정을 지었다. 그는 에르미가 미국 여행을 떠나면서 일을 그만둔 줄 알았다. "아니. 난 당신과 다른 곳에 가고 싶어. 내일은 일요일이니까 당신이 편한 시간과 장소에서 만나면 어떨까?" 그가 에르미 뒤를 따라 걸으면서 물었다.

"따라오지 마세요. 전 약속이 있어요." 에르미는 퉁명스럽게 말했다. 잠시 그녀는 생각에 잠기는 듯했다. "하지만 내일은…… 쿠바오에 있는 루스탄 쇼핑몰의 동쪽 출구에서 열 시에 만나요. 거기 아시죠?"

이튿날 롤란도 크루즈는 근처에 있는 산티아고 요새[92]로 에르미를 데려갔다. 그녀는 에르미따에서 오랜 세월을 살았지만 한 번도 그곳에 가본 적이 없었다. 그녀는 청바지에 붉은 꽃무늬가 있는 흰 블라우스 차림이었고 엷은 화장을 했다. 유난히 무더운 날씨였다. 에르미는 땀을 흘렸고 이마는 흠뻑 젖어 있었다.

"영화 보러 가요." 그녀는 망설이면서 그에게 말했다.

"하지만 영화는 언제나 볼 수 있잖아." 그가 말했다.

"다른 곳에 가지. 칼람바에 가는 게 어때?" 에르미가 산티아고 요새는 처음이라고 말하자 그가 꾸짖듯이 눈을 크게 떴다. "부끄러운 일이야. 당신은 역사의식이 없어."

"과거는 지긋지긋해요."

질색하는 그녀의 말투에 그는 놀란 표정을 지었다. 화제를 바꾸려고 그가 물었다. "왜 쿠바오에서 만나자고 했지?"

"그 동네에 살고 있어요."

"포브스 파크에 있는 집은 어쩌고?"

"말도 안 되는 소리 하지 마세요." 에르미는 대답했다. "제가 어떻게 그렇게 호화로운 곳에서 살겠어요? 그 집은 세를 주고 저는 훨씬 작은 집에서 살고 있어요."

"당신은 마권을 팔면서 늙어가지는 않겠군."

"어떻게 제가 그렇게 될 거라고 생각하세요?"

---

92. 인트라무로스 북서쪽에 위치한 스페인 군대의 본부였던 요새. 필리핀 독립의 영웅 호세 리살이 사형선고를 받고 수감되었던 곳이다. 일본군 점령기 동안 수많은 필리핀인들이 이곳에 수감되었다가 목숨을 잃었다.

"많은 아가씨들이 그렇게 되니까." 그는 말을 이었다. "아름다움은 몇 년밖에 지속되지 않아. 당신은 늙어가게 돼. 얼굴에는 주름이 잡히고 가슴은 처질 거야. 어쩌면 그때가 돼서야 당신은 진정한 사랑을 받게 될지도 모르지."

그녀는 묵묵히 그의 말을 들었다.

"당신이 여행을 떠나기 전, 나는 당신 때문에 거의 미칠 지경이었어. 그래서 나도 석 달 동안 이곳을 떠나 있었지. 당신은 미국에서 뭘 하고 지냈지?"

"어머니를 만났어요." 에르미는 주저 없이 대답했다. 그에게 자신에 대한 이야기를 꺼낸 것은 그때가 처음인 것 같았다.

"어머니는 어떤 분이지?" 그가 물었다.

그녀는 거의 애원하는 듯한 눈으로 그를 바라보았다. "제 가족이나 과거에 대해 묻지 말아주세요. 부탁이에요. 정말 말하고 싶지 않아요. 그냥 생각만 해도 괴로운 일이에요."

그는 더 묻지 않았다.

롤란도 크루즈는 그녀에게 요새의 내부를 설명해주었다. 요새의 지하감옥에서 일본 사람들이 수백 명에 달하는 필리핀 죄수들을 고문했고, 따라서 전쟁 때 산티아고 요새로 끌려간 사람들은 죽음을 각오했다. 그는 성벽 주위를 감싸며 흐르는 파시그 강을 손가락으로 가리키면서 그곳에서 멕시코로 향하는 커다란 범선들이 출항했다고 가르쳐주었다. 검푸른 강 건너 저쪽, 파리 안에는 중국 사람들이 살았다고 했다.

그녀는 미군의 필리핀 탈환 전쟁 때 정말로 일본군들이 잔혹한 행위를 일삼았냐고 그에게 물었다. 그녀의 질문에 충격을 받은 듯 그는 한동안 대답을 하지 않았다. "나는 전쟁이 이십여 년 전에 흘러간 과거의 일이 아니라고 생각해. 하지만 당신 같은 젊은 사람들은 전쟁이 무엇인지 모를 거야. 특히 요즘처럼 일본인들이 많이 드나들고 필리핀 사람들이 그들의 돈에 의지해서 살고 있는 때에는 말이야."

그녀는 그의 팔을 잡고 아무렇지도 않은 목소리로 물었다. "롤라이, 제가 창녀처럼 보여요?"

또다시 예상치 못한 질문이었다. 그는 언제나 그녀의 기품 있으면서도 담백한 태도에 경탄을 금치 못했다.

"아니야, 에르미." 그는 말했다. "전혀 그렇게 보지 않아. 그러기엔 당신은 너무 아름다워."

그녀는 그를 뚫어지게 바라보았다. "제 눈을 보세요. 중국인이나 일본인의 눈처럼 보여요? 동양사람의 눈처럼?"

그는 그녀의 얼굴을 두 손으로 감싸 쥐고 그녀의 눈을 들여다보았다. "당신의 눈은 고통이 무엇인지 아는 여자의 눈이야. 돈이 아무리 많아도 외로운 여자 말이야. 당신의 눈은 아름다워……."

한동안 롤란도 크루즈의 손에 자신의 얼굴을 맡기고 있던 에르미는 이윽고 고개를 돌렸다. 그녀는 거물을 신뢰했다. 그녀는 지금, 롤란도 크루즈 또한 믿을 수 있는 사람이라는 사실을 깨달았다. "늘 저에게 당신을 믿으라고 했지요?" 그녀는 진지한 눈길로 그를 똑바로 바라보았다. 어쩌면 그녀 자신으로부터 그녀를 지켜줄지도 모를 사람이었다. "당신을 믿어요. 그래서 다른 사람들에게 말 못한 제 이야기를 들려주고 싶어요."

그는 그녀의 손을 잡았다. "말하고 싶지 않으면 아무 말도 하지 않아도 돼." 그는 말을 이었다. "내가 당신을 알고 싶다고 했던 것은 솔직한 감정을 털어놓으라는 뜻이었어."

"저도 그렇게 하려는 거예요." 에르미는 말했다. "제 어머니는 미국에 있어요. 긴 세월 동안 한 번도 못 만났는데, 몇 달 전 저는 태어나서 처음으로 어머니를 만났어요. 어머니는 저를 버렸어요, 롤라이. 어머니는 저를 거부했어요. 그게 바로 제가 창녀가 된 이유예요. 저는 어머니를 만나서 복수했어요. 제 아버지는 일본군 병사였대요. 아버지에게 강간당했기 때문에 어머니는 저를 미워하는 거예요."

그는 얼마 동안 아무 말도 하지 않았다. 그리고 그녀를 다시 바라보았다. 그녀의 눈 속에는 깊은 슬픔이 담겨 있었다.

"에르미, 당신 눈은 일본 사람처럼 보이지 않아." 그는 부드럽게 말했다. "당신 몸속에 일본인의 피가 흐르고 있다고 해도, 당신은 그 사람들의 좋은 점을 닮았을 거야. 전쟁을 겪은 다음부터 나는 결코 일본인들을 좋아할 수 없었어. 그래, 나는 여전히 45구경 자동권총을 집에 가지고 있어. 오직 하나뿐인 전쟁 기념물이지. 온갖 가슴 아픈 기억을 일깨워주는 것이기도 하고."

"저는 일본에도 갔어요." 에르미가 말했다. "미국에 가는 길에 들렀지요. 저는 그 나라에서는 살 수 없을 것 같아요."

"미국으로 공부하러 갈 때, 마음만 먹으면 도쿄에 내릴 수 있었지만 그렇게 하고 싶지 않았어. 1950년대 초였지. 나는 그들과 가깝게 지낼 일은 결코 없을 거라고 생각했어. 나는 공항에서 일본을 바라보다가 뉴 헤이번으로 곧장 날아갔어. 예일에서 케니치 요시하라라는 일본인 친구를 만났지. 훌륭한 사람이었어. 일본인답지 않게 따뜻하고 솔직했어. 그가 마닐라에 왔을 때 나는 이 요새를 보여주고 싶지 않았어. 같은 이유로 그는 혼자서 이곳에 왔었지. 우리는 오랜 세월 동안 친구로 지내고 있어."

"일본군과 싸우는 게 힘들었나요? 그들을 죽이는 것도?"

그녀는 물었다.

"아니, 그렇지 않았어. 전쟁중이었고 그들은 이방인이었어. 눈이 가늘게 찢어지고 작달막한 키에 피부색이 노란 사람들이었지. 자기네 나라에서 수천 마일이나 떨어진 이곳에서 그들은 무슨 짓을 했지? 그들은 적이었고 우리와 전혀 달랐어. 하지만 적이 우리들처럼 갈색 피부였다면 어땠을까? 적이 바로 우리 자신이었다면?"

"저는 불쾌한 일들을 많이 겪었어요." 그녀가 말했다. "그런 일들을 다시 경험하고 싶지 않아요."

"당신을 난처하게 만들지 않을게."

"알고 있어요. 하지만 그 불쾌한 남자들도 다시 나를 만나면 뭔가 그럴듯한 변명들을 늘어놓을 거예요." "나는 당신과 함께 있는 게 부끄럽지 않아." 그가 말했다. 그녀는 운전대를 잡은 그의 팔을 꼬집었다. 그들은 칼람바로 가는 고속도로에 있었다. 햇볕이 쏟아지는 넓은 도로는 찜통 같았다. "미안해. 이십 년이나 된 메르세데스라 에어컨이 없어. 나는 부자가 아닌 데다가 계엄령 덕분에 더 가난해졌어."

"미안해할 필요 없어요." 에르미가 말했다. "사람들이 많이 모이는 화려한 장소에만 데려가지 말아주세요. 그런 곳에서는 금세 기분이 나빠져요. 차라리 아무도 나를 알아보지 못하는 밤에 나가는 게 편해요. 저를 멸시하듯 바라보는 사람들의 눈길을 피하려면 피곤해져요."

"왜 다시 일을 시작하는 거지?" 그는 거물에게서 받은 주식들이며, 포브스 파크의 집 같은 것들을 생각하고 있었다.

"또 저에게 설교를 늘어놓으려는 거죠?" 그녀는 비웃듯이 말했다.

"당신은 어른이고 나는 설교를 하기에는 너무 지쳤어. 게다가 나 같은 사람이 누구를 비난하겠어?"

"하지만 당신은 제가 그런 일을 하는 게 못마땅하잖아요." 그녀는 조용히 말을 이었다. "어쨌든 처음부터 억지로 일을 시킨 사람은 없었어요. 다시 일을 시작하는 것도 마찬가지고요. 굳이 당신이 이유를 알고 싶다면, 제가 원해서 하는 일이에요."

그는 카마린에서 일하는 사람들 사이에는 자석처럼 끌어당기는 힘이 있다고 말했다. 그곳 아가씨들은 그녀가 다시 돌아온 것을 기뻐할 테고, 스스로를 정당화하는 핑계를 얻을 것이라고도 했다. "당신 말이 맞아요. 하지만 이것은 제 결정이고 누구의 말을 들은 것도 아니에요." 오래된 도로는 차들로 꽉 막혔고 한낮의 열기로 그녀는 지쳐 보였다. 칼람바에 도착해서 아카시아 그늘이 있는 성당 뒤뜰에 주차를 한 다음 그들은 리살의 옛 벽돌집으로 갔다. 그는 그녀에게 리살의 소설에 나오는 시사[93]와 그녀의 두 아들에 대한 이야기를 들려주었다. 에르미는 그 오래된 집

---

93. 호세 리살의 두 번째 소설 『체제전복(El filibusterismo)』의 여주인공.

이 어떻게 만들어지고 유지되어왔는지에 대해 흥미를 느꼈다. 또한 그녀는 뒤뜰에 있는 무성한 과일나무들을 보고 놀라기도 했다. 그녀는 집에서 키우는 식물에 관심이 많았다.

돌아오는 길에 롤란도 크루즈는 고속도로 휴게소에서 팔메토 야자나무 화분을 사서 그녀에게 선물했다. 벌써 네 시가 다 된 시각이었고 더위는 여전했다. "쿠바오에 내려줄 테니 택시를 타고 가." 그가 말했다. "집 앞까지 데려다주는 걸 싫어하잖아."

에르미는 아무 말도 하지 않았다. 이미 쿠바오에 도착했기 때문에 그는 농수산물시장 주차장으로 차를 돌렸다. "집까지 데려다주세요." 그녀가 말했다. "하지만 집에 도착하더라도 당신은 차에서 내리면 안 돼요."

여행이 끝나고 나서 그는 그녀에게 편지를 써 보냈다.

당신은 나에게 죄를 지은 자에게 신이 벌을 내린다는 것을 믿느냐고 물었지. 나는 신이 세상을 창조했다는 것조차 설명할 수 없어. 나는 신을 믿지 않아. 신은 세상을 황량하고 끔찍한 곳으로 만들었고 세상의 종말은 멀지 않은 것 같아. 우리는 화산 분화구 속으로 몸을 던지는 게 나을지도 몰라. 우리는 그곳에서 사람들이 일상을 일궈가는 풍요로운 들판을 보지. 그것이 바로 생명이 순환하고 시간의 미덕이 이루어지는 모습이야. 우리가 정말 보아야 하는 것은 그런 모습일 거야. 하지만 내가 살아가는 삶 속에는 미덕이란 찾아볼 수 없어. 단지 냉소뿐이야. 어쩌면 기꺼이 모든 벌을 받겠다는 의지가 남아 있을지도 모르지. 나는 다른 사람들이 이런 삶을 살지 않기를 바라고 있어. 특히 당신이 그렇게 되지 않았으면 좋겠어. 그렇다고 내가 당신에게 무엇을 줄 수 있을까? 아무것도 없어. 게다가 염치없게도 당신이 베푸는 친절을 기대하지. 하지만 나는 당신 곁에 있어야만 해. 중독이라는 것은 사는 게 힘들어질 뿐만 아니라 고통스럽게 될 정도로 어떤 대상을 갈망하는 현상이야. 나는 술을 빼앗긴 알코올중독자들의 고통을 본 적이 있어. 하지만 당신은 나에게 술도 아니고 마약도 아니야. 당신은 생명이야. 당신에게서 멀어지면, 당신을 감싸고 있는 향기로운 공기에서 벗어나면, 그것은 죽음이야. 당신은 나에게 사랑일 뿐 아니라 시작이기도 해. 나를 불살라 속죄하게 만드는 시작이야. 나는 당신에게 무엇이지? 가까이하지 말아야 할 부패고, 거부해야 마땅할 절망이야. 나는 생명이 아니라 종말이야. 나는 분명히 알 수 있어. 이 사랑은 나방이 불꽃 속으로 뛰어드는 충동과 같은 죽음의 염원 같은 거야. 당신은 벌레를 유인하는 전기 장치를 정원에 설치했다고 말했지. 그 기계는 그 불쌍한 존재들을 죽음으로 몰아가도록 만들어졌을 거야. 당신에 대한 내 사랑도 그런 저주받은 운명인 게 틀림없어. 당신은 나를 가엾게 여기면서 내 사랑을 받아주어야만 해. 어쨌든 나는 그저 벌레 같은 존재일 뿐이잖아?

에르미는 체험의 깊은 부분까지 말로 설명할 수 있는 능력을 부러워했다. 호노라토 교수도 그런 능력을 가진 사람이었다. 정확하고 아름답게, 명료하고 솔직하게 말하는 사람들, 그들은 보통 사람들이 보지 못하는 것을 꿰뚫어볼 수 있는 게 아닐까? 롤란도 크루즈도 그런 사람이었고 에르미는 그런 그를 존경했다.

　　요즘에는 당신을 생각할 때마다 내가 왜 슬퍼지는지 그 이유를 알 수 없어. 난 그저 당신의 친구에 지나지 않아. 당신이 나에게 보여준 우정에 보답하려고 애쓸 뿐이야. 당신의 우정은 나에게 소중해. 내가 만난 사람들 가운데 당신처럼 새로운 통찰을 자극하는 사람은 없었으니까. 당신과 함께 있으면 나는 명예와 치욕이 무엇인지 훨씬 더 명료하게 구분할 수 있어. 당신을 떠올릴 때마다 슬픔이 밀려와. 몸을 팔기로 마음먹었을 때부터 당신이 타고난 고결함으로부터 멀어져야 했기 때문이야. 명예란 무엇이지? 언어의 순수성을 오염시키면서 횡설수설 당신을 정의하려 하는 나는 도대체 누구지? 만약 내 누이동생이 당신이 하는 일을 하면 기분이 어떻겠느냐고 물었지? 누이동생이 없어서 그 대답은 할 수 없다고 나는 말했어. 하지만 나에게 누이동생이 있다면 그 애가 매춘부가 되는 것을 원치 않았을 거야. 설령 내가 매춘부라고 해도 내 동생이 자기혐오의 늪에서 뒹구는 것을 바라지 않았을 거야.

　　나는 당신을 사랑하면서도 결코 아무것도 합법적으로 해주지 못할 거야. 도덕이 관습에 얽매여야 하는 우리 시대의 모순 때문이지. 하지만 나는 의기소침해지거나 후회하지는 않아. 만약 내가 지은 죄가 있다면 이 감정을 내 안에 가둬두지 못했다는 것이겠지. 그리고 나는 언급할 가치조차 없는 이 감정을 당신에게 고백하고 있어. 결국 늪으로 걸어 들어가는 길이라고 해도, 나는 그렇게 할 거야. 아마도 이런 것이 신의 궁극적인 역설 같은 것이겠지. 신의 이름을 끌어들이는 것은 신성모독인가? 하지만 사랑은 사람의 궁극적인 존재 이유와 그 핵심을 신의 언어로 표현하는 것이야. 사랑은 그렇게 정의되어야 하지 않을까? 우리는 그 해답을 알 수 없지. 둘 다 연옥과 지옥의 변방을 헤매고 있고 시작도 끝도 없는 거대한 혼돈에 빠져 있으니까. 지옥의 지옥보다 더 괴롭지만, 적어도 이게 마지막이겠지.

말, 말, 말, 호노라토 교수가 쏟아냈던 것과 같은 말들이었다. 하지만 그녀는 그 말들을 통해 자신이 황폐한 도시에서 포식자들이 남긴 먹이를 청소하는 하이에나처럼, 부패한 사람들이 흘린 떡고물로 살아가고 있음을 깨달았다. 그것은 고통의 순간에 롤란도 크루즈가 스스로에게 한 말이기도 했다. 그 말은 그녀를 행동하게 만들고 또 자유롭게 해준 증오의 실체를 의심하게 만들었다.

계엄령이 선포되었다. 1972년 9월이었다. 대규모 시위가 마닐라 전체로 퍼져 나가면서 무정부 상태가 시작되자, 당연하다는 듯 아무 저항 없이 계엄령이 내려졌다. 롤란도 크루즈가 예상한 일이었다. 정확하게 언제 계엄령이 선포될지 알지 못했을 뿐이었다. 모든 신문의 발행과 낮시간의 라디오 방송이 중지되었다. 그날 저녁시간에 롤란도 크루즈가 카마린을 찾아왔다. 권력자들이 아가씨들을 앞에 앉혀놓고 별별 소리를 다 하는 카마린이야말로, 최근 정황을 듣기에 가장 적합한 장소였다. 그는 계엄령이 시작된 걸 확신했다. 긴 혼란의 시기가 온 것이다.

롤란도 크루즈가 왔다는 이야기를 듣고 디디는 서둘러 사무실에서 아래층으로 내려왔다. 에르미도 함께 테이블에 앉았다. 디디는 오징어 튀김을, 롤란도 크루즈는 즐겨 마시는 아이리시 커피를 주문했다.

"아가씨들은," 그는 커피 잔을 들어 축배를 드는 시늉을 했다. "앞으로도 별로 힘들지 않을 거야. 어떤 상황에서도 여자들은 남자들보다 더 강하지. 통계 자료에 의하면……."

"롤라이, 앞으로 어떻게 될까요?" 에르미가 물었다. 그녀는 롤란도 크루즈가 좋아하는 연둣빛 실크 드레스를 입고 있었다. 그의 마음속에 있는 그녀는 늘 정신이 번쩍 들 만큼 신선하고 상쾌한 모습이었다. 오늘처럼 피곤해 보이는 저녁에도 마찬가지였다.

"재난을 이겨낼 만한 수단을 가진 사람들에게는 별다른 변화가 일어나지 않을 거야. 편안하게 지낼 수 있겠지. 정치에 관련되어 있지 않다면 말이야. 하지만 이 어슴푸레한 혼란의 시간은 곧 어두운 밤으로 이어질 테지. 주위를 돌아봐. 뭐가 보이지? 난 이미 쓰레기에 불과해. 지난 몇 년 동안 일어난 일들을 지켜보았어. 권력이 부패해가는 것과 사회제도가 무너지는 것, 필리핀 사람들이 스스로를 돈에 팔아넘기는 것들을 보았지……. 바로 내 이야기야. 내 이야기지." 그는 한숨을 쉬면서 디디를 바라보다가 다시 에르미를 바라보았다. "악의는 없었어. 나는 그저 일반적인 이야기를 하고 있는 거야. 에르미가 전에 말했듯이 나 또한 자신을 팔아넘겼으니까."

"계속 말해봐요." 롤라이가 자기 연민을 쏟아내는 것을 무시하면서 에르미가 재촉했다.

"내 생각에는," 전직 역사교수는 말을 이었다. "이 나라가 서서히 자멸하는 것을 지켜보게 될 것 같아. 이번에는 외국의 통치세력도 필요 없을 거야. 우리 스스로 파멸하는 축복을 받게 된 거지. 전쟁이 끝난 뒤 우리에게는 많은 것을 이룰 수 있는 기회가 있었어. 용기와 이상만 있었다면, 식민통치자들로부터 물려받은 악덕을 스스로 제거할 수만 있었다면, 무너진 돌 더미 속에서 이 나라를 다시 세울 수 있었을 거야. 우리의 교육체제는 전혀 쓸모없어. 내가 바로 그 체제의 산물이지. 결국 우리가 만든 것이니 그 결정적인 허점을 비난할 자격이 없을지도 몰라. 다가올 암흑은 우리가 불러들인 거야."

디디는 오렌지주스 잔을 들어 올렸다. "박사님다운 말씀이었어요, 롤라이." 그녀는 말을 이었다. "당신의 건강을 위해 건배. 그럭저럭 인생 종치기 전까지는 즐기면서 살자고요."

"가능하다면." 롤라이는 입술을 한쪽으로 일그러뜨리면서 쓴웃음을 지었다. "때때로 디디, 당신이 엘리트에 대해 썼던 논문의 내용이 떠오를 때마다 나는 궁금해. 당신은 어쩌다가 이쪽으로 방향을 바꾼 거지?"

디디는 미간을 찡그렸다. "과거를 생각나게 하지 마세요, 롤라이." 그녀는 참을 수 없다는 듯이 짜증스럽게 말했다.

"저도 마찬가지예요." 에르미가 말했다. 디디에게 맞장구를 치면서도 그녀는 순식간에 밝고 즐겁기만 하던 보육원 시절로 돌아가고 있었다. 하지만 그곳에 있을 때도 그녀는 의지할 사람이 필요했다. 그리고 차고에서 지낸 궁핍과 억압의 긴 세월들. 지긋지긋할 정도로 고통스러웠고, 그녀는 그 모든 것을 견뎌냈다. 롤란도 크루즈의 암울한 예언에 귀를 기울인다 해도 그녀는 옛날로 돌아갈 수는 없었다.

롤란도 크루즈는 의자에 등을 기댔다. "내가 과거를 상기시켜줘도 당

신들은 달라지지 않을 거야. 민족에 대한 기억도, 역사에 대한 감각조차
도 없는 이 나라도 마찬가지야. 아, 알바레스 교수가 이 자리에 있다면.
그가 여기에 있어야만 했어!" 그는 두 여자에게 말했다. "그는 내가 존
경하던 역사교수였어. 미래를 건설하려는 사람들에게 과거는 무용지물
이라고 말했었지. 왜냐하면 과거는 우리를 짓누르기만 하니까. 어쨌든
우리는 대가를 치러야 할 거야. 하지만 우리는 그러기엔 너무 늦었으니
새로운 젊은 세대들이 희생을 거듭해야 할 거야. 아, 알바레스 교수님,
당신이 지금 여기 계신다면 얼마나 좋을까요! 하지만 그런 사람들은 아
주 드물고 아무도 그들의 말에 귀를 기울이지 않아. 나를 가르칠 때 그
는 이미 육십대 후반이었지만 게릴라운동에 참여했지. 그리고 일본인
들에게 붙잡혀 고문을 당했어. 하지만 마지막 순간까지 저항했지…….
지금 우리 가운데 누가 기꺼이 그 노인처럼 행동할 수 있을까? 우리는
안락하게 살기 위해 발버둥칠 뿐이야. 애써 손에 넣은 더러운 약탈물들
을 끌어안고 결국은 사형 집행장으로 끌려 나가게 될걸……."

17

'당신이 거리에서 마권을 팔면서 삶을 끝마치게 되지 않기를 바랄 뿐이야.' 에르미는 롤란도 크루즈의 경고를 마음에 새겨두었다. 델 피랄 거리에서는 늙은 창녀들이 거리에서 서성이다가 지나가는 사람들에게 마권 한 다발을 불쑥 들이밀곤 했다. 그들에게 아예 눈길조차 주지 않는 사람들도 많았다.

거물이 그녀에게 애정과 감사의 표시를 후하게 베푼 뒤로, 그녀의 미래가 델 피랄 거리에서 끝날 가능성은 거의 사라졌다. 하지만 창녀들 중에는 나이가 들수록 찾는 사람이 줄어든다는 당연한 법칙을 깨닫지 못하고 저축이나 보험을 등한시하다가 결국 마권을 팔거나 젊은 창녀들의 시중을 들면서 노년을 보내는 경우가 종종 있었다. 카마린에서 일한 짧은 기간 동안에도 에르미는 어리석은 아가씨들이 옷과 구두, 값비싼 보석에 돈을 쏟아 붓는 것을 많이 보았다. 때때로 손님에게 돈을 받지 않거나 하찮은 사내에게 매달리면서 돈을 모두 써버리는 아가씨들도 있었고, 심지어 폭력을 휘두르는 연인에게 착취를 당하며 사는 아가씨들도 있었다. 디디는 그런 일이 생기지 않도록 끊임없이 경고했지만, 사랑이라는 달콤한 환상과 약물이 불러일으킨 도취와 망상에서 비롯된 충동적 행동을 막기는 힘들었다. 아니타도 그렇게 삶을 망친 사람이었으나 에르미의 도움으로 거리의 마권 장사꾼이 될 운명을 피할 수 있었다.

아니타는 디디가 사업을 시작할 무렵에 카마린에서 꽤 눈에 띄는 아가씨였다. 그녀는 고등학교를 졸업했으나 열정을 통제할 수 있을 만큼 영리하지 못했다. 나름대로 그녀를 사랑한 손님이 그녀를 임신시켰다. 편집자였던 그 남자는 수입이 그다지 많지 않았기에 그녀에게 허름한 아파트를 얻어주고 생활비를 조금씩 주었다. 하지만 그 남자가 뇌졸중으로 갑작스럽게 죽은 뒤에는 그런 생활도 끝났다.

"나에게는 절대로 그런 일이 일어나지 않을 거야." 에르미는 말하곤 했다.

그녀는 아무런 경험도 없이 레스토랑 푸에스토를 열었다. 카마린의 부족한 점을 보완해서 실내장식과 서비스를 개선했다. 카마린은 넓었지만 실내장식이 지나치게 어두웠다. 예스러운 취향으로 요란하고 사치스럽게 치장되어 있었다. 또한 레스토랑에 대한 디디의 고정관념을 벗어나지 못한 곳이기도 했다. 커튼은 짙은 자주색이었고 식탁보는 붉은색이었다. 웨이터들은 늘 검은 재킷을 입었다. 천장 한가운데에 매달린 수레바퀴 모양의 램프는 흑단으로 만들어졌고 노란색 전구들은 흐릿한 빛을 내뿜었다. 벽에 달린 전등 불빛은 창백했다. 전체적으로 어두운 분위기였다.

"레스토랑이 장례식장처럼 보여서는 안 돼요." 그녀는 롤란도 크루즈에게 말했다. "여러 종류의 나무와 꽃들로 활기차고 밝게 꾸밀 거예요. 내부는 깨끗하고 단정해야 해요. 음식도 맛있기만 해서는 안 돼요. 위생이 우선이지요. 마닐라가 얼마나 지저분한지 아시잖아요. 맛있기로 소문난 식당에서도 상한 음식을 내놓을 때가 있어요."

잠시 딴생각에 빠져 있던 롤란도 크루즈가 고개를 끄덕였다. 부엌을 손님들이 볼 수 있도록 꾸며도 괜찮을 것 같았다.

"그런데 음식 맛은 어떨 것 같아? 솜씨가 좋은 주방장을 확보해놓은 거야?"

에르미는 그의 '잔소리'에 익숙해져 있었다.

그녀는 오랑과 알레한드라 그리고 곧 가정대를 졸업할 나넷에게 주방을 맡아달라고 부탁했다. 오랫동안 요리사로 일한 오랑이 주방장이 될 것이다.

"요리 재료를 구매할 지배인은 아주 양심적인 사람이어야 해. 웨이터들도 여러 모로 당신을 속일 수 있어. 나도 그런 속임수 몇 가지를 알고 있거든." 롤란도 크루즈는 말했다. "이것은 당신 사업이야. 눈을 크게 뜨고 늘 지켜봐야 해."

그녀는 그의 말을 깊이 새겨두었다.

"그런데 그냥 음식만 팔 작정인가?"

그녀는 지친 기색이 역력한 중년 남자의 이마가 더 넓어진 얼굴을 바라보았다. 맑은 눈동자가 그녀의 표정을 살피고 있었다. 그의 모습은 그녀에게는 없는 자상한 아버지를 떠올리게 했다. 갑자기 그녀는 롤란도 크루즈가 진심으로 자신의 행복을 바란다는 것을 확신했다.

그녀는 테이블 건너편으로 손을 뻗어 그의 팔을 잡았다. "그런 식으로 생각하지 않을 수 없나요? 롤라이, 저도 꿈이 있다고요!"

"물론 그렇겠지." 롤란도 크루즈는 슬픈 목소리로 조용히 말했다. "우리 모두 꿈이 있지……. 그리고 어떤 사람들은 꿈에서 깨어나지 못해. 에르미, 꿈에서 깨어나. 내가 당신에게 진실을 보여줄 때 그것을 마주볼 수 없으면 당신 스스로를 들여다봐야 해!"

이미 편안하게 살고도 남을 만큼 많은 것을 가졌고 미래를 걱정하지 않아도 되는데 왜 멈추지 못하는 것일까? 때로는 이런 의문이 그녀를 괴롭혔다. 마음속 깊은 곳에서는, 카마린에 오래 머물면 머물수록 더 깊은 수렁으로 빠져든다는 사실을 알고 있었다.

하지만 셀 수 없이 많은 돈을 가방에 챙겨 넣을 때 그녀는 한없는 기쁨을 느꼈다. 첫해에는 일 페소 한 장에도 욕심을 부렸다. 남자들이 보여주는 것이 헌신이든 사랑이든 욕망이든 상관없이, 감정의 값비싼 증표들을 받아 챙기는 것이 즐거웠다. 그것은 겉만 번드르르한 물건일 수도 있고 안드레스 브라보의 경우처럼 메르세데스일 수도 있었다. 그것은 그녀가 과시하고자 하는 힘과 자유의 상징이기도 했다. 어쨌든 그런 물건들로 그녀를 기쁘게 함으로써 남자들도 결국 원하는 것을 얻었다.

남자들이 그녀의 몸에 올라타고 헐떡거릴 때 그녀의 마음은 다른 곳에 가 있었다. 그녀의 몸은 스스로 알아서 움직이도록 길들여졌지만, 마음은 딴생각에 빠져 있었다. 다음에 유럽 여행을 가면 책에서 읽은 대로 호사스러운 쾌락을 맛보면서 이탈리아를 여행하고 싶다는 생각을 했고, 영국의 성을 빌려 일주일 정도 지내는 새로운 경험에 대한 계획을 짜보기도 했다. 그녀의 상상은 시간과 거리에 제한을 두지 않았다. 무엇보다도 돈에 구애받을 필요가 없었다. 그렇다. 그녀는 돈을 벌기 위해 움직였다. 어떤 사람들은 자기가 지은 집이나, 자기가 소유한 땅, 혹은 자기 말에 복종하는 사람들의 숫자로 스스로 이룬 성취를 평가한다. 그녀의 평가 기준은 은행 계좌에 들어 있는 예금 액수였다. 액수는 나날이 불어났다. 돈은 하고 싶은 대로 행동할 자유를 주었고 한때 그녀를 옭아매던 처녀성으로부터 해방시켜주었다.

어차피 지금 일을 그만두거나 내년에 그만두거나 무엇이 다르겠는가? 그녀는 앞으로도 여전히 창녀로 불릴 것이고, 그 천박한 딱지를 떼어버릴 수는 없을 것이다. 그럴 바에야 가질 수 있을 때 모두 긁어모으는 게 현명했다.

여자는 한번 순결을 잃고 나면 그 뒤로는 모든 남자를 경험할 수 있다. 남자들은 오직 스스로에게만 순결을 증명할 수 있을 뿐이다. 아무리 정력이 강한 남자라고 해도 행위가 끝나면 시들어버린다. 의지와 자극이 강해도 시간이 어느 정도 지나지 않으면 다시 반응이 일어나지 않는다. 육체적인 힘과 강도에 한계가 있는 것이다. 하지만 여성의 성기는 그렇지 않다. 열려 있는 상처와 같은 그것은, 안으로 들어올 수 있을 정도로 단단한 것이라면 무엇이든 언제나 움켜잡을 준비가 되어 있다. 남자들이 넋을 잃고 마는 그 한없이 깊은 웅덩이는 세상을 향해 자랑스럽게 열려 있다. 남자들은 여자들의 성기가 더 강하다는 것과 그것을 영원히 차지할 수 없다는 사실을 알고 있다.

남자의 성기가 그 속에서 빠져나오려는 순간 여자의 성기가 강한 집착을 보인다면 어떤 일이 일어나겠는가? 갑자기 남자의 것을 꽉 잡고 놓아주지 않는다면?

별별 이야기들을 다 알고 있는 디디는 실제로 그런 일이 있었다고 말했다. 최근에 어떤 모텔에서 급히 의사를 불렀다. 절정의 순간에 여자의 질 근육이 갑자기 수축되어 남자의 성기를 잡고 놓아주지 않았다. 애무도 간청도 소용없었다. 시간이 흘러도 자물쇠처럼 채워진 상태가 풀리지 않았다. 두 사람은 성기가 맞물린 채 이불에 싸여 병원으로 실려 갔다. 진정제를 놓고 약을 먹어도 꽉 조여든 질 근육은 이완되지 않았다.

어떤 방법으로 그 상태가 풀렸는지는 중요하지 않다. 영원히 피 흘리는 상처인 여성의 성기가 더 강한 의지를 갖고 있으며, 사악한 의도를 지닐 수도 있다는 사실에 주목해야 한다.

그녀 스스로 완전히 그 의지를 통제할 수 없다고 해도 여전히 그것은 그녀의 몸이고 그녀의 힘이었다. 스스로에게 그런 힘이 있음을 알았을 때 그녀는 기뻤다. 어떤 남자도 두렵지 않았다. 원하는 남자는 정치가, 지식인, 사업가를 막론하고 누구든지 가질 수 있었다. 심지어는 소혀 요리와 파엘라를 즐기러 카마린에 자주 드나들던 성직자들을 유혹할 수도 있었다. 그리고 원하기만 하면 남창들도 불러낼 수 있었다.

어느 날 저녁, 카마린에 손님이 없어 지루해하던 에르미와 세 아가씨들이 기분전환 삼아 델 피랄 거리에 새로 문을 연 클럽에 가보기로 했다. '마타도어'라는 곳이었다. 그곳에서는 웨이터로 일하는 잘생기고 건강한 젊은이들이 무대 위에서 스트립쇼를 벌였다. 동성애자들이나

318

쾌락을 찾아 거리로 나온 귀부인들의 눈길을 끌기 위해서였다.

델 피랄 거리의 클럽 근처 도로에는 값비싼 차들이 줄지어 주차되어 있었다. 그녀의 메르세데스를 세울 자리가 없을 정도였다. 그들은 마타 도어에 왜 부자들이 몰려드는지 그 이유를 곧 알게 되었다. 그곳은 카마 린처럼 속물적인 분위기였다. 웨이터들은 모두 후시[94]로 만든 바롱[95]을 입고 있었으며, 마치 아테네오대학 무도회에 참석한 남학생들처럼 키 가 크고 귀족적인 외모들이었다. 음악 또한 고상했다. 한쪽 구석에서 현 악 합주단이 〈시계(Reloj)〉를 연주하고 있었다. 롤란도 크루즈가 좋아하 는 노래였다. 바리톤 음색을 지닌 중년의 가수가 애잔한 목소리로 노래 를 불렀다.

스트립쇼가 시작되자 에르미와 아가씨들은 다른 관객들과 마찬가지 로 돈을 던졌다. 맨 앞자리에서 복장도착자들이 키득거렸고, 무대 가까 운 곳의 좁은 댄스 플로어에는 중년의 동성애자들이 자리 잡고 있었다. 아가씨들 바로 뒤에는 나이 지긋한 부인들이 목청을 높여 이야기를 나 누고 있었다. 열두 명 가량 되는 청년들이 밝은 조명을 받으며 어색하게 걸어 나올 때마다 누구를 고를 것인지 의논하는 것 같았다. 온통 근육질 인 청년들은 햇볕에 검게 그을린 피부로 남성미를 뽐내고 있었다. 그들 은 모두 노랑, 빨강, 검정 색깔의 아슬아슬한 삼각팬티를 입고 있었는데 팬티 색깔로 누가 누구인지 구별하기 쉽게 배려한 것 같았다.

그들의 팬티 앞부분은 불룩했다. 에르미는 18세기 프랑스에서 신사

---

94. 바나나로 만든 섬세한 옷감. 필리핀 특산물.
95. 필리핀의 전통의상. 주머니가 없는 얇은 셔츠 형태의 겉옷.

들이 일부러 바지 앞에 헝겊을 덧대어 두툼해 보이게 했다는 이야기를 책에서 읽은 적이 있었다. 상대방에게 더 매력적으로 보이기 위해서였다. 카마린에서 일하는 아가씨들은 남자들이 성기 크기에 얼마나 민감한지 잘 알고 있었다. 남자들은 성기의 크기를 남성성의 척도로 여겼다. 그리고 여자들이 자궁 경부까지 한 치의 빈틈도 없이 채워주기를 바란다고 생각했다. 남자들이 얼마나 어리석은지, 여자들의 욕망에 대해 얼마나 무지한지를 드러내주는 이야기였다.

젊은 청년들은 무대에서 내려와 노래를 부르며 손님들이 앉은 테이블로 서슴없이 다가왔다. 무대 위에는 또 한 무리의 청년들이 나와 엉덩이를 흔들면서 돌아다니는 똑같은 쇼가 펼쳐졌다.

옆자리에 앉은 부인들이 키득거리며 탄성을 질러댔다. 그들은 테이블 옆으로 지나가는 청년들을 감상하느라 정신이 없었다. 그리고 두 청년의 아슬아슬한 팬티 속에 지폐 다발을 찔러 넣었다. 댄스 플로어 근처에 있던 동성애자 하나가 마음에 드는 청년의 손을 잡고 춤을 추자는 추파를 보내자 주위에 있는 일행들이 그를 부추기기 시작했다.

에르미와 함께 온 아가씨들도 청년들을 골라잡아 시간과 가격을 흥정하고 있었다. 에르미는 미치지 않은 다음에야 남자에게 돈을 줄 일이 없다고 생각했다. 아주 오래전에 그녀가 스스로에게 맹세한 일이기도 했다. 우정을 지키기 위해 그 맹세를 깨뜨릴 생각은 없었다. "난 이런 짓거리에 질렸어." 그녀는 친구들에게 말했다. 물론 친구들이 왜 그런 짓을 하는지 이해할 수 있었다. 돈을 받고 남자들에게 몸을 파는 아가씨들이었다. 역할을 바꾸어서 그들도 성적인 쾌락을 위해 남자를 살 수 있다는 것을 스스로에게 증명하고 싶었을 것이다. 자유에 대한 욕구와 직업에 대한 억눌린 혐오감의 발로일 수 있었다.

에르미는 그들을 이해할 수 있었지만 그렇다고 그런 짓을 하고 싶지는 않았다. 그녀는 즐거운 시간을 보내라고 말하면서 자리에서 일어났다. 그리고 너무 늦게까지 놀지 말라고 덧붙였다.

청년들 가운데 하나가 짓궂은 표정으로 머리를 흔들면서 물었다. "저 손님은 왜 저래요?"

하지만 그녀는 모든 것에 역겨움을 느꼈다. 마타도어라는 장소와 그녀와 함께 온 아가씨들도 참을 수 없었다. 대꾸할 가치를 못 느낀 그녀는 서둘러 그곳을 빠져나왔다.

부패한 냄새를 뿜어내는 늪이며 세상의 종말이기도 한 에르미따가 그녀의 눈앞에 펼쳐졌다. 화려하고 야단스러운 조명 때문이 아니었다. 큰 소리로 집요하게 손님을 유혹하는 포주와 창녀들을 보고 그녀는 큰 충격을 받았다. 그들은 그냥 어린애들이었다. 열 살도 채 안 된 어린아이들이 길에 앉아 손님을 부르거나, 그들을 선택한 남자에게 진딧물처럼 매달려 가고 있었다. 아직 젖가슴도 음모도 자라지 않았을 아주 어린 여자아이들이었다. 어린 사내아이들 역시 변태성욕자들의 눈길을 끌기에 알맞은 해골처럼 가냘픈 아이들이었다. 신문에서 그들에 대한 기사를 읽은 적이 있었으나 막상 거리에서 그 아이들과 마주치자 그녀는 섬뜩한 느낌이 들었다. 호셀리토가 그녀에게 옷을 벗으라고 요구했던 때가 언제였던가? 그때 자신은 차고에서의 비루한 생활이라도 이어가려면 그것을 참고 견뎌야 한다는 사실을 알았던 것일까?

그녀는 비틀거리면서 자동차까지 갔다. 모퉁이를 돌면서 차선을 벗어난 그녀의 차가 하마터면 지프니와 충돌할 뻔했다. 설명하기 어려운 감정이 그녀를 짓눌렀다. 비록 창녀이긴 했지만 그녀는 이 모든 천박한 사람들보다 스스로가 더 우월하다고 생각했다. 어쨌든 불운이 닥친다고 해도 그녀는 무너지지 않을 막강한 부와 넘볼 수 없는 재능을 갖고 있었다. 하지만 지금 그녀의 믿음은 흔들리고 있었다. 따지고 보면 그녀는 마타도어의 잘생긴 애완동물들이나 에르미따의 거리를 헤매는 가엾고 비참한 아이들과 다를 바 없는 존재였다. 계엄령이 선포된 뒤 무엇이 변했던가? 롤란도 크루즈가 말했듯이 오직 섹스만이 정직한 상태로 남아 있었다. 하지만 그녀는 그 유일한 정직함조차 참을 수 없었다. 죄악 속에서 사람들은 모두 동등하다고, 그녀는 눈물을 흘리면서 스스로에게 말했다. 어두운 밤이 그녀를 둘러싸고 있었다.

그녀는 마카티에서 적당한 자리를 발견했다. 건물 주인이 미국으로 이민을 가게 되어 급히 재산을 정리하려고 해서 헐값에 넘겨받을 수 있었다. 또한 그녀는 건물 옆 빈터도 사들일 생각을 했다. 레스토랑의 주차장으로 사용하기 위해서였다.

맥은 에르미가 생각한 대로 레스토랑의 실내를 꾸미는 일을 도와주었다. 하지만 그는 '푸에스토'라는 이름을 붙인 레스토랑이 문을 열기 전에 떠났다. 중동에서 일하게 되었기 때문이다. 맥이 지원한 회사에서는 유능한 사람들을 중동으로 보내고자 했다. 맥은 공개채용시험에서 수석으로 합격했고 에르미는 자기 일처럼 기뻐했다. 그녀는 맥이 초라한 일본식당의 웨이터로 살아갈 사람이 아니라는 사실을 굳게 믿고 있었다. 이 젊은 엔지니어의 잠재적 능력을 인정한 거대한 미국의 건설회사는 해외파견근무를 통해 그를 시험해볼 참이었다. 고달픈 환경에서 일하려면 끈기와 역량이 필요했다.

어머니에게 한 달 생활비를 갖다 주기 위해 맥은 오후 늦게 쿠바오의 집에 들렀다. 에르미는 현관 베란다에서 커피를 마시고 있었다. 잔디는 눈부시게 푸르렀고 주위에는 향기로운 생명의 기운이 넘쳐흘렀다. 마당 한구석의 낭카 나무에는 항아리만큼 큰 열매가 두 개나 매달려 있었다. 이제 따야 할 때가 다 된 듯 무르익은 향기가 코를 찔렀다. 맥은 집에서 에르미를 만날 줄은 몰랐다. 지난 며칠 동안 그녀는 레스토랑에서 막바지 공사를 감독하느라 몹시 바빴기 때문이다. 개업까지는 몇 주일밖에 남지 않았고 맥이 감독한 전기배선 공사도 이미 마무리가 된 상태였다.

에르미는 반바지에 하얀 티셔츠를 입고 있었다. 그녀의 젖꼭지가 얇은 천 위로 튀어나온 게 보였다. 그녀는 맥을 불렀다. "웬일이야, 맥?" 그녀가 물었다. "어제 전화했는데 자리에 없기에 다시 전화해주길 기다렸는데 아무 연락도 없더라."

"레스토랑에 가서 확인해봤어." 그가 말했다. "설비에는 아무 이상 없었어."

"하지만 레스토랑 문제로 전화한 게 아니었어." 그녀가 말했다. "나닛이 네가 곧 떠날 거라고 하던데? 왜 나에게는 아무 말도 하지 않았니?"

그는 잠깐 그녀 옆에 앉았다. 그렇게 가까이 앉으니 어린 시절에 그가 그녀에게 관심을 기울이지 않는다고 뾰로통해 있던 일이 생각나 기분이 좋아졌다.

"그래서 이렇게 왔잖아." 그녀가 화를 낼까 봐 그는 밝은 목소리로 말했다. 사실은 그녀에게 아무 말도 하지 않고 그냥 떠날 생각이었다. "떠날 거라는 얘기는 이미 했을 텐데? 어쨌든 우리는 모두 언젠가는 떠나게 돼 있어. 에르미, 우리 가족이 이 집에서 살아야 할 이유도 없잖아?" 의도한 것은 아니었지만 비꼬는 말투였다. 갑자기 뼈있는 말을 내뱉어 버렸다.

"하지만 너는 잘 지냈잖아?" 그녀는 그의 말을 무시했다. "나를 위해서 일해달라는 말은 아니야. 너 자신을 위한 일이야. 이해하겠어? 아니면 내가 모든 것을 서류로 써줄까? 맥, 내가 가진 모든 재산이 누구를 위한 거라고 생각해?"

그는 마음속에 있는 말들을 털어놓고 싶지 않았다. 그는 이제 그녀에게서 아무것도 받고 싶지 않았다. 그녀의 재산이 필요한 남자와 결혼해서 아이들을 많이 낳고 잘살기를 바랐다.

"에르미, 이제 너에게는 내가 필요하지 않아." 그는 말했다. "투자전문가나 변호사들이 너를 위해 일해줄 거야. 그런 일에 전문가인 사람들이니까 더 잘할 것이고. 내가 너를 위해 해줄 수 있는 일은 없어."

담쟁이덩굴이 덮인 담 너머로 떡을 파는 행상인의 목소리가 들려왔다.

"돈 문제로 네 도움이 필요한 것은 아니야. 나는 언제나 생각했어……. 맥, 잊은 거야?" 그녀는 말을 멈추고 그를 지그시 바라보았다.

"뭘 잊었냐는 거지?"

그녀가 아주 가깝게 다가왔다. 따뜻하고 달콤한 그녀의 숨결이 그의 얼굴에 와 닿았다. "우리가 차고에서 쫓겨난 일을 잊었어?"

"어떻게 그걸 잊을 수 있겠어?"

그녀는 의자에 등을 기대면서 사납게 말했다. "그들에게 대가를 치르게 할 거야. 우리를 쫓아낸 사람들 모두가 피를 흘리게 만들겠어. 호셀리토, 펠라이 로호 모두 말이야. 너에게 맹세하는데 그들에게 복수하겠어!" 갑자기 그녀의 얼굴이 분노로 일그러졌다. 그녀의 감정이 격렬해지는 것을 보고 맥은 깜짝 놀라 몸을 움츠렸다.

"에르미, 그건 벌써 오래전 일이야." 그는 말했다. "어떻게 그들에게 복수할 수 있겠어? 게다가 그럴 만한 가치가 있는 일인가?"

에르미는 한숨을 내쉬었다. "내가 작정하고 있는 일을 어떻게 해낼지 너는 짐작도 못 할 거야. 맥, 내가 어머니에게 무슨 짓을 했는지 알아? 어머니는 오랜 세월 동안 나를 무시했어." 에르미는 말을 멈추고 한숨을 내쉬었다.

"증오와 분노가 너를 망가뜨릴 거야."

"아니." 그녀는 단호하게 말했다. "분노야말로 나를 살아 있게 만드는 거야! 복수도 마찬가지야. 내가 어머니에게 복수했을 때 얼마나 행복했는지 너는 모를 거야." 그녀의 얼굴이 밝아졌다.

그녀는 맥의 손을 잡고 일어났다. 그리고 그를 침실로 이끌었다. 창문에 드리운 발 틈새로 오후의 마지막 햇살이 스며들어 마룻바닥 위에 가는 줄무늬를 그려놓고 있었다.

그녀는 책상 위에 걸린 시계를 흘끔 쳐다보았다. 아직 다섯 시도 안 된 시각이었다. 나넷과 오랑은 마카티에서 그녀를 기다리고 있을 것이다.

"맥, 여기서 살아." 그녀가 말했다. "내가 메르세데스를 사줄게. 그걸 타고 어디든 가고 싶은 대로 다녀. 여기가 네 집이야, 맥."

모서리가 찢겨나간 낡은 그림 같은 기억들이 모두 떠올랐다. 하지만 여전히 생생하고 아팠다. 구석에 기름걸레가 쌓인 그 낡은 차고의 퀴퀴한 냄새가 코끝에서 나는 것 같았다. 혼자 있고 싶을 때 그녀는 녹슨 드럼통 뒤에 몸을 숨기고 쭈그려 앉아 있곤 했다. 어떤 드레스를 입고 싶은지, 로호 저택의 정원으로 보육원 아이들을 초대하면 어떻게 놀 것인지 그런 것들을 상상해보곤 했다. 그리고 깡마른 맥은 속옷만 입은 채 돌아다녔다. 머리는 언제나 새집처럼 제멋대로 뻗쳐 있었다. 그녀가 어섬션 여학교에서 걸어서 집으로 돌아올 때면 그는 그녀를 보호하기 위해 멀찍이 떨어져서 따라오곤 했다. 함께 가고 싶어하는 친구들을 따돌리고 그녀가 혼자 걸어서 헤란 거리의 모퉁이를 돌 때마다 나타나는 불량배들이 있었다. 그들은 그녀가 아주 예쁘니까 아마도 허벅지는 더욱 예쁠 것이라고 큰 소리로 놀려댔다. 확실히 그녀의 다리는 늘씬했다. 어느 날 불량배 가운데 한 소년이 말을 걸어왔다. 잡초가 우거진 들판의 오두막에 살면서 할 일 없이 거리를 헤매거나 신문을 파는 아이였을 것이다. 그 애는 전혀 위협적인 태도를 보이지 않았다. 하지만 맥은 그 애를 밀치면서 에르미를 괴롭히지 말라고 소리쳤다. 불량배 무리들은 한꺼번에 맥에게 달려들었고 싸움이 일어났다. 맥은 입술이 터지고 옷이 찢어진 채 집으로 돌아왔다.

"네가 나를 위해서 싸웠던 일을 기억해." 에르미가 말했다.

"난 언제나 너를 지켜주려고 했어." 그가 말했다. "하지만 너 자신에게서 너를 지킬 수는 없었어."

그녀는 아무 말도 하지 않았다. 진실은 그녀를 아프게 했다. 그녀는 비참해져서 아무 말도 할 수 없었다.

"너도 알 거야. 나는 늘 너에게 도움이 되고 싶었어."

그녀는 그를 향해 고개를 돌리면서 말했다. "그래서 몰래 떠나려 했어?"

"에르미, 그게 최선이야." 바깥에서는 하녀가 철제 테이블에 놓인 메리엔다를 치우고 있었다. 그들은 음식에 거의 손도 대지 않았다.

에르미는 헝클어진 침대에 앉았다. 이 수수께끼 같은 남자를 어떻게 해야 할까?

"네가 떠나려는 마음을 이해해." 그녀는 말했다. "스스로의 힘으로 독립하고 싶은 거지? 나에게 빚지고 있다는 부담감을 떨쳐버리고 싶을 테고. 맥, 그렇게 생각하지 마. 나는 네가 여기 머물기를 원해. 왜냐하면 너는 내 가족이니까. 아니 그 이상이야." 그녀는 말을 멈췄다. 정말로 그녀를 괴롭히는 문제를 그에게 털어놓아도 될지 알 수 없었다. 그녀는 한 사람의 여자로서 남자들에게 아무것도 느낄 수 없다는 끔찍한 사실을 자각하고 있었다. "나는 누군가가 필요해. 내가 여전히 무언가를 느낄 수 있다는 것을 확인해줄 사람이 있으면 좋겠어. 내가 깨닫지 못하는 것을 설명해줄 사람이 필요해. 너처럼 나와 아주 가까운 사람만이 할 수 있는 일이야."

"너는 남자들을 많이 알잖아." 맥은 주저 없이 말했다. "왜 하필 나지?"

에르미는 침대에서 일어나 맥이 앉아 있는 곳으로 걸어갔다. 허리를 굽혀 그녀는 그의 어깨를 잡았다. 하지만 마치 그녀의 손길을 느끼지 못한다는 듯 맥은 아무 반응도 보이지 않았다.

"내가 왜 이렇게 되었지? 왜 복수할 때만 쾌감을 느끼지? 왜 분노를 느낄 때만 살아 있는 것 같지? 그리고 네 말대로 그렇게 많은 남자들과 함께 있어도 왜 늘 아무 감정도 없고 거리감만 느껴지는 거지?" 혼자 있을 때 수없이 자주 떠오른 의문이었으나 그녀는 자신의 울먹이는 연기와 과장되게 늘어놓는 감정적인 말들에 놀라고 있었다. 하지만 맥은 언제나 그랬듯이 솔직한 대답으로 그녀의 애절한 간청을 무색하게 만들었다.

"나는 몰라." 그녀를 바라보는 그의 얼굴은 고통스러워 보였다. "에르미, 나는 네가 무엇을 찾고 있는지 알 수 없어. 단지 지금과 같은 생활을 그만두어야 한다는 것을 알 뿐이야."

"그건 이미 말했을 텐데."

그녀는 허리를 펴고 자리를 옮기면서 물었다.

"그럼 너는 언제쯤 나한테서 도망치지 않을 거니?"

맥은 대답하지 않았다. 이제 아무것도 그를 막을 수 없었다. 사막에서의 일은 그의 경력에도, 독립을 하는 것에도 아주 중요했다.

"아마도." 에르미는 그의 대답을 기다리지 않고 말을 이었다. "나는 다시 떠날 거야. 미국으로 갈 거야. 언젠가는 어떤 미국인이 나에게 결혼하자고 할지도 모르지."

"괜찮은 생각이야." 조롱하는 빛을 띠면서 맥이 말했다.

"그래." 그녀는 담담하게 대답했다. "아이들도 낳을 거야."

"너에게 불가능한 일은 없겠지." 맥은 말했다. "네가 처녀성을 잃었을 때 너는 모든 제약에서 자유로워진 것 같아. 에르미, 네가 믿는 게 뭐지? 왜 내가 사막으로 가고 싶어하는지 너는 이해할 수 없을 거야. 나는 물도 돼지고기도 여자도 나이트클럽도 없는 곳에서 지루하고 황량한 생활을 하게 될 거야."

그녀는 그의 말을 가로막았다. "나를 비난하지 마. 나를 모욕하지 마." 그녀는 날카롭게 소리치면서 손바닥으로 자신의 가슴을 쳤다. "여기!" 그녀는 자신의 관자놀이를 가리키면서 말했다. "그리고 여기! 누구도 이것을 소유하지 못했어. 아무도 이것을 갖지 못했다는 것을, 맥, 기억해둬!"

"그런다고 네가 순결해질까?"

"그래," 그녀는 분노에 찬 눈빛으로 그에게 소리쳤다. "네가 꼭 나에게 그런 식으로 말해야 한다면 대답하겠어. 그래. 난 스스로에게 거짓말을 한 적이 없어. 너에게도."

"다른 사람들에게는 거짓말을 했나?"

다시 한 번 그녀는 고함을 질렀다. "그래!"

그녀의 얼굴이 일그러지는 것을 보고 맥은 곧 어떤 일이 일어날지 깨달았다. 그는 다가가서 그녀를 품에 안았다. 그녀는 그를 밀어내지 않았다. 그의 가슴에 그녀의 심장이 터질 것처럼 뛰는 게 느껴졌다. 아무 말도 하지 않고 그저 포옹한 채 두 사람은 분노가 사그라지기를 기다렸다.

그녀는 그에게서 떨어져 나와 창가로 가서 커튼을 쳤다. 그녀는 맥을 침대로 이끌어 함께 누웠다. 남자와 여자로서가 아니라 그들이 가끔 그랬듯이 조용히 이야기를 나누기 위해서였다. 충고를 나눈 것도 아니고 분노를 폭발시키지도 않았다. 맥과 에르미는 열 살짜리 아이들이었던 때로 돌아갔다.

"중동에서는 얼마나 있을 거야?" 에르미는 그의 손을 잡고 단단한 손가락 마디들을 만져보았다.

"이 년 정도. 회사는 노동자들에게 필요한 게 무엇인지 조사하라고 했어. 지사를 하나 더 만들 수 있도록 사람들을 훈련시켜주기를 원해."

"그럼 너는 또 그곳으로 가겠구나."

그는 고개를 끄덕였다. "회사에서 보내는 곳이면 어디든지 갈 거야. 회사가 날 꽤 신임하는데 실망시키고 싶지 않아."

"너 혼자 살고도 남을 만큼 벌 수 있을 거야." 에르미는 말했다. "그런데 왜 네 부모님께 돈을 갖다드리는 거지? 이제 그분들도 풍족하게 살고 있어. 왜 저축을 하거나 투자를 하지 않는 거야? 여기 식구들은 내가모두 먹여 살릴 수 있어. 너도 잘 알잖아."

"젠장, 뭐라고 고맙다는 말을 해야 할지 모르겠군." 맥은 말했다.

"나에게 감사하기를 바라는 게 아니야."

"알아. 넌 그것보다 더 큰 걸 바라고 있어. 사람들을 네 곁에 묶어두고싶어하잖아. 그러려면 감사로는 모자라지. 사랑이 필요한 거야."

그녀는 아무 말도 하지 않았다. 맥은 쉽고 정확하게 핵심을 짚어냈다. 그녀의 깊고 깊은 흉중을 끄집어내 보이는 듯했다.

"누구나 사랑할 사람이 필요하고 사랑받고 싶어해."

마침내 그녀는 말했다.

그는 그녀의 손을 잡고 한 마디 한 마디를 조심스럽게 매만지면서 말했다. "잘 들어봐, 내가 정말로 아끼는 에르미. 내가 이런 말을 한다고 해서 화를 내서는 안 돼. 너는 아무도 진심으로 사랑하지 않아. 특히 너에게 선물공세를 펴는 남자들일수록 그럴 거야. 너에게 진정한 사랑의 기준은 무엇이지? 난 널 진심으로 사랑해. 우리 부모님과 나넷도 마찬가지야. 하지만 그건 네가 우리에게 잘 대해줘서만은 아니야. 우리가 너를 사랑하는 건 너와 우리가 함께 나눈 세월 때문이야."

"너는 언제나 과거를 생각하는구나……."

"지나간 시간보다 더 중요한 것은 없어."

"그래서 지금 나를 비난하는 거니?"

"아니. 우리는 사랑하는 사람을 비난하지는 않아. 그냥 그 사람을 이해하고 돌봐주려고 하지. 그 사람이 변할 가능성이 있다면 말이야. 하지만 한번 창녀가 되면 영원히 창녀로 살아야 해."

그녀는 그의 따귀를 때렸다. 그는 그녀의 손길을 막거나 얼굴을 돌리지도 않았다. 놀랍지도 않았고 아프지도 않았다. 그녀는 몸을 일으켜 다시 한 번 그를 치려고 했다. 하지만 이번에는 그가 재빨리 그녀의 손을 잡았다. 그녀가 깜짝 놀랄 정도로 억센 손아귀 힘이었다. 그는 몸을 일으켜 그녀를 바닥에 눕혔다. 그의 눈빛은 밝고 장난기로 가득 차 있었다.

그녀는 일어나려고 했으나 그 노력을 비웃기라도 하듯 꼼짝도 할 수 없었다. 그녀는 숨을 헐떡이면서 다시 누웠다. 왜 격렬한 분노가 솟구쳐

오르지 않는지 의아했다. 만약 맥이 아닌 다른 남자가 그녀에게 아픈 진실을 이야기했다면, 지금 그녀를 내려다보고 있는 사람이 맥이 아닌 다른 남자였다면, 그리고 마침내 그녀의 뺨에 입을 맞춘 사람이 맥이 아니었다면, 정말로 화가 났을 것이다. 시간이 많이 흐른 뒤에 그녀는 그 일을 돌이켜보면서 생각에 잠기곤 했다. 맥이 그녀의 뺨이 아니라 입술에 키스했다면 그때 무슨 일이 일어났을까?

18

정기적으로는 아니지만 에르미는 이따금 카마린을 방문했다. 그곳에서 에르미는 전설적인 존재였다. 빈털터리로 처음 일을 시작한 곳이 아니던가? 그런데 이제 그녀는 카마린에 모텔까지 선물했다. 그곳은 남자들의 집이나 루네타 또는 파시그 강 근처의 모텔보다 더 안전했다. 어쩌다 아가씨들이 고급 호텔로 가는 경우에도 문지기들의 조롱하는 듯한 시선에 마음이 편하지 않았다. 아가씨들은 이제 그런 경험에서 놓여나 좋았다.

에르미는 안드레스 브라보가 도쿄에서 사준 진주목걸이 세트를 디디에게 선물로 주었다. 디디는 자기 사무실에서 그것을 목에 걸고 에르미에게 보여주었다. 그때 그녀는 디디의 입 주위와 이마에서 주름을 발견했다. 그녀도 이제 마흔을 넘어서고 있었다.

어쩔 수 없는 운명이었다. 그녀를 포함해서 카마린에서 일하는 아가씨들은 노화를 가장 큰 적으로 여겼다. 하지만 디디는 세월의 힘에 무너지지 않을 것이다. 언제라도 돌아갈 수 있는 피난처가 네그로스 섬에 있었고, 그녀가 늘 입에 올리듯이 미국으로 이민을 가버릴 수도 있었다. 진주목걸이와 귀고리, 반지는 모두 그녀에게 잘 어울렸다. 그녀는 황금빛 피부 위에서 은빛으로 반짝이는 진주를 거울에 이리저리 비춰보았다. 그녀는 무척 행복해했다.

"에르미, 무슨 부탁을 하려고 이런 걸 다 주는지 궁금하군. 적어도 오천 페소는 넘겠어."

에르미는 미소를 지었다. 디디는 언제나 정확했다. 농담처럼 말하고 있지만 디디는 헛다리를 짚은 게 아니었다. 그렇다. 그녀는 디디에게 중요한 일을 부탁할 생각이었다. 돈으로 해결할 수 있는 일은 아니었다.

"디디, 당신이라면 쉽게 할 수 있는 일이에요. 이제 저는 당신을 너무잘 알아서 어떤 부탁을 들어줄 수 있는지도 알거든요. 당신과 가까운 유력한 사람들이 필요한 일이에요."

그녀는 소파로 걸어와 디디 옆에 앉았다. 방 안에는 여전히 알코올과 마리화나, 그리고 오랜 세월 동안 쌓인 죄악의 냄새가 떠돌고 있었다. 하지만 그 방은 편안했고, 디디와 함께 있을 때 에르미는 마음의 평화를 느낄 수 있었다. 아가씨들은 반드시 카마린으로 돌아온다는 롤란도 크루즈의 말대로 그녀는 이곳으로 돌아와 머물고 싶기도 했다. 돌아갈 데가 없는 사람들에게 카마린은 소속감을 주는 곳이었다.

"하지만 나는 이제 이 일이 지겨워." 엷은 슬픔이 깃든 목소리로 디디는 말했다. "고맙게도 너 같은 사람들이 있어서 이 일을 하는 게 헛되지 않아. 내가 너무 늦은 건가, 에르미?"

"우리는 다 같이 늙어가고 있어요." 에르미는 말했다. 문득 그녀가 앉아 있는 소파가 요즘은 얼마나 자주 침대로 사용되는지 궁금했다. 여성의 생식기 모양인 재떨이는 여전히 낮은 탁자 위에 놓여 있었고, 소파 맞은편에는 커다란 거울이 걸려 있었다. 소파 위에 있는 사람이 눕거나 웅크려도 몸 전체가 다 비칠 만큼 큰 거울이었다. 또한 조명은 어느 높이 어느 각도에서도 피부의 모공까지 다 보이도록 조절할 수 있게 되어 있었다.

"이제는 돈 벌 생각이 없어요? 사업은 더 잘되는 것 같던데."

"물론 있지." 디디는 힘없이 손을 저으면서 말했다. "하지만 너도 알아야 해. 돈이 전부는 아니야. 나는 아가씨들을 돌보는 일이 지겨워. 개네들이 말썽을 부리지만 않으면 괜찮지. 너는 한 번도 문제를 일으킨 적이 없었지만, 개네들은 그렇지 않아. 골치 덩어리들이야!" 그녀는 화를 내면서 소리쳤다. "사업을 하려면 어쩔 수 없는 일이기는 해. 될 수 있으면 불평하지 않으려고 하지만 지금 아래층에도 해결해야 할 골칫거리가 기다리고 있다니깐."

오후 네 시였다. 레스토랑은 여섯 시에 문을 열지만 아가씨들은 아무 때나 디디의 사무실로 찾아올 수 있었다.

"약에 중독되었던 애야. 아직도 못 끊은 것 같아. 내보냈는데 다시 와서 일하고 싶어해. 무슨 일이라도 하겠대. 내 속옷이라도 빨겠다는 거야. 게다가 열 살짜리 딸까지 있어. 행복하게 해주겠다고 약속했던 남자의 애야. 그 남자는 죽었단다. 그래서 어떻게 되었는지 너도 짐작하겠지?"

"있을 수 있는 일이에요." 에르미는 진지하게 말했다. 이런 이야기를 들을 때마다 아무리 극진한 정성을 보이는 남자라고 해도, 결코 깊이 빠져서는 안 된다는 결심이 굳어졌다.

"나는 도울 만큼 도왔어." 침울한 표정을 지으면서 디디는 말했다. "나는 산타클로스가 아니야. 돈과 재미를 얻기 위해 이 일을 하는 거라고. 그런데 나에게 찾아와서 아파트에서 쫓겨나게 되었다고 울면서 말하는 거야. 딸을 데리고 어디로 가겠어? 길에서 자야 하나?"

그 순간 아르투로네 식구들과 함께 차고에서 쫓겨났을 때의 비참했던 기억이 떠올랐다.

"…… 그 애는 자기 자신을 걱정하는 게 아니야." 디디는 담담하게 말을 이었다. "자기는 어디서나 잘 수 있대. 하지만 그 애의 딸 때문에……."

"제가 그 사람을 만나 볼래요." 에르미가 갑자기 말했다.

디디가 인터폰으로 그녀를 불렀다. 조금 있다가 문이 열렸다. 한때는 예뻤을 것 같은 여자였다. 검은 눈동자에는 여전히 미모의 흔적이 남아 있었다. 하지만 서른다섯 해 동안의 험난한 삶이 그녀를 마흔다섯이 지난 여자처럼 보이게 만들었다. 그녀는 낡은 노란색 면 드레스를 입고 있었고 머리는 헝클어져 있었다. 손톱은 지저분했으며 싸구려 플라스틱 신발을 신고 있었다. 막 울고 난 뒤인지 눈물 고인 눈이 붉게 충혈되어 있었다.

"디디, 제 딸을 여기 데려오고 싶지 않았어요." 그녀는 소심하게 말했다. "그 애는 아무것도 몰라요. 저도 알려주고 싶지 않았고요. 그 애는 아파트에서 저를 기다리고 있어요. 실은 아파트가 아니라 아파트 현관 앞에서 짐을 지키고 있어요. 제가 돌아갈 때까지 남아 있는 게 있을지 모르지만요."

"오, 그 눈물겨운 이야기는 이미 다 들었어." 디디가 말했다.

"하지만 사실이에요, 디디. 맹세할 수 있어요." 그녀는 울부짖었다. "저와 함께 가서 길거리에 내던져진 살림살이를 보실래요? 낡은 옷가지와 냄비, 프라이팬 같은 것들을요?"

"저는 그 말을 믿어요." 에르미가 말했다.

"그럼 네가 아니타의 수호천사 노릇을 하면 되겠군." 디디가 말했다.

에르미는 새 메르세데스 220SE를 몰고 산 안드레스의 좁은 골목으로 힘들게 들어갔다. 나무로 지은 낡은 집들이 모여 있는 허름한 동네였다. 비가 내려 길은 온통 진흙투성이였고 곳곳에 웅덩이가 패여 있었다. 근처에 있는 개천에서 올라오는 시궁창 냄새가 동네 전체에 퍼져 있었다. 문 앞에 지키고 앉아 있는 게으른 남자들과 배만 볼록 튀어나온 아이들이 여기저기서 눈에 띄었다. 아니타의 말대로 곧 쓰러질 듯한 아파트 현관 앞에 살림살이들이 쌓여 있었다. 그리고 그 앞에 어린아이답지 않은 쓸쓸한 표정으로 열 살쯤 된 여자아이가 서 있었다. 짐이 얼마 되지 않아 트렁크와 뒷좌석에 모두 실을 수 있었다. 아니타와 그녀의 딸 릴리는 앞좌석에 앉았다.

아니타는 카마린이나 디디, 그리고 이제까지 겪은 일에 대해 입을 다물었다. 단지 쿠바오에 가서 살게 되었다는 이야기만 했다. 그녀의 딸은 조용하고 예의바른 아이였다. 디디의 사무실에서 아니타는 딸 때문에 약을 끊었다고 했다. 금단증상이 너무나 끔찍해서 다시는 약에 손을 대지 않을 거라고 에르미에게 다짐했다. 딸은 매우 빨리 자랐고 많은 것들을 알고 싶어했다. 아니타는 아버지에 대해 딸에게 솔직하게 말해주었다. 그의 갑작스러운 죽음으로 불행이 시작되었다는 이야기였다. 하지만 카마린에서 일했다는 말은 절대로 하지 않았다.

에르미는 모녀가 살 수 있는 방을 주었다. 아르투로와 오랑, 그리고 이제 막 가정대를 졸업하는 나넷은 겉으로 드러내지는 않았지만 썩 달가워하지 않는 눈치였다. 아니타가 아파트에서 쫓겨나 데려왔다는 에르미의 설명을 들은 후에야 친밀감 있게 대해주었다.

아니타와 릴리는 에르미를 실망시키지 않았다. 에르미가 사람을 보는 눈이 정확하다는 사실을 두 사람이 증명해주었다. 아니타는 은혜를 저버리지 않았다. 레스토랑이 문을 열었을 때 그녀는 큰 도움이 되었다. 나넷이 레스토랑을 경영했고 아니타는 웨이터들을 감독하는 역할을 맡았다. 늘 모든 것이 청결하게 유지되고 있는지, 낭비하는 음식 재료는 없는지, 모두들 맡은 일을 잘하고 있는지 점검했다. 게다가 그녀는 필리핀 사람들의 입맛을 잘 알았다. 푸에스토는 외국 주방장을 쓰는 중국이나 일본 레스토랑과 경쟁할 수는 없었다. 하지만 아니타가 제안하고 나넷과 에르미가 개발한 필리핀 고유의 맛을 찾는 사람들이 늘어났다. 푸에스토에서는 쿠바오의 농산물시장에서 들여오는 신선하고 질 좋은 재료로 스페인, 필리핀, 중국 음식들을 만들었다. 그리고 가격도 합리적이었다. 몇 달 지나지 않아 푸에스토는 마카티의 명소로 알려졌다.

338

하지만 레스토랑의 경영이 에르미의 주요 관심사는 아니었다. 그녀의 목표는 로호 가문의 사람들이었다. 증오심은 사라지지 않는 망령처럼 언제 어디서나 그녀를 괴롭혔다. 그 사람들 모두에게 복수를 하지 않는 한 그녀는 평화를 얻을 수 없었다. 그녀는 콘시타를 해치웠다. 이제 펠리시타스와 호셀리토의 차례였다.

19

호셀리토는 교활하고 영리하게 로호가의 재산을 불려갔다. 미국에서 배운 지식과 독서를 통해 정보를 얻었고 친구에 대한 의리를 저버리지 않는 필리핀 사람들의 전통을 적절히 이용했다. 또한 필리핀 사람들은 작은 상처에도 쉽게 괴로워한다는 것을 알고 있었기에 적을 만드는 상황을 교묘히 피했다. 그는 마카티에 FJC 빌딩이라는 이름의 그로테스크한 수직 형태의 육층 건물을 지었다. FJC는 펠리시타스, 호셀리토, 콘시타의 이름 첫 글자를 딴 것이었다. 그곳에서 그는 로호가의 재산을 늘려가는 사업을 했다. 막대한 부동산과 네그로스의 사탕수수 농장, 그리고 세 개의 은행에서 들어오는 이자 수입을 관리했다. 제조업에는 전혀 손대지 않았다. 그는 기회주의자였다. 펠리시타스와 마찬가지로 그는 재산의 근거를 땅에 두었다. 땅은 경영과 처분이 쉽고, 얼마든지 착취할 수 있는 것이었다. 이렇게 확실하게 돈을 벌 수 있는 재산에서 손을 뗄 생각은 전혀 없었다. 그는 한창 상업지역으로 발돋움하는 마카티의 부동산에 투자해서 돈을 벌었다. 그의 수완을 증명해주는 일이었다.

콘시타에게 복수하는 게 쉬웠던 것은 그녀가 혼자 무방비상태로 미국에 있었기 때문이다. 하지만 마닐라에 있는 호셀리토나 펠리시타스를 공격하는 것은 훨씬 어려운 일이었다. 그들은 스스로를 방어할 수단이 많았고 서로 힘을 합할 수도 있었다. 콘시타는 그들에게 에르미가 한 짓을 알려주었을 것이다.

사람들에게는 저마다 기이한 성품이 하나씩은 있고, 자신은 잘 의식하지 못하는 뿌리 깊은 약점이 있다는 것을 에르미는 경험으로 깨닫게 되었다. "당신이 가장 좋아하는 것을 말해봐. 당신에게 가장 큰 즐거움을 주는 것, 바로 그것 때문에 당신은 파괴될 수도 있어." 다시 한 번 그녀는 롤란도 크루즈의 통찰력에서 실마리를 얻었다.

호셀리토에게 가할 첫 번째 타격에 대한 구상은 카마린에서 이루어졌다. 에르미는 호셀리토가 자기 앞에서 옷을 벗어보라고 했던 날을 잊을 수 없었다. 그때 그는 스스로 동성애자라고 고백했다. 미국에서 돌아온 지 얼마 안 되어 그녀는 호셀리토에게 모욕을 주고 위해를 가할 계획을 세웠다.

이제 디디를 통해 사람을 구하기만 하면 됐다.

디디가 처음으로 푸에스토를 방문하던 날, 빌리지에 사는 사업가나 사교계 인사들, 그리고 아름다운 전문직 여성들 같은 손님들 가운데에서도 유난히 눈에 띄었다. 그녀는 생강을 곁들인 생선찜과 소금에 절인 콩, 카모테를 코코넛 밀크로 요리한 특별한 디저트를 먹었다. 필리핀 탈환 전쟁 때 먹던 디저트를 오랑이 다시 개발한 것이었다. 디디와 에르미는 함께 커피를 마셨다. 세 시가 넘은 시각이었으나 레스토랑은 여전히 사람들로 북적였다.

"이곳에 또 하나의 카마린을 만들려는 건 아니겠지?" 디디는 말했다. "그럴 가능성이 아주 농후한걸."

"아가씨가 딱 한 명 있는 카마린이겠지요. 저 말이에요." 에르미는 웃었다. 주위의 이목에 신경이 쓰였으나 정말로 그녀는 카마린에서 하던 '일'을 그만두지 않았다. 그녀는 브라보 상원의원이나 에두아르도 단테스처럼 선별된 몇몇 사람들과 비밀스럽게 어울렸다. 그녀의 사업과 로호가와의 싸움에 이용할 수 있는 사람들이었다.

"디디, 당신의 도움이 필요해요." 마침내 에르미는 입을 열었다. "누구한테 부탁해야 할지 몰라서 머리가 깨질 것 같았어요. 그런데 당신이 적임자라는 사실이 떠올랐어요."

"아하, 이제야 내가 모텔과 그 밖의 것들에 대한 대가를 치러야 할 때가 된 모양이군." 디디는 웃음을 터뜨렸다. "좋았어, 요 깜찍한 것. 내가 할 만한 일이면 생각해볼게. 돈이 필요한 일이 아니라는 것쯤은 나도 알아. 그렇다면 쉬운 일이겠지."

그녀는 디디의 솔직함과 도전을 마다하지 않는 결단력에 늘 감탄했다.

"몸 파는 남자애가 필요해요, 디디."

디디는 휘파람을 불면서 의자에 몸을 기댔다. "세상에! 너 뭐가 씌었니? 운동이 부족한 거야?"

에르미는 허리를 꺾으면서 웃음을 터뜨렸다. "말도 안 돼요. 저를 위해서가 아니에요. 일을 좀 시키려고요. 당신이라면 쉽게 구할 수 있을 것 같아서요."

"어떤 애를 원하는지 자세히 말해봐."

에르미는 설명하기 시작했다. "아주 젊고, 물론 잘생겨야 해요. 나이는 십대 후반이나 이십대 초반이 좋겠어요. 건장하고 유도 같은 걸 할 수 있으면 더 좋고요. 자신을 방어할 수 있으면서 남자 하나를 쉽게 장애인으로 만들 수 있는 사람을 원해요."

"점점 재미있어지는걸, 에르미. 도대체 무슨 일을 꾸미는 거야?"

그녀는 디디에게 거짓말을 한 적이 없었다. 서로에게 솔직했기 때문에 관계가 오래 지속될 수 있었다. 디디는 에르미가 매우 솔직하다는 사실에 호감을 갖고 있었다. 게다가 포주와 창녀 사이에는 신뢰가 가장 중요했다.

"제가 얼마나 로호 집안사람들을 증오하는지 잘 아시잖아요." 그녀는 굳은 결심을 보여주는 단호한 눈길로 디디를 바라보면서 말했다. "저는 호셀리토 로호를 망가뜨리고 싶어요."

"하느님 맙소사!"

"제가 배후에 있다는 게 알려지지 않았으면 좋겠어요. 젊은 남자애와 호셀리토 둘 다한테요. 고발당해서 처벌받고 싶지 않아요."

디디는 미소를 지었다. "내가 다 알아서 할게. 대법원에 끌려가도 나에게 죄를 묻지 못하도록 할 수 있어. 베코이 판사나 갈랑 판사 모두 카마린의 고객이야. 그리고 내가 드 베라의 포르노 영화 공급책이라는 건 알고 있지?"

에르미는 웃으면서 고개를 저었다. 디디는 정말 모든 일을 깔끔하게 해내는 사람이었다.

    일주일 뒤에 에르미는 그 청년을 보기 위해 카마린을 찾았다. 카마린은 이제 지저분하고 남루해 보였다. 아마도 초록색 식물들로 가득 찬 생기 있고 말끔한 푸에스토에 있다가 와서 더 그렇게 보였는지 모른다. 상대적으로 카마린은 어두웠고, 단정하지 않은 싸구려 낡은 외투 같은 분위기가 주위를 감싸고 있었다. 홀로 커피를 마시고 있던 디디는 그녀를 테이블로 불렀다. 해가 막 지고 난 다음이라 칵테일을 곁들이며 저녁 식사 할 손님들이 드문드문 들어올 시간이었다. 커다란 수레바퀴 모양의 램프가 레스토랑 안을 비추고 있었고, 한쪽 구석에서는 피아노 연주자 랄프가 달콤한 스페인 노래를 연주하고 있었다. 창백한 불빛이 비추고 있는 그의 굴곡진 얼굴은 많이 늙어 보였다. 디디의 테이블로 가기 전 그녀는 그에게 들러 손바닥에 오백 페소를 쥐어주었다. 그는 깜짝 놀라면서 미소를 지었다. 그리고 롤란도 크루즈가 좋아하는 〈라모나〉를 연주하기 시작했다.

    "넌 수완 좋은 정치가가 될 자질이 있어, 에르미." 그녀의 행동을 지켜보던 디디가 말했다.

    에르미는 콘 비프 샌드위치를 주문했다. 나온 음식을 보면서 카마린의 요리도 형편없어졌다는 사실을 깨달았다. 사업을 계속하는 게 지겹다고 늘 투덜거리더니 디디는 주방에 거의 신경을 쓰지 않는 것 같았다.

    "그 애는 곧 올 거야." 디디가 말했다. "네 까다로운 조건에 들어맞는 사람이기를 바랄 뿐이야."

"어떤 일을 해야 하는지 말했어요?"

"모두 다 말하지는 않았어." 디디는 긴 상아 파이프를 입에 물면서 말했다. 조금 있다가 그녀는 연기를 구름처럼 뿜어냈다. "먼저 네 마음에 들면 그때 말해도 늦지 않아."

"저는 그 사람과 말하지 않을 거예요. 알고 계시죠?"

"아주 잘 알고 있으니까, 걱정 마." 그녀는 에르미를 안심시켰다.

디디가 이른 대로 청년은 여섯 시 삼십 분에 카마린으로 들어왔다. 디디는 팔꿈치로 에르미를 찔러 신호를 보냈다.

짙은 갈색 피부에 키가 크고 아주 잘생긴 청년이었다. 영화배우가 되어도 좋을 정도로 사진이 잘 받을 얼굴이었다. 늘씬한 몸은 운동선수처럼 단단해 보였고 관능미가 넘쳤다. 에르미는 그가 어떤 남자인지 알 것 같았다. 매우 정력이 강하고 힘이 넘치는 유형이었다.

그는 곧장 디디의 테이블로 다가와 말했다. "이모, 저 왔어요. 말씀하신 시간에 딱 맞춰서 왔죠."

디디는 그를 거의 쳐다보지도 않고 말했다. "저쪽에 가서 앉아 있어. 먹고 싶은 것은 뭐든지 주문하고." 그녀는 에르미가 잘 볼 수 있는 자리를 가리키면서 말했다.

"어때?" 그녀는 에르미를 돌아보면서 물었다.

에르미는 그를 천천히 뜯어보았다. 자신감에 가득 찬 모습이었다.

"친척인가요?"

디디는 웃었다. 남자처럼 호탕한, 그녀 특유의 웃음이었다. "모든 아가씨들이 나를 '이모'라고 부른다는 것을 잊었어?"

"맘에 들어요." 청년이 어떤 사람인지 궁금해하면서 에르미가 말했다. 만약 그가 라살이나 아테네오 대학에 들어가 공부했다면 직장을 구하기 쉬웠을 것이다. 그러면 남창이나 조직폭력배가 되어 혐오스럽고 사악한 일을 해달라는 부탁을 받게 되지도 않았을 것이다.

"저 사람에게 말해주세요." 에르미는 말했다. "지금 비용의 반을 주겠다고요. 나머지 반은 일이 끝난 다음에 주겠다고 하세요. 필요한 물건이 있으면 구입하고 항목별로 정리해서 영수증을 갖고 오라고 하세요. 그리고 날마다 일이 얼마나 진행되었는지 보고서를 써오라고 하세요. 마지막 날에는 반드시 필요한 시간과 장소에 대한 모든 정보를 저에게 알려주어야 해요."

"세상에!" 디디는 감탄했다. "넌 정말 치밀하구나. 네가 카마린을 경영하면 나보다 훨씬 더 잘해낼 거야. 만약 카마린을 넘겨받고 싶다면 말하렴. 언제나 대환영이야."

하지만 에르미는 그녀의 말을 거의 듣지 않았다. 그녀는 구찌 백을 열어 두툼한 갈색 봉투를 꺼냈다. 그 안에는 오만 페소가 현금으로 들어 있었다. 그녀는 봉투를 재빨리 디디에게 건네주었다. 디디는 마치 일이 벌써 다 끝난 것처럼 만족스럽게 웃었다.

이 주일 동안, 하루 일과를 시작하기 전 아침시간에 디디의 심부름꾼이 그 청년의 보고서를 들고 왔다. 에르미는 그것을 주의 깊게 읽으면서 계획이 얼마나 진전되었는지 알 수 있었다. 급하게 일을 진행할 필요는 없었다. 그녀는 사려 깊고 세련되게 구애를 하듯 계획을 서두르지 않고 치밀하게 실행하고 싶었다. 청년이 호셀리토의 눈에 띄려면 시간이 걸렸다. 우선 호셀리토의 일상을 세세하게 관찰해야 했고 그가 하룻밤 즐길 상대를 찾아 자주 가는 장소가 어디인지 알아내야 했다. 그것은 어렵지 않은 일이었다. 그러나 청년은 리살 거리나 카리에도의 모퉁이에서 서성이는 싸구려처럼 보이고 싶지 않았다. 그는 기회를 기다렸고 마침내 마카티의 클럽에서 우연히 호셀리토와 마주쳤다. 그곳은 호셀리토가 점심을 먹거나 밤을 보낼 상대를 찾아다니기 전에 잠깐 들러서 가볍게 한잔 하면서 늦은 오후를 보내는 곳이었다.

마침내 호셀리토가 미끼를 물었다. 디디가 직접 숨 가쁘게 에르미를 찾아와 호셀리토와 그 청년이 저녁 약속을 잡은 사실을 알려주었다. 호셀리토의 집에서도 아니고 파시그나 산타 메사의 지저분한 모텔에서도 아니었다. 호셀리토는 마카티에 있는 별 다섯 개짜리 인터내셔널 호텔에 며칠 동안 방을 예약했다. 주말을 보낼 작정이었다. 디디는 방 번호와 온갖 세세한 사항들을 알려주었다. 그 다음에 벌어진 일들은 신문에서 읽을 수 있었다. 특히 단테스의 일간신문에는 호셀리토의 기사가 일면에 특종으로 실렸다. 그 신문사의 경찰 출입기자와 사진기자는 호텔 로비에서 기다리고 있다가 호셀리토가 아래층으로 실려 내려오는 장면을 찍었다. 헤드라인의 문구를 좀더 선정적으로 뽑을 수도 있었으나 대문짝만한 활자만으로도 효과는 충분했다.

마카티 호텔에서 일어난 성폭행

유명 기업가 크게 부상당해

마닐라의 기업가이면서 사회적으로 이름이 널리 알려진 호세 로호가 어젯밤 위독한 상태로 마카티 종합병원 응급실로 실려 왔다. 그는 마카티의 특급호텔에서 같은 방에 있던 동성애자에게 공격을 당한 것으로 알려졌다. 그를 폭행하고 강간한 젊은이는 이러한 사실을 인정했으나 그것은 피해자인 호세 로호와 합의하에 이루어진 일이었다고 주장했다. 가해자인 도미나돌 셀가는 마카티 경찰에 의해 살인 미수죄로 체포되었으나, 그의 변호사에 의해 즉시 보석으로 풀려났다. 병원 관계자의 말에 따르면 호세 로호의 상처가 완쾌되려면 삼 개월 이상 걸릴 것이라고 한다. 특히 항문의 열상(裂傷)이 심각한 상태이며 치명적인 상처로 인한 출혈 과다로 고통받고 있다. 그의 성기는 절단되었다.

가장 통속적인 사건에 대해 거침없이 과장된 의견을 제시하는 것으로 악명 높은 칼럼니스트 팔소 페레라는 이렇게 논평했다.

그날 밤 마카티의 인터내셔널 호텔 십육층은 소란스러웠다. 마닐라의 유명한 독신남인 한 동성애자가 젊은 남자친구와 밀회를 약속한 장소였다. 그들이 의식하지 못한 사이에 열정이 지나쳐 밀회는 폭행 사건으로 변질되었다. 이 관능적인 정사 이야기가 법의 심판을 받게 되기까지의 과정을 따라가 보는 것은 흥미로운 일이다. 우리의 유능한 기업가이자 독신남은 성기가 잘렸으므로 앞으로 생식 능력을 잃을 것이다. 사건의 전말에 대해 숨김없이 진술한 것으로 알려진 젊은 가해자는, 그가 매우 협조적이었을 뿐만 아니라 상상력이 풍부한 상대였다고 주장하고 있다. 가해자는 미국 작가 윌리엄 포크너의 소설을 읽은 것 같다. 문학이 지닌 어둡고 부정적인 영향력이 여기서 드러난다! 가해자는 치아뿐 아니라 커다란 옥수수 속대[96]를 사용했다고 한다.

그날 밤 무슨 일이 일어났는지 호셀리토가 직접 해명할 기회는 없었다. 기자와 사진기자가 호텔에 도착했을 때 그는 살려달라고 비명을 지르고 있었고 마카티의 경찰이 달려오고 나서 오 분도 지나지 않아 의식을 잃었다.

에르미는 디디를 통해 그 청년에게 보너스를 전달하면서 언제나 카마린에서 돈을 지불할 것이라고 말했다.

호셀리토가 끔찍한 치욕에서 회복되려면 시간이 꽤 걸릴 게 틀림없었다. 사업가들 사이에서는 우호적인 관계를 회복할 수 없을 정도로 조롱의 대상이 되었고, 동성애자들 사이에서는 피학성 변태성욕자로 낙인찍혔다. 넉 달이 지나 상처가 완전히 치유되었을 때 그는 펠리시타스의 집으로 찾아갔다. 그녀는 집안의 명예에 먹칠을 한 그에게 비난을 퍼부었다. 하지만 얼마 지나지 않아 펠리시타스 로호 또한 같은 처지에 놓이게 되었다.

호셀리토가 아직 병원에 있을 때부터 팔소 페레라의 가십 란에는 '로호'라는 이름이 또 한 번 조롱의 대상이 되고 있었다. 페레라의 글은 통속적인 주제를 다루기 때문에 많은 사람들이 즐겨 읽었다.

---

96. William Faulkner(1897~1962)의 소설 「성단(Sancutuary)」에 성불구인 악당 포파이가 옥수수 속대로 여대생을 강간하는 이야기가 있다.

그녀는 사교계의 유명인사이며 자선사업가로 자주 언급된다. 무엇보다도 그녀는 항상 자선을 베푼다. 그녀는 미망인이며 남편은 2차 대전이 일어나기 전에 자살한 것으로 알려져 있다. 나는 그가 왜 자살했는지 정말 궁금하다. 하지만 그 이유는 상상에 맡기겠다. 그녀는 구세대의 미군들과 매우 친밀하게 지냈다. 특히 필리핀 탈환을 지휘한 장군과는 아주 가까운 사이였다. 그녀가 왜 장군을 따라 미국으로 가지 않고 부두를 헤매는 여인이 되었는지는 아무도 모를 일이다.

또는,

얼마 전 명문가 출신의 한 기업가가 동성애자에게 성폭행을 당한 뒤 아직 회복되지 않고 있다. 에르미따 지역을 배회하는 젊은 청년들을 애호했던 그에게 비극적 운명이 닥친 것은 놀라운 일이 아니다. 제정신이 아닌 그의 모험담은 기업가들 사이에서 농담의 대상이 되고 있다.

또는,

그녀는 마닐라와 누에바 에시하, 그리고 네그로스에 막대한 재산을 가지고 있는 유력한 가문의 비밀을 떠안고 있다. 남매 가운데 가장 어린 그녀는 지금 미국에서 살고 있다. 왜 그녀는 지난 이십 년 동안 마닐라를 방문하지 않았을까? 물론 그녀의 가까운 친척들도 호기심을 숨기지 못하고 있으나, 그 이유를 알고 있는 사람들은 마닐라에 사는 그녀의 언니와 오빠뿐이다.

그녀는 2차 대전 전에 매혹적인 미모를 자랑하는 아가씨였다. 필리핀 탈환 전쟁 때 무슨 일이 있었는지 궁금할 따름이다.

또는,

이 사교계의 귀부인은 급속도로 나이를 먹어가고 있으며 소위 그녀의 사회사업도 점점 더 지루해져 가는 양상을 띠고 있다. 왜냐하면 그것은 단지 그녀가 화려한 보석을 자랑하면서 오만한 태도로 사람들을 대하는 행사에 지나지 않기 때문이다. 그녀는 왜 육체적으로 친밀한 관계를 맺었던 미국인들에게는 금전적인 기부를 요청하지 않는가? 한때 그녀는 미국 장군의 정부였다. 그보다 훨씬 전, 2차 대전이 일어나기 전에 미국에서 오랫동안 체류하면서 무슨 일을 했는지 자못 궁금하다.

에르미는 이 모든 기사를 모아서 복사한 다음, 호셀리토와 펠리시타스에게 우편으로 보냈다. 그리고 사교계에서 입방아 찧기를 좋아하는 사람들에게 기사의 여백에 호셀리토와 펠리시타스, 콘시타의 이름을 타이핑해서 보냈다. 이런 일들을 벌이면서 그녀는 아주 행복했지만 얼마 지나지 않아 곧 시들해졌다. 그녀는 또 다른 계획을 짜고 있었다. 이번에는 로호가의 재정 상태에 심한 손상을 입힐 일이었다. 로호 가문에 대한 에르미의 마지막 공격에 봄빌라 장군과 브라보 상원의원이 힘을 보탰다.

푸에스토의 문을 연 지 몇 달이 지난, 어둠이 짙게 깔린 8월 어느 날 밤이었다. 군복을 입은 네 명의 남자가 레스토랑 안으로 당당하게 걸어 들어왔다. 새롭게 얻은 권력을 과시하듯 장교들은 최고급 레스토랑과 호텔 로비에서 자주 눈에 띄었다. 계엄령 선포 전에는 거의 볼 수 없던 광경이었다. 빈자리가 없어서 지배인이 그들을 대기실로 안내한 다음, 음료수와 카모테 튀김을 갖다 주었다. 피부가 검고 가장 나이가 많아 보이면서 인상이 험상궂은 사람이 에르미를 만나고 싶다고 요구했다. 야간 통행 금지령이 아직 시행되고 있었지만 몇몇 손님들은 자정을 넘어서도 식당에 머물 때가 있었다. 브라보 상원의원의 중재로 푸에스토는 통행금지 시간을 조금 넘겨서까지 영업할 수 있었다. 때문에 가끔 밤늦은 시각에 정적이 감도는 텅 빈 도로를 달려 식사를 하러 오는 사람들이 있었다.

에르미는 사무실에서 나와 장교들을 맞으러 갔다. 그녀는 봄빌라 대령을 알아보고 호들갑스러울 정도로 반갑게 맞았다.

"대령님, 개업식날 오실 줄 알고 기다렸어요. 대령님이 오시지 않아서 초라한 개업식이 되어버렸답니다."

장교 한 명이 나서서 그녀의 말을 고쳐주었다. "이분은 장군이십니다, 부인."

그래, 너 잘났구나, 에르미는 속으로 생각했다. "죄송합니다, 장군님." 그녀는 재빨리 정정했다. "곧 장군님이 되실 줄 알았어요."

봄빌라 장군은 다른 장교들을 에르미에게 소개시켜주었다. 마치 비밀결사단체 같은 분위기였다. 장교들은 모두 봄빌라 장군의 보좌관들이었다. 테이블이 준비되자 봄빌라 장군과 에르미는 따로 자리를 잡고 앉았다.

"에르미, 식당을 아주 훌륭하게 꾸며놓았군요." 봄빌라 장군이 말했다. 그는 큰 잔에 담긴 스카치와 함께 간단한 식사로 라푸라푸[97] 찜을 주문했다. 그는 식사하는 동안 에르미가 옆에 앉아 있기를 바랐고, 에르미는 기꺼이 그렇게 했다. 그녀는 거물이 장군에 대해 했던 말을 떠올렸다. "다음주에는 가족들과 함께 여기 오기로 했소. 그래서 당신에게 미리 말해놓기 위해 오늘 왔소. 아내가 새로 문을 연 멋진 레스토랑이 있다고 하기에 우리 가족도 개업식에 초대를 받았는데 내가 너무 바빠서 못 갔다고 했지요. 그때 난 남쪽지방에 있었어요. 그쪽에 해결해야 할 토지 분쟁 문제가 있었거든요. 에르미, 나는 직업 군인입니다." 그는 자긍심에 빛나는 눈으로 상기시켜주었다. "나는 토지 개혁에 대해서는 잘 모르오. 하지만 지도자가 그것을 바란다는 것을 알지요. 지도자가 원하는 방향으로 나라가 발전하려면 토지 개혁이 이루어져야 합니다. 그게 내가 원하는 것이고 우리 모두가 원해야 하는 것이기도 하오……."

얼마나 충실한 추종자인가. 비행기가 뉴욕을 출발할 때 옆자리에 앉은 그가 그녀를 철저히 무시한 채 열심히 서류를 들여다보던 기억이 새삼 떠올랐다. 아니, 만약 이 남자를 네 편으로 끌어들이고 싶으면 그를 가볍게 보아서는 안 돼. 너는 그를 칭찬하고, 그의 말에 동의하고, 그에게 아첨을 늘어놓고, 그를 추켜세우고, 그의 생각에 감탄해야 해. 어쨌든 그의 손에서 나라를 구하는 일은 신만이 할 수 있는 일이겠지. "군대에 장군님 같은 분이 계시다니 얼마나 다행인지 몰라요." 에르미는 열

97. 필리핀 사람들이 즐겨 먹는 생선. 다금바리.

을 올리면서 말했다. "여기저기 온통 부정부패뿐인데요. 국민들에게는 헌신적인 분들이 필요해요."

"에르미, 나를 장군님이라고 부르지 말아요." 싸구려 양초처럼 말랑말랑해진 목소리로 그가 말했다. "친구들은 나를 봄비라고 부르지요. 괜찮으면 당신도 나를 그렇게 불러요."

"봄비…… 당황스럽기도 하고 쑥스럽기도 하네요. 저 사람들 앞에서는 절대로 봄비라고 부르지 않을 테니 걱정 마세요." 다른 테이블에 앉아서 식사에 열중한 그의 동행인들을 가리키면서 에르미가 말했다.

"에르미, 당신은 정말 예의바른 사람이군요." 봄빌라 장군은 말했다. "그렇게 신경을 써주니 고맙소."

"토지 개혁 계획에 대해서 말씀 좀 해보세요."

에르미는 그를 재촉했다.

"세부 사항이 워낙 복잡해서…… 하지만 일단 대통령께서 그 일을 성사시키면 사람들은 그분을 위대한 인물로 기억하게 될 거요. 아마도 가장 훌륭한 필리핀 대통령으로 역사에 남을 테지."

그녀는 그를 향해 미소를 지었다. "저는 당신이 무슨 일을 하는지, 왜 그런 신념을 갖게 되었는지 알고 싶어요. 당신 같은 분은 나라를 위한 생각뿐일 텐데, 당연히 저도 관심을 기울여야죠." 롤란도 크루즈가 가르쳐준 대로 그녀는 몸을 앞으로 기울인 채 이 가정적인 남자가 자신의 일과 신념에 대해 하는 이야기를 열심히 들었다. 두 사람을 둘러싸고 있는 다른 모든 것들, 접시가 달그락거리는 소리나 식사를 하면서 사람들이 주고받는 이야기 소리는 모두 흐릿한 배경으로 물러났다. 오직 자신의 이야기만을 성실하게 들어주기를 바라는 남자와 그 이야기에 귀를 기울이고 있는 에르미만이 그 자리에 있을 뿐이었다. 하지만 그가 하는 말을 이해하지 못했다거나 흘려들었다 해도 별 문제가 되지 않았다. 사실 그녀의 머릿속에서는 레스토랑의 다음 날 메뉴를 정하는 것부터 에두아르도 단테스가 어떤 선물을 가져올지, 여러 사소한 잡념들이 떠올랐다. 어쨌든 그녀는 이미 로호가의 농장을 어떻게 처리해야 할지 결심했다. 프로스페로 봄빌라 장군이 그 해결책을 알려주었다.

그녀는 그가 말하는 도중에 적절한 질문들을 던졌다. 예를 들어, "그 지역 사람들이 저항하지 않았나요?" 또는 "다른 나라에서 비슷한 일이 일어났을 때 어떠했나요?" 또는 "이 일이 성공하리라는 보장이 있나요?" 어떤 주제에도 적용될 수 있는 질문들이었고, 그녀가 예전에 다른 남자들에게 했던 질문이기도 했다. 그녀가 진정으로 관심과 열의로 가득 찬 청중이라는 것을 확실히 보여주는 전형적인 질문들이었다. 남자들 대부분은 그들의 말에 귀 기울이면서 공감하고 자신감을 북돋워주는 상대를 원했다.

봄빌라 장군이 말을 끝마친 것은 자정이 지나서였다. 그는 반드시 해야 한다고 믿는 일, 그가 해온 일, 새로운 사회를 건설하기 위해 그가 짊어져야 할 의무에 대해 설명했다. 손님들은 이미 모두 자리를 떠났다. 자리를 지키고 앉아 있는 장교들이 위협적으로 느껴졌을 것이다.

"정말 흥미로운 자리였어요, 봄비." 에르미는 문으로 그를 안내하면서 말했다. 장교들은 두 사람 뒤를 따르고 있었다. "알다시피 이곳에는 별별 사람들이 다 와요. 지난번에는 사람들이 큰 소리로 대통령을 공공연하게 비난한 적도 있었어요. 정확히 말해서 토지 개혁에 대한 것이었지요. 아마도 대지주들이었을 거예요. 자세히 듣지는 못했지만요."

봄빌라 장군은 걸음을 멈추었다. "비난이라고요? 공공장소에서 지도자를 비난했다고? 처벌을 받을 수도 있다는 것을 모르고 있나 보군?" 나지막한 목소리에는 분노가 깃들어 있었다.

"오, 그런 이야기를 많이 들었어요." 에르미는 말했다. "당신도 잘 알다시피 마카티의 사업가들과 대지주들이 이곳에 아주 많이 와요. 그리고 그 사람들은 아무 말이나 다 하니까요."

"에르미, 그들의 말을 주의 깊게 들어둬요. 그리고 다음에 나에게 어떤 사람들이 무슨 말을 했는지 알려주시오. 그들을 잡아넣겠소. 반드시!"

봄빌라 장군이 다시 푸에스토를 방문했을 때 에르미는 그를 맞이할 준비를 하고 있었다. 예전처럼 그는 동행한 보좌관들과 떨어져 다른 테이블에 앉았다. 마카티의 고급 호텔 로비와 레스토랑을 뽐내면서 휘젓고 다니는 장교들과는 달리 그들은 매우 점잖았다. 그들은 스스로의 힘을 확실히 의식하고 있는 것처럼 보였다. 늘 꼿꼿한 자세로 걸었으며 봄빌라 장군과 마찬가지로 솔직하고 무뚝뚝한 태도를 견지했다.

봄빌라 장군은 소혀 요리를 먹은 다음, 에르미와 함께 커피를 마시면서 디저트로 망고 파이를 먹었다. 에르미는 그가 오늘 밤 말이 별로 없다는 것을 알아차렸다. "일을 지나치게 많이 하시는 것 같아요." 에르미는 나무라듯 말했다. "쉴 때는 뭘 하시죠?"

"보고서를 읽지요." 장군은 미소를 지으려 애쓰면서 말했다.

"어떤 것들은 심각해요. 저항 세력들, 공산주의자들, 우파들…… 어디나 적 투성이지."

에르미는 웨이터를 불러서 장군의 커피 잔을 다시 채우게 했다. 웨이터가 가고 난 뒤, 그녀는 말했다. "무슨 뜻인지 알아요. 전에도 말씀드렸다시피 어떤 사람들은 공개적으로 정책을 헐뜯고 다니지요."

장군은 몸을 앞으로 기울였다. 그는 번뜩이는 눈빛으로 입술을 앙다물고 있었다. "에르미, 더 말해봐요."

"이런 말씀을 드려서는 안 되는 일인데요."

그녀는 애매하게 발뺌했다.

"그 사람들 가운데 하나는 제 먼 친척뻘 되거든요. 로호 가문의 사람이에요. 저는 예전부터 그 사람들에게 무시를 당했지만요. 만약 제 맘대로 할 수 있다면 저는 즉시 그들의 누에바 에시하 농장을 몰수할 거예요."

장군의 표정이 밝아졌다. "에르미, 그렇게 쉬운 일이 아니에요. 절차라는 게 있으니까. 당신이 말한 사람이 호세 로호요? 그는 잘 알려진 사업가인데."

에르미는 고개를 끄덕였다.

"그가 무슨 말을 했소?"

"저는 그 자리에 있던 다른 사람들은 잘 몰라요. 단지 호세 로호만 알아요. 그가 군대는 평판이 안 좋다고 말했어요. 그리고 유명한 사람의 말을 인용하기도 했어요. 군대는 좋은 하인이지만 좋은 주인은 될 수 없다는 말이었어요. 그리고 대통령은 가짜 전쟁 영웅이고 단지 살인자일 뿐이라고 말했어요."

봄빌라 장군의 얼굴이 험악하게 일그러졌다. "그자가 거짓말을 퍼뜨리고 다니는군." 그는 이를 악물었다.

"그를 단단히 혼내주세요." 에르미는 부추겼다. "농장이 누에바 에시하에 있어요. 필리핀 혁명 기간에 그릇된 방법으로 모은 재산이라는 말을 들었어요."

봄빌라 장군은 고개를 끄덕였다. "잊지 않겠소."

"그리고 또 제가 들은 얘기가 있어요." 에르미는 말을 이었다. "네그로스에도 농장을 가지고 있대요."

"그 농장은 토지 개혁법에 의해 몰수할 수 없소, 에르미. 사탕수수 농장이기 때문이지. 쌀과 옥수수를 재배하는 농장만이 개혁 대상에 포함되거든. 그리고 로호가의 사람들은 아마도 누에바 에시하의 토지 보상금을 받지 못하게 될 거요. 사탕수수 농장의 경우는," 봄빌라 장군은 쓴 웃음을 지어보였다. "분명히 필리핀 은행에 담보로 들어가 있을 거요. 네그로스의 사탕수수 농장주들은 모두 그 은행에서 돈을 빌려 쓰고 있지. 그러고는 영원히 갚지 않아도 되는 것처럼 분수에 넘치는 사치스러운 생활을 하고 있다오."

에르미는 아무 말도 하지 않았다. 어섬션 여학교에서 앨리스 감보아와 다른 동급생들의 생활모습을 보았기 때문에 봄빌라 장군의 말을 이해할 수 있었다. 네그로스의 부유층들은 호화롭고 퇴폐적인 생활을 하면서 빚을 눈덩이처럼 늘리고 있었다.

"마닐라에 있는 부동산은요? 도시의 토지는 개혁의 대상이 아닌가요?" 그녀는 알고 싶었다.

다시 한 번 장군은 천천히 고개를 끄덕였다. "그 문제에 대한 해결책은 이미 마련했소." 그는 마침내 웃음을 보이면서 말했다. "도시의 토지는 대부분 현 정부에 반대하는 자들이 소유하고 있지. 비어 있는 땅에 무주택자들을 위한 집을 지을 작정이오. 집 없는 사람들 대부분은 우리 군에 복무하고 있는 병사들의 가족들이지. 그들이 얼마나 허름한 집에서 살고 있는지 본 적이 있소? 공화국을 지키는 사람들이야말로 제대로 된 집을 가져야 해."

로호 소유의 농장이나 건물이 없는 빈터가 몰수될 때까지는 여러 달이 걸릴 것 같았다. 하지만 장군의 완고함이나 투철한 사명감으로 볼 때, 누에바 에시하에 있는 로호가의 농장과 마닐라에 있는 부동산의 운명은 이미 판가름이 난 것으로 봐야 했다. 그날 저녁 헤어지기 직전에 장군은 에르미를 위해 축배를 들면서 그녀가 여러 정보를 준 것에 대해 감사했다. 에르미가 그런 정보를 준 이유를 의심했을지도 모르지만 그는 에르미의 동기에 대해 굳이 따져보려 하지 않았다. 꼼꼼한 성격이기에 그는 로호가에 대해 에르미가 말한 사실이 모두 맞는지 조사해보았을 것이고 물론 쉽게 사실을 확인할 수 있었을 것이다. 호세와 펠리시타스 로호는 마르코스와 그의 부인을 결코 좋게 볼 수 없었다. 말라카냥 궁을 등에 업고 새롭게 등장하기 시작한 졸부들도 그들에게는 달갑지 않은 존재였다.

거물과의 관계는 에르미에게 많은 것을 가르쳐주었다. 그때 얻은 교훈과 경험에서 배운 것들이 그녀의 의식 속에 깊이 새겨져 있었다. 그녀는 여자로서 자신이 어떤 힘을 가지고 있는지 알았다. 마음만 먹으면 어떤 남자든지 마음대로 다룰 수 있는 힘이었다.

맛있는 음식으로 배를 채우는 것보다 남자들이 더 원하는 게 무엇일까? 성적인 욕구를 만족시키는 것 말고 무엇이 있겠는가? 남자들에게 성적인 욕구는 육체적으로 진정시키지 않으면 안 되는 강박적인 충동이었다. 반면에 그녀는 그렇지 않았다. 금욕을 하면서 지내는 것도 그녀에게는 어렵지 않은 일이었다. 그 누구와도, 거물과 같은 사람을 만난다고 해도 육체적인 관계를 맺지 않은 채 지낼 수 있었다. 거물이 가장 그리워하는 일은 휘감겨오는 여자의 몸속으로 들어가 따뜻한 동굴 속에 스스로를 방사하는 것이라고 하는 말을 직접 들은 적이 있었다.

그에게 처녀막을 바친 것은 그녀의 승리이기도 했다. 처녀막에 대한 신화는 정말 많았다. 순결과 미덕, 무구함과 동일한 의미로 받아들여졌다. 하지만 그것은 동시에 여성에게 저주와도 같은 구속이었다. 살과 살을 맞대면서 사람들이 느끼는 깊이 있는 경험을 박탈하려는 시도이기도 했다. 그녀는 자유로웠다. 남자들이 자유로운 것과 마찬가지였다. 그녀는 마음 내키는 대로 자신의 여성성을 즐길 수 있었다. 하지만 에르미따는 남자들보다 더 강했다. 그녀에게는 남자들을 거절할 수 있는 힘이 있었다. 남자들이 강렬하게 원할 때 문을 닫아버릴 수 있었다. 아무리 돈이 많아도 교양이 없거나 태도가 거칠고 불쾌한 남자들은 거절했다. 그녀는 남자들이 무방비 상태인 모습을 보아왔다. 사무실이 아닌 곳에서, 아무런 치장도 없이 벌거벗은 채, 털이 많거나 적은 몸이 땀투성이가 되어, 욕망을 분출하고자 안달하는 모습이었다. 그리고 아랫도리는 검붉게 부풀어 올라 민감해진 그것에서는 지독한 냄새가 나기도 했다.

물론 얼마나 중요한 사람이냐에 따라 달랐지만 그녀는 남자들을 거칠게 대했다. 몸을 씻은 다음 양치질을 하고 오라고 나무랐다. 그녀는 지저분한 몸을 받아들이기가 쉽지 않았다. 씻지 않은 성기, 털을 깎지 않은 겨드랑이, 목에 낀 땟자국, 코, 귀 그리고 무엇보다 가장 불결한 기관인 입—썩어가는 음식 냄새와 뱃속에서 올라오는 악취를 뿜어내는—은 육체적인 혐오감을 불러일으켰다.

그녀는 언제나 스스로의 위생에도 신경을 썼다. 깊고 푹신하면서 따뜻한 그곳을 늘 소독하고 청결하게 했다. 남자들은 그곳을 갈망하지만 한편으로는 그곳이 그들의 성기를 삼켜서 잘라버릴지도 모른다는 두려움을 갖고 있었다. 그녀는 늘 그곳을 향긋한 물로 닦으면서 소중히 가꾸었다. 왜냐하면 그곳은 그녀의 재산이기도 했으며 무엇보다도 그녀 자신이었고, 언젠가는 아기가 자랄 곳이기도 했다. 자궁이 없으면 사람은 어떻게 자손을 번식하겠는가? 하지만 그녀의 자궁은 남자들에 의해 황폐해졌고, 불결하게 여겨졌으며, 만족을 얻지 못하면 차가워졌다. 하지만 그것은 운명이었다. 자궁은 그들이 나온 곳이며 배설이 끝나면 쫓겨나게 되어 있는 곳이다.

왜 여자들의 체취가 더 향긋한가? 남자들의 모습에는 미학적인 아름다움이 없었다. 특히 성기는 더욱 그러했다. 마치 쟁기로 갈아놓은 땅처럼 속살이 드러나 있는 여자의 성기는 밖에서는 보이지 않는다. 남자들의 성기는 밖으로 나와 매달려 있고 흥분하면 커지기까지 하지만, 여자들은 성기를 보여주려면 다리를 벌려야 한다. 고대 그리스와 로마인들은 나뭇잎으로 남자의 성기를 가리고 다녔다. 또 남자의 몸을 조각할 때 그 부분을 마치 어린아이의 것처럼 작게 보이도록 만들었다. 그것과는 반대로 일본의 춘화에는 남자의 성기를 말의 그것처럼 굵고 길게 그려넣었다.

아무리 몸집이 크고 근육이 발달했다고 해도 남자들은 어떤 의미에서는 어린아이들 같았다.

안드레스 브라보 상원의원은 정말로 작은 시골 마을 밖으로 나가보지 못한 어린 소년과 다름없었다. 그는 순박한 시골 사람들의 좁은 시야를 벗어나지 못했다. 그는 대통령과 가장 가까운 정치가이며 대통령 궁 안에서 일어나는 모든 일을 알고 있다고 큰소리쳤다. 대통령의 관심을 끌일이 생기면 그는 대통령과 영부인의 침실로 달려갈 정도로 친밀했다. 근거가 의심스러운 훈장 몇 개와 서툰 말솜씨를 지닌 시골 출신의 정치가로서는 대단한 성공이 아닐 수 없었다. 게다가 그는 대통령의 재산을 은닉하는 심부름을 하기 위해 스위스나 미국에 다녀오기도 했다. 그는 어떤 기업을 살리고 죽일 것인지 결정할 수 있는 힘을 얻었다. 그저 대통령의 귀에 대고 속삭이기만 하면 무엇이든 가능했다. 그런데 그에게 황홀한 쾌락을 안겨주는 여자에게서는 충실함도 복종도 요구할 수 없었다. 그는 푸에스토를 드나드는 다른 손님들과 마찬가지로 그녀의 관심을 끌기 위해 애써야 했다. 그녀가 다른 사람보다도 그에게 신경을 많이 써준 날이면 그의 가슴은 자부심으로 부풀어올랐다.

그는 에르미가 보석을 대수롭지 않게 여긴다는 것을 알았다. 카마린에 갔을 때 그는 디디가 미키모토 진주목걸이를 하고 있는 것을 보았다. 디디는 그것을 에르미가 주었다고 말했다. 그가 에르미에게 그 문제를 따지자 그녀는 웃음으로 얼버무렸다. "앤디, 그 진주는 참 예뻐요. 하지만 저는 당신과 사랑을 나누는 것이 더 소중해요. 당신이 저에게 주는 어떤 물건보다도 당신과의 사랑이 더 큰 추억이 될 거예요." 그는 그 말을 믿고 싶었다. 만약 그렇다면, 그녀는 왜 기꺼이 자신과 함께 있으려 하지 않을까? 왜 우아한 에르미가 정하는 대로 자신의 일정까지 조정하면서 차례가 돌아오기를 기다리는 수모를 참아야 할까? 돈이 많거나 정력이 강한 것보다 더 중요한 무엇이 있는 게 틀림없었다.

그가 처음으로 에르미따를 만나기로 했을 때 카마린의 아가씨들이 다 그렇듯이, 그녀에게 비싼 값을 치러야 할 것이라고 생각했다. 그는 거물이 세상을 떠났을 무렵 에르미를 알게 되었는데, 그때 이미 카마린의 아가씨들과 다르게 보였다. 상원의원으로서 그는 그 사실을 기쁘게 받아들였다. 그는 델 피랄 거리의 싸구려 여자들을 상대하고 싶지 않았다. 그녀는 돈을 거절하면서 면전에서 자신을 돈으로는 살 수 없다고까지 말했다. 에르미따가 그를 만나는 이유는 사회적 위치가 높아서가 아니라 한 남자로서의 자질 때문이라고 했다. 그는 전쟁 영웅이지 않은가? 게다가 지도자의 위치에 있으며 무엇보다도 여자라면 누구라도 마음을 빼앗길 만한 남성다움과 잘생긴 용모를 지니고 있지 않은가?

그는 레스토랑의 손님들이 거의 다 빠져나갈 때까지 기다렸다. 정말 맛있는 카모테 튀김을 먹으면서 맥주 한 통을 마셨다. 통행금지 시간이 얼마 남지 않았는데도 그에게는 아무 상관이 없었다. 밖에서는 경호원들이 졸음을 참고 기다리면서, 그가 막상 레스토랑의 여주인을 손에 넣지도 못하면서 왜 그토록 자주 이곳에 오는지 의아해했다.

마지막 손님이 가고 나자 직원들이 서둘러 하루를 마감할 준비를 했다. 열한 시가 다 된 시각이었으므로 그들은 한 시간 안에 집으로 돌아가야 했다.

"에르미, 오늘 밤에 함께 있고 싶어." 안드레스 브라보는 한 손으로 앞머리를 가다듬으면서 말했다. 그는 앞머리가 살짝 곱슬거리는 것을 좋아했으므로 언제나 가슴주머니에 머리빗을 꽂고 다녔다.

"미안해요, 앤디." 그녀는 말했다. "우리 다음 주에 데이트를 하면 안 될까요?"

"당신은 지난주에도 그렇게 말했어." 그는 투덜거렸다. "도쿄에 간 첫날 당신이 나를 호텔에서 기다리게 했던 일을 떠올리면 아직도 속이 부글거려. 아, 도쿄." 그는 한숨을 쉬었다.

에르미는 건성으로 미소를 지었다. "제가 예의바르지 못했던 것은 인정해요. 하지만 당신도 알다시피 제가 많이 달라졌잖아요."

에르미는 무표정한 얼굴로 그를 바라보았다. 여전히 상원의원을 앞에 두고 딴생각에 잠겨 있는 듯했다.

그는 치밀어오르는 화를 억눌렀다. 어떤 여자도 에르미처럼 애를 먹인 적이 없었다. 그는 그녀를 얻기 위해서라면 무엇이든지 할 생각이었다. 무엇이든지!

"이것 봐." 그는 몸을 앞으로 기울이면서 음모를 꾸미는 듯이 말했다.

"내가 당신을 정말로 감동시킬 수 있는 물건은 없는 것 같아. 새 메르세데스를 사주었지만 당신은 그걸 타지도 않잖아. 당신은 나를 남자로서 좋아한다고 말하지만 사실은 나를 거부하고 있어. 나는 권력과 돈, 부하들을 거느린 사람이야. 대통령과도 아주 가깝지. 그러니 에르미, 당신이 원하는 것을 뭐든지 말해봐. 내가 가진 권력으로 무엇이든지 해줄 수 있어……."

에르미는 그의 말이 채 끝나기도 전에 말했다. "정말요? 저를 위해서 권력을 사용할 수 있다는 말을 어디까지 믿어도 되는 거죠?"

브라보 의원은 미소를 지었다. 마침내 관능적인 충족감을 맛볼 수 있는 가능성을 찾았다는 생각이 스쳐 지나갔다.

"에르미, 뭐든지 말해!"

체제가 바뀌면서 그녀는 브라보 의원이 휘두를 수 있는 권력이 엄청나게 커졌고, 그가 원하는 것을 얻을 방법이 다양해졌다는 사실을 알았다. "당신은 필리핀 은행장이라면서요, 그렇죠?" 그녀가 물었다.

안드레스 브라보는 자랑스럽게 가슴을 펴고 미소를 지었다. "얼마나 대출을 받고 싶은 거지? 얼마든지 말해. 아무런 담보도 없이 당신이 원하는 만큼 빌려줄 수 있어."

"저는 돈이 필요한 게 아니에요." 그의 허풍을 무시하면서 그녀는 요염한 목소리로 말했다.

"그런데 왜 은행 이야기를 꺼낸 거야?"

"정해진 시간까지 대출금을 갚지 못하면 당신 맘대로 담보물건을 처분하거나 차압할 수 있나요?"

"물론이지." 브라보는 장담했다. "그럴싸한 이유를 만들어서 대통령의 이름으로 집행할 수 있어."

"그러면 펠리시타스와 호세 로호의 담보를 처분해주세요."

안드레스 브라보는 깜짝 놀란 얼굴로 의자에 등을 기댔다. "하지만 그들은 당신 친척들이잖아?"

"친척이라고요?" 에르미는 코웃음을 쳤다. "그들은 평생 저를 무시했어요. 제가 상속받아야 할 재산도 가로챘고요. 그 사람들을 처치해주세요. 그러면 제가 보답해드릴게요."

안드레스 브라보는 가슴주머니에서 머리빗을 꺼내어 앞머리가 이마에 살짝 흘러내리도록 빗었다. "물론 내가 할 수 있는 일이지만 그들이 윗사람들의 비호를 받고 있지 않을까?" 문득 그의 머릿속에 떠오른 생각이 있었다. "아, 하지만 영부인은 펠리시타스 로호를 무척 싫어해. 저녁식사를 하다가 로호 집안사람들은 절대로 대통령 궁에 초대하지 않겠다고 말하는 것을 들었어. 아직 영부인이 되기 전에 펠리시타스 로호에게 냉대를 받았다는군. 알다시피 영부인은 쉽게 잊어버리지 않는 분이거든……."

"저와 비슷하네요." 에르미는 오만한 목소리로 말했다. 오직 그녀만이 줄 수 있는 황홀한 쾌락을 얻기 위해 안드레스 브라보가 무슨 짓이든 할 수 있다는 것을 알기 때문이었다.

봄빌라 장군이 가족들을 데리고 푸에스토에 온 날, 롤란도 크루즈도 그곳에 와 있었다. 레스토랑을 개업한 뒤 그는 단골손님이 되었다. 그는 주로 사업상의 친구들을 데리고 왔는데, 그들은 초록색 식물들로 꾸며진 푸에스토 특유의 고급스럽고 활기찬 분위기를 좋아했다. 롤란도 크루즈는 레스토랑의 내부 장식에 대해 조언을 해주었을 뿐만 아니라 에르미에게 요리 서적을 많이 구해다 주었다. 감자(또는 카모테) 요리나 수프, 디저트를 만드는 다양한 방법 외에도 성욕을 돋우고, 정력을 보강해주는 비밀스런 요리법을 모아놓은 책도 있었다.

그는 에르미가 봄빌라 장군의 어여쁜 아내와 귀여운 아이들을 완벽하게 접대하는 모습을 지켜보았다. 그리고 매우 가정적으로 보이는 봄빌라 장군이 어떻게 에르미 같은 여자에게 매혹되었는지 알 수 없다는 생각을 했다. 장군의 얼굴은 환하게 빛나고 있었다. 주위의 모든 상황이 흡족한 탓인지 기름기가 줄줄 흐르는 살진 얼굴이 그다지 험상궂어 보이지 않았다. 그들이 식사를 하는 동안 에르미는 봄빌라 장군의 아내를 안심시키기 위해 그 자리에서 떠나지 않았다. 하지만 그것은 쓸데없는 짓이었다. 장군의 아내는 남편에 대해 한 점의 의심도 가진 것 같지 않았다.

그들이 떠나고 난 뒤, 롤란도 크루즈는 에르미를 불렀다. 그는 석 잔째 아이리시 커피를 마시고 있었다. 그녀는 언제나처럼 그의 옆자리에 앉았다. 봄빌라 장군의 가족들에게 작별인사를 할 때의 웃음이 사라지지 않고 얼굴에 남아 있었다.

"현 정부의 주요 인사와 돈독한 관계를 맺고 있군." 문밖에서 경호원들에게 둘러싸여 자동차에 오르는 장군을 턱으로 가리키면서 그는 말했다. 아주 작은 목소리였다. 그 즈음에는 대통령을 비방하면 투옥이 되거나 재산을 몰수당한다는 흉흉한 소문이 떠돌고 있었다.

"요즘에는 봄빌라 장군 같은 사람을 알아두는 게 좋아요, 롤라이." 그녀는 담담하게 말했다. "당신이 저에게 해줄 법한 이야기지요."

롤란도 크루즈는 고개를 끄덕였다. "맞아, 에르미. 그들과 친하게 지내야지. 하지만 조심해. 군인들은 생각하는 방식이 달라."

"알아요."

"아니, 에르미. 당신은 전혀 몰라!" 롤란도 크루즈는 목소리를 높였다. 그는 다시 한 번 주위를 살피더니 그녀만 들을 수 있도록 몸을 앞으로 기울였다. "에르미, 그를 잘 살펴봐. 발톱을 세우고 있는 게 보이지 않나? 그들은 피 흘릴 희생양을 원해. 그는 대통령의 오른팔이야. 그는 잔인함과 고통을 즐기는 사람이야."

"설마 그렇기야 하겠어요?" 그녀는 부인했다. 하지만 롤란도 크루즈가 발이 매우 넓다는 것을 기억해냈다. 그는 에르미의 반발을 무시하면서 말을 이었다. "에르미, 히틀러를 생각해봐. 그리고 역사를 돌이켜봐. 히틀러 밑에는 많은 군인과 관료들이 있었어. 그 사람들은 그의 지시를 맹목적으로 따랐어. 질서와 발전이라는 명분 아래서 말이야. 그들은 유태인을 가스실로 몰아넣었고 수천 명을 총살했어. 사람이 아니라 짐승처럼 취급했지. 그들에게는 그것이 조국의 영광을 위해 의무를 다하는 일이었어."

20

　에르미는 반복되는 마닐라의 일상에 익숙해져 있었다. 그러나 때로는 한 발짝 뒤로 물러나 전체적인 흐름을 지켜볼 때도 있었다. 그래서 도시나 그녀가 아는 사람들, 특히 그녀 스스로에게 일어나는 변화를 관찰할 수 있었다. 쿠바오 지역은 빠르게 발전해갔다. 그녀가 처음 집을 짓고 이사 올 때만 해도 동네에는 빈터들이 많았다. 하지만 이제는 집을 지을 자리가 없었다. 점점 더 많은 사람들이 들어와 살기 시작했고, 그들 대부분은 사무직에 종사하는 중산층이었다. 아침마다 옷매무새가 단정한 사람들이 오로라 거리로 출근했다. 최근에 도로 폭을 넓힌 그 거리는 연기를 뿜어내는 지프니들과 버스로 늘 붐볐다. 중심가를 따라서 자동차부품과 철물을 파는 가게들이 늘어서 있었고, 간간이 국수를 파는 식당들이 눈에 띄었다. EDSA[98]로를 향해 가다보면 대도시의 시끄럽고 단조로운 소음과 교통 체증으로 인한 매연 속에서 마닐라 사람들이

---

98. 마닐라 시 남쪽 파사이 시부터 마카티, 쿠바오를 지나 칼로오칸 시 모뉴멘트 지역으로 통하는 반원형의 도로.

즐기는 간식들을 파는 행상인들을 만날 수 있었다. 사백만이 넘는 사람들이 여기저기 흩어져서 토끼장 같은 무허가건물과 허름한 아파트, 혹은 철로 주위와 뒷골목에 상자로 지은 판잣집에서 살고 있었다. 이제 에르미를 덮칠 위험은 없었지만 가난은 어디에나 자리 잡고 있었다.

계엄령을 등에 업고 재산을 긁어모은 사람들은 이런 변화를 알아차리지 못했다. 부와 권력을 거머쥔 그들은 이미 처음의 이상을 잃어버린 지 오래였다. 그들은 타락했고 그들이 몰아내고자 했던 악덕의 정점을 향해 서서히 기어오르고 있었다. 브라보 의원은 정치가로서 최고의 위치에 올랐지만 그 뒤에는 에두아르도 단테스 같은 재벌의 힘이 도사리고 있었다. 단테스는 필리핀 기업가의 전형이었다. 인맥을 중요시했으며 독선적이고 교활했다. 에르미는 누구보다도 그들의 동기나 수단을 잘 파악하고 있었다. 롤란도 크루즈의 말대로 그녀는 이미 그들 가운데 한 사람이나 마찬가지였다.

그녀는 단테스를 이용했다. 그 노인은 그녀가 부탁하는 일을 신속하게 처리해주었다. 그는 에르미를 정부로 삼고 싶어했고 탐욕을 부리며 그녀에게 집착했다. 그는 매일 푸에스토에 출근하다시피 했다. 커피를 다 마신 뒤에도 오랫동안 눌러앉아 에르미 주위에 모여드는 남자들을 감시했다. 정말로 성가신 존재였다.

에두아르도 단테스는 평생 많은 여자들을 사귀었다. 그러나 도쿄에서 샌프란시스코까지 날아가는 동안 옆자리에 앉은 여자는 특별했다. 그녀는 강력한 최음제 같았으며 사그라지고 노쇠해가는 그의 기력을 되살려주는 특효약 역할을 했다. 그는 샌프란시스코행 여정을 언제나 즐거운 추억으로 간직하고 있었다. 첫 만남으로 끝날 수도 있는 인연이 다행히 뉴욕에서도 이어졌다. 하지만 그의 나이를 생각할 때 더 많은 것을 기대할 수는 없었다.

제아무리 잘생기고 머리가 비상하다고 해도 일흔 살이나 된 노인에게 반할 여자는 없었다. 게다가 에르미는 아름답고 부유한 이십대 후반의 아가씨였다. 그녀는 다이아몬드 반지와 최고급 옷, 세련된 태도를 지니고 있었다. 친척이 아니라고 부인하나 그녀는 로호가 사람이 틀림없었다. 뉴욕에서 그는 의례적인 입맞춤보다 더한 접촉을 가질 기회가 있었다. 신사답게 그녀를 방으로 돌려보낼 때마다 그는 다음번에는 반드시 그녀를 자기 침대로 데려올 수 있기를 간절히 바랐다.

마닐라에 돌아온 뒤 그는 그녀가 돌아오기를 간절히 기다렸다. 그 열정은 그가 언론 제국을 건설하고 그것을 바탕으로 여러 사업을 키워나간 힘과 비슷한 것이었다. 그의 사업은 정치적인 유대 관계와 협박, 이중계약, 그리고 민족주의를 가장한 위선의 토대 위에 세워졌다. 그는 이 모든 복잡한 이해관계를 파악했고 그것을 조절할 수 있었다. 하지만 늙은 남자가 돈과 권력을 대수롭지 않게 여기는 젊은 여자를 유혹할 방법이 있을까?

돈과 권력에 별로 관심이 없다고 해도 결국 그것밖에는 방법이 없었다. 뉴욕에서 동행인들을 필리핀으로 돌려보낸 뒤 그는 티파니[99] 보석상에 가서 한바탕 소동을 일으켰다. 지배인이 달려 나와 성미 급한 노인을 진정시켜야 했다. 에메랄드 반지의 값으로 치른 체이스맨해튼은행

---

99. 미국의 보석 회사이자 브랜드 이름.

의 이만 오천 달러 수표가 지불 가능한 것인지 물어보았다는 이유로 그는 점원에게 욕을 퍼부었다. 다이아몬드로 장식된 초록색 에메랄드 반지는 진열장의 조명 없이도 눈부시게 빛나는 최상품이었다. "어떻게 이따위 수표 한 장으로 나를 모욕할 수 있지?" 그는 말 그대로 고래고래 소리쳤다. "은행에 전화를 걸어서 내 계좌에 잔고가 얼마나 있는지 확인해보면 금방 알 거 아냐. 마음만 내키면 난 이 건물 전체를 몽땅 사버릴 수도 있어. 확인했나?"

수표는 그 자리에서 확인되었다. 포장한 반지를 가지고 그는 피에르 호텔로 돌아왔다. 그리고 자정이 다 될 때까지 에르미의 방으로 몇 번씩 전화를 걸었다. 마침내 호텔 접수계에서 에르미가 돌아왔다는 연락이 왔다.

그는 즉시 그녀에게 전화했다.

"단테스 씨, 지금은 정말 곤란해요. 하루 종일 돌아다녀서 피곤해요. 곧 자려고 하거든요. 내일 점심때 뵈면 안 될까요? 내일은 한가한데요."

"에르미, 딱 이 분이면 돼요. 그 이상은 필요 없어요. 부탁이오. 당신한테 보여줄 것이 있어서 그래요." 떨리는 목소리로 그는 애걸했다. 나중에 생각해보니 단 한 번도 여자에게 그토록 사정한 적이 없었던 것 같았다. 게다가 그는 일흔 살의 노인이었다.

그녀는 분홍색 네글리제 위에 격자무늬의 플란넬 겉옷을 걸치고 있었다. 매우 성가셔 하고 있었음에도 그녀의 표정은 밝았다.

"열어봐요, 어서." 그는 새된 목소리로 재촉했다.

에르미는 파란 포장지가 망가지지 않도록 조심해서 천천히 풀어보았다. 작은 상자를 열어보니 반짝이는 반지가 나타났다. 그녀는 에메랄드를 가져본 적이 없었다. 최상품 에메랄드는 다이아몬드보다 비싸다고 들었다. 하지만 그녀는 에메랄드에 대해 더 잘 알게 되고 마닐라에서 믿을 만한 보석상을 알게 될 때까지 사지 않을 작정이었다.

"어머나, 정말 예뻐요, 단테스 씨." 그녀가 새끼고양이처럼 애교를 부리면서 말하자 그의 얼굴에 기쁜 미소가 떠올랐다.

"저에게 주시는 거예요?"

"그럼, 그럼. 물론이오, 에르미."

그녀는 고개를 저으면서 상자를 닫아 그에게 다시 돌려주려 했다. "단테스 씨, 저는 받을 수 없어요. 제가 어떻게 이런 비싼 선물을 받겠어요? 당신은 저를 잘 알지도 못하잖아요. 그냥 저녁 식사를 몇 번 같이했을 뿐인데요."

"아니, 아니오." 단테스는 반지를 돌려주려는 그녀의 손을 잡으며 소리 높여 만류했다. "이건 그냥 작은 선물이에요. 이 정도는 나에게 아무것도 아니오. 아무것도……."

"아이, 참, 이렇게 아름다운 에메랄드 반지가 아무것도 아니라고요?"

그녀는 홍콩의 명품 백화점인 래인 크로포드에 갔을 때 그곳에 진열된 남미산 에메랄드의 가격이 어느 정도였는지 떠올려보았다. 예순 살인 남자가 그녀에게 자기 나이가 얼마나 되어 보이냐고 묻는다면 그녀는 눈치 빠르게 나이를 열 살 가량 낮추어서 대답했다. 칭찬받고 싶어서 안달이 난 사람이 값비싼 물건을 보여주면 그녀는 가격을 슬쩍 두 배 정도 올려서 말해줄 사람이었다.

"이것과 비슷한 반지를 홍콩에서 사려고 한 적이 있었어요." 그녀는 말했다. "미국 돈으로 삼만 달러가 넘었어요. 그런데 당신에게는 그 정도가 아무것도 아니군요?" 그녀는 짓궂게 질문을 던졌다. "왜 저에게 이런 선물을 주시는 거죠?" 쓸데없는 질문이었다. 그녀는 단테스가 원하는 게 무엇인지 잘 알고 있었다. 모든 남자들이 그녀에게 바라는 바로 그것이었다. 단테스의 화려한 말솜씨가 갑자기 맥을 못 추기 시작했다. 그는 머뭇거리면서 숨을 몰아쉬었다. "내 생각에는, 그게, 우리는 이미 자주 만나고 있고, 당신은 혼자니까……."

"…… 그럼 우리가 연인이 될 수도 있다는 말인가요?" 그녀는 그의 말을 받아 마무리하더니 큰 소리로 웃기 시작했다.

단테스는 위축되었다. 지금 모욕을 당하고 있는 것인가? 조롱의 대상이 된 것인가? 그의 생각이 정리되기 전에 에르미가 상냥하게 말했다. "하지만 저에게 선물을 주실 필요는 없어요. 저녁 식사를 몇 번 함께하고 나서 제가 당신을 좋아한다는 걸 눈치 채지 못하셨나요? 당신을 다시 만나고 싶어하는 것도요? 정말 모르셨어요?" 그녀는 그에게 다가갔다. 그는 이제 몸이 하늘로 떠오르면서 머리가 핑핑 돌고 귓속에서 윙윙거리는 소리가 나는 것 같았다. 그녀는 단테스의 떨리는 손을 잡았다.

"그러니까 이걸 받아요. 어서요." 그는 행복에 겨워 껄껄거리면서 말했다. "진심이 담긴 거예요. 꼭 당신에게 주고 싶어요."

그녀는 단테스를 방 안으로 끌어들였다. 그의 목에 팔을 감고 지독한 입 냄새를 참으면서 그의 입술에 키스했다. 그러고 나서 갑자기 기운이 뻗친 듯 문어발처럼 그녀를 감싸는 그의 팔에서 슬쩍 빠져나왔다.

"저는 정말로 이것을 받을 수 없어요." 그녀는 그를 다시 문으로 끌고 가면서 말했다. "자고 나서 내일 다시 생각해보세요. 단순히 마음에 끌리는 사람이 있다고 해서 돈을 그렇게 쓰면 안 되잖아요? 이렇게 충동적으로 행동했다면 당신 사업이 오늘날처럼 번창했을까요? 어쨌든 저는 지금 피곤해요. 아주 졸려요. 그러니까 우리 둘 다 자야 해요. 내일 저녁에 맑은 정신으로, 지금처럼 피곤하지 않을 때 다시 생각해보기로 해요. 그때 다시 뵐게요."

하지만 단테스는 잠들 수 없었다. 아침 햇살이 커튼 사이로 스며들어 올 때까지 그는 잠을 이루지 못했다. 마음이 들떠서 다시 밤이 올 때까지 기다릴 수 없을 정도였다. 밤은 지루할 정도로 더디게 다가왔다. 그의 마음은 변하지 않았으나 결국은 스스로를 미워할 수밖에 없는 수치스러운 순간이 찾아왔다. 아마도 나이가 많은 탓이었을 것이다. 평생 여자들과의 쾌락에 지나치게 탐닉했던 탓도 있었으리라. 스위스에서 받은 회춘 치료도, 신비한 약초와 약물도 아무 소용이 없었다. 그는 다음 날 마닐라로 떠나야만 했다. 필리핀에서 걸려오는 독촉전화를 더 이상 무시할 수 없었다. 그녀는 마닐라에서 그를 다시 만나줄 것인가?

거의 일 년이 지나서야 재회가 이루어졌다. 그녀가 유럽을 여행하는 동안 단테스는 끊임없이 전화를 걸었고 전보를 쳤다. 그의 결심은 바위처럼 단단했다. 그리고 에르미가 마닐라로 돌아와서 일주일이 지난 뒤, 그는 그녀를 자신의 빌딩에 있는 귀빈실로 초대해서 두 사람만의 호화로운 만찬을 즐겼다. 그리고 예전에 거물을 기쁘게 했던 그녀의 전문가다운 솜씨로 단테스는 마침내 자신감을 회복할 수 있었다. 티파니의 보석에 투자했던 이익을 환수하는 순간이었다.

21

에르미의 첫 홍콩 방문은 1965년 거물이 침술치료를 받으러 갈 때였다. 그해 10월을 그녀는 따뜻한 추억으로 마음속에 간직하고 있었다. 파도가 일렁이는 항구를 가로지를 때 태풍이 빠져나가 한풀 꺾인 바람이 얼굴을 스치며 지나갔다. 스타 페리[100]의 탑승구가 닫히기 전 배는 몸서리치듯 덜컹거리며 흔들렸다. 그녀는 거지닭, 북경오리 같은 진기한 중국 요리를 마음껏 먹었다. 옹판과 산타크루즈 거리에서 파는 쌀국수 볶음밖에 몰랐던 그녀는 중국인들이 요리를 잘한다는 사실을 미처 알지 못했다. 그런데 홍콩에는 중국 농부들이 먹는 음식에서부터 황제의 부엌에서나 구경할 수 있는 요리까지 없는 게 없었다. 오리발, 닭내장, 연밥, 개미핥기, 뱀 수프, 붉은 포도주에 절인 사향고양이 따위, 기억하기 힘들 정도로 많은 요리들이었다. 그리고 비명을 지르는 가엾은 원숭이를 탁자 한가운데에 묶어놓고 산 채로 두개골을 열어서 그 뇌를

100. 홍콩 섬과 구룡 반도를 정기적으로 왕복하는 배.

먹는 요리도 있었다. 젓가락으로 집는 순간에도 원숭이의 뇌에서는 맥박이 뛰었다.

서늘하고 정감어린 10월이 다시 돌아왔다. 중국에 쌀쌀한 가을이 오면 청삼[101]은 자취를 감추고, 중국 아가씨들은 짙은 색 비단 누비 겉옷으로 허벅지를 감추었다. 단조로운 회색빛 정장이 퀸스 로드 뒷골목의 시장과 카오룽의 화려한 아케이드를 뒤덮었다.

그녀는 페닌슐러 호텔에 여장을 풀었다. 그곳은 항구를 향해 선 덩치가 크고 고집스러워 보이는 건물이었으며, 빅토리아 제국 시대의 문장을 아직도 사용하고 있었다. 그녀는 공항에서 호텔까지 롤스로이스를 타고 와서 농구 시합을 해도 될 만큼 넓은 스위트룸에 투숙했다. 다음 날에는 에두아르도 단테스가 도착할 예정이었다. 그는 빅토리아 피크에 아파트 건물을 한 채 소유하고 있었다. 그의 재산이 급속히 늘어나기 시작한 50년대 초에 사두었던 것이다. 그 건물의 가장 위층에서는 항구를 굽어볼 수 있었다. 그 건물에는 그의 친구들이 언제든지 머물다 갈 수 있도록 가구가 딸린 빈 아파트가 따로 하나 더 있었다. 에르미처럼 홍콩에서 휴가를 즐기고 싶어하는 사람들을 위해 마련해둔 것이었다. 그는 그녀가 그곳에 머물기를 바랐지만, 그녀는 호텔 스위트룸이 더 편하다고 했다. 그녀는 자유롭게 지내고 싶었다.

홍콩에도 변화가 일어나고 있었다. 나무창틀이 있는 좁고 낡은 벽돌집들을 헐어낸 자리에 벌집 같은 건물들이 수직으로 솟아오르기 시작했다. 대나무 뼈대들이 거대한 새장처럼 새로 짓고 있는 건물들을 둘러

101. 중국 여자들이 입는 허벅지까지 옆이 트인 원피스

싸고 있었다.

단테스는 그녀가 홀로 홍콩에 간다고 생각했다. 그러나 그녀는 미국인 사업가인 앤드루 메도스와 함께였다. 롤스로이스는 에르미가 불렀고 앤드루 메도스가 예약한 스위트룸을 함께 쓰기로 했다.

에르미는 앤드루 메도스를 카마린에서 처음 만났다. 어느 날 저녁 에르미와 디디가 막 외출하려는 순간에 그가 들어왔다. 그는 두 사람을 문 앞까지 쫓아 나와 숨을 몰아쉬면서 인사를 건넸다. "실례지만," 그는 치약 광고에 나오는 사람 같은 미소를 지으며 말했다. "당신이 디디 맞지요?" 그는 정확하게 알아맞혔다. 디디는 돌아서서 손님을 대하는 주인답게 웃었다. "예, 그런데 뭐 필요한 게 있으신가요?"

그는 금발에 키가 컸고, 턱은 고집이 세 보였으나 뺨에는 수줍은 듯 보조개가 패여 있었다. 그는 솔직하고 당당했다. "저와 가까운 친구인 롤란도 크루즈가 당신을 만나보라고 했습니다."

디디는 시치미를 떼며 물었다. "무슨 일로요?"

뜻밖의 질문에 앤드루 메도스는 허둥거렸다. 자신감은 사라지고 당황한 그는 어쩔 줄을 몰라 했다.

"우리는 지금 이 친구가 경영하는 레스토랑에 가는 길이에요." 디디는 에르미를 돌아보면서 말했다. "만약 아직 식사를 안 하셨으면 우리와 같이 가시죠."

그녀의 검은색 포르쉐가 길가에 주차되어 있었다. 그는 여전히 무슨 말을 해야 할지 몰랐지만 궁지를 모면한 것을 다행스럽게 여기면서 차에 올라탔다.

롤란도 크루즈가 고객에게 카마린을 추천한 것이었다. 그는 정말로 소개료를 받아야 마땅했다. 앤드루 메도스가 앞좌석에 앉았기 때문에 에르미는 좁은 뒷좌석에 웅크리고 앉았다. 앤드루 메도스의 뒤통수는 잘생겼으나 이발할 시기를 놓친 것처럼 보였다.

그는 편안하게 자기소개를 했다. 가까운 힐튼 호텔에 머물고 있으며 그가 일하는 월 스트리트의 증권회사에서 마닐라에 투자가 가능한지 알아보기 위해 한 달 예정으로 와 있다고 했다.

"무섭지 않아요?" 에르미따의 울퉁불퉁한 도로를 빠져나와 마카티로 가는 고속도로를 부드럽게 달리게 되자 디디가 물었다. 디디의 포르쉐는 냉방이 되지 않아서 지저분하고 매캐한 공기가 차 안으로 몰려 들어왔다. 오른쪽 길가에 늘어선 판잣집들이 어둠속에서 희미하게 모습을 드러냈다. 가로등 밑에는 사람들이 무리지어 서 있었다.

뒷좌석에서 에르미가 말했다. "마닐라의 범죄율이 높은 것이 걱정스럽지 않나요, 메도스 씨? 게다가 부정부패도 엄청나지요. 계엄령이 선포되었어도 마찬가지예요. 이곳에 투자하려면 많은 어려움이 있을 텐데요?"

그는 에르미를 돌아보았다. 그녀의 얼굴은 어둠에 가려 잘 보이지 않았다. 하지만 그는 카마린에서 나오면서 램프 불빛 아래에서 그녀의 얼굴을 보았다. 그녀는 아름다웠다. 카마린에서 일하는 아가씨라고 생각할 수 없을 정도였다.

"위험이야 어디에나 있지요." 앤드루 메도스는 말했다. 그의 옆모습은 조각 같았다. 코카시안족에게서 흔히 볼 수 있는, 열정적인 키스에 장애가 될 만큼 긴 코가 아니었다. "뉴욕이야말로 세계에서 가장 위험한 도시지요. 도시 한복판이나 엘리베이터 안에서도 강도를 만날 수 있어요."

"하지만 폭동이 일어나지는 않잖아요. 저기를 보세요." 에르미는 고속도로의 양쪽 차선을 갈라놓은 둑에 있는 붉은 글씨들을 손가락으로 가리켰다. 마르코스, 개새끼, 독재자. 파시즘은 물러가라.

"현 시국에 대해서는 신문에 실린 기사와 조사 보고서도 모두 읽었습니다. 전문가들이 분석한 것이지요. 롤란도 크루즈에게 받은 것들이에요. 하지만 이 나라는 여러 면에서 투자할 가치가 있어요."

"그렇게 말씀하시니 반갑네요." 신호대기에 걸려 차를 세우면서 디디가 말했다. "사업가들이야 이익을 끌어낼 수 있기만 하면 모두 낙관적이겠지요. 하지만 저는 그 말이 옳다고 생각해요. 메도스 씨."

"그냥 앤디라고 불러주십시오."

"필리핀에는 재산을 해외로 빼돌리는 사람들도 아주 많고, 이민을 가는 사람들도 많아요. 미국 대사관 앞에 비자를 받기 위해 늘어서 있는 줄을 보세요. 이른 아침에도, 업무 시간이 끝날 무렵에도 마찬가지예요. 줄 서 있는 사람들의 마음은 이미 미국이라는 낙원에 가 있는 것이지요." 에르미가 말했다.

"여자들도 마찬가지예요." 디디가 덧붙였다. "미국인 독신남을 만나려고 갖은 애를 다 쓰지요. 미국 여권은 새로운 인생을 의미해요. 당신은 독신인가요, 앤디?"

또다시 예상치 못한 질문을 받고 그는 당황했다.

"이혼했습니다." 그는 정직하게 대답했다. "일 년 전에요."

"당신 탓인가요, 아니면 부인 탓?"

필리핀 여자들은 왜 이렇게 단도직입적일까? "제 탓이지요." 그는 우울함이 깃든 목소리로 대답했다. 그는 자신의 이야기를 털어놓기 시작했다. "저는 성공하기 위해 악착같이 노력했어요. 흔한 이야기지요. 하지만 저는 정말로 열심히 일했습니다."

에르미는 다시 한 번 롤란도 크루즈를 떠올렸다. 그 또한 같은 이유로 아내와 별거하고 있었다. 아내와 아이들에게 물질적으로 안락한 생활을 제공하기 위해 그는 성공하려고 열심히 노력했다. 하지만 그는 가정과 행복한 결혼을 위해 정말 중요한 것들을 무시했던 것이다.

앤드루 메도스는 솔직하게 이야기를 이어갔다. "제가 결혼을 대단치 않게 여긴다고 오해하지는 말아주세요. 결혼은 중요한 일입니다. 하지만 한 번 실패하고 나니 다시 결혼하는 게 두렵습니다. 때로는 감정이 섞이지 않은 만남이 더 편해요."

카마린은 그런 관계를 맺기에 적합한 장소였다. 디디는 속도를 줄였다. 그들은 마카티에 들어섰고 이제 조금만 더 가면 아치 형태의 등이 켜진 푸에스토가 보일 것이다. 일곱 시가 지난 시각이었는데 입구는 벌써 차들로 붐비고 있었다. 주차장도 꽉 찬 상태였다. 하지만 레스토랑 바로 앞은 언제나 에르미의 차를 주차시키도록 비어 있었다. 문지기가 쇠사슬을 들어 올려 포르쉐를 그 자리로 들여보내 주었다.

에르미는 앤드루 메도스와 디디를 남겨두고 레스토랑을 둘러보러 갔다. 디디가 메뉴를 들여다보는 동안, 그는 윤이 나는 마룻바닥과 푸른 야자수, 베고니아, 히비스커스 같은 나무들, 그리고 하양, 진홍빛을 자랑하면서 여기저기 놓여 있는 카틀레야와 버터플라이, 왈링왈링 같은 희귀한 난초들을 감탄하면서 눈여겨보았다.

"이 레스토랑이 아까 그분 것인가요?"

디디는 미소를 지었다. "그 애는 이것 말고도 가진 게 많아요."

앤드루 메도스는 미국의 중서부 출신이었다. 네브라스카 주의 링컨이라는 곳이었다. 사람들이 늙은 나이까지 혈기왕성하게 살아가는 동네였다. 그의 아버지는 밀 농장을 소유하고 있었다. 그다지 큰 규모는 아니었고 그의 대학 등록금을 댈 수 있을 정도였다. 그러나 그는 장학금으로 예일대에서 공부했다. 그리고 월 스트리트라는 험하고 거센 물결을 잘 헤쳐나갔다. 마닐라에 와서는 예일대 동창인 롤란도 크루즈와 필리핀에 거주하는 미국인들의 도움을 받아서 별 어려움 없이 해외근무를 수행하고 있었다.

필리핀 사람들은 성품이 온화하고 말솜씨가 좋았다. 계엄령 아래서도 사람들은 여전히 수다스러웠다. 푸에스토 안에는 암녹색 군복을 입은 장교들이 테이블 하나를 차지하고 식사를 하고 있었다.

"이곳은 상류층에게 인기가 좋은 레스토랑인 것 같군요." 그는 말했다. "군인들이 있어서 안심이 되겠군요."

"군인들은 골칫거리예요." 디디는 말했다. "하지만 에르미는 군인들을 다룰 줄 알지요. 군 생활을 해본 적이 있나요, 앤디?"

그는 고개를 저었다. 이곳에 오기 전에 그는 회사에 보내는 보고서를 썼다. 마닐라에 와서 며칠 동안 그는 많은 것을 보았다. 흰색 칠을 한 담장으로 가려놓은 빈민촌의 움막들, 하루 종일 대문 앞을 서성이는 실업자들, 거리에서 구걸하는 아이들. 그는 사회를 개혁하려는 의지를 갖고 마닐라에 온 것은 아니었다. 그리고 바로 지금, 그는 단지 섹스를 하고 싶을 뿐이었다. 사치스럽고 말이 많지만 무관심하기도 한 이 사람들을 누가 휘어잡을 수 있을까? 군대의 힘을 뒤에 업은 강력한 지도자 외에 다른 대안이 있을까? 그는 오늘 밤 정치에 대해 이야기할 기분은 아니었다. 게다가 이미 롤란도 크루즈와 한 차례 열띤 토론을 나눈 뒤였다. "한국전쟁 때는 나이가 어려서 참전할 수 없었어요." 그는 대답했다. "그리고 앞으로 미국이 어느 전쟁에 개입한다고 해도 나가서 싸우기에는 나이가 너무 많지요. 미인을 보고 즐겁지 않을 정도로 늙었다는 말은 아니지만요." 그는 디디가 매우 아름답다는 말을 하려고 했다. 그녀가 동성애자라는 롤란도의 말을 듣고 그는 호기심을 느꼈다. 그는 한 번도 레즈비언을 만난 적이 없었다.

"그럼 저 애를 실컷 보고 즐기세요." 에르미를 돌아보면서 디디가 말했다. 그녀는 가까운 테이블에 앉아 있는 안드레스 브라보 의원과 그 일행에게 인사를 하고 그들에게 다가오고 있었다.

"함께 식사하자고 초대해주셔서 정말 고마워요." 에르미에게 의자를 권하면서 앤드루 메도스가 말했다. 그녀는 닭고기 샐러드와 커피를 주문했다. 식사를 하는 내내 앤드루 메도스는 황홀한 기분이었다. 그는 에르미의 눈빛 속 깊은 곳에 감춰진 불안과 슬픔을 읽었다. 그리고 그녀가 아직도 혼자라는 사실을 믿을 수 없었다.

"당신은 독신이고 잘생긴 데다가 미국인이에요. 조심해야 해요, 앤디."

에르미는 테이블을 떠나기 전에 그에게 말했다. "꿍꿍이속이 있는 필리핀 아가씨가 당신을 유혹할 거예요. 앙헬레스[102]에 있는 술집 아가씨들이 조심성 없는 미군 병사들의 발목을 잡았던 것처럼요."

앤드루 메도스는 그날 밤 부푼 기대를 안고 유쾌하게 호텔로 돌아왔다. 그를 도발하는 아주 신선한 매력을 지닌 여자가 나타났던 것이다. 그녀는 차가웠고 그에게 거의 관심이 없어 보였다. 잘생기고 성공한 미국인인 그에게 마닐라에서 만난 모든 여자들이 호감을 보였다. 포브스 파크에서 열리는 칵테일파티, 마카티의 나이트클럽, 어디에서도 마찬가지였다. 그녀는 레스토랑을 소유하고 있었고 그녀의 메르세데스를 불러 그를 호텔까지 태워다주었다. 그녀는 훌륭한 대화 상대이기도 했다. 나에게는 시간이 있어, 그는 스스로에게 말했다. 시간이 흐르면 서류에 서명하는 임원이 될 수도 있고, 돈을 벌 수도 있고, 에르미를 알게 될 수도 있을 것이다.

에르미를 알아가는 일은 롤러코스터를 타듯이 현기증이 나면서 뱃속이 얼어붙는 것 같았다. 앤드루 메도스는 여행을 많이 다녔기에 뉴욕에서 롤스로이스를 주문할 수도 있었지만 그렇게 하지 않았다. 언젠가 영국에 갔을 때 그는 히드로 공항에서 트럭처럼 폭이 넓은 검은색 다임러를 우연히 타본 적이 있었다. 하지만 실버 클라우드를 탄 것은 이번이 처음이었다. 아침 햇살 속에서 크롬으로 된 그릴을 번쩍이면서 그 차는 카이 탁 공항 출구 앞에서 기다리고 있었다.

102. 루손 섬 중부에 자리 잡고 있는 도시. 미군의 클라크 공군기지를 배후로 하여 유흥 산업이 발달했음.

에르미가 즐거워하는 것을 그는 느낄 수 있었다. 그녀에게는 가늠할 수 없는 신비함이 있었다. 홍콩의 쌀쌀한 날씨는 연보라색 실크 투피스를 입고 있는 에르미의 뺨을 장밋빛으로 물들였다. 그는 그녀와 함께 스위트룸에 투숙할 것이고 그가 꿈꾸던 환상들이 현실로 이루어질 것이다.

호텔까지 가는 짧은 시간 동안 그는 그녀의 손을 잡고 있었다. 복잡한 거리에는 빨래들이 축제 때의 장막처럼 걸려 있었다. 나탄 로드에는 화려한 불빛이 반짝였다. 그의 회사는 홍콩에도 지사가 있었으나 그는 방문 사실을 미리 알리지 않았다. 그는 지사 사람들에게 에르미를 자랑하고 싶었다.

호텔에서 그는 연인이기보다는 경호원이나 심부름꾼 같았다. 그는 에르미의 뒤를 따라 데스크로 갔다. 그녀를 위해 모든 것이 준비되어 있었고 지배인이 그들을 맨 위층에 있는 스위트룸으로 안내했다. 스위트룸에서는 스타 페리 부두와 항구를 미끄러져 가는 배들이 내려다보이고, 그 위로 안개에 휩싸여 우뚝 선 빅토리아 피크가 보였다.

그녀가 더 넓은 방을 사용했다. 커다란 더블베드와 번쩍이는 놋쇠 램프, 그리고 장미목과 어두운 마호가니 나무에 상아로 장식된 중국식 고가구가 놓인 방이었다. 천장은 섬세하게 조각된 나무판자로 장식되어 있었다. 앤드루 메도스는 잠시 그녀와 시간을 보냈다.

"당신 방은 어때요, 앤디?" 그녀가 물었다. 그는 그녀에게 다가가 뺨에 부드럽게 입을 맞추었다.

"이렇게 멋지지는 않을걸요." 그는 말했다.

"당신이 보지 못한 것들이 많을 거예요. 그리고 여러 가지 일들을 겪게 될 거예요." 그녀는 눈을 반짝이면서 말했다. 그녀는 에두아르도 단테스를 떼어버리기 위한 무대를 마련하고 있었다.

다음 날 저녁 에두아르도 단테스는 그녀를 만나러 왔다. 카이 탁 공항에서 입국 수속을 마치자마자 달려온 것이었다. 극적인 사건도 격렬한 항의도 없었다. 그는 호텔 방문 앞에 섰을 때 상황을 금세 알아차렸다. 앤드루 메도스를 보자마자 그는 고통스러운 표정으로 돌아섰다.

"저를 따라다니는 늙은이예요." 에르미는 앤드루 메도스에게 말했다. "당신을 보고 너무 괴로워하지 않았으면 좋겠네요."

에두아르도 단테스는 그 뒤에 푸에스토에 다시 나타났다. 그는 구세대의 신사였기에 그런 일로 갑자기 레스토랑에 발길을 끊을 수 없었다. 그렇다. 그는 자신이 한물 간 늙은이라는 것을 깨달았다. 에르미처럼 젊고 아름다운 여자가 혈기왕성한 남자와 어울리는 것을 이해한다고 그는 짧막하게 말했다. 돌이켜 보면 그녀는 적어도 그에게 몇 번의 기회를 주지 않았던가?

22

잠자리를 같이한 뒤에 에르미가 돈이나 그에 상응하는 대가를 요구하지 않을 유일한 사람은 아마도 롤란도 크루즈일 것이다. 그에게서 그녀는 아버지 같은 모습을 보았고, 그것은 아르투로나 다른 누구에게서도 찾지 못한 것이었다. 나이 때문이기도 했고, 경험에서 우러나오는 그의 현명함 때문이기도 했다. 그녀는 그의 그런 면에 마음이 끌렸다. 이상하게도 그녀는 육체적 관계를 맺었던 남자보다 관계를 거부하는 남자가 진정으로 자신을 사랑한다고 믿었다.

롤란도 크루즈와는 오래전에 가까운 사이가 되었다. 이 년 전? 삼 년 전? 계절은 빠르게 흘러갔고 벌써 건기가 거의 끝나가는 시기였다. 그가 바기오에서 회의가 있다며 에르미에게 함께 가자고 부탁했다. "당신한테는 부담스러운 금액일 텐데요." 반쯤 놀리는 말투로 그녀는 말했다. 그녀는 그와 함께 이틀 동안 바기오로 여행을 떠났다. 가엾은 롤란도 크루즈는 역사학 박사였으나 자신은 정작 과거에서 아무것도 배우지 못했다. 억울하면 출세하라는 말이 있듯이 그는 상류층이 되고자 했다. 하지만 그것도 불가능했다. 그는 성실하게 공부한 끝에 얻은 교수직을 사퇴하고 필리핀 광고회사의 영업이사로 들어갔다. 그러나 그 회사가 중요한 고객들을 미국 광고회사에 모두 빼앗겨버린 뒤, 그는 홍보와 투자 자문을 대행하는 회사를 설립했다. 그의 회사는 월 스트리트의 다국적기업을 도와 투자 분석과 조사를 담당했다. 명예는 잃었으나 돈은 순조롭게 벌어들이는 듯했다. 계엄령이 선포되고 새로운 독재자가 나타나면서 그가 구축한 체제는 무너져버렸다. 그는 직원들을 내보내고 새로 지은 소박한 건물을 팔았다. 그리고 새로 등장한 권력자들이 미처 챙기지 못한 부스러기들로 겨우 연명해 나갔다.

롤란도 크루즈가 주말을 같이 보내자고 했을 때 에르미는 망설였다. 그녀는 디디에게 상의했다. 디디는 롤란도 크루즈가 신뢰할 수 있는 인물이라는 것을 상기시키면서 주저할 필요가 없다고 충고했다. "에르미, 그와 여행하는 것은 즐거울 거야." 디디는 말했다. "내가 너의 첫 손님으로 그를 추천했던 일 기억나? 그가 하는 말을 듣고 있기만 해도 너는 많은 것을 배우게 될 거야. 너 자신에 대해서도 말이야. 무엇보다도 그는 신사야. 그가 데리고 나갔던 아가씨들에게 물어봐."

"알아요." 에르미는 말했다. "하지만 그를 배려하는 마음에서 하는 이야기예요. 우리는 데이트도 몇 번 했고 마닐라 밖으로 짧은 여행을 갔다 온 적도 있어요. 아니요, 디디. 섹스는 하지 않았어요. 아직까지는요. 저는 그에게 그만한 돈이 없다는 것을 알고 있어요. 그리고 그가 너무 진지해질까 봐 두려워요. 섹스를 하게 되면 말이에요. 그는 상처받을 거예요."

"하!" 디디는 웃었다. "하지만 너도 진지해질 수 있어. 그 사람 걱정을 할 때가 아니야."

"디디, 저는 그에게 고마울 따름이에요. 고맙지요. 첫 고객을 소개시켜준 사람이니까요."

롤란도 크루즈의 차가 너무 낡아 가파른 산길을 올라갈 수 없어서 두 사람은 함께 버스를 타고 가기로 했다. 하지만 늦잠을 잔 그녀는 버스를 놓쳤다. 그는 바기오에 도착해서 걱정스러운 목소리로 전화를 걸었다. 그녀는 네 시 버스로 출발하겠다고 약속했다.

이슬비가 오는 5월의 오후였다. 추수가 끝난 뒤 그루터기만 남은 들판에 빗방울이 촉촉히 스며들면서 이제 막 푸른빛이 돌기 시작했다. 산속에도 비는 흩뿌리고 있었다. 바기오는 옅은 안개에 휩싸여 있었다. 버스가 정류장으로 들어서자 길가에 쌓아둔 양배추 더미 옆에 선 롤란도 크루즈의 모습이 보였다. 그는 그녀를 금세 알아보았다. 그녀는 하얀 실크 드레스 위에 재킷을 입고 있었다. 그는 그녀가 어깨에 걸친 가방을 받아 들었다. 파인즈 호텔로 가는 택시 안에서 그는 그녀의 손을 잡았다. 차가운 손이었다. 그는 그 호텔에서 열리는 회의에 이틀 동안 참석해야 한다고 했다.

"온갖 상상을 다 했어." 그는 말했다. "아침에 당신이 나타나지 않기에 처음에는 혹시 아픈 게 아닐까 했어. 그런데 그 빌어먹을 버스정류장의 공중전화들은 죄다 고장이 나 있더군. 바기오에서 전화를 했을 때는 실망하게 될까 봐 무섭더군. 당신 마음이 변해서 여기 오지 않겠다고 할까 봐 말이야. 그런데 버스가 늦어지는 거야."

"앙헬레스에서 타이어가 펑크 났어요."

"버스가 급류에 휘말렸거나 무너져내린 토사에 깔렸을지도 모른다고 생각했어. 가끔 그런 일들이 일어나거든."

"당신은 정말 비관주의자예요." 손을 꼭 잡으면서 그녀는 그의 근심스러운 얼굴을 돌아보았다.

그녀가 추위에 떨고 있었기에 그는 우선 호텔 레스토랑으로 갔다. 그곳에서 벵겟[103]산 커피를 한 잔 마셨다. 그리고 클럽 샌드위치를 먹으면서 시간을 끌었다. 그녀는 그를 믿고 바기오에 왔다. 그녀는 디디가 잘 아는 사람이 아니면 절대 함께 나가지 않았다. 성병에 걸릴까 봐 걱정이 되었고 폭력을 휘두르는 변태성욕자들도 두려웠다. 롤란도 크루즈 앞에서는 말이나 행동을 조심할 필요도 없었다. 그와 함께 보낸 시간은 추억으로 남을 것들이었다. 따라서 그의 어떤 면이 그녀를 당혹스럽게 만드는지 알 수 없었다. 그는 세련되고 재치가 있었으며, 굵은 목소리에는 남성다운 매력이 깃들어 있었다. 특히 자신의 신념을 토로할 때면 더욱 그러했다. 그 속에 함축된 내용은 때때로 그녀를 괴롭히기도 했지만.

"혼자 사는 게 좋을 때가 있다는 것을 저도 알아요. 자유롭게 가고 싶은 데로 갈 수 있고 그렇잖아요. 그래도 결혼을 하는 게 더 좋을 것 같아요. 롤라이, 당신은 왜 부인과 헤어졌어요?"

---

103. 필리핀 루손 섬 북부 중앙에 있는 주. 1898년 미국의 도움으로 스페인에서 귀국한 에밀리오 아기날도는 카비테에서 독립을 선언했다. 말로로스에 임시수도를 설치하고 아시아 최초의 공화주의적 헌법제정을 위한 혁명의회를 소집했으며, 아기날도가 대통령으로 선출되고 1899년 1월 12일 헌법이 공포되었다. 한편 스페인과의 전쟁에서 승리한 미국은 1901년 아기날도 대통령을 체포했고, 그 뒤로 미국의 자치령이 되기 전 육 년 동안 미국에 대한 필리핀의 독립전쟁이 지속되었다.

그의 얼굴에 고통스러운 빛이 떠오르면서 대답을 망설이는 것처럼 보였다. 하지만 마침내 그는 말문을 열었다. "아주 간단해. 아내가 두 아이를 데리고 고향으로 가버렸어."

"다른 남자가 있었나요?"

그는 고개를 저었다. 그리고 지친 듯한 목소리로 나지막이 말했다. "다른 남자가 있었다면 상처를 덜 받았을지도 몰라. 나는 잘생긴 것도 아니고 영리하지도 못해. 나보다 나은 남자들이 얼마든지 있다는 걸 잘 알아. 지적이고 능력 있고 외모도 뛰어난 남자들 말이야." 그는 자조적인 미소를 띠었다. "어쨌든 나는 이 나라에서 가장 가정적인 남자는 아니야."

"당신은 괜찮은 사람이에요." 그녀는 숱 적은 머리카락과 곧게 뻗은 코, 강인해 보이는 턱과 감각적인 입술을 바라보면서 말했다. "하지만 다른 남자를 선택한 것보다 더 마음 아픈 이유가 도대체 뭐예요?"

먼 곳을 바라보는 롤란도 크루즈의 눈이 흐려졌다. "에르미, 당신은 정말 어려운 질문을 하는군. 생각하고 싶지 않은 일이야. 내가 만약 당신 질문에 대답하고 나면 자살하고 싶어질지도 몰라."

"알았어요." 그녀는 미안해하면서 말했다. "강요하지는 않을게요. 하지만 당신을 잘 알게 되면 당신과 함께 살고 싶어할 여자들이 무척 많을 게 틀림없어요. 굳이 결혼하지 않더라도요. 지금 아부하는 거예요."

그는 미소를 지었다. "아부해봤자 소용없어." 조금 있다가 그는 말했다. "좋아, 만약 당신이 정말로 나에 대해 알아야 한다면 말이야. 나도 진짜 당신 모습을 알고 싶어. 카마린에서 보여주는 가식적인 모습 말고.

에르미, 나는 당신을 정말로 좋아해. 나 자신을 팔아넘겼기 때문에 아내가 떠났다고 말하면 당신은 충격을 받겠지? 당신이 전에 말했던 것처럼 나는 힘을 가진 자들에게 나 자신을 팔았어."

그녀는 의자에 등을 기댔다. "미안해요, 롤라이. 정말로 미안해요."

"아내와 나는 대학을 함께 다녔어." 그는 밀려오는 추억에 잠겼다. 다시 젊은 시절의 고결한 열정이 몸 안에 차오르는 것 같았다. 하지만 그때의 이상과 꿈은 너무 멀어져 버렸다. 교외에 자리 잡은 호화로운 저택에 덩치 큰 미제차와 온갖 현대적인 가전제품들을 갖추어놓는 게 성공이라고 생각하는 순간, 그것들은 과거 속으로 사라져버렸다. "아내는 내가 공부를 마칠 때까지 기다렸어. 내 연구를 도와주었지. 나는 아내와 아이들을 행복하게 해주고 싶었고, 안락한 삶을 보장해주고 싶었어. 아내는 내가 대학을 그만두고 광고회사에 들어가는 것을 반대했어. 아내는……." 그는 먼 곳을 바라보았다. 그의 눈에는 눈물이 고여 있었다. "내가 교수가 되는 게 자기 삶의 목표였다고 했어. 아내도 역사를 전공했지. 살림을 하고 아이들을 돌보기 위해 아내는 공부를 포기했어. 희생한 거였지. 가치 있고 정직하고 고결한 것들은 너무 무거운 짐이라서 가슴에 품고 있기가 버거운 법이야. 아내는 아이들에게 내가 잃어버린 것들을 다시 가르치겠다고 했어. 그런 것들을 잃지 않도록 강하게 키우겠다고 했어."

방에는 커다란 더블베드가 놓여 있었다. 에르미는 침대로 가서 매트리스가 얼마나 단단한지 시험해보았다. "삐걱거리지는 않아요." 그녀는 만족스럽게 말했다.

롤란도 크루즈는 싱긋 웃었다. "소리가 나는 게 신경이 쓰여?" "당연
하지요. 하지만 가장 신경 쓰이는 것은 남자들이에요." 그녀는 가방 속
에서 옷을 꺼내 옷장에 걸었다.

"지금 당장 하기를 원해요, 아니면 먼저 잘래요?" 그녀가 물었다.

"하기는 뭘 한다는 거지?" 롤란도 크루즈가 그녀를 놀렸다.

"사랑을 나누는 거지 뭐긴 뭐겠어요? 그래서 저를 이곳으로 오라고
한 거잖아요?"

롤란도 크루즈는 그녀에게 다가갔다. 그녀를 안고 목덜미에 입을 맞
춘 다음, 앞으로 돌려 세워 입술에 부드럽게 오랫동안 키스했다. 그녀의
입술은 차가웠고 그녀는 꼼짝 않고 서 있었다. 그녀를 안은 것은 처음이
었다. "나무토막 같군." 그는 말했다. "그럼 나는 지금부터 나무토막과
씹을 하게 되겠군."

"정말 상스러운 말이에요." 그녀는 몸을 뒤로 빼면서 말했다.

"현실적인 말이지."

"천박한 말이에요." 그녀는 다시 한 번 쏘아붙였다. 그리고 욕실로 들
어갔다. 그는 그녀가 이를 닦는 소리와 수돗물 흐르는 소리, 그리고 변
기에 물을 내리는 소리를 들었다. 그는 잠옷으로 갈아입고 침대에 앉아
서 기다렸다. 창밖을 내다보니 도로의 수은등 불빛 아래 소나무 숲이 펼
쳐져 있는 게 보였다. 갈색의 마호가니 천장 어느 구석에서 집 도마뱀이
울고 있었다. 마침내 그녀는 하얀 네글리제 위에 노란 가운을 걸치고 욕
실에서 나왔다. 열려 있는 앞섶으로 솟아오른 젖가슴의 부드러운 둔덕
이 보였다. 탁자 위에 놓인 램프의 흐릿한 불빛에 그녀의 모습이 드러났

다. 화장을 지운 모습이 더 아름다워 보였다. 그가 늘 상상하던 모습 그대로였다.

"추워요." 그녀는 침대로 다가오면서 말했다. 그리고 얼른 이불 속으로 미끄러져 들어갔다. "이불 속도 추워요!" 그녀는 가운을 양탄자 위에 벗어던졌다. "이리 와요." 그녀가 그에게 말했다. "사랑을 하고 싶으면, 지금 해요."

"씹을 하는 거지."

"뭐든 마음 내키는 대로 하세요. 지금 하고 싶어요? 아니면 먼저 잠부터 잘까요?"

그는 그녀를 바라보면서 마음의 준비가 될 때까지 기다렸다. 문득 그가 원하는 것은 섹스가 아니라는 생각이 떠올랐다. 에르미, 나는 당신의 벌거벗은 영혼을 볼 수 있어. 당신은 나를 믿고 있고, 어쩌면 사랑할 수 있을지도 몰라. 그는 분명히 느낄 수 있었다. 아주 많은 남자들이 그녀를 소유했고 그녀의 몸을 탐닉했다. 그녀는 그들을 받아들였고 그들의 욕망이 사그라지면 그들을 밀어냈다. 그는 그들과 똑같은 짓을 하고 싶지 않았다. 만약 그가 그녀의 몸속으로 들어간다면 감각적인 쾌락 이상의 것을 느낄 수 있어야 했다. 그녀도 진정으로 그를 원하는 순간이 왔을 때, 두 존재의 핵심이 하나가 되어 서로에게 녹아들어가는 경험을 하고 싶었다. "아니, 에르미." 그는 단호하게 말했다. "나는 당신과 씹을 하지 않겠어."

그녀는 그의 손을 잡아 곁으로 끌어당겼다. 그는 순순히 그녀의 곁에 가서 누웠다. "그냥 이야기를 나누고 싶어서 저를 이곳으로 불렀다는 말은 하지 마세요." 그녀는 비웃음을 섞어 말했다. "당신은 옆에 누워 있다가 갑자기 한밤중에 제 허벅지 사이로 파고들거나 배 위로 올라올 거예요. 그럼 저는 잠을 설치겠죠?"

그는 팔꿈치를 괴고 일어나 매혹적인 에르미의 얼굴을 다시 들여다보았다. "걱정 말고 자. 당신을 깨우지 않을 테니까." 그는 말했다.

"그럼 저를 왜 불렀어요?"

"당신을 더 잘 알기 위해서지."

"남자는 침대 속에서 여자를 가장 잘 알 수 있지요." 그녀는 장난스럽게 말했다.

"그럴 수도 있겠지. 당신이 정말로 바라는 게 뭐지?"

주저 없이 그녀는 대답했다. "행복."

"오르가슴?"

"그럴 수도 있겠지요."

그는 그녀의 손을 잡았다. "에르미, 그건 정말 얻기 힘든 거야. 당신은 행복을 찾아 헤매지만 진실과 마찬가지로 행복은 결국 찾을 수 없을 거야. 마르크스는 먹는 문제를 해결하는 게 행복이라고 했고, 프로이드는 섹스를 행복이라고 했지. 아마도 두 가지 다 맞는 말일 거야. 하지만 우리를 괴롭히는 슬픔에도 행복이 있어. 슬픔 속에는 지혜가 있고, 삶과 예술의 근원이 있지. 당신이 좋아하는 문학이 바로 그런 거야. 문학의 배후에는 끊임없이 이어지는 비통함이 있어. 그것은 우리를 움직이게 해. 행복하지 않기 때문에 우리는 무엇인가를 건설하고 창조하는 거야."

그녀는 그의 말을 귀담아듣고 있었다. 그러자 어느 한순간 자신의 삶이 명료하게 들여다보였다. "만약 현재의 내 모습이 아니라면 내가 행복할 수 있을까 늘 궁금했어요. 모든 것을 돌이킬 수 있다면, 내가 다시 순결한 여자가 된다면……."

"일본 의사들은 솜씨가 아주 좋아서 처녀막을 다시 만들 수도 있대. 당신이 그런 유의 순결함을 바란다면 가능한 일이야. 그게 당신에게 중요한가? 다시 처녀가 되고 싶어?"

"알고 싶은 게 있어요. 당신 부인은 처음 당신과 잠자리를 같이했을 때 처녀였나요?"

"응." 그는 망설임 없이 대답했다. 그는 팔로 그녀의 어깨를 감싸 안았다. 따뜻하고 말랑말랑한 그녀의 몸이 느껴졌고 머리카락 냄새를 맡을 수 있었다. 그가 바랐던 것은 살과 살이 맞닿는 친밀함이었다. 신뢰할 수 있는 사람에게서 느끼는 편안함이었다. 그는 옷을 벗을 수 있었고 그녀에게 옷을 벗으라고 요구할 수도 있었으며 그 이상의 행위도 할 수 있었다. 그녀는 거부하지 않을 것이다.

그녀는 그가 흥분했음을 느낄 수 있었다. 그녀는 손으로 그의 아랫도리를 더듬었다. 그리고 숨길 수 없는 증거를 찾아냈다. "적어도 당신이 불능이 아니라는 것은 알게 되었네요." 그녀는 나지막하게 웃으면서 말했다. "지금 하고 싶어요? 어떤 의미로는 저는 아직 처녀라고도 할 수 있어요. 당신이 제 말뜻을 이해할지 모르겠지만요."

"이해해." 그는 대답했다. "당신 몸에 있는 모든 구멍에 내 것을 넣을 거야. 귀, 코, 입 그리고 항문 속으로."

"변태!" 그녀는 손가락으로 그를 꼬집었다. 그리고 진지하게 물었다. "정말로 그런 짓을 해본 적이 있어요?"

"나는 침대에서 있었던 일을 떠들어대는 사람이 아니야."

"당신 부인에게도?"

"내가 씹을 아주 잘한다는 말은 해줄 수 있어."

"사랑을 잘하는 거죠."

"왜 그렇게 말하는 것을 수치스러워하지? 그 말을 쓰는 게 두려워?"

"그 행위의 아름다움을 무시해버리니까요."

"돈으로 사고파는 행위인데도?"

그녀는 그의 팔에서 몸을 뺐다. "저를 모욕하지 마세요." 그녀는 화를 냈다.

"모욕하려는 게 아니야." 그녀를 다시 끌어당기면서 그가 말했다. 그는 그녀의 가슴을 애무하다가 손을 아래로 내려 그녀의 음모를 쓰다듬었다.

"거기에 손대지 말아요." 그의 손을 꽉 쥐면서 그녀가 말했다. "어쨌든 당신은 할 생각이 없다고 말했잖아요."

"무엇보다도 좀 어색해." 그는 손을 거둬들이면서 그녀의 귓불에 입을 맞추었다. "당신은 아주 젊고 나는 고리타분한 늙은이니까."

"웬 핑계가 그렇게 많아요?"

"핑계가 아니야." 그는 단호하게 말했다. "그냥 당신과 하지 않겠다는 말이야."

"내일도요?"

그는 고개를 끄덕였다.

"고마워요, 롤라이." 그녀는 그를 끌어안으면서 말했다.

"신기하네요." 아침에 일어났을 때 그녀가 말했다. "정말 약속을 지켰어요. 당신은 흥분했는데도 정말로 사랑을 하지 않았어요."

"썹." 그는 그녀의 말을 정정했다.

"좋아요, 당신은 썹하지 않았어요." 그녀는 마지못해 고쳐 말했다. "그렇게 말하니까 이상한 기분이 들어요."

"점점 익숙해질 거야."

"어쨌든 정말 믿을 수 없어요, 롤라이. 이런 일은 처음이에요. 밤새도록 그냥 입을 맞추고 이야기만 했어요. 디디는 믿지 않을 거예요. 아무도 믿지 않을 거예요."

"하지만 사실이야." 그가 말했다. "우리 두 사람이 알고 있잖아. 그게 중요한 거지."

"왜 하지 않았어요? 제가 매력적이지 않았나요? 제발 말해주세요. 밤중에, 그리고 새벽에 당신이 화장실에 갈 때 저는 당신이 하자고 할 거라고 생각했어요."

"물론 당신은 매력적이야. 아주 매력적이지. 하지만 당신의 성기는 나에게 그다지 중요하지 않아."

"뭐가 중요하지요?"

"당신." 즉시 그는 대답했다. "당신은 언제 몸 파는 일을 그만둘 거지? 이제 돈도 모을 만큼 모았잖아."

그녀는 아무 대답도 하지 않았다. 그녀는 서둘러 자리에서 일어나 가운을 걸치고 창가로 걸어갔다. 해가 높이 떠서 소나무 숲을 환하게 비추고 있었다. "그건 제 일이에요." 그의 얼굴을 외면한 채 그녀는 차갑게 말했다. "당신이 간섭할 일이 아니에요."

에르미는 이제 디디가 알선하는 일은 하지 않았다. 하지만 그녀가 좋아하는 손님을 만나기 위해 이따금 카마린에 갔다. 그녀는 롤란도 크루즈가 진심으로 그녀를 사랑하고 가능하면 결혼하고 싶어한다는 사실을 알게 되었다. 그는 그녀에게 자기가 버는 돈으로 함께 살자고 했다. 그의 수입은 생활하기에는 충분했다. 하지만 그녀가 누리는 사치를 감당할 수는 없었다. 게다가 그녀는 자유를 포기할 수 없었다. 결국은 롤란도 크루즈가 그녀의 삶을 엉망으로 만들어버릴 게 뻔했다.

음침한 아침이었다. 도시 전체가 먹구름으로 뒤덮여 있었다. 침대에 잠들어 있는 에르미가 깨지 않도록 롤란도 크루즈는 살며시 일어났다. 그녀의 얼굴은 평화롭고 부드러웠다. 그는 커피와 잼을 바른 토스트로 아침 식사를 준비했다. 그가 내는 달그락 소리에 그녀는 잠에서 깨어나 부엌으로 나왔다. 아침 식사는 이미 식탁 위에 마련되어 있었다. 그녀는 자기 입에서 냄새가 난다고 질색을 했지만 그는 아랑곳하지 않고 입을 맞추었다.

그녀는 어둠을 틈타 연인의 집에서 떠나야 하는 것이 가장 싫었다. 한 번이라도 환한 대낮에 드나들고 싶었다. 사랑하는 사람의 팔에 안겨 있는 밤에는 그녀는 그 누구도 아니었으며 형체 없는 그림자일 뿐 그녀가 혐오하는 에르미 로호가 아니었다. 그러나 이제 그녀는 다시 에르미 로호로 돌아왔다. 그녀의 표정이 어두워졌다.

"내가 당신을 우울하게 만들었군." 그녀에게 커피를 따라주면서 롤란도 크루즈가 말했다. "뭘 잘못했는지 알고 싶어."

"아니에요, 롤라이." 그녀는 미소를 지으려고 애썼다. "당신 탓이 아니에요. 제 탓이지요. 현실을 생각하면 저는 우울해요."

그녀는 이따금 자기 재산이 빛 좋은 개살구처럼 느껴졌고, '가족'들의 관심은 얄팍한 아첨으로 여겨졌다. 그럴 때면 막막한 외로움이 몰려와 손가락 하나도 움직이기 싫었다. 세상이 그대로 멈춰버린 듯, 사람들의 움직임도, 바람도, 거대한 도시의 멈추지 않는 소음조차도 느낄 수 없었다. "롤라이, 저는 정말 외로워요. 제발 저를 떠나지 마세요." 그녀는 애원하듯 말했다.

그는 그녀가 무슨 말을 하는지 충분히 이해할 수 있었다. "난 떠나지 않아. 하지만 당신은 틀림없이 나를 떠날 거야." 그는 가볍게 말했다. "그러면 난 아마 자살할지도 몰라. 당신이 나타나기 전까지 사는 게 무척 힘들었거든."

"저는 너무 겁쟁이라서 자살은 생각조차 할 수 없어요." 그녀는 말했다. "나 때문에 그런 짓은 절대 하지 마세요. 디디 같은 사람들이 뭐라고 말할지 상상해보셨어요? 당신같이 세속적인 사람이 저 같은 창녀 때문에 죽다니, 정말 우습다고 할 거예요."

그는 일어나 그녀를 감싸 안았다. "나에게 당신은 그런 사람이 아니야." 그는 그녀의 머리카락에 입을 맞추면서 말했다.

"하지만 저는 창녀예요. 그리고 그 때문에 외로운 거예요. 롤라이, 제 가족들 말이에요. 저는 정말로 그 사람들을 사랑해요. 하지만 가끔 그들이 저를 어떻게 생각하는지 궁금해요. 그들이 진심으로 저를 사랑하지 않는다면 공평하지 않은 관계예요. 저는 그들과 아무런 혈연관계도 없어요."

"혈연은 하나도 중요하지 않아. 형제들끼리 서로 죽이기도 하니까. 역사가 말해주고 있어."

"저와 핏줄로 맺어진 사람이 있었으면 해서 아기를 낳고 싶은 거예요. 이해할 수 있어요?"

"내가 당신을 얼마나 사랑하는지 당신은 정말 모를 거야. 하지만 우리는 핏줄로 맺어진 사이는 아니지. 나는 스스로를 망쳤고 자긍심을 잃어버렸어. 자식들은 나와 상관없이 자라고 있어. 그리고 아내는 나를 거부했어. 중년의 나이에 말이야. 당신도 알잖아?"

에르미는 침묵을 지켰다.

"이리 와봐." 그는 거실 구석에 있는 책장으로 그녀를 데려갔다. 대학에 다닐 때 읽었던 책들이 꽂혀 있었다. 대부분은 역사책이었고 소설책도 이따금 눈에 띄었다. 선반 맨 아래쪽에서 그는 커다란 책을 하나 꺼냈다. 백과사전이었다. 그리고 그 뒤에서 낡은 군용 45구경 자동권총을 꺼냈다. "전에 당신에게 말한 적이 있지." 그것을 보여주면서 그가 말했다. "2차 대전의 기념품이야. 총알이 장전되어 있어." 그는 몸을 구부려 총을 도로 제자리에 놓았다.

"이것이 내가 선택할 방법이야." 그는 밝은 표정으로 말했다. "고통은 없을 거고 죽은 모습도 그다지 추하지 않을 거야."

"제발 그런 소리는 그만 해요." 그녀는 그의 손을 잡고 고개를 저었다. 그는 그녀를 다시 식탁으로 데려갔다.

"우리를 괴롭히는 문제의 유일한 해결책은 죽음밖에 없는 경우도 있어." 그는 미소를 지으며 말했다. "자살하고 싶어하는 사람들이 그런 문제들을 해결해주고 가면 좋을 텐데 말이야. 그 사람들은 먼저 나를 찾아오는 거야. 그러면 내가 그들이 죽을 때 함께 데려갈 사람들의 목록을 주는 거야. 당신 친구인 상원의원 브라보나 봄빌라 장군도 목록에 이름이 오를 거야."

그녀를 의자에 앉히면서 그는 말을 이었다. "하지만 당신에게는 더 좋은 해결책이 있어. 당신은 여기서 달아나면 돼. 미국으로 떠나버려. 당신의 소망을 이루는 거지. 앤드루 매도스와 결혼해. 내가 당신에게 절대로 줄 수 없는 것을 그는 줄 수 있어. 무엇보다도 우리는 둘 다 이 지옥에서 벗어날 거야. 나는 당신이 잘되기를 바랄 뿐이야."

그녀는 무관심한 표정으로 커피를 마시고 있었다.

"저는 지쳤어요." 구부정한 자세로 앉은 채 그녀는 말했다. 접시 위의 토스트는 차갑게 식어가고 있었다. "저는 이렇게 사는 데 지쳤어요. 가짜 웃음을 짓고 다리를 벌린 채 낯선 손이 저를 만지도록 내버려두죠. 그들은 차갑고 혐오스러운 뱀처럼 제 몸 위로 기어올라 와요. 제가 정말로 사랑할 수 있는 사람은 어디에 있지요? 누가 이 끔찍하고 남루한 도시에서 멀리 떨어진 곳으로 저를 데려갈까요? 남자들은 모두 저를 사랑한다고 말하지요. 하지만 모두 빈말이에요. 제가 어떻게 그들을 믿겠어요? 관계가 끝나면 그들은 부인과 가족, 직장으로 돌아가요. 그리고 저는 돈과 함께 남지요. 공허함도 남아요. 당신은 제가 계속 돈을 벌어 산처럼 쌓아놓고 싶어하는 것을 비난할 수 있어요? 늙어서 외톨이가 되어도 돈이 있으면 편안할 수 있어요. 침대에서 홀로 자야 해도 여왕처럼 살 수 있잖아요?"

롤란도 크루즈는 멍한 얼굴로 미소를 짓고 있었다. 몇 번이나 들었던 똑같은 넋두리였다. 그리고 그의 대답도 언제나 같았다. "내가 있잖아. 나는 지금 그대로의 당신을 원해. 하지만 당신이 나를 거절했잖아."

"롤라이, 저는 당신에게 어울리는 여자가 아니에요." 에르미는 말했다. 창밖에서는 젖은 도로 위에서 물을 튕기며 달리는 지프니들의 소리와 비를 피해 서둘러 걸어가는 사람들의 발소리가 들려왔다.

"왜 그런지 아세요? 세상 사람들이 당신을 보는 이목이 있기 때문이에요. 당신 같은 사람은 저 같은 여자와 함께 살 수 없어요. 당신 스스로 상처받을 거예요. 제가 벌써 여러 번 말했잖아요."

그녀는 다시 혼자만의 생각에 잠겼다. 그녀는 아무것도 잘못한 게 없다고 스스로를 변명했다. 하지만 롤란도 크루즈처럼 솔직하고 진지한 사람을 대할 때면 그녀의 양심은 날카로운 칼날이 되어 스스로를 난도질했다. 그러나 절대로 죄책감에 빠져들지 말아야 했다. 그녀는 스스로의 운명을 헤쳐나가야 했으며 그녀에게 의지하고 그녀의 판단에 따르는 사람들을 책임져야 했다. 하지만 언제나 가장 중요한 게 빠져 있었다. 그녀를 안정시켜줄 마음의 평화를 찾을 수 없었다.

롤란도 크루즈를 바라보면서 그녀는 낮은 목소리로 혼잣말처럼 읊조렸다.

"저를 있는 그대로 받아들일 수 있다고 당신은 믿고 있겠지만 마음 한 구석에는 제가 좋은 사람이 아닐지도 모른다고 의심할 거예요. 제가 죄를 지었다고 생각할지도 몰라요. 하지만 저는 다른 사람 돈을 훔친 적도 없고 사기를 친 적도 없어요. 제가 연단에 올라가 거짓말을 늘어놓은 적이 있나요?" 그녀는 이제 권력의 정점에 올라선 브라보 상원의원을 떠올렸다. "제가 가진 재산은 모두 일해서 모은 거예요. 총을 들이대거나 가짜 계약서를 써서 얻은 것은 없어요. 감히 누가 저를 비난할 수 있을까요? 제가 부도덕하다고 생각하나요? 주위를 둘러보세요. 정말 음탕한 사람들이 별을 달아 장군이 되고, 머리를 치장한 채 미의 화신처럼 돌아다니고 있다고요. 아, 펠리시타스 로호, 그런 여자도 있지요! 화려한 옷을 입은 귀부인들, 느끼한 말투의 관료와 행정가들, 신문에 실리는 사람들의 얼굴을 좀 보세요. 그들은 선택된 사람들이에요. 아무리 사악한 짓을 저질러도 사람들은 그들 앞에서 머리를 조아리고 그들을 존경하고 우러러보지요. 사람들의 목을 졸라도 여전히 지지를 받아요. 사람들에게 침을 뱉어도 박수를 받지요. 사람들은 옳고 그른 것을 구별할 수 없다고요!"

그녀는 그에게 말하고 있는 게 아니었다. 예전에 그들은 고결함에 대해 이야기를 나누었다. 하지만 끝없이 지속되는 무자비한 악덕에 사람들이 무기력하게 순종하는 것에 대해서는 말한 적이 없었다.

"당신 눈앞에 탈출구가 있어, 에르미." 롤란도는 말했다.

"그래요." 그녀는 벌떡 일어나 창가로 걸어갔다. 지붕 너머로 비와 안개에 휩싸여 있는 흐릿한 회색의 마닐라 만이 펼쳐져 있었다. 배들이 무리지어 물 위에 떠 있는 게 보였다.

"정말 그럴 듯한 이유가 있었으면 좋겠어요." 그녀는 말을 이었다.

그는 뒤로 다가가 그녀의 허리를 팔로 감싸 안았다.

"그보다 더 좋은 이유가 있겠어? 어서 가! 앤드루 메도스는 기꺼이 당신을 받아들일 거야."

"저는 아기도 낳고 싶어요."

"아기가 미국에서 태어나면 미국 시민이 될 수 있어. 당신도 가능해. 앤디와 결혼하면 미국 시민권을 가질 수 있어."

"하지만 미국은……."

"미국은 우리에게 두 번째 조국이야, 에르미. 그 나라는 우리에게 축복이자 저주야. 이루어질 수 없는 우리의 꿈과 야망이기도 해."

"당신은 제가 원하는 것을 어디에서도 찾을 수 없다고 했지요?"

"맞아. 장소가 문제인 것은 아니니까. 그건 당신에게 달려 있어. 스스로를 어떻게 생각하고 과거를 어떻게 보느냐의 문제야. 중요한 것은 우리의 어떤 부분은 변할 수 없다는 거지. 그리고 우리는 변하지 않는 그 부분에서 무엇인가를 배워야 해."

"당신은 또 역사 교수처럼 말하는군요."

그녀는 돌아서서 그의 뺨에 입을 맞추었다. "앙헬레스와 수빅에 있는 술집 아가씨들은 운이 좋으면 미군 병사와 결혼하지요. 그리고 미국애가서 새 사람으로 새 출발을 해요. 더 이상 과거의 일 때문에 괴로워하지 않겠지요."

"그게 당신이 떠나고 싶어하는 진짜 이유인가?"

"저는 행복을 찾고 있어요." 그녀는 말했다.

사랑하는 에르미, 내 마음속에 떠오르는 당신에 대한 생각들을 보여줄 수 있었으면 좋겠어. 그 생각들은 그냥 사라져버리겠지. 당신은 결코 알 수 없을 테니까. 처음 만났을 때처럼 나는 당신에게서 달아나려고 했어. 그리고 그 시도는 잠시 성공했지. 하지만 운명으로부터 달아날 방법은 없는 것인가 봐. 그래서 나는 다시 당신 앞에 나타났어. 유치한 행동은 끝났지만 당신은 여전히 내 앞에 있어. 나에게 남아 있는 시간은 얼마 되지 않고 황량하기 그지없지만, 당신 앞에는 밝은 미래가 펼쳐져 있어. 그렇게 되기를 바라는 게 아니라 그럴 수밖에 없는 일이야. 나는 당신 곁에서 그저 당신을 편하게 해주는 일밖에 할 수 없어. 대단한 일은 아닐지 몰라. 전에 내가 당신에게 말했듯이 고민을 털어놓을 수 있는 신뢰할 만한 사람이 있으면 마음이 조금 편해지기도 하니까. 공포와 무능력에서 어느 정도 벗어날 수도 있어.

당신과 함께 있을 때 나는 언제나 불안했어. 당신 삶 속으로 내가 들어가는 것을 당신이 거부했으니까. 하지만 나는 언제나 마음을 열고 있었어. 나는 당신과 가까워지고 싶었어. 아니, 아니야. 육체적으로 가까워지는 걸 말하는 게 아니야. 당신이 나를 받아들일 때 말로만 또는 몸으로만 좋다고 말하는 것을 원했던 게 아니었어. 당신이 영혼으로 나를 받아들여 진심으로 가까워지길 바랐어. 나는 덫에 걸린 기분이야. 당신에게 솔직해지려고 하면 할수록 당신은 점점 더 나를 거부했어.

왜 그래야 했지? 당신은 내게 나쁜 짓을 한 적이 없다고 말했지. 하지만 그건 거짓말이었어. 적어도 당신은 친절을 베풀 수는 있지.

다시는 당신을 만나지 않으려고 해. 아마도 그것이 최선의 방법이겠지.

롤란도 크루즈는 에르미에게 헤어지자는 편지를 보내고도 다시 그녀를 보러 왔다. 그녀는 그를 반겼고 이야기를 나누고 말싸움을 했다. 그 무렵 그녀는 미국에 가기로 확실히 마음먹고 있었다.

"그곳에서 무엇을 찾을 것 같아?" 롤란도 크루즈는 비꼬듯 말했다. "정직함이나 고결함을 찾을 수 없는 것은 확실해. 하긴, 그건 얼마나 겁을 주는 말들인지 몰라! 우리는 스스로가 정직하다고 생각할 때가 많지만 진실은 그렇지 않아. 그냥 우리가 그렇게 믿고 있을 뿐이지. 그런 말을 하면서 살아남으려고 버둥거리는 게 아니라 성공적으로 살아가는 것 같거든."

"연설을 하시는군요." 에르미는 말했다. "제발 말을 좀 쉽게 하세요."

"당신이 잘살기를 바랄 뿐이야. 하지만 그러려면 미국의 거짓말을 견디는 법을 배워야 할걸."

"저는 그냥 가족을 이루어 살고 싶을 뿐이에요."

"그럼 미국이라는 나라가 거짓말로 이루어져 있다는 것을 잊어서는 안 돼. 우리가 알고 있는 사실은 대부분 거짓말이야. 미국은 자유로운 나라가 아니고 모두가 평등한 나라도 아니야."

"저는 자유니 평등이니 기회를 찾는 게 아니에요."

"나도 알아. 하지만 환상 속에서는 행복하게 살 수 없어."

"제가 여기서 썩어가는 것을 보고 싶어요?"

롤란도 크루즈는 아무 말도 하지 못했다. 에르미가 이곳에 계속 머문다면 정말로 그렇게 될 것이다. 지금까지 그녀가 다른 남자와 결혼하지 않기를 바란 것이 턱없는 욕심이었을까? 사랑은 희생이고 사랑은 포기하는 것이다. 오, 하느님, 그는 마음속으로 울부짖었다. 내가 그녀를 사랑하기 때문에 그녀를 잃어야 하는 것이군요.

"아니." 그는 말했다. "앞으로 일어날 일을 알려주는 것뿐이야. 나는 미국에서 사 년 동안 살았고 그 기억이 여전히 남아 있어. 뉴헤이번은 대학을 중심으로 이루어진 조그만 도시였어. 뉴잉글랜드는 아마도 다르겠지. 하지만 미국인들은 어디나 마찬가지야. 당신은 향수병에 걸릴 거야."

"그게 어떤 건지 저도 알아요."

"당신은 외로울 거야."

"적어도 과거에 얽매여 살지는 않겠지요." 그녀는 조용히 말했다.

미국으로 떠나기 일주일 전, 그녀는 처음으로 롤란도 크루즈를 쿠바오의 집으로 데려갔다. 그녀는 후회로 가득 차 있었다. 그에게 거짓말을 많이 한 것은 아니었지만 오르가슴을 느끼는 척 연기한 것이나 사랑한다고 말한 것에 대해 양심의 가책을 느꼈다. 모두 그랬던 것은 아니었으나 처음부터 끝까지 그녀는 자기가 하고 싶은 대로 했다. 그녀는 그를 좋아했다. 그리고 이제 다른 남자들과 마찬가지로 그를 버려야 했다.

그녀는 그와 사랑을 나누고 싶었다. 어쩌면 처음 두 사람이 하나가 되었을 때처럼 마술 같은 일이 다시 일어날지도 모른다. 마침내 완전한 복종을 경험할 수 있다면 그녀는 모든 일을 다시 생각해보려 했다.

하지만 롤란도 크루즈는 그녀의 몸에 손대지 않았다. 그는 그저 그녀를 품에 안고 코와 눈과 얼굴에 부드럽게 입을 맞추면서 몹시 그리울 것이라고 말했다. 하지만 떠나지 말라고 애원하지는 않았다. 그녀는 그 말을 기대했다. 그녀를 사랑한다고 말하면서 이렇게 쉽게 떠나보낼 수 있는 이 남자는 도대체 어떻게 된 사람일까?

23

첫 미국 여행에서 돌아온 뒤 에르미는 미국에서는 전혀 다른 사람으로 지낼 수 있었던 걸 잊을 수 없었다. 미국은 그녀를 나락으로 끌어내리는 모든 것에서 아주 멀리 떨어져 있었으며, 앤드루 메도스는 그녀가 마닐라와 영원히 인연을 끊을 수 있게 해줄 사람이었다.

다른 여자와 마찬가지로 그녀도 여자로서 최상의 경험을 하고 싶었다. 어머니가 되고 무미건조한 섹스가 아닌 절정을 맛보고 싶었다. 그것은 당연한 욕구였으며 그녀에게 마지막으로 주어진 변화의 기회이기도 했다.

주치의인 마닐라의 산부인과 의사는 그녀의 몸에 아무 이상도 없다고 했다. 그녀의 불안은 가라앉았다. 카마린의 아가씨들은 원하지 않는 임신을 할까 봐 신경을 곤두세우고 있었다. 때때로 흥분한 남자들이 쾌감을 극대화하려는 욕심에 콘돔을 벗어던지는 경우가 있었다. 에르미에게도 그런 일이 몇 번 있었으나 한 번도 임신한 적이 없었다. 때문에 그녀는 스스로 임신이 불가능할지도 모른다고 생각해왔다. 그녀는 아기를 간절히 원했다. 아버지가 누군지만 알면 된다고 생각할 정도였다.

그녀는 아기를 낳는 일이 어떤 것인지 궁금했다. 소변을 보는 것이나 한 달에 한 번 생리를 하는 것과 비슷할 것이라고 생각했다. 아기는 보호해야 할 생명체고, 심장에서 정화시킨 그녀의 피를 나눠주어야 하는 존재다. 출산의 순간에는 어머니만 고통스러운 게 아니라 어둡고 아늑한 자궁에서 찬란한 빛 속으로 밀려나오는 작은 생명체 또한 고통스럽다고 했다. 바깥세상에 던져진 작고 연약한 존재가 거친 세상을 견디며 살아갈 수 있을 것인가? 그녀는 로호 가문의 사람이었다. 그녀가 가진 로호 가문의 유전자를 자식에게도 전해준다는 말인가? 물질에 대한 탐욕과 부도덕함이야말로 로호가 사람들의 두드러진 특성이 아니던가? 그녀에게 흐르는 일본인의 피는? 거물은 그녀에게 일본인은 훌륭한 성향을 많이 지니고 있다고 말했다. 아들이거나 딸이거나, 손이 세 개 달린 괴물이거나 어떤 장애를 가졌든 그 작은 생명체를 반드시 사랑할 것이다.

자식에 대한 내 사랑을 어떻게 정의해야 할까? 한 여자가 한 남자를 깊이 사랑해서, 그 남자 없이 사는 게 죽는 것보다 더 고통스러운 그런 사랑이라고 할까? 내 몸은 남자들에게 더럽혀졌다. 그들은 내 몸속으로 들어와 나를 누르고 정복하고 소유했다. 그들은 내 몸속에 정액을 분출했다. 하지만 아무도 내 살 속으로 뚫고 들어와 뼈와 피를 섞지는 못했다. 아기는 내 일부고 육신을 나눠 가진 존재가 될 것이다.

비록 그녀에게 자식은 없었으나 어머니에게 자식이 어떤 의미인지 알고 있었다. 지배인 아니타가 외동딸을 대하는 것을 보면서 그 감정을 이해할 수 있었다. 6월의 어느 화창한 아침, 아니타가 제정신이 아닌 창백한 얼굴로 그녀의 방에 나타났다. 화장을 하지 않은 아니타의 이마와 눈가에는 신산한 삶을 보여주듯 주름살이 깊었다. 그녀는 금방이라도 울음을 터뜨릴 듯 눈물을 글썽이면서 말했다.

"릴리 말이야. 그 애가 왜 저러는지 모르겠어. 며칠 동안 나가 있다가 지금 방금 집에 돌아왔어. 방해가 되었다면 미안해……. 난 그 애에게 소리를 지르면서 화를 냈어. 그 애가 엉뚱한 일을 저지를까 봐 무서워 죽겠어."

아니타는 말을 잇지 못하고 울음을 터뜨렸다. 괴로움 가득한 흐느낌이 이어졌고, 몸을 들썩이면서 울음을 그치려고 애썼다. 에르미는 그녀를 소파로 데려가 손을 잡고 진정이 될 때까지 기다렸다. 울음이 잦아들자 그녀는 말을 이었다.

"걔는 내 전부야." 그녀는 단호하게 말했다. "나는 그 애를 위해 뼈 빠지게 일했어." 그녀는 못이 박힌 손바닥을 펴 보였다. "그 애가 나보다 나은 사람이 되기를 바랐어. 너는 무슨 말인지 알 거야. 너는 이해할 거야, 에르미."

"내가 어떻게 해줄까?" 에르미가 물었다. "그 애와 긴 이야기를 나눠 본 적이 없지만, 이제 그럴 때가 된 건지도 모르지."

아니타는 눈물을 닦았다. "예전에 그 애는 아버지에 대해 많이 물었어. 그러더니 언젠가부터 아무것도 묻지 않더군. 너도 알다시피 그 애는 얼굴도 예쁘고 몸매도 좋잖아. 열여섯 살이 되면 몰라보게 아름다워질 거야."

"그 애가 밖에서 함부로 몸을 굴릴까 봐 걱정이 되는구나. 그러다가 결국 우리들처럼 될지도 모른다는 거지?"

아니타는 에르미의 얼굴을 보면서 고개를 끄덕였다. "딸은 엄마를 닮는다고 하잖아."

에르미는 고개를 저었다. "네가 그 애를 믿지 못하는 거야. 아니타, 요즘 애들은 우리와 달라."

"걔네들도 마찬가지야. 한번 맛을 들이면 헤어나지 못할걸."

에르미는 미소를 지었다. 그것은 물론 사실이 아니었다. 그녀는 롤란도 크루즈로 인해 강렬한 쾌감을 맛보았고 남자의 품에 안겨 있을 때 느끼는 천국 같은 황홀함도 알게 되었다. 하지만 그녀는 성적인 만족에 탐닉하지 않았다. 사업에 몰두하는 것처럼 그것을 대신할 다른 즐거움을 찾았다.

"내가 그 애와 이야기를 하려면 네가 그 애에게 어디까지 말했는지 알고 있어야 하지 않을까?" 에르미는 물었다. 그녀는 아니타의 사생활에 참견한 적이 없었다. 아니타와 대화를 나누다가 몇 가지 사실을 저절로 알게 되었을 뿐이었다. 릴리의 아버지는 최선을 다해 아니타와 딸을 부양하려 했다. 그는 기자이자 편집인으로 일하면서 얼마 안 되는 수입으로 살아가려고 애썼다. 에르미가 카마린에서 일하기 훨씬 전에 그는 에두아르도 단테스와 함께 카마린에 왔다. 그는 다혈질이고 열정적인 사람이었는데 뜻을 펴기 위해서는 단테스 밑에서 일할 수밖에 없다고 스스로를 정당화했다. 그는 창녀를 좋아하게 될 줄은 꿈에도 몰랐다. 아니타 또한 돈 한푼 없는 사람과 살림을 차릴 생각은 전혀 없었다. 그는 뇌졸중으로 갑자기 눈을 감으면서, 아무 재산도 남기지 않았다. 아니타와 딸에게는 허름한 아파트와 가구 몇 점, 얼마 안 되는 살림살이가 전부였다.

"그 애는 아버지가 누구인지는 알고 있어?" 에르미가 말했다.

"어떻게 모를 수가 있겠어? 출생증명서가 있는데. 나는 그 애에게 모두 말했어. 내가 그 애 아버지의 본부인이 아니라는 것도 알아. 하지만 애르미, 내가 카마린에서 일했던 것만은 말하지 않았어. 어쩌면 의심하고 있을지도 몰라. 하지만 난 결코 그 이야기는 할 수 없었어."

"내일 그 애와 아침 식사를 함께하면서 이야기해볼게."

릴리는 에르미의 아침 식사를 준비했다. 볶음밥과 달걀 반숙, 달콤한 햄과 신선한 파파야였다. 침실 문을 열자 향기로운 커피 냄새가 에르미를 반겼다. 릴리가 식당에서 아침 식사 준비가 끝났다고 그녀를 불렀다.

"이리 와서 앉아." 에르미는 부엌에서 볶음밥을 나르는 소녀에게 말했다. 맛있는 마늘 냄새가 진동했다. "저는 벌써 먹었어요, 이모." 릴리는 말했다. "저는 아침 여섯 시에, 사람들이 일어나기 전에 아침을 먹어요."

"그럼 그냥 내 옆에 앉아 있어." 에르미는 말했다.

릴리는 에르미의 왼쪽에 앉았다. 아침 햇살에 소녀의 싱그러운 갈색 피부가 밝게 빛났다. 에르미는 커피를 반쯤 마시고 나서 입을 뗐다. "릴리, 요즘 엄마 속을 썩이는 모양이더구나. 무슨 일이 있니?"

"엄마가 생각하는 그런 일은 아니에요, 이모." 소녀의 얼굴에서 미소가 사라지면서 시무룩한 표정이 되었다. "제가 집에 늦게 돌아올 때마다 엄마는 제가 나쁜 남자들과 어울려 다닌다고 생각해요. 하지만 전혀 그렇지 않아요."

"그럼 왜 늦게 오는지 나한테 자세히 말해줄 수 있니?"

릴리는 고개를 숙였다. 마당에서 차 시동소리가 들려왔다. 아니타가 장에 갈 준비를 하는 모양이었다.

소녀가 아무 말도 하지 않자 에르미는 말했다. "릴리, 엄마는 너를 정말로 사랑해. 우리들 모두 마찬가지야. 그리고 모두들 네가 잘못되는 것을 바라지 않아. 네가 대학에 진학해서 네 희망대로 의사가 되기를 바라고 있어. 네가 올바르게 행동하지 않으면 꿈을 이룰 수가 없단다."

"하지만 저는 잘하고 있어요!" 갑자기 릴리는 에르미를 바로 보면서 소리쳤다. "이모, 정말이라고요. 저는 모범생이에요. 제발 믿어주세요. 저는 욕먹을 짓을 하지 않았어요. 남자친구도 없어요. 엄마에게 아무리 말해도 믿어주지 않아요."

"그럼 왜 집에 늦게 돌아오지? 그리고 이틀이나 집에 오지 않았잖아. 엄마에게 뭐라고 말했지? 엄마 말로는 네가 아무 설명도 하지 않고 그냥 친구들과 함께 지낸다고만 했다던데." "엄마한테 친구 집에서 하룻밤 잘 거라고 말했어요. 그뿐이에요. 그렇게 멀리 가게 될 줄……."

"어디 갔는데?"

릴리는 다시 침묵했다.

"말하기 싫으면 하지 마. 그렇지만 엄마는 자식에 대해 알아야 할 권리가 있어. 너는 아직 미성년자니까. 무슨 말인지 알지? 어린 여자애가 이틀이나 외박을 해서는 안 돼. 만약 그러려면 당연히 엄마에게 이유를 말해야만 해."

릴리는 한숨을 쉬었다. "엄마에게 차라리 검사를 받으러 병원에 가자고 했어요. 제가 아직 처녀라는 것을 의사가 증명해줄 테니까요. 엄마는 오로지 그것만을 걱정해요. 제가 처녀성을 잃고 무분별하게 살게 될까봐…… 제가 사생아고 아버지가 우리에게 아무것도 남기지 않았으니까, 그래서 제가 비뚤어질 거라고 생각해요."

에르미는 그녀의 말을 믿을 수 있었다. 릴리는 출생의 비밀에 대해 괴로워하면서 자기 연민에 빠져드는 평범한 소녀가 아니었다.

"릴리, 정말로 너를 괴롭히는 게 뭐니?" 에르미는 식탁 위로 손을 뻗어 소녀의 손을 잡으면서 물었다. "나를 믿고 이야기할 수 없겠니?"

소녀는 잠시 눈길을 돌렸다가 에르미의 얼굴을 마주보았다. 그리고 마침내 나지막한 소리로 말하기 시작했다.

"이모가 엄마와 저에게 많은 것을 주셨다는 걸 알고 있어요. 저는 절대로 그것을 잊지 않을 거예요. 옛날에 살던 아파트에서 쫓겨나서 살림살이를 길에다 쌓아놓고 엄마를 기다리던 기억이 나요. 이모가 차를 몰고 와서 우리를 이곳으로 데리고 오셨지요. 그 이후로 이곳에서 제가 얼마나 행복하게 지냈는지 이모가 알아주셨으면 해요. 저는 여전히 행복해요. 엄마는 언제나 저를 돌봐주셨어요. 이모, 저는 엄마를 정말로 사랑해요. 엄마는 제 마음을 잘 모르시는 것 같아요. 저는 엄마를 슬프게하는 일은 절대로 하지 않아요. 단지……."

다시 소녀는 먼 곳을 바라보았다.

"어서 말해봐." 에르미는 소녀를 재촉했다. "릴리, 나는 이해할 수 있어. 나는 많은 어려움을 혼자 힘으로 헤쳐나왔어. 어렸을 때 나는 아주 가난했고 그래서 어린 소녀들이 필요한 물건 없이 지내는 게 얼마나 힘든지도 잘 알아."

릴리는 미소를 지었다. "이모, 저는 아무것도 필요 없어요. 부족한 게 없는걸요. 이모에게 감사해요. 등록금과 먹을 것 걱정 없이 학교에 다닐 수 있으니까요. 책값이 아주 비싼데도 마음 놓고 살 수 있어요. 좋은 옷도 많고 신발은 다섯 켤레나 있어요. 더 이상 필요하지도 않은데 엄마는 늘 한 켤레를 더 사라고 해요."

"그런데 너는 행복하지 않니?"

다시 침묵이 흘렀다. "저는 이모가 열심히 일했다는 것을 알아요. 아는 사람도 많고요. 이모는 학교에서 공부를 잘했고 여러 나라 말을 할 줄 알지요. 하지만 그보다 더 훌륭한 점은, 가난한 사람들이 어떻게 사는지 안다는 거예요. 그러니까 이모는 제 마음을 이해할 수 있을 거예요. 학교에서 친구들과 많은 이야기를 해요. 오, 아니에요. 여학생들이 그냥 재잘거리는 것 말고요. 무슨 말인지 아시겠어요?"

"아니." 에르미가 말했다. "학교에서 무슨 이야기를 하는지 말해줄래?"

릴리는 고개를 저으면서 의자에서 일어났다. "엄마에게 어떻게 이런 이야기를 할 수 있겠어요? 우리는 힘들게 살아왔지만 엄마가 아는 세상은 아주 좁아요. 저와 집과 일밖에 몰라요. 엄마는 제가 장차 성공해야 된다는 생각밖에 없어요. 그런 생각뿐이에요. 하지만 지금 저에게는 중요한 문제들이 아주 많아요. 돈이나 음식이나 성공 같은 것들 말고요."

"릴리, 무슨 이야기를 하려는 거니?"

"저는 가공의 세계에 살고 있어요. 오, 이모, 저에게 화내지는 마세요! 저는 이모에게 감사해요. 그것만은 믿어주세요. 하지만 이 집을 나가면, 이모가 엄마와 저에게 베풀어준 이 안락한 세계를 벗어나면, 혹독하고 부끄러운 현실이 있어요. 바깥에는 가난하고 아프고 죽음이 다가오는 절박한 상황에서도 에르미 이모를 만나지 못한 사람들이 있어요. 저와 제 친구들에게는 그 사람들이 중요해요. 우리는 건물 벽이나 길에 페인트로 구호만을 적어놓는 게 아니에요. 이모, 시위에 참가하는 젊은 사람들이 많아요." 릴리는 간절한 눈빛으로 에르미를 바라보았다. "에르미 이모, 저도 그들 가운데 하나예요."

손 쓸 수 없는 가난에 시달리던 과거의 기억이 물밀듯이 밀려왔다. 차고 위의 집으로 돌아오면 늘 배가 고팠고 옷은 이미 넝마가 된 것들뿐이었다. 아르투로와 오랑은 끈질긴 운명을 다소곳이 받아들였다. 그녀도 그들과 다름없이 살았지만 언젠가는 운명을 바꿀 수 있다고 믿었다. 스스로의 운명을 개척해서 원하는 사회적 위치를 획득할 수 있다고 믿었다. 에르미가 지금 이 소녀에게 무슨 말을 할 수 있을까? 잘못된 생각이라고, 정말로 세상의 악을 그녀와 친구들의 힘으로 바꿀 수 있을 것 같으냐고 물어야 할까? 에르미는 생기로 가득 찬 릴리의 얼굴을 자세히 들여다보았다. 한때는 이 어린 소녀처럼 그녀 또한 피를 나눈 혈육과 어머니가 저지른 부당함에 저항했다. 에르미는 아니타가 행복한 엄마라고 생각했다. 다른 사람들을 염려할 줄 아는 딸을 두었으니까.

"이모, 부탁이에요." 릴리가 말했다. "저는 엄마가 걱정하는 그런 짓을 하지 않는다고 이야기해주세요. 이모가 안심시켜주세요. 제 성적표를 보면 아시겠지만 저는 한 과목도 낙제하지 않았어요. 공부를 게을리한 적도 없어요. 저는 꼭 의사가 될 거예요."

"물론이야." 에르미는 의자에서 일어나면서 말했다. "내가 엄마에게 잘 말할게."

그 순간 릴리는 그녀에게 달려들어 입을 맞추었다. 어두웠던 얼굴에 밝은 미소가 피어났다. 릴리는 정말 아름다운 사람으로 자랄 게 틀림없었다.

24

롤란도 크루즈는 한동안 마닐라를 떠날 수 없었다. 하지만 맥은 그렇지 않았다. 맥이 사우디로 떠나기 전 마지막으로 쿠바오를 찾았을 때, 에르미는 그에게 꼭 가야만 하는지 물었다. "아직도 너를 도와줘야 할 것 같아." 그녀는 말했다.

"아직도 원하는 만큼 상처를 주지 못했나 보군." 맥은 말했다. "앞으로 많은 것들을 잊을 수 있게 될 거야."

"변해버린 내 모습을?"

"아니. 나는 여전히 네 안에 있는 밝은 빛을 볼 수 있어. 네 안에 선한 모습이 있다는 걸 알아. 나는 희망을 버리지 않았어. 다른 사람들에게 네가 베푼 것을 생각하면 말이야……."

"나는 언제나 너에게 잘해주려고 노력했어."

"우리들에게 베풀어준 것을 너무 내세우지는 마. 그것을 너무 잘 알아서 우리는 숨이 막힐 지경이야. 하지만 에르미, 모르겠니? 거지들은 선택의 여지가 없어. 네가 도와주지 않았다면 내가 어떻게 학교에 다녔을까? 우리 어머니, 아버지도 마찬가지야. 네가 없었으면 우리는 굶어 죽었을 거야. 너는 우리 가족이야. 하지만 가족인 게 확실해? 크리스마스 때나 나타나는 대모거나 필요할 때 우리가 달려가는 부자 친척 같은 존재가 아니었나? 그래, 너는 우리 가족이지."

에르미는 아무 말도 하지 않았다.

"파드레 파우라에서 어땠는지 기억해? 우리가 어렸을 때 말이야. 내가 말라테에 있는 싸구려 가톨릭학교에 다닐 때, 너는 비싼 등록금을 내는 특별한 학교에 다녔지. 나는 샘이 났어. 네가 영어숙제를 도와주었던 걸 기억하니? 너는 언제나 나보다 영리했지."

"하지만 숫자는 네가 더 잘 다루었어." 환해진 얼굴로 에르미가 말했다. "너는 나보다 수학을 잘했잖아. 하지만 이제는 네가 풀지 못하는 문제들도 많구나. 마닐라에서나 사우디에서나……."

"어쨌든 나는 돈을 모을 거야. 네 재산과는 비교도 안 되겠지만 말이야. 돈을 벌기 위해 무슨 짓이든 할 거야. 무슨 짓이라도 말이야."

"그렇게 말하지 마." 그녀는 더 이상 할 말이 없었다. 맥과 함께 있으면 그녀는 예전으로 돌아갔다. 순결하고 손가락질 받을 일이 없고 위선적이지 않은 모습으로 돌아갈 수는 없었지만, 예전처럼 정직해졌다.

"나는 열심히 일할 거야. 몸이라도 팔겠어. 아랍인들은 동성애자들이 많다더군. 역겨운 이야기들을 많이 들었지만 난 상관하지 않아. 그런 것까지 왜 신경 쓰겠어? 언젠가 돌아오면 지금보다는 훨씬 잘난 사람이 되어 있을 거야."

"그만해, 맥." 에르미는 입술을 깨물면서 말했다. 온몸에 통증이 느껴지고 턱이 덜덜 떨리면서 눈물이 고였다. "그렇게 말하지 마. 나에게 상처를 주려고 하는 말이지, 그렇지?"

"너는 상처받지 않아." 맥은 조용히 말했다. "네 피부는 물소 가죽처럼 두껍고 네 심장은—너에게 아직 심장이라는 게 남아 있는지 모르겠지만 말이야. 네가 어떻게 살아 있는지 신기해. 지금 네 혈관 속에는 무엇이 있지? 말해봐, 피가 흐르고 있나?"

3월의 무더운 오후였다. 열린 창문으로 이웃사람들이 즐겁게 떠드는 소리가 들려왔다. 그녀에 대해 너무나 잘 알고 있는 이 남자에게 무슨 말을 할 수 있을까?

"너와 상관있는 일인지 모르겠지만 알다시피 나도 곧 마닐라를 떠날 거야." 마침내 그녀는 말했다.

"그래." 맥은 대답했다. "결국 미국으로 가는구나. 그곳에서 가정을 꾸미겠지. 그리고 미국 시민이 될 테고, 미국인의 아이를 낳겠지. 그게 네가 항상 원하던 일이었으니까."

"아니, 그렇지 않아." 에르미는 담담하게 말했다. "그 나라의 시민이 되는 것은—만약 내가 그렇게 된다면—이 나라에서 벗어나는 길이야."

"지금의 네 삶에서 달아나는 것이기도 하겠지."

"그렇다고 나를 비난하지는 마."

맥은 거친 목소리로 말했다. "네가 그런 일을 하면서 나를 도왔으니 비난할 자격이 없겠지. 은혜는 잊지 않을 거야."

"그런 식으로 말하지 마."

"내가 말하고 싶은 대로 말할 뿐이야. 네가 나를 먹이고 입히고 학교까지 보내주었지만, 내가 말하는 것에 대해 이래라저래라 할 수는 없어."

"이렇게 헤어져서는 안 돼." 얼마 뒤에 그녀는 말했다. "적어도 작별 키스 정도는 해줘야지."

"그건 네가 받았던 수많은 키스와는 다른 것인가?"

"그래!" 그녀의 눈에서 눈물이 솟구쳤다.

맥은 싱긋 웃으면서 고개를 저었다.

"에르미, 운다고 해서 달라지는 것은 없어. 너는 정말 훌륭한 연기자이고 모든 사람을 속일 수 있지. 네가 만난 모든 남자들을 그렇게 바보로 만들 수 있었을 거야. 어렸을 때 너는 언제나 나에게 하기 싫은 일을 억지로 시킬 때 늘 울음을 터뜨렸지. 내가 어쩔 수 없이 그 일을 하고 나면 너는 울음을 그치고 웃기 시작했어. 기억나, 에르미? 나는 그런 일들을 잊지 않아. 제기랄, 그러니까 지금 내 앞에서 눈물을 짜내는 헛수고는 하지 마."

그녀는 즉시 울음을 그치고 손바닥으로 눈물을 닦아냈다. "맹세할 수 있어. 난 정말로 진심으로 눈물을 흘린 거야."

"그 말을 내가 어떻게 믿지? 만약 평생을 거짓되게 살아왔다면 진실에 직면해야 할 때도 너 스스로 무엇이 진실인지 알 수 없을 거야."

"어쨌든 너에게 말하고 싶은 진실을 들어보기나 해. 나에 대한 거야. 내가 떠나려는 이유지. 나는 여기서 떠나 처음부터 다시 시작하고 싶어. 맥, 나를 이해할 수 없겠니?"

"에르미, 너는 변하지 않을 거야. 늙어 꼬부라질 때까지 너는 기회주의자일 거야. 늙어서도 돈을 벌 수 있는 모든 기회를 놓치지 않을 거야. 아마도 매음굴을 운영하게 될지도 모르지."

"나는 레스토랑을 경영할 거야." 그녀는 단호하게 말했다.

"이런 글을 읽은 적이 있었어." 맥은 그녀의 말에 개의치 않고 이죽거리는 웃음을 띤 채 말을 이었다. "헨리 밀러인가 하는 늙은 음란소설 작가가 한 말이라는군. 젊은 여자의 성기는 좋은 투자 대상이지만, 늙은 여자의 성기는 전혀 쓸모없다고. 에르미, 너는 결코 쓸모없게 되지는 않을 거야."

"나는 얼마든지 그 일을 그만둘 수 있어."

"그럼 왜 그렇게 하지 않지?" 맥은 그녀의 말을 반박했다. "네가 싫어하는 사람들, 네가 증오한다는 그 남자들과 마찬가지로 너도 탐욕스럽기 때문이겠지?"

에르미는 고개를 떨어뜨렸다. 지금 멈춘다고 해서 무엇이 달라질 것인가?

맥은 말을 이었다. "너는 미국에서 새 이름을 가지게 될 거야. 그곳에서는 아무도 너를 모르겠지. 누가 알겠어? 언젠가 모든 사람이 너에 대해 잊었을 때 마닐라로 돌아올 수도 있을 거야. 하지만, 젠장…… 모든 사람이 다 잊어도, 에르미, 나는 잊지 않을 거야. 영원히 기억할 거라고."

에르미의 결혼식날 푸에스토는 오전 내내 문을 닫았다. 디디의 충고

에 따라 결혼식은 감리교 목사를 주례로 세워 치렀다. 가톨릭 신부가 주
례를 서려면 절차와 조건이 번거로웠다. 세례받은 증명서 같은 서류들
을 요구했다. 결혼식은 경건했고, 결혼한 적이 없는 디디와 레스토랑 직
원들이 모두 참석했다. 디디가 신부 들러리를 섰고, 오랑과 아르투로는
대부와 대모가 되어주었다. 지금까지 그랬듯이 그들은 에르미의 형식
적인 '부모' 역할을 했다. 롤란도 크루즈는 초대를 받았으나 그 무렵 그
는 일본에 머물고 있었다. 결혼식이 끝나고 이틀 뒤에 앤드루 메도스는
신부와 함께 미국으로 떠났다.

뉴욕에 처음 도착해서 한 달 동안은 피에르 호텔에서 지냈다. 이스트
60번가에 구한 새집에 들어가서는 몇 달 동안 집을 꾸미느라 정신없이
바빴다. 앤드루 메도스가 처음 그 집을 보여주었을 때 그녀는 동네가 무
척 마음에 들었다. 나무로 둘러싸인 호젓한 곳이었으며 길 양쪽에는 사
암으로 지은 집들이 늘어서 있었다. 렉싱턴 가로 꺾어지는 모퉁이에는
커피숍과 고급 옷가게가 자리 잡고 있었다. 그녀는 직장에 다니고 싶었
지만 앤드루 메도스가 반대했다. 그는 그녀가 전업주부로 살면서 여유
시간을 의미 있게 보내고 공부도 하기를 바랐다. 그래서 그녀는 뉴욕대
학 인문학부의 사회인류학 과정에 등록했다. 덕분에 그녀는 벤자민 호
퍼에게 가르침을 받는 행운을 누릴 수 있었다. 그는 현대화가 농업사회
에 미친 영향을 연구한 손꼽히는 사상가였다. 그는 그녀에게 마르코스
의 독재에 대해 물었다. 국민들의 자유가 억압된 일반적인 상황에 대한
질문이 아니었다. 빈민들이나 농부들이 정치적으로 대항할 자유가 어
느 정도나 보장되는지 알고 싶어했다. 그의 물음에 답하면서 그녀는 자

신이 조국과 민족에 대해 얼마나 무지한지 깨닫게 되었다.

그녀는 한 주일에 사흘씩 수업을 들었다. 그리고 일찍 집으로 돌아와 앤드루 메도스의 저녁 식사를 준비했다. 그녀는 더블데이 출판사에서 나온 요리책을 몇 권 샀고 아프리카와 아랍의 독특한 요리들을 시험 삼아 만들어보곤 했다. 그녀는 마음에 드는 식료품점과 빵집을 찾기 위해 매디슨 가와 1번가, 2번가, 3번가, 5번가를 걸어서 돌아다녔다. 그러다가 마침내 3번가에서 리기스 상점을 찾아냈다. 신선하고 질 좋은 채소와 과일, 그리고 갖가지 양념과 치즈를 없는 것 없이 갖춘 곳이었다. 무엇보다도 친절하게 손님을 맞이하는 흑인 소녀가 있어서 좋았다.

때때로 그녀는 블루밍데일 백화점까지 걸어가서 앤드루 메도스를 위한 물건들을 샀다. 눈길을 끄는 넥타이핀이나 실크넥타이, 스포츠용 손목시계 같은 것들이었다. 그가 작은 계약을 성사시킨 것을 축하할 때나 급히 출장을 가게 되었을 때 필요한 물건들이었다. 언젠가는 백화점의 한 구역이 문을 닫은 적이 있었다. 이멜다 마르코스가 그곳의 여성용 드레스를 몽땅 사서 한동안 회자된 곳이었다.

한번은 산책을 하다가 왈도르프 호텔 앞에서 시끄럽게 구호를 외치는 사람들을 본 적이 있었다. 대부분은 젊은 필리핀 사람들이었고 사이사이에 얼마 안 되는 미국인들이 끼어 있었다. 왈도르프 호텔에는 쇼핑을 위해 미국을 방문한 이멜다가 수행원들과 머물고 있었다. 에르미가 필리핀 사람들을 알아보지 못할 리는 없었다. 당연히 남미 사람들이나 스페인 사람들과 구별할 수 있었다. 그녀는 시위대에 가까이 다가가 확성기에 대고 외치는 타갈로그어 구호에 귀를 기울였다. "마르코스는 독재자다." 잠시 그녀는 시위에 동참하고 싶은 강한 충동을 느꼈으나 그대로 그 자리에 서 있었다. 아직 어린 나이에 투쟁 현장에 뛰어든 릴리의 모습이 떠올랐다. 이 자리에 있는 젊은이들은 자유에 대해 장황하게 떠들었으나 어쨌든 그들은 편안하고 안전한 미국에 있다. 마닐라에 어떤 정권이 들어선다고 하여도 이렇게 멀리 떨어진 자신과는 전혀 상관없는 일이라는 데 생각이 미치자 그녀는 마음이 불편했다.

이런 느낌을 설명할 수는 없어도 이해할 수는 있을 것 같았다. 호퍼 교수의 질문에는 몇 가지 전제가 더 필요하다고 생각했다. 결코 자유를 잃어본 적이 없고 늘 그것을 누리면서 살아온 사람들에 대한 질문과 통찰이 덧붙여져야 하지 않을까.

뉴욕은 성역이 아니었다. 에르미는 마닐라에서 멀리 떨어지면 그녀를 괴롭히는 문제들로부터 벗어날 수 있으리라고 생각했다. 재산은 나날이 불어났고 투자처에서 일정한 수입이 들어오고 있었다. 또 앤드루 메도스는 자기 계좌에서 그녀가 마음대로 돈을 꺼내 쓰도록 배려하고 있었다. 그녀는 하고 싶은 일을 하면서 여유 있게 살 수 있었다.

그녀는 릴리가 안타까웠고 아니타가 걱정스러웠다. 릴리는 성직자나 정치가들이 해야 할 일에 뛰어들었다. 정말 움직여야 할 사람들은 사람들을 호도하는 글을 쓰는 데 시간을 보내고 있었다. 옛날에 어섬션 여학교에 다닐 때 그녀 또한 사회 개혁에 참여하고 싶었다. 미래를 도둑질해 가는 사람들에게 저항하고 싶었다. 하지만 그녀는 조건이 나아지자 모든 것을 잊었다. 언제나 그녀 자신에게만 관심이 있었고 다른 사람들의 일은 안중에도 없었다.

집에 도착하자마자 아니타에게서 전화가 걸려왔다. 심상치 않은 목소리였다. "아니타, 나야, 에르미." 고향 친구의 목소리를 듣고 행복한 마음에 그녀는 밝게 말했다.

"오, 에르미……." 아니타는 더 이상 말을 잇지 못하고 흐느꼈다.

맙소사, 무슨 일이 일어난 거지? 아니타가 또 감정이 격해졌거나 무슨 나쁜 일이라도 일어난 걸까? "아니타, 진정해. 울지 말고 차근차근 말해봐. 무슨 일이야?"

긴 침묵 끝에 아니타는 말했다. "에르미, 릴리가 사라졌어. 어디서도 그 애를 찾을 수 없어. 친구들도 오래전부터 집에 오지 않았대. 그 애가 편지를 남기고 갔는데, 너…… 그래, 에르미 너 말이야…… 너라면 자기를 이해할 수 있을 거라고 썼어."

"편지를 읽어줄래?"

부스럭거리는 소리에 이어 이윽고 아니타가 편지를 읽어갔다. 들릴락말락 불안한 목소리였다.

"사랑하는 엄마, 작별인사도 없이 엄마 얼굴을 보지도 못하고 이렇게 편지만 남기고 떠나는 게 죄송해요. 엄마는 또 화를 내시겠지요? 그리고 또 제가 나쁜 길로 들어섰다고 생각하실 거예요. 엄마, 저는 엄마를 정말 사랑해요. 절대로 엄마가 싫어하는 방탕한 사람은 되지 않을 거예요. 어쩌면 제가 하는 일에 엄마는 찬성하지 않을지도 몰라요. 하지만 언젠가는 엄마도 저를 이해하실 거예요. 지금은 엄마에게 모든 것을 설명할 수는 없어요. 하지만 저는 꼭 해야만 하기 때문에, 그리고 오래전부터 우리의 삶이 지금보다는 더 가치 있어야 한다고 생각하고 있었기 때문에 이 일을 하는 거라고 말하고 싶어요. 지금은 엄마 곁에서 떠나지만 영원히 떠나는 건 아니에요. 저와 같은 생각을 하고 있는 사람들과 함께 지내기 위해 잠시 엄마 곁을 떠나요. 우리 민족과 나라의 평화와 자유를 위한 일이에요. 엄마에게 이 일에 대해 설명하고 이해와 동의를 얻을 수 있다면 얼마나 좋을까요. 에르미 이모에게 물어보면, 이모는 설명해줄 거예요. 이모는 우리에게 무슨 일이 일어나고 있는지를 이해하고 있을 테니까요."

잠시 말을 멈추고 아니타는 다시 흐느꼈다.

"언제 엄마를 다시 볼 수 있을지 모르겠어요. 하지만 저는 언제나 엄마 마음속에 있을 거예요. 엄마는 제 영혼이며 언제나 제 가슴속 깊은 곳에 있는 단 하나의 사랑이에요. 엄마, 저를 용서해주세요."

"릴리." 아니타는 다시 한 번 더 딸의 이름을 읊조렸다. 그리고 울음을 터뜨렸다. "아니타, 아니타. 내 말 좀 들어봐. 울지 마. 이제 울지 마."

"에르미, 릴리에게 무슨 일이 일어난 거지? 그 애는 내 전부야. 어디서부터 잘못된 거지? 그 애가 나한테 왜 이러는 거야?"

"그런 말 하지 마, 아니타. 아무 말도 하지 말고 내가 하는 말을 잘 들어봐." 에르미는 진지하게 말했다.

"그 애가 무슨 일을 하고 있는지 알아. 어디로 갔는지도 알 것 같아."

흥분한 목소리로 아니타가 말했다. "제발 나에게 알려줘. 내가 그곳에 가서 그 애를 데려올 거야."

에르미는 혼자 미소를 지었다.

"오, 아니타! 그 애는 산으로 올라갔을지도 모르고 바로 거기 마닐라에 있을지도 몰라. 누가 알겠어? 하지만 이제 너는 그 애를 찾을 길이 없어. 그 애는 혁명당원이 된 거야. 알겠니? 정권에 반대하는 사람들 말이야."

긴 침묵 끝에 아니타가 말했다. "왜? 뭐가 부족해서? 내 사랑이 모자랐던 거야? 에르미, 이유가 뭐지?"

그 순간 에르미는 과거로 돌아가 어섬션 여학교에 다닐 때 느낀 변화에 대한 열정과 로호가에 대한 환멸을 떠올렸다.

"아니타, 그건 다른 사람들을 사랑하기 때문이야. 그 애는 사랑받지 못하는 사람들과 약하고 가난한 사람들…… 부당하게 고통받는 사람들을 사랑해. 아니타, 잘 들어. 나는 릴리를 존경해. 그 애는 오래전에 내가 마땅히 했어야 하는 일을 하고 있어. 안락함에 젖어들어 타락하기 전에 했어야 했던 일 말이야. 그 애를 자랑스럽게 생각해. 그리고 지금 그 애가 하는 일은 용기가 필요한 일이라는 것을 잊지 마. 내 말 듣고 있어? 용기 말이야. 우리들 대부분이 잃어버린 것."

그 무렵 에르미는 고향으로 돌아가야 한다는 것을 깨달았다.

모두 떠날 준비를 하고 있는 마닐라로 돌아간다고? 그녀는 자문했다. 디디조차 카마린을 처분하려고 하고 있었다.

"이렇게 불평을 늘어놓게 될 줄이야." 디디는 케네디 공항으로 마중을 나간 에르미와 함께 맨해튼으로 돌아오는 길이었다. 아주 무더운 7월의 오후였다. 그녀의 흰 블라우스는 땀에 흠뻑 젖었고 오랜 여행으로 인한 피로가 얼굴에 그대로 드러나 있었다.

디디는 일주일 전에 전화로 방문을 예고했다.

"당신이 정말 난관에 부닥치게 될 줄은 몰랐어요. 언제나 완벽하게 일처리를 하잖아요." 에르미는 말했다.

잠시 후 두 사람은 에르미의 집에 도착했다. 일주일에 두 번 일을 도와주러 오는 쿠바 출신의 모니카가 여행가방을 들어주려고 현관 앞에 대기하고 있었다. 손님방은 이층이었다. 디디가 도착하기 전부터 미리 켜둔 에어컨 덕분에 실내 공기는 쾌적했다.

짐을 풀면서 디디는 비탄에 빠진 마닐라 소식을 끊임없이 전했다. 새로 권력을 장악한 사람들은 교양도 예의도 없다고 투덜거렸다. 지난 정권 때 카마린을 출입하던 고위층들은 비록 비타협적이고 위선적이긴 했으나 열의와 몸에 밴 정중함을 가지고 아가씨들을 대했다는 것이다.

"군 장교들의 그 뻣뻣함이라니! 봄빌라 장군을 기억하니? 사람들은 그를 독재자의 사형집행관이라고들 하더라. 잘 훈련된 정신이상자야. 그리고 안드레스 브라보는 새빨간 거짓말쟁이에다가 허풍쟁이고 못 말리는 새디스트야. 지금이야말로 마닐라에서 떠나야 할 때야. 그곳은 고모라와 바빌론이고, 동남아시아의 쓰레기통이지. 도시를 향해 신의 분노가 쏟아지기 전에 어서 떠나야 해. 그곳에 계속 있으면 내가 썩고 말거야. 세포 하나까지 모조리 부패하는 것을 보게 될 거야. 차라리……." 그러더니 무엇인가 불현듯 머릿속에 떠오른 듯 그녀는 침대와 바닥에 어질러놓은 옷가지와 선물 꾸러미들 속에서 벌떡 일어났다.

"오, 이런!" 그녀는 소리쳤다. "마닐라에서 너한테 전화라도 해줬어야 했는데. 어떻게 그걸 깨끗이 잊어버릴 수 있었지?" 늘 생기발랄한 그녀의 얼굴이 침울해졌다. 그녀는 모든 게 다 부질없다는 듯이 두 손을 휘저었다. "아주 끔찍한 소식이야. 너한테만 그런 게 아니라 나에게도 견디기 힘든 일이었어. 롤라이가, 우리 친구 롤라이가……"

"무슨 일이 있었어요?" 그녀는 디디를 재촉했다.

"죽었어." 디디는 짧게 말했다.

순간 에르미는 날카로운 칼에 깊이 베인 느낌이었다.

"언제? 어떻게?" 그녀는 물었다. 눈이 흐릿해지더니 금방 눈물이 맺혀 올라왔다.

"살해당했어. 오, 빌어먹을…… 나라 전체에서 벌어지는 범죄에 많은 이들이 희생되고 있어. 적어도 그의 죽음은 신문에 나기는 했지. 마닐라에서 죽어간 다른 많은 사람들과 달리 말이야. 겨우 건져낸 기사라고 사람들이 말하더군." 디디가 말했다.

"언제 어디에서 죽었어요?" 에르미는 물었다.

"한 달도 안 된 일이야. 카마린을 처분하고, 떠날 준비를 하느라 정신이 하나도 없을 때였어. 난 그냥 신문에 실린 기사만 읽었고 장례식에서 만난 대학동창들이 하는 얘기를 들었을 뿐이야. 아파트 야간경비원이 요란한 총소리를 들었대. 순찰을 돌다가 롤라이의 사무실이 열려 있어서 들어가 봤나 봐. 롤라이가 바닥에 쓰러져 있었대. 짙은 색 정장을 입고 말이야. 저녁 약속이 있어서 나가는 길이었나 봐. 그이 수첩에 마닐라 호텔에서 저녁 약속이 있다고 적혀 있었어. 가슴에 총을 맞았어. 실랑이를 벌였던 흔적이 있었대. 책상서랍이 억지로 열려 있었고 손목시계와 지갑이 없어졌어. 서류들은 온통 흩어지고 말야. 총은 바닥에 떨어져 있었대."

잠시 후 디디는 다시 말을 이었다. "45구경 자동권총이라는데 아마 강도가 급히 달아나다가 떨어뜨렸겠지……."

"45구경이란 말이죠? 오, 디디, 롤라이는 살해당한 게 아니에요."

에르미는 오열하듯 소리쳤다.

"그럼, 뭐? ……그럴 리 없어." 디디는 격앙되어 말했다. "왜 그랬겠어? 일본에서 돌아온 뒤 거의 일주일 내내 그는 카마린에 놀러왔어. 아주 기분이 좋았고 여전히 재치가 넘쳤지. 흡사 예전 모습으로 돌아간 것 같았다니까. 그는 자살할 이유가 없어. 일본에서 한몫 잡고 돌아왔고 사업이 다시 잘되기 시작했어."

"그가 보험에 들어 있었나요?"

"물론이지. 롤라이는 늘 멀리 내다보는 사람이잖아. 이 년 전쯤에 그는 보험금을 늘리기까지 했어."

오, 세상에! 이 년 전이면 내가 마닐라를 떠난 해야……. 에르미는 속으로 외쳤다. "나는 그 사람을 잘 알아요. 그는 살해당한 게 아니에요, 디디. 그의 보험금은 누가 받았지요?"

"당연히 부인인 리디아가 받았겠지. 장례식에서 처음 봤어. 그리고 자식들도 봤는데 모두들 어른이 되어 결혼했더군. 롤라이가 벌써 할아버지가 된 거야. 엄마를 닮아서 딸들이 한결같이 예쁘더라. 왜 그런 가정이 깨졌는지 도통 이해가 안 가."

"그 이유를 들은 적이 있어요. 부인은 그에게 아주 소중한 존재였지만 그를 떠났어요. 다른 남자가 생긴 것도 아니었는데…… 아니에요,

디디. 롤라이는 자살했어요. 아, 어리석은 사람······ 틀림없이 자기가 죽으면 누구한테 보험금이 돌아갈지 생각하고 있었을 거예요."

"죽기 며칠 전까지 자주 만났어." 디디는 말했다. "심각한 고민 같은 건 없어 보였다고."

"아마도 그 무렵은 이미 결단을 내린 뒤였을 거예요." 추억에 사로잡힌 채 에르미는 말했다. "저에게 이런 말을 한 적이 있었어요." 후회스러운 듯 그녀는 말을 이었다. "조심하지 않으면 길에서 마권을 팔면서 삶을 끝마치게 될 거라고."

"거 참, 이상한 일이구나." 디디는 말했다. "롤라이는 자기가 그렇게 될 거라고 말했어. 마권 파는 사람 말이야."

"짧은 시간에 모은 재산은 짧은 행복을 줄 뿐이지요." 에르미는 말했다. "디디, 당신도 알다시피 저는 그를 좋아했어요. 그가 바랐던 만큼은 아니었지만요. 그는 저에게 미국으로 가서 새로운 삶을 시작하라고 했어요. 하지만 저는 지금 마닐라로 돌아갈 생각을 하고 있어요."

"바보짓 하지 마." 디디가 말했다. "앤드루 메도스는 훌륭한 선택이었어. 그 사람에게 무슨 문제가 있니?"

"전혀 그렇지 않아요, 디디. 그는 좋은 사람이에요. 문제가 있다면 저에게 문제가 있어요."

"그런데 왜 떠나려는 거지?"

"이곳에선 행복하지 않아요." 그녀는 짧게 대답했다.

25

"행복은 무엇인가? 이것은 철학적인 질문이 아닙니다. 오히려 개인의 가치관과 특정한 문화적 배경에 의해 정의될 수 있는 인류학적인 질문이라고 할 수 있겠지요……."

호퍼 교수의 강의를 들으면서 에르미는 자신의 뉴욕 생활을 다시 돌아보았다.

미국 손님들에게 두 번째로 좋은 점수를 준 카마린 아가씨들의 판단은 옳았다. 물론 최고는 일본 사람들이었다. 미국 사람들은 로맨틱했다. 그들은 잠자리를 함께한 상대를 친절하고 예의바르게 대했다. 함께 살았던 삼 년 동안 앤디는 늘 다정하고 사려 깊게 행동했다.

"행복을 무엇으로 생각하느냐에 따라 우리 행동의 중요한 동기가 달라집니다. 그것은 우리가 살아가는 이유이기도 하지요. 행복은 아주 감각적인 것일 수도 있어요." 호퍼 교수는 농담처럼 말을 이어갔다. "행복은 방광을 비우는 것이라고 정의할 수도 있어요. 아주 긴 시간 동안 고통스럽게 소변을 참고 있다가 드디어 배설을 하게 되었을 때보다 더 큰 해방감이 있다고 생각하나요?"

호퍼 교수는 뉴욕 출신의 유대인이었다. 커다란 몸집에 덥수룩한 회색 머리와 매부리코, 창백한 피부를 지닌 사람이었다. 흥분하거나 화가 나면 얼굴이 사탕무처럼 붉어졌다. 그는 어섬션 여학교의 호노라토 교수를 생각나게 했다. 두 사람 다 가르치는 학생들에게 열정을 전염시키는 사람들이었다. 호퍼 교수는 풀브라이트 장학생으로 타일랜드, 미얀마, 그리고 베트남 같은 동남아시아에서 공부했다. 농경사회의 현대화 과정에서 일어나는 역동적 변화를 이해하기 위해서였다. 그가 모든 강의실에서 즐겨 예를 드는 동남아시아의 농부 이야기가 있었다. 한 농부가 코코넛 나무 아래서 잠을 자고 있는데 미국 무역통상부 사무관이 찾아왔다. 그리고 이렇게 날씨가 서늘한 아침시간에 왜 논에서 김을 매지 않느냐고 나무랐다. 농부가 물었다. "왜 그래야 하는데요?" "그래야 당신은 논을 더 살 수 있고 벼를 더 많이 재배할 수 있잖소. 그러면 돈을 더 벌 수 있고요." 농부가 다시 물었다. "돈을 더 많이 벌면 어떻게 되는데요?" 미국인은 대답했다. "일찍 은퇴해서 한가하게 살 수 있지요." 그러자 농부가 미소를 지으면서 고개를 저었다. "지금 제가 뭘 하고 있다고 생각하시죠?"

그렇다면 행복이란 무엇인가? 그녀는 뉴욕 사람들이 여가를 즐기는 모습을 지켜보았다. 열정과 즐거움을 추구하는 그들의 여가시간에서는 한가함을 찾아볼 수 없었다. 그녀는 스페인의 속담을 떠올렸다. "아무 일도 하지 않고 쉬는 것처럼 즐거운 일은 없다."

"하지만 일은 삶의 법칙이지요." 곧 호퍼 교수는 한가함이나 게으름을 행복으로 여기는 여러 문화 속에서도 일을 최고의 가치로 생각한다고 설명했다.

과거에 에르미가 했던 일은 그녀에게 전혀 성취감을 주지 않았다. 아무 보람도 없었고 사회적 지위조차도 보장해주지 않았다. 그녀가 자기 일에 열정을 쏟았다면 그것은 소위 존경받는 사회적 명사들을 웃음거리로 만들 수 있다는 이유 때문이었을 것이다. 고맙게도 지난 이 년 동안 그녀는 완전히 그 일과 인연을 끊었다. 앤디와 뉴욕에서 사는 동안 그녀는 과거를 청산하고 정숙한 여자로 살았다.

그녀는 물질적인 호사를 모두 누리고 있는 셈이었다. 앤디는 훌륭한 연인이기도 했다. 삼십대 후반인 그는 날마다 조깅과 테니스를 하고 고기보다는 채소와 과일을 많이 먹으면서 멋진 몸매를 유지했다. 그녀는 집 안을 격조 있는 가구로 세련되게 꾸몄다. 센트럴 파크 가까이에 자리잡고 있는 그들의 동네는 예전부터 뉴욕에서 가장 품위 있는 주민들이 사는 곳으로 알려져 있었다.

나는 더 이상 바랄 게 없어. 아기가 생기면 좋겠지만 그것은 어쩌면 육체적 관계에서 더 큰 만족감을 느껴야 가능한 일일지도 몰라……. 우울해지는 순간에 그녀는 혼자 중얼거리곤 했다. 쿠바오와 그곳에 있는 '가족'들에 대한 그리움도 컸다. 카마린 시절에는 뱃속에서 아기가 자라는 것이 어떤 기분인지 알고 싶어서 임신하기를 간절히 바라기도 했다. 아기에게 젖을 먹이고 아기가 자라는 것을 지켜보면서 아낌없이 사랑해주고 싶었다. 물론 그런 일은 일어나지 않았다. 돈을 많이 모은 뒤에도 카마린에서 계속 일했던 까닭에 대해 스스로 의아해할 때도 있었다. 그것은 강박적인 충동 때문이었으며, 돈을 더 많이 가질수록 더 강하고 독립적인 사람이 된 듯한 만족감을 느꼈기 때문이었다. 그보다 더 큰 이유는 로호가의 사람들과 계속 싸우다가 패배했을 경우에 기댈 언덕이 있어야 하기 때문이기도 했다. 마침내 그녀는 승리했다. 그러나 그게 지금 무슨 소용이 있을까? 마닐라와 뉴욕에 투자한 그녀의 재산은 큰돈을 벌어들이고 있었다. 그녀는 유언장을 썼다. 그녀가 세상을 떠날 경우 그녀의 재산은 아르투로와 그의 자식들, 아니타와 그녀의 딸, 그리고 케손 시의 보육원으로 가게 될 것이다. 그녀는 콘스탄시아 수녀와 보육원 사람들을 잊지 않았다.

마닐라에서 소포가 도착했다. 편지가 올 때마다 그녀는 차분한 마음으로 열어보았다. 그녀의 재산을 관리하는 투자기관에서는 수익이 날 때마다 보고서를 보냈다. 롤란도 크루즈가 정직한 사람들을 소개시켜 준 덕분에 그녀는 자잘한 걱정들을 덜 수 있었다.

나넷이 보내는 편지가 가장 반가웠다. 수다스러운 편지와 함께 한 묶음의 사진이 동봉되어 있었다. 나넷의 사진은 바기오에서 찍은 것이었고, 아르투로와 오랑의 사진은 뒤뜰에 활짝 핀 카틀레야를 배경으로 찍은 것이었다. 아니타와 푸에스토 직원들의 사진과 노란 작업용 안전모를 쓴 맥이 서너 명의 백인들과 함께 서 있는 사진도 들어 있었다. 그들 뒤로는 튜브와 밸브가 달린 기계가 보였다. 맥의 사진은 그녀가 아니라 아르투로에게 보낸 것이었다. 사진 뒤에 그렇게 적혀 있었다. 석 달 전에 그녀는 나넷이 알려준 주소로 맥에게 편지를 보냈으나 답장은 오지 않았다. 게다가 그는 간혹 뉴욕에 출장을 오는 모양이었는데 한 번도 그녀에게 연락한 적이 없었다. 정말 용서할 수 없는 행동이었다.

한두 달 전에 찍은 듯한 사진들을 보면서 그녀는 자신이 왜 마닐라가 아니라 이곳에 있는지 스스로에게 물었다. 마닐라에 있어야 행복할 수 있다는 사실을 그녀는 깨달았다. 마닐라를 떠올리자마자 그녀는 기억도 가물가물한 보육원 시절로 돌아갔다. 그때 그녀는 부모가 누군지 관심도 없었고 천진한 어린이들에 둘러싸여 지냈다. 그리고 수호천사이자 어머니이며, 늘 선악을 판단해주고 신앙으로 이끌어주려 했던 콘스탄시아 수녀도 있었다. 그녀는 보육원에서 행복했다. 그녀의 경솔함으로 인해 거리로 내쫓긴 아르투로의 가족들을 부양할 수 있게 되었을 때도 그녀는 행복했다. 거물이 그녀의 처지에 연민을 보였을 때도 얼마나 행복했는지 모른다. 하지만 가장 기뻤을 때는 로호가의 사람들에게 복수했던 순간이었다. 얼마나 통쾌했는지!

그러나 그녀는 어머니를 생각하면 슬펐다. 샌프란시스코에 있는 콘시타의 집 전화번호를 간직하고 있었기에 뉴욕에 도착한 첫 주에 전화를 걸어보았다. 다른 여자가 전화를 받았다. 그 여자는 삼 년 전에 이사를 왔으며 이전 주인은 어디로 갔는지 모른다고 했다. 콜리어 부부에게서 직접 집을 샀느냐고 묻자, 그렇지 않다고 했다. 콜리어 부부가 부동산중개업자에게 매매를 맡겼다고 했다. 그녀는 샌프란시스코 지역의 전화국에 문의했다. 존 콜리어나 콘시타 콜리어, 또는 콘시타 로호라는 이름으로 등록된 번호는 없었다. 순간 그녀는 면도날로 베인 듯한 상실감을 느꼈다. 그녀는 캘리포니아와 중서부의 주요 도시들의 전화국에까지 문의를 했으나 찾을 수는 없었다. 어머니에게 무슨 일이 일어났는지 알 수 없게 되자 그녀는 조바심이 나고 후회스러웠다. 하지만 그다지 심한 죄책감을 느끼지는 않았다. 어머니는 벌을 받아 마땅했다.

펠리시타스 로호는 마닐라의 사교계에서 모습을 감추었다고 디디가 전해주었다. 그리고 심한 알코올 중독에 빠졌다고 했다. 그녀는 알레한드라에게 로호 가문에 대한 소문의 진원지라는 누명을 씌워 내쫓았다. 이 사실은 알레한드라가 나넷에게 털어놓아서 알게 되었다. 그녀는 말라테의 한 사제관에서 입주 가정부로 일했다. 에르미는 나넷에게 그녀를 쿠바오로 데려와서 가까운 옛 친구들과 함께 노년을 보내도록 돌봐주라고 했으나 알레한드라는 그 제의를 거절했다. 시간이 나면 언제든지 놀러오겠다고 약속했을 뿐이었다. 호세 로호 또한 사업가들의 세계에서 따돌림을 당하자, 로호가의 재산을 은행의 전문 경영자에게 맡기고 일선에서 물러났다. 그는 산타 메사로 이사를 가서 보살핌이 절실히 필요한 누나와 함께 살고 있었다. 그러나 나중에 알레한드라가 가까운 사람들에게 들은 이야기로는, 두 사람이 서로를 물어뜯으면서 지옥 같은 삶을 이어가고 있다고 했다.

그녀의 삶에는 심연과도 같은 결핍이 존재했다. 아기를 낳고 싶어하는 마음은 이제 강박증이 되어버렸다. 그녀와 앤드루에게는 아무런 이상도 없었다. 미국으로 떠나기 전 마닐라의 산부인과 의사는 그녀가 얼마든지 아기를 낳을 수 있다고 했으며 뉴욕에 와서 받은 검사 결과도 마찬가지였다. 그녀는 임신을 하지 못하는 이유를 알 수 없었고 그것은 견디기 힘든 일이었다. 게다가 모든 여자들이 바라는 오르가슴을 느낄 수 없었다. 성욕을 느낄 때 앤드루와 관계를 맺는 것은 즐거웠다. 스스로 알지 못하는 사이에 정신적인 외상을 입은 것일까? 롤란도 크루즈라면 어떨까. 그러나 정서적 유대관계가 깊어진 뒤에도 그녀는 다른 남자들과 잠자리를 할 때와 마찬가지로 연기를 해야 했다. 힘겹게 노력하던 에두아르도 단테스도, 정력이 넘치던 안드레스 브라보도, 그녀가 신음 소리와 함께 몸을 흔들면서 그들에게 매달리면 행위를 끝냈다. 앤드루가 보여주는 깊은 애정의 힘으로 그녀는 마침내 오르가슴을 느끼게 되리라고 생각했다. 하지만 그런 일은 일어나지 않았다. 자신의 삶에 그런 축복은 내려지지 않을지도 모른다고 생각하면서 그녀는 점차 단념해갔다.

오르가슴이 그토록 중요한 것인가? 그것을 경험하지 못하고 살아가는 여자들이 아주 많다는 사실을 그녀는 책에서 읽었다. 그런 여자들도 아무 문제없이 잘 살고 있었다. 그것이 중요하거나 그렇지 않거나 그녀는 이제 서른 살이었고 정말 사랑하는 남자에게서 오르가슴을 경험할 기회는 여전히 남아 있었다. 하지만 그 사람이 앤드루 메도스가 아닌 것만은 틀림없었다.

여자가 오르가슴을 느끼는 순간을 알 수 있는 징후들에 대해 카마린 시절에 많은 이야기를 들었다. 과거는 이제 망각 속에 사라지고 묻혀버려 거의 아무것도 남아 있지 않았다. 하지만 남자가 여자에게 엄청난 쾌감을 안겨주었을 때 여자는 얼굴에 화사한 빛이 나타나고 목소리가 변한다는 이야기들은 기억 속에 희미하게 남아 있었다. 남자를 배려하면서 응석을 부리기도 하고 말로 설명할 수 없는 여러 가지 모습을 보이지만 어쨌든 모래 속에 섞여 있는 자갈처럼 뚜렷이 나타나는 징후들이 있다고 했다. 꿀과 향유를 바른 듯 두 몸은 서로에게 어쩔 수 없이 이끌리게 되며, 그러한 결합은 가장 깊고 따뜻한 감정을 솟아오르게 만든다. 그리고 남자들은 그 순간을 구별할 수 있다고 확신한다. 하지만 그녀는 과장된 연기로 오르가슴을 그럴 듯하게 꾸며낼 수 있었다. 모든 남자들을 속일 수 있었다. 앤드루에게 이 사실을 털어놓아야만 할 것인가?

그녀는 앤드루에게 한꺼번에 모든 이야기를 해버리고 싶지는 않았다. 그가 다른 남자들처럼 상처받기를 원하지 않았다. 선선한 가을바람에 플라타너스 잎들이 갈색으로 물들어가더니 센트럴 파크는 황금빛과 다홍빛으로 뒤덮였다. 뉴욕의 거리는 다가올 크리스마스 분위기로 사람들을 유혹하기 시작했다. 곧 색색의 전구가 5번가를 장식할 것이고 록펠러 플라자는 반짝이는 네온등과 온갖 장난감으로 가득 차게 될 것이다. 도시 전체가 들떠서 술렁이고 있었다. 하지만 에르미는 전혀 행복하지 않았다. 그저 뼛속 깊이 새겨진 우울이 사라지기만을 바랄 뿐이었다.

밤늦게 간식으로 피자와 콜라를 먹은 뒤 앤드루 메도스는 그녀의 손을 잡고 침대에 누워 마닐라의 상황에 대해 생각하고 있었다. 오후 신문에는 이멜다 마르코스가 뉴욕의 최고급 상점에서 수백만 달러의 보석을 사들였다는 기사가 실려 있었다. 또 마르코스가 미국 은행에서 새로 대출을 받았다는 기사도 실려 있었다.

"필리핀이 정말 위기에 몰려 있나요?" 그녀는 물었다.

"필리핀 정부는 곧 마르코스야." 앤드루 메도스가 말했다. "아무리 부패한 독재자라 해도 이익을 주기만 하면 은행은 무슨 짓이든 해. 당신 나라의 부유층들은 모두 미국 은행한테 이용당하고 있어. 필리핀 사람들은 미국 은행에 엄청나게 돈을 많이 예금하지. 미국 것이라면 무엇이든 좋다고 믿으니까. 당신도 알겠지. 그리고 미국 은행은 다시 필리핀 사람들에게 그 돈을 빌려주지. 그런 식의 반복을 통해 이익을 극대화하는 거야. 필리핀 사람들은 자발적으로 착취당하고 있어. 필리핀의 민족주의자라고 하는 사람들이 말이야."

"당신을 도와주었던 사람 기억나지요? 외국 은행과 사업가들을 돕던 롤란도 크루즈요. 그가 죽었어요, 앤디." 그녀는 불쑥 말을 꺼냈다.

앤드루 메도스는 몸을 반쯤 일으키면서 창백한 얼굴로 그녀를 바라보았다.

"언제 죽었지?"

"디디가 왔을 때 알게 되었어요."

"한 달 전 일이군. 그런데 이제야 말을 해주다니."

"당신에게 굳이 알릴 필요가 없었어요. 차차 알게 될 거라고 생각했어요. 그는 저에게 아주 특별한 사람이었지만 당신은 그와 사업상 만났을 뿐이잖아요."

앤드루 메도스는 침대에서 빠져나왔다. 그는 흰 실크 파자마를 입고 있었다. 홍콩에서 대여섯 벌 가량을 한꺼번에 사온 것이었다. 그는 창가로 걸어갔다. 희미한 가로등 불빛을 받아 그의 모습이 그림자로 보였다. 그는 왼쪽 손바닥을 주먹으로 내리치면서 욕설을 내뱉었다. "제기랄! 제기랄! 제기랄! 그는 좋은 사람이었어. 정직한 사람이었다고." 그는 돌아서서 그녀에게 다가와 침대 모서리에 걸터앉았다. 그리고 몸을 굽혀 에르미의 뺨에 입을 맞추었다. "당신은 그를 많이 좋아했나?"

"그를 사랑했던 것 같아요."

"정직한 사람이었어, 자기 자신과 나에게." 앤드루 메도스는 나지막하게 말했다.

"무슨 말이에요?"

"오래된 이야기야. 그는 우리가 하는 사업이 순조롭게 굴러가도록 도왔지. 착취하는 것 말이야. 그것에 대해 그는 죄책감을 갖고 있었어. 하지만 모두들 그렇게 하고 있는데, 그가 그 일을 그만둔다고 해서 무엇이 달라지겠어? 나는 죄책감 같은 건 없다고 그에게 말했지……. 어차피 나는 필리핀 사람이 아니니까."

"당신은 그가 죽은 이유를 정확하게 설명했어요." 에르미는 외면하면서 말했다. 목이 메었다. "저는 롤라이가 자살했다고 생각해요."

앤드루 메도스는 숨이 막힐 듯 놀라서 앉아 있었다. 마음이 가라앉을 때까지 그는 한동안 아무 말도 하지 않았다. 그는 다시 아내 곁에 누웠다. "그렇게 될 수밖에 없었던 것 같아." 그는 말했다. "롤라이는 모든 상황을 꿰뚫어보고 있었어. 그는 애국자가 될 생각은 없다고 했어. 애국을 하려면 돈을 벌 수 없으니까. 조국을 걱정하는 사람들이 할 수 있는 선택은 자살뿐이라고 했어. 아니면 혁명이든가. 나는 포브스 파크에 사는 부자들을 많이 만났지. 손님을 융숭하게 접대하는 친절한 사람들이더군. 하지만 내가 만약 필리핀 사람이라면 난 이미 혁명가가 되었을 거야."

"저도 그런 사람을 하나 알아요." 에르미는 릴리를 떠올리면서 말했다.

12월이 되자 밤이 일찍 찾아왔고 천천히 흘러갔다. 플라타너스 가로수들은 잎이 모두 졌고, 흐릿한 황금빛 가로등 불빛이 커튼 사이로 스며들었다. 침실의 공기를 쾌적하게 유지하기 위해 그녀는 난방온도를 많이 높이지 않았다. 그녀는 멋진 저녁 식사를 준비했다. 로스트비프, 그린 샐러드, 마늘빵을 차리고 독일산 붉은 포도주를 마셨다. 커피를 마시고 있을 때 그녀는 자유로워지고 싶다는 이야기를 꺼냈다. 마닐라로 돌아가 흩어진 자신의 삶을 추스르고 싶다고 했다. 전혀 그의 탓이 아니며 다른 남자가 생긴 것도 아니라고 말했다.

엉망이 된 저녁 식사 끝에 앤드루 메도스는 침대에 누워 고뇌에 찬 얼굴로 천장을 바라보았다. 그녀는 자신이 한 말에 죄책감을 느끼면서 그의 곁에 누워 있었다. 그리고 그의 손을 찾아 애원하듯 꼭 쥐었다. 그대로 천장을 바라보면서 그는 말했다. "내가 좋은 남편이 아니었나?"

그녀는 그의 손을 더 힘껏 잡았다. "앤디, 저는 아무런 불만도 없어요. 당신보다 더 좋은 남자와 결혼할 수는 없을 거예요."

"그런데 왜 나를 떠나려는 거지? 솔직하게 말해줘."

"제가 솔직하지 않은 적이 있었나요?"

그는 몸을 반쯤 일으켜 마주보고 있는 그녀의 얼굴을 찬찬히 살폈다. 앤드루는 이 여자를 영원히 사랑할 것이며 원할 때마다 그 몸을 소유할 수 있으리라고 믿었다. 그녀는 언제나 그의 요구에 순종했다. 그를 기쁘게 해주고 싶어했고 그것을 의무로 여기는 듯했다.

"아니, 당신은 늘 솔직했어. 하지만 내가 어떻게 했기에 떠나려는 거지? 당신이 알다시피 난 바람을 피운 적도 없어. 당신에게 다른 남자가 생긴 건가?"

그녀는 웃었다. "앤디, 아니에요. 당신도 알잖아요. 옛날 같은 그런 일은 하지 않아요. 제가 당신에게 약속했잖아요?"

"돈 때문인가?"

"돈은 아무 상관없어요." 그녀는 발끈해서 말했다.

"당신은 부자잖아. 어쨌든 나는 이해할 수가 없어……."

그는 다시 똑바로 누웠다. 그의 손이 그녀의 부드럽고 매끈한 배와 가슴을 애무했다. 그녀는 그 손을 뿌리치지 않았다.

"돈 때문이 아니라고 했잖아요. 전혀 다른 이유예요. 저도 납득하기 힘든 이유라서 당신은 더욱 이해할 수 없을 거예요. 하지만 저는 마음으로 느껴요. 저는 미국에 있으면 행복하지 않아요."

"당신은 아기를 무척 바랐지?"

그녀는 고개를 끄덕였다.

"휴가를 얻어서 여행을 가면 어떨까? 함께 마닐라로 돌아갈까? 그곳에서 잘 지낼 수 있을 거야. 우리 사이에는 아무 문제도 없어. 시간을 가지고 노력해보자고. 몇 년쯤 말이야. 일 년만이라도……."

"저는 이제 한 달도 버틸 수 없어요, 앤디. 당신과 헤어져서 그냥 친구로 지내고 싶어요."

"친구로 지낼 수 없어." 그는 그녀의 귀를 살짝 깨물면서 말했다. "연인으로 지내고 싶어. 나는 당신을 사랑해, 여보. 언제나 그럴 거야."

"정말로요?"

그는 대답하지 않았다. 갑자기 애무를 멈추더니 그녀의 손을 잡았다. 차가운 손이었다.

"당신은 나를 사랑했어? 진심으로 나를 사랑했냐고 묻는 거야. 조금이라도? 이제껏 함께 살아온 부부로서 좀 우스꽝스러운 질문이지만."

그녀는 정직하게 대답할 수밖에 없었다. "저는 당신에게 무척 정이 들었어요. 하지만 사랑은…… 정말로 잘 모르겠어요. 저도 알고 싶어요……."

"내가 곁에 없으면 보고 싶나? 한 달 동안 유럽에 출장 갔을 때 내가 보고 싶었어?"

그녀는 그의 뺨을 쓰다듬으면서 입을 맞추었다. "물론이에요. 당신이 그리웠어요. 제가 얼마나 자주 전화를 했는지 알잖아요?"

"내가 당신을 원했던 것만큼 당신도 나를 원했어?"

"가끔은요." 그녀는 솔직하게 말했다. 맙소사, 이제 그녀가 두려워하는 질문이 나올 것만 같았다. 그러나 그는 그렇게 하지 않았다.

"나와 사랑을 나누는 것이 즐거웠어?"

"그런 바보 같은 질문이 어딨어요?" 항의하듯 그녀는 목소리를 높였다. "당연하지요. 저는 즐거웠어요."

"그럼 우리의 육체적 관계에 문제가 있는 것도 아니잖아?"

그녀는 잠시 동안 아무 말도 하지 않았다. "그런 것 같아요." 망설이면서 대답했지만 그녀는 마음속에서 그것도 하나의 원인이라는 것을 확신하고 있었다. 비록 그것 때문만은 아니고, 또 가장 중요한 원인도 아니었지만 말이다. 어떻게 설명할 수 있을까? 젊은 시절에 누린 특혜이기도 했던 이 굉장한 도시의 삶 속에서 느끼는 이 외로움을? 그녀는 곧 모든 것을 잃어버릴 것이다. 그녀는 거물과 함께 바기오에서 지낸 밤을 회상했다. 여자는 고무나무와 같다고 그는 말했다. 좋은 시절은 서른 살까지라는 이야기였다. 이제 곧 그녀도 나이들게 될 것이고 아기도 낳지 못하게 될 것이다.

앤드루 메도스는 끝까지 그녀를 배려해주었다. 이혼을 하는 과정에서도 그는 우호적이었으며 이혼 수당까지 주겠다고 했다. 그러나 그녀는 거절했다. 그들은 교양 있는 사람들답게 헤어졌다. 에르미따가 마닐라로 떠나는 날까지 둘은 함께 지냈다. 3월 초에 이혼 서류가 마무리되었다. 공원의 나무들은 여전히 헐벗은 채였다. 밤이 되어 날리기 시작한 눈은 창턱에 하얗게 쌓이기 시작했다. 그녀는 배로 부칠 짐과 손수 들고 갈 가방을 모두 꾸렸다. 앤드루는 손님방에서 자겠다고 했지만 결국 두 사람은 같은 침대에 누웠다.

그는 그녀의 뜻을 행복하게 받아들였다.

"혹시 당신 마음이 변할 수도 있을 거야. 그러면 우리는 다시 재결합할 수도 있어⋯⋯." 그는 말했다.

그는 자신의 남성적인 능력을 한 번도 의심해본 적이 없었다. 미국의 성도덕이 급격하게 변화하면서 난혼이 한창일 때였다. 그럴 마음만 있다면 앤드루는 즐기면서 살 수 있었다. 앤드루가 잠이 들자 에르미는 배에 실을 화물 목록을 마지막으로 점검했다. 비행기로 가져 갈 가방을 다

꾸린 다음 그녀는 침대에 잠든 전남편 곁에 누웠다.

삼 년의 결혼생활 동안 그는 한 번도 카마린 시절을 들춰낸 적이 없었다. 그녀가 경험한 남자들에게 호기심이 생겨도 그는 즉시 그것을 누그러뜨렸다. 그가 과거를 완전히 무시했기 때문에, 에르미는 그토록 갈망하던 새 생활에 적응할 수 있었다. 남자들 대부분은 그녀에게 다른 남자들에 대해 물어보곤 했다. 기교가 능숙했는지, 성기의 크기는 어떠했는지 거침없이 물어댔다. 하지만 앤드루는 그런 질문을 전혀 하지 않았다.

창밖으로 몽롱하게 빛나는 맨해튼의 불빛이 보였다. 창턱에 눈이 더 두텁게 쌓였다. 밤이 깊었으나 경찰차의 사이렌 소리와 자동차들 소리는 그치지 않았다. 켜둔 거실 불빛이 방 안으로 새어 들어왔다. 흐릿한 불빛 아래서 앤드루의 얼굴은 어린 소년처럼 평화로워 보였다. 그의 곁에 있을 때 그녀는 언제나 편안함과 안락함을 느꼈다.

그녀는 그가 슬픔에 잠겨 말수가 적어질 것이라는 사실을 알고 있었다. 지난 몇 달 내내 그는 그런 상태였다. 이혼 수속이 완료되고 그녀가 떠날 날짜가 다가오면서 그는 점점 더 우울해했다. 그녀는 집을 떠나 호텔에 머물려고 했으나 그가 만류했다. "마지막 날까지 당신의 체취라도 느끼고 싶어." 그는 육체적인 관계를 요구하지 않았다. 이제는 아내가 아닌 여자에게 적절하지 못한 행동이라고 생각했다.

그는 그녀에게 입을 맞출 때나 습관적으로 가슴을 어루만질 때 여러 번 성욕을 느끼는 순간이 있었다. 수없이 많은 남자들이 돈을 주고 가졌던 그녀의 몸을 그는 갈망했다. 아마도 앤드루 메도스는 롤란도 크루즈나 거물과 비슷한 감정을 그녀에게 품었던 것 같다.

그는 그녀에게 많은 것을 베풀어주었고 기억할 만한 마지막 밤을 선물해주었다. 그녀는 그를 사랑했던 걸까? 그녀는 그에 대한 감정이 사랑이 아니라고 확신했다. 이혼 수속을 밟으면서도, 마닐라로 돌아가는 날짜를 앞당겼을 때도 그 확신은 사라지지 않았다. 진정한 사랑이 육체의 언어로 가장 잘 표현된다면 사랑은 도대체 무엇이란 말인가?

　그녀는 알고 싶었다. 그녀는 키스하면서 그의 입 속에서 혀를 움직였고 그의 입술을 깨물었다. 앤드루 메도스는 잠에서 깨어나 몸을 움직이면서 여보, 여보, 하고 중얼거렸다. 그녀의 손이 그의 아랫도리로 향했다. 그리고 이것이 그에게 마지막으로 몸을 허락하는 일이 되기를 간절히 바랐다.

26

샌프란시스코와 도쿄를 거쳐가는 비행 시간 내내 에르미는 일등석에 앉은 승객들과 별로 이야기를 나누지 않았다. 호색한처럼 보이는 작달막한 중년 남자가 끈질기게 눈길을 주었으나 그녀는 외면했다. 그 필리핀 남자는 그녀의 옆자리로 좌석을 옮기고 싶어했다. 그녀는 조용히 거절했다. "이제 눈을 붙이려는데 자리가 좀 넓었으면 좋겠어요. 지금 아주 피곤하거든요. 게다가 저는 코를 골아서 방해가 되실 거예요."

옛날 같았으면 그는 쉽사리 먹잇감이 되었을 것이다. 하지만 삼 년 동안 그녀는 앤드루 메도스 부인으로 정숙하게 지냈다. 존경을 받기 위해서가 아니라 스스로를 위해서 그녀는 약속을 철저히 지켰다.

이제 그녀는 미국 국적을 갖게 되었다. 마닐라에서는 그녀처럼 오랫동안 외국생활을 하고 돌아오는 교포들을 '발릭바얀'이라는 이름으로 불렀다. 변한 것은 단지 그뿐이었다. 공항은 예전과 같은 모습이었다. 도착과 입국 수속을 하는 곳에는 유력인사처럼 보이려 하거나 뇌물을 주려는 사람들로 넘쳐났다. 그리고 숨 막히는 더위는 모든 것을 정지시키고 무기력하게 만들었다. 심지어는 고향으로 돌아와 들뜬 기분조차 시들해졌다. 비행기에서 그녀 옆자리에 앉고 싶어한 고위관료처럼 보이는 사람은 알고 보니 군 장성이었다. 계엄령이 내려진 뒤 순조롭게 높은 지위에 올라 비행기를 타고 세계 각지를 돌아다니는 모양이었다. 장교 몇 명이 그를 둘러싸고 짐을 든다, 가방을 옮긴다 수선을 떨고 있었다. 그는 그녀를 보고 활짝 웃으면서 도와줄 일이 없느냐고 물었다. 하지만 그녀는 거절했다. "아뇨. 고맙습니다만 친척들이 기다리고 있어서요."

밖으로 나가니 사람들이 떼를 지어 우왕좌왕하고 있었다. 공기는 무더웠고 수도꼭지에서 갑자기 물이 흘러나오듯 그녀는 땀을 흘리기 시작했다. 그녀는 뉴욕의 봄 날씨가 그리웠다. 아무것도 바뀐 것은 없다. 무질서도 여전했으며 통제 없이 어수선한 군중도 그대로였다. 어디에서나 공용 타구(唾口)의 지독한 냄새와 썩어가는 쓰레기 냄새가 풍겨왔다. 미국 여권을 지니고 있었으므로 그녀는 입국수속을 빨리 끝마칠 수 있었다. 여름 옷가지와 가족들의 선물이 든 가방들도 쉽게 세관을 통과했다. 승객이나 세관 관리 누구도 그녀를 알아보지 못했다. 예전에 거물의 초대로 외국을 드나들 때부터 근무하던 관리들도 마찬가지였다. 그녀는 카마린의 에르미라는 존재가 완전히 사라진 것 같아 기뻤다. 또한 남자들과 처음 인사를 나눌 때 상대방이 부유하고 방탕해 보이면 혹시 예전에 잠자리를 같이한 남자가 아닌지 의심하며 쭈뼛거리던 태도를 버리게 된 것도 기뻤다. 그녀는 그 남자들을 기억할 수 없었다. 산더미 같은 선물 공세를 폈던 남자들, 매정하게 내쫓고 나서도 전혀 죄책감을 느낄 수 없던 남자들, 조금 연민을 느꼈던—결코 사랑은 아니었다!—남자들의 얼굴이 희미하게 남아 있을 뿐이었다.

가족들이 마중을 나와 있었다. 아르투로는 이제 많이 늙어서 백발이 되었다. 오랑은 여전히 넉넉하고 명랑한 모습이었다. 나넷은 이제 성숙한 여성이 되었다. 하지만 맥의 모습은 보이지 않았다. 가족들은 주위에 모여 그녀를 얼싸안았다. 오랑이 눈물을 흘리자 아니타와 알레한드라도 울기 시작했다.

아르투로는 그동안 차고에 세워놓았던 그녀의 메르세데스를 잘 관리해왔다. 그가 살아 있는 한 앞으로 이십 년은 탈 수 있을 것 같았다. 운전은 나넷이 했다. 복잡한 주차장을 빠져나온 뒤 그녀는 에르미에게 사업 이야기를 꺼냈다. 레스토랑은 번창하고 있으며 쿠바오에 지점을 낼 계획이라고 했다. 그러나 이미 유명해진 푸에스토가 자리 잡고 있는 마카티와는 손님들의 성향이 다를 것 같아 추진이 망설여진다는 것이었다.

하지만 에르미는 사업 이야기에 별로 관심을 갖지 않았다. "맥은 어디에 있어요, 투링 아저씨?" 그녀는 아르투로에게 물었다. 그 또한 맥이 왜 나타나지 않는지 알지 못했다. 그녀는 더 이상 묻지 않았다.

차창 밖으로 보도 위에 쌓인 쓰레기 더미와 지저분한 도로의 모습이 지나갔다. 그녀가 떠나기 전보다 상태가 더 나빠진 것처럼 보였다. 마카티에는 건물들이 더 들어서 있었다. EDSA는 더 연장되어 있었으나 미국의 탁 트인 고속도로에 익숙해진 그녀의 눈에 그 도로는 형편없이 좁아 보였다. 길 양쪽에 선 우중충한 건물들은 하루 빨리 다시 도색을 해야 할 상태였고, 지저분한 버스와 지프니들은 움직이는 고철 덩어리처럼 보였다. 여기저기 걸린 낯 뜨거운 음료수 광고판들이 눈에 띄었다. 상품을 팔기 위해서는 도덕적 타락도 얼마든지 용인할 수 있다는 것을 보여주는 듯했다. 에르미는 호퍼 교수의 강의를 떠올렸다. 미국적인 이상을 숭배하지만 그것을 성취할 수 있는 수단은 가지지 못한 사람들의 기괴한 행태를, 그는 이렇게 설명했다. "미국이 필리핀 사람들에게 무엇을 주었나요, 메도스 부인? 절대로 민주주의는 아닙니다. 조국의 역사를 잘 아실 테니까, 듀이[104]의 함대가 마닐라 만으로 진격하기 전에 이미 말로로스 공화국의 제헌의회가 구성되었고 평등권을 보장하는 문서가 작성되었음을 알고 계실 거예요." 마르코스와 이멜다, 그리고 그의 하수인인 브라보 상원의원 같은 사람들이 권력을 쥐고 있는 한 민주주의는 있을 수 없었다. 그러나 독재자는 도로 청소조차 제대로 하지 못하고 있었다.

쿠바오가 보이기 시작했다. 지하도 옆의 지저분한 건물에는 섹스와 폭력을 앞세운 기괴한 영화 광고판이 걸려 있었다. 땀이 줄줄 흐르는 무더위 속에서도 사람들은 서둘러 어디론가 가고 있었다. 보도 위에는 튀긴 바나나와 망고, 말끔하게 진열된 신문과 잡지를 파는 행상인들이 손님을 부르고 있었다.

그녀의 집 근처 좁은 거리는 거의 변하지 않았다. 건조한 계절이 절정에 이른 때라서 식물들은 모두 갈색으로 시들어 있었다. 새로 페인트를 칠해서 말끔해 보이는 검은색 대문 앞에서 나넷은 경적을 두 번 울렸다.

---

104. 미국의 해군. 남북전쟁 때는 북군의 피셔 요새, 허드슨 항(港)의 공격 등에 참가했고 아시아 함대사령관으로 함대와 함께 홍콩에 정박중, 미국-스페인 전쟁이 시작되자 곧 필리핀 앞바다에 정박중이던 스페인 함대를 추격, 마닐라 만에서 전멸시켰다.

울타리는 여전히 담쟁이덩굴로 덮여서 산뜻하게 손질되어 있었다. 안을 들여다보니 집 전체에 페인트칠을 새로 한 흔적이 보였다. 잘 닦아서 윤을 낸 타일과 마룻바닥이 오후의 햇살을 받아 반짝였다. 모두 그녀의 기억 속 모습 그대로였다. 현관에는 자개로 장식된 등이 걸려 있었고 크리스털 꽃병에는 데이지가 꽂혀 있었다. 가죽을 씌운 소파 세트와 홍콩에서 주문한 티크 장식장도 예전과 다름없이 그 자리에 있었다. 그리고 식물들로 꽉 차버린 푸에스토에서 옮겨온 화분들이 여기저기 놓여 있었다. 창 옆 베란다 그늘에는 왈링왈링과 카틀레야가 활짝 피어 자주와 하양, 연보라가 뒤섞인 자태를 자랑하고 있었다. 가족들의 따뜻한 환영 속에서 에르미는 집에 돌아온 기쁨을 만끽했다. 예전에 그녀가 쓰던 방에서는 공기 청정제 냄새를 맡을 수 있었다. 사과 향이었다. 맥이 가장 좋아하는 향이기도 했다. 어렸을 때 그가 했던 말을 그녀는 확실히 기억하고 있었다. "사과를 먹지 못하면 냄새라도 맡게 해줘." 그녀는 넓은 침대에 푹 파묻혔다. 예전처럼 침대는 삐걱거렸다. 가방을 안으로 들여놓은 뒤, 그녀가 충분히 휴식을 취할 수 있도록 가족들은 모두 방 밖으로 나갔다. 홀로 남겨지자 그녀는 익숙한 무엇인가가 다가오는 것을 느낄 수 있었다. 그것은 결코 사라지지 않는 외로움이었다.

날이 저물 무렵 그녀는 잠에서 깨어났다. 낮잠을 자고 나니 시차에서 오는 피곤함도 말끔히 사라지고 한결 기운이 났다. 그녀는 나넷을 불러 짐정리를 도와달라고 했다. 밖에서는 저녁 식사 준비가 한창이었다. 커다란 샘소나이트 가방 한가득 가족들에게 줄 선물이 들어 있었다. 모두 잘 포장이 되어 있는 고급 상품들이었다. 처음 그녀가 따로 꺼내놓은 것은 버그돌프 백화점에서 맥을 위해 산 이탈리아제 실크 넥타이와 손수건 세트, 그리고 티파니 보석상에서 산 금으로 된 소매 단추 한 쌍과 넥타이핀이었다. 그녀는 맥이 정장을 입은 모습을 한 번도 보지 못했다. 그녀는 그를 위해 델 피랄 거리에 있는 킹스 양복점에서 정장을 한 벌 주문할 생각이었다. 전에 그곳에서 캐시미어 블레이저 몇 벌을 맞춘 적이 있었다. 그녀는 저녁 식사 시간에 맥이 올 것이라고 믿었다.

그리고 아니타, 공항에서 만나 포옹했을 때 아니타는 울음을 터뜨렸다. 에르미는 도저히 그녀에게 끔찍한 비밀을 이야기할 수 없었다. 말하지 않는 편이 나을 것이라는 결정은 이미 오래전에 내린 터였다. 그 비밀을 알지 못하는 한 아니타는 계속 희망을 버리지 않을 것이고 그것에 의지해서 살아갈 것이다.

릴리가 사라졌다는 말을 듣고 일 년쯤 지난 뒤 에르미는 봄빌라 장군에게 전화를 걸었다. 롤란도 크루즈가 그를 고문하는 사람이며 사형집행인이라고 말한 사실이 떠올랐다. 마닐라 시간으로 오후 아홉 시쯤이었다. 봄빌라 부인이 전화를 받았다.

"예, 에르미. 물론 기억하지요. 우리는 여전히 푸에스토에 가서 저녁을 먹곤 해요. 그런데 아기는 낳으셨나요?"

이런저런 이야기를 나누고 나서 그녀는 남편을 바꿔주었다.

"여전히 그 집에 사실 줄은 몰랐어요, 봄비. 여러 장군들께서는 집을 옮기시던데 왜 이사를 가지 않으세요?"

"만약 그랬다면 당신 전화를 못 받았을 테지요." 장군은 웃었다.

"하지만 이유를 잘 아실 텐데요, 에르미. 장군 월급은 그렇게 많지 않아요. 게다가 우리 장군들은 장교와 병사들에게 일부러라도 모범을 보여야 해요."

새빨간 거짓말이야. 에르미는 속으로 중얼거렸다. 대통령 영부인과 장군들, 그리고 대통령 주위의 권력자들이 뉴욕으로 날아와 돈을 펑펑 써댈 때마다 미국 신문의 가십란이 떠들썩해지는 것을 모른다는 말인가?

"아주 사적인 부탁을 드리고 싶은데요, 봄비. 저를 좀 도와주세요."

그녀는 릴리아 유엥코에 대해 상세하게 설명했다. 열여덟 살이고 필리핀 의대의 학생이며 일 년 전에 실종되었다는 것까지 말했다.

"반역자들에게 가담했다는 말이군?" 봄빌라 장군은 담담한 어조로 말했다.

"그런 것 같아요. 그 애의 어머니가 저와 가까운 친구예요. 저와 함께 살았고 푸에스토에서 일하고 있어요. 릴리아는 단 하나밖에 없는 딸이고요. 그 애가 어디에 있는지 알아봐 주셨으면 해요."

두 달 뒤 워싱턴 대사관의 무관 소인이 찍힌 갈색 봉투가 그녀에게 날아왔다. 편지는 없었고 타자 활자가 엉망인 군대 보고서를 복사한 서류가 들어 있었다. 상세한 부분은 모호한 채로 남아 있었으나 릴리에 대한 신상이 기록되어 있었다. 그녀는 다바오의 모처에서 체포되었고 취조를 받기 위해 군수용소로 보내졌다가 그곳에서 자연사했다. 그 밖에 다른 설명은 전혀 없었다.

아니타에게 절대로 알릴 수 없는 일이었다. 시간이 흘러 진실과 마주할 수 있을 만큼 그녀가 강해지기를 기다리는 수밖에 없었다. 딸의 소식을 전혀 들을 수 없는 날들이 흘러가면 그녀도 결국 릴리를 다시 볼 수 없다는 사실을 받아들이게 될 것이다. 시간이 해결해줄 일이었다.

하지만 슬픔에 잠긴 어머니를 어떻게 마주봐야 할까? 에르미는 날마다 아니타의 얼굴을 보면서 웃고 이야기를 나누어야 했다. 그런데도 이 끔찍한 비밀을 그녀에게 숨겨야 할 것인가? 살다 보니 침묵이 필요할 때는 입을 다물어야 한다는 사실을 배웠다. 아니타 같은 사람을 속이는 것은 어려운 일이었으나 어쩔 수 없었다.

알레한드라는 늘 그렇듯 여전히 명랑했다. 조력자이자 오랜 친구인 그녀를 다시 만나서 에르미는 정말 기뻤다. 이 집에 사는 사람들은 화목하기 그지없었다. 돈 문제나 사소한 변덕으로 말싸움을 하는 일은 전혀 없었다. 물론 의견이 맞지 않는 경우는 있었다. 그러나 그들은 무엇이든 함께해야 한다는 점에서는 생각이 일치했다. 모두들 서로를 필요로 했고 서로를 이해하면서 정을 나누고 있었다. 가족들과 밥을 먹으며 이야기를 나누는 동안 그녀는 따뜻하고 아늑한 기분에 젖어 들었다.

오랑의 음식 솜씨는 대단히 발전해서 푸에스토의 파엘라[105]는 마닐라 시내에서 최고로 알려졌다. 에르미는 오랑이 특별히 만든 음식을 맛있게 먹었다. 앤드루와 함께 멕시코와 페루, 스페인으로 휴가를 즐기러 갔을 때 그녀는 각 나라의 파엘라를 맛보았다. 멕시코의 파엘라는 너무 고슬고슬했고 스페인에서는 너무 질었다. 페루의 파엘라는 그저 그랬다.

가방을 풀어서 옷장에 옷을 걸고 다림질이 필요한 옷들은 나넷에게 맡겼다. 그리고 모두에게 선물을 나눠주었다. 자정이 다 되어서 다시 그녀는 혼자가 되었다. 잠이 오지 않을 것 같았다. 아마도 아침이 되어야

---

105. paella. 쌀, 고기, 어패류, 야채에 사프란으로 향미를 낸 스페인식 찐 밥.

잠이 들 것이고 오후 늦게 일어날 것이다. 에어컨을 가장 낮은 온도로 맞춰놓았음에도 공기는 여전히 후덥지근했다. 그녀는 옷을 벗고 속옷 바람의 편안한 차림이 되었다. 가족이 있는 집으로 돌아오니 마음이 안정되었고 말로 표현할 수 없을 만큼 행복했다. 하지만 옛날에 쓰던 방에 앉아 있으니 잊으려고 애썼던 과거의 일들이 서서히 되살아났다. 또다시 무기력해지고 판단력이 흐려지게 될까 봐 두려웠다. 아르투로와 그의 가족들은 그녀를 그렇게 만들 사람들은 아니었다. 남자들은 값비싼 선물을 주는 것으로 자신을 포장하고, 가장 소중한 감정인 사랑의 문제에 있어서 자기 자신이나 혹은 아내를 속였다. 그러면서도 한편으로는 믿음직스럽고 진실하게 보이려고 애쓰는 이상한 족속들이었다. 어쨌든 이제 그녀는 남자들이나 그녀의 감정을 두려워할 필요가 없었다.

화장대 위에 달린 옛 중국식 등이 그림자를 드리우고 있었다. 흐릿한 불빛 아래서 그녀는 거울에 비친 자신의 모습을 뜯어보았다. 숱한 남자들을 거쳤으되 진정으로 정복당한 적이 없는 육체였다. 달걀형의 갸름한 얼굴과 차분한 갈색 눈, 세련된 콧날, 상앗빛 이마…… 그리고 그녀는 다시 자신의 두 눈을 들여다보았다. 그것은 남자들을 꿰뚫어보는 눈이었다. 턱에 보이는 갈라진 듯 살짝 파인 오목한 자리를 바라보았다. 그렇다. 미국인들이 그랬듯이 그녀는 턱짓 하나로 모든 것을 얻었다. 다시 한 번 그녀는 자신의 몸에 무슨 짓을 했는지, 몸을 얼마나 함부로 대했는지를 생각하면서 스스로에게 혐오감을 느꼈다. 자기 자신을 정말로 판 것은 아니라고 그녀는 자위했다. 롤란도 크루즈와 함께 그녀의 코와 귀는 아직 순수한 처녀라고 농담을 나누었던 기억을 떠올렸다. 그녀는 여전히 자기 영혼은 신성하며 누구에게도 소유당한 적이 없다고 믿었다. 하지만 육체와 영혼은 분리될 수 있는 것일까? 육체와 영혼은 늘 함께였다. 영혼은 둥둥 떠다니는 안개처럼 잡을 수 없는 것이 아니었다. 타락하고 오염된 육체에 영혼은 깃들어 있었다. 오염된 육체의 더러움은 육체가 살아 있는 한 생생하게 남아 그녀의 기억 속에서 사악한 영혼의 증거로 새겨져 있을 것이다.

그녀는 얼마나 많은 거짓말을 했던가! 진심으로 좋아했던 남자들에게조차도 그녀의 몸은 반응하지 않았다. 책을 통해 익힌 기교들은 거의 쓸모가 없었다. 비록 몸짓으로 연기를 하고, 남자들을 만족시키기 위해 그곳의 근육을 훈련시켜서 돈과 권력과 원하는 것들을 얻어내기는 했지만. 지금 그녀의 마음속에는 이 모든 생각들이 혼란스럽게 얽혀 있었다. 모든 것들을 한꺼번에 깨끗이 정리할 수 있기만을 바랐다. 그것이 바로 고향으로 돌아온 이유일 수도 있었다.

맙소사, 정말로 더웠다. 그녀는 샤워를 하기로 마음먹었다. 계절이 바뀌면서 먼지와 곰팡이투성이였을 욕실을 오랑과 나넷이 아주 청결하게 청소해놓았다. 욕실은 하얗게 윤이 났다. 그녀는 욕실이 집에서 가장 깨끗한 장소이기를 바랐다. 옷을 벗고 몸을 씻는 곳이기 때문이다. 선반 위의 물건들은 그녀가 두고 간 그대로 가지런히 정리되어 있었다. 병에 붙은 상표가 누렇게 변색된 것들도 있었다. 질 세정액과 음부 부위를 씻는 데 사용하던 과산화수소수였다. 그녀의 그 부분은 아름다웠다. 그러나 색이 어두워지거나 추하게 변할 수도 있었다. 게다가 허락하는 일은 거의 없었지만 호기심이 강한 손님이 그 부분을 보겠다고 고집을 부리는 경우도 있었다. 음모를 부드럽고 매끄럽게 만드는 유연제도 있었다. 그녀는 이 모든 것을 카마린의 아가씨들에게서 배웠다. 지금 그 약병들을 보는 것만으로도 그녀는 불쾌감을 느꼈다. 결혼한 뒤로는 그것들을 사용하지 않았으며 앞으로도 쓰지 않을 작정이었다. 그녀는 약병들을 한데 모아 쓰레기봉투에 넣었다.

물이 쏟아지는 샤워기 밑에서 그녀는 잠시 서 있었다. 수압이 강한 물줄기가 소리를 내면서 빠른 속도로 살갗에 부딪혔다. 그녀는 이 느낌이 좋았다. 살아 있다는 감각을 느끼게 해주었다. 그녀는 수건으로 힘차게 몸을 닦아냈다. 너무 세게 문질러서 피부가 빨갛게 변할 정도였다.

새벽 두 시였으나 여전히 잠이 올 것 같지 않았다. 그녀는 카마린에서 만났던 사람들과 그곳에서 그녀가 했던 일들을 회상했다. 디디 감보아는 미국으로 이민을 갔다. 하지만 돈도 있고 늘 유쾌했던 디디가 처음 몇 달 동안 아주 우울해했다. 고향으로 돌아가고 싶어했고, 카마린에 대한 그리움에 잠겨 있었다. 그리고 롤란도 크루즈, 가엾은 사람. 그는 정말 지성인이었고 애수가 섞인 재치가 있는 사람이었다. 날마다 거듭되는 사업상의 타협과 절충을 견뎌낼 수 있을 만큼 의지가 강한 사람이기도 했다. 그렇지만 그의 마지막 해결법은 그녀의 방식과 달랐다. 온갖 수모를 감수하면서도 그녀는 여전히 자신의 몸을 보전하고 싶어했다. 늘 좀더 건강하고 편안하게 살려고 노력했다. 그리고 피아노 연주자인 랄프는 카마린을 떠나 친척들이 사는 고향으로 돌아갔다. 그의 음악은 멈추었고 마비가 된 손은 더 이상 피아노 건반을 두드릴 수 없게 되었다.

알레한드라는 굳센 여자였다. 로호 가문에서 내쫓긴 뒤에도 에르미에게 도움을 요청하는 편지 한 장 보내지 않았다. 에르미라면 기꺼이 그녀를 도왔을 게 분명한데도 말이다. 지금 에르미에게 필요한 것은 그처럼 단단한 자긍심이었다. 에르미는 언제든지 알레한드라를 도울 것이다. ……그리고 콘스탄시아 수녀가 떠올랐다. 그녀는 보육원 시절로 돌아가 왁스칠을 한 통로와 그녀가 놀던 후미진 곳들을 회상했다. 그리고 디비나 수녀도 기억해냈다. 그 사람들은 아직 살아 있는 게 틀림없었다. 펠리시타스와 호셀리토 또한 여전히 불편 없이 살고 있었으나 그들이 한때 누렸던 자부심이나 권위는 사라진 지 오래였다. 그녀가 그들에게 하이에나처럼 평생 따라다닐 꼬리표를 달아주었으니 쇠락해버린 노년의 삶이 또 하나의 형벌처럼 남아 있을 것이다. 죽음은 그들에게 축복이자 해방이 될지도 모른다. 그녀는 다시 롤란도 크루즈를 생각했다. 그는 왜 자살했을까? 그에 대한 추억과 편지들을 떠올렸을 때 그녀는 그를 마지막 치욕 속으로 밀어 넣은 장본인이 자신이었을지도 모른다고 생각했다. 불현듯, 그리고 확연히 그 사실을 깨닫자, 다시 한 번 커다란 슬픔이 밀려와 그녀의 마음은 마비되는 것 같았다. 그녀는 그를 섬세하고 다정한 사람으로 기억했다. 비록 그녀가 바라는 궁극적인 쾌락의 상태에 도달하지는 못했지만 그들의 정사는 감미로운 것이었다. 그녀의 집, 바로 이 방에 남아 있는 그가 준 책이나 그다지 비싸지 않은 애정의 선물들을 볼 때마다 그녀는 그를 떠올릴 것이다.

갑자기 맥을 생각하자 그녀는 화가 났다. 그녀는 브래지어와 팬티를 입었다. 방 한쪽에 있는 시계를 보니 곧 동이 틀 것 같았다. 아침은 갑작스럽게 찾아와 방 안을 환히 밝힐 것이다. 카마린에서 일할 때 그녀는 아무리 호화롭게 꾸며진 곳이라고 해도 낯선 방에서 잠 깨는 일이 싫었다. 밝은 햇살은 늘 그녀에게 굴욕감을 선사했다. 그녀는 밝은 햇살이 비치기 전 어둠 속에서 은밀히 거래를 끝내고 떠나는 게 가장 좋았다. 지금의 상태로는 이제부터 하루 종일 잠을 잘 것 같았다. 눈꺼풀이 무거워졌다. 맥, 이 나쁜 놈, 내가 집으로 돌아온 것을 왜 모르는 체하려는 거지? 맥, 네가 아무리 그래도 내가 더 집요할 거야. 두고 봐……

처마 밑에서 울려 퍼지는 힌두교도들의 피리 소리에 그녀는 잠에서 깨어났다. 그녀는 마닐라로 돌아온 것을 실감했다. 잠옷을 입지 않은 데다 이불조차 덮지 않고 잠이 들었다. 그제야 그녀는 이불을 턱까지 끌어올려 덮었다. 한기가 느껴졌다. 그녀는 몸을 돌렸다. 블라인드가 걷히고 우윳빛 커튼이 쳐져 있었다. 바깥은 햇빛으로 환했으나 안으로 스머드는 빛은 한풀 꺾여 있었다. 그녀는 블라인드도 치지 않은 채 그대로 정오 무렵까지 잤다. 향기로운 벵겟산 백합 한 묶음이 옆 테이블 위 꽃병에 꽂혀 있었다. 나넷이나 아니타가 그녀가 잘 자고 있는지 보러 왔다간 게 틀림없었다.

그녀는 침대에서 일어났다. 잘 다려진 하늘색 목면 드레스가 침대 옆 소파에 놓여 있었다. 그녀는 그것을 입었다. 커튼을 걷으니 햇빛이 방 안으로 쏟아져 들어왔다. 그녀는 다시 자기 모습을 거울에 비춰 보았다. 하늘색 드레스는 몸의 부드러운 곡선을 따라 흘러내렸다. 깊게 파인 목선으로 하얀 젖무덤이 드러나 보였다. 그녀는 거울 속에 있는 자신의 모습을 향해 손가락을 휘저으며 말했다. 애야, 오늘부터 네가 진짜 원하는 삶을 사는 거야.

바로 그것이었다. 그녀는 자기가 왜 마닐라로 돌아왔는지 정확하게 알지 못했다. 그녀는 모두가 떠나고 싶어하는 이곳에서 행복을 찾을 수 있으리라는 막연한 희망을 품고 있을 뿐이었다. 가난이 만연하고 위선과 온갖 사악함이 사람들을 뒤덮고 있는 곳이었다. 필리핀 사람들은 허세를 부렸고 지위가 높을수록 낭비벽이 심하고 제 밥그릇을 챙기기에 바빴다. 아무 의미도 없고 실천에 옮길 수도 없는 큰소리를 늘어놓는 게 그들의 습관이었다. 단테스, 안드레스 브라보, 봄빌라 장군까지 모두들 마찬가지였다. 이제 와서 그 무리 속에 다시 끼어들 일이 있을 것인가?

어쩌면 어머니 같은 마음으로 자기 자신이 아닌 다른 사람을 돌봐주는 일에서 행복을 찾을 수 있을지도 모른다. 가족들은 이제 자립할 수 있다. 특히 맥은 성공했다.

문 두드리는 소리에 그녀는 상념에서 깨어났다. 아니타였다. 일을 나가려고 화장하고 옷을 차려 입은 모습이었다. "점심은 준비되어 있으니까 아무 때나 먹을 수 있어." 그녀는 말했다. "아니면 나와 함께 푸에스토에 가서 점심을 먹든가." 그러던 그녀가 갑자기 심각한 표정을 지었다. "맥 말이야, 어제 네가 왜 집에 안 왔냐고 물었잖아? 투링 아저씨가 그 일로 화가 나서 어젯밤에 전화를 걸어 맥을 꾸짖는 소리를 들었어. 오늘 아침에 아저씨는 맥이 사는 마카티로 가셨어. 맥이 방금 전화했는데 집에 오겠대. 하지만 언제 올지는 말하지 않았어. 맥은 다시 사우디로 떠날 거라던데…… 내일이라는 것 같았어."

"맥이 나를 보고 싶어하지 않는다고 설마 내가 울기라도 하겠어?" 에르미는 웃으면서 말했다. 그녀는 내심 화가 났다. 그가 집으로 온다고 해도 만나지 않을 거야. 대문을 걸어 잠그고 들여보내지도 않을 거야. 그가 사막으로 돌아가 그곳에서 썩거나 말거나 나하고는 상관없는 일이니까. 그는 나에게 아무 의미도 없어, 아무 의미도, 아무 의미도! 그녀는 잠시 숨을 고르면서 자신을 돌아보았다. 그리고 스스로 폭발시킨 감정의 덫에 걸려 자신을 속이고 있다는 사실을 깨달았다. 자존심에 상처를 입더라도 그녀는 그를 보고 싶었다. 문을 열고 베란다로 나가자 더운 바람이 불어왔다. 그녀는 아니타의 등에 대고 소리쳤다.

"맥이 어디 사는지 알아?"

"응. 우리 모두 그 집에 놀러 갔었어." 아니타가 대답했다.

그녀는 오직 자신의 감정만 생각하고 있었다. 저기 서 있는 아니타는 지금 그녀보다 아니, 앞으로 그녀에게 닥칠 어떤 문제보다 더 심각한 괴로움을 안고 있다는 사실을 깨달았다. 고통스러운 죄책감이 그녀를 짓눌렀다. "아니타, 릴리에게는 아무 소식도 없어?" 그녀가 물었다. 갑작스러운 질문이었다. 그녀가 묻지 않아도 아니타는 늘 릴리에 대해 생각하고 있을 것이다.

아니타는 그 자리에 서서 꼼짝도 하지 않았다. 밝고 잔잔했던 그녀의 표정이 어두워졌다. 입술이 일그러지면서 두 눈에서 눈물이 흘러내렸으나 그녀는 흐느끼지 않았다. "아니, 에르미." 담담한 말투였다. "그 애에게서 아무 소식도 없어. 나는 날마다 기다리고 있어. 그 애 친구들을 모두 만나보았지만 아무것도 알 수 없었어. 아무것도."

에르미는 절망에 빠진 어머니에게 다가가 어깨를 감싸 안았다. "희망을 가져야 해, 아니타. 우리가 할 수 있는 일은 그뿐이야." 위로의 말 따위는 아무 소용없다는 것을 알면서도 그녀는 거짓말을 했다.

아니타는 고개를 저었다. "사람들이 많이 죽었어. 그 애에게 같은 일이 일어나지 않았다는 보장이 있겠어? 그렇게 어린 여자애가 무슨 힘이 있겠어? 나는 그저 열심히 일할 뿐이야, 에르미. 아주 열심히……."

"알아." 에르미는 말했다.

"오, 나를 위해서가 아니야. 그 애를 위해서 일하는 거야. 그 애는 나의 모든 것이야. 그리고 열심히 일하는 동안은 그 애 생각을 덜하게 돼."

"어쨌든 너는 희망이 있잖아, 아니타."

"그 애가 바라는 게 뭐지? 난 정말 이해할 수 없어. 그렇게 어리고 세상 물정 모르는 애가 말이야. 그 애가 뭘 알겠어?"

"그 애는 많이 알고 있어, 아니타." 에르미는 단호하게 말했다. "우리 두 사람보다, 우리가 앞으로 알게 될 것보다 더 많은 것을 알고 있을 거야."

"내 생각에…… 내 생각에 그 애는 죽은 것 같아. 오, 하느님. 나는 그걸 느낄 수 있어!" 아니타는 목이 메어 마지막 말을 겨우 내뱉었다.

에르미는 슬픔에 떠는 어머니의 어깨를 감싸 안았다. "기도하는 수밖에 없어." 그녀는 속삭였다. 사랑하는 사람을 잃는 일이 어떤 기분인지 그녀가 알 수 있을까? 그녀는 정말 소중한 물건이나 혹은 그녀의 마음과 피를 나눈 사람을 잃어버린 경험이 없었다. 거물이 세상을 떠났을 때나 롤란도 크루즈가 자살했을 때, 그녀는 아픔을 느꼈고 마음속 깊이 혼란을 느꼈다. 그녀는 두 사람을 존경했고 그들의 죽음을 애도하며 눈물을 흘렸다. 하지만 눈물이 마른 뒤에는 사무치는 기억들을 모두 떨쳐버리려고 애썼다.

낳아서 애지중지 키운 소중한 자식을 잃어버렸을 때 그 어머니의 심정은 어떨까? 비통한 마음에 오장육부를 꺼내 갈기갈기 찢고 가슴을 치고 찌르며 눈을 도려내버리는 느낌일까? 만약 내가 죽는다면 아니타처럼 진정으로 슬퍼해줄 사람이 있을까? 오랑이나 알레한드라는 그럴 것이다. 그녀가 어린 시절 숭배했으며 모든 소원을 들어주는 천사라고 생각했던 콘스탄시아 수녀 또한 그럴지도 모른다. 오랜 세월 동안 그녀는 콘스탄시아 수녀를 만나지 못했다. 갑자기 그녀를 만나고 싶다는 충동이 솟구쳤다.

건조한 계절의 아침은 대도시의 디젤 버스와 공장에서 내뿜는 매연에 휩싸여 시작되었다. 언짢은 얼굴로 지프니에 올라탄 직장인들은 오염된 공기를 마시면서 서둘러 일터로 달려갔다. 밤의 몽롱함을 떨쳐버리지 못한 청각과 다른 감각들은 도시의 금속성 소음 속에서 마비되어갔다.

아니타는 우선 에르미를 푸에스토로 데려갔다. 오래전부터 일한 문지기가 에르미의 차를 알아보고 달려왔다. 햇볕에 검게 그을린 얼굴에 어색한 미소가 떠올랐다. 그녀는 문지기에게 정문이 단정하게 보이도록 신경을 써야 한다고 늘 강조했다. 레스토랑의 겉모습이 첫인상을 결정하기 때문이었다. 푸에스토라는 글씨가 새겨진 황동판은 윤이 나게 깨끗이 닦여 있고 유리문에는 얼룩 한 점도 찾아볼 수 없었다. 진입로에 있는 정자를 둘러싼 푸른 관목들의 잎사귀에도 먼지가 전혀 없었다. 줄기는 굵고 싱싱해 보였다. 레스토랑 안의 식물들을 돌보는 일은 아르투로가 맡아서 하고 있었다. 그녀는 창틀을 타고 올라간 덩굴식물들과 대기실 앞에 무더기로 핀 난초들을 둘러보았다. 키가 천장에 닿을 정도로 자란 붉은 야자나무는 구석에서 자태를 뽐내고 있었다. 식물들은 모두 잘 손질되어 있었다. 에르미의 판단이 옳았다. 한쪽 눈을 잃은 아르투로에게는 관심과 정성을 기울일 어떤 일이 필요했다. 식물에 사랑을 쏟는 것으로 그는 삶의 의욕을 되찾은 게 분명했다.

주방은 부분적으로 손님들에게 개방되어 있었으므로 언제나 청결을 유지해야 했다. 푸에스토가 처음 문을 열었을 때는 오직 점심과 저녁 식사만을 제공했다. 하지만 거의 모든 시간에 손님이 찾아오자 나넷은 케이크와 커피 그리고 메리엔다도 제공하기 시작했다. 영업시간은 아침 아홉 시부터 밤 열한 시까지였다. 흰 셔츠와 바지를 입은 웨이터들이 하루에 두 번 교체되어 손님들을 맞이했다. 오랑은 빵을 굽기 위해 주방을 더 크게 넓혔으며 이층에는 그녀와 나넷, 아니타를 위한 방을 만들었다. 레스토랑에서 긴 시간 동안 일을 해야 했으므로 쉴 공간이 필요했다. 미국으로 떠나기 전에 에르미는 그들에게 레스토랑의 모든 일에서 하루 종일 눈을 떼서는 안 된다고 당부했다. 롤란도 크루즈의 충고를 옮긴 것이었다.

에르미는 새로운 체제를 점검하면서 점심때까지 레스토랑에 머물렀다.

맥이 사는 곳은 새로 지은 아파트 단지에 있는 콘크리트 십층 건물이었다. 유리로 된 건물의 정면은 옷가게와 아파트, 중간 크기의 사무실 건물들이 모여 부도심을 형성한 거리를 향하고 있었다. 마카티는 정말로 발전했다. 예전에 펠라이 로호가 살던 저택 주위로 부를 자랑하는 호화 주택들이 속속 들어서고 있었다. 또다시 롤란도 크루즈가 떠올랐다. 그의 말이 옳았다. 뉴욕의 사무실과 상점들이 모인 맨해튼의 월 스트리트나 5번가 지역은 밤이 되면 텅 빈 거리가 되었다. 노상강도를 만날까 봐 두려워 그 길을 밤에 혼자 걷는 것은 상상조차 할 수 없었다.

마카티는 가난한 사람들을 위한 배려가 전혀 없는 곳이라고 롤란도 크루즈는 비난하곤 했다. 한번 둘러보라. 점원이나 회사원같이 낮은 계층의 사람들을 위한 집은 없었다. 그런 사람들을 위한 식당은 어디에 있는가? 부자들을 위한 상점과 편의시설밖에는 없었다. 롤란도 크루즈의 말이 백번 옳았다.

엘리베이터 옆 안내 데스크의 경비원이 누구를 찾아왔는지 물었다. 경비원은 정중했다. 그는 에르미가 운전기사가 딸린 커다란 메르세데스에서 내리는 것을 보았다. "그분은 106호에 사십니다. 십층으로 올라가십시오."

이제 맥은 그녀의 도움이 필요 없었다. 그가 그녀를 홀대하는 것은 그 때문일 것이다. 그는 석 달 동안 뉴욕에 머물렀고, 그녀는 나넷에게서 그 사실을 전해들었다. 그가 멀어지려 할수록 그녀는 점점 더 화가 나고 당혹스러웠다. 그의 냉담함과 무관심 뒤에는 비틀린 오해가 자리 잡고 있으리라는 생각이 들었다. 그녀는 그렇게 믿었다. 아니면 그에게 혹시 그녀와 가족들에게 알리고 싶지 않은 연인이라도 생긴 것일까? 있을 수 있는 일이었다. 그는 가족들과 떨어져 살면서 자신의 생활에 대해 거의 알리지 않았다. 만약 그의 숨겨진 사생활이 그녀와 가족들에게 들통이 나면 그로서는 감당할 수 없는 일일 것이다.

짙은 색 마호가니 문 앞에서 그녀는 잠시 망설였다. 그에게 어떻게 인사를 건네야 할지 알 수 없었다. 눈높이에 안에서 밖을 내다볼 수 있는 렌즈가 달린 구멍이 뚫려 있었다. 그녀를 보고, 맥이 문을 열어주려 하지 않으면 어떻게 할 것인가? 그는 그녀를 만나고 싶어하지 않는 게 분명했다. 그러나 그의 삶에서 그녀를 완전히 몰아낼 수 없다는 걸 분명히 하기 위해 그녀는 여기까지 왔다.

그녀는 초인종을 눌렀다. 얼마 뒤에 문으로 다가오는 발소리가 들렸다. 잠깐 망설이는 듯하더니 문이 열렸다. 맥이 서 있었다. 길쭉한 그의 얼굴은 검게 그을어서 서른 살의 나이에도 마치 소년처럼 보였다. 그는 청바지에 흰 티셔츠 차림이었다. 그의 얼굴에 장난스러우면서도 한편으로는 짜증스러워하는 것 같은 웃음이 잠깐 떠올랐다가 사라졌다. 그는 다시 심각한 표정으로 정중하게 말했다. "에르미, 들어 와. 네가 올 줄은 몰랐어."

에르미는 아파트 안으로 걸어 들어가 아무도 없는 거실을 둘러보았다. 현대적인 디자인인 스칸디나비아 스타일의 가구가 놓여 있었다. 어쩌면 가구 디자인에 흥미가 있는 맥의 작품일지도 모른다. 아파트는 그다지 넓지 않았다. 침실 하나에 거실과 부엌이 딸려 있었다. 그러나 답답하지는 않았다. 거실의 창문은 아래 펼쳐진 마카티를 향해 열려 있었다. 방 안 공기에서 옅은 사과 향을 맡을 수 있었다. 그가 정돈을 하지

471

않고 어지르는 버릇이 있는 걸 잘 아는 에르미는 그의 아파트가 말끔한 것에 놀랐다. 그녀는 주저하지 않고 침실과 그 옆에 붙은 욕실을 둘러보았다. 여자가 머문 흔적이 보이지 않아 반가웠고 마음이 놓였다. 하지만 침대 옆에 여행 가방과 두툼한 서류 가방이 놓여 있었다. 맥은 짐을 싸고 있었던 것이다.

"참 아늑한 곳에서 살고 있네." 그녀는 그가 앉으라는 말을 하기를 기다리지도 않았다. 호기심을 만족시킨 뒤, 그녀는 거실 한쪽 구석에 놓인 자주색 린넨 소파에 털썩 주저앉았다. 창밖으로 마카티를 둘러싸고 있는 요란한 건물들이 보였고, 그 밑에는 시끄럽게 달리는 자동차들, 이쪽저쪽으로 밀려가는 사람들의 무리가 있었다. 그리고 그 모든 것들을 오염된 공기가 감싸고 있었다. 마카티의 빌딩 숲 너머로 고립된 부유층들의 주거지가 보였다. 수직으로 솟아오른 콘크리트 구조물들 사이로 붉은 기와지붕과 육중한 담장들이 모습을 드러내고 있었다.

그녀는 언제나 맥에게 솔직했으나 이번에는 정면충돌을 피하고 싶었다. "네가 아주 성공했다고 들었어. 너희 아버지 말씀으로는 이제는 네 사업을 시작했다고 하시던데, 나에게도 이야기 좀 해줘. 곧 다시 떠난다면서?"

"두 시간 뒤에 떠나."

"내일 떠나는 줄 알았어."

"아니. 오늘 떠나. 사우디에서 해야 할 일이 아주 많아."

"내가 이곳으로 찾아오지 않았으면 나를 만나러 오지도 않았겠네?"

"그랬을 거야. 하지만 우리가 만나서 특별히 할 말이 있던가?"

그녀는 그의 말투가 맘에 들지 않았다. 마치 그녀를 매정하게 떨쳐버리려는 것 같았다. 하지만 그녀는 왜 그가 거리를 두려고 하는지, 왜 그가 변했는지 알고 싶었다. 그녀는 그의 저항을 무시하기로 했다. "그동안 어떤 일이 있었는지 말해봐. 네가 어떻게 해서 이렇게 성공했는지 말이야……"

"비결 같은 건 없어, 에르미." 그는 말했다. "죽어가는 돈 많은 미망인을 유혹한 적도 없고 말이야."

그는 또다시 빈정댔다. 하지만 그녀는 무시했다. "너는 언제나 겸손했지. 그래도 말해줘."

"나는 운이 좋았어. 그뿐이야." 그녀 옆에 앉으면서 그가 말했다. 그의 팔과 손도 검게 그을어 있었다. 아마도 사막의 태양 탓일 것이다. "뉴욕에 있는 본사 사람들이 나를 좋게 봤어. 내가 능력이 있다고 생각했는지 필리핀 지사를 맡으라고 하더군. 나는 사무실을 만들고 직원들을 고용했어. 기술자들을 공급하는 역할을 하는 회사야."

그녀는 그에게 다가앉았다. "사우디 쪽에는 돈이 넘쳐날 거야." 그녀는 중얼거렸다. 예전에 마카티의 새 호텔 앞에서 두건이 달린 망토를 입고 지나가는 아랍 사람을 몇 명 본 적이 있었다. 카마린에도 이제 아랍 고객들이 드나들고 있을 것이다. "아랍 사람들과 자주 접촉하는 거야? 그쪽 사람들을 좋아해?"

"친구로 사귀지는 않아." 맥은 그녀를 향해 몸을 돌리면서 말했다. "그저 사업상의 관계일 뿐이야. 그 사람들은 교활한 편이야. 아랍인들을 이해하려면 사막에 사는 사람들의 심리에 대해 많이 알아야 해."

"너는 그곳에서 지내는 것을 좋아하나 봐. 나를 보러 올 새도 없이 떠나니까 말이야. 우연인가?"

그는 대답하지 않았다. 그는 일어나 냉장고로 가서 차가운 햄과 까망베르 치즈, 닭고기와 콜라 두 병을 꺼냈다. 유리를 씌운 다탁에 접시를 내려놓으면서 그는 싱긋 웃었다.

"난 배고프지 않아." 에르미는 말했다. "내 질문에 대답할 생각이 없구나. 내가 또 물으면 너는 다시 일어나 부엌으로 가서 냅킨을 들고 오겠지. 맥, 옛날처럼 이야기했으면 좋겠어. 너에 대해 이야기해봐. 내가 모르는 일들이 많을 거야. 뉴욕에 있을 때 내가 편지를 보냈는데도, 너는 한 번도 답장을 주지 않았어. 내가 아는 것은 나넷을 통해 들은 이야기뿐이야."

"할 이야기도 별로 없어." 여전히 싱글거리면서 그는 말했다.

"미국인들을 위해 대단한 일을 하고 있는 거네." 그녀 또한 슬쩍 비꼬듯이 말했다. 뉴욕에 머물 때 그녀를 만나러 오지 않은 것에 대해 대놓고 비난하고 싶지는 않았다.

"그 사람들은 높은 보수를 주고 사람의 능력과 가치를 인정해줘. 메스티소들이 운영하는 회사들과 전혀 달라. 그런 회사에서는 승진하려면 인맥이 있어야 하지. 아니면 그들처럼 메스티소여야 해. 필리핀 사람이 경영하는 회사들도 다를 바 없어." 그는 소파에 등을 기댔다. "미국인과 결혼한 것도 대단한 일 아닌가? 네 결혼생활에 대해 이야기해봐."

그녀는 접시에 놓인 음식에는 손을 대지 않았다. 콜라병의 윗부분에 작은 공기방울들이 맺히기 시작했다. 그녀는 담담하게 말했다. "난 이혼했어."

"그가 너를 홀대했니? 다른 여자가 생겼어? 아니면 네가 바람을 피웠나?"

그녀는 그를 쏘아보았다. "넌 하나도 변하지 않았구나." 그녀는 화를 냈다.

"하지만 그와 이혼했다면서?"

에르미는 아무 말도 하지 않았다. 그녀는 더웠다. 에어컨은 켜져 있지 않았다. 아마도 사막의 가마솥 같은 열기에 익숙해져서 맥은 냉방을 거의 하지 않는 것 같았다. 그녀는 소파에서 일어나 창문을 닫고 에어컨을 켰다

"왜 이혼했지?" 그녀가 자리로 돌아와 앉았을 때 맥이 물었다. 에르미는 부엌으로 걸어갔다. 푸에스토처럼 깨끗한 부엌이었다. 조리기구들은 모두 제자리에 걸려 있었고, 유리컵들은 스테인리스 싱크대 위에 가지런히 정돈되어 있었다.

"더 이상 그와 살 수 없었어. 어쩌면 뉴욕에 머물 수 없었다는 말이 맞겠지. 지루했어. 난 변화를 원했어. 그곳에서 나는 늘 우울했어."

"헛소리하지 마. 미국에서 미국인의 아내로, 미국 여권에 달러를 잔뜩 가지고 살았으면서 불행했다고?"

"비꼬지 마." 그녀는 되받아쳤다.

"왜 돌아온 거야?" 그는 계속 추궁했다. 그의 질문은 그녀에게 하나의 도전이었으며 스스로에게 진실해야 한다는 요구이기도 했다. 누구보다도 지금 그 대답을 알고 싶은 사람은 그녀였다.

이 끔찍한 도시로 돌아온 이유를 설명하는 것은 어려운 일이었다. 이곳은 모든 희망과 사랑이 좌절되는 세상의 끝이기도 했다.

"여러 이유가 있어." 그녀는 조용히 말을 시작했다. "나에게 있었던 일들을 곰곰이 생각해보았어. 나에게 질문을 던져보았지. 내가 뉴욕에서 지금 무엇을 하고 있는 것일까. 지금부터 십 년 뒤, 이십 년 뒤에는 어떻게 될까. 돈 문제를 말하는 것은 아니야."

"물론 먹고 살 일을 걱정하는 것은 아니겠지." 맥은 비웃었다. "여기에 있는 나도 굶어 죽지 않기 위해 열심히 일하고 있거든."

"나도 일을 했어." 에르미가 말했다.

"네가 무슨 일을 했지?" 그는 그녀를 조롱했다.

"무슨 일이든 상관없잖아." 그의 조롱에 개의치 않고 그녀는 말을 이었다. "뉴욕에서는 무엇인가 가치 있는 일을 할 수 없다는 생각이 들었어."

"마닐라에서는 그런 일들을 할 수 있고?"

그녀는 겸손하게 말했다. "우리는 늘 명분을 찾는다고 생각해. 의미 말이야."

"모두 말뿐이야. 겉만 번지르르한 말들이야. 이곳에는 네 맘대로 부릴 수 있는 사람들이 있고 너라면 꼼짝 못하는 사람들이 있으니까, 그걸 즐기려고 돌아왔다고 왜 말 못하지?"

"그래, 사실이야. 하지만 그게 전부는 아니야. 맥, 너도 알 거야."

"나는 여기 있기 싫어서 떠나는 거야. 젠장, 아마 나는 겁쟁이겠지."

"아니." 그녀는 재빨리 말했다. "학대당하는 걸 즐겨서, 가난과 부패를 좋아하기 때문에 내가 이곳에 돌아온 것은 아니야. 모두 릴리가 혐오했던 것들이지. 가엾은 릴리!"

맥은 한숨을 쉬었다. "그 애가 살아 있기만을 기도할 뿐이야. 그 애는 무엇을 해야 할지 알고 있었어. 용기만 있었다면, 이상에 헌신할 수 있었다면 내가 했어야 할 일들이었는데."

"그 애를 생각할 때마다 나 자신이 부끄러워." 에르미는 북받치는 감정에 젖어 자신이 알고 있는 사실을 말하게 될까 봐 두려웠다. "어쩌면 그 애가 나를 이곳으로 돌아오게 했는지도 몰라. 하지만 내가 정말로 무엇을 할 수 있을까?"

"너는 돈이 있잖아. 많은 것을 할 수 있지."

"너는 돈, 혹은 빵만으로 충분하지 않다고 했지. 나는 처음으로 나 자신에게 솔직해지기 위해 이곳으로 돌아온 것 같아. 속죄하기 위해서. 또 번지르르한 말인가?" 그녀는 신경질적으로 웃었다.

"이곳에 그런 것은 없어." 맥이 단호하게 말했다. "기대할 수 있는 것은 전혀 없어. 폭력과 부패뿐이야."

"그래도 이곳은 고향이야." 그녀는 힘없이 말했다.

"너는 새 삶과 새 출발을 원했잖아." 맥은 말했다. "그런데 여전히 그것을 찾고 있군. 너는 변한 거야, 변하지 않은 거야? 알다시피 삶은 변할 수밖에 없어. 나는 변했어. 어디선가 읽었는데 사람은 같은 강을 두 번 건널 수 없다더군."

"내 마음속에서는 아무것도 변하지 않았어." 에르미는 말했다. "내 안의 모든 것이 그대로야. 때로는 후회 때문에 가슴이 찢어질 것 같아. 복수하려는 마음이 나를 망가뜨렸어. 그 사람들에게 보복했을 때 나는 가장 행복했어. 얼마나 기뻤는지 몰라! 이제는 아니야. 그래서 고향으로 돌아오려고 마음먹었어. 어쨌든 이곳은 나의 고향이니까, 맥! 이곳에서 나는 행복할지도 몰라."

그리고 그녀는 그를 바라보면서 날카롭게 물었다. "그런데 왜 나를 만나려 공항에 나오지 않았지? 나를 별로 보고 싶지 않았던 거야? 궁금하지도 않았어? 어쨌든 삼 년이라는 세월이 흘렀고 우리 둘 다 많은 일들을 겪었잖아. 이 집은……" 그녀는 주위를 돌아보았다. "우리가 살던 차고와는 전혀 다르구나."

맥은 눈을 크게 뜨고 호소하는 듯한 눈빛으로 바라보았다. 그는 입을 꼭 다문 채 고개를 저었다. 그리고 소파에서 일어나 창가로 걸어갔다. 마침내 그는 평소답지 않게 아주 차가운 목소리로 말을 시작했다. "너는 새로운 출발을 원한다고 했어. 그리고 그 속에 내 역할은 없었지. 나는 아무 역할도 해서는 안 되는 거였어. 그래서 나는 너를 만나고 싶지 않았어. 사실은 지금도 다시는 너를 보고 싶지 않아."

그의 고백에 그녀는 충격을 받았다. 소파에서 벌떡 일어나 그에게 다가갔다. 그녀는 어깨를 잡고 그를 돌려 세워 얼굴을 마주보았다.

"다시는 나를 보고 싶지 않다고?" 그녀는 정신 나간 여자처럼 소리쳤다. 이럴 수는 없었다. 이 남자는 낯선 사람이 아니고 친구이자 형제이며 그 이상일 수도 있었다. "내가 너에게 무슨 짓을 했길래, 그런 생각을 하는 거지? 내가 했던 일 때문에 나를 피하고 경멸하는 건가? 그거야? 나를 경멸해서 나를 보는 것도 참을 수 없다는 말이야?"

그의 냉정한 태도가 무너졌다. 슬픔이 가득 찬 눈과 찡그린 이마, 양

끝이 처진 입술 때문에 맥은 늙어 보였다. 그는 고개를 저으면서 들릴 듯 말 듯한 작은 목소리로 말했다. "에르미, 너는 이해하지 못해. 절대로 이해하지 못할 거야. 나는 너에게 실망한 적도 있었어. 경멸이 아니야. 내 고통이 영원히 끝나지 않을 거라고 생각한 적도 있었어. 그리고 아직 끝나지 않았어. 내 말을 믿어야 해. 나는 너를 정말로 좋아했어. 그리고 지금도 마찬가지야……."

"나를 좋아한다고?" 그녀는 믿을 수 없다는 듯이 되물었다.

"그래." 그는 확실하게 말했다. 그의 얼굴에 엷은 미소가 스쳐 지나갔다. "하지만 이제……."

"이제 내가 필요없으니까, 네 힘으로 살 수 있으니까, 나를 볼 필요가 없다는 말이구나. 그렇지?"

"에르미, 너에게 얼마나 많은 빚을 졌는지 결코 잊을 수 없을 거야. 거리에 나앉을 처지에서 구해주었고 지금의 나를 만들어주었어. 모두 네 덕분이야. 그 은혜를 어떻게 갚겠어? 내 피를 바쳐야 할까?"

화가 나서 몸을 떨면서 그녀는 돌아섰다. 눈에는 눈물이 고였고 얼굴은 하얗게 질렸다. 한동안 그녀는 소용돌이치는 생각들을 정리할 수 없었다. 머릿속이 터질 듯한 생각들이 말로 표현되는 게 아니라, 맥과 그녀 자신과 세상에 대한 분노로 폭발할 것 같았다. 하지만 그녀는 자제해야 했다. 카마린 시절을 겪으면서 그녀는 스스로를 다스리는 법을 배웠다. 그러지 않았으면 그녀는 히스테리 발작으로 파멸했을 것이다. 그녀를 멸시하고 나락으로 끌어내리는 남자들에게 대응하는 가장 좋은 방법은 침묵이었다. 그리고 그녀는 늘 마지막에 승리했다. 남자들은 누그러졌고 부끄러워했다. 죄책감을 느끼면서 그녀에게 보통 때보다 훨씬 많은 돈을 지불했다. 하지만 맥은 그녀의 고객이 아니었다. 그녀의 침묵은 그를 부끄럽게 만들지도 않을 것이며 고상한 저항처럼 보이지도 않을 것이다. 그는 그녀에 대해 너무나 잘 알고 있었다. 또한 그에게 거짓말을 하는 것은 그녀 자신을 배신하는 일이기도 했다. 그녀는 화가 가라앉기를 기다렸다가 조용히 말을 시작했다. "나는 네가 그리웠어." 이제까지 그녀 스스로도 깨닫지 못했던 진실이었다. "내가 자존심이 강하다는 것을 너는 알고 있을 거야……."

"나에게 자존심 같은 건 별로 없어." 그는 말했다. "진실을 말하자면 전혀 없지. 너를 만나지 않으려는 이유는 자존심 때문이 아니야. 게다가 너에게도 진정한 자존심은 없어. 너도 그걸 알잖아."

"또 내 과거를 들먹이면서 나를 괴롭히려는 거니?"

"과거는 바꿀 수 없어." 창가로 물러나면서 그는 말했다. 그는 화려한 현대식 건물들이 늘어서 있는 마카티를 바라보았다. 발전. 그녀에게 진 빚을 갚기 위해 그 또한 오직 앞으로만 달려왔다. 달리 어떻게 할 수 있었을까?

에르미는 이런 상황에 어떻게 대처해야 하고, 그래서 결국 어떻게 마무리해야 할지 알고 있었다. 하지만 지금 그녀는 맥을 진심으로 대해야만 했다. 그리고 그녀는 진심이었다. 그녀는 기꺼이 솔직하고자 했다. 맥은 상처를 보듬어줄 간호사를 구할 수 있는 백만장자가 아니었다. 그녀는 맥을 상대로 연기할 수는 없었다. 그에 대한 따뜻한 감정은 아직 순수했던 어린 시절에 함께 뛰어 놀면서 싹튼 것이었다.

"왜 그렇게 잔인하게 말하지?" 그녀는 물었다. "지난 삼 년 동안 너도 나를 그리워하기를 바랐어."

그는 그녀를 돌아보며 화가 난 듯한 목소리로 말했다. "수없이 많은 남자들을 만났으면서 아직도 남자에 대해 그렇게 몰라? 오랜 세월 동안 나와 함께 살았으면서 나에 대해 그렇게 몰라? 당연히 네가 보고 싶었어!"

"너는 뉴욕에 석 달이나 머물렀는데도 나에게 전화 한 통화 하지 않았어. 왜 그랬어, 맥? 왜?" 마침내 그녀는 물었다.

그의 얼굴에서 엄격한 표정이 사라지면서 엷은 미소가 떠올랐다.

"네가 살던 집에서 길을 건너면 작은 커피숍이 하나 있었어. 너희 집 이층 창문은 플라타너스 나무가 가로막고 있더군. 집 옆에 있는 상점에서는 일본에서 가져온 독특한 물건들을 팔고 있었어. 난 그곳에서 마음에 드는 물건 몇 개를 샀어. 쉬는 날 오후에는 몇 번이나 그 동네를 어슬렁거렸는지 몰라. 혹시 너를 만날지도 모른다는 기대를 품고 말이야. 너를 두 번 봤어. 얼마나 반가웠는지 몰라. 너는 뭐가 잔뜩 들어 있는 작은 서류 가방을 메고 있었어. 언제나 렉싱턴 쪽으로 세 블록 떨어진 곳에 있는 지하철역으로 서둘러 가고 있었어."

그의 말에 귀를 기울이고 있다가 그녀는 놀라지 않을 수 없었다. 심장이 밖으로 튀어나올 것처럼 두근거렸다. 다시 한 번 그녀는 어리석고 멍청하게 그를 오해했다. "나는 뉴욕대학에서 인류학 석사과정 수업을 들었어." 그녀는 행복한 마음으로 짧게 설명했다. 그녀는 맥에게 다가가 그의 슬픈 얼굴을 바라보았다. "맥, 왜 나에게 전화하지 않았어? 왜 그렇게 멀리서 지켜보기만 한 거야?"

"너는 이해 못 해." 그의 눈길은 먼 곳을 향하고 있었다. "너는 절대로 이해 못 할 거야."

"그럼 내가 이해할 수 있도록 도와줘." 이제는 모든 것을 알 것 같았지만 그녀는 확인하고 싶었다.

"언제나 마찬가지야. 무슨 소용이 있겠어? 처음부터 불가능한 일이었어. 너를 보면 볼수록 불가능하다는 걸 더 잘 깨닫게 되었지. 그러니까 나는 너를 멀리해야만 했어. 나는 너를 붙잡을 수 없었어. 이제 내가 어떻게 할 수 있겠어?"

어린 시절 두 사람이 어깨동무를 하고 놀 때나 십대의 청소년이 되었을 때에도 그는 늘 그녀는 아주 하얗고 자기는 검은색이라고 말하곤 했다. 물과 기름처럼 결코 섞일 수 없다고 말하곤 했다. 그 말을 떠올릴 때마다 그녀는 슬픔을 느꼈다.

그는 등을 돌렸다. 그의 넓은 어깨와 강인한 팔이 눈에 들어왔다. 카마린 시절의 경험으로 그녀는 그가 훌륭한 연인이 될 수 있음을 본능적으로 알아차렸다. 순간 그녀는 그의 팔에 안기게 되기를 간절히 바랐다.

"나에게 너는 언제나 소중했어." 그녀의 얼굴을 마주하기가 두려운 듯 그는 외면한 채 떨리는 목소리로 말했다. "카마린 문 앞에서 지켜 서 있곤 했지. 누가 너를 데려가는지 알고 싶었어. 정신병자에게 끌려가 이름 모를 호텔방에서 두들겨 맞게 될까 봐 두려웠어. 그리고 네가 그런 일을 하지 않아도 되게 돈을 많이 벌고 싶었어. 네가 뉴욕으로 떠났을 때 한편으로 나는 기뻤어. 네가 그 일을 그만둘 거라고 생각했기 때문이야. 네 말대로 명예와 결혼을 모두 얻을 거라고 믿었어. 그런데 지금은 네가 다시 카마린으로 돌아갈지도 모른다고 생각해. 네가 다시 그 일을 하게 되면 어떻게 너를 말릴 수 있겠어? 돈을 아무리 많이 모았어도 너는 그 일을 그만두지 않았잖아. 언젠가 내가 돈을 많이 모으면 빚을 다 갚겠어. 나 자신에게 약속해. 그러면 나는 네 앞에서 어느 정도 자존심을 세울 수 있겠지."

"오, 맥." 그녀는 그를 다시 돌려세우며 울부짖었다. "넌 나에게 빚진 게 아무것도 없어. 내가 바라는 것은 감사가 아니야."

그는 그녀의 손을 거칠게 뿌리치더니 잠시 아무 말도 하지 않았다. 그는 떨고 있었다. 그는 두 손으로 얼굴을 감싸 쥐었다. 아무 소리도 나지 않았지만 에르미는 그가 울고 있다는 것을 알았다.

예전의 그녀라면 이런 상황에서 그를 침실로 데리고 들어가 달래주었을 것이다. 미안해, 정말 미안해, 난 정말 몰랐어……. 하지만 그녀는 그렇게 하지 않았다. 그 자리에 서서 나지막하게 말했다. "떠나지 마, 맥. 제발 가지 마. 네가 원한다면 이 집에서 혼자 살면 되잖아. 하지만 떠나지는 말아줘." 오래전부터 하고 싶었던 것처럼 거침없이 말이 흘러나왔다.

그가 아무 대답도 하지 않자 그녀는 다시 말을 반복했다. "제발 맥, 떠나지 마." 맥은 여러 번 손목시계를 들여다보았다. "차가 아래층에서 기다리고 있어. 이제 가봐야 해." 마침내 그녀를 향해 얼굴을 돌리고 그는 말했다. 눈물로 범벅이 된 얼굴이었다. 그녀는 전에도 남자들이 우는 것을 본 적이 있었다. 그들의 나약한 모습은 그녀를 즐겁게 했다. 하지만 맥은 그 누구보다도 강해 보였다. "가야 해." 그는 다시 말했다. "내 앞날은 내가 결정해. 너에게 빚을 갚으려면 감사만으로는 부족해. 오, 너에게 진 빚을 다 갚을 수는 없을 거야, 에르미. 어쩌면 영원히 노력해야 할지도 몰라."

그녀는 그를 바라보았다. 단호한 결기 같은 게 그의 얼굴에 드리워져 있었다. 그녀는 뒤로 물러섰다.

보육원으로 가는 도로는 폭이 넓어졌고 아스팔트가 깔려 있었다. 마리키나로 향하는 완만한 경사가 나타났다. 한때는 잡초가 우거진 황무지였으나 지금은 택지로 개발되어 넓은 차고가 딸린 콘크리트 집들이 즐비했다. 마침내 왼쪽으로 쇠대문이 나타났고 포장이 되지 않은 보육원 진입로가 보였다.

과일나무들과 이제는 쇠락해가는 회색의 볼품없는 건물이 있었다. 페인트칠은 이미 다 벗겨져 있었다. 하지만 꽃이 활짝 핀 산탄이나 구마멜라 울타리 같은 것들은 일 년 가운데 가장 더운 시기인데도 푸르고 싱싱해 보였다. 잔디도 마찬가지였다. 벽돌담은 담쟁이덩굴로 빈틈없이 덮여 있었고 정리를 하지 않은 곳은 제멋대로 자란 덤불까지 우거져 있었다.

에르미는 손님을 맞으러 나오는 디비나 수녀를 금세 알아볼 수 있었다. 그녀는 이제 갈색 수녀복을 입지 않았으며 머리 덮개도 쓰지 않았다. 머리숱도 적어지고 더 야위어서 날카로워 보였으나 오만한 느낌은 여전히 남아 있었다.

"메도스 부인, 무엇을 도와드릴까요?" 수녀의 목소리는 냉랭했다. 이혼을 했지만 그녀는 전남편의 성을 여전히 사용하고 있었다. 그녀의 여권에 적힌 이름이기도 했다.

"특별한 용무가 있는 것은 아닙니다. 그저 여기저기 둘러보고 싶어서 왔어요. 디비나 수녀님, 뵙게 되어 정말 반가워요." 에르미는 상냥하게 말했다.

"저를 아세요?" 수녀는 깜짝 놀랐다. 창백한 얼굴에 미소가 번졌다.

"물론이지요, 수녀님. 저는 에르미따 로호예요. 기억하세요? 열 살까지 이곳에 있었어요. 이곳에서 태어났고요."

수녀는 한 걸음 뒤로 물러나 그녀의 기품 있는 모습을 찬찬히 뜯어보았다. 그리고 에르미의 손을 잡더니 열광적으로 악수를 했다. 기쁨을 감추지 못하면서 수녀는 말했다. "물론이지, 물론이고 말고! 오, 에르미. 정말 아름답구나. 네가 이렇게 될 줄 알았어. 어떻게 여기까지 올 생각을 했니?"

"저는 미국에서 살았어요. 하지만 이제 귀국했거든요. 한때 제 집이기도 했던 이곳에 와보고 싶었어요."

"우리를 잊지 않았다니 정말 고마운 일이구나." 디비나 수녀는 발까지 동동 구르면서 말했다. "정말 잘 왔어. 점심 식사 할래? 얼마나 머물 생각이지?"

현관으로 나가 디비나 수녀는 그녀에게 낯익은 옛 건물을 보여주었다. 운동장 구석에 병원으로 쓰는 새로운 건물이 하나 더 세워져 있었다. 모든 것이 예전 그대로였다.

"콘스탄시아 수녀님은 어디에 계시죠?"

"아직 여기에 계셔. 만나게 해줄게. 하지만⋯⋯."

수녀의 눈길이 아래로 향하면서 얼굴에 슬픔의 그림자가 드리워졌다. 하지만 곧 다시 밝은 표정이 되었다. "오 년 전에 뇌일혈 발작을 일으키셨어. 종종 그런 일들이 일어나잖아. 소금에 절인 생선이나 기름진 음식을 조심해야 한다고 그렇게 말씀을 드렸건만. 의사 선생님 말씀도 마찬가지였고. 어쨌든 수녀님은 몸이 불편한 상태야. 오, 거동은 할 수 있지만 아주 힘들어하시지. 비틀거리면서 발을 떼는 정도야. 우리는 수녀님을 병원으로 보낼 수 없었어. 이곳에서 훨씬 더 잘 보살펴드릴 수 있거든. 알다시피 수녀님은 평생을 이곳에서 지내셨어요. 기억이 돌아올 때면 책을 읽기도 하신단다."

"발작 때문에 뇌에도 장애가 왔나요?" 에르미가 초조하게 물었다.

"그렇기도 하고 아니기도 해." 디비나 수녀가 말했다. "수녀님은 기억하고 싶은 것만 기억하셔. 우리에게도 거의 말씀을 안 하셔. 하지만 내가 기억하지 못하는 것조차 생생하게 떠올리시는 것도 있어. 수녀님이 기억하지 못하는 것은 아마도 기억하고 싶지 않은 일들인 것 같아. 하지만 수녀님은 여러 번 네 이야기를 하셨어. 아직도 그러셔. 에르미따, 로호 가문 출신의 사랑스러운 아이였다고."

디비나 수녀는 기숙사의 맨 아래층 구석에 자리 잡은 늙은 수녀의 방으로 그녀를 안내했다. 창문은 모두 열려 있었고 천장에 매달린 선풍기가 끽끽 소리를 내면서 돌아가고 있었다. 통풍이 잘 되는 방이었다. 콘스탄시아 수녀는 창문 앞에 있는 흔들의자에 앉아 해가 지는 운동장 쪽을 내다보고 있었다.

"콘스탄시아 수녀님, 손님이 찾아왔어요." 디비나 수녀가 말했다.

콘스탄시아 수녀는 움직이지 않았다. 그녀의 눈길은 무더위에 누렇게 시들어버린 풀밭에 머물러 있었다.

에르미는 그녀에게 다가가 뺨에 입을 맞추었다. 그녀에게서는 노년의 냄새와 약 냄새, 오래된 곰팡이 냄새가 났다. 그녀의 모습은 완전히 변해 있었다. 머리카락은 온통 회색으로 변했고, 통통했던 몸집은 여위고 얼굴은 창백했다. 그녀의 눈에서 웃음은 찾아볼 수 없었다. 먼 곳을 바라보는 아련한 눈빛뿐이었다.

"저는 에르미 로호예요, 수녀님." 눈물을 참으면서 그녀는 말했다.

"열 살 때 이곳을 떠났지요, 수녀님." 디비나 수녀가 덧붙였다. 그리고 다시 에르미를 보면서 말했다. "먼저 나가볼게. 수녀님과 이야기가 끝나면 다시 접견실로 오렴. 저녁을 먹고 가야지. 그러면 여기 아직 남아 있는 마냥들을 만날 수 있어."

콘스탄시아 수녀와 단둘이 남은 에르미는 다시 물었다. "수녀님, 저를 보세요. 에르미따 로호예요. 언제나 수녀님 뒤를 쫓아다녔잖아요. 저에게 생쥐 인형을 주셨어요. 제가 어렸을 때 갖고 놀았던 하나밖에 없는 인형이었지요. 그리고 제가 달아나겠다고 말했던 것 기억나세요? 그래서 제가 보육원을 떠나게 되었지요."

늙은 수녀는 흔들의자를 움직이기 시작했다. 하지만 단 한 번도 옆에 서 있는 아름다운 방문객에게 눈길을 주지 않았다. 마침내 수녀가 입을 열었다. 묘지에서 들려오는 듯한 낮고 차가운 목소리였다. "맞아, 에르미따 로호." 그녀는 읊조리듯 말했다. "아주 예쁘고 영리한 아이였지. 나는 그 애를 사랑했어. 우리 모두 그 애를 사랑하고 잘 돌봐주려 했지. 가엾은 아이였으니까. 나는 그 애의 엄마와 이모를 알아. 아주 부유한 사람들이었지. 우리 보육원을 후원해주었어……"

"맞아요, 수녀님, 맞아요!" 에르미는 소리쳤다. 심장이 요란하게 뛰기 시작했다. "또 기억나는 것 없으세요?"

"그 애는 이곳을 떠나야 했어." 콘스탄시아 수녀는 조용히 말을 이었다. 무릎 위에 손을 올려놓은 채 의자를 앞뒤로 움직였다. 그러나 얼굴에는 아무 표정도 없었다. "로호 가문에서 태어났으니까 어쩔 수 없는 운명이었지. 나는 그 애가 어떻게 지내는지 늘 관심을 갖고 지켜보았어. 어섬션에 있는 수녀들로부터 그 애 소식을 들었지. 그 애는 학교에서 공부를 아주 잘했어. 그런데 대학을 졸업할 무렵에……" 수녀는 말을 멈추고 눈을 감았다.

"예, 수녀님. 말씀해보세요."

"끔찍한 사고가 있었어. 그 애는 죽었어."

에르미는 몸이 굳어버리는 것 같았다. 고개를 돌려 주름진 수녀의 안색을 살폈다. 그녀는 수녀가 눈을 뜨기만을 바랐다.

"아니에요, 콘스탄시아 수녀님. 그 애는 죽지 않았어요. 제가 에르미따 로호예요. 저를 보세요. 에르미따 로호가 집으로 돌아왔어요. 그 애를 사랑했던 사람들에게로, 수녀님에게로요."

수녀는 눈을 감은 채 천천히 고개를 저었다.

"그 애는 죽었어. 끔찍한 사고였어. 에르미따 로호는 죽었어. 에르미는 죽어버렸어……."

수녀는 단호하게 낮은 목소리로 중얼댔다. 창백하고 여윈 뺨으로 눈물이 흐르기 시작했다.

●

에필로그

●

역사학자인 롤란도 크루즈의 기록

사랑하는 에르미, 당신이 미국이라는 성역으로 떠나버린 뒤 두 해가 흘러갔어. 두 해 정도의 세월이 흐르면, 내 권태나 치명적인 상실감은 사라져버릴 것이라고 생각했지. 하지만 그것은 오해였어.

나는 지금 도쿄에 있어. 뉴헤이번에서 만난 일본인 친구 케니치 요시하라의 집에 머물고 있어.

당신에게 보낸 다른 편지들처럼 당신은 이 편지를 읽지 못할 거야.

이것은 나 자신에게 하는 말에 가까워. 영원히 아물지 않을 상처들로 인한 고통을 조금이라도 줄이기 위해 지금의 내 느낌을 쏟아내는 것이니까.

아, 일본인들! 나는 늘 당신 아버지의 나라 사람들에게 감탄을 금치 못했어. 비록 한때는 그들과 처절하고도 끈질기게 싸웠고, 1945년에는 히로시마와 나가사키뿐만 아니라 일본 땅 전체에 핵폭탄이 떨어지기를 바랄 정도로 그들을 증오했지만 말이야.

나는 일본인들을 병사로 생각해. 할리우드 영화 속에서 "천황 폐하 만세!"를 외치면서 미군의 기관총 앞으로 달려가는 그런 멍청이들을 말하는 게 아니야. 가파른 코르딜레라스 산맥의 혹독한 자연 속에서도 그들은 우리를 위협하는 끈질긴 투사였어. 그들은 희생을 할 줄 알았고 쉽게 자제할 수 있는 사람들이었어. 그것이 다른 어느 때보다 오늘날의 일본이 번영을 누리고 있는 이유겠지.

1950년대에 처음 이곳에 왔을 때는 어땠는지 알아? 공항 터미널로 승객들을 안전하게 들여 보내줄 승강로가 없었지. 추운 3월의 오후에, 비행기에서 내려서 공항까지 걸어 들어가야 했어. 하네다 공항에서 본 도쿄 시내는 넓고 확 트인 곳이었어. 낮은 목조 건물들뿐이었어. 전쟁은 십 년 전에 끝났지만 일본 사람들은 여전히 가난했어. 지금 도쿄를 가득 채운 유리와 돌, 철근으로 지은 건물들은 그 당시에는 하나도 없었지.

2차 대전 때 심하게 공격을 받았지만 그럼에도 마닐라는 동남아시아에서 손꼽히는 도시였어. 우리 필리핀 사람들은 여자를 사기 위해 도쿄로 갔지. 지금은 수없이 많은 필리핀 여자들이 매춘부와 가정부로 일하기 위해 고향을 떠나고 있어. 지루하게도 나는 똑같은 질문을 되풀이해. 우리에게 무슨 일이 있었던 거지?

그렇게 물어봐서는 안 되는 것 같아. 내가 대답할 수 있는 것은 나에게, 그리고 우리 두 사람에게 일어났던 일뿐이니까. 나는 당신의 친구이자 상담가이자 아버지였어. 이 모든 역할을 하면서 나는 당신을 사랑했어. 당신 자신의 모습과 현실, 과거와 현재, 내가 알고 있는 우리 주변 상황을 비추는 거울이 되고자 했어. 또한 나는 한 남자로서 당신을 사랑했어. 그 사랑으로 당신의 현실을 변화시키려고 노력했어. 당신의 현재 모습에서 벗어나게 하고 싶었어. 하지만 내가 늘 기도했듯이 당신이 때 묻지 않은 원래의 모습을 되찾았다고 해도 그건 나에게 일어날 수 있는 일은 아니야. 나는 이미 너무 늦었을 뿐 아니라, 내가 보고 있는 현실은 변화가 가능하지도 않기 때문이지. 이제까지 내가 내뱉고 또 껴안고 살아온 많은 거짓들과는 달리, 이렇게 솔직하게 말 하고 있으니까 다시 정직해진 것 같아. 당신은 언제나 스스로에게 정직하게 살았으면 좋겠어. 나를 포함한 다른 사람들에게는 거짓말을 하게 되더라도 말이야. 한번 자기 자신을 속이게 되면 당신은 아무것도 볼 수 없게 돼. 내가 그랬듯이 속죄의 방법을 찾을 수 없게 되는 거야.

나카노, 오기투보, 니시-오기쿠보. 이 이름들은 이제 나에게 아주 익숙해. 지금 내가 살고 있는 집으로 오는 길에 있는 역 이름들이야. 나는 아주 좋은 집에서 살고 있어. 고마워, 켄. 켄의 아버지는 제강공장을 소유하고 있고, 채소밭이 딸린 그의 집은 아주 넓어. 백만장자라고 할 수 있지. 도쿄의 땅값은 엄청나게 비싸. 켄은 물려받은 땅과 집을 팔 수도 있지만 그는 다른 일본인들처럼 붐비는 지하철을 타고 일하러 나가는 것을 더 좋아하더군. 근 한 달을 이곳에서 주로 구입한 책을 읽으며 시간을 보냈어. 몸이 피곤해질 때까지 걸어다니는 거야. 그러면 머리가 맑아지고 생각도 잘 떠오르지. 이렇게 멀리 떨어져서 보니 나에게 출구가 없는 것처럼, 슬프게도 내 나라에도 출구가 없다는 것을 확실히 알 수 있었어.

나처럼 내 나라도 천천히 죽어가는 것을 느낄 수 있어. 아무도 그것을 멈출 수 없을 거야. 만약 종말의 시간을 늦출 수만 있다면 치료 방법을 찾게 될지도 모르지. 우리를 갈라놓고 서로 멀리 떨어지게 만든 그 틈은 지금도 점점 더 벌어지고 깊어지고 있어. 미래에 대한 이상을 갖지 못한 군인들, 탐욕에 빠져서 제 욕심만 차리는 정부 관료들, 아부와 굴종밖에 모르고 분노할 줄 모르는 식물처럼 변해버린 국민들을 생각해봐. 정치가들로부터, 아니 그보다도 우리 자신으로부터 우리를 방어할 수 있는 방법이 있을까?

마닐라에서 떠나기 전날, 나는 카마린 앞을 지나갔어. 여전히 그곳에서는 구정물이 파리를 불러들이듯, 권력자들을 유혹하기 위해 보란 듯이 성을 상품화하고 있더군. 주변에는 고급 차들이 빈틈없이 주차되어 있었어. 쇠파리가 구더기를 슬어놓듯이 말이야. 초저녁 무렵에 늘 그렇게 했던 것처럼 나는 마비니를 한 바퀴 돌았어. 텅 빈 아파트로 돌아가면서 갑자기 에르미따의 옛 모습이 떠올랐어. 고급 주택가였던 전쟁 전의 풍경이 아니라 전쟁 직후 완전히 폐허가 되었던 모습 말이야. 거리에는 어둠이 깃들어 있었고 자동차라고는 찾아볼 수 없었지. 그리고 지금 한때는 외따로 떨어진 조용한 장소였던 그곳이, 몸을 사고파는 거친 고함 소리들이 울려 퍼지고, 타락과 부패가 끝없이 번져가는 어지러운 곳이 되어버렸어. 전쟁을 치른 뒤보다 더 황폐해지고 말았지. 전쟁은 에르미따를 빈터로 만들었어. 우리는 그곳에 새로운 도시를 건설할 수 있었어. 하지만 지금은 어느 한 지역이 파괴된 게 아니라 나라 전체가 무너져버렸어. 사람들은 신념을 잃었고 오로지 가격만을 따질 뿐이야.

신주쿠라는 커다란 역 안에서 나는 이리저리 헤매야 했어. 이 역에 무척 많이 와봤으면서도 길을 찾을 수 없었어. 만약 내가 일본어를 읽을 수 있으면 조금은 달랐을 테지. 하지만 일본인들도 이곳에서는 쉽게 길을 잃어.

이 거대한 도시의 반대편에서 왔기 때문에, 나는 방향감각을 모두 잃어버렸어. 니시-오기쿠보로 돌아갈 길을 찾는 것은 정말 어려운 일이었어. 하지만 내가 기차를 타야 할 승강장이 기억났어. 6번 승강장으로 가라고, JNR의 표를 개찰하던 승무원이 말해주었어. 주황색 열차를 타고 신주쿠에서 나카노까지 가면 집으로 가는 열차를 갈아탈 수 있어.

열차를 기다리면서 나는 사람들의 기분 나쁜 눈길을 느꼈어. 나는 사라지고 싶었으나 여전히 그대로 있었어. 아마도 일본인이 아닌 내가 눈에 띄었나 봐. 나는 거리에서 우리나라 사람처럼 보이는 이들을 몇 번 만났어. 게이오와 오다큐 백화점에서 만난 사람들은 나중에 보니 말레이시아와 인도네시아 사람이더군.

오랜 세월 동안 혼자 살아오면서 나는 외로움이 무엇인지 잘 알게 되었지. 행복한 사람들 사이에 끼어 있지만 그 가운데 단 하나도 친밀한 사람이 없을 때의 절망감도 잘 알고 있어. 사랑하는 에르미, 당신 또한 외로움이 무엇인지 알고 있다고 말했지. 나는 당신이 외롭지 않기를 바라고 기도할 뿐이야. 내가 자발적으로 선택한 이 고통스러운 운명이 당신 것은 아니었으면 해.

마침내 내가 타야 할 열차가 들어오고 있어. 고향에 대한 그리움이 해일처럼 밀려오는군. 이 거대한 도시는 온통 화려한 번영과 행복의 분위기로 넘치고 있어. 그리고 나는 비참한 고향에 대해 생각해. 여기 신주쿠에 서서 나는 끔찍한 외로움에 죽어가고 있어. 눈에 고인 눈물이 흘러 내렸어. 나는 얼른 문 쪽으로 얼굴을 돌렸어. 조용하고 금욕적인 통근자들인 당신 아버지 나라의 사람들에게 부끄러운 꼴을 보이고 싶지 않아서야. 그들 사이에서 오로지 이방인인 나는 감정을 통제하지 못해 애쓰고 있어.

내가 왜 울고 있는지 그들이 궁금해한다고 해도, 나 또한 그 이유를 알 수 없어. 나 자신을 위해 우는 것은 아니야. 나는 비교적 편안하게 살고 있고 안정된 수입도 있어. 친구들도 있고 훌륭한 교육을 받았고 박사 학위 소지자라는 사실을 늘 자랑하지.

그럼 누구를 위한 눈물일까?

아름다운 조국이 내 민족에 의해 파괴되어가고 있기에 나는 울고 있어. 폭력과 무질서, 슬픔과 절망이 넘쳐흐를 날들이 오게 될 것을 알기에 나는 울고 있어. 주어진 기회를 헛되이 놓쳐버렸으므로, 앞으로 태어날 수많은 아이들이 고통스럽게 그 대가를 치러야 한다는 사실을 알기에 나는 울고 있어. 여기 신주쿠에서 길을 잃고 나는 울고 있는 거야.

　필리핀 작가 F. 시오닐 호세의 『에르미따』를 우리말로 옮기기 전에, 나는 두 가지 면에서 걱정스러웠다. 첫 번째는 필리핀 소설이나 저자인 시오닐 호세의 작품을 접한 경험이 없다는 것, 그리고 두 번째는 필리핀이라는 나라를 잘 모른다는 것이었다. 나는 필리핀에 가본 적이 없다. 또 필리핀 역사나 필리핀 사람들에 대해서도 교과서나 신문에서 읽은 적은 양의 정보만을 어렴풋하게 기억하고 있을 뿐이었다. 이를테면 필리핀은 한때 스페인과 미국의 식민지였다는 것, 1980년대 중반에 미국으로 망명한 독재자 마르코스의 부인인 이멜다는 삼천 켤레의 구두를 가지고 있었다는 것, 그리고 지금도 필리핀은 정치 경제적으로 불안정한 나라라는 정도였다.

　따라서 이 소설을 우리글로 옮기는 일을 시작하면서, 당연히 필리핀의 역사와 소설의 공간적 배경이 된 마닐라에 대해 찾아보고 공부할 수밖에 없었다. 나름대로 흥미 있고 유익한 일이었다. 머릿속에 있는 필리핀에 대한 앙상한 뼈대와 같은 인상에 피와 살이 덧붙여지는 경험이었으니까. 그리고 마침내 작업을 끝마치면서 필리핀이라는 나라가 살아 숨 쉬는 생생한 실체로 느껴지기 시작했다. 인터넷이나 책을 통해 몇 가지 역사적 배경을 새로 알게 되기도 했지만, 무엇보다도 그것은 소설 『에르미따』 덕분이기도 했다. 아무래도 역사책보다는 소설이 사람 사는 모습을 가까운 거리에서 들여다보게 해주기 때문일 것이다. 그리고 마치 공기처럼 현존하는 역사와 사회라는 조건이 한 사람의 삶에 어떻게 영향을 미치는지 구체적으로 드러내 보여주기 때문일 것이다.

스페인과 포르투갈이 식민지 확보를 위해 세계 여러 곳에서 각축을 벌이던 16세기에 필리핀은 마젤란 탐험대에 의해 서구에 알려졌다. 물론 그 이전부터 수천 개의 섬에 흩어져 살던 원주민과 인도네시아, 인도차이나 반도 등지에서 이주해온 여러 부족들의 역사가 있었을 것이다. 하지만 16세기부터 19세기까지 이어진 스페인의 식민통치는 원주민의 문화와 역사를 철저히 억압했고 경제와 문화, 사회적인 면에서 필리핀에 많은 영향을 끼쳤다. 스페인 왕 필립 2세의 이름을 따 펠리피나스 군도로 불렸다가 그것이 마침내 필리핀이라는 이름으로 굳어진 것은 마치 그 나라가 걸어온 운명을 상징하는 것 같다. 스페인의 중상주의적 식민지정책은 장기적인 경제 발전을 가로막았으며, 이른바 '메스티소'라고 불리는 스페인 혼혈인들이 대지주와 부유한 상인 계급을 형성했다. 19세기 말 필리핀은 혁명을 통해 스페인으로부터 독립을 쟁취하는가 했으나, 스페인에게 이천만 달러를 주고 필리핀을 양도받은 미국의 지배를 받는 비운을 맞이한다. 1941년에 태평양전쟁이 발발하면서 필리핀은 일본군에게 점령당하지만, 1945년 미군이 레이테 만에서 치열한 전투를 치르면서 필리핀을 탈환한다. 소설『에르미따』는 바로 이 시점에서 시작된다. 혼란과 살상이 극에 달한 전쟁의 도가니 속에서 일본군을 침입자이자 적으로, 미군을 고마운 해방자로 규정하는 필리핀 사람들의 모습이 그려지고 있다.

'에르미따'는 여주인공의 이름이기도 하지만, 태평양전쟁 이전에는 필리핀의 지배계층과 외국인들이 모여 살던 마닐라의 호화 주택가 이름이기도 하다. 스페인어로 '은둔자'를 의미하는 에르미따라는 이름에는 배타적이며 고립된 느낌이 깔려 있다. 에르미따는 평범한 서민들의 동네인 파코와 말라테, 인트라무로스와 이웃하고 있으며, 스페인 함대를 격퇴시킨 미 해군 제독 조지 듀이의 이름을 딴 도로를 끼고 마닐라 만을 바라보는 풍광이 좋은 곳이기도 하다. 소설에도 나오듯이 에르미따는 1945년 미군의 필리핀 탈환 전투 때 심하게 파괴되어 폐허가 되었다. 그 뒤 1960~70년대를 거치면서 환락과 유흥의 중심지가 되었다. 작가가 여주인공의 이름을 에르미따로 붙인 것은 이런 배경과 어느 정도 관계가 있는 듯하다. 1990년대에 알프레도 림 마닐라 시장의 재임기간 동안 에르미따 지역을 정화하는 사업이 시작되었고, 덕분에 매춘을 비롯한 밤 문화는 많이 쇠퇴했던 모양이다. 하지만 2000년대에 들어서면서 한국인, 일본인들이 운영하는 가라오케 바들이 번창하면서 다시 매춘이 성행하기 시작했다. 그 뒤로 에르미따는 마닐라 북쪽의 앙헬레스 시 다음 가는 매춘의 중심지가 되었다고 한다. 슬픈 일이 아닐 수 없다.

소설에 나오는 로호 집안은 부유한 메스티소 가문이다. 원조인 호세 로호는 교육받은 메스티소로서, 1896년 필리핀 혁명 때 아기날도 대통령과 뜻을 같이한다. 그러다가 공화국이 미국의 위협에 직면하는 1899년에 그는 경제적인 이익과 정치적인 권력을 획득하기 위해 새로운 지배자 미국과 재빨리 손을 잡는다. 이 소설에 등장하는 펠리시타스와 호셀리토, 콘시타 남매는 호세 로호의 손자 손녀들이다. 펠리시타스는 미군 총사령관의 정부였으며, 호셀리토는 미국에 유학 갔다가 미군에 입대했고, 콘시타는 미군 중위와 결혼한다. 콘시타가 일본군 병사에게 강간당해 낳은 딸인 에르미따 또한 미국인과 결혼한다. 스페인 혼혈인 메스티소 집안사람들이 새로운 지배자인 미국인들과 어떤 식으로든 관계를 맺는 모습을 보여준다.

『에르미따』라는 소설을 그저 아름답고 재능 있으며 훌륭한 가문 출신이기도 한 여자가 운명에 휘둘려 매춘부가 된 이야기로 읽는다면, 너무나 세속적이고 평범하게 보일 수도 있을 것이다. 메스티사이면서 일본인의 피가 섞인, 이 소설의 주인공 에르미따는 부유한 지배 계층의 사람들에게 몸을 팔아 대단한 부를 축적한다. 또 다른 주요 인물인 롤란도 크루즈는 중국계 필리핀인이며 예일대학에서 박사학위를 받은 역사학자이다. 하지만 그 또한 다국적 기업의 이익을 위해 일하는 브로커로 전락한다. 또 성실하고 정직한 맥아더, 학생운동에 투신하는 릴리로 대표되는 필리핀 기층민 출신 젊은이들의 모습도 흥미롭다. 호화롭고 사치스러운 삶을 영위하는 필리핀의 부유층과 부패한 정치가, 독단에 사로잡힌 군인들의 행태는 상상을 넘어설 정도이다. 그런 인물들 속에서 필리핀과 이 나라 사람들이 겪는 정체성의 혼란을 읽어낼 수 있다. 일제 강점기라는 아픈 역사를 거쳐 이제 신자유주의와 세계화의 거센 물결에 휩쓸리고 있는 우리들에게도 이 소설에 나오는 정체성의 문제는 낯설지 않다.

작가는 소설 속에서 주인공 에르미따의 아름다움과 재능, 고결함을 끊임없이 강조한다. 내게는 이것이 오랜 세월 동안 여러 나라의 지배와 수탈에 시달린 조국 필리핀에 대한 찬미와 사랑의 표현으로도 읽혔다. 어쨌든 작가의 손을 떠나 독자에게로 간 소설은 이미 독자의 것이라는 너무나 당연한 이야기를 떠올려보면, 이제까지 내가 한 이야기들이 모두 쓸데없다는 생각도 든다. 작가의 뜻에 어긋나지 않고 독자들이 읽기에 불편하지 않도록 나름대로 노력했지만, 능력이 부족한 탓에 걱정이 앞선다. 모쪼록 작가가 독자들에게 전하려 한 내용을 왜곡하고 훼손하는 실수를 저지르지 않았기만을 바랄 뿐이다.

옮긴이_**부희령**

1964년 서울 출생. 서울대학교 심리학과 중퇴. 2001년 《경향신문》 신춘문예에 단편소설 「어떤 갠날」이 당선되었다. 요즘은 다른 나라 책을 우리말로 번역하는 일과 소설 쓰는 일을 하고 있다. 옮긴 책으로는 『살아 있는 모든 것들』, 『여자, 혼자 떠나는 세계 여행』, 『모래 폭풍이 지날 때』 등이 있으며, 2006년 장편 청소년 소설 『고양이 소녀』를 냈다.

에르미따

초판 1쇄 인쇄 | 2007년 4월 20일
초판 1쇄 발행 | 2007년 4월 25일

지은이 | F. 시오닐 호세
옮긴이 | 부희령
펴낸이 | 방재석

기획진행 | 전성태
편집 | 이순화, 서재영, 정미애
표지 디자인 | 끄레어소시에이트
본문 디자인 | 김은정

펴낸곳 | 도서출판 아시아
출판등록 | 2006년 1월 31일 제319-2006-4호
주소 | 서울특별시 동작구 흑석동 100-16
전화 | (02)821-5055 | Fax (02)821-5057
홈페이지 | www.bookasia.org

ISBN 978-89-957963-3-7 03890

값은 표지 뒷면에 있습니다.
잘못된 책은 바꾸어 드립니다.